세계 속의 길

A Way in the World | V. S. Naipaul

세계 속의 길

V. S. 나이폴

정회성 옮김

민음사

세월이 흐르면서 언덕에 둘러싸인 그 둥근 마을에 대한
우리의 기억은 조금씩 희미해진다.

정원과 황무지에서 화합의 신선한 바람이 불어오고
세월이 흐를수록 이방인 아이는 풍경에 익숙해진다.

차
례

1

프렐류드: 유산

나는 사십 년도 더 전에 고향을 떠났다. 당시 열여덟 살이었다. 그 육 년 뒤 나는 증기선을 타고 고향으로 돌아왔다. 귀향은 이 주일이나 걸리는 느긋한 여행이었다. 갑작스레 찾아오는 밤, 커다란 잎사귀가 달린 나무, 좁아 보이는 길, 물결 모양으로 골이 진 양철 지붕 등, 모든 것이 낯설면서도 친숙하게 다가왔다. 마을 길을 걷다 보면 자그마한 집들에서 열린 문으로 미국 상품을 광고하는 라디오 음악이 흘러나왔다. 육년 전만 해도 라디오에서 흘러나오는 음악은 거의 꿰차고 있었다. 하지만 지금은 다른 나라의 민속 음악처럼 아주 낯설게 들렸다.

거리를 걷는 사람들은 하나같이 내가 기억하는 모습보다 훨씬 검게 보였다. 아프리카인, 인도인, 백인, 포르투갈인, 중국계 혼혈인 등 모든 사람이 전보다 더 검어진 것 같았다. 하지만 실내에 있는 사람들은 그다지 검어 보이지 않았다. 거리에서는 나도 모르게 반쯤은 관광객이 된 기분으로 사람들을 관찰했기 때문에 그렇게 보인 모양이었다. 아무튼 집 안에 들어오면 오래전부터 알고 지낸 듯 낯익은 사람들뿐이었다. 그래서 더 편안한 마음으로 그들을 대할 수 있었다.

고향으로 돌아오자 마치 난생처음 안경을 쓰고 이런저런 장난을 쳤을 때와 같은 느낌이 들었다. 안경을 쓰고 세상을 바라보면 모든 것이 또렷하지만 작고 비현실적으로 보이고, 반대로 안경을 벗으면 크기는 그대로지만 대상이 흐릿해 보인다. 고향은 그렇게 안경을 쓰고 벗을 때처럼 보였는데, 가끔은 처음으로 선글라스를 쓰고 햇빛 눈부신 거리와 시원한 집을 오가는 느낌이 들기도 했다. 에어컨을 처음 대했을 때도 나는 시원한 방과 무더운 밖을 들락거리며 좋아했는데, 첫 번째 귀향은 바로 그런 기분이었다. 그 뒤로도 여러 해 동안 숱하게 귀향을 되풀이하는 동안 나는 점차 새로운 것에 익숙해졌다. 하지만 현실에서 동떨어진 것 같은 느낌은 끝내 사라지지 않았다.

나는 원할 때면 언제든 그 시절을 떠올릴 수 있었다. 이십 년 전만 해도 고향에 올 때면 이따금 알쏭달쏭한 꿈을 꾸는 것뿐이라며 스스로를 다독였다. 그때마다 기분이 유쾌해졌다. 어린 시절 어느 해 장마철에 열병을 앓은 적 있는데, 귀향의 느낌은 당시의 열병과도 조금은 닮아 있었다.

케이크 장식가이자 꽃꽂이 강사인 레오나드 사이드에 대한 소식을 들은 것도 그런 열병 같은 귀향을 했을 때였다. 나는 그 소식을 학교 선생님한테 들었다. 그 여자 선생님은 도시 변두리에 새로 들어선 학교에서 근무했다. 그 지역에는 2차 세계 대전이 끝날 무렵까지도 대규모 플랜테이션 농장들이 있었다. 사람들은 대부분 농사를 지었고, 학교 운동장은 잘 정리된 사탕수수나 코코넛 농장의 일부처럼 보였다. 나무는 단 한 그루도 없었다. 어디를 둘러보아도 크림색으로 칠해진 벽에 초록색 지붕을 얹은 평범한 이 층짜리 콘크리트 건물만 한낮의 햇빛을 받으며 덩그러니 서 있었다.

어느 날 여자 선생님은 다음과 같이 말했다.

우리가 이곳에서 맨 처음 시작한 일은 노동자 가정의 소녀들과 함께하는 사회사업 같은 것이었어요. 소녀들 가운데에는 형제나 아버지 또는 친척들이 감옥에 가 있는 아이들도 있었죠. 그런 아이들은 아무렇지도 않게 그 같은 사실을 말했어요. 어느 무더운 날, 학교 교사 위원회에서 임원으로 활동하는 인도 출신에 장로교 소속인 여선생이 노동절 행사를 열자고 했어요. 그러고는 그 사실을 여학생들에게 알리자고 했죠. 모두 찬성했어요. 그리고 그 소녀들에게 꽃꽂이를 시켜 가장 잘한 아이에게 상을 주자고도 했고요.

그런데 상을 주려면 심사 위원이 필요하잖아요. 심사 위원이 없으면 누가 꽃꽂이를 잘하는지 알 수 없으니까요. 결국 누가 심사 위원을 맡으면 좋은지가 문제였어요. 우리가 가르치는 학생들은 매우 냉소적이었지요. 가족에게서 그렇게 배웠으니까요. 겉으로 보기에는 예의도 바르고 공손한 것 같지만 속으로는 사람들이나 세상일은 죄다 올바르지 못하고 부당하다고 생각했죠. 그래서 자기들보다 지위가 높은 사람들을 경멸하는 마음이 뼛속 깊이 스며 있어요. 결과적으로 우리는 정부 관계자나 교육부에서 일하는 사람 또는 너무 유명한 사람은 심사 위원으로 모실 수 없었어요. 수많은 이름이 거론되었을 뿐 수확은 없었죠.

그러던 중 시골 출신으로 공립 사범 학교를 나온 젊은 여선생이 레오나드 사이드 씨가 적임자라며 추천했어요.

"레오나드 사이드 씨가 누군데요?"

모두 그 사람이 누구인지 궁금해했어요. 젊은 여선생은 잠시 생각에 잠기는 듯하더니 이렇게 대답했죠.

"레오나드 사이드 씨는 평생토록 꽃 가꾸는 일을 한 사람이에요."

그때 또 한 선생이 그 이름을 기억해 냈어요. 그 선생은 레오나드 사이드 씨가 '여성 협회'에서 강의하는데, 수강생들 사이에서 인기가 높다고 했어요. 그리고 그곳에 가면 그를 만날 수 있다고 했지요.

'여성 협회'는 2차 세계 대전 때 활동한 영국의 여성 의용대를 모델로 세운 단체예요. 본부는 도시의 중심부랄 수 있는 패리스 코너에 있지요. 패리스 코너에는 없는 게 없어요. 버스 정류장과 차고, 택시 차고, 장례식장, 남성복 매장, 건조 식품점, 카페 외에도 사무실과 주택으로 사용되는 수많은 건물이 있는데, 이 모든 것은 유명한 패리 가문 소유였죠.

패리스 코너에 가는 건 식은 죽 먹기만큼 쉬운 일이라서 내가 직접 레오나드 사이드 씨를 만나 의향을 물어보겠다고 했어요. '여성 협회'는 스페인 식민지 시절에 지어진 자그마한 건물 안에 있었어요. 두꺼운 벽돌로 된 건물 앞쪽 벽은 회반죽을 바르고 페인트를 칠했더군요. 그리고 건물 양쪽 끝에는 석판을 댔고요. 건물은 좁은 보도를 따라 현관으로 직접 들어가도록 설계되어 있었어요. 커튼이 달린 자그마한 창문이 벽의 양쪽에 나 있었는데, 밝은 고동색 차양이 인상적이었어요. 십자형 나무 막대가 차양을 들어 올리고 닫을 때는 쇠로 된 핀을 사용하는 방식이었죠.

책상에는 갈색 피부의 여인이 앉아 있었어요. 울퉁불퉁하게 회반죽을 바른 벽은 먼지가 앉아 지저분했는데, 한쪽 벽에는 포스터가 붙어 있었죠. 런던 타워를 광고하는 포스터였어요.

"이곳에 오면 사이드 씨를 만날 수 있다고 해서 찾아왔어요."

"길 건너편에 계세요."

여인이 책상 앞에 앉은 채 대답했어요.

나는 여인이 가르쳐 준 대로 길을 건너갔어요. 한낮이라 아스팔트 도로는 뜨거운 열기를 견디지 못해 물렁물렁했고 패리 버스들이 서 있는 커다란 차고의 기름때 묻은 콘크리트 바닥처럼 아주 까맸어요. 아무튼 내가 들어간 곳은 석조 건물처럼 보이도록 회색 콘크리트 벽돌로 장식해 현대적인 분위기가 물씬 풍기는 건물이었어요. 언뜻 평범해 보이지만 진료소처럼 깨끗하면서도 꾸밈이 없는 건물이었죠. 나는 건물 안으로 들어가자마자 책상에 앉은 소녀에게 물었어요.

"사이드 씨 계신가요?"

"안으로 들어가 보세요."

나는 안쪽 방으로 들어가다 도저히 믿기지 않는 장면을 봤어요. 피부가 까무잡잡한 인도 남자가 앞에 있는 책상 크기의 널빤지 위에 시체를 올려놓고는 손으로 무언가를 하고 있었던 거예요. 말하자면 내가 들어간 곳은 패리의 장례식장이었어요. 그 장례식장은 패리에서도 아주 유명한 곳이었죠. 매일 라디오에서 오르간 음악이 흐르는 광고를 했으니까요. 레오나드 사이드 씨는 시체에 옷을 입혔던 것 같아요. 사실 나는 염하는 장면을 그때 처음 봤어요. 머릿속이 하얘질 정도로 놀랐어요. 나는 충격을 받은 나머지 아무런 말도 못 하고 그 방에서 도망쳐 나왔어요. 염한다는 말은 들어 봤지만, 그것이 무엇인지 전혀 몰랐으니까 충격을 받을 만도 했죠. 아무튼 내가 건물을 나오자 레오나드 사이드 씨가 뒤따라 달려오면서 부드러운 목소리로 불렀어요.

"여보세요! 여보세요!"

시체에 옷을 입힐 때 힐끗 본 털북숭이 손가락만 빼면 정말 선해 보이는 사람이었어요. 어쨌든 레오나드 씨는 아이들의 꽃꽂이 대회에서 심사 위원을 맡아 달라는 내 말을 듣고는 무척 기뻐했어요. 그는 우승한 아이에게 자신이 직접 상을 주고 싶다고도 했어요. 또 괜찮다면 특별한 꽃다발도 만들겠다고 했죠. 그는 정말로 분홍색 장미로 자그마한 꽃다발을 만들었어요. 우리의 노동절 행사는 아주 성공적이었답니다.

한 해가 지나고 다시 노동절이 시작되었을 때, 나는 또 한 차례 레오나드 사이드 씨를 찾아갔어요. 이번에는 장례식장으로 가지 않았어요. 장례식장 말고 내가 레오나드 사이드 씨를 만날 수 있는 곳은 '여성 협회'뿐이었기 때문에 곧장 그곳으로 향했어요.

나는 학교 수업이 끝난 오후 5시쯤 그곳에 갔어요. 스페인 풍의 자그마한 건물은 여자들로 가득 차 있었어요. 방 안에서는 레오나드 사이드 씨가 무엇을 만드려는지 반죽을 하고 있었고요. 그는 우유와 버터를 조금씩 반죽에 넣으며 털북숭이 손가락으로 반죽을 주물러 댔어요. 가만히 보니 여자들에게 빵과 케이크 만드는 법을 가르치는 것 같았지요. 이윽고 반죽을 마친 그는 케이크에 설탕을 입히는 법을 가르치기 시작했어요.

레오나드 사이드 씨는 특별한 모양의 원뿔과 틀을 이용해 여러 색깔의 설탕을 입히고 털북숭이 손가락으로 틀을 눌러서 분홍색과 초록색 장미 봉오리와 꽃을 만들었어요. 그러고 나서는 설탕 묻은 손으로 케이크를 보기 좋게 다듬었죠. 여자들은 계속 감탄했고, 그는 마술사처럼 자기가 만든 작품을 보면서 흡족한 표정을 지었어요.

하지만 나는 그가 털북숭이 손으로 그런 일을 하는 것을 더는 보고 싶지 않았어요. 그런 터에 마지막 순간 그 털북숭이 손으로 설탕을 입힌 케이크 조각을 여자들에게 선심 쓰듯 나누어 줄 때는 기분이 매우 찝찝했지요. 그는 내 기분에 상관없이 케이크를 나누어 주며 만족한 미소를 지었어요. 여자들은 마치 교회의 성찬식에서 성체를 받을 때처럼 경건한 자세로 존경의 마음을 담아 케이크를 맛보았고요.

또 한 해가 흘러 노동절 행사가 열렸을 때, 이번에는 레오나드 사이드 씨를 만나러 패리스 코너 대신 그의 집으로 직접 찾아가기로 했어요. 우선 그가 사는 곳을 알아냈어요. 그는 내가 사는 곳에서 아주 가까운 세인트 제임스라는 곳에서 살았죠. 이 사실을 알고 나는 깜짝 놀랐어요. 그렇게나 가까운 곳에 그렇게 별난 삶을 사는 사람이 있는데도 전혀 눈치를 채지 못했다고 생각하니 어처구니가 없었던 거예요.

아무튼 나는 수업이 끝난 뒤 날씬해 보이는 검정색 스커트와 흰색 상의를 입고 두툼한 책이 든 가방을 들고 그 집으로 향했어요. 그러고는 사이드 씨 집에 도착하자마자 자동차 경적을 울렸죠. 한 여자가 오후 햇살이 가득한 현관 앞으로 나오더니 마치 잘 아는 사람처럼 나를 반갑게 맞아 주었어요.

"어서 들어오세요."

그런데 현관 계단을 올라갈 때였어요. 그 여자가 나를 돌아보더니 이렇게 말했지요.

"의사 선생님, 서둘러 주세요. 가엾게도 레오나드가 너무 고통스러워해요."

의사라고? 여자는 내가 자동차 경적을 울린 데다 가방을 들고 옷까지 그렇게 입고 있어서 의사인 줄 알았던 거예요. 나는 설명은 나중에 하기로 하고, 여자를 따라서 낡고 비좁은 세인트 제임스의 목조 주택 안으로 들어갔어요. 레오나드 사이드 씨는 몹시 아픈지 몸을 떨고 있었지만, 의사를 만나는 것을 염두에 둔 듯 옷을 단정하게 차려입고 있었죠. 그는 초록색 실크 파자마를 입은 채 번쩍거리는 놋쇠 다리에 꽃무늬 덮개가 있는 침대에 누워 있었어요. 그의 털북숭이 손은 실크로 만든 시트 위에 놓여 있었죠. 그는 예의 바르게 보이려고 애쓰는 것 같았어요. 시트도 단정하게 뒤로 접혀 있었죠.

다리가 가느다란 보조 탁자 위에는 크레이프 종이로 만든 꽃들이 놋쇠 꽃병에 꽂혀 있었고, 등나무로 단순하게 만든 두 개의 의자 위에는 인조 비단으로 된 쿠션과 커다란 활 들이 놓여 있었어요. 나는 한눈에 그 많은 인조 비단과 실크가 장례식장에서 가져온, 관과 시체를 덮는 물건이라는 사실을 알아봤어요.

레오나드 사이드 씨는 모든 사람이 아는 것처럼 독실한 이슬람교도였어요. 하지만 직업에 충실한 사람이라 기독교인 시신도 받아 주었지요. 아무도 상상할 수 없었겠지만, 그는 침실 벽에 황금색 후광을 내뿜으며 손을 들어 축복하는 그리스도를 그린 액자까지 걸어 놓고 있었어요. 그 그림은 문 위에서 앞쪽으로 기울어져 있어 마치 축복하는 손이 침대에 누운 사람을 향해 뻗어 있는 것 같았죠. 나는 단순히 종교적인 이유만으로 그 그림을 걸어 놓은 것은 아니라고 생각했어요. 그러니까 여러 가지 색깔, 특히 황금색으로 굽이치는 그리스도의 기다란 머리카락이 풍기는 아름다움 때문에도 걸어 놓았다고 생각했어요. 아무튼 나는 그 그림을 보고 충격을 받았어요. 이는 레오나드 사이드 씨가 시체에 옷을 입히거나 나중에 그가 똑같은 손으로 빵 반죽을 하고 케이크에 설탕을 입히며 아름답게 장식하는 모습을 봤을 때보다 더 충격적이었지요.

늦은 오후였지만 여전히 무더웠어요. 그런 데다 열린 창문으로 세인트 제임스의 쓰레기 더미에서 풍기는 악취가 들이닥쳤죠. 여러 채의 작은 목조 주택 사이에 있는 더러운 뒷마당에는 쓰레기 더미가 잔뜩 쌓여 있었어요. 또 화장실에서 흘러나온 오물이 작은 물줄기를 이루며 초록빛을 띤 채 흐르다 그대로 말라붙어 있었죠. 사람들은 희부연 돌 위에 빨래를 널어 말리고 있었고요. 그곳에는 먼지와 모래와 자갈이 섞여서 쌓인 흙뿐이었어요. 정원도 있었지만, 과일나무와 자그마한 관목들이 제멋대로 뒤엉켜 자라서 폐허나 다름없었죠.

나는 시트 위에 놓인 그의 털북숭이 손을 보면서 그가 현재 사는 집과 나를 데리고 온 여인, 그러니까 그의 어머니에 대해 생각했어요. 그의 삶이 궁금하면서 한편으로는 안타깝더군요. 그러면서도 왠지 모르게 그가 무서웠어요. 아무튼 그는 지금 몹시 아프고 누군가의 도움이 절실한 상태였죠. 나는 노동절 행사에 대한 이야기를 꺼낼 수 없었어요. 그럴 마음이 들지도 않았고요. 결국 그냥 그 집에서 나왔는데, 그 뒤로는 그를 다시 보지 못했어요.

내 기분이 상한 것은 아마도 아름다움에 대한 그의 의식 때문인 듯해요. 레오나드 사이드 씨는 그런 미의식으로 장의사 일을 하고 침실을 화려하게 꾸몄어요. 그의 미의식이란 장미와 이런저런 꽃과 멋진 요리를 꾸미는 일과 시체를 아름답게 치장하는 일이 혼합된 거예요. 아름다움에 대한 내 생각과는 거리가 있다고 할 수 있죠. 그런 식으로 혼합된 미의식이 그에게는 아무렇지 않겠지만, 나는 생각만 해도 기분이 나빴어요. 내가 사이드 씨를 처음 봤을 때도 그런 기분이었던 것 같아요. 그때 사이드 씨는 만지던 시체를 그대로 두고 거리까지 쫓아 나와서는 "여보세요! 여보세요!" 하고 나를 불렀거든요.

레오나드 사이드 씨는 세인트 제임스 거리에서 흔하게 볼 수 있는 전형적인 인도인이었어요. 허리가 잘록한 바지에 단추를 풀어 헤친 셔츠 차림의 호리호리한 사람들 있잖아요. 평범해 보이지만 잘생긴 사람들이죠. 그는 바로 그런 사람이었는데, 아름다움에 대해서는 특별한 의식을 가지고 있었던 것 같아요.

그 같은 그의 미의식은 비밀이 아니었어요. 주변의 많은 사람도 그의 미의식에 대해 알았을 거예요. 사이드 씨를 심사 위원으로 추천한 젊은 여선생도 예외는 아니었어요. 사이드 씨가 어떤 사람인지 설명해 보라면 잘 모른다고 했겠지만요.

사이드 씨도 사람들이 자기를 특별하게 생각한다는 사실을 알았을 거예요. 사이드 씨한테서 빵 만드는 기술을 배운 여자들은 그에게 열렬한 박수를 보냈지만, 그 밖의 사람들은 대부분 그를 조롱하고 경멸했거든요. 심지어 나 같은 사람도 깜짝 놀라 그에게서 도망쳤는데요, 뭐. 나는 아름다움에 대한 그의 의식이 병적인 것 같아서 무서웠어요. 아무래도 그는 정신을 변형시키는 바이러스를 어머니한테서 물려받았고, 이제는 그와 그의 어머니 둘 다 정신 상태가 이상해져 어떤 것도 제대로 이해할 수 없게 되어 버리지 않았나 싶어요.

여기까지가 여자 선생님한테 들은 이야기다. 선생님은 그 뒤 레오나드 사이드가 어떻게 됐는지 말하지 않았다. 알아볼 생각조차 하지 않은 것 같았다.

　레오나드 사이드는 영국이나 미국으로 들어가는 이민 대열에 합류한 모양이었다. 나는 사이드가 다른 곳에 가서도 과연 자신을 어느 정도나 이해할지 의문스러웠다. 여자 선생님을 두렵게 한 그의 특별한 미의식이 정체를 드러냈을 때 레오나드 사이드 또한 두려워할지 어쩔지도 궁금했다.

　침실에 예수 그리스도의 초상을 걸어 놓았다 해도 사이드는 여전히 이슬람교도였고, 그 자신도 그렇게 믿었다. 하지만 정작 그 자신과 조상들이 어디 출신인지는 거의 알지 못했을 것이다. 그는 자신의 이름인 사이드(Side)가 사예드(Sayed)의 변형이며, 자신의 조부나 증조부가 인도의 시아파 무슬림이었다는 사실도 짐작하지 못했으리라. 세인트 제임스에 러크나우라 불리는 곳이 있는 것으로 보아 어쩌면 그는 인도 북부의 러크나우 출신일지도 모른다. 레오나드 사이드가 자신과 조상들에 대해 아는 것은 세인트 제임스에 있는 그의 어머니 집에서 알게 된 사실이 전부일 터였다. 이런 점에서 사이드는 우리와 매우 비슷한 사람이라고 할 수 있었다.

　나는 과거에 우리가 어떻게 해서 이곳으로 오게 되었는지 잘 알았다. 세인트 제임스 지역의 남아메리카 인디언식 이름은 쿠무쿠라포였는데, 이를 유럽에서 온 초기 여행자들이 '정복한 곳'이라는 뜻의 콩케라보 또는 콩케라비아로 바꾸어 버렸다. 나는 그 지역의 풀과 나무를 보고 맨 처음 콜럼버스가 도착했을 때 그곳에 무엇이 있었고, 그 후로는 어떤 것들이 들어왔는지 대충 알 수 있었다. 또 세인트 제임스 지역에 펼쳐졌던 대규모 농장들을 본래의 위치에 다시 세울 수도 있었다.

세인트 제임스에 대한 역사적 기록은 짧은데, 대략 삼 세기 동안 인구가 지속적으로 감소했다. 그리고 그 뒤 이 세기 동안에는 사람들이 점차 이주해 와서 정착했다. 이런 사실을 뒷받침할 만한 문서는 시청 소속의 호적 등기소에 가면 얼마든지 볼 수 있었다. 그 문서들이 보존되는 한, 우리는 사람들이 사는 모든 지역에 얽힌 이야기들을 어렵지 않게 접할 수 있을 것이다.

나는 이 지역의 역사적인 개요를 설명할 수 있다. 하지만 그렇다고 레오나드 사이드가 물려받은 유전자의 신비를 확실하게 밝혀낼 수는 없다. 사람들 대부분은 자신을 낳아 길러 준 부모나 조부모에 대해서만 안다. 하지만 조상들을 계속 거슬러 올라가면 우리는 우리의 출발점에 이르게 되는데, 그 과정에서 수많은 조상의 기억이 이미 우리의 피와 뼈와 뇌 속에 간직되어 있다는 사실을 알게 된다.

레오나드 사이드가 얼굴에 색칠을 하고 여자처럼 생활하기를 좋아하는 외설적인 러크나우의 춤추는 부족 출신일지 모르지만, 그렇더라도 이 또한 그가 물려받은 유산의 일부일 뿐이다. 물론 우리라고 물려받은 유전자의 특성을 전부 이해할 수는 없다. 우리 또한 이따금 우리 자신에게 이방인일 수 있다.

2
역사: 생선 아교풀 냄새

열일곱 번째 생일에 나는 호적 등기소의 이급 서기로 근무하게 되었다. 그 일은 고등학교를 졸업한 뒤 영국의 대학으로 떠날 때까지의 시간을 메워 주었다. 그 무렵은 내 생애에서 가장 희망이 넘치는 시기였다.

등기소는 포트오브스페인에서 내가 처음으로 알게 된 세인트 빈센트 거리의 레드하우스 안에 있었다. 당시 나는 보잘것없는 시골 소년이었는데, 그때의 기억은 아직도 머릿속 깊이 각인되어 있다.

시골 소년들이 그렇듯 나 또한 이곳에 왔을 때 도시를 동경하고 있었다. 아마 그때가 1938년이나 1939년이었을 것이다. 나는 시골과는 다른 도시의 모든 것이 좋았다. 가운데 부분이 조금 불룩 튀어나온 포장도로도 좋았고, 심지어 차도 가장

자리의 덮개 없는 하수구마저 좋아 보였다. 매일 아침 청소부들이 거리를 청소하며 소방용 수도관을 틀면 신선하고 깨끗한 물이 하수구에 넘치곤 했다. 무엇보다 포장도로가 마음에 들었다. 집들은 대부분 특이한 형태의 울타리에 둘러싸여 있었다. 울타리 한쪽에는 커다란 마차가 드나들도록 물결 모양의 철문이 달려 있었고, 한가운데에는 우아하게 생긴 작은 문이 현관으로 이어졌다. 관처럼 생긴 문이었는데, 안에는 여러 가지 모양의 단단한 철사가 기하학적으로 얽히고 꼭대기에는 쇠로 된 아라베스크 무늬가 새겨져 있었다. 그리고 군데군데 종도 달려 있었다.

커다란 문에서 보도 쪽으로 비스듬히 난 길도 마음에 들었다. 그 길을 따라 마차나 자동차가(당시에 자동차를 소유한 사람은 극소수였다.) 마당을 드나들 수 있었다. 가로등이 서 있는 거리도, 나무와 벤치가 있는 광장도 좋았다. 도시의 평범한 일상은 이른 아침 거리를 청소하는 청소부들의 빗질에서 시작되었다. 현관 계단에 놓인 조간신문, 오전 중에 지나가는 말이 끄는 마차도 마음에 들었다.

포트오브스페인은 상주 인구가 10만 명도 되지 않는 작은 도시지만, 내게는 거대하고 웅장하게 느껴졌다. 어린 시절 아버지는 나를 데리고 그 도시의 거리를 구경시켜 주었다. 어느 일요일 오후 아버지를 따라 시내 중심가로 간 나는 몇몇 유명한 거리를 걸어 보았다. 아름다웠다. 하지만 일요일이라서 모든 거리가 한산했다. 그 덕에 인도를 벗어나 거리 한복판을 휘젓듯이 걸을 수 있었다. 물론 자주 경험할 수 있는 일은 아니었다.

프레더릭 거리에는 대형 상점들이 많았다. 하지만 정작 내 눈길을 잡아끈 것은 세인트 빈센트 거리의 풍경이었다. 그 거리의 끝은 항구로, 주위에는 신문사들이 모여 있었다. 그 가운데에는 《트리니다드 가디언》 지사와 《포트오브스페인 가제트》 지사도 있었는데, 두 건물은 서로 마주하고 있었다.

아버지는 《트리니다드 가디언》 지사에서 근무했다. 《트리니다드 가디언》은 좀 더 비중 있는 기사를 다루는 현대적인 신문이었다. 거리에서도 새로 들여온 기계들과 커다란 롤러, 그리고 신문 인쇄용지와 잉크 리본 등을 쉽게 볼 수 있었다. 기계와 신문지와 인쇄 잉크의 부드러운 냄새도 맡을 수 있었다. 나는 시내에 갈 때마다 종이와 잉크 냄새, 그리고 빠른 속도로 인쇄되어 나오는 신문을 보며 흥분과 함께 감탄하곤 했다. 그 거리의 위쪽 지역도 알게 되었는데, 이는 얼마간 시간이 흐른 뒤의 일이었다.

내게 바지를 만들어 준 재단사가 운영하는 양복점도 세인트 빈센트 거리에 있었다. 어느 날 아버지는 나를 그곳에 데려갔는데, 사람들이 그 재단사를 나자랄리 박시라고 불렀다. 양복점은 서쪽을 향하고 있어서 인도 위에 수직으로 매달린 하얀색 캔버스 블라인드가 오후의 강렬한 햇빛을 가리고 있었다. 양복점 주인 이름이 블라인드 위에 적혀 있었다. 나자랄리는 체격이 작고 호리호리한 인도인이었다. 뜨거운 햇볕 때문이었는지 그는 가게 안에서 일했다. 얼굴은 약간 길었고, 움푹 들어간 눈에서 검은 눈동자가 반짝반짝 빛났다. 가느다란 머리카락은 뒤로 납작하게 빗어 넘겨져 있었다.

나자랄리는 아버지를 매우 친근하게 대했다. 하지만 나한테는 사뭇 엄격했다. 나는 늘 어른들이 내 총명함에 감탄하기를 기대했는데, 나자랄리 앞에서는 그런 기대를 할 수 없었다. 목에 걸린 가느다란 줄자가 나자랄리의 외모에 엄격함을 더했다.

나자랄리의 재단 기술이 얼마나 훌륭한지는 알 수 없지만, 그와의 만남 이후 재단사 하면 금세 그가 떠올랐다. 세상 어디에도 나자랄리와 비교할 만한 재단사는 없는 것 같았다. 그를 떠올리는 순간 포트오브스페인에 있는 재단사들은 모두 가짜로 보였다.

언젠가 나는 우연히 그가 이슬람교도란 사실을 알게 되었다. 처음에는 그 사실에 아무런 거리감도 느끼지 않았다. 그러다 인도의 독립과 인도 대륙의 종교적 분할이 일어난 뒤 그와는 생각의 차이 같은 것이 있다고 여기게 되었다. 그렇다고 그의 양복점에 가지 않은 것은 아니었다. 내가 영국으로 떠날 때 입은 옷을 만들어 준 사람도 나자랄리 박시였다.

나중에 알게 된 사실이지만 세인트 빈센트의 경찰관 제복을 만든 재단사도 나자랄리였다. 포트오브스페인에 거주하는 인도인들 사이에서 나자랄리 박시는 전설적인 삶과 성공의 상징이었다. 경찰청은 나자랄리의 양복점 바로 건너편에 있었다. 그것은 포트오브스페인의 중요한 건물이었다. 경찰청은 매끈한 돌과 흙이 섞인 자갈로 쌓은 높은 회색빛 벽 때문에 다른 건물에 비해 돋보였다. 그런데 나중에 알았지만, 그것은 영국 식민지 시대에 지은 빅토리아 고딕 양식의 건물이었다. 거칠게 단장한 회색빛 앞쪽 벽과 뒤편의 탁 트인 공간에 세운 붉은색 아치들은 식민지 시대 양식으로 경찰청에서 흔히 볼 수 있는 것이었다.

비록 규모가 작은 도시의 짧은 거리였으나 포트오브스페인의 숨겨진 모습을 모두 알기까지는 시간이 꽤 걸렸다. 나는 법률이나 변호사들에 대해서는 아예 관심이 없었기 때문에 지난 몇 년 동안 변호사 사무실이 늘어선 법원 건너편 지역에는 신경 쓰지 않았었다. 그러던 어느 날 유명한 흑인 변호사의 사무실을 방문하게 되었다.

그것은 학교를 졸업한 직후의 일이었다. 나는 꽤 좋은 성적으로 학교생활을 마무리했다. 줄곧 장학금을 받은 우수 학생이었던 만큼 사람들은 내가 곧 유학을 떠날 거라고 생각했다. 그 무렵 나는 영국으로 유학을 떠나기 직전이었다. 당시 함께 학교에 다닌 아이 중 하나가 흑인 변호사의 아들이었다. 어느 날 그 아이는 내게 자기 아버지를 만나게 하고 싶다고 말했다. 그래서 그 아이 아버지의 사무실을 찾아갔는데, 세인트 빈센트 거리에 있는 그 사무실은 스페인 식민지 시절에 지은 자그마한 집 한 채를 전부 사용하고 있었다. 그 집은 1780년 무렵, 그러니까 도시가 들어서고 나서 얼마 안 되었을 때 지은 주거용 건물이었다. 그 같은 초기 가옥들은 규모도 작고 서로 다닥다닥 붙어 있었다. 당시 도로를 너무 좁게 만들었기 때문인 것 같았다. 도시가 생길 무렵에는 숲과 농장들도 아주 가까이 붙어 있었을 것이다.

변호사 사무실 앞에 있는 작은 방에는 흑인 몇 명이 마주 놓인 두 개의 벤치에 가까이 붙어 앉아 있었다. 저마다 자기 차례를 기다리는 듯 보였다. 작은 창문에 걸린 블라인드에는 거리에서 들어온 먼지가 뿌옇게 쌓여 있었다. 의자에 앉은 사람들은 수성 도료를 바른 벽에 어깨와 머리를 기대고 있었는데, 보건소에서 무료 약을 받으려고 기다리는 사람들처럼 조용한 가운데 참을성 있어 보였다. 반짝이는 눈동자, 번질번질한 얼굴, 공손한 표정이 인상적인 그들은 자기들과 외모가 같은 흑인 변호사를 찾아올 수 있다는 사실만으로도 매우 만족한 듯 보였다. 오래 기다리는 것을 조금이라도 언짢거나 불편하게 여기는 기색은 찾아볼 수 없었다. 방금 도착한 어린 소년이 그 대단한 인물이 앉아 있는 사무실에 먼저 들어갔는데도 불평 한마디 하지 않았다. 그 좁은 대기실 분위기는 내게 신선한 충격을 주었다.

흑인 변호사는 보통 방보다 넓고 시원한 사무실에서 셔츠 차림으로 근무하고 있었다. 옷걸이에는 변호사들이 입는 재킷이 걸려 있었다. 퀴퀴한 냄새를 풍기는 법률 서적과 낡은 서류 더미, 전반적으로 초라하고 지저분한 사무실 풍경, 벌레 먹은 칸막이 등을 보니 변호사라는 직업도 따분한 일이라는 생각이 들었다. 이런 방에서 일해 큰돈을 번다는 것이 쉽게 이해되지 않았다.

나는 변호사에게 예의를 갖추어 인사했지만, 무슨 말을 해야 할지 몰라서 잠시 엉거주춤 서 있었다. 변호사도 어쩔 줄 모르는 눈치였는데, 나를 만나는 것만으로도 만족하는 듯했다. 나는 책상 아래에 있는 변호사의 신발을 보고 싶었다. 내가 초등학교 4학년인가 5학년일 때 변호사의 아들이 말하기를, 신발을 어떻게 유지하는가에 따라 신사인지 아닌지가 구별된다고 했다.

그 친구는 자기 아버지인 변호사와 내가 편안히 대화하도록 도와주지 않았다. 사무실로 들어서자마자 태도를 싹 바꿔 변호사인 아버지 앞에서 아들 본연의 자세를 취한 것이다. 그는 잘 보이기 위해 어떤 노력도 할 필요가 없는 변호사의 아들이자 그 가족의 보물이었다. 그의 관심사는 오로지 시원한 음료가 어디에 있는가뿐이었다. 그야말로 잘나가는 변호사 앞에서 아무런 거리낌 없이 마음대로 행동했다.

변호사는 에반더라는 이름으로 유명했다. 나는 어색한 분위기를 누그러뜨리려고 변호사한테 어떻게 그런 이름을 갖게 되었는지 물었다.

변호사는 이렇게 대답했다.

"우리 아버지는 교육을 가장 중요하게 생각하신 분이었단다. 당신은 비록 교육의 혜택을 받지 못했지만, 교육이 내게 야망을 불어넣어 줄 거란 걸 아셨어. 1867년인지 1870년인지 확실하지 않은데, 어쨌든 그 무렵에 태어나셨으니 우리보다 한참이나 옛날 분이지. 그 이름을 찾아보려면 호메로스 시집 네다섯 권을 들춰야 할 거야."

나는 그렇게 유명한 사람이 에반더라는 흔하지 않은 이름의 유래에 대해 알아보지도 않고, 그러니까 그것이 라틴어나 그리스어에서 유래된 줄도 모른 채 내게 허세나 부리려 한다는 사실에 놀랐다. 어쨌거나 그는 자수성가한 사람이었다. 하지만 정식 교육은 단 한 번도 받은 적이 없었다. 그는 오로지 직업적 전문성에만 전력투구한 끝에 마침내 성공했다. 인격적인 결함은 우연한 기회에 드러나기 마련인데, 그의 경우 그 결함이 걱정스러울 정도였다. 그는 내가 자기에 대해 새로운 생각을 하지도 못하고, 다른 사람에게 자기에 대해 전하지도 못하게 하려는 듯 이상한 방식으로 이야기를 이끌어 나갔다.

이윽고 그는 등받이가 높은 호화로운 의자에 등을 기댄 채 힘을 과시하듯 하얀 소매에 덮인 굵은 팔뚝을 탁자 위로 슬쩍 내밀며 묘한 미소를 띠고 큰 소리로 말했다.

"인종! 인종! 하지만 모두 사람이야!"

나는 변호사가 말한 인종이 아프리카계 흑인이나 이런저런 유색인을 뜻한다고 생각했다. 내가 그의 사무실에 초대된 것 또한 인종적인 이유 때문인 듯싶었다. 나는 어색한 표정으로 친구를 바라보았다. 그는 자기 아버지가 내뱉은 말에는 관심이 없는 듯, 아니 듣지도 못한 듯 표정의 변화가 없었다.

나로서는 친구의 공허한 얼굴을 도저히 이해할 수 없었다. 지난 몇 년 동안 나는 세인트 빈센트 거리에서 종이와 잉크와 인쇄기 냄새를 맡으며 환상적인 시간을 보냈다. 그런데 블라인드가 쳐진 변호사 사무실에는 내가 경험한 것과 완전히 다른 종류의 환상과 감정이 배어 있었다. 식민지의 현실로 인해 세인트 빈센트 거리의 불빛에는 모종의 숨겨진 사연이 깃들어 있는 것만 같았다.

그것은 1940년대 후반에 있었던 일이다. 당시에는 극소수의 흑인들만 신분 상승을 꿈꿀 수 있었다. 그런데 지난 세기에 태어난 사람이 어떻게 자신의 앞날을 확신하면서 게다가 이십 년 뒤에 사람들이 흑인 인권 운동에 대해 경의를 표할지 어떨지도 모르면서 흑인의 권리와 인종 문제를 거론할 수 있었을까? 아무리 생각해도 쉽게 이해되지 않았다. 그런데 그보다 더 이상한 것은 내 친구의 아버지인 에반더의 공식적인 견해가 이와는 전혀 달랐다는 사실이다. 소문에 따르면 에반더는 자수성가한 흑인이면서도 백인처럼 되기만을 바랐을 뿐, 다른 흑인들의 일에는 전혀 상관하지 않은 채 오로지 자신의 출세만을 위해 싸웠다.

에반더가 내게 들려준 환상 같은 이야기는 그의 가족만 아는 비밀이었다. 결국 에반더와 그의 아들인 내 친구는 나를 자기 가족의 일원으로 받아들인 셈이었다. 나는 감동했지만 동시에 당황스럽기도 했다. 그들의 감정이 이해되기도 하고 어느 정도는 찬성할 수도 있었다. 하지만 그런 이해는 어디까지나 내 관점에 속한 것이어야 했다. 감동은 했을지언정 에반더 가족의 일원이 되고 싶지 않았던 것이다. 나 스스로 에반더나 내 친구의 생각에 구속되는 듯한 느낌이 들었다. 그런데 아무리 보아도 앞으로 전개될 대규모 인종 운동에 대한 에반더의 생각은 지나치게 감상적인 것 같았다.

당시에는 열일곱 살 미만의 아이는 공무원으로 채용되지 않았다. 그 때문에 나는 열일곱 번째 생일을 맞고서야 등기소에서 일하게 되었고, 그때부터 세인트 빈센트 거리의 또 다른 면을 알기 시작했다.

호적 등기소는 레드하우스 1층에 자리했다. 레드하우스에서는 주로 행정 업무를 보았는데, 그것은 포트오브스페인에서 가장 큰 건물 중 하나로 외관이 무척 아름다웠다. 건물 전체가 흐릿한 붉은색을 띠는 이유가 원래 그런 색의 페인트를 칠해서인지 회반죽이 다른 무엇과 섞여서 그렇게 보이는지는 알 수 없었다. 레드하우스는 포트오브스페인의 특징을 두드러지게 하는 건물 중 하나였다. 항구나 높은 언덕 또는 드넓은 평야인 사바나를 가로지르는 도로에서도 보였다.

레드하우스는 이탈리아 건축 양식으로 지어졌다. 이 층 건물에는 층마다 탁 트인 발코니가 있었고, 둥근 지붕이 전체를 감싸고 있었다. 붉은색 지붕 아래로는 세인트 빈센트 거리와 우드퍼드 광장 사이로 난 보도가 보였는데, 한 블록을 차지할 정도로 넓었다. 그 때문에 그곳만 보면 도시가 아주 거대하다는 느낌이 들었다. 보도를 따라 돌계단을 오르면 이상하게 생긴 분수를 지나 반대편 돌계단으로 내려올 수 있었다. 그 분수는 전쟁이 났을 때 가동이 중단된 이후 그대로 멈춰 있었다. 군데군데 녹슬고 물때가 덕지덕지 끼어 있기는 했지만, 대리석만큼은 여전히 아름다웠다. 그래서인지 금방이라도 물줄기가 솟아오를 것 같았다.

텅 빈 분수대 뒤쪽에는 나무로 만든 대형 게시판이 높이 솟아 있었다. 게시판은 그 앞을 지나가는 사람들이 레드하우스에서 일하는 공무원들을 쳐다보지 못하도록 가로막는 스크린 역할도 했다. 게시판 뒤에는 자전거 보관대가 있어서 공무원들은 타고 온 자전거를 그곳에다 세우고 자물쇠를 채워 두었다. 하지만 게시판과 함께 자전거들이 탁 트인 보도의 전망을 가리는 탓에 다른 곳에서는 멋지게 보이는 건물이 이곳에 서만큼은 아름답게 보이지 않았다.

게시판에 정부의 공지 사항 같은 것 대신 건강 관리나 예방 접종의 중요성을 강조하는 포스터만 붙어 있었다. 그런 포스터들 대부분은 런던에서 그대로 가져온 것으로, 포트오브 스페인과는 어울리지 않았다. 하지만 우리는 그런 것에도 익숙해져 있었다.

게시판을 관리하고 포스터를 부착하는 일은 정보 사무처 담당이었다. 정보 사무처는 전쟁 기간에 다급하게 편성된 행정 부서로, 그곳 직원들은 레드하우스 잔디밭에 세운 목재 건물 안에서 전쟁이나 영국 생활에 대한 사진과 안내 소책자를 배포하는 정도의 일을 했다. 건강 검진과 혈액 검사와 엑스선 검사를 비롯해 깨끗한 물에 대한 포스터와 공보물 부착은 전쟁이 끝난 뒤에도 계속되었다. 그런 종류의 것들은 레드하우스에서만 볼 수 있을 뿐, 다른 곳에서는 전혀 눈에 띄지 않았다. 포스터든 공보물이든 내가 보기에는 가치도 의미도 없었다. 그런 것들에는 정부가 매우 친절한 기관이며, 국민 한 사람 한 사람에게 관심을 기울이고 있다는 점을 부각하려는 의도만 깔려 있었다.

정규 교육을 받은 내게 정부의 그런 의도는 새로울 것이 하나도 없었다. 단 그 도시에서 경험한 실제적이고 구체적인 것들은 새롭게 느껴졌다. 이는 내 피와 두뇌에 통치자들이나 정부는 국민에게 무관심하고 독단적일 뿐이라는 인도인의 오랜 관념이 녹아 있기 때문일 터였다. 정부나 통치자는 상징적인 존재일 뿐이었다. 그들에게 무언가를 기대하는 것은 그야말로 바보 같은 짓이었다.

말로는 표현하지 않았지만, 그런 내 생각의 바탕에는 어떤 잔혹함 같은 것이 깔려 있을지도 모른다. 오래전, 아니 그렇게 오래되지 않은 시절에도 거리에서 흔히 쓰이는 언어에는 잔혹함이 배어 있었다. 과거 플랜테이션 농장 시절만 해도 일꾼들끼리 또는 부모가 자식에게 체벌이나 고통을 주는 등의 위협이 일상적으로 그리고 공공연하게 가해졌다. 대가족의 생활 속에도 잔혹함이 숨어 있었다. 초등학교에도 비슷한 종류의 잔혹함이 존재했는데, 선생님들의 심한 체벌이나 학생들 사이에 일어나는 패싸움이 바로 그것이다. 인도의 시골이나 아프리카의 도시에서도 잔혹함을 찾아볼 수 있었다. 우리 주위에 퍼져 있는 아주 단순한 것에도 잔혹함의 기억이 배어 있었다.

등기소는 세인트 빈센트 거리에서 레드하우스 쪽으로 들어오면 분수대 오른쪽에 있었다. 그 길을 따라 끝까지 걸어가면 우드퍼드 광장이 나왔다. 그곳은 포트오브스페인에서 가장 아름다운 광장이었다. 우드퍼드는 젊은 영국인 총독의 이름이었다. 1820년대에 영국이 이곳 트리니다드를 정복한 이후의 혼란을 바로잡고 식민지의 법과 질서를 세운 인물이었다. 스페인 사람들이 포트오브스페인을 건설하자마자 영국이 무력으로 빼앗았던 것이다. 당시 우드퍼드 광장은 아무것도 없는 휑한 공터였는데, 영국이 들어와서 아름답게 꾸민 덕에 레드하우스의 뛰어난 경관의 일부가 되었다. 광장에는 야외 음악당이 있었고, 레드하우스처럼 분수대가 들어서 있었다. 게다가 의자들과 장식용 철제 레일과 포장된 도로도 있었으며, 울창한 나무들이 시원한 그늘을 드리웠다.

그곳은 시내에서 가장 멋진 장소였다. 2차 세계 대전이 일어나기 전 어느 일요일에 나는 아버지와 함께 시내 중심가를 돌아다니다 그 광장을 처음 보았다. 광장은 포트오브스페인에서 집 없는 사람들이 모여 사는 곳 중 하나이기도 했다.

집 없는 사람들은 대부분 인도인이었다. 사탕수수 농장에서 일하기로 계약하고 인도에서 건너왔지만 이런저런 이유로 술주정뱅이가 됐거나 인도로 돌아갈 약속이 지켜지지 않았거나 가족과 다툰 바람에 오갈 데 없는 처지로 전락한 사람들이었다. 그들은 돈과 직업은 물론이고 가족도 없었고, 영어도 할 줄 몰랐다. 그야말로 내세울 것 하나 없는 사람들이었다. 다들 극도로 빈곤했는데, 동화에 나오는 인물들처럼 어느 날 갑자기 인도의 농가에서 거인의 손에 들려 몇 주일 동안 배를 타고는 수천 킬로미터나 떨어진 이곳 트리니다드에 내려졌다. 트리니다드의 식민지 환경에서는 인권이 제한되어 있어서 그 사람들을 상대로 무슨 일이든 할 수 있었다. 그래서 그들은 도시 사람들에게 별의별 시달림을 다 당했다.

우리는 그런 식의 잔혹함을 견딘 끝에 살아남았다. 잔혹한 광경을 목격하더라도 못 본 척 외면할 수밖에 없었다. 그들을 보호할 수 있는 제도적 장치가 없었다. 결국 인도에서 건너온 수많은 사람이 속절없이 죽어 갔다. 1940년대 후반까지 트리니다드의 인도인들은 대부분 그렇게 사라졌다.

1940년대 초 아버지는 그런 사람들 가운데 몇몇의 이야기를 인도의 지방 잡지에 기고했다. 내가 레드하우스에서 근무할 때는 우드퍼드 광장에서 더는 인도 사람을 볼 수 없었다. 내 기억에 남은 것은 두세 명의 흑인 정신병자뿐이었다. 그 가운데 한 사람은 먼지와 기름때가 잔뜩 묻어 회갈색으로 보이는 뻣뻣한 머리카락을 길게 땋아 늘어뜨린 채 로빈슨 크루소 같은 옷차림을 하고 있었다. 사실 옷이라고도 할 수 없었다. 본래 색이 완전히 사라진 데다 땟국물이 줄줄 흐르는 누더기였으니까. 주워 입은 것이 분명했다. 그는 아무에게도 해를 끼치지 않았지만, 정신병자나 다름없었기 때문에 광장을 지나가는 사람들은 그를 멀리했다. 특히 내면을 꿰뚫어 보는 듯한 그의 반짝이는 눈을 피하려고 애썼다. 내가 근무하는 등기소는 세인트 빈센트 거리와 우드퍼드 광장 사이에 있어서 나는 그를 자주 봤다.

이급 서기인 내가 하는 일은 출생이나 결혼 신고서와 사망 신고서를 정리하고 관리하는 것이었다. 증명서가 필요한 사람들은 레드하우스의 게시판 근처에서 민원인을 기다리며 등기소 입구를 서성거리는 임시 직원들과 협의하곤 했다. 임시 직원들은 민원인들과 미리 약속 날짜를 잡은 뒤 약속한 날 증명서 발급에 필요한 도장 찍힌 신청서를 작성했다. 그리고 나면 각종 서류를 전달하는 등기소 직원들이 지하실에서 두껍고 무거운 장부를 들고 왔다. 임시 직원들은 장부를 건네받아 등기소 밖에 있는 반짝반짝 광택 나는 갈색 책상 앞에 앉아서 한참 동안 뒤적였다.

내 방의 높은 창문을 통해 나는 잔디밭과 우드퍼드 광장의 나무와 철제 레일이 깔린 레드하우스를 볼 수 있었다. 이따금 나무 아래를 보면 교실 같은 분위기가 느껴졌다. 거기에는 나이 많은 흑인들이 긴 의자에 나란히 앉아 마치 재미있는 이야기에 넋을 잃은 아이들처럼 오전 내내 책을 들여다보았다.

사무실 밖의 독립된 공간에서는 변호사 서기들이 책상 앞에 앉아 일에 몰두했다. 그 가운데 몇 명은 넥타이를 매고 있었는데, 그들은 출생 기록부나 사망 기록부를 정리하는 직원들보다 지위가 높았다. 기록부를 정리하는 직원들은 적어도 읽고 쓰는 법을 알았기 때문에 글을 모르는 대다수 사람을 위해 많은 일을 했다. 하지만 상대적으로 봉급이 적어 생계가 불안정했다.

그들은 민원인이 신청한 서류를 찾아 복사를 요청하기도 했다. 그러면 서류를 전달하는 직원들이 신청 용지와 그에 따른 장부를 내 책상 위에 올려놓았다. 그것은 사실 책상이라기보다는 자그마한 탁자라고 할 수 있었다. 당시 나는 임시직으로 이급 서기의 일을 하고 있어서 지하실에 가까운 곳에 놓인 작은 탁자 앞에 앉아 초록색 수성 페인트가 칠해진 벽을 마주한 채 업무를 처리했다. 서류를 전달하는 직원들이 지하실을 오르내릴 때마다 내 뒤를 지나갔기 때문에 조금은 신경이 쓰였다. 나는 복사가 필요한 장부를 오른쪽에 쌓아 놓았다가 복사가 끝나면 왼쪽으로 옮겼다. 그렇게 해서 쌓인 장부는 꽤 높았다. 장부 한 권의 두께는 보통 10센티미터, 폭은 40센티미터나 되었다.

장부에서는 생선 아교풀 냄새가 풀풀 풍겼다. 생선 아교로 서류를 붙여 놓았기 때문이다. 풀은 생선 뼈와 껍질과 살 부스러기 등을 푹 끓여서 만든 것 같았다. 그런 것을 한꺼번에 넣고 한참을 끓이면 꿀처럼 끈적끈적해지면서 색깔도 꿀과 비슷해지는데, 일단 마르면 매우 딱딱하게 굳었다. 아교를 바닥에 흘리면 황금색 방울 모양으로 굳으면서 유리처럼 투명해졌다. 하지만 딱딱하게 굳은 뒤에도 생선 비린내와 썩은 냄새는 계속 났다.

나는 섬에서 인쇄된 모든 것이 지하실에 있다는 사실을 알게 되었다. 식민지 시대의 기록도 예외는 아니었다. 출생과 사망, 업적, 재산과 노예 소유권 이전 등을 비롯해 한 세기 반에 걸친 식민지 시대의 모든 기록이 지하실에 보관되어 있었다. 나는 오래된 신문과 책을 보는 게 좋았지만, 그 지하실에서 풍기는 생선 아교풀 냄새만은 도저히 참을 수 없었다. 희미한 전등 불빛 아래 오랜 세월 켜켜이 쌓인 먼지와 산처럼 높이 쌓인 낡은 서류 더미에서 풍기는 퀴퀴한 냄새는 안쪽으로 들어갈수록 더욱 고약했고, 밀폐된 실내 공기도 더욱 탁했다.

담당 서기는 내 책상 앞에 앉아서 마치 유치원 교사처럼 내가 온종일 복사한 문서들을 검토하고 서명했다. 그러고는 결재를 받기 위해 사무 책임자의 책상 위에 서류를 올려놓았다. 나는 '일반 등기부 대행'이나 '일반 등기부 대행 대리' 같은 긴 이름을 서류에 써 놓았다. 그리고 나서 인지를 붙이고 등기부 철제 인장으로 소인을 찍었다. 그래야만 민원인들은 비로소 필요한 서류를 받을 수 있었다. 오늘날이라면 수많은 서류를

하나하나 뒤적이고 기록하고 검토하는 등 여러 사람이 매달
릴 일을 유능한 사람이나 컴퓨터 한 대로 후딱후딱 처리하겠
지만, 당시는 그렇게 할 수 없었다. 서류를 전달하는 직원들이
지하실과 사무실을 하루 종일 쿵쿵거리며 오가던 모습이며,
부피도 큰 이상하게 생긴 장부를 팔에 끼고 흔들면서 가져가
고 다시 가져와서 책상에 놓던 기억이 아직도 선명하다. 그런
일은 전문적인 사무직이기는 해도 체력과 끈기가 필요한 만큼
건장한 사내들이 맡아서 했다.

이따금 나는 그 등기소에서 평생을 보냈다면 어떻게 됐을
까 하는 상상을 하곤 한다. 아마 그랬다면 온종일 서류를 점
검하고 또 점검 받으며 상사의 이름으로 증명서를 떼어 주는
등의 일을 끊임없이 했을 것이다. 공무원이라는 직업의 안정
성을 갈망한 끝에 공무원이 되면 그 일이 사람들에게 어떤 영
향을 주고 어떻게 하면 미움을 사는지도 알 것 같다. 하지만
막상 공무원이 되고 나면 따분함부터 느끼게 된다.

사무실에는 남자 한 명과 중국계 부인 한 명이 근무했다.
몇 년인지 모르지만 둘은 꽤 오랫동안 근무한 듯 은퇴를 고
려하고 있었다. 둘 다 1차 세계 대전 중에 공무원 생활을 시
작한 것 같았다. 몇 주, 몇 달도 아닌 몇 년을 거슬러서 과거
를 상상하는 것은 결코 쉬운 일이 아니다. 내가 아버지를 따
라 처음으로 세인트 빈센트 거리를 걸으며 도시를 발견한 지
어느덧 십 년이라는 세월이 흘렀다. 그 세월의 뒤안길을 돌아
보는 것 또한 쉬운 일이 아닌데, 그 남자와 중국계 부인에게는
이미 수십 년이란 세월이 지나갔다.

둘은 업무에 훤했을 뿐 아니라 일도 아주 능숙하게 처리했다. 연륜과 인내심은 그들을 다른 사람들보다 높은 지위에 올려놓았고, 사무실 내부의 투쟁과 야심에서도 승리할 수 있도록 용기를 북돋아 주었다. 두 사람은 일과 세월을 통해 인내심을 기른 만큼 늘 서두르지 않고 느긋하게 행동했다.

중국계 부인은 계산대 근처의 책상 앞에 앉아 증명서를 민원인들에게 전달하는 업무를 맡았는데, 마치 그 일이 부인의 여성적인 본능을 발휘하기에 딱 맞는 듯 어머니 같은 인자함과 부드러운 태도로 모든 사람을 대했다. 남자의 경우도 비슷했지만 약간 다른 구석이 있었다. 남자가 점잖게 행동하는 것은 술 덕분이었다. 등기소 내 모든 사람이 그 사실을 알았다. 그는 월요일이면 주말에 마신 술이 몸에 그대로 남은 듯 온종일 기분이 좋아 보였다. 얼굴 가득 생기가 넘치는 가운데 아무렇지 않은 모습으로 사무실에 출근해서는 차분하게 일했다.

월급날이 다가오면 이따금 모든 업무가 끝난 뒤 사무실에서 술판이 벌어지곤 했다. 마치 위에서 그렇게 해도 좋다는 허락을 공식적으로 받은 듯한 표정들이었다. 술을 마시는 사람들은 어깨 위에 수건을 하나씩 걸치고 있었는데, 이는 근무 시간이 끝났다는 의미였다. 그들은 책상에 앉거나 의자 팔걸이에 다리를 올려놓은 채 몇 시간이고 술을 마셨다. 나는 술을 마시지 않았지만, 그 술자리가 꽤 아슬아슬하게 느껴졌다. 그 자리에는 농담이 오가는 일이나 우정을 확인하는 대화 같은 것이 없었다. 그저 독한 럼주가 그 사람들의 영혼과 사생활

속으로 깊숙이 침투했을 뿐이다.

등기소에는 세인트 제임스 출신의 흑인 소년도 있었다. 소년과 나는 여러 해 동안 막연하게 아는 사이로 지냈다. 소년이 우리 집과 가까운 곳에 산다는 사실은 알았지만, 정확히 어디인지는 몰랐다. 소년도 내게 자기 집이 있는 곳을 알려 주려고 하지 않았다. 소년은 이따금 자기 어머니에 대해 이야기했다. 나는 소년이 세인트 제임스의 허름한 판잣집 중 하나에서 어머니와 단둘이 살고 있을 거라고 생각했다. 소년과 나는 돈이 없다는 점에서는 비슷했지만, 장래는 크게 다를 터였다. 나는 삶의 더 높은 곳을 향해 유학을 꿈꾸었고, 소년은 간신히 초등학교를 졸업했으므로 그 한계를 받아들여야 하는 처지였을 것이다. 소년과 내가 더 가까워질 수 없었던 것은 바로 이런 이유 때문이었던 것 같다.

소년은 또래 아이들에 비해 키가 크고 깡말라서 균형을 잡지 못한 채 위태롭게 자전거를 타는 어릿광대처럼 보였다. 하지만 술을 마셨을 때는 표정이 아주 심각해졌다. 아마도 럼주의 영향 탓일 터였다. 붉게 충혈된 눈동자에 엄숙하기까지 한 표정에서 지금껏 보지 못한 소년의 다른 면이 느껴졌다. 소년은 자신의 직업, 등기소 직원으로서의 업무, 미래의 야망 등에 대해 내가 생각한 것보다 더 진지하게 고민했던 것이다. 그는 현재의 자기 자신에 대해 전혀 만족하지 않는 것 같았다. 많은 것을 기대하지도 않고 높은 곳을 지향하지도 않는 것처럼 보이는 어릿광대 같은 그의 특성은 하나의 껍데기일 뿐이었다. 소년이 농담하듯 내뱉은 이런저런 말도 절대로 진심이 아니었다.

　내가 만든 증명서를 이따금 점검하는 서기인 벨베누아는 그 같은 껍데기가 없는 사람이었다. 그는 중년의 유색인이었다. 여러 세대를 거치면서 인종이 혼합된 탓에 피부는 흰 편이었다. 그는 특별한 자격증도 없었다. 자기가 어떤 업무를 충실히 잘 처리할 수 있을 거라는 생각 같은 것도 하지 않았다. 그의 불만스러운 얼굴을 보면 자연스레 여러 인종이 추측되었다.

　벨베누아가 공직 생활을 시작할 무렵, 가장 좋은 자리는 늘 영국에서 온 사람들 차지였다. 나중에는 그런 관행이 깨졌지만, 벨베누아는 그로 인한 설움을 톡톡히 당했다. 그는 등기소에서 실의에 빠진 사람으로 유명했다. 직원들은 자기도 실의에 빠질까 봐 병균을 피하듯 그를 피했다. 벨베누아는 자기 피부가 흰빛을 거의 띠지 않는다고 생각했는데, 그 때문에 사람들이 자기를 천대하지는 않더라도 인종적인 불이익을 준다고 믿었다. 이를테면 사무실에서 낮은 지위에 머무는 것도 바로 그런 이유 때문이라고 확신했다.

　사무실 방침을 정하거나 공무원 회의를 비롯한 다양한 활동에서 벨베누아와 가깝게 지내는 사람은 블레어였다. 그런데 블레어는 벨베누아와 전혀 어울리지 않아 보였다. 그는 덩치가 큰 흑인으로 피부가 눈에 띄게 매끈했으며 건장한 어깨를 늘 쫙 펴고 다녔다. 다른 사람을 대하는 태도는 아주 깍듯하면서도 사뭇 진지했다. 블레어는 사람들과 쉽게 어울렸고 잘 웃었다. 그러면서도 자제력을 잃지 않았다. 그리고 늘 자신감이 넘쳤다. 블레어는 트리니다드 북동쪽에 위치한 흑인 마을 출신이었는데, 이 같은 사실이 그를 더욱 특별해 보이게 했다. 그에게는 다른 인종과 섞여서 자란 흑인들이 내보이는 호전성이나 뻔뻔스러운 태도 같은 게 없었다.

블레어는 오지 중의 오지에서 자란 탓에 보통 사람들보다 교육을 늦게 받았다. 하지만 그는 그 격차를 충실하게 좁혀 나갔다. 남들이 취직을 생각할 때 블레어는 이미 담당 서기가 되어 있었다. 그리고 사무실의 모든 사람이 알듯 그는 벨베누아가 얻지 못한 자격증을 따기 위해 더 나은 학위를 취득하려고 누구보다 열심히 공부했다. 블레어도 내가 작성한 증명서를 이따금 검토해 주었다. 나는 덩치가 산만 한 블레어가 아주 작고 깔끔한 글씨로 서명하는 모습을 보고 깜짝 놀랐다. 그것은 그의 야망과 강인함을 나타내는 징표처럼 보였다.

블레어는 눈에 띄게 정중한 남자였다. 그는 어린 내게도 예의를 갖추었다. 하지만 나는 직장에서 잠깐잠깐 이야기 나누는 상대쯤으로 그를 받아들였다. 그래서 그 이상 블레어를 알지 못했고 알 수도 없었다. 북동쪽에 위치한 마을의 아프리카계 사람들은 여러 세대가 지나는 동안 백인들이나 인도인들과 접촉하지 않은 채 계속해서 고립된 생활을 해 왔기 때문에 그들만의 독특한 정서나 신념, 그리고 환상을 품고 있었다. 아프리카계 사람들처럼 블레어도 나에 대해 비슷한 감정을 느꼈을 것이다. 내 배경이 인도와 힌두교인 만큼 나를 폐쇄적인 사람으로 여겼을 수도 있다.

하지만 블레어와 나는 공무원이라는 중립적인 입장이었기

때문에 그런 문제에 대해서는 걱정할 필요가 없었다. 우리는 좋은 관계를 유지했다. 블레어는 업무를 처리하는 데 있어 그야말로 완벽했다. 하지만 그 완벽함이 왠지 불안해 보였다. 아무튼 학교를 졸업하고 이곳에서 일한 지 얼마 되지 않은 내 눈에 비친 블레어는 나무랄 데 하나 없는 모범 공무원이었다. 그는 벨베누아를 비롯한 동료들과 잘 협력했다.

블레어는 당시 내가 그를 보면서 느낀 그대로 인생을 살았다. 칠 년 뒤 그는 공무원이라는 탄탄한 직업과 사무실에서의 위축된 생활을 내팽개치고 지방 정치에 뛰어들었다. 그리고 순간순간 상황 판단을 잘하면서 성공 가도를 달렸다. 식민지에서 독립하고 자치 정부 수립이 허락된 세상에서 그는 거침없이 성장해 나갔다.

마침내 블레어는 국제적인 경력까지 쌓게 되었다. 거의 이십 년이 지난 뒤, 나는 동부 아프리카의 어느 독립 국가에서 블레어와 재회했다. 그는 단기 계약으로 그 나라 지방 정부의 일을 처리하기 위해 그곳에 와 있었다. 블레어는 독립한 아프리카에서 그런 일을 맡게 된 것을 흡족하게 여기고 있었다.

그런데 우리가 다시 만난 지 얼마 지나지 않아서 블레어는 갑작스러운 죽음을 당했다. 그의 등장으로 위협을 느낀 정부 내의 몇몇 난폭한 정치가들이 청부업자를 고용해 그를 살해한 것이다. 살해되고 이틀 뒤 블레어의 만신창이가 된 거대한 몸이 플랜테이션 농장에서 썩은 바나나 잎사귀에 가려진 채 발견되었다. 결과적으로 그의 남다른 경력이 그를 죽음으로 내몬 셈이었다.

그렇더라도 블레어의 죽음은 내게 미스터리 중의 미스터리였다. 그 미스터리 때문에 그의 경력이 조롱을 당하는지 그 경력의 가치가 없어지는 것인지는 알 수 없었다. 아무튼 나로서는 뭐가 뭔지 판단하기 힘들었다.

나는 지금 레드하우스에 앉아 있는 블레어를 회상한다. 블레어는 화려한 경력의 중간 지점에서 자신의 뛰어난 능력으로 다른 길을 선택할 수 있었다. 어쩌면 나와 비슷한 길을 갈 수도 있었을 것이다. 어쨌든 복잡하게 뒤엉킨 블레어의 과거를 실타래를 풀듯 회상하자니 지나간 날들이 하나하나 생생하게 되살아나면서 마치 변호사 에반더가 그랬던 것처럼 나 또한 블레어와 함께 앞만 보고 달리는 것 같은 느낌이 들었다. 그와 동시에 삶에 대한 희망이 충만한 그 시절로 돌아가서 블레어가 공부에 열중하는 것처럼 느껴졌다.

블레어가 열심히 공부했듯 나도 틈만 나면 부지런히 습작했다. 보통 하루에 한두 시간씩 습작에 시간을 쏟았는데, 특정 주제를 정해놓고 쓰지는 않았다. 단순히 작가가 되기 위한 준비를 했던 것이다. 나는 노트를 한 권 구입하여, 읽은 책에 대한 비평과 삶에 대한 이런저런 생각을 청록색 잉크로 적어 나갔다. 그런데 내가 쓴 글에는 과장되거나 틀린 부분이 꽤 있었다. 그래서 노트를 사람들에게 보여 주려고 하지 않았다.

나는 표현이 서툴러도 심오한 내용을 담고 싶었다. 이따금 주위 풍경을 글로 묘사하기도 했다. 비 갠 오후의 프티밸리 숲이나 도시 북서쪽 언덕에 있는 오래된 코코아 농장의 흔적을 하나하나 글로 옮겨도 보았다. 스케치하듯 포트오브스페인을 묘사하기도 했다. 비가 내리는 날 밤에 본 세인트 제임스의 웨스턴 메인 로드, 리알토 영화관 옆에서 붉은빛으로 깜빡거리는 코카콜라 네온사인 간판, 달리는 자동차와 상점에서 흘러나오는 불빛이 반사되어 반짝거리는 아스팔트 도로, 상점 안을 환히 밝히는 여러 모양의 전구들, 파리똥으로 더러워진 전기 코드에 매달려 자는 파리들, 상점을 지키는 대머리 중국인 경비원, 얼룩진 유리 그릇, 흰 가루를 뒤집어쓴 케이크, 부드러운 코코넛 파이 등도 글로 묘사했다.

나는 그림처럼 묘사하는 것을 좋아했다. 그리고 묘사한 것을 수정하는 것도 좋아했는데, 이는 내 글이 아주 많은 수정 과정을 거친 듯 보이기를 바랐기 때문이다. 인위적이기는 하지만 그런 식으로 작업한 글이 아직도 그대로 남아 있어 세월이 한참 지난 뒤 다시 읽어 보면 깜빡 잊은 사건이나 시대의 분위기 등을 되돌아볼 수 있다. 과거에 써 놓은 글은 기억의 문을 여는 열쇠라고 할 수 있을 것이다.

토요일인지 일요일인지 확실하지 않은데, 어느 주말에 나는 글감을 구할 겸 리알토에서 열린 흑인 미인 선발 대회에 가 보았다. 미인 선발 대회에 간 것은 그때가 처음이었다. 그 대회는 초라하기 이를 데 없었다. 한두 소녀를 빼고는 모두 행색이 촌스러웠다. 재미있는 것도 전혀 없었다. 그래도 나는 어떻게 해서든 재미있게 쓰려고 애썼다. 예상 밖의 사건은 없었지만 무언가 시선을 끌 만한 것을 넣으려고 했다.

결국 나는 미인 대회의 여왕으로 뽑힌 아가씨가 관중의 야유를 받고 울음을 터뜨렸다는 식으로 이야기를 꾸몄다. 그 이야기를 완성하는 데 거의 삼 주나 걸렸다. 단순하고 시시한 내용을 기술하는 일에 너무 많은 시간을 들였다는 생각이 자꾸만 들었다.

나는 우선 펜으로 쓴 다음, 사무실의 타이프라이터로 몇 차례나 수정을 반복하며 글 쓰는 시간을 의도적으로 늘려 나갔다. 하지만 그런 수정 작업이 도움이 되지는 않았다. 오히려 수정하면 할수록 학교 잡지에나 실릴 법한 수준의 글이 되었다. 자세한 성찰이나 진지한 감성이 담기기보다는 말장난에 가까운 글이 되고 만 것이다.

나는 미인 선발 대회를 주관하는 사람에 관해 집중적으로 묘사했다. 그 사람이 입은 정장을 비롯해 문법에 맞지 않은 연설, 거만한 태도 등을 자세히 그렸다. 그러고는 다 쓴 원고를 서로 알고 지내는 사무실의 흑인 타이피스트에게 보여 주었다.

그녀는 원고지를 고급스럽게 보이는 타이프라이터 옆에 두고는 잠시도 쉬지 않고 단숨에 글을 읽었다. 글을 읽으면서 한두 번 가벼운 미소를 지었을 뿐, 아무 말도 하지 않았다. 그녀는 글을 다 읽은 뒤에야 비로소 이렇게 말했다.

"그 사람이 인도인이었다면 이렇게 묘사하지는 않았겠죠?"

그것은 내가 예상한 말이 아니었다. 그녀가 그런 평가를 내릴 줄은 생각도 못 했다. 물론 원고를 건네주었을 때는 그녀가 높은 평가를 해 주었으면 하고 바랐다. 그런데 그녀가 말하지 않았어도 나는 몇 주일 뒤 내가 쓴 글에 좀 문제가 있다는 사실을 알게 되었다.

작가가 기본적으로 갖추어야 할 태도는 무엇일까? 작가가 아는 세계 또는 작가가 겪은 경험에 따라 사물을 보는 관점이 달라질까? 작가가 하나의 세계만 안다면 다른 세계에 대해서는 어떻게 쓸 수 있을까? 나는 그때까지 이런 질문을 스스로에게 던진 적이 없었다. 작가라면 꼭 한 번 해야 하는 질문인데도 말이다.

그 뒤 육 년 동안 그런 질문들에 대해 고심하며 글을 써 나갔다. 그 무렵 나는 영국에 건너와 있었다. 내가 처음으로 진지하게 쓴 작품은 전쟁 전의 포트오브스페인에서 경험한 것과 관련 있는 내용이었다. 그것은 사물의 근원을 찾아 거슬러 올라가는 행위와 같았다. 아버지와 함께 세인트 빈센트 거리를 걸어서 나자랄리 박시의 양복점을 방문한 일요일, 그날 무슨 일이 있었는지 거의 기억나지 않았는데 글을 쓰는 동안 하나둘씩 생각나기 시작했다.

그 작품을 완성한 뒤 트리니다드로 돌아가서 몇 주일을 보냈다. 증기선을 타고 가는 내내 시간이 느리게 흐르는 기분이었다. 날씨도 천천히 바뀌었다. 어느 날 저녁 갑판에 서 있는데 바람이 부드러웠다. 나는 곧 찬바람이 불어올 줄 알고 양팔로 몸을 감쌌다. 하지만 머리와 얼굴에 스치는 바람은 여전히 부드럽고 따뜻했다. 트리니다드에 도착하자마자 등기소를 찾아갔다. 그곳 근무자들은 거리에서 만난 사람들보다 덜 어두워 보였다. 하지만 갑자기 나이를 먹은 듯 다들 나보다 한참 어른 같았다.

영국에서 보낸 시간은 등기소 사람들과 나를 분리시켜 놓았다. 하지만 특별히 눈에 띄게 변한 것은 없었다. 사무실이 좀 더 복잡해졌고, 벽의 색깔이 전보다 칙칙해졌으며, 책상 수가 더 많아졌을 뿐이다. 등기소 사람들 입장에서 나를 보아도 마찬가지 아닐까 싶었다. 그저 육 년이라는 세월이 흘렀구나 하고 생각할 터였다.

블레어만 보이지 않았을 뿐, 등기소 사람들은 그곳에 그대로 있었다. 벨베누아도 있었고, 숙녀용 자전거를 위태롭게 타고 다니던 세인트 제임스 출신의 다리 긴 소년도 있었으며, 내가 쓴 글들을 탐탁지 않게 여기던 타이피스트도 있었다. 그들 모두 여전히 친절했지만, 주위에는 새로운 변화의 바람이 불고 있었다.

나는 트리니다드에 새로운 정치 제도가 도입되었다는 소식을 증기선에서 들어 알고 있었다. 사람들은 저녁마다 레드하우스 건너편에 있는 우드퍼드 광장에 모였다. 우드퍼드 광장은 1780년대에 스페인 사람들이 만들었는데, 그 뒤 영국 사람들이 도시 광장으로 가꾸었다. 광장은 오랫동안 궁핍한 인도인들과 플랜테이션 농장에서 도망친 사람들이 삶이 끝날 때까지 잠을 자거나 흑인 정신병자들이 어슬렁거리는 곳이었다. 그런데 이제는 지역의 역사와 노예 제도에 관한 강연과 토론을 벌이는 곳이 되었다. 사람들은 그곳에서 자신들에 관련된 이야기를 들었다. 특히 흑인들의 감정이 갈수록 고조되었는데, 이는 블레어가 그토록 바라던 정치적 현상이었다.

어느 날 저녁 나도 사람들이 모인 우드퍼드 광장에 나갔다. 광장의 규모는 눈에 띄게 변해 있었다. 시설도 전과 달랐다. 야외 음악당에는 전등과 마이크와 스피커 등이 구비되어 있었다. 맨 처음 야외 음악당을 보았을 때 아름답기는 하지만 무척 낡았다고 생각했다. 그런데 다시 보니 영국 공원에 있는 빅토리아 양식이나 에드워드 양식의 야외 음악당 같았다.

흑인 문맹자들이 삼삼오오 무리지어 있었다. 나무들이 길게 그림자를 드리워 한낮보다 훨씬 크게 보였다. 한 무리의 사람들이 광장의 가장자리 난간에 기대 서 있었다. 그들 중에는 백인과 인도인들도 있었다.

사람들 몇몇이 연단으로 올라갔다. 그들은 과거에 겪은 고통과 현재의 지방 정치에 대해 연설했다. 그들의 목소리는 숨겨진 음모를 밝혀내기라도 하듯 우렁찼다. 그들은 그야말로 청중과 하나가 되었다. 우스갯소리도 하고 크게 소리 내어 웃기도 하다가 청중이 호응하면 만족스러운 표정으로 콧노래까지 불렀다. 연사는 모두 흑인이 아니었지만, 연설 내용은 흑인과 관련된 것이었다. 문득 블레어가 생각났다. 블레어가 연단에 선 모습을 본 적은 없었다. 블레어는 애초에 연사가 될 사람이 아니었다. 연설회의 사회를 맡을 만한 인물도 못 되었다.

연사들 가운데 아는 사람은 한 명도 없었다. 그 사람들이 무슨 말을 하는지도 알아들을 수 없었다. 우스갯소리로 사람들을 웃기지만 내게는 잘 들리지 않았다. 영화가 시작되고 한참 지난 후에 영화관에 들어온 것 같은 느낌이 들었다. 내게 연설 내용은 그다지 중요하지 않았다. 행사 자체가 중요했다.

교육을 받았든, 받지 않았든 광장에 모인 수많은 흑인은 하나의 공감대를 이루고 있었다. 마치 다들 축제에 참석한 것 같은 분위기였다. 나는 내가 이곳을 떠나기 전에도 그런 공감대를 여러 번 느꼈다.

하지만 그때는 일종의 암시로 그쳤다. 그들은 그런 공감대를 개인적인 것으로 여기며 노출하지 않은 채 조심스레 살았다. 사무실의 타이피스트, 세인트 제임스 출신의 흑인 소년, 블레어, 흑인 미녀 선발 대회의 책임자, 선발 대회에서 야유하던 군중과 냉소적인 경쟁자들 또한 그렇게 사는 사람들이었다. 그 모든 사람은 저마다의 성격과 지적 수준에 따라 그런 암시를 받아들이며 살았다. 거리에서 만나는 사람들도 그 같은 감정을 마음속에 감추고 있었다.

하지만 그것은 비밀이 아니었다. 그런 감정들에는 사람들이 인식하지 못하거나 조사받기를 바라지 않는, 삶에서 경험할 법한 잔혹함 같은 것이 깃들어 있었다. 그런데 이제는 그 같은 개인적인 감정이 한곳에 모이는 무대가 생겼고, 그곳에서 사람들은 행복을 발견할 수 있게 되었다. 지위가 높든 낮든 사람들은 한때 서로 믿지 않던 불신의 감정을 털어 버리고 대의를 위해 진실한 마음으로 어울릴 줄 알았다.

광장에는 수많은 불빛과 그림자들로 낭만적인 분위기가 흘러넘쳤다. 연사들은 역사와 새로운 헌법과 권리에 대해 연설했다. 광장에는 종교와도 같은 힘이 작용했다. 그 힘은 삶과 분리할 수 있는 것이 아니었다. 나는 사람들의 고양된 모습을 이해했지만, 그러면서도 우려의 시선으로 바라보았다. 레드하우스의 등기소에 다닐 때도 그랬기 때문이다. 그러니까 광장 사람들을 바라보며 느끼는 감정이 등기소 사람들을 대했을 때와 같았던 것이다. 등기소 사무실에서 변호사 서기들이 학생들처럼 경사진 책상 앞에 앉아 크고 무거운 장부를 뒤적거리던 모습이 생생하게 떠올랐다. 그들은 모두 겸손했지만 자존심이 강했다. 몇몇 사람은 늘 희디흰 셔츠에 넥타이를 매고 있었다. 야심이 대단한 사람들이었다. 이따금 그들은 가슴에 품은 것보다 더 큰 야심이 있는 듯 허세를 부렸다. 하지만 대부분 신분 상승의 한계를 느끼고 현실과 적당히 타협했다. 별다른 가능성도 없이 삶이 거의 끝나 가는 듯한 나이 많은 사람이 장부를 찾으려고 사무실에 들어오면 다들 직원 휴게실 안에서의 무의미한 잡담이나 이발소 같은 데에서의 수다를 떠는 분위기로 돌아가서 무언가 깊은 음모의 조짐까지 알아챈 듯 떠들었지만 실제로는 빈 껍데기였고 공허한 말뿐이었다.

나는 레드하우스에서 일하기 전부터 그런 종류의 잡담이나 수다가 무엇인지 잘 알았다. 내가 이급 서기에 지원했을 무렵 레드하우스의 조직에 깊이 관여한 사람한테 들었다며 사촌이 말해 주었기 때문이다.

"페레이라는 꼭 만나 봐야 할 사람이야. 모든 서류는 반드시 그의 손을 거치게 되어 있거든."

페레이라는 등기소 서기였다. 어느 날 낮에 자전거를 타고 웨스턴 메인 로드를 가로질러 가는 남자를 손가락으로 가리키며 사촌이 이렇게 말했다.

"저 사람이 바로 페레이라야."

그 유명 인사는 웨스턴 메인 로드에서 볼 수 있는 보통 사람들과 흡사했다. 젊은 혼혈인으로 포르투갈인보다는 인도인처럼 보였다. 점심을 먹기 위해 레드하우스에서 자전거를 타고 집으로 가는 길인 듯했다.

페레이라는 뜨겁게 이글거리는 태양 아래서 모자도 쓰지 않고 전쟁 전에나 탔을 법한 투박한 영국식 자전거에 똑바로 앉아서는 셔츠 주머니에 펜과 연필을 꽂고 양말을 바짓단 위로 걷어 올렸다가 반쯤 접은 차림으로 여유 있게 페달을 밟았다. 이 광경과 함께 기억나는 것은 그가 날렵해 보이는 경주용 자전거를 타고 굽은 핸들 위로 상체를 구부린 채 높이 솟은 좁은 안장에 걸터앉아 페달을 밟는 모습이었다. 두 번째 기억 속의 그는 약간 빈정대는 듯하고 장난기가 밴 표정이었다.

전에 다닌 학교 교장의 추천으로 나는 등기소에 다시 들어가게 되었다. 그런데 내게 페레이라에 관해 말해 주는 사람은 아무도 없었다. 서기들 가운데 몇 명은 여전히 그곳에 남아 있었다. 그나마 그들은 편히 대할 수 있었다. 잡담도 나눌 수 있었다. 하지만 그들에게서 휴게실이나 이발소 분위기의 느슨함은 찾아볼 수 없었다. 오히려 경직된 가운데 낯선 긴장감이 느껴졌다. 심지어 나이 지긋한 사람들에게서도 똑같은 긴장감이 느껴졌는데, 겉으로 드러나지 않아서 쉽게 알아챌 수 없었을 뿐이지 전부터 그들 사이에 내재되어 있던 것이었다.

더 단순한 일을 하는 사람들을 만났을 때도 비슷한 긴장감을 느낄 수 있었다. 사무실에서 서류를 전달하는 배불뚝이 남자도 즐거운 표정으로 육 년 전과 똑같은 농담을 하면서도 묘한 여운을 남겼다.

"너는 걸핏하면 내게 질문을 하는구나. 무엇 때문에 계속 질문하는 거지?"

늘 찌푸린 얼굴로 서류를 뒤적이던 노인이 있었다. 그가 사무실 문밖에 서 있으면 매일이다시피 문맹자들이 찾아와 그에게 일거리를 맡겼다. 그러니까 노인은 글을 읽는 덕분에 술값 정도를 벌며 그럭저럭 생계를 이어 가고 있었던 것이다. 하지만 이제는 도움을 청하러 오는 사람의 수가 크게 줄어서 노인은 다소 풀이 죽어 있었다.

바베이도스 출신의 나이 많은 석공은 우리 가족을 위해 일하던 사람이었다. 나는 그가 일하는 모습을 가만히 지켜보는 것이 좋았다. 그가 일하면서 부르는 노래도 무척 좋았다. 그의 콧구멍에서 비어져 나온 코털에는 늘 시멘트 가루가 허옇게 묻어 있었다. 마치 벌의 다리에 꽃가루가 묻어 있는 것 같았는데, 나는 그런 모습을 바라보는 것도 좋았다.

어느 날 그가 나를 만나러 왔다. 그는 현관 기둥에 기대어 선 채 나를 기다렸다. 안으로 들어오라고 했지만, 돈을 받으러 와서인지 들어오려고 하지 않았다.

"살기 힘든 시기네요."

그가 말했다. 한층 엷어진 그의 코털에는 시멘트 가루가 묻어 있지 않았지만, 머리카락은 잿빛을 띠고 있었다. 그에게서도 성스럽고 영광스러운 의식을 거행하는 듯한 광장 사람들의 기운이 느껴졌다.

어쩌면 내게도 그런 기운이 내재되어 있을지 모르지만, 고향에 돌아온 나는 여러 가지 이유로 신경이 몹시 예민했다. 그래서 스스로를 달래듯 사람이든 사물이든 실제보다 과장해서 보고 있는 거라고 믿으려 애쓰는 중이었다.

그 지역의 역사는 이미 알려질 대로 알려졌고, 당시를 회상할 수 있는 것들은 우리 주위에 널려 있었다. 우리의 영혼을 할퀸 상처들과 그로 인해 흘린 피를 낱낱이 기억할 수 있었다. 그런데 놀라운 것은 흑인들이 그 같은 자각을 하기까지 너무도 오랜 시간이 걸렸다는 사실이다. 식민지에서 흑인들을 위해 싸우는 사람들은 흑인이 아니라 백인이거나 벨베누아 같은 유색인이었다.

흑인들은 스스로에 대한 불신으로 그런 사람들을 자기들의 지도자로 선출했다. 흑인들이 정치에 뛰어든 것은 한참 뒤의 일이었다. 그들은 뒤늦게나마 자신감도 얻었다.

그들은 너무나 오랜 세대에 걸쳐 이발소에서의 잡담으로 자신의 감정을 억누르거나 심지어 조롱했다. 1937년에는 트리니다드의 유전 지대에서 꽤 큰 파업이 벌어졌다. 그 파업의 주동자는 아주 자그마한 섬 출신의 설교가였다. 그는 정규 교육도 제대로 받지 못한 데다 정신 상태가 온전하지 않은 사람이었다. 처음에 그는 정치적인 영향력을 행사하는 듯 보였으나 금세 매너리즘에 빠져서 그를 따르는 추종자들을 일종의 종교적 황홀경에 빠뜨리는 정도에서 그쳤다. 그에 비하면 이번 광장에서의 서약식은 훨씬 진보적인 행동이라고 볼 수 있었다.

고향에 돌아와 보니 예전에 본 거리며 건물이며 나무 등이 갑자기 작아진 듯 느껴졌다. 나는 도시를 돌아다니면서 어린 시절부터 사춘기까지 기억 속에 남아 있는 것과 눈앞에 보이는 것을 무의식적으로 비교하고 있었다. 어린 시절의 기억과 눈앞의 현실은 모든 면에서 사뭇 달랐다. 그 다른 점을 발견하는 일은 내게 놀이만큼이나 즐거운 경험이었다. 전에 알던 흑인들도 여러 면에서 변해 있었기 때문에 나는 그런 그들에게 이중의 거리감을 느꼈다.

광장에서 열린 집회를 구경하다 한 무리의 백인 가족이 군중을 빠져나가는 모습을 목격했다. 전에 상점을 운영하던 사람들로 나는 한때 그들과 알고 지냈다. 레드하우스의 등기소에 취직하기 전 몇 주일 동안 그 백인 남자의 집에서 가정 교사를 했다. 남자의 아들을 가르쳤는데, 내가 한 일에 비해 보수가 너무 적어 속았다는 생각이 들었다. 그 사람들은 보수를 정하는 문제를 내게 맡겼다. 하지만 열일곱 살도 안 된 나로서는 얼마를 요구해야 할지 알 수 없었다. 나는 고민 끝에 그들의 도의적인 태도에 감동하여 그들 양심에 기댄 채 터무니없이 낮은 액수를 불렀다. 그들은 실정에 맞게 보수를 정할 생각이 없었다. 내가 요구한 대로 말도 안 되는 보수만을 지불했다. 광장에서 열리는 집회의 분위기에 휩싸인 탓도 있어 그들을 목격한 순간 가슴속에서 해묵은 수치심과 분노가 꿈틀거렸다.

그들은 역사에 기록될 만큼이나 자랑스럽고 고귀한 행사가 진행되는 광장의 가장자리에 서 있었다. 역시 집회를 구경하러 광장에 나왔을 것이다. 그리고 그들도 나처럼 거기에 모인 사람들로부터 배제되는 느낌을 받았으리라. 어쩌면 자신들이 딛고 서 있는 땅이 마구 움직이는 것 같은 충격도 받았으리라.

식민지에 거주하는 백인의 수는 많지 않았다. 수적인 열세에도 불구하고 그들은 실제적 위협의 대상이 되지 않았다. 광장에서의 서약식을 통해 분출된 인종적인 적대 감정은 대부분 인구의 절반 정도를 차지하는 인도인에게 집중되었다.

그 도시는 내게 아주 중요한 의미가 있었다. 어린 시절 도시를 돌아다니며 새로운 것을 발견하는 일은 커다란 즐거움이었다. 건물과 광장과 분수와 정원 등 아름다운 것을 발견할 때마다 말로 표현할 수 없는 희열을 느꼈다.

하지만 나는 그 도시를 십 년 정도밖에 알지 못했다. 내게 포트오브스페인은 언제나 낯선 곳이었다. 그리고 다른 어딘가에 머물다 돌아오는 곳이었고, 이미 다 아는 것이 아니라 지금도 여전히 알아 가는 곳이었다. 그런데 이번에 돌아와 보니 다른 사람 손에 넘어가 버린 도시가 된 것 같은 느낌이었다.

몇 주일 뒤 나는 그 도시를 떠났다. 그리고 사 년이 지나서 다시 돌아왔다. 그 무렵 나는 아주 불규칙하게 그 도시를 들락거렸다. 가끔씩 돌아와서 겨우 며칠 동안 머물다 떠나곤 했는데, 오 년이 넘도록 돌아오지 않은 적도 있었다.

여러모로 알쏭달쏭하기만 하던 그 도시를 제대로 알게 된 것은 멀리 떨어져서 바라본 덕이었다. 그곳에서는 걸핏하면 폭동이 일어났다. 인구도 크게 줄었는데, 폭동으로 죽거나 해외로 떠난 탓이었다. 이제는 내가 방문할 사무실도, 찾아갈 사람도 거의 없었다. 스무 장에서 서른 장 정도의 사진을 연속으로 넘기면 크리켓 경기자가 움직이는 장면이 나타나는 옛날 사진첩처럼 그 도시에 대해 내가 꾼 꿈도 빠르게 사라졌다.

흑인들의 의기양양한 분위기가 거리마다 넘쳐흐르는 가운데 거의 내란 상태에 빠져 있다고 표현할 수 있지만, 어쨌든 이 섬나라도 마침내 독립을 맞게 되었다. 그리고 그에 따라 인종 분리가 확고하게 자리를 잡아 갔다.

도시에는 아프리카계 사람들이, 외곽에는 인도인들이 거주했다. 포트오브스페인도 이제는 내가 아는 예전의 도시가 아니었다. 작은 섬에서 올라온 흑인들은 주로 도시 북쪽에 정착했다. 폭동이든 운동이든 이를 주도하는 사람들은 섬에서 올라온 그들이었다. 2차 세계 대전 기간 미군 기지에서 일하기 위해 모여든 사람들은 섬 동쪽 지역에 새로운 도시를 건설했다. 하지만 말이 도시일 뿐, 악취를 풍기는 쓰레기 더미 위에다 나무 조각과 지저분한 포장지와 녹슨 함석 조각들로 지은 거무스름한 회색빛 판자촌에 불과했다.

그런 식의 이주는 불법이었다. 하지만 이주민 수는 끊이지 않고 늘어났다. 흑인 이주민들은 기존의 지역 분위기에 섞여들면서 거기에 폐쇄적인 아프리카 공동체의 열정을 쏟아부었다. 이주민들이 사는 판자촌은 쓰레기와 늪지를 흙으로 메운 곳이나 언덕 쪽으로 조금씩 퍼져 나갔다. 그와 동시에 해수욕장이던 바닷가와 대공황 전까지 코코아와 감귤 재배지였던 노던 레인지의 계곡을 따라 서쪽으로는 새로 들어선 중산층이 거주하는 도시들이 이어졌다.

18세기 스페인 사람들이 세운 작은 도시들에는 주거 지역 사이에 광장과 넓게 트인 공간이 조성되었는데, 도시 주변에는 플랜테이션 농장과 자그마한 마을이 있었다. 하지만 지금은 그런 마을을 찾아볼 수 없었고 도시 자체도 숨 막히는 곳으로 변해 버렸다.

2차 세계 대전 중 미국인들은 항구 근처에 있는 광장에 커다란 이 층짜리 건물을 몇 동 세웠다. 그와 거의 비슷한 시기에 지방 정부는 레드하우스의 잔디밭에 정보 사무처 사무실을 마련하고 그 앞에 게시판을 세웠다. 레드하우스 근처 고장 난 분수대 주위에도 여러 개의 게시판이 무질서하게 세워져 있었는데, 이제는 커다란 상자처럼 뭉툭하게 지은 목재 건물이 죽 이어졌다.

내가 다닌 초등학교도 변해 있었다. 그런데 교실만 계속 확장한 결과 아이들이 뛰어놀던 운동장은 사라지고 없었다. 아무튼 너무 많이 변한 나머지 이제는 도시와 시골을 구분하는 것이 쉽지 않았다.

그런 변화가 내게 묘한 상실감을 안겨 주었다. 어렸을 때는 도시와 시골이 나누어져 있는 것이 좋게 보였다. 시골에서 도시로 올라가기도 하고, 도시에서 시골로 휴가 여행을 떠난 일이 기억 속에만 있는 것이 아쉬웠다.

동쪽으로 가려면 조지 거리에 있는 버스 정류장에서 줄을 서야 했다. 이스트 드라이강으로 알려진 넓은 콘크리트 운하 주변에 있는 빈민가를 벗어나 얼마쯤 가면 커다란 나무들과 작은 관목 숲이 나타났고, 곧이어 남쪽으로 펼쳐진 드넓은 사탕수수밭이 어렴풋이 보였다. 서쪽으로 가서 도시가 끝난 지역에 이르면 훨씬 극적인 장면을 볼 수 있었다. 별안간 코코넛 플랜테이션 농장들이 펼쳐졌는데, 어디를 둘러보아도 집이라고는 단 한 채도 없었다.

그런데 이제는 동쪽 지역이든 서쪽 지역이든 집이 빽빽하게 들어서서 탁 트인 공터나 휴식을 취할 만한 녹지대는 찾아볼 수 없었다. 커다란 집들이 죽 늘어서 있을 뿐, 자그마한 공간조차 쉽게 눈에 띄지 않았다. 그런 데다 늘 시끄러웠다. 소음에서 벗어나 조용히 쉴 곳도 없었다. 좁은 우리에 갇힌 듯 움직이는 사람들이 인상적이었다. 다행히 도로가 계속 건설되고 있었다. 도시의 서쪽 지역에 있는 좁은 계곡 사이에도 도로가 생겼다. 이에 따라 주변 언덕들에도 변화의 바람이 불기 시작했다.

나는 레드하우스의 등기소에 근무하면서 시간이 날 때마다 그 언덕들을 오르내리며 주변 풍경을 세밀하게 적어 두었는데, 세월이 흐르면서 눈에 띄게 바뀌었다. 예전에 기록해 두지 않았다면 어디가 어디인지 몰라 몇 시간이고 헤맬 것 같았다.

도시의 동쪽 끝에 있는 맹그로브 습지대에는 쓰레기 처리장이 들어서 있었다. 그리고 그 건너편에는 판자촌을 가로지르는 고속 도로가 있었다. 판자촌은 나중에 주거지로 공식 인정을 받았는데, 그 규모가 계속 커지면서 급기야 언덕 꼭대기까지 차지했다.

쓰레기 처리장 안의 소각장에서는 밤낮을 가리지 않고 불꽃이 솟아올랐다. 시시때때로 검은 연기가 고속 도로 위에서 진한 갈색으로 바뀌어 한참 동안 머물렀다. 악취도 심해서 그 부근을 지나가는 자동차 운전자들은 창문을 닫았다.

판자촌에서 거주하는 사람들은 남자와 여자, 노인과 어린 아이 할 것 없이 악취와 연기 속에서 쓸 만하거나 팔 수 있는 물건이 있는지 찾느라고 온종일 쓰레기 더미를 갈퀴로 뒤적거리며 일했다.

검은색의 커다란 갈까마귀들이 등을 구부리고 쓰레기 더미의 경사진 언덕 위를 껑충껑충 뛰어다니고 있었다. 판자촌 아이들은 쓰레기 더미 쪽으로 가려고 고속 도로를 질주하는 자동차들을 피해 달리곤 했다. 그런 광경을 보노라면 식민지 시대와 함께 식민지적인 풍경들마저 짓밟히고 파괴되는 것 같았다. 규칙에 대한 관념도 식민지적인 것과 함께 거부당했고, 광장에서의 서약식 이후에는 반란의 힘이 보이지 않는 괴력으로 변해 마침내 도시 전체를 갉아먹는 듯 보였다.

몇 년 전 그런 세력이 들어서기 시작했을 무렵만 해도 광장은 형형색색의 불빛으로 아름답게 반짝거렸다. 또 다음 세대에 물려줄 아름답고 풍요로운 세상을 상징하듯 산뜻하게 포장된 산책로와 멋진 분수대도 있었다. 광장에 있는 빅토리아 양식의 야외 음악당에서는 연설가들이 역사와 고난 그리고 통치자들의 엄청난 음모를 폭로하며 구원의 시기가 찾아왔다고 역설했다.

마침내 많은 사람을 구원하는 시기가 찾아왔다. 하지만 그

구원의 약속은 지나칠 정도로 거창했고, 그 뒤에 일어난 몇몇 사건으로 사람들은 사기를 당한 듯 크게 실망하고 말았다. 사람들은 시대의 변화에서 정작 자기들은 소외당했다고 생각했다. 그리고 시간이 지나면서 구원은 처음부터 불가능했다고 믿게 되었다. 그 때문에 사람들은 점차 더 극단적인 방법으로 모든 일을 해결하려고 했다. 이 같은 분위기는 흑인들의 열정을 자극했다. 흑인들 사이에서는 인종적인 정의 실현이라는 꿈을 이루기 어렵다는 생각 때문에 날이 갈수록 불만이 커져만 갔다. 뒤숭숭한 분위기 속에서 반란과 폭동의 위협이 상존했다.

일 년 뒤 마침내 심각한 폭동이 일어났다. 정부는 존폐 위기를 겨우 넘겼지만, 마지막까지 도시에 남은 18세기 스페인풍의 커다란 광장은 폐쇄되었다. 마리네 스트리트에서 해안가까지 죽 뻗어 있던 넓은 길 '카예 마리나'는 도시 동쪽 지역의 판자촌과 언덕에서 사는 사람들에게 시장으로 제공되었다. 레게 머리를 한 그들 대부분은 폭동에 가담한 사람들이었다. 하지만 정부에서는 그들이 도시에서 기반을 다진 상인들과 경쟁할 수 있도록 광장에 나무로 된 오두막을 지어 주었다. 그들은 거기에서 직접 만든 소박한 가죽 제품과 금속 제품을 늘어놓고 팔았다.

그렇게 들어선 시장은 흔히 '상가'라고 불린 시내 중심가를 더욱 고립시키는 역할을 했다. 어느 일요일 나는 아버지와 함께 난생처음으로 산책을 나갔는데, 그곳이 바로 중심가였다. 거리는 그야말로 쥐 죽은 듯 조용했다. 아버지와 나는 한 상점 유리에 반사된 우리의 모습을 잠자코 바라보기도 했다. 아무튼 포트오브스페인의 동쪽과 서쪽 지역의 정착촌에도 쇼핑을 즐길 수 있는 대형 상점이 하나둘씩 들어섰다. 그래서 이제는 물건을 사러 굳이 시내로 나갈 필요가 없었다.

나는 며칠 동안 트리니다드에 머물 때도 시내에는 나가지 않았다. 사람들은 긴장된 삶을 살았다. 석유 생산으로 경제 호황을 맞이했는데도 그런 생활 방식을 고수했다. 석유 호황이던 시기에는 실업 수당을 요구하는 사람들에게 날마다 얼마씩이라도 돈이 주어졌다. 그 돈은 마치 사람들의 열정에 대한 보상 또는 그들이 맹세한 데 따른 충성의 대가로 주어지는 것처럼 보였다. 하지만 불경기가 닥치자 사람들은 어느 때보다 더 힘든 시기를 보내야 했다. 정의를 앞세운 저항의 분위기가 다시 도시를 에워쌌다. 그런데 광장에서 맨 처음 연설한 사람들이 전혀 상상하지 못한 현상이 벌어졌다.

포트오브스페인과 지방 도시에 아랍풍의 옷을 입은 흑인 남자들과 여자들이 나타나기 시작했다. 남자들은 기다란 흰색 가운에 두건을 둘렀고, 여자들은 사람들의 이목을 의식한 듯 검은 베일로 얼굴을 가린 채 거리를 돌아다녔다.

그들은 새롭게 출현한 이슬람교도였다. 섬에 사는 몇몇 인도인들처럼 대대로 조상의 전통을 따르는 이슬람교도가 아니었다. 장의사 레오나드 사이드나 십오 년 전쯤 세인트 빈센트 거리에서 양복점을 운영한 나자랄리 박시 같은 사람이 아니었던 것이다. 새롭게 출현한 그들은 미국 본토의 흑인 이슬람교도와도 확연히 달랐다.

그들은 아랍권의 여러 나라와 직접 접촉하는 듯한 분위기를 풍겼다. 시내 중심가나 식민지 시절 유행을 선도한 지역에 들어선 중요한 건물들을 그 같은 아랍풍 이슬람교도들이 차지하기 시작했다. 이제 그 건물들에서는 원래의 창문이나 베란다는 볼 수 없었다. 그들은 녹색과 하얀색으로 장식한 널빤지를 창문과 베란다에 붙이거나 세우고 아랍어로 글씨를 써 놓았다. 세인트 제임스 근처에 있는 무쿠라포 지역의 드넓은 공유지도 어느새 그들 차지가 되었다. 그들은 거기에 소규모 정착촌과 함께 이슬람 사원을 세웠다. 그 지역은 크고 오래된 대왕야자나무들이 밀집한 무쿠라포 공동묘지에서 가까웠을 뿐만 아니라 레오나드 사이드가 어머니와 함께 이십여 년을 산 그 작은 집에서도 멀지 않았다.

전쟁 기간에는 그 땅을 미국인들이 차지했다. 미국인들은 그 땅에 벽돌을 쌓아 격납고처럼 생긴 거대한 창고를 세웠다. 사람들은 그것을 미국 봉사기구 건물, 즉 'USO 건물'이라고 불렀다.

그 건물은 미국인들을 위한 유흥 장소 역할을 했다. 지역민들에게는 밝고 매력적인 건물이지만 주위에 울타리가 높게 쳐져 아무나 들어갈 수 없었다. 미국인 외에는 출입이 철저하게 통제되었던 것이다. 그곳은 전쟁 전에 썰물 때마다 검게 드러나는 파리아만의 갯벌을 메워서 만든 땅이기도 했다.

매립 작업이 한창 진행될 때 검은 진흙을 뭍으로 옮겨서 회색빛 덩어리로 건조한 일이 기억나는데, 그 주위는 원래 세인트 제임스, 무쿠라포, 콩케라보, 콩케라비아라고 불리는 지역들이 쿠무쿠라포였던 시절부터 토착 인도인들의 거주지였다.

포트오브스페인에 거주하는 사람들은 그 정착촌 때문에 신경이 매우 날카로워졌다. 정착촌 규모가 점점 커지고 경제적 여유가 생기자, 정착민들은 그들 나름의 법규를 만들고 이를 따랐다. 정착촌에는 학교도 생겼는데, 그들은 어느 지역 사람들보다 자식 교육에 열정을 쏟았다.

정오 무렵에 정착촌의 거리를 걷다 보면 남자 여자 할 것 없이 어른들이 마치 학교 수업이 끝난 학생들처럼 양손에 교과서와 공책을 들고 다녔다. 교과서는 아랍어로 쓰여 있었는데, 그들이 다니는 학교는 바로 코란을 가르치는 곳이었다.

포트오브스페인 주민들은 정착민들이 코란을 배우는 것을 몹시 싫어했다. 게다가 아랍풍의 옷을 입고 다녔기 때문에 그들을 이질적인 집단으로 보았다. 정착민들이 건설한 이슬람 사원은 인도 사람들이 다니는 사원과 크게 달랐다. 꼭대기에 둥근 지붕이 있는 직사각형의 콘크리트 구조물이었는데, 벽은 초록색과 하얀색으로 칠해져 있었다. 게다가 인도인들의 사원에 비해 건물 규모도 웅장했고, 색깔도 화려했다. 포트오브스페인 주민들은 그런 건축 양식이 어디에서 비롯된 것인지 알지 못했다. 내 생각에는 북아프리카에서 온 것 같은데, 장담은 할 수 없다.

이 이야기는 사건이 발생하고 훨씬 나중에 알려졌는데, 어느 늦은 오후에 그 이슬람 사원에서 100명쯤 되는 남자들이 기도한 뒤 총과 폭탄을 들고 세인트 빈센트 거리로 나갔다. 그들은 곧바로 경찰청을 습격해 병기고를 폭파했다. 그들의 습격으로 적지 않은 수의 경찰관이 목숨을 잃거나 다쳤다.

그들은 경찰청에서 비스듬하게 건너편에 있는 레드하우스도 습격했다. 마침 의회가 열리고 있었다. 그들은 닥치는 대로 총을 쏘았고, 그 바람에 많은 사람이 딱딱한 바닥에 쓰러졌다. 그 섬에서 노예들이 폭동을 일으킬 때도 종종 그랬는데, 반군들도 자신들이 무엇을 어떻게 해야 할지 모르는 듯 행동했다. 목표 의식도 없는 것 같았다. 온갖 에너지와 턱없는 고양감이 하나로 응집되어 권위 있는 사람들에게 놀라움과 굴욕감을 안기는 동시에 유혈이 낭자한 기습 공격의 드라마를 연출했다. 폭도들은 엿새 동안 레드하우스를 장악했고, 정부 장관들과 그 건물에 있던 사람들을 인질로 억류했다.

레드하우스와 세인트 빈센트 거리에서는 죽음의 냄새가 진동했다. 그 늦은 오후의 공격으로 열다섯 명이나 되는 사람들이 목숨을 잃었다. 시체는 거리에 그대로 방치된 채 부패하기 일쑤였다. 지인 중 한 명은 내가 출생과 사망 증명 관련 업무를 보던 책상과 가까운 지하 서류 저장실에도 시체가 몇 구 버려졌다고 말했다. 하지만 그 말이 사실인지 확인할 방법은 없다.

얼마 뒤 정부군은 레드하우스를 포위했다. 그 바람에 폭도들은 마침내 항복했고, 그로써 소란은 일단락되었다. 신문마다 사람들이 손수건으로 코를 막으며 레드하우스를 빠져나오는 모습이 담긴 사진이 실렸다.

나는 그 사진들을 보면서 전에 일한 곳에서 지겹도록 맡은 생선 아교풀 냄새를 떠올렸다. 희미한 불빛과 퀴퀴한 서류 냄새가 어우러져 묘한 느낌을 자아내던 지하 저장실도 떠올렸다. 그곳에는 영국 식민지 시절의 모든 기록이 보관되어 있다고 들었다. 1797년 이래 모든 통계 자료와 정부 재산 내역, 그리고 나중에 시작된 것이기는 하지만 출생과 사망 기록 등을 비롯해 식민지 시대에 만든 사본들도 전부 그곳에 보관되어 있다고 했다.

죽음의 냄새가 여러 날 동안이나 그곳에 남아 있었다고 들었다. 그곳에 머문 폭도들의 아버지들이나 할아버지들은 삼십오 년 전에 대부분 아주 젊었거나 십 대 소년이었겠지만 우드퍼드 광장에서의 서약식에도 참가했을 것이다.

내 기억 속에 조용하고 평온한 장소로만 남은 세인트 빈센트 거리가 사람들이 그토록 필사적으로 싸운 곳이 될 줄은 꿈에도 생각지 못했다. 어느 곳이든 사람들이 살아가는 모습에는 그런 종류의 폭력이 내재되어 있지 않을까 싶다.

거의 모든 도시에서 사람들이 서로 싸운 탓에 거리마다 붉은 피가 뿌려졌다. 내가 영국에서 맨 처음 귀향했던 때를 회상하자, 꼬리에 꼬리를 물고 일어난 사건들이 머릿속에서 되살아났다. 광장에서의 서약식, 의자에 앉은 흑인 정신병자들, 가난한 인도인들, 플랜테이션 농장들, 거친 들판, 토착민들이 거주한 정착촌 등도 생각났다. 그곳은 의기양양하고 배타적인 분위기에서 벗어나 이제는 점점 허무주의에 물들고 있었다.

반란이 일어났지만 정부는 곧바로 통치 능력을 상실했다. 왜 그렇게 되었는지 이해하려면 얼마간의 시간이 더 필요할 터였다. 아무튼 정부의 통치력 상실은 흑인 공동체에 영향을 끼쳤다. 그 전에는 수도권과 노던 레인지 계곡의 정착촌에 사는 토착민들과 이주민들, 그리고 도시 북쪽 교외에 거주하는 인도인들은 폭동이 일어나도 그 영향을 전혀 받지 않고 조용히 지냈다.

하지만 반란군은 어디에든 엄청난 영향을 끼쳤다. 그들은 순수한 자유를 욕심껏 누리도록 허락받은 사람들 같았다. 행동을 보면 그들은 사나운 약탈자 집단이었다. 그들은 분노에 차서 험상궂은 표정을 짓고 눈을 번득이면서 닥치는 대로 들쑤시고 다녔다. 내가 포트오브스페인에 갔을 때, 사람들은 레드하우스가 포위된 사실뿐 아니라 약탈자에 대한 이야기도 들려주었다. 대략 엿새 동안 사람들은 그 어떤 논리도 통하지 않는 극단적인 생각을 하며 근근이 생활했다. 그들은 모든 것을 약탈당했다. 약탈 행위가 벌어지는 동안 적어도 스물아홉 명이 목숨을 잃었다.

지난 몇 해 동안 나는 어린 시절에 잘 아는 만큼 익숙했던 도시를 더는 존재하지 않는 곳, 이미 생판 모르는 사람들 손에 넘어가 버린 곳이라고 생각했다. 그렇게 해서라도 어린 시절의 도시와 생판 다르게 변한 현실을 받아들여야 했던 것이다. 내가 영국으로 떠났을 때, 양복을 지어 준 나자랄리 박시의 명성은 어느 순간 세인트 빈센트 거리에서 사라져 버렸다. 그의 양복점이 있던 주변도 심하게 파괴되었다. 그 광경을 보자 그에 대한 생각이 더욱 간절해졌다.

나자랄리 박시가 만든 제복을 입은 경찰관들이 근무하던 빅토리아 양식의 경찰청 건물은 한쪽이 폭파되어 흉측했다.

회색빛 외벽은 그대로 붙어 있었지만, 군데군데 불에 타서 검게 그을려 있었다. 시커먼 연기가 모르타르를 바른 아치문에서 금방이라도 뿜어져 나올 것 같았다. 깔끔하게 정리 정돈되어 주민들의 사랑을 받고 놀라움과 모험이 가득하던 풍요의 터전이 이제는 공허하고 쓸모없는 땅으로 변해 버린 광경은 보는 것만으로도 혼란스러웠다. 중심가의 상점 건물도 대부분 무너진 바람에 그 주변 도로와 구분할 수 없을 정도로 평평해져 있었다.

거기에서 조금 아래쪽으로 내려가자 자칫하면 영원히 눈에 띄지 않을 수도 있었던 것이 보였다. 18세기 스페인 양식의 건물을 떠받치는 기초석이었다. 박공 무늬가 새겨진 기초석은 초기에 세워진 건물의 높이 쌓아 올린 벽과 묘한 대조를 이루었다. 거기에서 아래쪽을 내려다보면 붉게 드러난 땅과 스페인 양식의 건물들이 한눈에 들어왔다.

섬은 과거에도 피로 얼룩져 있었다. 지금은 언덕까지 이주민들의 판자촌이 자리하지만, 전에는 오로지 토착민들만의 땅이었다. 두 세기 전 스페인 사람들이 18세기 스페인 양식의 도시를 건설할 때 그들은 쿠무쿠라포에 사는 토착민들의 땅을 양도받았다. 스페인 사람들은 늘 법을 앞세운 만큼 서명의 신뢰도를 높이기 위해 공증인을 두었다. 공증인이 '공증한다'는 뜻으로 '도이 페(Doy fe)'라고 기록하면 이는 곧 공적으로 신뢰할 수 있다는 의미였다.

쿠무쿠라포에 사는 토착민 족장이 그들의 땅을 스페인 사람들에게 넘겨줄 때 공증을 담당한 공증인은 당시 토착민들이 모두 기뻐했다고 말했다. 그때 활동한 족장들 이름은 기록에도 남아 있지만 나중에 일어난 사건을 통해서도 밝혀졌다.

　얼마 뒤 포트오브스페인은 영국의 약탈자들이 차지했다. 영국인들이 침략하기 직전까지 '원소유자'를 자처한 스페인 사람들은 날벼락을 맞은 듯 혼비백산해 달아났다. 그 무렵 언덕 너머에 있는 스페인 정착촌의 감옥에서 다섯 명의 족장이 발견되었다. 문서에는 공증인이 기록한 그들의 이름이 있었지만, 그들은 스페인 사람들에게 땅을 양도한 것이 아니라 강제로 빼앗겨 버린 토착민들의 마지막 지도자들이었다. 이 다섯 사람은 펄펄 끓는 기름에 데어 끔찍한 화상을 입은 데다 이런저런 고문을 받은 탓에 온몸이 만신창이가 된 채 모두 하나의 쇠사슬에 묶여 있었다.

3

새로운 옷: 기록되지 않은 이야기

머릿속에서 뜨겁게 꿈틀거리는 생각도 막상 글로 쓰려고 하면 싸늘하게 식어 버리는 경우가 있다. 어떤 생각은 간단한 것 같은데도 마땅히 표현할 언어를 찾지 못한 채 그대로 멀어지기도 한다. 결국 글자로 기록되지 않은 생각은 서서히 사라지는데, 그래도 그중 한두 가지는 남을 수 있다. 말하자면 이 글은 남아 있는 생각을 바탕으로 쓴 것이다.

내가 맨 처음 글을 쓰려는 충동을 느낀 건 1961년 1월의 첫째 주나 둘째 주였을 것이다. 당시 나는, 지금은 가이아나[1]라고 불리는 베네수엘라와 브라질의 국경 근처 남아메리카 원주

1) 원래는 '기아나(Guiana)'였으나 1966년 영국으로부터 독립하면서 '가이아나(Guyana)'로 바뀌었다.

민들이 살던 기아나 고원 지대에 있었다. 남아메리카 땅을 밟은 것은 그때가 처음이었다. 그 전까지는 고원이든 황야든 가본 적이 없었다. 사실 나는 여행다운 여행을 해 본 경험이 없었기 때문에 여행 관련 글을 쓰고 싶은 생각은 간절했지만 아이디어가 없어 어떤 이야기를 써야 할지 막막하기만 했다.

어느 날 나는 거의 하루 동안 자그마한 배를 타고 고원의 산림 지대를 가로지르는 강을 거슬러 올라갔다. 그 강은 본류가 아니라 지류 중에서도 가장 좁은 지류였다. 강물은 바위가 많은 곳에서는 얕고 넓게 흘렀지만, 군데군데 수심이 깊은 부분도 있었다. 나무와 바위와 물이 어울려 아름다운 풍경을 빚어냈다. 깨끗하게 문질러 닦은 듯한 회색빛 돌들은 잘라 놓은 커다란 과일처럼 쪼개져 있어 그 자체만으로도 충분히 아름다웠다. 강물은 나뭇잎과 나무껍질이 썩어 붉은빛을 띠었지만 아주 투명해서 밑바닥까지 훤히 보였고, 그대로 마셔도 될 만큼 깨끗했다.

새들이 밝은 색의 날개를 빛내면서 배의 꽁무니를 따라왔다. 그러자 나와 함께 배에 타고 있던 남아메리카 원주민이 장난삼아 새들을 향해 총을 쏘았다. 총을 쏜 뒤에 그는 배의 바닥을 살폈다. 그리고 아무것도 떨어지지 않은 것을 확인하고는 얼굴을 찡그리고 웃었다. 새들은 총도 무섭지 않은지 계속 배 주위를 날았다. 새들의 퍼덕거리는 날갯소리가 끊이지 않고 들렸다.

그날 우리는 원주민 마을로 들어갔다. 마을 쪽으로는 강둑이 더 높게 쌓여 있었는데 군데군데 통나무배가 보였고, 비탈진 길들이 지그재그로 오두막들과 이어져 있었다. 원주민들은 검은 머리에 얼굴이 창백했다. 그들은 음식과 일용품과 바깥소식에 기대를 품은 듯 보였다. 그러면서도 우리에게 거리를 두는 것 같았다. 그들은 나무 그늘이 드리운 강둑 위에서 표정 없는 얼굴로 배를 내려다보았다. 이상한 느낌이 들 정도로 다들 조용했다.

지금까지의 이야기가 이 글의 배경이라고 할 수 있다. 나는 이런 내용으로 무언가를 쓰고 싶었다. 하지만 쓰다 보면 여행자로서 당시 내가 느낀 것들을 자칫 왜곡할 수도 있겠다 싶었다.

육칠 년 뒤 우연히 그 지역에 대해 상세하게 쓴 글을 읽게 되었다. 그때 나는 스페인의 지배에 대한 책을 쓰고 있었고, 1590년부터 1620년까지의 시기를 집중적으로 다룬 기록을 찾느라 애쓰던 중이었다. 스페인 관련 문서들 가운데에는 남아메리카 원주민들이 살던 황무지나 다름없는 지역에 세운 스페인 마을에 대한 기록도 있고, 대부분 죽음이나 좌절로 끝난 탐험에 대한 기록도 있었다. 거기에는 스페인 국왕이나 관리들이 일 년쯤 늦게 받아서 읽은 식민지 총독들이 보낸 탄원서도 끼여 있었다. 그 같은 문서들은 대부분 비공식적인 것이라서 새롭게 느껴졌다. 당시 스페인 사람들은 세상의 또 다른 끝에서 배고픔에 시달리면서도 투쟁적이고 자존심이 강하며 금욕적인 삶을 사는 원주민들에 대해 불평하는 한편, 그들을 속이기 위한 계략에 몰두했다.

나는 외국인 모험가들에 대한 기록도 읽었다. 스페인 법에 의하면 스페인 제국 내에 다른 유럽인 탐험가들이 들어오는 것은 엄격하게 금지되어 있었다. 신분이 발각되면 그 즉시 죽음을 당하거나 혹독한 고문을 받는 것으로 정해져 있었다. 하지만 탐험가들 가운데는 그런 위험을 감수하는 이도 꽤 있었다. 특히 스페인 제국의 영토 안에는 관리가 소홀한 지역이 있었는데, 그런 곳에는 프랑스와 네덜란드와 영국에서 온 이른바 '간섭자'라고 불리는 사람들이 끊임없이 상륙했다. 그들 대부분은 아프리카 노예들을 데려오고 소금이나 담배 등을 가져가는 무역을 하기 위해 상륙했다. 하지만 소수일지언정 자국의 식민지나 왕국을 건설하려는 꿍꿍이를 품고 오는 사람도 있었고, 인디언 원주민들 가운데 군인이나 신하로 쓸 만한 자들을 포섭하기 위해 상륙하는 자들도 있었다.

나는 그런 사람들의 용기와 불굴의 정신이 놀랍기만 했다. 1960년 12월 마지막 주에 비행기를 타고 남아메리카 대륙의 한 지역을 저공비행한 적이 있는데, 대륙을 처음 본 것은 그때가 아닌가 싶다. 수십 킬로미터에 걸쳐서 진흙투성이 해변이 황량하게 펼쳐져 있는 데다 나무들이 빽빽하게 우거진 숲과 구불구불 이어진 강이 절반 정도 잠긴 듯 보이는 광활한 땅이지만 아무튼 사람의 발길이 전혀 닿지 않은 것 같았다. 그런 곳에 가면 생존해서 돌아오는 것 자체가 버거울 것 같았다. 그런데 내가 읽은 문서에는 수많은 사람이 금과 광산을 찾거나 새로운 영토를 확보하기 위해 그곳에 가서 투쟁을 벌인 것으로 기록되어 있었다.

나는 이런저런 경험과 자료를 바탕으로 수년에 걸쳐 머릿속에 하나의 이야기를 구상했다. 하지만 구상만 했을 뿐, 아직 이야기로 완결하지는 못했다. 아무래도 탄탄한 구성을 갖추어 이야기를 완결하기까지는 오랜 시간이 걸릴 것 같다. 물론 애써 구상한 것도 향수의 향기가 오래 지속되도록 하는 오일이나 알코올 성분이 천천히 빠져나가듯 이야기를 만드는 과정에서 희미하게 퇴색될 수도 있을 것이다. 어쨌든 내 아이디어는 지금까지 머릿속에만 줄곧 남아 있었는데, 부분적이기는 하지만 이제부터 하나씩 끄집어내어 글로 써 보겠다.

내레이터는 지금 남아메리카의 한 지역, 이름도 모르는 고원 지방의 강을 거슬러 오르고 있다. 그런데 내레이터는 과연 누구인가? 아니, 누구를 내레이터로 정해야 좋을까? 내레이터, 즉 화자가 누구냐에 따라 소설은 사실 자체일 수도 있고, 사실에서 벗어난 픽션이 될 수도 있다.

사실인 경우 작가나 여행자를 화자로 정해 실제 경험을 그대로 서술하면 그만이다. 그런데 여기에 창작적인 요소를 약간 첨가한다고 해서 사실이 아니라고는 말할 수 없다.

이 이야기에서 화자의 정체를 약간 바꾸거나 도망 중인 것으로 설정할 수 있을까? 지역의 특성을 고려하면 얼마든지 가능하다. 1971년에 흑인 인권 운동가인 마이클 10세는 트리니다드에서 두 사람을 살해한 뒤 가이아나로 도주해 내륙 깊숙한 곳에 숨었다. 그리고 그 몇 년 전에는 미국을 떠들썩하게 한 프랭크 제임스 갱단의 마지막 일원이 미국 외의 다른 곳에 자기들의 성역을 건설하기 위해 가이아나의 사바나로 들어갔다.

나는 이런 이야기를 여행하면서 들었다. 해당 지역의 원주민들은 이야기에 나오는 인물과 자기들이 사는 곳이 관련 있는 것을 자랑으로 여겼다. 나 또한 어린 시절 프랭크 제임스와 제시 제임스 형제를 다룬 타이론 파워와 헨리 폰다 주연의 영화를 보고 아주 멋지다고 생각했다.

도망을 다니는 사람에 대한 이야기의 배경으로는 가이아나 같은 지역이 알맞을 것이다. 하지만 화자는 이야기 자체에 엄격해야 한다. 이야기는 언제나 보편성을 띠어야 하기 때문이다. 이 이야기의 화자인 남자에게 도망자로서의 역할을 부여하는 것은 불필요한 일이기도 하지만 자칫 이야기를 곁길로 빠지게 할 위험이 있다. 또 남자의 여정이 마지막 결론 부분에서 엉뚱하게 틀어질 수도 있다.

남자를 도피 중인 사람보다는 '재난을 초래하는 사람'으로 묘사하는 것이 더 나을 듯하다. 1970년대의 혁명가라고 해도 좋을 것이다. 아프리카계 사람들이 세운 해안가의 정부를 전복시키기 위해 고지대 남아메리카 원주민의 도움을 구하는 사람도 괜찮을 듯싶다. 이런 식의 설정은 해당 지역이나 국가에 대한 진실을 밝히는 단초를 제공할 뿐 아니라 역사의 아이러니도 담아 낼 수 있다. 18세기 말과 19세기 초 네덜란드와 영국이 남아메리카 해안 지역을 따라 노예들을 이용해 플랜테이션 농장을 운영한 시기에(당시 네덜란드와 영국은 스페인의 영토에 들어온 '간섭자' 정도가 아니라 실질적으로 군림하는 막강한 세력이었다.) 노예들이 내륙 깊숙이 도망가면 원주민들은 현상금을 타기 위해 너도나도 추노꾼이 되었다.

그런데 오늘날 해안가에 사는 사람들은 노예들의 후손으로 예전 식민지 정부의 권위를 그대로 계승하고 있다. 이들은 교육을 받은 데다 전문 직업까지 가지고 있다. 그 덕에 지역의 지도자가 된 것이다. 하지만 남아메리카 원주민들은 200년 전과 비교해 달라진 것이 거의 없다. 문화적인 수준도 옛날 그대로다.

화자인 남자는 새로운 볼거리를 찾아다니는 단순한 여행자 그 이상이어야 한다. 그가 강가에서 만나거나 보는 것에는 모두 나름의 의미가 있어야 한다. 배의 뒤쪽에는 총을 멘 사내가 서 있다. 이따금 그는 배를 따라오는 새들을 향해 총을 쏘고 웃음을 터뜨린다. 아마도 그의 조상들이 아프리카 노예 도망자들을 추적했을 때도 그 같은 유희를 즐겼을 것이다.

당시는 총이 아닌 활을 가지고 임무를 수행했으리라. 섬세하게 다듬은 막대기 끝에 아주 작은 금속 조각이 붙어 있는 화살은 전혀 위험해 보이지 않는다. 위험하기는커녕 장난감처럼 보인다. 이 지역 사람들은 지금도 활과 화살을 만들어서 관광 상품으로 파는데, 해안가에 있는 공예품점에 전시된 활과 화살은 오륙십 년 전에 사용한 것과 거의 똑같다. 예전에 사용한 활과 화살은 수도에 있는, 금방이라도 무너질 듯 위태로워 보이는 작은 박물관에 식민지 시대부터 먼지가 쌓인 채로 보관되어 있다.

남자는 아마도 문명화된 아프리카계 사람들에 대한 남아메리카 원주민들의 해묵은 감정이나 태도가 몇몇 고상한 이유로 되살아날 수 있으리라고 생각할 것이다. 배가 마을에 정박했을 때, 그는 처음에는 소란스럽게 굴다가 이내 무거운 정적에 휩싸인 채 자기를 빤히 바라보기만 하는 원주민들의 공허한 얼굴과 마주하게 된다. 내성적이고 수동적인 강가의 사람들을 해안가의 아프리카인들을 비롯해 다른 나라의 활기차고 혁명적인 부족들과 비교도 할 것이다.

일주일에 한 차례씩 강으로 배가 다니게 될 거라는 소식에 마을 사람들은 남녀노소 불문하고 흥분한다. 마을의 후미진 곳에서 한 여인이 음식이 든 것 같은 바구니를 들고 나타나더니 구불구불 이어진 비탈길을 따라 내려와서 총을 멘 사내에게 접근한다. 바구니 안에는 깡통과 나무 그릇이 있고, 나무 그릇 안에는 온갖 것이 지저분한 천에 싸여 있다. 사내는 여인을 쳐다보지도 않고 몇 마디 말을 건넨다.

여인은 마을로 돌아갔다가 원반처럼 생긴 두껍고 하얀 카사바 빵과 폴리스티렌처럼 거칠어 보이는 것을 가지고 다시 내려온다. 빵을 받아 든 사내는 음식을 정갈하게 취급하는 것은 여자들만 할 수 있는 일이라는 듯, 거칠게 여러 조각으로 쪼개어서는 그릇과 깡통과 바구니에 아무렇게나 던져 놓는다. 이윽고 평온한 강가에서의 식사 시간이 찾아온다. 사내는 쪼갠 빵 조각을 집어 든다. 사내의 행동이 갑자기 진지해진다. 사내는 카사바 빵을 입안에 쑤셔 넣고 우적우적 씹는다. 카사바 빵은 그에게 주식이나 다름없어서 한 끼 식사로 충분하다.

화자인 남자는 사내에게 빵 한 조각을 달라고 해서 먹어 본다. 사내는 자기가 남자의 관심을 받는다고 생각하는지 기쁜 표정으로 웃는다. 빵은 아무런 맛이 없다. 의외로 약간의 신맛이 날 뿐이다. 햇빛이 조금 전과 다른 방향에서 비치면서 한낮의 풍경이 살짝 바뀐다. 태양이 바로 머리 위에서 나뭇잎 사이로 빛을 내리꽂는다. 강물이 눈부시게 반짝거린다.

사내는 식사를 끝내고 총을 멘 채 강물에 접시를 닦는다. 그는 깨끗해진 접시를 바구니 안에 넣고 암초가 있는지 살피기라도 하듯 뱃전에 움직이지 않고 앉아서 강물을 내려다본다. 남자는 입안에 남은 카사바 빵의 신맛을 느끼며 세계 여러 나라의 음식에 대해 생각한다. 쌀과 밀 그리고 다른 여러 종류의 곡식은 대부분 볏과 식물이다. 카사바는 뿌리 식물로, 잎이 붉은 포인세티아의 친척이랄 수 있는데 뿌리에 독이 있다. 이 마을에 사는 사람들의 먼 조상들이 아시아에서 건너와 숲과 강이 있는 내륙으로 들어오기까지 여러 세기가 걸렸을 텐데, 그들이 카사바를 발견하기까지는 몇 세기가 걸렸을까? 또 카사바 뿌리에서 독을 제거하는 데 쓰는 간단한 기구를 발명하기까지는 몇 세기가 걸렸을까?

이러한 것들, 그러니까 이 마을에 고립되어 사는 사람들이 발견하고 발명한 모든 것을 떠올리며 남자는 마을의 역사에 대해 생각한다. 새로운 것도 없고 자연 그대로도 아닌 상태로 강둑 주위에 펼쳐진 마을은 조상의 유산을 바탕으로 무려 천년이라는 세월에 걸쳐서 커졌겠지만, 고대의 마을과 다를 바 없다.

갑자기 햇빛의 각도가 바뀌면서 반짝거리는 강물 색이 변한다. 이로써 강가의 여행은 끝이 난다. 오후 4시쯤인데, 두 시간 뒤에는 일몰이다. 마을 근처에는 숲을 밀어 낸 곳이 있다.

그곳에는 남아메리카 인디언 마을에 있는 높은 강둑과 달리 나지막이 쌓은 누런 둑이 군데군데 허물어진 채 뻗어 있다. 잘 다듬어진 비탈길 같은 것은 눈에 띄지 않는다. 양옆의 흙이 무너져 내린 도랑이 몇 개 보일 뿐이다.

하루 종일 강과 태양 그리고 숲과 원주민의 얼굴만 대한 남자는 거의 발가벗은 채 자그마한 인디언 활과 화살을 들고 강가의 풀숲과 바위 뒤에 웅크린 백인 소년들을 보고는 깜짝 놀란다. 그 활과 화살은 해안가의 가게에서 파는 공예품이 아니라 숲에서 실제로 사냥할 때 사용하는 것이다. 별안간 모든 것이 처음 시작된 곳으로 돌아온 듯하다. 하얀 피부색이 다른 색으로, 노란 머리카락이 검은 머리카락으로 변해 버린 까마득히 먼 이전의 시대로 돌아온 느낌인 것이다. 하지만 신비로운 건 조금도 없다. 백인 소년들은 숲을 밀어 낸 자리에 새로 들어선 정착촌의 아이들이다. 남자는 아이들이 원주민 놀이를 하고 있다고 생각한다.

남자는 이곳에서 며칠 더 머물기로 한다. 하지만 정착촌이 그의 최종 목적지는 아니다. 정착촌에서 한동안 휴식을 취한 뒤 안내자를 구하는 대로 길을 떠날 생각이다. 이제부터는 길을 따라 걸어서 여행해야 한다. 이곳을 벗어나면 배를 타고 강을 거슬러 올라갈 수 없다. 바위가 많고 물살이 아주 빠르기 때문이다. 게다가 깊은 곳에는 암초까지 있어서 자칫하면 물속에 가라앉게 된다.

정착촌은 선교를 목적으로 세운 종교적인 곳이다. 이를테면 기독교를 기반으로 새롭게 들어선, 선교회 지부가 있는 마을인 것이다. 선교 활동은 지방에서 시작되었는데, 시간이 흐르면서 점차 확대되었다. 그 결과 해안에서는 아프리카계 사람들이 기독교의 주된 추종자가 되었고, 내륙에서는 남아메리카 원주민들을 중심으로 개종 바람이 불어 그 수가 계속 늘었다. 해안의 아프리카계 사람들 사이에서 기독교가 인기를 끈 것은 국제적인 교류 차원에서 자원봉사 같은 것을 장려했기 때문이다. 당시는 외국인 자원봉사자들이 많지 않았다. 그런데 기독교를 받아들인 지역에서는 유럽과 미국과 캐나다는 물론이고 심지어는 서부 아프리카로도 자원봉사자를 내보냈다. 특히 해안 지역에 사는 소수의 사람만 외국으로 여행할 수 있었는데, 아프리카인들은 친척이나 친구가 지역 정치가로 활동하는 경우 자원봉사자로 해외에 나가기가 비교적 쉬웠다.

자원봉사자는 교회에서 파견하는 경우가 많아 교회의 권위가 상당히 높다. 외국에서의 자원봉사자도 교회를 통해 들어오는 경우가 많다. 이 나라에서는 백인을 적대시하는 분위기가 강하지만, 외국에서 들어온 백인 자원봉사자들은 비교적 자유롭다. 그래서 혁명 세력은 지금도 자원봉사자를 가장해 침입한다.

그들의 위장술은 완벽에 가까워서 자원봉사자들과 구별하기 어렵다. 자원봉사자들이나 혁명가들 모두 같은 부류의 헌신적인 집단이다. 둘 다 인종을 초월한 형제애를 강조하는 한편, 부자들의 낭비벽과 가난한 자들이 겪는 착취의 고통에 대해 말한다. 두 집단은 심판과 정의에 대한 개념도 공유한다.

남자도 자원봉사자를 가장해 침입한 혁명가들 가운데 한

사람이다. 하지만 그는 자기가 속한 선교회에서 누가 혁명가인지 알지 못한다. 때가 되면 신분이 밝혀질 테지만 지금으로서는 누가 누구인지 알 수 없다. 정착촌에 도착한 순간 그는 인디언 활과 화살을 든 소년들에게 포로로 붙잡힌 듯 배낭을 메고 걸으며 일단 종교적인 자원봉사자처럼 행동하기로 한다.

남자가 소년들을 따라 들어간 곳은 정착촌 한가운데에 있는 오두막이다. 통나무를 거칠게 엮어 지은 오두막인데, 1미터쯤 되는 나무 기둥이 받치고 있어서 땅바닥에 평평하게 지은 다른 오두막들과 비교해 우뚝 솟은 것처럼 보인다. 정착촌 곳곳에는 버려진 나뭇조각들이 어수선하게 흩어져 있다. 개간하기 위해 나무를 베어 불태우는 듯한 냄새가 풍긴다. 정착촌을 둘러싼 숲에는 가늘고 흰 줄기의 나무가 빽빽하다.

화자인 남자는 이제 막 긴 여행을 끝낸 뒤라 사람들이 자기를 반갑게 맞이하기를 기대한다. 하지만 청바지에 색이 바랜 티셔츠를 입은 육중한 백인 남자가 오두막 부엌에서 나오더니 남자를 힐끗 바라보고는 소년들에게 무뚝뚝하게 말한다.

"저쪽으로 모셔라!"

백인 남자의 억양이 낯설다. 유럽 중부나 동부에서 온 외국인 억양에 미국인이나 캐나다인의 억양이 섞여 있는 듯하다. 무뚝뚝한 목소리와 그런 억양을 쓰는 것이 백인 남자의 언어 구사력이 부족한 탓인지 공격적인 성격 탓인지 알쏭달쏭하다. 그가 남자의 등 뒤에서 소리친다.

"이곳에서는 5시 30분에 저녁을 먹어요! 이곳의 규칙이오!"

저녁을 먹기까지는 한 시간도 더 남아 있다. 안내를 받아

새로운 옷: 기록되지 않은 이야기

남자가 들어간 방은 좁아터진 데다 바닥도 울퉁불퉁하다. 인디언 원주민 네 명이 바닥에 짐 꾸러미를 아무렇게나 놓은 채 쭈그려 앉아 있다. 한 사람은 찢어진 옷을 깁고 있고, 다른 사람은 등에 지고 다니는 배낭 같은 것을 만들고 있다. 나머지 두 사람은 음식이 나오기를 기다리는 것 같다. 인디언들도 강둑에서 본 원주민들처럼 태도가 데면데면하다. 눈에 띄는 특징 같은 것도 없다. 오두막 안에서는 나무껍질과 톱밥과 먼지와 기름이 뒤섞인 듯한 냄새가 난다. 나뭇잎이 썩는 냄새 같기도 하다. 여러 가지 색깔의 물감을 한꺼번에 섞으면 짙은 갈색이 되듯 오두막에서 풍기는 냄새는 이미 꺼진 모닥불에서 풍기는 냄새와 담배 냄새까지 더해 고약하기 짝이 없다.

남자는 강으로 가서 피곤한 몸을 씻는다. 해가 빠르게 기운다. 강물이 점점 차가워진다. 남자는 이제 그곳에서 가장 큰 오두막으로 들어간다. 오두막 안에는 사람들이 제법 많다. 여덟 명이나 된다. 모두 자원봉사자로 활동하는 사람들이다. 남아메리카 원주민은 한 사람도 없고, 각기 다른 나라에서 모여든 외국인들이다. 다들 청바지를 입고 턱수염을 기른 이국적인 모습이다. 오두막 안에는 식민지 느낌이 물씬 풍긴다.

그들은 서로 말이 잘 통하지 않는다. 조금은 거칠게 행동하는 육중한 체격의 남자가 그 자리에 모인 사람들의 우두머리라고 할 있다. 사람들이 그를 두고 체코슬로바키아 서북부의 필젠에 대해 말하는 것으로 보아 그곳 출신인 것 같다. 그의 아내인지 친구인지 알 수 없는 여자가 식탁에 앉아 있다. 화자인 남자는 여자가 조금 전에 만난 소년들의 엄마일 거라고 추측한다. 여자는 영어를 한마디도 할 줄 모른다.

금발인 여자의 체구는 무척 크다. 그다지 아름다운 편은 아니며 입이 무겁다. 여간해서는 말하지 않는다. 하지만 식탁에 둘러앉은 사람들 가운데 혼자만 여자라서인지 모두의 관심을 끈다. 음식을 먹느라 약간 솟아오른 광대뼈에 심하게 뒤틀린 입술이 기름기로 번들거린다. 손도 발도 크다. 손은 피부가 매끄러운데 발은 거칠어 보인다.

남자는 식민지 같은 묘한 분위기 속에서 여자를 바라본다. 여자에게는 주위 사람들과 달리 무언가 풍기는 것이 있다. 말없이 서 있는 것만으로도 성적 매력을 발산하는 듯하다. 여자가 입은 얇은 면 드레스도 남자들의 시선을 충분히 사로잡는다.

남자는 감정이 마구 흔들리는 것을 느낀다. 여자에게 매료된 탓에 자신의 내부에서 무언가와 싸우기 때문이라고 생각한다. 대체 무엇과 싸운다는 말인가? 바로 타오르는 욕망이다. 남자의 욕망이 향하는 곳은 여자의 육체다. 그녀에게 남편이 있다면 그 사람도 이런 욕망을 품고 있을까? 남자는 육중한 체격의 백인을 올려다본다. 백인의 눈동자에서 여자에 대한 갈망의 빛이 뿜어져 나오는 것 같다.

아직 햇빛이 조금 남아 있고, 식탁에 둘러앉은 사람들은 여전히 이런저런 이야기를 나눈다. 얼마 뒤 바람이 심하게 불어도 쉽게 꺼지지 않는 허리케인 랜턴의 노란 불빛이 비치면서 거친 통나무 벽에 커다란 그림자가 생긴다. 사람들은 목소리를 조금 낮추고 이야기한다. 남자는 자신이 소외되어 있다고 생각한다. 그는 저녁 식사를 마치고 랜턴 불빛이 미치는 곳을 벗어나 밖으로 나온다. 캄캄한 어둠이 그를 덮친다.

낯선 어둠 속에 서자 남자는 잠시 어리둥절하다. 주위의 오두막들에서 작은 불빛이 흘러나온다. 숲이 노래한다. 하지만 그것은 실제가 아닌 착각일 수 있다. 이제 겨우 6시 30분인데, 주위는 칠흑같이 어둡다. 앞으로 열 시간이나 열한 시간이 지나야 날이 밝을 것 같다. 손전등으로 길을 밝히며 오두막으로 돌아온 남자를 맞은 것은 고약한 담배 냄새다. 그런데 아까 먹은 음식 찌꺼기에서 나는 냄새 같기도 하고, 강물에서 풍기는 냄새 같기도 하다. 아니다. 그것은 숲의 냄새인데, 어느새 남자 자신의 냄새가 되어 있다. 남자는 자리에 누운 채 자신이 숲속 생활에 익숙해질 수 있을지 곰곰이 생각해 본다. 아무래도 자신 없다. 커다란 체구의 여자가 떠오르자 남자는 흥분한 나머지 야릇한 욕정을 느끼며 깊은 잠에 빠져든다.

그날 이후 남자는 두 명의 침입자를 알게 된다. 둘 중 한 사람은 그 지역을 담당하는 사령관일 수 있다. 정체를 드러내지 않았지만, 남자는 그가 누구인지 대충 짐작한다.

며칠 뒤 남자는 그 사람에게서 지시를 받는다. 다음에 집결할 장소도 알게 된다. 하지만 아는 것은 지명 뿐이다. 원주민들이 남자를 그곳으로 데려다줄 것이다. 결국 남자와 목적이 같은 열두 명의 요원이 숲속에 열두 개의 거점을 마련하고 약속한 날 저마다 사건을 일으키리라. 강은 전략적으로 중요한 곳인 만큼 감시가 삼엄할 것이다. 이 나라의 대부분을 차지하는 숲은 아프리카계 사람들이 지배하는 해안 지역부터 단절될 텐데, 일단 그렇게 되면 원상 복구가 불가능할지 모른다.

이 나라는 숲을 다시 차지할 만큼 군사적인 힘도 자원도 없기 때문이다. 외국 언론들이 원주민들에 대해 동정심을 불러일으키는 기사를 계속 내보낸다면 외부 세력이 간섭할 가능성은 그만큼 줄어들 것이다.

일행이 다시 이동한다는 소식에 남자는 안도한다. 선교회 지부는 여러모로 답답하기 때문이다. 체코인 부부나 우울한 표정의 원주민들은 그에게 부담스러운 존재일 뿐이다. 특히 체코인 부부 곁을 떠나는 것은 남자에게 욕망의 굴레를 벗는 행위라고 할 수 있다. 그들에게서는 순수한 기쁨 같은 것을 찾아볼 수 없다. 그들은 가득 품고 있는 것은 권위라는 욕망 뿐이다.

선교회 사람들은 원주민들을 위해 날마다 종교적인 집회를 연다. 어느 저녁에는 커다란 오두막 앞의 넓은 공터에서 벌레를 쫓기 위해 피워 놓은 모닥불의 매캐한 연기와 담배 연기가 자욱한 가운데 비디오를 상영한 적도 있다. 원주민들은 흑인들이 등장하는 스릴 넘치는 미국 영화에 무척 흥미를 보인다. 그런 영화는 원주민들과 아프리카인들이 서로 반목하도록 부추기는 역할을 한다. 특히 원주민들은 총격전과 패싸움, 그리고 전속력으로 달리는 자동차를 보고 충격을 받는다. 그들은 영화를 보면서 한숨을 쉬기도 하고, 미친 듯 마구 소리를 지르기도 한다. 긴장을 풀려는 듯 이따금 스크린의 흑인 얼굴에 손전등을 비추는 사람도 있다. 그런 장난에 여기저기에서 웃음이 터지면 더 많은 손전등 불빛이 스크린에 등장하는 흑인 얼굴을 비춘다. 영화 상영의 본래 목적은 단순히 재미를 주려는 것이지만, 원주민들에게는 재미와 함께 강렬한 메시지를 전한다. 영화는 원주민들을 무한한 가능성을 지닌 집단으로 만들기도 한다.

마침내 길 안내하는 사람들이 도착한다. 루카스와 마테오라는 두 명의 원주민 소년들이다. 남자는 아침 일찍 소년들과 함께 길을 떠난다. 한 소년은 남자 앞에서 걷고, 한 소년은 남자 뒤를 따라온다.

얼마 뒤 셋은 숲속에 난 넓은 길로 들어선다. 그 숲길에는 그들만 있는 것이 아니다. 멀찌감치 떨어진 어두운 숲속에도 누군가 있는 것 같다. 무장한 사람이 나뭇잎과 나무 그림자 속에 숨어 있다가 불쑥 나타날 것 같기도 하다. 숲길을 따라 걷는 사람들 가운데에는 등짐을 지거나 물건이 잔뜩 든 광주리를 든 이도 있다. 광주리에는 오두막에서 원주민들이 만든 장난감도 들어 있다. 광주리도 원주민들이 직접 만든 것이다. 납작한 나무를 한가운데에 놓고 바닥과 양옆을 넝쿨로 엮은 물건이다. 원주민들은 광주리 옆에 줄을 길게 매달아 이마에 묶고는 광주리를 등에 지기도 한다. 그렇게 하면 광주리의 무게가 머리와 등으로 분산된다. 그런데 그러면 이마에 묶인 줄을 앞으로 당기기 때문에 머리는 자연스레 숙이게 되고 등은 굽어져서 고통스럽다. 그 때문에 체구가 더 작아 보이는데, 그런 자세로 인해 몸의 균형이 유지된다. 아마 광주리 같은 생활 도구는 오랜 세월에 걸쳐 조금씩 발전되어 왔을 것이다. 그리고 도구에 알맞게 자세도 변했겠지만, 그 덕에 사람들은 오랜 시간 짐을 가지고 이동할 수 있다.

남자는 숲속의 길이 아주 오래됐을 거라고 생각한다. 얼마나 먼 과거까지 거슬러 가야 할까? 도대체 언제 생긴 길일까? 원주민들의 먼 조상들이 숲속으로 이주하기 시작한 때일까? 어쩌면 폭풍우 같은 기후 때문에 자연스레 생겼을지도 모른다.

등짐을 진 사람들은 지나가면서 루카스와 마테오에게 푸념 섞인 인사를 던진다. 이따금 그들은 이마에 묶어 놓은 팽팽한 줄 아래로 남자를 힐끗 쳐다보기도 한다. 얼굴만 봐서는 다들 노인 같다. 남자는 그들을 바라보면서 일본 목판화에서 본 농부들의 표정을 떠올린다. 아무리 보아도 일본 목판화에 나오는 사람들과 다른 점이 없다.

일본 에도 시대의 목판화가인 호쿠사이가 일본의 전통적인 전원 풍경을 묘사한 목판화에는 초가지붕과 나무와 나무 다리 등 모든 것이 골고루 들어 있다. 그런데 그 가운데 외부에서 수입된 것은 하나도 없는 듯 보인다. 남자의 눈에 띄는 것도 마찬가지다. 자기 자신과 루카스와 마테오가 입은 옷이나 신발 그리고 깡통이나 짐꾼들의 짐 속에 있는 인쇄된 골판지 상자를 제외하고는 모두 원주민들이 손으로 직접 만든 것이다. 아마 수백 년 전의 원주민들도 가지고 있었으리라.

셋은 음식도 좀 먹을 겸 나무 그늘에서 쉬기 위해 걸음을 멈춘다. 루카스와 마테오는 마체테라는 날이 넓은 칼을 휘둘러 남자가 앉을 자리를 마련한다. 이윽고 자리에서 일어나 다시 걸을 때 남자는 숲과 길이 얼마나 오래되었는지에 대한 생각을 그만둔다. 그 대신 이런 환경에 놓인 사람들의 시간에 대한 개념은 어떤지 생각하기 시작한다.

사람들은 자신이 사는 세계에 대해 언제부터 의문을 품었을까? 나무와 꽃에 대해 알게 된 것은 언제부터일까? 각종 음식과 독, 그리고 동물들에 대한 지식은 언제부터 습득했을까? 지금 사람들이 사용하는 도구들이 맨 처음 만들어진 건 언제일까? 땅의 모든 사물이 서로 조화를 이루며 존재하는 가운데 비교할 만한 것이 아무것도 주어지지 않았다면 사람들은 과연 시간의 흐름이나 속도에 대한 개념을 가질 수 있었을까? 대면하는 사물들 덕에 우리는 시간이나 속도에 대한 개념을 갖게 된 것이다. 비교할 것이 하나도 없다면 사람은 자기만의 생각과 자기가 아는 다른 사람의 생각 안에서만 존재하게 된다.

남자는 선교회 지부가 있는 마을에 머물 때 캄캄한 어둠 속에서 본 희미한 빛과 저마다 오두막으로 돌아가기 위해 손전등을 들고 어두운 길을 비추던 광경을 되돌아본다. 불빛이 닿는 곳 너머로는 앞이든 뒤든 아무것도 보이지 않는다. 거기에는 '무'라는 어둠만이 도사린다.

남자는 한낮의 밝은 빛을 따라 걸으며 그처럼 어렵고 낯선 생각들과 씨름한다. 아직 태양은 하늘 높이 떠 있지만, 오늘 하루치의 행군은 끝났다. 이 또한 규칙이다. 일몰까지는 두 시간쯤 남았다. 그들은 자그마한 개울가에서 야영하기로 한다. 햇빛이 점점 붉은색을 띠는 개울의 수면 아래에 있는 회색빛 바위를 비추면서 어지럽게 춤추기 시작한다. 그야말로 아름다운 광경이다. 루카스와 마테오는 야영하기 좋게 주변을 정리한다. 둘은 숲을 집처럼 생각하는 것 같다. 동작 하나하나가 아주 자연스럽다. 둘은 마체테로 나뭇가지를 잘라 한쪽 끝을 날카롭게 다듬은 뒤 땅에 박고는 야생의 바나나잎을 엮어 지붕을 얹는다. 눈앞에 금세 움막이 세워진다. 천장이 낮기는 해도 은신처처럼 안전해 보인다.

이윽고 그들은 모닥불을 피운다. 루카스와 마테오는 자기들이 먹을 것을 준비한다. 남자도 개울물을 떠서 음식을 만든다. 해가 빠른 속도로 저물면서 같은 속도로 어둠이 찾아온다. 남자는 날이 밝기까지의 긴 시간을 생각한다. 초저녁의 쓸쓸한 분위기에 남자의 마음은 침울해진다.

마테오는 나무를 깎아 노 같은 것을 만들고 있다.

"네 아버지는 뭐 하는 분이니?"

남자가 마테오를 바라보며 묻는다. 그러고는 숲에서 이런 질문을 하다니, 스스로 어리석다고 생각한다.

"돌아가셨어요."

"돌아가셨어? 어떻게 돌아가셨는데?"

"카나이마가 아버지를 죽였어요."

마테오가 다듬던 나무토막을 바닥에 내려놓고 모닥불에 나뭇가지를 던지며 대답한다. 마테오는 이미 몇 차례나 슬픔을 겪은 사람 같다. 표정이 철학자 같기도 하다. 카나이마는 숲에 사는 죽음의 정령이다. 이 정령은 살아 있는 사람의 육체를 탐낸다. 카나이마는 숲속 어딘가에서 마테오나 루카스를 비롯한 모든 사람으로 위장한 상태에서 사람의 목숨을 앗아 간다. 시간이란 개념이 없는 세계의 사람들은 그들이 품은 생각 속에서 현재만을 살아간다. 그리고 사람들의 삶은 카나이마 같은 존재에 대한 두려움으로 인해 소비되어 버린다. 카나이마 같은 것이 없다면 인간은 진정으로 행복할 수 있을지 모른다. 어쩌면 영원히 살 수도 있을 것이다. 하지만 이런 식의 가정은 어디까지나 가정일 뿐이다. 결코 실현될 수 없다.

작은 나뭇가지에 붙은 마지막 불이 꺼지자 어둠이 머리 위에서부터 내려오기 시작한다.

"마테오, 너 혹시 결혼했니?"

남자가 궁금한 표정으로 묻는다.

마테오가 머뭇거리자 루카스가 대신 말한다.

"결혼을 어떻게 하겠어요?"

"원주민 여자애들은 모두 멍청해요. 아는 게 하나도 없어요."

마테오가 퉁명스레 말한다.

남자는 숲에서 사는 사람들에 대한 연민과 슬픔이 가슴 가득 밀려오는 것을 느낀다. 남자가 생각하기에 그들은 문명과 너무나 멀리 떨어진 곳에서 살고 있다. 하지만 아름다운 숲에서 자연과 더불어 사는 지혜를 터득하며, 아주 다양한 재능을 지닌 채 고립을 극복하고 있다고도 생각한다. 이곳은 이방인의 손길이 쉽게 닿을 수 없는, 남자가 아는 어느 지역보다 깊은 오지다. 그 때문에 이 나라에 혁명이 일어난다 해도 여기까지는 아무런 영향이 없을 것이다. 이 세상 대부분 지역에서는 충돌과 분쟁이 끊임없이 발생한다. 아시아와 유럽과 아프리카에서는 유사 이래 부족이나 민족 사이에서 갈등이 그친 시기가 거의 없다. 숲에 사는 사람들은 외부와의 교류 없이도 그들만의 견고한 사회를 이루고 있다. 조상들이 아시아에서 이주한 이래 줄곧 그렇게 해 온 것이다. 하지만 그들의 사회는 견고한 만큼 한번 무너지기 시작하면 걷잡을 수 없게 되어 완전히 와해될 것이다.

모닥불이 꺼지자 루카스와 마테오는 움막에서 나와 바닥에 눕는다. 숲이 노래를 부르기 시작한다. 이따금 노랫소리가 잦아들면서 물 흐르는 소리가 들린다. 남자는 이런 환경에서 여러 해 동안 생활하는 자신의 모습을 상상해 본다. 남은 인생 전부를 이곳에서 보낸다면? 아니 500년 동안 이곳에서 산다면? 남자는 갑자기 긴장한다. 그는 위스키병을 꺼내 한 모금 마신다. 소년 하나가 몸을 일으켜 세우더니 남자에게 말을 건다.

"그거 럼주예요?"

"아니."

"우리에게도 럼주 좀 주세요."

"럼주 아니라니까."

소년은 어른처럼 한숨을 내쉬더니 다시 눕는다.

움막을 덮은 바나나잎 위로 빗방울이 떨어진다. 남자는 그 소리에 잠에서 깬다. 잠들기 전에 느낀 긴장감과 혼란스러움이 다시금 밀려든다. 한 소년이 어둠 속에 서서 남자에게 묻는다.

"루카스와 내가 들어가도 돼요?"

루카스와 마테오가 움막 안으로 들어오자 남자는 퀴퀴한 담배 냄새에 휩싸인다. 그와 동시에 야릇한 욕정을 느낀다. 다른 사람들과 가까이 있는 것이 남자에게는 긴장감을 풀어 주는 해독제 역할을 한다. 상대가 어린 소년들이어도 상관없다.

남자는 슬그머니 손을 뻗어 옆에 누운 소년의 몸 위에 올려놓는다. 누구인지 알 수 없지만, 소년은 몸을 움직이지 않는다. 소년에 대한 남자의 욕정이 점점 달아오른다. 남자의 떨리는 손은 이따금 머뭇거리면서도 욕정에 이끌려 상대방 몸의 굴곡을 따라 조심스레 움직인다. 남자는 선교회 지부가 있는 마을에서 본 금발 여자의 풍만한 육체를 떠올린다. 소년의 수동적인 태도가 오히려 남자의 욕정을 예민하게 자극한다.

아침에 잠에서 깬 남자는 움막 안에 혼자 남아 있는 자신을 발견한다. 남자는 순간적으로 당황한다. 길을 안내하는 소년들은 강 상류에서 이튿날의 여정을 준비하고 있다. 남자는 두 소년 중 누가 간밤에 자기 옆에 누웠는지 알지 못한다.

다시 떠나야 할 시간이다. 루카스와 마테오는 밤에 비를 막아 준 움막을 마체테로 허물어 버린다. 남자는 그것이 숲의 규칙이라고 생각한다. 움막은 밤새도록 셋을 보호하는 역할을 했지만, 사실은 허술하기 짝이 없다.

다시 여행이 시작된다. 남자는 이세 더는 이전의 편안한 상태로 돌아갈 수 없다고 생각한다. 길은 높은 지대에 있는 강에서 벗어나 다시 숲으로 이어진다. 풍경은 여전히 아름답다. 하지만 평화로운 분위기와 편안함을 더는 느낄 수 없다. 오히려 남자는 마음 한구석 불편함을 느낀다. 불편함의 정체는 굳이 밝힐 필요가 없을 것이다. 밝히려고 하면 할수록 더 불편할 뿐이다. 남자를 불편하게 하다 못해 괴롭히는 것은 이 여행의 동기에 대한 회의 내지는 의문이다.

시간이 지나면서 남자는 속으로 끙끙 앓는 자신을 무시하게 된다. 이제는 자신을 돌아보는 일도 그만둔 상태다. 남자는 아무런 생각도 하지 않은 채 앞에서 걷는 소년의 더러운 캔버스 신발 뒤꿈치에 시선을 고정시킨다.

루카스와 마테오는 오늘따라 더욱 생기 있어 보인다. 그 이유는 알 수 없다. 둘은 마체테로 관목 숲을 헤치면서 나뭇잎이나 작은 벌레를 살짝살짝 건드리기도 하고 칼끝으로 나무에 흔적을 남기기도 한다. 그러면서 이따금 원주민들의 언어로 소리치곤 한다. 마치 숲에서는 사람의 목소리를 크게 내는 것이 아주 중요한 일이라는 듯. 그들은 평지를 걷는 것처럼 걸음걸이도 거침없다. 둘은 사람이 보이면 멀리서부터 큰 소리로 부른다. 그리고 이따금 직감을 따르는 듯 갑자기 길에서 벗어나곤 한다. 잠시 쉬면서 시원한 공기를 마시고 무언가를 기다리는 것 같기도 하다.

오후가 되자 그날의 일정이 중단된다. 그런데 소년들은 움막을 지으려 하지 않는다. 남자를 야영지에 내버려 두고 둘이서만 어디론가 떠나 버린다. 그러다 다시 돌아와서는 또 떠나는데, 남자는 굳이 그 이유를 묻지 않는다. 그저 지난밤에는 기대하지 않았던 움막을 이번에는 기대할 뿐이다. 하지만 소년들이 계속 기대를 저버리자 남자는 무시당한 것 같은 기분을 느낀다. 주위의 풍경과 어울려 노랗게 물든 노을빛이 눈부시게 아름답지만, 그런 것을 바라볼 마음의 여유가 없다.

남자는 자기 권리를 주장하기로 한다. 소년들에게는 처음이다. 루카스와 마테오가 돌아오자 남자는 이렇게 명령한다.

"루카스, 움막을 지어라!"

소년들에게 그런 일은 식은 죽 먹기나 마찬가지다. 둘은 움막을 짓기 시작한다. 두 소년 모두 기분이 조금도 상한 것 같지 않다. 오히려 남자의 명령을 기다린 것처럼 보인다. 둘은 원주민 언어로 시끄럽게 떠들기도 하고 흥겨운 듯 콧노래도 부른다. 그러면서 나뭇가지를 자르고 다듬는다. 수액이 풍부한 나무를 자를 때는 마체테 날이 가늘게 떠는 것 같다. 움막을 짓는 데 필요한 목재가 한쪽에 쌓여 있다. 두 소년은 나무토막의 꼭대기는 하늘을 향해 갈라지도록 만들고 다른 한쪽 끝은 부드러운 흙에 잘 박히도록 날카롭게 다듬는다. 둘은 아주 날렵하게 움직인다. 야생 바나나잎을 엮어 지붕을 얹을 때도 손발이 척척 맞는다.

루카스와 마테오는 움막을 다 지은 뒤 남자의 짐을 안으로 들여놓는다. 남자를 세심하게 배려하는 것 같은 행동이다. 두 소년은 자기들의 짐도 남자의 짐 옆에 놓는다. 남자는 나란히 놓여 있는 세 개의 짐을 바라보면서 전날 밤 세 사람이 누웠던 모습을 떠올린다. 소년들은 남자가 지시라도 한 것처럼 짐을 그런 식으로 놓았다.

그들은 모닥불을 피운다. 오후의 밝은 햇빛 때문에 불꽃이 잘 보이지 않는다. 그들은 저마다 자신이 먹을 음식을 준비한다. 두 소년은 함께 먹고 남자는 혼자 먹는다. 햇빛이 사라지자 모닥불의 불꽃이 점점 환하게 드러난다. 그리고 기다렸다는 듯 어둠이 찾아온다. 숲이 다시 노래를 부르기 시작한다. 그것은 머릿속에서 울리는 소리 같기도 하다.

루카스가 장난감처럼 생긴 노를 칼로 다듬으며 남자에게

묻는다.

"어느 나라에서 오셨어요?"

"영국."

이번에는 마테오가 묻는다.

"이곳에는 왜 오셨는데요?"

남자는 사전에 교육받은 대로 대답한다.

"알프레드를 만나려고."

두 소년의 눈동자가 커진다. 알프레드는 그들이 가려는 마을의 촌장이다.

루카스가 다시 묻는다.

"마을에 집을 지으려고요?"

"이유는 나중에 알게 될 거야."

남자는 이렇게 대답하고 마테오에게 묻는다.

"마테오, 카나이마가 아버지를 어떻게 죽였지?"

햇볕에 그을린 소년들 얼굴이 갑자기 심각해지는가 싶더니 이내 체념한 듯한 표정이 된다.

루카스가 먼저 말한다.

"카나이마가 아버지를 찾아다녔어요. 아버지한테는 표식이 있었거든요."

마테오가 이어서 말한다.

"어느 날 옷 장수가 아버지를 찾아왔어요. 아버지는 옷을 보고 싶어 했죠. 카나이마가 옷 장수로 변장해서 온 줄을 몰랐던 거예요. 아버지가 옷을 고를 때 카나이마는 아버지 방으로 숨어들었어요. 그러고는 아버지가 옷을 가지고 방으로 들

새로운 옷: 기록되지 않은 이야기

어오자 아버지를 죽였죠. 그게 전부예요. 그 뒤 우리는 아버지의 새 옷을 불태워 버렸어요."

루카스와 마테오는 모닥불을 물끄러미 바라보고 있다.

"당신은 영국에 있을 때 집에서 살았나요?"

루카스가 뜬금없는 질문을 던진다. 남자는 루카스가 '집'이라는 말을 강조했기 때문에 그렇지 않다고 대답하고 싶다. 그는 아파트에서 살았다. 하지만 아파트라고 말하면 혼란스러울 것 같아 "그래."라고 대답한다.

루카스가 천천히 말한다.

"나도 집에서 살고 싶어요."

그것은 희망치고 간단하지만, 남자의 귀에는 가능성이 전혀 없는 소리로 들린다. 남자는 정치적인 이유와 상관없이 소년들에게 큰 감동을 받는다. 이번에는 마테오가 묻는다.

"당신은 죽음의 정령 카나이마가 루카스를 해치려 한다는 사실을 아나요?"

"카나이마가 루카스를 해치려 한다고?"

남자는 깜짝 놀라서 되묻는다. 루카스는 예리한 칼로 노를 깎다가 나무 부스러기를 모닥불에 던지며 말한다.

"길을 걷고 있었어요. 그러다 멀찌감치 떨어져 있는 그걸 봤어요. 길 위에 있으면 안 되는 걸 본 거예요. 하지만 나는 별생각 없이 계속 걸었어요. 그러다 결국 부정한 것을 보고 말았죠. 그건 흰색의 작은 꽃이었어요. 길에 그 꽃만 홀로 피어 있었죠. 나는 뒤돌아서 마구 달렸지만 이미 늦었어요. 카나이마의 표식을 보고 만 거예요."

움막 안에서 두 소년과 함께 잘 때 남자가 손을 올렸던 몸의 주인은 다름 아닌 루카스였다. 남자는 루카스에게 전날 밤에 느꼈던 욕정보다 더 강렬한 애정을 느낀다. 하지만 그는 루카스를 도울 방법이 없다는 사실을 잘 안다. 그의 애정은 모닥불 빛을 통해 바라본 루카스의 얼굴처럼 우울한 감정으로 변한다. 잠시 뒤 마테오가 갑자기 일어나서 말한다.

"선생님, 루카스를 영국으로 데려가 주세요!"

마테오의 머리에 어떤 생각이 스치고 지나간 것 같다. 그렇게 하는 것만이 루카스를 살릴 수 있다고 생각한 모양이다. 남자는 대답하지 않는다. 한참 뒤 마테오가 대답을 재촉하듯 말한다.

"선생님."

남자는 그제야 마테오를 바라본다.

"그래."

이 대답에는 어떤 의미도 담겨 있지 않다. 그저 이해한다는 정도의 말일 뿐이다. 하지만 마테오는 만족한 듯 한숨을 내쉬며 잠든다.

이튿날 소년들은 남자를 아주 친절하게 대한다. 전날처럼 시끄럽게 떠들지도 않고, 갑자기 자리를 비우지도 않는다. 루카스와 마테오는 움직일 때마다 남자를 데려가려 한다. 두 소년의 표정이 유난히 밝다. 이제 체념의 기색은 찾아볼 수 없다.

남자가 반드시 해야 하는 일 중 하나가 루카스나 마테오 같은 원주민들의 신뢰를 얻는 것이다. 하지만 이런 식의 신뢰는 남자가 원한 것이 아니다. 남자는 오히려 소년들의 신뢰로 인해 자신의 의지가 허물어지는 것 같다고 생각한다. 그는 마테오의 제안을 어떻게 거절해야 할지 몰라 난감하다. 자기도 모르는 사이에 무언가 교환이라도 이루어진 것은 아닐까 하고 생각한다. 소년들을 무겁게 짓누르던 것이 이제는 남자의 어깨 위로 옮겨진 듯하다.

남자는 조금 답답함을 느낀다. 이번 여행이 생각보다 시간이 많이 걸려 지루하기 때문이다. 이제 길을 걸으면서 마주치는 사람은 몇 명 되지도 않고 먹을 것도 얼마 남아 있지 않다. 소년들은 남자에게 모든 것이 잘되어 가고 있으니 염려하지 말라고 말한다.

그들은 사흘쯤 더 야영한다. 저녁 무렵이면 나뭇가지나 나뭇잎으로 움막을 짓는다. 모닥불도 피운다. 밤에는 안전하게 지내는 것으로 안심하는 척하지만, 날이 밝으면 소란스러운 주위를 경계하며 의심한다. 이렇듯 상반된 낮과 밤은 화자인 남자의 정신 상태를 반영한다고 할 수 있다. 밤이 되면 남자는 자신이 염원하는 모든 것이 이루어져서 현실로 나타나기를 바란다. 그리고 낮이 되면 소년들이 자기에게 품은 믿음으로부터 어떻게 하면 안전하게 벗어날지 고민한다. 그런데 그가 알지 못하는 사이에 낮의 고민은 점점 커진다. 소년들과 약속하기를 잘했다는 생각이 들다가도 어느 순간 걱정이 시작된다. 약속을 이행하지 못할 경우 무슨 일이 벌어질지 모르기 때문이다.

어느 날 정오 무렵, 네다섯 시간의 여행 끝에 그들은 마침내 목적지에 도착한다. 그때까지 걸어온 오솔길에서 벗어나 숲을 통과해 고원 지대에 이르자 회갈색 풀을 엮어 지은 오두막들이 나타난다. 몇몇 오두막에는 나뭇가지를 엮어 만든 문에 막대기가 받쳐져 있다. 나머지 오두막은 문이 닫혀 있어 전체적으로 원뿔 모양이다. 아무튼 루카스와 마테오의 마을에 온 것이다. 마을 사람들이 두 소년의 이름을 부른다. 소년들이 대답한다. 남자는 며칠 전 깊은 숲속을 여행하다 만난 강둑 근처의 마을들에서 느낀 활기를 이곳에서도 느낀다.

사람들이 남자를 오두막 안으로 안내한다. 오두막 안에 들어서니 흙냄새와 함께 퀴퀴한 담배 냄새가 풍긴다. 전에 오두막에서 산 사람들이 남긴 듯 지저분한 옷과 깎다 만 것 같은 나뭇조각이 지붕을 엮은 풀과 막대기 사이에 끼워져 있다. 남자는 혼자 남게 된 것에 안도하며 자리에 눕는다. 그러고는 피곤한 나머지 금세 곯아떨어진다.

남자는 태양이 저물 무렵 잠에서 깬다. 남자는 바로 전날 해 질 녘에 루카스와 마테오가 지은 움막을 떠올린다. 이 오두막은 그보다 규모가 조금 클 뿐 모양은 비슷하다. 아주 작지만 부엌도 딸려 있다. 땅거미가 밀려오면서 요리를 하기 위해 부엌에 피운 불이 주위를 밝힌다. 연기 색깔이 회색이나 갈색이 아닌 투명한 푸른색이다. 남자는 딛고 선 땅 밑이 텅 비어 있는 것은 아닌가 하고 생각한다. 한 발 한 발 내디딜 때마다 조그맣게 땅이 울린다. 마치 멀리서 북소리가 울리는 것 같다. 당연히 이 땅도 여러 용도로 개간되었을 것이다. 남자는 고원 지대의 넓은 공터에 세워진 마을을 바라보면서 역사가 깊은 만큼 땅 밑에는 여러 세기를 거치며 묻힌 유물이 많을 거라고 생각한다.

원주민 여인들이 좁은 부엌에서 카사바 빵을 만들고 있다. 동그란 모양의 빵은 곧 풀로 엮은 지붕 위에 올려질 것이다. 부엌의 가장자리에는 기다란 주름관이 매달려 있다. 카사바에서 독을 짜내는 기구다. 카사바 독은 주름관을 통해 조금씩 흘러나와 바닥에 놓인 나무 접시에 떨어진다. 독은 여러모로 유용하다. 카사바 독을 이용해 고기를 일 년 이상 보존할 수도 있다. 바닥에는 카사바를 가는 강판도 있다. 아주 아름답게 생긴 물건이다. 날카롭게 깎아 낸 화강암이 딱딱하게 굳은 역청에 의해 단단히 고정되어 있다. 역청은 먼 지역에서 구해 온 것일 수 있다. 귀중한 물건인 만큼 외국에서 수입했을지도 모른다. 화강암도 수입했을 것이다. 강판은 역청을 끓여서 나무로 만든 틀에 부어 식힌 뒤 화강암 조각을 하나씩 박아 만든 것이다.

남자는 원주민 여인들을 물끄러미 쳐다본다. 그러다 부엌에 있는 물건을 하나하나 주시한다. 원주민 여인들과 소녀들이 남자의 그런 모습을 바라보면서 웃는다. 남자는 '나는 이 사람들이 좋아.'라고 생각한다. 그러고는 곧바로 '왜 좋다는 거지?' 하고 스스로에게 되묻는다. 남자는 푸른 연기에 둘러싸인 여인들을 쳐다보면서 다시 생각에 잠긴다. '원주민들에게 아무런 해도 끼치고 싶지 않아!'

루카스와 마테오가 다가온다. 짐을 들지 않고 모자도 쓰지 않은 채 새 옷으로 갈아입은 모습이다. 그래서인지 마을에서 제법 지위가 있는 청년들처럼 보인다. 루카스와 마테오는 남자를 강 쪽으로 안내한다.

"수영하기 좋은 깊이예요."

두 소년은 그렇게 말하고 강물에 몸을 던진다. 둘은 남자가 혼자 있도록 두지 않을 것이다. 카나이마가 주위를 맴돈다고 생각하기 때문이다. 카나이마가 나타났다 싶으면 그들은 바로 남자에게 보호를 요청할 것이다.

태양이 점점 아래로 가라앉는다. 붉게 물든 강물도 조금씩 어두워진다. 세차게 흐르는 강물은 보는 것만으로도 차가운 느낌이 든다.

한 소년이 말한다.

"이 강물은 작은 물고기들에게는 굉장히 차가울 거예요."

남자도 붉은 강물 속으로 뛰어든다. 강물은 소년의 말처럼 아주 차갑고 깊다. 강물에 비친 햇빛이 출렁거리다 사라진다. 강물은 이제 검은색이다. 어둠이 짙어 주위에는 아무런 색이 없다. 캄캄한 어둠뿐이다. 집중해도 아무것도 보이지 않는다. 몸의 감각도 사라진 것 같다. 차가운 강물이 모든 감각을 마비시킨 듯하다. 남자는 아무것도 보이지 않는 어둠 속에서 신경을 집중한다. 아무것도 인지할 수 없다. 정신만 살아 있을 뿐이다. 남자는 정신을 차린 듯 깜짝 놀라 노란 불빛이 반짝이는 곳으로 향한다.

루카스와 마테오를 다시 만나게 되자 남자는 반가워서 웃는다. 둘은 남자가 옷을 다 입을 때까지 기다린다. 세 사람은 은 마을을 향해 걷는다. 카나이마의 손길로부터 자신을 안전하게 보호하는 가장 좋은 방법은 다른 사람과 동행하는 것이다. 다른 사람과 함께 있으면 카나이마는 마법의 힘을 잃는다. 길에서 흰색의 작은 꽃을 본 루카스처럼 남자도 카나이마와 마주친 적이 있다고 생각한다. 아주 짧은 순간에 일어난 일인 것 같다. 그렇더라도 그 기억은 꿈이나 희미한 의식의 상태로 되살아날 것이다. 그리고 당시의 기분이 어땠는지 기억하면 지금의 기분을 포함해 지난 며칠 동안 벌어진 사건과 그때그때 느낀 감정이 뒤섞여 한꺼번에 솟아오를 것이다.

남자는 이곳 사람들이 아무런 해도 입지 않기를 바란다. 그들에 대해 그가 느끼는 감정은 사랑이라기보다 괴로움이랄 수 있다. 지금 남자의 시야를 꽉 채우는 것은 사랑스러운 모습이 아니라 괴로운 모습이다. 이는 남자가 잃어버린 것이기도 하다. 예컨대 늦은 오후의 햇빛과 살가운 여인들과 명랑한 아이들과 투명한 푸른 연기 등이 바로 그것이다. 지난 며칠 동안 남자는 머릿속을 반쯤 차지한 의심과 단순한 충동으로 마음이 무거웠다. 이제 그는 그런 중압감에서 벗어나려고 한다. 이곳 사람들에게 등을 돌리고 마음에서 그들을 몰아내기로 결심한 것이다.

하지만 결심한 것을 행동으로 옮기기란 그리 쉬운 일이 아니다. 남자는 쉽게 떠나지 못한다. 그는 지금 자신이 머물러 있는 곳이 어디인지조차 모른다. 돌아가려면 안전하게 숲을 통과할 수 있도록 도와주는 안내자가 있어야 할 것이다. 안내자가 있어도 소용없을지 모른다. 마을을 이끄는 알프레드 촌장이 그냥 떠나도록 허락하지 않을 것이기 때문이다. 알프레드는 남자가 마을을 떠난 뒤 어떤 결과가 닥치고 해안 지역에서 어떤 반응이 있을지 걱정할 것이다. 또 선교회 지부가 있는 마을에는 여전히 체코인이 머물 테고, 그 또한 남자가 이 마을을 떠나는 걸 바라지 않을 것이다.

결국 남자는 이곳에 머물 수밖에 없다. 이 마을에 머무는 동안 자기에게 맡겨진 또 다른 임무를 수행해야 할 것이다. 일단 그 일을 시작하게 되면 좀 수월하게 떠날 수 있을지도 모른다. 그렇다. 잘하면 숲과 이 나라와 이런 활동에서 완전히 벗어날 수도 있을 것이다.

어쨌든 지금부터 몇 주일 또는 여러 달 동안 이곳에서 머물러야 한다. 얼마쯤 지나면 이 마을뿐 아니라 주변의 다른 마을 사람들도 남자에 대해 잘 알게 될 것이다. 그 사람들에게 남자는 이미 이방인이며 특별한 존재다. 문자를 모르는 사람들은 사물을 바라보는 눈과 기억에 모든 것을 의존하게 마련이다. 그들은 그런 식으로 중요한 사건을 기억에 저장한다. 그러므로 남자의 세세한 부분까지 무한정으로 기억할 것이다. 그의 목소리며 걸음걸이며 몸짓 등을 낱낱이 기억하리라. 남자는 다른 어떤 곳이 아닌 바로 이곳 사람들의 마음속에 존재할 것이다. 남자가 떠난 뒤 그들은 그를 어떤 사람으로 기억할까? 아마도 자기들과 오랫동안 함께 있었지만 성실하지 못했던 사람으로 기억할 것이다. 왜냐하면 이런저런 약속만 잔뜩 늘어놓고 그대로 떠나 버렸기 때문이다.

해가 완전히 저물기까지 한 시간쯤 남았을 때, 루카스와 마테오가 남자에게 다가온다. 그러고는 남자를 마을의 지도자에게 데려가겠다고 말한다.

"우리가 통역할게요."

"사람들 말로는 알프레드 촌장이 영어를 할 줄 안다던데."

마테오에 이어 남자가 말한다.

"우리가 만나야 할 사람은 알프레드 촌장이 아니에요."

마테오가 손을 내젓는다. 옆에 있는 루카스가 덧붙인다.

"우리가 만날 사람은 우리 백부입니다. 우리 아버지의 형님이죠."

남자는 루카스와 마테오를 따라간다. 소년들의 백부라고 해서 나이 많은 노인일 줄 알았는데, 남자가 만난 사람은 그렇게 늙은 사람이 아니었다. 그는 문이 활짝 열린 오두막에 앉아 있다. 잠자는 곳이라기보다 접견 장소로 사용하는 오두막 같다. 구석에는 그물 침대가 걸려 있다. 손님용으로 만든 것 같은 단단한 나무 의자도 보인다. 그 사람의 피부는 무척 매끄럽다. 남자는 아름다운 피부라고 생각한다. 그 사람은 새로 구입한 것처럼 보이는 청바지와 꽃무늬 셔츠를 입고 있다. 옷 장수가 정기적으로 이곳을 방문하는 모양이다.

그 사람이 원주민 언어로 말하면 루카스와 마테오가 영어로 통역한다. 그 사람의 말은 이렇다.

"나는 알프레드한테서 루카스와 마테오가 당신을 데리러 갔다는 말을 들었어요. 하지만 당신이 정말 올 줄은 몰랐어요. 오지 않으리라 생각했죠. 그런 경우를 한두 번 겪었어야죠. 말로는 한다면서 행동으로 옮기지 않는 경우 말이오. 그런데 지금 당신은 여기 있군요. 나는 당신이 조심스럽게 행동하기를 바라오. 당신은 온갖 난관을 헤치며 이곳까지 온 거요. 사바나를 통과하면 좀 더 쉽게 올 수도 있었는데 말이오. 한 번은 우리 장인이 자기 아버지한테서 들었다며 이런 이야기를 해 주었어요. 언젠가 사람들이 그 길을 통해 금을 찾으러 이곳에 왔다고 말이오."

"듀카스?"

남자는 그 지역의 말로 묻는다. '듀카스'란 숲속의 다른 지역에 정착한 아프리카계 도망자들의 후손을 가리키는 말이다.

"듀카스, 남쪽에서 온 사람들……. 하지만 나는 장인이 말한 내용을 다 기억하지 못해요. 아무튼 수많은 사람이 금을 찾기 위해 이곳으로 몰려왔대요. 그것이 우리에게 뭘 의미하는지는 말할 필요도 없을 거요. 마을 사람들이 무슨 짓을 했는지 아시오? 그때는 건기였어요. 사람들은 사바나에 불을 질렀죠. 수 킬로미터에 걸쳐서 시뻘건 불길이 거세게 타올랐어요. 장인이 말하기를 새들은 불길보다 앞질러 날면서 불 속을 도망쳐 나오는 뱀이나 곤충들을 쪼아 먹었다더군요. 결국 그 불에 금을 찾으러 온 사람들이 몽땅 타 죽었어요. 그리고 그 화재 사건 이후 수많은 사람이 마을을 떠나 숲으로 피신해 이 년 동안 지냈지요. 당신 생각은 어떻소? 이번에도 사람들이 그럴 거라고 생각해요? 당신은 당신들이 하는 일이 뭔지나 아는 거요? 우리는 용감한 부족이오. 만약……."

그는 잠시 말을 멈추었다가 다시 입을 연다.

"그런데 당신은 어느 나라에서 왔소?"

"영국입니다."

"영국이라……. 우리 조부께서도 영국에 갔어요. 루카스가 말하지 않던가요?"

루카스는 윗입술을 빨며 말없이 바닥만 내려다본다.

"조부는 영어를 가르치러 온 영국인과 함께 영국에 갔어요. 그리고 그곳에서 삼 년을 살았죠. 주변의 영국인들은 조부가 영국인 여자와 결혼하기를 바랐어요. 원래부터 의도한 거였죠. 그 사람들은 마땅한 여자를 찾아냈는데, 결혼하면 이곳에 와서 살아야 한다는 이야기를 듣고 여자가 겁을 먹었어요. 영국인들이 조부와 여자에게 이곳에다 집을 지어 주겠다고도 제안했거든요."

그는 이따금 영어 단어를 쓰기도 한다. 하지만 발음이 분명하지 않아 그 지역의 언어처럼 들린다.

"그런데 영국에서 돌아온 조부가 영국에 대해 이야기한 것 중에 그 나라의 족장이 여자라는 말도 있는데 그게 사실이오?"

"네, 사실입니다."

남자가 고개를 끄덕이며 대답한다.

"그 말을 들으니 참 다행이다 싶네요. 사람들은 그것이 조부가 꾸며낸 말이라고 했거든요. 조부가 영국에 간 사실조차 믿으려 하지 않은 사람이 많았어요. 조부는 사람들에게 보여 주려고 영국에서 출간된 책도 여러 권 가져왔지만, 그래도 믿으려 하지 않았지요. 이곳에 돌아온 조부는 영국인들이 와서 마을 사람들에게 집다운 집을 지어 주기를 바랐어요. 해마다 많은 영국인이 왔지요. 당신이 온 그 길이 아니라 아까 내가 말한 사바나 길을 통해서 말이오. 영국인들은 매년 똑같은 말만 되풀이했어요. 내년에 다시 와서 집을 지을 거라고 말이오. 당신이 우리에게 전하려는 것도 똑같은 말 아닌가요?"

"아닙니다. 이번 일은 그것과 상관없습니다. 우리는 그런 사람들이 아닙니다."

"당신 말이 맞았으면 좋겠소. 영국인들이 번번이 약속을 어기자 마을 사람들은 조부를 조롱하기 시작했어요. 그들은 조부가 이 나라 정부와 사람들을 곤란한 상황에 빠뜨릴 거라고 떠들었지요. 한번은 영국인이 왔을 때, 마침 월식이 일어나고 있었어요. 그런데 사람들이 어떻게 했는지 알아요? 달을 다시 밝게 한답시고 달을 향해 불화살을 쐈어요. 조부는 그 광경을 보고 무척 부끄러웠다고 내게 말했어요. 그리고 그 영국인에게도 마을 사람들의 어리석은 행동을 양해해 달라고 했죠. 그러자 영국인은 웃으며 자기 정부는 이런 걸 문제 삼지 않을 거라고 했답니다. 영국인도 당신 말처럼 이곳이야말로 집을 짓기에 아주 좋은 장소라고 했다는군요. 영국인이 알프레드에게 하는 말을 사람들이 들은 모양이오. 그런데 상황이 돌변했어요. 어디에서 전쟁이 일어났는지 모르겠지만, 영국인들이 갑자기 오지 않은 거요. 해마다 거르지 않고 왔는데, 이듬해에는 아무도 오지 않았죠. 하지만 조부는 영국인들이 다시 올 거라는 믿음을 끝내 버리지 않았어요. 조부가 그렇게 어리석은 믿음을 가졌던 것처럼 지금도 그렇게 믿는 사람들이 있죠. 여기 있는 루카스도 그래요. 내가 이 자리에서 당신에게 특별히 하고 싶은 말이 있어요. 카나이마가 루카스를 찾아왔소. 당신도 그 사실을 알겠죠. 루카스가 말했을 테니까. 카나이마가 자기한테 왔다고 느꼈을 때 루카스는 '저는 멀리 달아날 거예요. 영국으로 갈 겁니다. 정말이에요. 할아버지 친구가 저를 그곳으로 보내 줄 겁니다.'라고 말했어요. 그런데 마침 당신이 이곳에 온 거요. 루카스가 당신에게 말했나요? 영국 사람들이 조부에게 옷을 보낸 적이 있어요. 우리가 입는 그런 옷이 아니라 영국인들이 지으려고 한 현대식 집에 어울리는 현대적인 옷이었죠. 지금도 두어 벌 간직하고 있어요. 이 자리에서 보여 줄게요."

그는 옆에 있는 자그마한 꾸러미를 푼다. 말라서 갈색으로 변한 야생 바나나 잎사귀를 펼치자 옷이 나온다. 그가 황갈색으로 변한 옷을 집어 든다. 낡을 대로 낡은 옷이지만, 그래도 남자는 단박에 알아볼 수 있다. 그것은 350년 전 튜더 왕조 때 유행한 몸에 꽉 끼는 옷으로, 이를테면 배반자의 유물이다.

4
승객: 30년대 풍경

이 책을 쓰기 전, 나는 다루고자 하는 지역의 예전 모습을 직접 보아야겠다고 생각했다. 그래서 트리니다드에 머물 때, 섬의 북동쪽 끝까지 길게 뻗어 있는 도로를 달려 갈레라포인트를 찾아갔다. 이 이름은 콜럼버스가 붙인 것이다.

간선도로를 벗어나자 길게 뻗은 아스팔트가 갈레라포인트까지 이어졌다. 몇 킬로미터쯤 숲을 따라 달리니 도로가 높아지면서 햇빛이 쏟아지기 시작했다. 햇빛이 아스팔트에 닿으면서 도로가 더 검게 보였다. 바람을 타고 바다 소리가 들려왔다. 절반쯤 껍질이 벗겨진 코코넛 나무들이 길 한쪽에 늘어서고, 반대편에는 다듬지 않아 모양이 제멋대로인 관목들이 수많은 어린 구아바 나무와 섞여 있었다. 구아바 나무는 새들이 씨를 버린 덕에 자랐을 것이다. 도로 주변으로 신문지와 색이 바랜 골판지 등이 바람에 날리고 있었다.

길이 끝나는 곳에 지금은 사용하지 않는 듯한 등대가 서 있었다. 그 위로 조금 더 올라가자 회반죽인지 콘크리트인지 알 수 없는 것을 다이아몬드 모양으로 덕지덕지 바른, 여기저기 갈라진 하얀 벽에 "1897, VDJ"라고 새겨 놓은 글자가 보였다. VDJ는 Victoria Diamond Jubilee의 약자로 '빅토리아 여왕 즉위 60주년'이라는 뜻이다. '1897'에는 두 가지 축하 의미가 담겨 있었다. 요컨대 1897년은 빅토리아 여왕의 즉위 60주년이 되는 해였을 뿐 아니라 영국이 스페인을 몰아내고 트리니다드를 정복한 지 100주년이 되는 해였던 것이다.

하얀 벽 뒤의 좁은 길을 따라 내려가자 바위가 들쭉날쭉 튀어나온 절벽이 나왔다. 위험한 만큼 바위에 경고 문구가 새겨져 있었는데, 젊은 흑인 몇 명과 소년들이 그 위에 걸터앉거나 선 채 파도와 함께 물보라가 튀는 절벽 아래에서 조수를 데리고 새끼 상어를 잡는 남자를 내려다보고 있었다. 합법이든 불법이든 그들은 북쪽에 있는 작은 섬에서 건너온 사람들이었다. 조수는 낚시꾼인 남자보다 안전해 보이는 약간 높은 곳에 서서 상어가 미끼를 물면 낚싯줄을 잡아당기는 역할을 했다. 낚싯바늘에 걸린 새끼 상어는 바위에 부서지는 하얀 파도 속에서 몸부림을 쳤다. 힘도 세지 않고 영리한 것 같지도 않은 어린 상어임에도 육지로 끌어 올려진 모습은 크고 무거워 보였다. 낚시꾼은 조수와 함께 상어를 조심스레 들고는 이미 잡은 다른 물고기들 위에 던져 놓았다. 위쪽의 바위 여기저기에 걸터앉은 구경꾼들은 그 광경을 내려다보고 있었는데,

언뜻 보기에는 은밀하게 숨어서 염탐하는 것 같았다.

수 세기에 걸쳐 바람과 파도가 바닷가의 땅을 무너뜨리고 깎아내려서 절벽을 만들었을 것이다. 하지만 식물들은 생존할 수 있는 곳이면 어디든 가리지 않고 뿌리를 내리고 잎을 틔웠다. 잔디처럼 생긴 풀들이 깎아지른 바위의 움푹 들어간 곳에 모여 파릇파릇 자라고 있었다. 오래전 이 갈레라포인트에서 수백 미터씩 떨어져 나간 바위들 위에도 바람을 맞고 물보라에 젖어 묘하게 뒤틀린 나무들이 꿋꿋하게 서 있었다. 하지만 나는 그 나무들의 이름을 알 수 없었다. 코코넛이나 망고나 브레드프루트나 대나무처럼 다른 나라에서 수입된 것이 아니었다. 아무튼 바위틈에 뿌리를 내린 나무들은 이 섬의 토양에 적응할 대로 적응했기 때문에 번성할 수 있었다.

문득 내가 지금 여기에서 바라보는 것이 콜럼버스가 세 번째 항해에서 대서양을 건넌 뒤 처음 본 것과 매우 흡사하리라는 생각이 들었다. 바위 또한 똑같지는 않을지라도 콜럼버스가 본 바위이거나 그 바위에서 갈라져 나온 것일 터였다. 커다란 나무들도 콜럼버스가 본 것으로 열, 열둘 혹은 열다섯 세대를 거쳐 지금 내 앞에서 바람을 맞고 서 있지 않을까 싶었다.

콜럼버스가 이곳을 갤리의 스페인어인 '갈레라'라고 부른 이유는 지형이 돛을 단 갤리선²⁾처럼 보였기 때문이라고 한다.

---

2) 고대와 중세에 지중해에서 쓰던 배로 양쪽 뱃전에 아래위 두 줄로 노가 많이 달렸다.

하지만 북동쪽에서 바라보면 그런 모습은 조금도 찾아볼 수 없다. 이 섬 사람들은 19세기에 영국 식민지가 되고 나서야 자신들이 사용해 온 지도가 오류투성이라는 사실을 깨달았다. 콜럼버스의 발견 이후 250년 동안 이 섬의 인구는 점차 감소하고 땅은 황폐해졌다. 곳곳이 파괴되고 허물어져서 스페인 사람들이 정착할 수도 없었다. 섬에 관심을 보이는 외부 사람이 없어 탐험도 이루어지지 않았다. 콜럼버스가 최초로 발견했다는 사실도 이미 오래전에 사람들의 기억에서 사라져 버렸다. 어쩌면 콜럼버스는 섬의 남동쪽 끝에 길게 뻗어 있는 모래톱을 보고 '갈레라'라고 불렀을지도 모른다. 그 모래톱이야말로 갤리선을 닮았기 때문이다.

아무튼 지금 나는 바위에 부딪혀 부서지는 파도를 피로 물들이며 상어잡이를 하는 사람들을 다른 구경꾼들과 함께 내려다보면서 바위 너머로 튀어나온 비틀어진 나무들을 바라보았을 콜럼버스의 모습을 떠올린다. 콜럼버스도 저 절벽과 바위들과 끊임없이 일렁이는 바다를 바라보았을 것이다. 그는 갈레라포인트에는 가까이 접근하지 않았는데, 몇 시간만 더 항해했다면 섬의 남동쪽 끝에 쉽게 닿았으리라. 그 근처에서 해안 쪽으로 다가가자 채소밭이 보였다. 콜럼버스 또한 이 섬에 삼위일체[3]라는 이름이 붙게 한 세 개의 봉우리 같은 언덕을 발견했을 것이다. 그리고 그 몇 시간 뒤에는 남아메리카 대륙을 처음으로 힐끗 바라보았으리라. 그래서 그는 남아메리카

---

3) 스페인어 '트리니다드(trinidad)'는 '삼위일체'라는 뜻이다.

대륙이 또 다른 섬인 줄 알고 그라시아, 즉 그레이스라는 이름을 붙였을 것이다.

콜럼버스의 항해는 처음부터 순조롭지 않았다. 그는 이전에 행한 두 번의 항해에서 생각만큼 많은 금을 발견하지도 못한 데다 그가 아이티에 세운 식민지도 잘못 돌아가고 있었다. 세 번째 항해에서는 새로운 영토를 발견했는데, 그에 따라 신앙과 구원에 대한 생각으로 그의 가슴은 마구 들뜨기 시작했다. 하지만 발견하기 바로 몇 시간 전만 해도 그는 평범한 뱃사람과 마찬가지였다. 15세기 지중해 사람의 눈에는 검은 바위들과 비틀린 나무들이 곳곳에서 자라는 섬이 갤리선처럼 보였을 수도 있다. 섬의 바위들은 갤리선 선체처럼 보이고 비틀린 나무들은 돛처럼 보였을 것이다.

콜럼버스 일행은 섬을 바라보면서 갤리선을 떠올렸을 것이다. 그들은 무언가 눈에 잘 띄는 표적물을 찾고 있었으리라. 그러다 바다를 향해 돌출되어 파도에 닳고 닳은 바위들 가운데 갤리선 모양의 바위를 발견했을 것이다. 포르투갈 범선인 캐러밸은 다른 나라 배들에 비해 작은 편인데, 갤리선은 그보다도 훨씬 작았다.

나는 바다 쪽으로 시선을 돌렸다. 15세기 콜럼버스가 보았을 광경이 눈앞에 펼쳐져 있었다. 그리고 반대쪽으로 시선을 돌리자 원주민들의 섬이 한눈에 들어왔다. 하지만 낭만적인 시각을 계속 유지하는 것은 쉬운 일이 아니었다. 어린 시절 나는 섬을 유심히 살펴본 적이 없었다. 그때는 사람들이 섬에 관심을 기울이지 않았다. 학교 선생님이든 누구든 상상력을 발휘해 섬의 모습을 그려 보라고 제안한 사람도 없었다. 나는 섬을 떠났다가 몇 년 뒤 방문할 때마다 그렇게 해 보려고 했다. 그리고 지금 갈레라포인트를 떠나 시골길을 따라 걷는 내 눈에 비바람을 맞아 희미한 검은색으로 변한 코코아를 말리는 집들이 들어왔다. 고속 도로 주위에는 코코아 농장과 함께, 어딘지 지저분해 보이는 정원이 딸린 자그마한 목조나 콘크리트 집이 옹기종기 모여 있었다. 그것은 어린 시절부터 익숙한 식민지 풍경 같았다. 문득 이곳에는 시작도 없고 과거도 없으며 원시적인 요소도 전혀 존재하지 않는다고 여긴 그 시절로 돌아간 것 같은 기분이 들었다.

언어로 기분이나 느낌을 전달할 줄 몰랐던 어린 시절, 나는 한낮의 태양과 열기가 이 섬의 역사마저 태워 버린 것은 아닌가 하고 생각했다. 그러는 한편으로 기념엽서와 우표를 이용해 섬을 매혹적으로 보이게 하는 방법(이 같은 방법은 몇몇 화가들에 의해 계속 되풀이되었다.)에 회의를 품었다. 엽서나 우표에 그려 넣은 것은 만이나 해변, 피치 호수, 꽃나무, 그리고 혼혈인들이었다.

여러 해가 지난 뒤 나는 마음속에 자리 잡은 공허한 느낌이 내 본래의 기질과 밀접한 관련이 있다고 생각하게 되었다. 그런데 그것은 여러 인종이 뒤섞인, 인도를 비롯한 아시아계 어린 아이들의 기질이었다. 이 아이들은 가족의 과거를 돌이켜 보아도 거기에서 공허함만을 발견했다. 하지만 당시 나는 내가 잃어버린 것, 뿌리째 뽑힌 것에 대해 나름대로 반응했던 것 같다.

도시에서 멀리 떨어진 시골 마을에 사는 사람들처럼 우리는 관광객이 찾아오면 너나없이 반갑게 맞이했다. 나는 관광청이 이 섬의 매력으로 내세운 것을 신뢰하지 않았지만, 이주한 사람들이 아무것도 없는 척박한 땅에 정착해 사는 것만으로도 관광지가 될 만한 요소는 충분하다고 생각했다. 물론 섬을 찾아오는 외부 사람들이 없었다면 이주민들도 맨 처음 갈레라포인트에 둥지를 튼 원주민들처럼 아무런 관심도 받지 못한 채 특별할 것도 없는 전통을 고수하며 생활했으리라.

돛단배가 증기선으로 바뀌면서 관광객 수가 빠른 속도로 늘기 시작했다. 한 세기가 끝날 무렵의 관광객들은 단순히 태양을 즐기기 위해 찾아온 것이 아니었다. 그들은 오로지 관광을 목적으로 온 사람들이라서 오히려 따가운 햇빛을 피했다. 물론 그것은 피부를 보호하기 위해서였다. 에드워드 양식의 옷과 모자를 비롯해 우산과 양산 등을 든 관광객들은 내 눈에 파나마 운하를 파는 광경을 구경하러 온 사람들 같았다. 그들은 피치 호수 근처의 땅이 단단한 곳을 골라 산책하거나 코코아 농장을 둘러보기도 했다. 그들 눈에 코코아 열매가 매달린 모습은 신기하게 보였겠지만, 코코아나무를 재배하는 데는 상당한 노동력이 필요했다.

관광객들은 역사를 확인하기 위해서도 찾아왔다. 그들은 특히 18세기에 엄청난 규모의 해전이 벌어진 바다를 직접 보고 싶어 했다. 18세기는 유럽 열강들이 카리브해 연안의 설탕 자원이 풍부한 이 작은 섬을 놓고 싸운 때였다. 1차 세계 대전을 겪은 뒤에는 제국들에서 영광이라는 개념이 사라졌다. 치

열한 해전과 18세기의 뛰어난 해군 제독의 이름도 사람들의 기억에서 잊혔다. 관광객들은 추운 겨울과 우울증에서 벗어나려고도 이 섬을 방문했다. 또 공해가 없고 오염되지 않은 상태에서, 수많은 시간이 흘렀어도 발견되지 않은 곳에서 잠시라도 머물고 싶어 찾아왔다. 그리고 섬은 그런 사람들을 맞이하기 위해 곳곳이 정비되고 단장되었다.

해마다 여객선을 타고 오는 사람들 가운데에는 작가 한두 명이 끼어 있기 마련인데, 이들은 여행 관련 책을 내기 위해 글을 쓰는 틈틈이 사진을 찍었다. 그런 책들은 빅토리아 시대에 유행한 여행기의 전통을 이어받기는 했지만, 그 내용은 오륙십 년 전의 트롤럽이나 찰스 킹즐리나 프루드 같은 영국 작가들의 책과 크게 달랐다. 당시 이 섬을 방문한 작가들은 카리브해의 섬들에 가해진 제국주의 문제를 다루지 않았다. 그들의 글에서는 노예 제도가 폐지된 후의 노동력 부족 사태나 농장이 황폐화나 식민지에 대한 반항적인 사회 분위기나 다른 서구 열강들과의 경쟁 등 빅토리아 시대의 어두운 그림자를 전혀 엿볼 수 없었던 것이다. 그들은 제국의 영토가 줄어들까 봐 노심초사하는 사람들이 아니었다.

선박 여행을 통해 출간된 책들은 작가가 과거에 식민지였던 곳을 돌아다니며 쓴 것이 대부분이지만, 사실은 과거가 깨끗이 지워진 세계의 일부만을 다루었다. 예를 들어 콜롬비아의 카르타헤나 요새를 찍은 사진들 대부분은 선명하지 않은 데다 골동품을 찍은 것처럼 보이는데, 그마저도 금이나 스페인 범선인 갤리언과 스페인 사람들을 희미하게 연결하는 정도에서 그쳤다. 그리고 아이티의 흑인 왕 크리스토프의 시타델 유적은 이집트의 신비스러운 유적처럼 묘사되고 있다. 미라처럼 죽어 있어서 오히려 안전할 수 있겠지만 말이다.

선박 여행 관련 책들의 내용은 대부분 비슷하다. 그런 책을 써서 큰돈을 번 사람은 없을 것이다. 그런 책들은 선박 여행을 통해 얼마쯤 바다에서 보내고 싶어 하는 독자들을 위해 곤궁한 작가가 쓴 대공황의 산물이라는 생각도 든다. 여행에 박식한 작가들은 특별한 내용의 여행 관련 책을 쓸 테지만, 출간된 책들은 이상하게도 지극히 일반적인 내용만을 담았다. 이는 아마도 먼저 쓴 작가들이 다룬 내용을 덩달아 다루려 했기 때문일 것이다. 게다가 여행 관련 책을 쓴 작가들이 작가의 입장에서보다 여행자로서 경험하고 느꼈기 때문이라는 생각도 든다. 특히 식민지에서 여행자의 눈으로 세상을 보면 뻔한 내용을 담을 수밖에 없을 것이다.

그런 책에 소개된 트리니다드 편을 보면 아침나절의 부두에 대한 설명으로 시작하는 경우가 많다. 그 같은 책에는 거리에서 쉽게 만나는 혼혈인에 대한 설명도 있다. 어떤 작가는 길을 걸으며 바나나를 먹는 아프리카계 사람들을 유심히 관찰한 내용을 썼다. 장신구로 온몸을 치장하고 인도의 고유 의상을 입은 동인도 여인을 장황하게 쓴 작가도 있다. 한 작가는 주로 칵테일로 만들어 마시는 앙고스투라 비터 공장을 비롯해 피치 호수와 유전, 파리아만과 칼립소4) 연주장을 방문했거

---

4) 트리니다드 원주민들이 춤을 추면서 부르는 경쾌한 민속 음악.

나 춤을 추며 무아지경에 빠지는 아프리카 토속 종교에서 나온 샹고나 샤우터와 관련된 지역을 찾아갔는지 그런 곳을 아주 상세히 묘사했다.

그런 책이 세상에 나오게 된 데는 지역 안내자의 도움이 크게 작용했을 것이다. 여러 작가를 안내한 사람이라면 트리니다드에 대해 무엇을 알려 주어야 할지 알았으리라. 그런 역할을 맡은 사람은 백인이거나 물라토[5]이거나 세상일에 다소 초연한 인물이 대부분이었다. 이들을 제외한 지역 주민들은 배경에나 등장하는 인물 정도로 취급되었는데, 이들은 비교적 자유롭게 자기의 의사를 표현했다.

어느 작가가 바라본 바나나를 먹는 아프리카계 사람들을 다른 작가는 두 가지 색깔로 된 신발을 신은 사람들로 탈바꿈시킬 수 있다. 그들이 두 가지 색깔로 된 새 신발을 신고 있다고 쓴 작가라면 아프리카계 사람들은 번쩍거리는 신발을 아주 좋아하기 때문에 새 신발을 구둣방 같은 곳에 가져가서 번쩍거리게 해 달라고 부탁한다는 식으로 설정할 수도 있다. 시골에 사는 인도인들은 아프리카계 사람들과 동떨어진 집단이다. 어떤 작가가 이들이 사용하는 언어나 믿는 종교에 대해서는 알려진 것이 거의 없다는 식으로 썼다면 그의 안내인은 그 같은 정보에 별로 관심이 없는 사람이었으리라.

이런 책들이 기분을 상하게 하지는 않지만, 지역 주민들은 거의 읽지 않는다. 두 가지 색깔로 된 신발을 신고 있다는 식

---

5) 백인과 흑인인 부모 사이에서 태어난 사람.

의 사치스러운 묘사는 그곳 아프리카계 사람들의 유머 감각이나 칼립소의 환상적인 면과 잘 어울릴 것이다. 그런데 지금은 상상조차 하기 어렵지만 당시 지방에 사는 사람들은 무시를 당한다는 생각을 품고 살았다. 책에서 무시당한 이야기를 읽으면 자기와 맞는 것을 찾아 스스로 훈련할 수도 있을 것이다.

1930년대 초 트리니다드에 대해 쓴 책들 가운데 피진어[6]나 크리올[7]로 제목을 붙인 『만약 게가 걷지 않는다면』이라는 책이 있다. 이 책의 저자인 오언 루터는 이런 문장을 썼다.

"기차를 타는 것은 좋다. 하지만 버스는 다른 사람들의 비웃음을 살 수 있다."

아버지는 어느 잡지에 오언 루터의 그 말에 관해 기사를 썼다. 내가 태어나고 얼마 뒤의 일이었다. 몇 년 뒤 글을 읽을 줄 알게 되었을 때 나는 아버지 책상에서 그 잡지의 기사를 읽고 단박에 매료되었다. 가시에 담긴 풍자적인 묘사도 그렇지만, 버스 차장들의 재치와 라임에 맞추어 억지로 꿰어맞춘 정류장 이름 등이 무척이나 흥미로웠다. 나는 여러 번 반복해서 그 기사를 읽었다. 그 기사는 당시 내가 어디에 있는지를 일깨워 준 것 중의 하나라고 할 수 있다. 오언 루터의 책이 아니었다면 아버지는 지방 버스에 대해 쓸 기사를 발견하지 못했을 것이다. 이를테면 그 책은 아버지와 지방을 연결하는 하나의 고리였던 셈이다.

---

6) 두 개의 언어가 섞여서 만들어진 보조적 언어.
7) 서인도 제도나 중남미에 이주한 스페인인 또는 프랑스인이 쓰는 언어. 혹은 서인도 제도에 사는 유럽인과 흑인의 혼혈인을 가리킨다.

확실하지는 않지만 다음 문장은 트리니다드 해변을 찍은 사진을 배경으로 오언 루터가 지방 문학 잡지에 실은 것이다.

"석양이 질 무렵 야자수에 둘러싸인 해변의 쓸쓸한 화려함."

이 문장 다음에는 석양이 지는 하늘을 찍은 사진과 함께 영국 시인 키츠의 시 한 구절이 실렸던 것으로 기억한다.

"길게 뻗어 있는 구름이 하늘에 가득하고 달콤한 하루가 서서히 저물고 있네."

석양 무렵의 해변 풍경은 뭐라고 표현할 수 없을 정도로 아름답다. 키츠의 시 한 구절과 오언 루터의 문장은 누구에게나 축복과도 같은 것이리라. 미국의 역사학자 프랜시스 파크먼 같은 사람은 보스턴에서 벌어들인 돈을 몽땅 가지고 1840년에 미국 황야의 장엄함을 쫓아 오리건까지 왔을 때, 자신이 보고 느낀 특별한 장면을 이탈리아의 그림과 비교해 표현했다. 그런데 그 그림은 당시 유행한 복제화 중 하나였다.

사물을 바라보는 시각에는 무언가 특별하거나 순수한 재능이 필요한 것이 아니다. 그것은 훈련을 통해 습득할 수 있고, 한 가지를 다른 것과 비교함으로써 얻을 수 있는 능력이다. 내가 다른 상황에서는 식별할 수 없었을지도 모르는 검은 바위들이 나무들과 얽혀 있는 광경을 콜럼버스는 다른 시각으로, 그러니까 15세기의 갤리선 모습으로 바라보았을 것이다. 그는 갤리선 모양의 땅을 발견한 뒤 남쪽 해안으로 내려가다 봄을 맞이한 발렌시아 마을처럼 아름다운 원주민 마을을 만난다. 물론 '아름다운 마을'이란 콜럼버스가 여러 차례 본 물리적으로 상당히 멀리 떨어진 북쪽에 있는 섬들과의 비교를 통해 얻은 결론일 것이다. 그는 그런 식으로 전에는 한 번도 본 적 없는 식물들을 설명했다. 손상되지 않은 원시의 섬에 대한 최초의 인상도 그런 방법으로 묘사했다.

여러 세기가 지나면서 우리는 우리를 찾아오는 사람들로부터 우리가 어디에 있으며 우리가 누구인가에 대한 아이디어를 얻어야 했다. 우리만의 힘으로는 그런 일을 할 수 없었기 때문에 외국인들의 증거가 필요했던 것이다. 그런데 그런 증거들과 더불어 우리를 무시하는 경향도 나타났다. 이는 역사를 거꾸로 돌려놓는 것과 같았다.

여행자들은 이곳 사람들에 대해 거리를 두었다. 이는 편견에서 비롯된 것이었다. 여러 대륙에서 다양한 방법으로 이곳에 오게 된 사람들은 원주민들과 삶의 문제를 함께 고민하고 새롭게 시작되는 역사의 동반자이자 개척자 역할을 할 필요가 있었다.

1937년에 포스터 모리스라는 젊은 영국인 작가가 이 섬에 와서 『그늘진 제복』이라는 책을 썼는데, 이는 선박 여행 관련 책들과는 전혀 다른 내용이었다. 그해 트리니다드에서는 유전 노동자 파업이 대규모로 일어났다. 포스터 모리스가 이 섬에 오기 전 이곳 상황에 대해 이미 알고 있었는지는 잘 모르겠다. 어쨌든 그 책은 파업과 그 성격에 대해 다루었다. 석유는 금세기 초에 발견되었다. 섬의 남쪽 지역 대부분(콜럼버스가 본 아름다운 발렌시아처럼 보이는 토착민들의 정원이 있는 곳이다.)이 원유 매장지였다. 트리니다드에 있는 유전에서 일하는 노동자들 대다수는 그라나다라는 북쪽의 작은 섬에서 건너온 아프리카계 사람들이었다. 유전에서는 현지인들과 동인도인들과 아프리카계 사람들이 함께 일하기도 했다. 그런데 권력을 쥔 통치자들은 급진주의자들이 주장하는 것처럼(내 생각에도 그들의 방식이 바람직한 것 같다.) 지방 노동력 시장을 교란하고 싶지 않다며 유전에는 독립된 노동력을 투입하려고 했다.

현지인들은 그라나다에서 사는 사람들이 얼마나 가난하고 무지한가를 단적으로 알 수 있는 이야기를 들려주었다. 나는 그 이야기를 어린 시절에 들었기 때문에 제대로 이해할 수 없었다. 더욱이 당시에는 그라나다 사람들이 누구이고 어디에서 무엇을 하는 사람들인지도 몰랐다. 그라나다 사람들은 땅에서 얻는 식량에만 의존해 살며, 요리할 때는 역청 깡통을 사용한다고 들었다. 땅에서 얻는 식량이란 구근류, 그러니까 참마, 토란, 카사바, 고구마 같은 것들이다. 그리고 역청 깡통이란 원래는 외국에서 수입한 식물성 기름이 담긴 깡통을 말한다. 그런데 트리니다드에서는 그런 깡통에 역청을 넣어두었기 때문에 흔히 '역청 깡통'이라고 불렀다. 그라나다 사람들이 땅에서 얻은 식량을 역청 깡통에 담아 요리한다는 말을 듣는다면 그곳 음식은 먹을 수 없을 정도이고 그 사람들은 무척 가난하다고 생각할 것이다. 실제로 그들은 가난하기 때문에 트리니다드 사람들이 쓰는 에나멜 그릇이나 주철로 만든 버밍엄산 냄비조차 살 엄두를 내지 못한다고 들었다.

그라나다 사람들에 관한 이야기는 대부분 숙모한테 들었다. 그런데 숙모는 말다툼하는 것을 좋아하는 만큼 목소리가 크고 날카로웠다. 언젠가 숙모는 포트오브스페인의 우드부룩에 있는 집의 콘크리트 뒷계단에 앉아 버밍엄산 철제 냄비 아래의 석탄불에 코코넛 잎사귀로 만든 부채로 부채질하며 날카로운 목소리로 이런저런 이야기를 들려주었다. 그때는 시골에서 피난 온 친척들이 우드브룩의 작은 집에서 함께 생활했다. 그 기간이 이삼 년이었는데, 여럿이 살다 보니 비좁아서 불편했다. 당시는 하수도 시설도 없었다.

숙모는 그 집에서 우리와 함께 생활한 뒤 캐나다로 이민을 떠났다. 번잡한 가운데 가난하고 초라하기만 한 생활에서 벗어난 숙모는 자유를 누리며 유행에도 민감한 여인으로 아주 우아하게 산다고 했다. 뒷계단에 주저앉아 석탄불에 부채질하며 날카로운 목소리로 떠들던 숙모에게 우아한 면이 있으리라고는 상상조차 되지 않았다.

그라나다 사람들과 역청 깡통에 대한 이야기는 전쟁 중에 들었는데, 1937년에 일으킨 파업으로 그들의 존재가 널리 알려졌다. 그 전까지는 거의 주목을 받지도 않았지만, 그들은 무척 고단한 시기를 보내고 있었다. 그런데 좁은 지역에 고립된 채 후진성을 면하지 못하는 그들 앞에 새로운 지도자가 나타났다. 바로 '투발 우리아 버즈 버틀러'라는 긴 이름에 체구는 작고 턱수염을 기른 사람이었다. 그는 유명한 설교가였는데, 열정이 대단해서 유전 노동자들을 열광의 도가니로 몰아넣기 일쑤였다. 말하자면 사람을 끌어당기는 힘이 강한 인물이었다. 그는 사회주의자나 공산주의자를 비롯한 수많은 급진적인 사람들과 손을 잡았다. 그가 노동조합과 손잡고 일으킨 파업은 폭동이나 다름없었다.

그들은 경찰관 한 명을 잡아 유전으로 끌고 가서는 몸에 불을 질렀다. 정부에서는 서둘러 지원군을 모집해 단단히 무장시켰다. 당시의 험악한 사회 분위기는 1805년이나 1831년에 일어난 노예 폭동 때와 비슷했다. 그때도 그랬지만, 격앙된 감정이 가라앉자 그들은 각자 본연의 모습으로 돌아갔다.

이것이 포스터 모리스가 쓴 책의 내용이었다. 그는 투발 우리아 버즈 버틀러와 그 주위 사람들에 대해 상세하게 묘사했다. 그야말로 성실하게 썼다. 그 사람들의 가족 및 성장 배경에 대해서도 묘사했다. 풍자하거나 빈정대는 것 없이 그 사람들의 말을 그대로 옮겨 쓰기도 했다. 전에는 현지인들에 대해 이런 식으로 쓴 책이 없었다. 작가는 그들이 마치 영국인들이라도 되는 듯 사회적인 책임감과 성실함, 그리고 확고한 이성을 지닌 사람들로 묘사했다.

작가의 의도는 그렇지 않았겠지만, 그런 식의 묘사는 잘못된 것이었다. 작가가 그 글에서 아낌없이 칭찬한 몇 명의 변호사나 교사 같은 사람들조차 그가 잘못 설정한 사회적인 지위에 적잖이 당황했다. 포스터 모리스가 보지 못한 것은 진정한 삶의 모습이었다. 우리는 불합리하면서도 희극적인 감각과 생각을 품은 채 살고 있었다. 포스터 모리스는 우리의 그런 모습을 보지 못했거나 몰랐던 것이다. 그가 평범한 사람들에게 부여한 사회적인 지위는 우리의 현실과 전혀 맞지 않았다. 글에 묘사된 배경(질서와 가치 그리고 노력해 얻을 수 있는 모든 가능성까지 포함해서)은 사람들이 스스로 책임감을 가지고 행동할 때만 성립되는 것이었다. 그런데 우리는 그 정도로 책임감 있는 사람들이 아니었다. 배경이라고는 아무것도 없이 그저 수많은 것을 박탈당했을 뿐이다. 이는 과거에도 그랬다.

우리가 아는 과거란 조부모 시대 정도에서 멈추어 있었다. 그 이상은 공백이었다. 누군가 하늘에서 내려다본다면 바다와 관목이 우거진 숲 사이의 자그마한 집에 사는 우리가 금방 눈에 들어올 것이다. 바로 그것이 섬 안에 갇혀 사는 우리의 진짜 모습이었다. 포스터 모리스는 우리를 정확하게 묘사하려고 애썼지만, 모든 것을 박탈당한 우리의 적나라한 현실을 이해하지 못했다. 우리를 또 다른 영국인들로 간주하면서 우리의 모습을 지극히 단순하게 묘사했을 뿐이다. 예를 들면 투발 우리아 버즈 버틀러는 사람들로부터 구세주로 추앙되었고, 파업이 한창일 때 변호사 같은 지식인들이 막강한 영향력을 행사했을 거라는 식이었다. 게다가 버틀러가 이끄는 한 어떤 해악도 일어나지 않을 것이라고 믿었다. 하지만 버틀러는 편향된 사고에 젖고 교육 받지 못한 아프리카계 설교가이자 역청 깡통에 구근류를 요리해 먹는 그라나다 사람일 뿐이었다. 포스터 모리스는 이런 사실을 간과했던 것이다. 그는 이 섬의 상황을 제대로 파악하지 못하고 있었다. 성난 군중이 찰리 킹이라는 흑인 경찰관을 불태워 죽인 것은 그동안 쌓인 분노와 열정이 어떤 식으로 폭발하는지를 여실히 보여 주는 사건이었다.

포스터 모리스는 찰리 킹이 트리니다드 사람들에게 미움을 받아 그런 일이 벌어진 줄 알았던 것 같다. 하지만 찰리 킹은 나중에 칼립소 음악이나 노래에 등장할 정도로 희생적인 사람이었고, 투발 우리아 버즈 버틀러만큼 유명하고 존경받는 인물이 되었다. 그가 화형당한 장소는 오늘날 '찰리 킹 거리'로 불리며 사람들의 사랑을 받는다. 이렇듯 이 신성한 곳에도 세월의 아이러니가 숨어 있었다.

1937년, 그때 나는 겨우 다섯 살이었다. 그 때문에 유전 지대에서 벌어진 파업에 대해서는 나중에야 알게 되었다. 당시는 전쟁이 임박한 시기라 트리니다드에 미국인들이 들어와 있었다. 그리고 그들이 머무는 곳에는 돈이 넘쳤다. 그 무렵 투발 우리아 버즈 버틀러와 관련된 일은 어린아이의 마음에서 서서히 희미해졌다.

버틀러는 전쟁 기간 내내 감옥에 갇혀 지냈다. 그가 풀려나자 몇몇 사람들이 흥분했지만 그마저도 곧 시들해졌다. 혁명가로서 감금된 그는 이제 사회를 어지럽힌 광대, 회색빛 턱수염을 기른 평민, 정장 차림을 좋아하는 남자일 뿐이었다. 버틀러는 1937년이라는 소용돌이 속에서 그의 도움으로 세력을 키운 변호사들이나 그와 비슷한 사람들에게 이제는 곤혹스러운 존재가 되었다. 그는 새로운 정치 운동을 벌였지만, 사람들 눈에는 시대착오적인 인물로나 보였다. 헌법이 새롭게 개정되었고 선거가 시행되었다.

하지만 버틀러는 쉽게 좌절하지 않았다. 그는 다시금 자기 정당을 만들었다. 그런데 정당 이름부터 우스꽝스러웠다. '대영 제국 노동자와 시민의 가정 통치당'이었는데, 선거에 출마해 새로 들어선 입법부에 의석 한 개를 갖게 되었다. 하지만 입법부의 의원으로서 그가 한 일은 아무것도 없었다. 그는 영국에 가서 한참 동안 체류했는데, 사람들은 그가 추운 나라로 '감기에 걸리러 갔을 뿐'이라며 비아냥댔다. 버틀러는 예전의 그라나다 지지자들에게서 기부금을 받았다. 그래서 어느 정도 경제적 여유가 있었다. 언젠가는 외국에서 돌아오는 비행기 안에서 승무원에게 감사의 마음으로 돈을 준 적도 있다.

포스터 모리스의 책은, 버틀러가 간디와 다름없는 위대한 혁명가인 듯 치켜세우는 데 그치지 않고 자신의 분수를 지키며 지난 시대의 잘못된 질서를 바로잡는 일에 공헌한 사람으로 묘사했는데, 이는 대단한 오류였다. 버틀러는 결코 그런 인물이 아니었다. 1950년 내가 트리니다드를 떠날 무렵, 포스터 모리스의 그 책은 오언 루터의 『만약 게가 걷지 않는다면』이나 『황량한 서인도 제도』를 비롯한 선박 여행 관련 책들과 함께 자취를 감추어 버렸다.

1954년 이후 대학을 졸업하고 런던에 살면서 글을 쓰려고 할 때 나는 포스터 모리스에 대해 좀 더 많이 알게 되었다. 트리니다드에 있을 때는 그를 그저 영국인 이단자로서 식민지의 모든 인종적인 방식을 반대한 인물로만 알았다. 그런데 영국에서 생활하다 보니 모든 것이 달라 보였다. 포스터 모리스는 앨릭 워의 『청춘의 베틀』 같은 성장 소설을 비롯해 그레이엄 그린의 초기 작품과 비슷한 소설도 썼다. 그는 영국 문단에서도 웬만큼 알려진 인물이었다. 1930년대의 작가로서 한 시대의 지적인 흐름을 이끌었다고 해도 지나친 말은 아닐 터였다. 그는 또 전쟁이 일어나기를 기다리는 것 같은 태도를 보인 급진파 지식인 가운데 한 명이었는데, 독특한 삶의 방식을 고수하면서 해외여행을 통해 19세기 유럽의 제국주의를 파헤치려고 했다. 당대에 활동한 작가들은 크루즈 여행이나 빅토리아 시대의 편안한 여객선 여행이 아니라 트리니다드에 와서 『그늘진 제복』을 쓴 포스터 모리스처럼 작품을 쓰기 위해 힘든 여행을 마다하지 않았다. 물론 모두 그런 것은 아니지만 이를테면 위스턴 휴 오든과 크리스토퍼 이셔우드는 중국을 여행했고, 조지 오웰과 몇몇 작가는 스페인으로 달려갔다. 그리고 그레이엄 그런은 서아프리카와 멕시코를 여행했으며, 제프리 고러는 서아프리카로 건너가 아프리카를 새롭게 조명한 『아프리카 춤』이라는 책을 썼다.

포스터 모리스는 전쟁이 일어나기 전에 작가로서 썩 좋은 출발을 했다. 하지만 그 후로는 명성을 계속 쌓아 가지 못했다. 1950년 중반 무렵만 해도 그의 이름은 제법 알려져 있었다. 하지만 평론이나 라디오에서 언급되는 정도에서 그쳤을 뿐, 그 이상은 아니었다. 이따금 신문에서도 이름이 보였지만 그를 소개하는 기사는 별로 눈에 띄지 않았다. 이렇게 영국에서는 그의 이름이 점차 희미해지고 1930년대의 작가를 소개하는 책에서도 그는 쉽게 발견되지 않았다. 하지만 내게는 특별한 존재였다. 그러니까 공허한 기억밖에 없는 내 어린 시절의 트리니다드에서는 아주 중요한 인물이었던 것이다.

1955년 나는 영국 BBC 라디오 방송국에서 시간제 근무를 했다. 그때 내가 맡은 것은 매주 삼십 분 동안 진행되는 카리브해 지역 사람들을 위한 일종의 문학 프로그램이었다. 그 프로그램에서는 전후에 출간된 몇 권의 영국 소설을 다루고 있었다. 어느 날 프로듀서가 방송 진행표를 집어 들고 말했다.

"이번에는 포스터 모리스를 다룰 생각이야."

나는 포스터 모리스가 그렇게 격의 없이 불릴 만큼 접근하기 쉬운 인물인지 의아스러웠다.

프로듀서가 계속해서 말했다.

"포스터는 즉석에서 물구나무서기도 할 수 있는 사람이야."

당시 나는 킬번에 있는 오래된 주택에 살았는데, 바로 뒤에는 고몽스테이트 시네마가 있었다. 그리고 그곳에서 그다지 멀지 않은 간선 도로 옆에는 도서관이 있었다. 그 도서관은 내게 더없이 좋은 곳이었다. 무엇보다 사람들이 거의 손을 대지 않은 훌륭한 책이 많았다. 미술 서적들도 거의 새것이나 다름없을 정도로 상태가 좋았다. 전쟁이 끝난 뒤 십칠 년에서 십팔 년이 지났는데도 도서관 서가에는 여전히 『그늘진 제복』이 꽂혀 있었다. 전쟁 전이나 전쟁 기간에 몇 차례 대출되었겠지만, 그 책은 얼마 전까지도 그 자리를 지키고 있었다.

지난날 다른 땅에서 야심을 품고 읽은 책의 낡아 빠진 표지를 다시금 쓰다듬자 이상한 느낌이 들었다. 겉표지에 적힌 작가의 이름을 볼 때도 기분이 이상했다. 전쟁 전에 출간되었지만 종이 재질도 아주 좋았는데, 출간 날짜와 작가의 작품 목록을 훑어볼 때도 이상한 느낌이 들었다. 책장을 넘기자 투발 우리아 버즈 버틀러가 주도한 파업과 거기에 가담한 사람들의 이야기가 눈에 들어왔다. 순간 당황스러우면서도 묘한 감동이 밀려왔다. 책 제목은 내가 그동안 까맣게 잊은 셰익스피어의 『베니스의 상인』에서 인용한 것이었다. 이 작품에서 포샤의 구혼자들 가운데 한 명인 모로코 왕자는 이렇게 말한다.

피부색 때문에 나를 싫어하지 마세요.
빛나는 태양과 이웃한 친척으로 자라난 탓에
그늘진 제복을 입게 되었답니다.

문득 이런 생각이 떠올랐다. 포스터 모리스는 내가 태어나고 자란 곳을 잘 알았던 것이 아닐까. 그렇다면 나는 그에게 도움을 청할 수 있을 것이다. 그렇지 않아도 나는 누군가의 도움이 절실히 필요했다.

런던에 있을 때 나는 하루하루 근근이 버티며 생활했다. 킬번의 집은 이층집이었는데 목욕탕과 화장실은 공동으로 사용했다. 하지만 그다지 나쁜 환경은 아니었다. 사실 나는 그 정도 환경에서 지낼 수 있는 것도 행운이라고 여겼다. 당시 런던에서는 비유럽인에게 방을 잘 빌려주지 않았다. 킬번에서 구한 집은 지난 이 년 동안 옥스퍼드에서 지낸 집보다도 사정이 훨씬 좋았다. 하지만 나는 미래를 알 수 없었다. BBC 방송국에서 내가 하는 일은 보잘것없었고 장래가 불확실한 일이었다. 사실 내 인생의 모든 가능성은 글쓰기에 달려 있었다. 글을 쓰는 것만이 내가 런던에서 머무는 궁극적인 목적이었다. 그런데 여러 달 동안 글을 쓰면서 어느 순간 방향을 잃고 말았다. 출발은 괜찮았는지 모르지만 목적에서 멀리 벗어나 버린 것이다.

트리니다드의 학교를 졸업하고 영국 옥스퍼드로 갈 생각으로 모든 것을 낙관하며 희망에 부풀었던 시절, 나는 마음만 먹으면 언제라도 소설을 쓸 수 있을 거라고 생각했다. 그렇지 않아도 그 무렵 아프리카계 직원들이 레드하우스 의자에 앉아 이런저런 한담을 나누는 모습에서 힌트를 얻어 정치적인 이유로 아프리카 왕의 이름을 갖게 된 아프리카 사람의 이야기를 구상했다. 지금도 1949년 당시를 회상하노라면 기분이 좋아진다. 하지만 그때 겨우 열일곱 살이었던 나는 그 이야기를 어떻게 엮어 나가야 할지 알 수 없었다. 그러면서도 무작정 썼고, 그 글을 가지고 옥스퍼드로 건너갔다. 그러고는 두 해가 지난 뒤 끔찍할 정도로 외로운 길고 긴 여름 방학에 하나의 작품을 완성했다. 완결을 지었다는 것이 어떤 가치를 부여할 정도로 특별하지는 않았지만, 그래도 200여 페이지 넘게 타이프라이터로 작성한 작품은 내게 중요한 의미를 띠었다.

옥스퍼드에서 런던의 집으로 거처를 옮겼을 때, 나는 다른 작품을 쓰기 시작했다. 이번에는 희극이 아니라 아주 심각한 내용의 작품이었다. 주인공은 포트오브스페인의 등기소에서 서기로 일한 나를 닮은 사람으로 정했다. 사실 나는 주인공이나 작품 배경을 어떤 식으로 설정해야 할지 잘 몰랐다. 그런 것을 분명하게 알 수 없었다. 어쩔 수 없이 가공하거나 사실을 부풀려 주인공을 주어진 환경에서 따로 분리해 그를 좀 더 고상하게 보이도록 애썼다. 그리고 이야기식의 서술로 주인공의 생애 중 단 하루를 집중적으로 묘사하기로 했다. 나는 빠른 속도로 글을 써 나갔다.

당시 내 나이 스물두 살이었다. 도와주는 사람 없이 혼자 지낸 나는 장래에 대한 전망이 불투명한데도 밑도 끝도 없이 야망만 가득 품고 있었다. 그런 터에 나 자신이 누군지도 잘 알지 못했다. 나는 글 쓰는 행위를 통해 나 자신을 분명하게 알고 싶었다. 그래서 돈을 벌기 위해 BBC 방송국에서 일하기 전까지는 하루도 거르지 않고 소설을 썼다. 하지만 스스로 의식하지 못하는 사이 사실과 다른 날조된 이야기를 썼고, 이를 깨달았을 때는 무언가에 짓눌리는 듯한 압박감에 시달렸다. 결국 나는 스스로 만든 작은 구멍으로 점점 깊이 들어가고 있었다.

육 년 전 포트오브스페인의 등기소에서 일할 때, 나는 얼마나 신나게 미래를 꿈꾸었던가? 일이 없는 시간에는 작가라도 되는 양 아무 종이에나 글을 쓰고 교정도 해서 원고처럼 보이게 했다. 그때는 습작이었으나 지금은 글을 쓰는 행위가 절박한 문제였다. 킬번의 도서관에서 『그늘진 제복』을 보았을 때, 나는 포스터 모리스에게 도움을 청하기로 결심했다.

녹음하기로 예약된 날 아침 나는 스튜디오로 가서 프로그램 담당자와 프로듀서와 함께 유리창 뒤에 앉았다. 포스터 모리스는 키가 땅딸막하고 잿빛 얼굴이 넓은 내성적으로 보이는 남자였다. 시력이 좋지 않았으며 나이는 쉰 살쯤 되어 보였다. 그는 어깨를 움츠리는 버릇이 있었다. 프로듀서가 마이크 테스트를 하기 위해 몇 마디 해 달라고 부탁하자 그가 뜻밖의 말을 했다.

"언젠가 빅터 골란츠와 함께 점심 식사를 한 적이 있소. 그

때 그가 이런 이야기를 하더군요. 어떤 농부가 미성년 소녀와 성관계를 갖다가 사람들에게 붙잡혔다오. 농부는 판사 앞에서 무죄를 주장하며, 마을 소녀들이 자기 사과를 훔치기에 또 사과를 훔치다 붙잡히면 겁탈하겠노라 경고했다고 말했답니다. 결국 농부는 무죄로 풀려났다는군요. 그런데 판사가 농부한테 말하기를 '로버트 씨, 조심하세요. 그렇지 않으면 사과가 남아나지 않을 거요.'라고 했답니다."

그렇게 우스운 이야기가 아닌데도 꽤 인상적이었다. 그때 만난 포스터 모리스는 과거에 갇혀 사는 사람이 아니었다. 그는 당대의 저명인사들과 자주 접촉하고 있었다. 임시로 만들어서 전쟁 당시의 분위기를 풍기는 허름한 매점에서 나는 그에게 이렇게 말했다.

"예전에 『그늘진 제복』을 읽었습니다. 그리고 얼마 전 다시 그 책을 읽었죠."

포스터 모리스의 희미한 눈동자가 갑자기 밝게 빛났다. 그는 겸연쩍게 웃고는 갑자기 예의를 갖추어 물었다.

"아니, 그 책이 아직도 돌아다니나요?"

그런 반응 역시 인상적이었다. 증기선으로 이 주일에 걸친 여행을 두 번씩이나 하고 오랜 시간을 들여 쓴 자신의 책을 무시하듯 말하는 것이 조금은 멋있어 보였다. 그래서 나는 이렇게 생각했다.

'언젠가 내게도 이런 기회가 주어지면 나 또한 이렇게 말해야겠군.'

나는 포스터 모리스와 함께 옥스퍼드 거리를 걸었다. 그리고 BBC 방송국 로비에 이르렀을 때 속에 있는 말을 꺼냈다.

"저는 거의 일 년에 걸쳐 책을 한 권 쓰고 있습니다. 그런데 더는 어떻게 글을 전개해야 할지 몰라 애를 먹고 있어요. 한 번 읽어 주시겠습니까?"

"좋소."

포스터 모리스는 기꺼이 그러겠다고 말했다. 그런데 자신이 일주일에 한두 번 나가는 출판사로 원고를 보내라고 하더니 금세 말을 바꾸어 자기 집으로 보내는 것이 좋겠다고 했다.

그는 종이에 집 주소를 적어 주며 이렇게 물었다.

"그 백인 검둥이에게 무슨 일이 있었나요?"

나는 당황했다. 포스터 모리스가 누구를 말하는지 모를 뿐 아니라 '백인 검둥이'라는 말은 들어 본 적도 없었기 때문이다. 트리니다드에서도 그런 말은 듣지 못했다. 아무래도 다른 섬에서 쓰는 말을 포스터 모리스는 트리니다드에서 쓰는 줄로 착각한 것 같았다. 그렇더라도 그의 책에서도 엿볼 수 있지만, 그는 대단히 신중해서 인종에 대해 함부로 말할 사람 같지 않았다. 농담을 해도 표정이 너무나 진지해서 그런 생각이 더 들었다. 나는 그가 피부색이 옅은 물라토를 말하는 것이 아닐까 하고 생각했다.

트리니다드에서는 물라토처럼 피부가 붉은 편인 사람을 일컬어 '붉다'는 뜻의 '레드'라고 불렀다. 모욕적으로 듣지 않도록 배려한 것이다. 아무튼 나는 당시 포스터 모리스가 투발우리아 버즈 버틀러의 파업에 참가한 잘 알려진 급진주의자에 대해 언급한 사실을 나중에야 알았다. 포스터 모리스는 그 사람한테 크게 감동을 받은 듯 묘사했다. 나는 당시 포스터 모리스가 말한 사람이 『그늘진 제복』에 나오는 주요 등장인물 중 하나라는 사실을 몰랐던 것이다.

다행스럽게도 난처한 순간은 잘 넘어갔다. 얼마 후에 나는 포스터 모리스에게 원고를 보냈다. 며칠 뒤 포스터 모리스는 타자로 작성한 장문의 편지와 함께 원고를 보내왔다. 그가 쓴 편지의 첫 문단은 이렇게 시작되었다.

당신의 원고 다 읽어 보았습니다. 당신에게 주는 내 충고는, 그 원고를 당장 불태워 버리라는 것입니다.

나는 그가 옳다고 생각했다. 그의 말을 순순히 받아들였다. 하지만 나는 어느 정도의 요행을 바라고 있었다. 물론 편지를 읽는 순간에는 크게 상처를 받았다. 가슴속에서 분노가 끓어올랐다. BBC 방송국 로비에서 포스터 모리스와 함께 앉아 있었던 순간이 불쾌한 기억으로 떠올랐다. 『그늘진 제복』이 너무 한쪽으로 기운 책일 뿐 아니라 오류가 많은 점을 상기하고 그를 대수롭지 않은 작가라고 생각하려 애썼다. 하지만 그래 봐야 소용없었다. 나는 포스터 모리스의 판단이 옳다는 것을 자연스레 인정하고 있었다.

그동안 나는 스스로 뛰어나다 여기고 성공은 이미 보장된 것이나 다름없다며 자신만만해했다. 물론 내 인생에 대해 의심하고 좌절할 때도 있었다. 하지만 당시의 나는 배우는 학생이었지 성인이 아니었다. 지금은 당당하게 생활하는 사회인이 되었고, 이런 내게 좋은 기회가 주어져야 마땅했다.

나는 보름쯤 우울한 기분으로 지냈다. 심한 굴욕감도 느꼈다. 킬번에서 옥스퍼드 거리에 있는 BBC 방송국까지 버스를 타고 가는 동안 그야말로 만감이 교차했다. 나는 절망하여 한숨을 쉬면서도 한편으로는 안도했다. 이제는 그 책을 쓸 필요가 없었다. 그 원고를 마주하지 않아도 되었다.

나는 포스터 모리스의 편지를 여러 번 다시 읽었다. 첫 번째 줄의 무례한 표현을 제외하면 포스터 모리스가 진정으로 나를 돕고 싶어 한다는 사실을 알 수 있었다. 그의 편지에는 그때까지 어느 누구도 내게 해 준 적 없는 솔직한 충고가 쓰여 있었다. 그는 내게 안톤 체호프나 어니스트 헤밍웨이, 그리고 그가 좋아하는 그레이엄 그린 같은 작가들의 책을 많이 읽어 보라고 권했다. 그러면서 그 작가들의 글 쓰는 법을 잘 살펴보라고 했다. 그는 또 글 쓰는 것 자체에 대해 깊이 생각해 보라고 충고했다. 전부 지당한 말이었다. 나는 그저 별생각 없이 닥치는 대로 책을 읽었다. 글을 쓰는 일은 지극히 자연스럽게 나한테 다가올 것이라고 생각했다. 글 쓰는 기술을 배우고 몸에 익히려고 노력할 생각은 별로 하지 않았다. 나는 그동안 수집한 자료들이 지닌 문제점과 그것으로 인해 작품의 성격이 불투명해지거나 변질될 수 있는 점을 간과했다.

하루가 길게 느껴졌다. 우울한 기분으로 시간을 축내고 있다고 생각하니 괴로웠다. 포스터 모리스에게서 편지를 받고 보름이 지났을 무렵, 에지웨어 로드를 오르내리는 버스를 타고 비참한 순간에서 빠져나온 나는 작가로서 새롭게 시작하기로 마음먹었다. 지금까지 해 온 방식에서 완전히 탈피해 처음부터 다시 하기로 작정한 것이다. 나는 우선 단순한 장면에 깊은 의미를 부여할 수 있는지, 또 평범하면서 구체적인 서술로 묘사하는 것이 어떤 효과를 내는지 알려고 애썼다.

그런데 그 무렵 해결해야 할 문제가 하나 있었다. 어느 날 BBC 방송국 매점에서 나는 프로그램 담당자들과 차를 마시며 조지 래밍의 자서전 『피부의 성 안에서』에 대해 이야기를 나누고 있었다. 포스터 모리스를 프로그램에 출연시킨 프로듀서가 그 책에 나오는 희극적인 에피소드를 들려주었다. 그것은 나무에 올라간 소년에 관한 이야기였다. 그때 프로듀서가 웃음을 터뜨리고 감탄도 하면서 이야기하는 모습을 보고는 평소 내가 작품을 쓰며 스스로 억누른 것이 무엇인지 새삼 깨달았다. 당시 나는 작품에 희극적인 요소를 담으려 애써 왔는데, 이는 트리니다드의 거주자를 자처하는 우리에게 아주 익숙한 것이었다. 왜냐하면 그것은 우리의 힌두교 가족과 포트오브스페인의 크리올들 생활에서부터 물려받은 이중적인 유산이기 때문이었다. 나는 이를 염두에 두고 포트오브스페인에서의 생활에 대해 쓰기 시작했다. 우선 내레이터를 거리에 놓아두고 기억이나 상상 속에 남아 있는 것으로 이야기를 엮어 나갔다. 숙모가 석탄불에 부채질하면서 그라나다 사람들에 대해 늘어놓은 이야기도 집어넣었다. 나는 글을 통해서 자유를 느꼈다. 자료가 풍부해지면서 이야기는 점점 더 무르익어 갔다. 농담도 자연스럽게 첨가되었다. 원고의 부피는 나날이 늘었다. 나는 스스로 작가도 되고 이를 통제하는 사람도 되었다. 마침내 한 달 반만에 책 한 권이 완성되었고, 런던에서의 내 생활은 나름대로 의미를 지니게 되었다. 포스터 모리스가 무척 고마웠다. 그는 나를 자유롭게 해 준 특별한 인물이었다.

그 책은 사 년 뒤에 출판되었다. 그런데 출판업자는 글의 양식이 전통에 덜 얽매이는 데다 잘 팔릴 만한 내용의 책을 원했다. 포트오브스페인의 거리를 묘사한 그 책이 출판되자 곧바로 포스터 모리스에게 한 부를 편지와 함께 보냈다. 나는 나를 다시금 소개했다. 지난번 포스터 모리스가 해 준 충고로 한동안 고통스러웠지만 동시에 해방감도 맛보았다고 썼다. 그리고 책은 그에게 헌정하는 것이라고 덧붙였다. 나는 포스터 모리스가 『그늘진 제복』을 쓰기 위해 트리니다드를 방문한 시기를 이야기의 출발점으로 정하고 기억을 토대로 그 책을 썼다. 포스터 모리스는 나보다 서른 살이나 많았지만, 우리는 이미 오래전에 작가로서 인연을 맺었다고 말할 수 있었다. 포스터 모리스가 성인의 눈으로 포트오브스페인의 거리와 집과 정원을 보았다면 나는 같은 사물들을 시골에서 도시로 올라온 어린아이의 신선함과 경이로움에 가득 찬 눈으로 바라본 것이다.

포스터 모리스는 멋진 내용의 답장을 보내왔다. 그는 자신이 내게 도움이 됐다는 사실에 대해 무척 기뻐했다. 포스터 모리스는 그때부터 나를 관심 있게 지켜본 게 틀림없었다. 그는 출판된 내 책들에 대한 비평도 읽었다. 주간지《뉴 스테이츠먼》에 실린 내 평론도 읽어 보았다. 그는 내가 보내 준 책을 무척 좋아했다. 그래서일까, 나를 점심에 초대했다. 그는 점심을 먹을 곳이 어떤 신사도 클럽이라고 부를 수 없을 정도로 허름하다면서 한 웨이트리스에게 연정을 품는 바람에 그곳 회원이 되었다고 말했다. 그러고는 그 웨이트리스는 전쟁이 일어나기 전 틀림없이 알함브라 클럽 같은 데서 굉장한 인기를 끌었을 거라고 덧붙였다. 나는 그의 농담 스타일을 알았다. 그런 농담은 아마도 집안의 나이 든 어른에게서 얻어들었으리라.

그런데 눈을 씻고 찾아보아도 포스터 모리스가 말한 웨이트리스는 보이지 않았다.(사우스 켄싱턴에 있는 그 클럽은 몇 년 뒤 다시 가 보니 이급 호텔로 바뀌어 있었다.) 클럽은 포스터 모리스의 말대로 무척 허름했다. 전쟁 전에 손을 댄 이후 다시 페인트를 칠하거나 벽지를 바른 흔적이 없었다. 아무튼 나는 거기에서 사 년 전에 본 포스터 모리스를 다시금 관찰할 수 있었다. 가늘고 긴 머리카락이 이마 위로 흘러내려서 그의 흐릿한 눈동자를 거미줄처럼 덮고 있었다. 그와 함께 앉아 있는 내 내 그에게 바짝 다가가서 머리를 빗겨 주고 싶은 마음이 간절했다. 우리는 몇몇 작가와 작품에 대해 이야기를 나누었다.

그와 나는 이제 작가라는 공통된 직업을 가지고 있었다. 사년 전에 만났을 때보다 조금은 대등한 입장에서 이야기할 수 있었다. 그는 물리학자이자 소설가인 찰스 퍼시 스노의 글을 은근히 경멸했다. 대영 박물관에서 근무한 소설가 앵거스 윌슨에 대해서도 평이 박했다.

"대영 박물관에서 시골로 내려가 작가로 살 작정이었다면 일찌감치 품위 있는 문장을 구사하는 법쯤은 배워 뒀어야 하지 않나? 안 그렇소?"

두 사람 모두 당시에는 아주 유명한 작가였다. 나는 앵거스 윌슨의 책은 네 권 정도 읽었고, 스노의 것은 한 권만 읽었다. 스노의 작품을 읽으면서는 구성이 산만하다는 느낌을 받았다. 윌슨의 책에서는 경외심 비슷한 감정을 느낄 수 있었다. 이는 윌슨이 작가로서 성공했기 때문에 느끼는 감정이었다. BBC 방송국과 하숙집을 오가는 나와 윌슨은 서로 다른 세계에 사는 것 같았다. 영국에서의 내 생활은 고립되고 단절되어 있었다.

문학은 중립적인 주제가 될 수 없다. 작가마다 관점이 다르기 때문이다. 이런 이유로도 포스터 모리스와 내가 점심시간에 나눈 이야기는 서로 균형이 맞지 않았다. 그런 데다 포스터 모리스는 영국 작품을 굉장히 많이 읽었고, 여전히 읽고 있었다. 반면에 나는 그 정도의 독서량은 필요하다고 생각하지 않았다. 그저 내 작품에만 전념하면 그만이라고 생각했다. 더구나 나는 사 년 전 구상해 둔 작품을 어떻게 풀어 나가야 할지, 그 방법을 찾는 데 골몰하고 있었다. 그 때문에 포스터 모리스처럼 스노나 윌슨의 명성에 크게 신경 쓸 겨를이 없었다. 그런 터에 함께 점심을 먹으며 이야기를 나누는 사이 포스터 모리스의 불확실한 면을 처음 알게 되자(사실은 처음이 아니라 두 번 또는 세 번, 심지어 네 번이나 알게 되었을지도 모른다.) 그 허름한 클럽에서 그가 앵거스 윌슨이나 찰스 퍼시 스노에 대해 뭐라고 말하든 그들에게는 아무런 영향도 끼치지 않을 거라는 생각이 잠깐 들었다.

포스터 모리스는 시종일관 우울한 표정이었다. 그런 그를 대하자 내 마음속에서 떠날 줄 모르는 걱정거리가 고개를 들기 시작했다. 결국 그와의 만남으로 처음에는 좋던 기분이 시들해져 버렸다. 나는 그를 보이는 대로 받아들였다. 포스터 모리스는 교외에 있는 자기 집 주소를 말하고 심각한 척 농담을 던지고 출판사 사무실을 일주일에 두세 번 나간다든지 문학지에 비평을 싣고 BBC 방송국에서 1930년대 문학 대담을 한다는 등의 이야기를 함으로써 자기의 일상생활을 드러내 보였다. 하지만 나는 영국에 대해 아는 것이 별로 없어서 그의 말을 전부 이해할 수 없었다. 그렇다고 꼬치꼬치 캐물을 수도 없었다. 물으려면 웬만큼 기본적인 지식이 있어야 하는데, 그것마저 없었기 때문이다. 나는 어느 정도 알고 있는 『그늘진 제복』에 대해서만 물어보았다.

"사실 그 책은 그레이엄 그린의 아이디어에서 나온 거요."

포스터 모리스는 그레이엄 그린의 작품에 대한 이야기를 장황하게 늘어놓았다.

"예전에 그는 아프리카 라이베리아를 방문했소. 그런데 어느 날 나한테 말하기를, 이제는 내가 대서양 건너편으로 가서 노예들이 어디에서 어떻게 왔는지 알아보아야 할 거라고 했죠. 거기에 가면 책 한 권은 쓸 만한 이야깃거리가 있을 거라고 생각한 모양이오. 어쨌든 나는 그의 말을 듣고 심하게 해진 누더기 같은 땅으로 달려갔소."

포스터 모리스는 잠시 말을 멈추었다가 이렇게 덧붙였다.

"그들은 뭐랄까, 인종주의적인 광신자들이었소."

"그들이라뇨? 누구 말인가요?"

"버틀러와 그를 둘러싼 군중 말이오."

"그래요? 하지만 책에는 그렇게 쓰지 않았잖아요?"

"누가 그렇게 쓸 수 있겠소? 그건 1937년에 그곳 분위기가 어땠는지 몰라서 하는 소리요. 유전은 식민지 안에 있는 또 하나의 식민지 같은 곳이었소. 외부인들은 그 사실을 조금도 이해하지 못했죠. 포트오브스페인에 사는 사람들 대부분 알지 못했을 거요. 섬의 남쪽 지역은 전체가 하나의 커다란 유전이랄 수 있었소. 그곳에는 남아프리카 사람들이 많이 와 있었는데, 그 이유는 나도 잘 모르겠어요. 주민들은 파업이 일어난 것에 대해서는 전혀 개의치 않았소. 그런데 정부가 지원병을 모집하자 떼를 지어 모여들었죠. 다들 검둥이들을 쏘고 싶어 안달이 났던 거요."

그 말을 듣자마자 문득 떠오르는 것이 있었다. 1945년 어느 날(학창 시절에 일어난 사건을 기억하는 것은 비교적 쉬운 일이었다.) 영국 역사를 가르치는 선생님이 1937년에 일어난 파업에 대해 말해 주었다. 백인처럼 생긴 물라토인 그 선생님의 말을 낱낱이 기억할 수는 없지만, 분노에 차서 내뱉은 마지막 말은 또렷이 기억났다.

"나는 검둥이들을 쏘기 위해 남쪽으로 내려가지 않았단다."

그 전에는 교실에서 그 같은 말을 단 한 번도 들어 본 적이 없었다. 사십 대 후반이었던 그 선생님은 누구보다 학교를 사랑했고 학생들에게 올바른 예절과 태도가 얼마나 중요한지 일깨워 주려고 애썼다. 그의 가족도 좋은 사람들로 알려져 있었다. 대부분 공무원이나 시 의원으로 일하며 사람들에게 존경을 받았다. 아무래도 그날 선생님이 교실에 들어오기 전, 그 조용한 사람을 흥분하게 할 만한 일이 있었던 모양이었다.

그 선생님을 떠올리자 포스터 모리스가 내뱉은 '검둥이들을 쏘고 싶어 안달이 났다.'라는 표현은 그가 만든 것이 아니라 1937년에 트리니다드에서 거주한 백인들 사이에서 통용되던 말이라는 생각이 들었다. 틀림없었다. 당시 나는 어린아이였기 때문에 그런 말을 직접 듣지 못했을 뿐이었다. 어린아이에게는 주위의 많은 것이 가려져 있는 법이다. 나는 포스터 모리스에게 그 선생님에 대해 말했다.

"그들은 사람을 어떻게 다루어야 하는지 몰랐던 거요."

포스터 모리스는 그렇게 말하고 다시금 자신의 생각 속으로 깊이 빠져들었다.

"아마 당신이라도 책에다 버틀러가 미친 흑인 설교가라고 쓸 수는 없었을 거요. 당시 유전에서 일한 사람들은 버틀러에 대해 다들 그렇게 생각했지만 말이오. 요즘은 그런 식으로 써도 무방하겠죠. 잘 모르겠지만요. 찰리 킹을 화형에 처하고 얼마 지나지 않아 버틀러는 체포되었고, 사람들은 큰 혼란에 빠졌소. 그런데 당신도 이 점은 알아야 하지 않나 싶군요. 찰리 킹 사건이 일어난 뒤 몇몇 사람들은 우쭐거리면서 그 사건이 어떤 결과를 부를지도 모른 채 오히려 일을 크게 벌이려 했소. 왜 그랬는지 알아요? 모두 겁을 먹었기 때문이오. 다행인지 아닌지 모르겠지만 혼란스러운 분위기는 빠른 속도로 잠잠해졌고, 사람들은 전보다 더 조용해졌소. 그러던 어느 날 저녁, 버틀러를 추종하는 사람들이 한자리에 모였죠. 이번에는 파업과 성격이 전혀 다른 모임이었소. 오히려 그 반대였다고 할까요. 여럿이 모여 럼주를 마시며 그들이 가담했던 파업으로 인해 야기된 여러 골치 아픈 문제를 잊어버리려는 모임이었던 셈이오.

나도 그 자리에 있었소. 어느 지역인지는 모르겠지만 시골의 자그마한 오두막이었죠. 트리니다드의 시골에 가면 흔히 볼 수 있는 오두막이었소. 거무스름한 나무 기둥과 구부러진 양철 지붕, 그리고 두꺼운 판자로 된 마룻바닥이 생각나는군요. 기둥에 등유를 넣어 쓰는 램프가 걸려 있었소. 그런대로 분위기는 괜찮았지요. 나는 이따금 메모를 했소. 처음엔 좀 어색했지만 웬만큼 시간이 지나자 그 모임이 편안하게 느껴지더군요. 아니, 모임을 즐겼다고나 할까요. 럼주를 좋아하다 보니 그랬던 것 같소. 정말 거기서 마신 럼주는 맛도 산뜻하고 아주 훌륭했다오.

시간을 한참이나 건너뛴 것 같아 문득 정신을 차려 보니 백인의 피가 절반쯤 섞인 사람들과 피부가 갈색인 사람들과 한두 명의 인도 사람들은 이미 다 떠났고, 그 작은 방에는 나와 흑인들만 남아 있었소. 나는 순간적으로 위압감을 느꼈는데, 왜 그랬겠소? 대답은 아주 간단하오. 그들이 그렇게 느끼도록 한 거요. 나는 그들 가운데 꽤 많은 사람을 알고 있었소. 그 사람들도 내가 누구인지 잘 알았죠. 그 사람들이 영국 관리들과 이런저런 문제로 두어 차례 다투었을 때 내가 도왔으니까요. 그런데 내 주위에 있던 사람들이 슬슬 나에게 인종적인 농담을 하기 시작했소. 그런데 단순히 농담으로만 그치지 않았어요. 그들은 나를 가지고 장난을 쳤소. 마치 불량 학생들처럼 말이오. 그들은 집단으로 내게 대항했소. 나는 처음엔 미소만 지었는데 시간이 갈수록 그러는 게 어렵게 느껴졌다오. 그 방의 벽에는 등유 램프가 걸려 있었는데, 그 때문에 반대편 벽에는 십자가 모양의 그림자가 커다랗게 드리워져 있었소. 그 그림자를 보자 머릿속에서 이런 생각이 꿈틀거리더군요. 이 흑인들 가운데 누군가 나를 공격할 수도 있겠구나. 그렇게 되면 나는 졸지에 백인 찰리 킹이 되겠군.

그 가운데 레브런이란 사람이 있었소. 트리니다드 출신으로 파나마에서 자랐다고 하더군요. 파나마 운하 공사 때 가족이 그곳으로 갔다는데, 이는 그라나다 사람들이 유전에서 일하려고 트리니다드로 건너오는 것과 마찬가지라고 할 수 있을 거요. 레브런은 1930년대의 전형적인 공산주의자였소. 나는 레브런이 버틀러 주위 사람들 가운데 가장 위험한 인물이라고 생각했다오. 그는 스페인어를 아주 유창하게 했소. 중앙아메리카와 서인도 제도, 서아프리카 등지를 여행하며 혁명에 대해 설파하는 게 그의 주된 일이었죠. 레브런은 어떻게 말해야 현지인들을 설득할 수 있는지도 잘 알았고 자신이 벌인 일을 체계적으로 처리할 줄도 알았다오. 그는 모스크바든 어디든 후원해 줄 사람이 있는 곳이면 달려갔소. 그리고 주로 고위층 인사들에게 자신의 성과를 자랑했죠. 아주 잘생겼고 학식도 있는 데다 세련된 사람이었소.

그런데 그 어둡고 좁은 오두막에서 레브런이 나를 성적으로 조롱했소. 나는 그런 짓에는 전혀 준비가 안 된 상태였소. 백인인 내게 여자들은 쉽게 다가왔는데, 그는 그 점을 들어 나를 마구 구석으로 몰아붙였던 거요. 그런 상황을 상상할 수 있겠소?"

이십 년이 넘은 과거의 일인데도 레브런이 자기를 조롱한 사실이 잊히지 않는 듯 그의 눈빛은 강렬했다. 그 정도로 그는 그 일을 가슴 깊이 담아 두고 있었다. 나는 그가 어떤 상황에 있었는지 짐작할 수 있었다. 그의 희미한 눈동자와 이마 위로 흘러내린 몇 가닥의 머리카락과 약간 주름진 창백한 얼굴과 의기소침한 태도 등을 통해 레브런이 장난하듯 놀렸을 때 그의 감정이 얼마나 불안하게 흔들렸을지 알 것 같았다.

"조롱의 농도가 점점 짙어지자 나는 일 초라도 빨리 그곳을 떠나야겠다고 생각했소. 그런 내게 레브런은 흑인 남자들이 성적 박탈감을 느끼며 살아가고 있다고 말했죠. 레브런이 왜 그런 말을 하는지 나로서는 이해할 수 없었소. 아주 잘생긴 사람이라서 성적 박탈감 같은 것과 상관없을 줄 알았거든요. 아무튼 나는 그 말에 조금 놀랐지만 럼주를 마셔서인지 거기에 있는 사람들이 내게 너무 가까이 있는 게 이상하게 느껴졌소. 특히 레브런이 다른 몸으로 바꾼, 그러니까 변신한 백인이라는 생각이 들었죠. 순간 적당한 말이 떠올랐소. 하지만 그 말을 내뱉자마자 큰 실수를 했다 싶었죠. 그것은 십 년 전 옥스퍼드의 학생회관에서나 할 법한 말이었소. 아무튼 나는 레브런을 빤히 바라보며 이렇게 말했다오.

'레브런, 정말 미안해. 나는 키스로 너를 왕자로 만들어 줄 수 없어.'

놀랍게도 거기 있는 사람들이 모두 웃었소. 그건 핵심이 되는 말이 빠져 금방 이해하기 어려운 농담이었을 거요. 몇몇 사람은 조금 늦게 무슨 말인지 알아들었다는 듯 웃었소. 그래서 웃음소리가 한참 동안 이어졌죠. 이윽고 그들은 조롱을 멈추고 밖으로 나갔소. 나는 그제야 안도의 숨을 쉬었다오. 마치 아무 일도 없었던 것 같았죠. 그런데 조금 있자 기분이 찜찜했소. 무슨 일이든 일어날 것 같았던 거요. 아무래도 레브런이 나를 용서하지 않을 것 같았소. 아니, 절대로 용서하지 않을 거라고 생각했다오.

무엇이든 글로 다 표현할 수는 없소. 써서는 안 되는 것도 있고, 쓰고 싶어도 쓸 수 없는 것도 있죠. 나는 나중에야 그런 일화가 담긴 이야기를 쓰려고 했소. 전쟁 전의 베를린을 배경으로 말이오. 그런데 막상 써 놓고 보니까 내용이 크리스토퍼 이셔우드의 작품과 너무나 비슷했소. 그래서 배경을 프랑스로 바꾸려고 했는데, 레이먼 출판사가 전쟁 기간에 그만 그 원고를 책으로 출판해 버렸다오. 원고를 바꾸는 건 쉬운 일이 아니었소. 원고에 만족할 수 없었지만 어쩔 수 없었다오. 1930년대는 작가들에게도 고난의 시대였소. 트리니다드에 대해 쓰려고 할 때 커다란 문제가 된 것 중 하나는 흑인들은 절대 단순한 소재도 주제도 될 수 없다는 거였소. 사람들은 확실하지 않고 미묘하게 묘사한 이야기에는 별로 흥미를 느끼지 않죠. 그레이엄 그린은 라이베리아에 관해 쓸 때 그런 문제를 전혀 염두에 두지 않은 것 같소. 그는 자신이 서머싯 몸 같은 작가인지 아프리카 소설 『샌더스 오브 리버』를 쓴 에드거 월리스 같은 작가인지 알지 못한 게 분명하오. 지금은 아는지 어떤지 모르겠지만요. 안다고 해도 어렴풋이 알 뿐일 거요. 제대로 알려면 이십 년쯤 지나야 하지 않을까 싶소.

포트오브스페인 사람들은 남쪽 지역에서 검둥이에게 총질하는 것을 아무렇지 않게 이야기하던데, 당시 콧수염을 기르고 파이프 담배를 피우며 스탈린처럼 보이려고 애쓰는 사람이 있었소. 포르투갈 상인 조합에 속한 사람이었는데, 아마 당신도 봤다면 희극적으로 묘사했을 거요. 하지만 너무 우스꽝스럽지는 않게, 조금 진지하게 묘사했죠. 아니면 감상적으로 묘사했거나. 에벌린 워처럼 말이오. 『그늘진 제복』에서 나는 스탈린 같은 그 사람을 중후한 필치로 꽤 진지하게 묘사했소."

나는 일종의 의무감에서 또는 내 인생의 불운한 시절에 나를 올바르게 이끌어 준 사람에게 인사할 겸 점심 식사 자리에 나갔던 것이다. 당연히 나보다 나이 많은 사람이기 때문에 함께 앉아 있으면 딱딱하고 지루한 시간이 될 줄 알았다. 그런데 포스터 모리스는 그 시간을 즐길 수 있도록 배려해 주었다. 나는 포스터 모리스가 말솜씨도 좋고 학식도 풍부하며 이따금 난해한 이론까지 들먹여서 시종 압도당하는 기분이었다. 그러면서도 포스터 모리스의 목소리에 매료되었다. 그의 목소리는 예상 밖으로 무척 아름다웠다.

하지만 여러 번이나 '영상 되돌리기'(이는 내가 어린 시절부터 기억력 훈련을 위해 사용한 방법을 비유적으로 표현한 말이다. 그러니까 어떤 모임에 참가하면 거기에서 들은 말과 목격한 행동을 서로 연결해 나중에 정확하게 기억하기 위한 일종의 연상법인데, 이렇게 하면 함께 있었던 사람들에 대해 보다 더 잘 이해하고 그들이 내뱉은 말의 의미도 잘 알게 되는 효과가 있다.)를 해 보고는 포스터 모리스가 생각만큼 자연스럽게 말하지 않았다는 사실을 알게 되었다. 그는 자신이 쓴 트리니다드에 관한 책이 지닌 불완전함(혹은 단순함)을 변호할 준비를 단단히 하고 그 자리에 나온 것이었다. 맨 처음 만났을 때 포스터 모리스는 내가 그런 낌새를 알아챌까 봐 꽤 당당한 태도를 보였다. 이야기 중에 1930년대나 1940년대에 쓴 작품에 대해서도 변호했겠지만, 그것은 잘 모르겠다.

나는 영상을 되돌리다 포스터 모리스가 변호하지 않기로 한 것이 무엇인지 알았다. 그는 그레이엄 그린 같은 사람을 작가로서 인정하지 않았다. 입으로는 존경하는 작가라고 하면서도 말이다. 어떻게 그런 사실을 놓칠 수 있겠는가? 나에 대해서도 마찬가지였다. 편지에도 내 작품을 좋아한다고 썼고, 어느 누구보다 나를 친절하게 대했지만 점심 식사를 하는 동안 그는 계속해서 내 작품을 간접적으로 비평했다. 출판된 책에 대한 언급은 클럽을 막 떠나려고 할 때 딱 한 번 한 게 전부였다. 포스터 모리스는 이렇게 말했다.

"아주 재미있는 책을 썼더군요. 그 책을 읽으며 좋은 점은 몇 년 전 내가 묘사한 여러 가지를 상기시켜 주었다는 거요. 대충 훑어만 봐도 알 수 있었죠. 당신은 스스로 훈련하는 법을 알아야 한다고 생각해요. 송어가 헤엄치는 맑은 시냇물에 비치는 하늘과 구름 같은 것을 통해 수면 아래에 있는 것들을 볼 수 있도록 말이오."

그러고 나서 작가다운 미소를 보였다. 아마 그 미소 또한 미리 준비한 것이고, 전에도 자주 써먹었으리라. 하지만 그것은 일종의 불협화음이었다. 나는 포스터 모리스가 내 편지에 들어 있는 내용을 비틀어서 말한다고 생각했다.

며칠 뒤 나는 희극이나 감상주의를 비롯해 이 세상에서 무엇이 진지하고 비참한지 등 포스터 모리스가 내뱉은 말을 하나하나 떠올렸다. 그러고는 그가 정말로 나를 터무니없이 낮게 평가하고 있다고 결론지었다.

그러거나 말거나 신경 쓰지 않았다. 사 년 뒤 나는 포스터 모리스가 보낸 편지 덕에 글 쓰는 방법을 새롭게 알게 되었다. 점점 더 압축해서 쓰는 문장 훈련과 풍자적인 묘사가 그것이었다. 나는 그런 방법을 통해 자신감을 얻었다. 내 문체도 조금씩 개성을 띠기 시작했다. 하지만 글에 희극적인 분위기를 담고 군데군데 농담을 첨가하는 능력은 트리니다드에서의 성장 배경에서 비롯된 것이었다. 농담을 좋아하는 것은 난해한 세상과 평화로운 관계를 맺는 방법 중 하나였다. 나는 농담이 히스테리의 반대편에 있다는 사실을 일찍부터 알았다. 아무튼 나는 식민지 사회의 적나라한 풍경을 묘사했는데, 거기에는 불확실성으로 가득한 런던에서의 내 삶도 투영되었다.

그런데 내 의지와 상관없이 이런저런 걱정거리와 히스테리 같은 것이 뿌리를 내려 작품의 주제에 영향을 끼쳤다. 결과적으로 단어나 문장의 특성에도 변화가 일었다. 이는 책을 쓰는 과정에서 일어났는데, 포스터 모리스와 함께 점심 식사를 한 그해 내내 계속되었다. 나는 새로운 형태의 책을 쓰는 일에 지나칠 정도로 몰입해 있었다. 그러다 보니 누군가의 인정을 받아야 한다는 당위성을 별로 느끼지 않게 되었다. 나는 초고를 완성하기 몇 주 전에 이미 의도한 것을 전부 다루었다. 포스터 모리스는 글의 분위기나 재치 같은 요령에 대해 언급하곤 했는데, 그런 그한테 이렇게 말하고 싶었다.

"압니다, 알아요. 당신이 뭘 말하는지 정확히 안다고요."

포스터 모리스에게 내 새로운 책이 거의 끝나 가고 있다는 말을 하고 싶은 충동이 두어 번 일었다. 전에 그에게 보낸 포트오브스페인의 거리를 묘사한 책과 완전히 달라 이번에는 그도 나를 작가로 충분히 인정할 거라는 확신이 들었다. 하지만 작품에 대해 미리 말하면 끝내지 못할지도 모른다는 미신 같은 생각에 사로잡혀 보류하곤 했다.

그러다 두 해가 조금 지났을 때 그 책의 수정본을 넘기게 되었다. 뭐랄까, 예감이 좋았기 때문이다. 당시 나는 해외여행을 하면서 그와 관련된 새로운 작업에 몰두하고 있었는데, 포스터 모리스와 점심 식사를 한 무렵 이미 거의 끝낸 그 책의 수정본과 함께 편지도 보냈다. 편지는 희극과 감상주의와 진지함에 대해 그가 한 말을 상기시키는 내용이었다.

포스터 모리스는 즉시 답장을 보내왔다. 답장의 첫 문장은 이랬다.

"당신이 보낸 책 읽어 보았소. 그런데 당신의 재능이 보이지 않더군요. 그래도 앨런 실리토나 최근의 젊은 작가들 작품보다 훨씬 좋더이다."

나는 포스터 모리스의 편지를 더는 읽지 않았다. 타자기로 작성한 그 편지는 육 년 전에 받았는데 지루할 정도로 길었다. 도중에 읽기를 그만둔 것은 그의 어떤 말도 내 의식에 남기기를 원하지 않아서다. 독 묻은 펜으로 쓴 것 같은 편지를 읽어 봐야 상처만 받을 게 뻔했다. 편지는 갈색 봉투에 들어 있었는데, 줄이 그어진 종이 위에 경련을 일으킨 손으로 쓴 것 같았다. 포스터 모리스에게 책을 보낸 것이 바보짓이었다는 생각이 들었다. 그것이 전부였다. 그 밖에는 어떤 실망도 의심도 분노도 느끼지 않았다. 다만 안도감 같은 것이 있었는데, 이는 정신적인 스승과 제자 관계를 청산한 데서 느낀 것이었다. 하지만 나로서는 그 편지에 답장할 수밖에 없었다. 나는 그런 식으로 평한 데 대해 유감스럽다는 말과 함께 그 책은 새것이니까 개스턴에게 팔아도 좋다고 썼다. 개스턴은 챈서리 레인에 사는 서적 판매상이었다. 그는 주로 도서관과 거래하는데, 책 평론가들을 후원하기도 했다. 개스턴은 작품의 내용이나 인기도, 출판사와 상관없이 새 책을 출시된 가격의 반으로 사는 재주가 있었다.

개스턴을 언급한 것은 답장이 가벼워 보였으면 해서였다. 포스터 모리스는 그 점을 좋게 보지 않았다. 1937년에 트리니다드에서 레브런이 그런 것처럼 나 또한 포스터 모리스의 예민한 신경을 건드린 셈이었다. 그는 그럭저럭 지내고 있다며 굳이 개스턴에게 팔 생각은 없다는 답장을 보내왔다. 나는 그것으로 모든 일이 정리된 줄 알았다. 그런데 두 주일이 지나자 포스터 모리스가 다시 편지를 보내왔다. 그는 한 문학 단체에서 주최하는 만찬 티켓을 구했는데 사정상 갈 수 없게 되었다며, 티켓을 그냥 버릴 수 없으니 갈 의향이 있으면 자기에게 전화해 달라고 했다.

나는 포스터 모리스에게 전화를 걸어 만찬에 가고 싶다고 말했다. 그렇게 한 것은 모욕적인 그의 편지에 내가 무관심하다는 사실을 알려 주고 싶었기 때문이다. 전화로는 그 문학 단체에 대해서만 이야기를 주고받았다. 포스터 모리스는 아름답고 운율 있는 목소리로 그 모임은 교외에 사는 사자 사냥꾼들로 가득 차서 시끄럽고 지루할 테지만, 어쩌면 나는 즐거워할지 모른다고 말했다. 그러고는 전화를 끊기 전 이렇게 한마디 덧붙였다.

"나는 당신의 사고가 고갈되기를 원하지 않소."

며칠 뒤 그 정찬에 참석할 수 있는 티켓이 왔는데, 여기저기 접힌 자국이 있는 데다 더러웠다. 오랫동안 호주머니 속에 들어 있었던 모양이다.

정찬 모임에 참석하기 사나흘 전, 내 책에 대한 익명의 비평 글을 읽었다. 나는 그것이 포스터 모리스가 쓴 글이라는 사실을 금세 알아챘다. 그는 그만의 독특한 방법으로 책의 배경에 대한 자신의 지식과 태도를 명확하게 드러내 보였다. 내가 글쓴이를 알아볼 수 있도록 더 그렇게 한 것 같았다. 그의 비평은 내가 묘사한 사람들에 대한 모욕적인 말로 가득했다. 그런 사람들을 작품에 등장시켜 풍자하거나 진지하게 또는 보편 타당하게 묘사하려고 시도한 것부터가 말이 안 된다는 것이었다. 그들은 농장 막사에서 기름때에 절어 악취 나는 누더기를 입고 미신에 빠져 사는 만큼 지적이고 고상한 사고의 가능성은 손톱만큼도 찾아볼 수 없는 사람들이라고 혹평했다. 이는 식민지 시대에서나 볼 수 있는 모욕적인 태도였고, 그가 쓴 『그늘진 제복』에 담긴 순수한 의도와도 상반되었다. 그 비평을 읽은 순간 BBC 방송국 로비에서 그가 '백인 검둥이'에 대해 물었을 때의 불쾌감이 다시금 밀려왔다.

나는 그 비평도 포스터 모리스가 보낸 편지의 경우처럼 끝까지 읽지 않았다. 하지만 만찬 모임에는 참석했다. 이미 가겠다고 약속한 데다 그런 경험도 어느 정도는 필요하다고 생각했기 때문이다. 하지만 주된 이유는 내 책에 대한 포스터 모리스의 비평 탓에 내가 낙담했다고 생각하기를 바라지 않았기 때문이다. 나는 포스터 모리스의 티켓을 가지고 가서 그의 이름이 표시된 식탁 앞에 앉았다. 정찬 모임은 포스터 모리스가 말한 대로 꽤나 지루했다. 나는 한 중년 여자 옆에 앉았는데, 그녀는 어느 학교의 것인지 모르지만 교과서를 집필한 경력으로 그곳에 온 모양이었다. 그 여자도 모임에 실망한 것 같았다. 그 여자는 모임보다 가족을 생각하느라 경황이 없어 보였다. 가족에 대해 강박적으로 집착하는 사람 같았다. 우리는 잠시 서로 잘 통하지 않는 대화를 나누었다.

정찬 모임이 끝나고 집으로 돌아가기 위해 자리에서 일어섰을 때였다. 나는 내 바지 지퍼가 내려가 있는 것을 알아챘다.

저녁 내내 그러고 있었던 게 분명했다. 나는 그날 집으로 돌아오면서 이제 그만 포스터 모리스와의 만남에 종지부를 찍어야겠다고 생각했다. 그리고 그런 종류의 지루한 만찬 모임에는 앞으로 절대 가지 않겠다고 다짐했다.

그 뒤 오륙 년 동안 여러 잡지에 실린 비평을 통해 포스터 모리스를 주시했지만, 그의 글도 대학에 다닐 때 읽으려다 만 19세기 유럽 소설에 대한 동시대의 비평이 실린 평론집이나 패트릭 해밀턴의 제라드 크로스 관련 소설(이 소설은 보급판으로 출간되지 못한 채 금세 사라져 버렸다.)처럼 조금씩 과거로 물러나기 시작했다. 그의 나이도 어느덧 예순 줄에 들어섰다. 요즘 포스터 모리스를 기억하는 사람은 찾아보기 힘들다. 그는 내게도 과거의 일부가 되었다.

1967년 말 나는 런던에서 발행하는 신문에 글을 게재하기 위해 프랑스 앙티브까지 가서 그레이엄 그린을 인터뷰했다. 인터뷰는 이틀 동안에 걸쳐 진행되었다. 어느 단계에 이르자 그레이엄 그린은 자기가 지켜본 작가들 가운데 글쓰기를 중단했거나 문단에서 사라져 버린 작가에 대해 이야기했다. 모두 세 사람이었는데, 그중 두 명은 젊은 작가였다. 나도 그들 작품을 읽어 본 적 있었다. 그들은 그레이엄 그린의 소설 같은 작품을 쓰려고 애썼다. 나머지 한 명은 바로 포스터 모리스였다. 전쟁 직후 그는 소설 한 편을 발표했는데, 그레이엄 그린은 전쟁이 일어나기 몇 년 전에 자기가 써서 출판한 『영국이 나를 만들었다』보다 포터 모리스의 책이 훨씬 뛰어났다고 말했다. 그 말을 증명하듯 그레이엄 그린의 서가에는 포스터 모리스의 책이 귀한 수집품처럼 보관되어 있었다. 그레이엄 그린은 그 책을 내려 몇 분쯤 읽다가 갑자기 배반당한 일을 기억해 낸 듯한 표정을 지었다. 그러더니 포스터 모리스에게 말하듯 이렇게 중얼거렸다.

"그래, 바로 이거군."

그러고 나서 그 책의 한 문장을 소리 내어 읽었다.

"부활절 이슬비가 회한에 젖은 듯 끊임없이 내리고 있다."

그는 계속해서 말했다.

"그는 정말 천재였소. 옥스퍼드 대학 시절, 우리 동급생들은 포스터 모리스가 우리 중에서 단연 으뜸이라고 여겼죠. 그 친구는 옥스퍼드 시절에 『파종기』라는 훌륭한 작품을 썼소."

그 유명한 책도 그레이엄 그린의 서가에 있었다. 그레이엄 그린은 그 책도 집어서 내게 보여 주었다. 노란 천으로 된 표지가 낡을 대로 낡아 희미한 연노란색으로 보였다.

"요즘 사람들은 책 제목이 단조롭다고 하겠지만, 나는 여전히 좋아요. 이 제목에는 여러 가지 의미와 풍자가 담겨 있어요. 윌리엄 워즈워스의 『서곡』에 나오는 '내 영혼의 아름다운 파종기'에서 따온 제목이죠. 『파종기』는 멀리 달아나 버린 사람에 대해 쓴 책이에요. 당시 우리 눈엔 이 책이 얼마나 독창적이면서 훌륭하게 보였는지 모른다오. 우리한테는 정말 대단한 작품이었소. 포스터는 열여섯 살 때 학교에서 도망쳐 나와 한 학기를 빼먹기도 했죠. 수업료를 제멋대로 써 버린 적도 있소. 그러면서도 눈 하나 깜짝하지 않았죠. 포스터는 학교와 가족에게 반항하기 위해 멀리 달아난 거요. 그의 가족은 미들랜드에서 자그마한 엔지니어링 회사를 운영했소.

아무튼 『파종기』는 도피 생활을 하는 동안 만난 사람들과 포스터가 목격한 빈곤층의 생활과 그 자신의 성적인 자각 등을 묘사한 작품이었죠. 포스터는 두 달 동안 계속해서 글을 썼소. 그러고는 옥스퍼드로 돌아와 책으로 출판했죠. 글을 쓰기 시작할 때 포스터는 이미 성인이 되어 있었소. 물론 나이는 아직 어렸지만 말이오. 하지만 그 때문에 그 책이 질적인 가치를 지니게 되지 않았나 싶소. 말하자면 포스터는 조숙하면서도 학식이 풍부하고 기교가 뛰어난 동시에 순수하다고 할 수 있죠. 『파종기』는 다양한 메아리를 일으키는 작품이오. 포스터 자신은 의도하지 않았을 수도 있지만요. 아주 독창적이죠. 물론 도피라는 것은 문학에서 중요한 주제들 가운데 하나라고 할 수 있소. 도피한 인물을 들라면 허클베리 핀도 있고, 벳시 트로트우드 양한테 도망간 데이비드 카퍼필드도 있고, 스퀴어스 교장한테서 도망친 스마이크도 있고, 현실로부터 도피한 토머스 드 퀸시도 있지요. 그 작품에서 포스터 모리스는 자기에게 영향을 끼친 단 한 사람의 이름을 거론했는데, 바로 방랑 시인 윌리엄 헨리 데이비스였소. 어떻게 보면 포스터의 그 책은 조지 오웰의 작품과 미국 작가 제롬 데이비드 샐린저의 『호밀밭의 파수꾼』 같은 작품이 세상에 나올 줄 예견하고 쓴 거라고 할 수도 있죠.

그 책은 8000부가량 팔렸는데, 당시로서는 어마어마한 판매 부수였소. 십 년 동안 그야말로 잘나간 책이었다오. 당신도 코널리 출판사를 알 거요. 그 출판사 사람들이 그동안 그 책을 되살리려고 무진 애를 썼지만, 별 효과를 거두지 못했소. 성적인 자각도 구태의연한 것으로 여겨졌고, 반항적인 요소도 『만인의 길』처럼 한물간 것이 되어 버렸다오. 어느새 모든 것이 이전 시대에 속하게 된 거요.

포스터는 이제 다시는 예전의 화려한 시절로 돌아갈 수 없게 되었다고 말할 수 있소. 그는 몹시 허둥거리더군요. 가족이 뒤에서 도와주지 않았다면 아마도 일찌감치 다른 직업을 찾아야 했을 거요. 다행히 대단한 액수는 아니지만 일정하게 들어오는 돈이 있었기에 계속해서 글을 쓸 수 있었소. 그는 늘 또 다른 행운을 바랐죠. 그러면서 이것저것 손을 댔다오. 이를테면 여러 방면에 걸쳐 개인적인 관계를 형성해 나갔는데, 아무도 그것을 의식하지 못했소. 마르크스주의와 관련된 일도 했고 가톨릭교에도 관여하려고 했죠. 또 위스턴 휴 오든과 크리스토퍼 이셔우드처럼 여행 관련 책을 쓰려고 했소. 나는 포스터의 트리니다드 관련 소설이 지지부진할 줄 알았지요. 그런데 전쟁이 끝난 뒤 그 소설이 세상에 나왔고, 나는 포스터가 작가로서의 위치를 제대로 찾았다고 생각했소. 하지만 내 생각이 틀렸던 거요."

그레이엄 그린의 말처럼 포스터 모리스는 조숙한 작가였다. 하지만 조숙한 만큼 작품을 쓴 경험이 많지 않은 데다 그의 재능은 별다른 도전을 받지 않았다. 조숙한 작가들은 선배 작가들의 글 쓰는 법이나 감수성을 빠르게 받아들여 자기 것인

양 꾸미기도 한다. 포스터 모리스가 사춘기에 도망을 쳤다거나 대학생 시절 반항적으로 행동한 것은 근본적으로 모방에서 비롯되었다. 그 때문에 작가로서 자신을 발견하는 일이 늦어지고 어려워질 수밖에 없었다. 포스터 모리스를 부러워하며 칭찬한 동년배들은 얼마 지나지 않아 하나둘씩 그를 앞서기 시작했다. 작가로 활동하는 동안 그는 주위 사람들을 떠나보내야 하는 날이 많았는데, 그로서는 견디기 힘든 시기였을 것이다.

자기 고유의 목소리를 찾아야 할 사람이 내 목소리를 찾도록 도와주었다는 것은 그야말로 아이러니한 일이다. 하지만 어떻게 생각하면 그렇게 이상할 것도 없을 듯하다. 포스터 모리스는 내 원고를 보자마자 내 문제점이 무엇인지 알았다. 내가 제자리를 찾지 못한 채 유행을 좇아 갈팡질팡하고 있다는 사실을 단박에 알아챈 것이다. 그런데 그것은 포스터 모리스의 문제점이기도 했다. 사실 그는 내게 보낸 첫 번째 장문의 편지를 통해 나보다는 스스로에게 말한 셈이었다.

문학 단체에서 주최한 그 이상한 만찬 모임 이후 거의 이십 년이라는 세월이 흘렀다. 포스터 모리스도 이제는 꽤 늙었고, 어느 정도는 자신의 결점을 고친 것처럼 보였다. 내가 영국을 떠나 여행 중일 때 내 작품 하나가 출판되었다. 출판사에서는 포스터 모리스가 비평한 것 중에서 호의적인 글을 책에 실었다. 그는 내 작품을 비교적 좋게 평했다. 하지만 나는 아무런 감동도 느끼지 않았다. 그에 대해서는 차가울 대로 차가워져 있었다. 포스터 모리스가 내 작품을 비평한 내용을 끝까지 살펴보고 싶지도 않았다. 그저 그 노인이 내게 보인 행동이나 말에서 내가 미처 알아차리지 못한 것이 무엇인지 궁금할 뿐이었다.

　나는 내 직감이 여전히 옳았다고 생각한다. 포스터 모리스를 다시 만나면 지난번 점심 식사 때와 비슷한 상황이 재현될 것이 분명했다. 상냥하면서 아름다운 그의 목소리(그레이엄 그린의 목소리와는 크게 다른)를 듣겠지만, 제대로 성공하지 못한 채 노년에 접어든 작가의 지적인 불확실함도 발견할 것이다. 그동안 자기 곁을 떠난 사람들을 그가 전혀 인정하지 않았다는 사실과 더불어서 말이다.

　1930년대 후반, 유럽과 미국에서 온 여행용 선박들(미국 여객선은 전쟁이 끝난 뒤에도 한동안 운항한 것 같다.)이 포트오브스페인 항구에 정박했다. 이는 아침마다 볼 수 있는 풍경이었는데, 아버지와 《트리니다드 가디언》 기자들은 사진 기자들과 함께 항구로 몰려갔다. 승객들 사이에 섞여 있는 유명 인사들에 대한 기삿거리를 얻기 위해서였다. 그 가운데에는 소프라노 가수 릴리 퐁스, 영화배우 올리버 하디, 영화배우 타이론 파워의 부인 애너벨라 같은 사람이 있었다. 그 사람들에 대한 인터뷰 기사에는 꼭 사진이 붙어 있었다. 그 유명 인사들의 방문은 섬사람들에게 축복과도 같은 것이었다. 멋진 세계에서 온 배가 항구를 떠날 때마다 사람들은 밤의 축복이 끝난 듯 무척 아쉬워했다.

　당시 나는 그 섬이 역사의 위대한 전환기에 놓여 있다는 사실을 알아채지 못했다. 그리고 언젠가는 그런 방문을 다른 시각으로 바라볼 수 있을 거라고도 생각하지 못했다. 포스터 모리스에 대해서도 마찬가지였다. 나는 그의 세계를 이해할 수 있으리라고는 생각하지도 못했다. 그가 트리니다드에 왔기 때문에 내가 그의 뒤를 따라오게 될 줄도 예상하지 못했다.

포스터 모리스의 책은 불완전하지만 그렇게 나쁘지는 않았다. 주요 인물을 전체적으로 골고루 다루면서도 저마다의 개성을 살려 직접 묘사하는 방식은 대단히 독창적인 데다 섬을 바라보는 외부의 시각을 바꾸는 커다란 연결 고리에도 잘 들어맞았다. 그 고리는 1564년에 영국의 존 호킨스 제독이 원주민들의 생활에 대해 정확하면서도 신선하게 묘사한 데서부터 시작하여 1595년에 영국의 군인이자 탐험가인 월터 롤리 경이 스페인 사람들에게 추방된 쿠무쿠라포의 원주민 족장들이 고문으로 다 죽을 수 있는데 반쯤 구한 일을 포함해, 캡틴 메리어트의 19세기 초기 해양 소설이 지닌 고양된 정신과 잔인성으로 이어지면서 빅토리아 시대의 소설가 앤서니 트롤럽과 찰스 킹즐리, 그리고 역사가 제임스 앤서니 프루드까지 연결되었다. 『그늘진 제복』은 쇠퇴기에 접어든 제국주의의 항해 관련 서적들과 제임스 포프 헤네시와 패트릭 리 퍼머 같은 후기 식민지 작가들이 쓴 책 사이에서 확실한 위치를 점하고 있다. 지난 사 세기에 걸쳐 섬을 바라보는 시각은 끊임없이 변했고 앞으로도 그러겠지만, 『그늘진 제복』은 문명의 한 단면을 고스란히 담은 공정한 기록이라는 점에서 의미가 있다.

5

도피

I

포스터 모리스는 1959년 사우스 켄싱턴 클럽에서의 점심 식사 자리에서, 1930년대에 활동한 트리니다드 출신의 파나마인 공산주의자 레브런을 두고 유전 파업 주동자인 버틀러 주변에서 가장 위험한 인물 가운데 한 사람이라고 말했는데, 이는 내게 뜻밖의 소식이었다. 레브런은 처음 듣는 이름이었다. 당시 나는 유전 지대의 파업에 대해서도 잘 몰랐다. 파업이 일어났을 때 나는 겨우 다섯 살이었다. 내가 파업에 대해 이해하게 된 것은 몇 년이 지나서의 일이다.

내가 레브런이란 이름을 알게 된 것은 파업이 일어나고 십년이 지난 1947년 무렵이었다. 당시 나는 포트오브스페인에 있는 퀸스 로열 칼리지 6학년 학생이었다. 레브런이란 이름은 그 사람이 쓴 책을 통해 알았다. 그러니까 그 이름은 오언 루터나 포스터 모리스처럼 활자의 화려함과 연관이 있었다.

레브런이 쓴 책은 6학년생들이 이용하는 도서관의 책장 맨 아래쪽 선반에 꽂혀 있었다. 앞이 유리로 되어 있고 두세 줄의 선반이 있는 책장의 왼쪽에는 책을 대출해 주는 자그마한 공간이 있었다. 당시에는 라파엘 사바티니, 허먼 시릴 맥닐, 존 버컨 같은 작가의 책과 윌리엄 시리즈가 학생들 사이에서 인기를 끌었다. 이런 책들은 다시 장정한 뒤 금박(영국에 있을 때 금박을 만드는 주형을 본 적이 있다.)으로 그 위에 학교 문장과 교훈까지 새겨졌다. 그런데 반짝반짝 빛나는 가죽 표지는 품위 있고 고급스러워 보였지만, 책장은 값싼 종이에다 여러 사람의 손이 닿은 바람에 너덜너덜했고 군데군데 보푸라기까지 일었다. 게다가 사 분의 일쯤 글씨가 닳아서 보이지 않기도 했다. 레브런의 책은 그런 책들 옆에, 그리고 교과서와 사전이 차지한 선반 아래에 꽂혀 있었다. 자줏빛이 감도는 그 책의 갈색 표지는 거무스름하게 색이 바래 있었다. 레브런이란 이름도 잘 보이지 않을 정도였다.

레브런의 그 책은 남아메리카의 혁명가인 시몬 볼리바르가 활동하기 전에 등장한 스페인 출신의 미국인 혁명가들에 관한 기록이었다. 나는 그 책을 읽지 않았다. 나뿐이 아니었다. 그 책을 읽는 사람을 본 적이 없었다. 하지만 삼십여 년이 지나자 사람들은 급진적인 성향의 잡지와 함께 그 책을 카리브해 지역의 혁명에 대해 초창기 저작으로 꼽았다. 그래도 대학 도서관에서 그 책을 읽은 사람은 그 분야에 대해 연구하는 사람뿐이었다. 트리니다드에서는 레브런의 책을 구경하기 힘들었다. 포트오브스페인 중앙 도서관이나 서점에서도 찾을 수 없었다. 내가 아는 한 퀸스 로열 칼리지 도서관 선반에 꽂혀 있는 책이 유일했는데, 그마저도 표지가 바래 제목조차 알 수 없어서 읽는 사람이 없었다.

그 책은 런던에서 출판되었다. 읽는 사람들에게는 독특한 인상을 남길 만한 책이었다. 책에는 평범하지 않은 특색 있는 삶이 담겨 있었다. 어느 날 나는 한 학년 위의 선배에게(그는 장학금을 받고 케임브리지 대학에 진학할 예정이었다.) 레브런에 대해 물어보았다.

"레브런은 어떤 사람인가요?"

"아, 그는 혁명가야. 지금은 미국 어딘가에 도피 중이지만."

트리니다드 출신의 파나마 사람, 그 이국적인 흑인 남자가 도피 중이라니! 나는 놀라지 않을 수 없었다. 그 말을 믿을 수 없었다. 도피는 존 가필드가 맡은 영화 속 주인공이나 하는 거라고 생각했다. 레브런이 왜 도피 중이라는 건지 도저히 이해할 수 없었다.

당시 열여섯 살이었던 나는 레브런에게는 혁명적인 기질 같은 것이 없다고 생각했다. 어떻게 그런 사람이 추적당할 만큼 위험한 인물로 여겨지는지 이해할 수 없었다. 더구나 트리니다드와 파나마 출신 흑인 중에는 그런 인물이 없을 거라고 생각했다.

그 팔 년 뒤 나는 레브런을 보았다. 처음이었다. 레브런은 레드하우스 건너편에 있는 우드퍼드 광장의 야외 음악당에 모인 연설가들 사이에 끼어 있었다. 내가 영국에 가 있는 동안

이 섬에도 새로운 정치 체제가 도입되었는데, 광장에서의 연설도 그 영향 때문이었다. 버틀러가 일으킨 파업 이래 거의 이십 년의 세월이 흘러 레브런도 오십 대였다. 하지만 그는 호리호리한 체격에 얼굴이 잘생긴 사람이었다. 게다가 언변이 뛰어났다. 연설할 때 그는 어법에 맞는 완벽한 문장을 구사했다.

레브런은 서인도 제도의 노동자들이 지난 수 세기 동안 설탕 대량 생산지에서 일해 왔고, 지금도 여전히 그렇다고 말했다. 이 말은 그들이야말로 초기의 산업 노동자들이라는 뜻이기도 했다. 하지만 노동자라는 말이 노예라는 사실을 가려서는 안 될 터였다. 서인도 제도 사람들은 누구보다 혁명에 많은 관심을 쏟으며 준비했다. 레브런은 이때를 위해 지난 이십오 년 동안 기다려 온 사람이었다. 그는 사람들을 한곳에 집결시켜 정치적 행동을 할 수 있다는 희망을 한순간도 잃지 않았다.

나는 트리니다드에서 몇 주일을 보내며 레브런의 연설을 여러 차례 들었다. 레브런은 섬에서 일어나는 모든 운동이 마치 자신의 의지와 생각에서 비롯된 것처럼, 심지어 자신이 주도한 것처럼 말했다. 하지만 그는 새로운 정치에 뛰어들 만한 사람이 못 되었다. 무엇보다 지역적인 기반이 약해 세력을 형성할 수 없었다. 결국 전에 버틀러가 유전 파업 이후 자취를 감춘 것처럼 선거가 끝난 뒤 레브런도 사라져 버렸다.

삼 년 전 포스터 모리스가 레브런에 대해 말했을 때 내가 알았던 것은 이 정도가 전부였다. 우리 두 사람 모두에게 레브런은 과거 속에 묻힌 인물이었다. 아직 작가나 선동가로 알려지기 전인 1937년, 석유램프의 그림자가 어른거리는 트리니다드의 자그마한 시골집에서 포스터 모리스를 성적으로 희롱한 레브런이란 인물이 당시 런던의 저명한 작가인 포스터 모리스가 후원하려 한 사람이었다는 사실과, 포스터 모리스가 떠나보낼 수밖에 없었던 사람들 가운데 한 명이라는 사실을 나는 알지 못했다.

레브런은 말년에 이르러 영국에 다시 모습을 드러냈다. 세상이 놀라운 속도로 변하고 흑인의 권리가 중요한 문제로 부각되면서 그는 흑인 혁명을 예언한 사람 중 하나로, 그리고 역사책에는 이름이 기록되지 않았지만 여러 해 동안 아프리카와 카리브해 지역에서 노예 해방 운동이 일어날 때마다 드러나지 않게 꾸준히 활동한 사람이라는 소리를 들었다. 레브런은 나름대로 성취감을 맛보았다. 그는 거의 평생에 걸쳐 자신의 사상을 키웠고, 그것을 사람들에게 전하려 애썼다. 그러다 이제는 한곳에 닻을 내리고 자신의 생각을 글로 써서 잡지에 발표하며 생계를 이어 나가고 있었다. 하지만 얼마 못 가서 그는 자신뿐 아니라 그를 믿고 따른 사람들과 함께 곤경에 빠졌다.

한번은 서인도 제도에 있는 자그마한 섬의 수상이 레브런을 그다지 달갑지 않은 이주민이라고 폄하한 적이 있었다. 이는 장기적으로 레브런의 명성에 별다른 손상을 끼치지 않았지만, 당시에는 대단히 수치스러운 일이었다. 식민지들이 하나둘씩 독립하기 시작한 무렵이었고, 그렇게 말한 수상은 그 지역에서 영향력이 대단하지도 않았다. 그렇더라도 혁명에 대한 나이 많은 흑인 혁명가의 주장은 벽에 부딪힌 셈이었다.

그런 일이 있고 나서 얼마 뒤 나는 그 섬을 찾아갔다. 수상을 만나려면 절차가 까다로울 텐데 그의 사무실에 가서 정중하게 이름을 밝히자 별다른 문제 없이 통과되었다. 게다가 놀랍게도 수상은 내게 관저에서 점심 식사를 함께하자고 말했다. 그는 레브런에 대해 이야기를 나누고 싶어 했다.

"레브런한테 여기 와서 거리를 걸어 보라지요."

수상이 말했다. 내가 볼 때 레브런은 통속적인 사람이 아니었다. 그는 혁명가로서 강력하면서 무모하기도 한 군중의 힘을 이용할 줄 아는 인물이었다. 그런데 이제는 수상을 비롯해 여러 사람이 그에게서 고개를 돌렸다.

새로운 정치 체제가 도입됨에 따라 거의 모든 지역에서 수상과 같은 사람들이 눈에 띌 정도로 늘어났다. 그들 대부분은 노동조합원으로 출발했으며, 트리니다드의 버틀러처럼 종교적으로 편향되어 있었다.

수상이 사는 곳은 식민지 시절의 총독 관저였다. 대체로 검소해 보이는 집이었다. 하지만 이 작은 섬에 사는 사람들에게는 궁궐이나 마찬가지였다. 군복 차림의 보초들과 지방색이 짙은 추상적인 그림들과 육중한 느낌의 화려한 가구들이 인상적이었다. 하지만 수상은 지루한 표정을 짓고 있었다. 사실 그가 수상의 권한으로 처리할 수 있는 일은 한계가 있었다. 그런데 그는 이미 그 한계에 도달한 것 같았다. 수상이라는 권력도 부담으로 작용한 듯 지극히 단조로운 생활을 하고 있었다.

그는 연설도 별로 하지 않고 외출도 거의 하지 않는다고 했다.

그의 곁에 가장 가까이 있는 사람은 미스 디스라는 중년의 흑인 여성이었는데, 별다른 특징이 없어 보였다. 거리에서 흔히 만날 수 있는 평범한 인상의 여자였다. 그녀는 수상의 영적인 조언자이자 가정부이며 요리사였을 뿐만 아니라 독살의 위험에서 지켜 주는 역할까지 맡고 있다고 했다.

미스 디스가 준비한 그날의 점심은 토마토소스를 바른 생선과 가늘게 썰어서 기름에 튀긴 바나나 그리고 밥이었다. 초라하다 싶을 정도로 간단한 요리였다. 미스 디스가 직접 접시를 날랐는데, 음식은 차갑게 식었고 식탁보에는 군데군데 얼룩이 있었다. 수상은 한때 레브런의 관심을 받는 것을 영광으로 여겼으리라. 그는 레브런이 자신이 벌인 운동을 설명하려고 할 때 쓰던 울림 있는 말도 좋아했을 것이다. 수상은 또 다른 섬의 지도자들에게 레브런을 자랑스럽게 소개했으리라. 하지만 그는 권력이 무엇을 위해 사용되어야 하는지에 대한 레브런의 생각을 받아들이지 않았다. 수상은 자기가 아는 세계를 포기하고 싶어 하지도 않았고, 자신이 쟁취한 권력을 잃고 싶어 하지도 않았다.

그는 레브런에 대해 이렇게 말했다.

"그 사람은 당신을 지배하려고 할 거요."

레브런은 혁명을 기획하는 사람이었다. 혁명 기획, 이것이 레브런에게 주어진 역할이자 생계를 잇는 수단이었다. 레브런에게는 스스로를 지탱하는 기반도, 추종하는 무리도 없었다. 그는 늘 다른 지도자들에게 의지했는데, 그들은 자기들에게 권력을 내준 단순한 대중을 상대한 만큼 자기들이 얻은 권력에 대한 생각도 지극히 단순한 사람들이었다.

모든 것이 늘 그런 식이었다. 레브런은 버틀러 시절에도 그렇게 처신했다. 버틀러는 권력다운 권력을 지니지 못했다. 식민지 시대에 등장했기 때문에 제대로 권력을 쥘 수 없었다. 하지만 레브런의 입장에서 보면 그렇지 않았다. 비록 온전한 권력에는 미치지 못하더라도 버틀러는 상당한 권한을 행사했다. 그는 특정한 무리에서 지도자 내지는 우두머리의 지위를 누렸다. 파업과 함께 시가행진을 벌였으며 찰리 킹 사건을 일으켰다. 하지만 그런 일련의 사건으로 인한 흥분이 가라앉자 버틀러는 몹시 따분한 생활을 하기 시작했다.

전쟁 기간 감옥에 억류된 것은 버틀러에게 오히려 다행스러운 조치였으리라. 감옥에서 나온 뒤 그의 정치적 활동은 별다른 영향력을 발휘하지 못했다. 의회의 입법부 소속 의원이었지만, 그는 대부분의 시간을 멀리 떨어진 영국에서 추종자들과 함께 보내기를 좋아했다. 그 때문에 그가 무슨 일을 하는지 아는 사람은 거의 없었다. 아마 그는 아무런 일도 하지 않은 채 그저 세월만 보냈을 것이다. 지도력을 발휘하거나 적극적으로 활동하는 것이 그에게는 이제 아무 의미가 없었다. 문제는 그런 상태에서도(레브런에 대해 거칠게 말한 수상도 마찬가지지만) 최고의 자리를 고수했다는 사실이다. 그는 그 자리를 목숨처럼 지키고 싶어 했다. 그 때문에 레브런의 생각은 복잡해질 수밖에 없었다. 레브런의 생각과 그가 펼치려는 정치 사이에는 모순이 있었고, 그는 거기에서 헤어나오지 못했다. 포스터 모리스가 버틀러 주위 사람들 가운데 레브런이 가장 위험하다고 말한 이유는 버틀러나 그와 비슷한 사람들은 자기들이 바라는 걸 얻기 위해 세상을 전복시키려고 마음먹을 수 있을지 모르지만, 레브런은 어떻게 그런 일을 할 수 있는지를 실제로 보여 줄 인물이었기 때문이다.

하지만 레브런은 여전히 도망을 다녀야 했고, 예전 동료들이 후원하고는 있지만 혁명가로서 활동한 결과를 아무것도 누리지 못했다. 레브런뿐이 아니었다. 다른 사람들도 그와 비슷하게 고통을 감수하며 살았다. 특히 섬에서 사는 갈색 피부의 중산층들은 대부분 그랬다. 미스 디스는 수상을 위해 요리하는 것 외에도 방문자들의 명함을 받아 보관했다가 연락하는 일까지 해야만 했다. 미스 디스 같은 사람들은 여러모로 고통받고 있었다. 그들은 수상의 정치적 활동 계획에 일부분이라도 포함되어 있지 않았다. 그 사람들은 단지 수상이 자리를 고수하는 데 필요한 존재일 뿐이었다.

수상이 식민지 시절의 총독 관저에서 얼룩진 식탁보 너머로 "그 사람은 당신을 지배하려고 할 거요."라고 말했을 때 나는 그것이 무슨 뜻인지 알아챘다. 왜냐하면 레브런이 실제로 그렇게 한 적이 있었기 때문이다. 이는 포스터 모리스와 결별한 무렵의 일이었다.

레브런은 러시아에서 발간되는 두툼한 잡지에 내 책에 대한 글을 투고한 적이 있었다. 그는 잡지에 그 글의 번역본(원본이었는지도 모른다.)을 카드와 함께 넣어 내게 보내 주었다. 나는 그의 주소가 런던으로 되어 있는 것을 보고 그가 여전히 도피 중이라고 생각했다.

그 글은 꽤 길었다. 두툼한 잡지의 상당한 분량을 차지했다. 그때까지 내 책에 대해 그처럼 길게 쓴 사람은 없었다. 그리고 나는 그때까지 출판된 내 책들 가운데 길게 평할 가치가 있는 책은 없다고 생각하고 있었다. 초보 작가인 만큼 평가받을 책이 나오려면 시간이 꽤 걸릴 거라고 스스로도 생각했다. 더욱이 내가 쓴 희극적인 작품을 인정하지 않는 사람이 꽤 있다는 사실도 익히 알고 있었다. 서툰 표현에 실망하여 내 작품을 싫어할 사람도 얼마든지 있을 터였다. 나는 레브런이 러시아 잡지에 내 작품을 혹평하지 않았나 하고 생각했다.

하지만 그렇지 않았다. 레브런의 평은 독창적이었다. 그는 내가 그때까지 받은 비판의 원인인 희극적인 묘사에 대해서는 건드리지 않았다. 나는 작품의 많은 장면을 구성하고 준비하는 일에 지나친 열정을 쏟아붓는다는 비판도 받았으나 레브런은 다른 면에서 좀 더 구체적으로, 이를테면 등장인물과 작품 배경 등을 꼼꼼히 살펴보고 아주 진지하게 평했다. 그는 특히 내가 무기력한 사람들, 요컨대 역사가 잔인하게 속임수를 써서 희롱한 사람들에 대해 기술했다며 내 작품의 등장인물들은 저마다 자신의 운명을 스스로 개척해 나가는 자유인들 같지만, 실제로는 그렇지 않다고 썼다. 또 식민지적인 환경을 통해 등장인물들이 지닌 환상과 야망, 그리고 완전하게 될 수 있다는 신념과 질투심까지 조롱하고 있다면서 내용은 그들만큼이나 가벼워도 대단히 선동적이라며 바로 그 점 때문에 탁월하다고 덧붙였다.

그것은 사우스 켄싱턴 클럽을 떠나려 할 때 포스터 모리스가 하나의 비유를 들며 내 첫 작품에 대해 말한 것과는 사뭇 다른 평이었다. 당시 포스터 모리스는 송어가 헤엄치는 맑은 시냇물에 비치는 하늘이나 구름 같은 것을 통해 수면 아래에 있는 것들을 볼 수 있도록 스스로 훈련해야 한다고 말했다. 그때 나는 그의 말이 옳지 않을 뿐만 아니라 내게 별 도움도 안 된다고 생각했다. 그래서 아무런 대꾸도 하지 않았다. 나 나름대로 희극적인 요소를 좋아하고 그런 만큼 어느 정도 재능도 있다고 생각하던 터에 이를 부인하는 듯한 말처럼 들렸기 때문이다.(작가로 활동하기 시작할 무렵, 나는 그런 재능이 나한테 있다는 것을 발견했다.) 아무튼 레브런의 평은 포스터 모리스의 말과 크게 달랐지만, 나는 그것을 하나의 계시처럼 받아들였다. 그러자 내 작품에 등장하는 인물들이 무기력하다는 그의 말이 무슨 뜻인지 알 것 같았다. 사실 나는 늘 그 점을 의식했다. 다만 인정하지 않으려 했을 뿐이다.

낮은 곳에서 바라보는 것과 높은 곳에서 바라보는 것은 크게 다르다. 낮은 곳에서는 들판과 길 그리고 자그마한 정착촌이 어렴풋이 보일 수 있지만 높은 곳에서 내려다보면 모든 것이 한꺼번에 시야에 들어온다. 특히 역사적 관점에서 내려다볼 경우 마치 빠른 속도로 피고 지는 꽃을 보듯 민족의 멸망과 이동을 한눈에 볼 수 있게 되며, 식민지의 농경지 창출이라는 명목으로 해안선이 어떻게 바뀌었는지, 그리고 그런 변화 속에서 식민지 정부가 노린 목적이 무엇이었는지를 간파하게 된다.

레브런의 글은 하나의 작품처럼 보였다. 그것은 내 작품에 대한 평이었지만, 그 이상의 의미를 담고 있었다. 그 글을 읽으며 어린 시절 내가 태어난 곳의 역사가 불타 버렸다고 느낀 이유를 알 수 있었다. 나는 끊임없이 생각하는 나 자신을 발견했다.

"맞아, 바로 이거야!"

레브런이 쓴 글에서 받은 영감은 오랫동안 내 의식을 지배했다. 내가 그에게서 큰 영향을 받았다고 생각하는 것은 그 글이 내 작품에 대한 최초의 평일 뿐 아니라 이전에 그런 종류의 정치적인 문학 비평을 읽은 적이 한 번도 없었기 때문이다. 아무튼 그런 비평을 처음으로 받은 터라 기분이 좋았다. 만약 내가 과거에 그런 글을 읽었다면 기존의 작품을 쓰지 못했을 수도 있을 터였다. 포스터 모리스나 다른 작가들처럼 글을 쓰기 전 너무 많은 것을 알았다면 글을 쓰면서 발견하게 되는 것은 그만큼 없었을지도 모른다. 나만의 목소리나 분위기 그리고 자연스러운 표현도 쉽게 하지 못했을 것이다. 어쩌면 글을 쓰려는 시도조차 못했을지도 모른다.

나는 레브런에게 그 글에 대한 답례 편지를 보냈다. 그리고 얼마 지나지 않아 서인도 제도의 조그만 섬 출신인 지인에게서 레브런과의 저녁 식사 자리에 참석하라는 연락을 받았다. 그 사람은 제법 큰 보험 회사 직원으로 나보다 몇 살 위인 삼십 대 초반이었다. 그는 BBC 카리브해 지역 방송국 프로그램 원고를 쓰고 있었으며, 그 일 때문에 자주 만나곤 했다. 나한테 내게 자기가 물라토라고 말한 것으로 기억하는데, 자그마한 섬 출신인 것만은 확실했다. 원래는 레바논 사람이었다. 그의 아내도 레바논 사람이지만, 섬사람들 특유의 억양을 구사했다.

그들 부부는 마이다 베일에 있는 연립주택에서 살았다. 가구가 딸린 집을 월세로 사는 것 같았다. 그 집에는 1930년대의 가구가 많았다. 가구마다 오래된 먼지 냄새를 풍기는 듯했고, 수북이 쌓인 먼지가 곧바로 일어날 것만 같았다. 거실의 천장 등은 짧은 쇠사슬에 매달려 있었는데, 접시 모양의 뿌연 유리로 만들어져 있어 불을 켜도 어두운 데다 그 안에는 죽은 나방을 비롯해 자그마한 곤충이 가득 들어 있었다.

저녁 식사 자리는 축 가라앉은 분위기였다. 차라리 그런 분위기가 어울린다는 생각이 들었다. 레브런은 정치 지도자들과 교류가 끊기자, 자연스럽게 카리브해 지역에서 밀려났다. 몇몇 도시에서는 레브런이 거리를 마음대로 활보할 수 없도록 막기도 했다. 내가 보기에 그 자리는 런던에서 레브런과의 인연을 보여 주고 싶어 하는 감상적인 사람들이 마련한 우울한 저녁 식사 모임과 다를 게 없었다.

그 자리에 가지 않았다면 나는 쫓겨난 신세의 늙은 레브런일지라도 앞으로 성장할 사람으로, 그의 명성도 더 높아질 거라고 생각했을지 모른다. 당시 대부분 지역에서 포퓰리스트들은 대중의 신뢰를 잃었다. 그들의 타락과 부패는 오히려 큰 문제가 되지 않았다. 문제는 권력의 이름으로 그들이 행한 일이 그들의 무지와 게으름을 적나라하게 드러낸 데 있었다. 그런데 바로 그런 사람들이 레브런을 거부하고 나선 것이다. 레브런은 여전히 순수하고 학식이 뛰어난 원리주의자였다. 그는 여전히 혁명과 해방을 외칠 자격이 있었다. 마이다 베일에 있는 집에 모인 사람들은 바로 그런 레브런에게서 이야기를 듣고 싶어 했다. 그 때문에 그날의 저녁 모임은 우울함보다 무언가 음모를 꾸미는 듯한 분위기가 감돌았다.

이야기의 주제는 흑인 해방에 관한 것이었다. 모임에 참석한 사람들은 다양했다. 말하자면 여러 인종이 뒤섞여 있었다. 그 사람들은 서로에게 정중했다. 레브런은 미국 국적의 백인 여성과 함께 나타났다. 체코계나 폴란드계 여성으로 레브런보다 이십 년은 젊어 보였다. 레브런의 이름에는 호색가 또는 여자에게 인기 있는 남자라는 수식어가 붙어 있었고, 그만큼 잘생긴 얼굴이었다. 나이 예순이 넘었는데도 가까이에서 보니 피부가 섬세하고 부드러웠다. 구릿빛을 띤 피부로 보아 조상이 남아메리카 원주민일 수도 있겠다는 생각이 들었다.

레브런의 말을 들으려고 이렇게 많은 사람이 모였나 싶었지만 곧 그 이유를 알 수 있었다. 그가 자리를 잡는 동안 마치 오케스트라가 연주하기 전 튜닝을 하듯 이런저런 잡담이 오갔다. 서로 상투적인 인사말을 주고받았고 레바논인 집주인에게 모임에 나온 사람들을 잘 안다는 사실을 자랑하듯 큰 소리로 떠들기도 했다. 나는 레브런에게 러시아 잡지에 기고한 글에 대해 답례했다. 그러자 그는 그것이 뭐 그리 대단한 일이냐는 듯 심드렁한 태도를 보였다.

서인도 제도의 자그마한 섬 출신의 집주인이 부엌으로 들어가서 요리를 시작하자, 음식 냄새가 낡은 커튼과 가구들 사이에서 흘러나왔다. 이윽고 레브런이 말문을 열자 사람들이 일제히 그를 바라보았다.

그는 타고난 연설가였다. 마치 그가 보고 생각하고 읽은 모든 것이 이야깃거리가 되어 입을 통해 자동적으로 흘러나오는 것 같았다. 말의 내용은 하나같이 지적이고 흥미로웠다. 그는 음악에도 조예가 깊었다. 각각의 악기가 작곡가에게 어떤 영향을 끼쳤는지에 대해서도 말했다. 또 군사 문제를 언급하기도 했다.

나는 나와 같은 트리니다드 출신 중에 그토록 많은 시간을 읽고 생각하는 일로 보내고, 그렇게 많은 정보를 입안에 군침이 고일 정도로 맛깔스럽게 엮어서 말하는 사람을 그때까지 한 번도 만난 적이 없었다. 레브런의 정치적인 명성이 오히려 그를 단순한 사람으로 인식하게 작용하지 않았나 하는 생각이 들었다. 레브런이 구사하는 언어는 매우 특별했다. 우드퍼드 광장에서 그런 것처럼 그저 감탄할 수밖에 없었다. 그가 표현한 문장은 복잡한 듯하면서도 흠잡을 데 없이 완벽했다. 그대로 인쇄해 책으로 출간해도 좋을 정도였다.

그의 말을 들으며 책에서 읽은 존 러스킨의 문장 같다고 생각했다. 그 정도로 막힘없는 가운데 정교했다. 마치 정제된 단어들이 맑디맑은 감수성의 샘에서 끊임없이 솟아나는 것 같았다. 하지만 생각의 연결은 러스킨만큼 명쾌하지 않았다. 그래도 아주 흡사했다. 이를테면 윌리엄 블레이크의 시처럼(범위를 좀 더 한정시켜 위스턴 휴 오든의 시를 들 수도 있을 것이다.) 토론할 만한 요소가 많았다.

어떻게 보면 아름다운 말로 듣기 좋게 꾸민 말장난일 수도 있었다. 레브런은 자기 마음에 드는 것만을 골라 담아서 연설했다. 그리고 아무런 방해도 받지 않고 마치 왕족처럼 모든 주제를 다루었다. 그는 그런 주제를 완전히 숙지한 듯한 인상을 풍겼다. 내가 볼 때 그는 천재였다. 이렇게 말하면 그를 너무 높게 평가한다고 생각하는 사람도 있겠지만, 나는 레브런이 나와 같은 배경을 지녔다는 사실에 크게 감동했다. 그가 중산 계급의 흑인들 사이에서 엄청난 명성을 얻은 사실도 충분히 납득이 됐다. 그가 태어난 시대를 고려하면 어떻게 레브런 같은 인물이 될 수 있었는지, 어떻게 해서 식민지 시대의 절망스러운 기간 내내 자기의 영혼을 온전히 보존할 수 있었는지 생각할수록 신기하기만 했다.

레브런은 자기 말에 귀를 기울이는 청중의 심리를 잘 간파했다. 그는 내 마음속에서 꿈틀거리는 궁금증이 무엇인지 읽었고, 다른 사람의 마음도 훤히 들여다보는 것 같았다. 저녁이 깊어 어둑해질 무렵 레브런은 자신에 대해 이야기하기 시작했다.

"내 어머니에게는 중앙아메리카 바베이도스의 영국인 가정에서 마부로 일하는 삼촌이 한 분 계셨습니다. 지금 나는 기나긴 시간을 거슬러 올라가는 겁니다. 100여 년 이상이나 역사를 거슬러 올라가는 것이죠. 카리브해의 중앙아메리카에 사는 흑인이라고 하면 거기에 꽤 많은 친척과 조상이 있다는 것을 의미합니다. 그런데 어느 날 그 영국인 가족이 런던으로 돌아갔습니다. 무언가 좋은 일이 있어서 갔는지 잠시 다녀오려고 갔는지는 모르지만, 아무튼 그들은 흑인 마부도 함께 데리고 갔죠. 그 마부는 런던 티크본 가문의 저택에서 하인으로 일하는 흑인과 친하게 되었습니다. 유명한 가문들은 대부분 각종 소송에 연루되어 있죠. 한번은 오스트레일리아 사람이 나타나서 자기가 티크본의 후계자라고 주장했답니다. 이에 티크본 부인은 여러 가지 이유로 제대로 읽지도 쓰지도 못하는 그 사람을 오래전에 잃은 아들이라고 생각했죠. 이것은 빅토리아 시대의 아주 유명한 스캔들이었습니다. 당시 대법관이던 로드 몸은 이 스캔들을 책으로 펴냈어요. 그런데 얼마나 잘 썼는지 소설가로 활동한 그의 동생보다 더 실력 있는 작가라는 소리를 들었답니다.

티크본가에서 일한 그 흑인은 그 집 백인 하녀와 결혼했습니다. 이것이 어머니의 삼촌을 크게 자극한 모양입니다. 그는 그 집을 드나들었습니다. 계단을 통해 지하실로 살그머니 들어가곤 했죠. 그 모습을 한번 상상해 보십시오. 그가 하인인 친구를 찾아갈 때마다 두 사람은 늘 차와 케이크를 대접했습니다. 삼촌은 꽤 늙어서 바베이도스로 돌아왔는데, 런던 생활을 무척 그리워했어요. 런던의 저택에서 흑인 남자가 백인 여자와 결혼했는데도 아무도 개의치 않았다는 이야기며, 두 사람이 언제나 자기를 반갑게 맞으면서 차와 케이크를 대접했다는 이야기며, 자기는 두 사람뿐 아니라 백인 하인들 사이에서 인기가 있었다는 이야기 등을 장황하게 늘어놓았죠. '그 사람들은 늘 나를 반겨 주었어. 그럴 때마다 기분이 정말 좋았지.' 하는 식이었어요. 결과적으로 영국 사람들이 자기를 소중하게 여겼다는 이야기였습니다.

어린 시절 나는 그 이야기를 여러 번 들었습니다. 그러면서 영국에 있는 커다란 저택에서 백인들한테 차와 케이크를 대접받는 환상을 키웠죠. 환상 속에 있는 그 저택은 우리가 흔히 말하는, 그러니까 벨그라비아나 사우스 켄싱턴에 있는 여러분의 커다란 집과 다릅니다. 달라도 크게 다르죠. 어느 정도 자랐을 때 나는 영국 소설가들의 작품을 읽었는데, 그때 환상 속의 저택이 다시금 내 의식을 지배했답니다. 아직도 그런 저택에 대한 환상이 조금은 남아 있긴 합니다.

어머니의 삼촌인 늙은 마부는 자부심이 강한 사람이었어요. 어느 날 그분은 이렇게 말했습니다. '그 시절엔 아무런 마찰이 없었어. 흑인과 백인이 모두 하나였으니까 말이야.' 어느 정도 자랐을 때 나는 이 말도 수긍하게 되었습니다. 예전에는 모든 상황이 지금보다 나았다고 생각한 겁니다. 그런데 그런 생각을 하자 괴로웠습니다. 그래서 노인의 말을 아예 잊어버리려고 애썼죠.

여러 정황으로 미루어 볼 때 노인은 1840년에 태어난 것으로 추정됩니다. 그때는 노예 제도가 폐지되고 육 년째 되는 해였습니다. 이는 노인의 어머니와 주변의 나이 든 사람들은 모두 노예였다는 뜻입니다. 또 한 가지 사실이 있습니다. 노예 매매는 1807년에 폐지되었습니다. 그래서 어머니의 삼촌이 열두어 살 때 바베이도스에는 아프리카에서 끌려온 사람이 일흔 명 정도밖에 남아 있지 않았죠. 노인이 옛날이 더 좋았다는 식으로 말한 것은 바로 당시 상황이 그랬기 때문입니다. 나는 노인이 들려준 이야기에 관한 기억으로 괴로워하다 마침내 정치적 해결점에 이르러서야 현실을 있는 그대로 보게 되었습니다."

정치적 해결점, 이는 마르크스주의를 언급하는 간접적인 방식이었다. 마르크스주의라는 말은 그 자체가 지나치게 노골적인 표현이므로 완곡하게 말한 것이다.

"그런데 정치적 해결점에 이르렀어도 그 기억에서 자유로울 수 없었습니다. 그 기억에 얽힌 이야기를 누군가에게 털어놓을 수도 없었죠. 트리니다드에서 버틀러가 파업을 일으켰을 때야 나는 그 노인한테 들은 이야기를 사람들에게 전할 수 있었습니다. 여러분은 식민지 정부를 위협한 포트오브스페인에서의 대규모 행진을 기억할 겁니다. 나는 그 전에 대중 집회에 나갔습니다. 그때 내 입에서 나온 말은 지극히 단순한 사실이었죠. '이제 흑인들도 저마다의 운명을 스스로 선택할 수 있는 순간이 왔습니다.' 나는 이 말로 연설을 시작했습니다. 바로 그 순간 내 머릿속에 그 늙은 마부에 대한 기억이 떠올랐죠. 나는 군중을 향해 백인 하인들과 차와 케이크에 얽힌 이야기 등을 늘어놓았습니다. 군중의 반응이 평소와 다른 걸 느낄 수 있었습니다. 그들은 연단에서 자기들을 상대로 연설하는 흑인한테 그런 이야기를 들어 본 적이 한 번도 없었던 겁니다. 기분이 참 묘했습니다. 내게도 변화가 일었죠. 어린 시절 어머니의 삼촌이 내게 들려준 이야기, 그것은 내가 믿기를 바라고 일부러 들려주었을 텐데, 어쨌든 옛날에는 백인과 흑인은 하나였다는 이야기를 하자마자 나는 지난 이십 년 동안 내 의식을 옥죈 수치심과 괴로움에서 벗어나게 되었습니다."

그는 잠시 말을 멈추었다. 마치 모든 사람에게 저마다 자신을 되돌아볼 시간이 주어진 것처럼 조용했다. 이윽고 레브런이 계속 말했다.

"흑인이면 누구나 부끄럽고 괴로운 기억을 갖고 있을 겁니다. 교육의 혜택을 누린 흑인일수록 그런 기억에 사로잡혀 있을 테지요. 서로 말은 하지 않지만요."

어둠이 엷게 깔린 거실 가득 음식이 차려졌다. 주인은 레바논 사람이었지만 음식은 그날을 기념해서 서인도 제도 스타일이었다. 좀 더 정확히 말하자면 아시아나 지중해 연안이나 트리니다드 같은 나라의 도시에서 유행하는 크레올식이 아니라 서인도 제도의 자그마한 섬들에서 먹는 조악한 아프리카 음식이었다. 메인 요리는 녹색 바나나를 삶아서 찧은 듯 보이는 것이었다. 음식이 아니라 기름기 많은 노란빛의 진흙 무더기 같았다. 레브런은 그 음식을 보자 대뜸 흥분한 목소리로 말했다.

"아, 이거 쿠쿠군요. 런던에서는 구경하기 어려운 진기한 음식입니다. 이 음식을 좀 보십시오."

누군가가 이렇게 말했다.

"우리 집에서는 이걸 후후라고 부른답니다."

그러자 레브런이 웃으면서 농담하듯 말했다.

"이 음식이 쿠쿠인지 후후인지가 오늘 저녁 논해야 할 심각한 문제군요."

내 접시 위에도 기름기가 많아 번들거리는 음식이 놓였다.

나는 그것을 물끄러미 바라보았다. 삶은 얌과 녹색 바나나 그리고 후추를 넣어 으깬 뿌리 식물이 아무렇게나 뒤섞인 가운데 올리브기름이 뿌려져 있었다. 레바논 음식 같기도 했다.

후추 말고는 아무런 맛도 냄새도 느낄 수 없었다. 덜 익은 바나나의 떫은맛은 느껴졌다. 그런데 미끈거리는 촉감이 싫었다. 식탁에 스푼을 내려놓고 싶었지만 그럴 수 없어서 접시에 걸쳐 놓았다. 그렇게 하자 음식이 스푼에 살짝 가려졌다. 다행히 내가 그러는 걸 아무도 눈치채지 못한 것 같았다. 레브런은 그 음식을 맛있게 먹었고, 그의 여자 친구도 깨지락거리지 않고 잘 먹었다. 고기 냄새와 기름 냄새가 낡은 가구들 때문에 비좁은 거실을 가득 채웠다. 사람들은 주인에게 얌과 녹색 바나나를 어디서 구했느냐고 물었다. 나는 그런 것에 관심이 없었다. 그저 그 저녁의 좋은 분위기에서 소외된 채 이십 년 전 숙모가 포트오브스페인의 우리 집 콘크리트 뒷계단에서 석탄불에 부채질하며 그라나다 사람들은 일주일에 한 번은 뿌리 식물을 역청 깡통에다 요리해 먹는다던 이야기를 떠올렸다. 그러자 문득 거기에 모인 사람들을 배신한 것 같은 기분이 들었다.

레브런이 쿠쿠인지 후후인지를 한입 가득 집어삼킨 뒤 말했다.

"금세기의 가장 특별한 사건은 아마도 레닌과 인도의 공산당 지도자 마나벤드라 나트 로이가 1920년 코민테른의 제2차 전당 대회에서 논쟁을 벌인 것이라고 할 수 있습니다."

나는 레브런이 나를 의식하고 이 말을 한 것이 아닐까 하고 생각했다.

"그 논쟁은 20세기에 일어난 비유럽 민족들의 투쟁과 더불어 마르크스에 대한 재해석이라고 할 수 있어요. 우리 모두가 잘 알듯 마르크스는 그 자신만의 인종적 견해를 가지고 있었습니다. 그는 영국에 대한 인도의 반란에 대해 여러 차례 미국 신문에 기고했죠. 그런데 단편적인 글들이 순서에 의해 쓰이긴 했어도 서로 균형이 잘 맞지 않아 전체적으로 진실성이 좀 부족한 듯 보였습니다. 그 때문에 우리의 관점에서 재해석이 필요했는데, 그 작업은 이미 사십 년 전에 끝났습니다. 아무튼 오래전의 일이라 잊어버렸거나 아예 모르는 사람도 있겠지만 간디와 네루 그리고 인도 총독 마운트배튼과 그 밖의 여러 사람이 아시아 역사에 굵직한 발자국을 남기고 있을 무렵, 러시아 볼셰비키 혁명이 일어난 지 삼 년밖에 안 되어 벌어진 레닌과 로이의 논쟁은 금세기의 중요한 사건 중 하나로 기억해야 한다고 생각합니다."

레브런의 이야기도 포스터 모리스처럼 쉼 없이 이어졌다. 내 머릿속에는 러시아 잡지에 실린 그의 글이 여전히 찬란한 빛을 발하고 있었다. 하지만 우리 두 사람이 인정할 수밖에 없는 것은 우리의 관계는 자연스럽지 않다는 사실이었다. 우리는 태생적 배경을 공유하고 말로 표현하지 않아도 여러 면에서 서로 이해하고 있었지만 지향하는 것은 달랐다.

레브런의 여자 친구(지적이면서도 편안한 가운데 신기할 정도로 조용한 여자였다.)는 뉴욕에 거주하고 있었다. 나는 뉴욕에 대해 아는 것이 없었다. 미국인을 만난 적도 거의 없었다. 외모만으로는 그녀가 어떤 사람인지 짐작조차 되지 않았다. 그렇더라도 인상이 참 좋았다. 솔직히 나는 그녀가 마음에 들었다. 나보다 열 살쯤 연상인데, 특히 다소곳한 태도가 마음을 끌었다. 그것은 확실히 그녀의 매력이었다. 그런데 나에게는 뉴욕에 가야 할 일이 있었다. 당시 나는 영화 관련 일을 하는 사람한테서 영화로 제작할 만한 이야기(젊은이들이 쉽게 빠지기 쉬운 상실감과 허무, 자기 부정 등에 관한 이야기로 실제로는 영화로 만들 수 없었다.)의 구체적인 아이디어를 제공해 달라는 부탁을 받았다. 그래서 뉴욕에 가기로 한 것이다.

마이다 베일에서의 저녁 모임이 끝날 무렵 좀 더 개인적인 자리에서 나는 레브런과 그의 친구에게 뉴욕 여행에 대해 말했다. 그러자 그들은 관심을 보였다. 레브런은 내가 뉴욕에서 만날 만한 사람을 몇 명 말하며 조만간 그들의 명단을 보내주겠다고 약속했다.

며칠 뒤 그는 약속대로 명단을 보내 주었다.(이런 일을 통해 나는 레브런이 아주 세심한 사람이라는 사실을 알게 되었다.) 나는 몇 주일 뒤 뉴욕으로 건너갔고, 첫 번째로 맞은 일요일 오후에 고문과도 같은 영화 관련 일을 했다. 그러고는 호텔을 벗어나 지나칠 정도로 나를 친절하게 대해 준 부부를 따라 맨해튼 근처를 드라이브했다. 부부는 영국에서 사귄 레브런의 친구였는데, 내가 그의 동포라서인지 우정 이상의 애정으로 나를 따뜻하게 대했다. 그들은 내게 유명한 장소도 보여 주었다.

부부는 내게 저녁 식사도 함께하자고 말했다. 더욱이 사람들도 몇 명 초대해 만나게 해 주겠다고 했다. 그들은 레브런이 편지로 여러 사람에게 나를 소개했다고 말했다. 자동차 안에서 부인은 저녁 식사가 마음에 들기를 바란다며 특별히 게필테 피시[8]를 준비하겠다고 말했다.

"게필테 피시 드셔 본 적 있어요?"

앞 좌석에서 나를 돌아보는 동작과 함께 이 질문이 기억나는데, 당시 부인은 털 코트를 입고 있었다.

먹어 본 적 없다고 대답하자 부인은 다행이라는 표정을 지었다. 나는 뉴욕에 대해 아는 것이 거의 없었기 때문에 부부가 어떤 위치에 있는 사람들인지 알지 못했고, 맨해튼을 관광한 뒤 방문한 교외의 집에 대해서도 뭐라고 평가할 수 없었다. 저녁 식사를 하기에는 너무 이른 시각에 도착한 사람들에 대해서도 이러쿵저러쿵 평할 수 없었다. 전혀 모르는 사람들이었기 때문이다. 부인은 그 특별 요리가 어떻게 준비되는지 알아보려는 듯 집에 닿자마자 곧장 부엌으로 달려갔다.

웬만큼 시간이 흐르자 나는 그 집에 모인 사람들이 대단히 지적이고 친절하다는 사실을 알게 되었다. 몇몇 사람은 부부의 가까운 이웃이었고, 나머지 대부분은 일요일 저녁 식사를 하기 위해 먼 곳에서 일부러 찾아온 사람들이었다. 그들 모두 나에게 다정하게 대하려 애썼는데, 그것은 다분히 레브런을 염두에 둔 행동이었다. 나는 그 사람들을 레브런의 소개로 만났지만, 그를 국제적인 교류가 활발한 인물로 인정한 적은 없

---

8) 송어나 잉어에 달걀, 양파 등을 섞어 수프로 끓은 유대 요리.

었다. 레브런에게 호감은 갖고 있었어도 그를 연설을 잘하는 사람 정도로 여겼지 그 이상은 아니었다. 물론 그는 재능 있는 사람이었다. 하지만 흑인으로서 시대적 환경에 적응할 수밖에 없기 때문에 일찍부터 재치 있는 삶의 방법을 터득한 사람일 뿐이라고 생각했다. 러시아에서의 인맥, 러시아 잡지에 실린 글, 폴란드인지 체코 출신인지 모를 매력적인 여인과 함께 마이다 베일에서의 저녁 모임에 나타난 그에 관련된 모든 것이 내게는 사회 적응 능력이 뛰어난 나이 많은 흑인의 특성으로 보였다.

레브런은 카리브해 지역 전체에서 교육받은 흑인의 첫 번째 세대에 속했다. 그런데 교육을 받았다고 모두 식민지인 자기 나라에서 존경받는 위치에 오른 것은 아니었다. 사실 그런 사람은 드물었다. 대부분 아무런 지위가 없거나 흑인 사회의 중류층에 머무는 정도였다.

그래도 교육을 받은 만큼 그들은 저마다 자기 길을 개척하려고 부단히 애썼다. 그 가운데에는 세계를 떠돌다 미국이나 영국이나 서인도 제도나 파나마나 벨리즈 같은 곳에 정착해 뿌리를 내리기도 했다. 또 어떤 사람들은 아프리카로 돌아가자는 '백투아프리카 운동(Back to Africa Movement)'에 뛰어들기도 했다.(당시 아프리카는 유럽 열강들의 식민지였다.) 그런가 하면 삶의 균형을 잃고 방황하거나 사기꾼 노릇을 하는 사람들도 있었다.

1950년 내가 영국으로 돌아왔을 때 런던 거리에는 그런 세대에 속하는 흑인들이 꽤 있었다. 그들은 줄무늬 정장에다 중절모를 눌러썼는데 하나같이 억양이 우스꽝스러웠다. 내가 그들 앞을 지나가면 이따금 그들은 내게 말을 걸었다. 외로웠기 때문이기도 하겠지만 대부분 붙잡고 제 자랑을 늘어놓고 싶어서였다. 추적추적 비가 내리는 어느 겨울날 저녁이었다. 리젠트 거리의 버스 정류장에 서 있는데 흑인 한 명이 다가왔다. 그는 내게 인사를 하는 둥 마는 둥 하더니 지갑을 꺼내 자기 집과 영국인 아내 사진을 보여 주었다. 하지만 그런 부류의 사람들은 뻔했다. 삶이라는 바다에서 조난당해 표류하는 처지에 놓인 사람들이었다. 그들은 자신을 감동케 하는 일을 포기한 채 밑도 끝도 없는 환상을 품고 생의 마지막 시기에 이르러 자메이카나 이런저런 섬에서 이곳으로 이주했다. 하지만 그들이 의지한 환상은 화려한 양복에 챙이 넓은 펠트 모자를 쓰고 일터를 오가는 사람들에 의해 여지없이 깨지곤 했다.

레브런은 다양한 재능을 지닌 인물이었지만 내 눈에는 그 역시 나이 든 기성세대에 속한 사람이었다. 수많은 나라를 돌아다닌 탓에 그를 신비한 인물로 보는 사람이 많았지만, 내가 보기에 레브런이 은연중 드러내는 이국적인 면은 어느 정도 인위적인 것이었다. 그리고 그의 삶은 작게 울릴 뿐이지 재정적인 경보음으로 가득 차 있었다.

그런 점에서 나는 레브런을 1937년의 파업 주동자 버틀러와 비슷한 인물이라고 생각했다. 버틀러는 감옥에 억류되었다가 전쟁 이후에 풀려나자 런던으로 건너가서 추종자들과 함께 '대영 제국 노동자와 시민의 가정 통치당'이라는 우스꽝스러운 이름의 정당을 만들었다. 하지만 얼마 뒤 스스로를 고립시키고 조용히 살았다. 나는 레브런도 해외에서 조용한 가운데 휴식 같은 시간을 보냈을 거라고 추측했다.

러시아 잡지에 실린 레브런의 글을 읽었을 때 그의 예상치 못한 통찰력에 크게 당황한 것처럼 뉴욕에서도 그의 국제적인 인맥과 생활에 대해 그다지 기대하지 않다가 그런 증거들을 접하고 나는 크게 혼란에 빠졌다. 레브런의 국제적인 감각은 생각보다 고상하고 품위 있었다.

뉴욕에서 만난 사람들은 트리니다드의 정치 형태와 특성을 꽤 많이 알고 있었다. 하지만 트리니다드에 대한 그들의 지식은 레브런을 통해 얻은 것이었다. 그 때문에 모든 것을 레브런의 입장에서 해석했다. 그들은 레브런의 정적인 지방 정치가들을 거론하면서 한 사람은 폭력배로, 또 한 사람은 주술사로 묘사했다.

내가 만난 한 부인은 서인도 제도의 섬을 여행한 적이 있다고 했다. 부인은 내가 알지 못하는 곳도 두루 돌아다녔다. 그런데 그곳 원주민들의 역사나 미래에 대한 감각 없이 그런 섬들에서 사람이 사는 것은 거의 불가능한 일이라고 단정하듯 말했다. 대체 부인은 무엇을 보았을까? 나는 조심스레 물어보았다. 부인은 제대로 대답하지 못했다. 자존심 때문인지 단순히 여행자 입장에서 말하고 싶어 하지 않았다. 나는 부인이 말한 주술사가 있는 섬에 대해 생각했다. 부인이 보았다는, 사탕수수밭을 만들려고 마구 파헤쳐진 숲도 떠올렸다. 부인이 무엇을 이상적인 것으로 여기는지 알기 위해 그녀가 보았다는 모든 것의 속성을 파악하고 싶었다.

나는 러시아 잡지에 실린 레브런의 글이 내게 끼친 영향력에 대해 생각했다. 그것은 길바닥에 있는 나를 끌어올려 산 정상에서 세상과 사물을 내려다보게 했다. 레브런은 내가 뉴욕에서 만난 사람들에게도 똑같은 영향력을 끼친 것 같았다. 서인도 제도에 대한 부인의 이야기는 부인의 관점에서 비롯된 듯 보이지만, 사실은 레브런의 말에 대한 그녀 자신의 해석일 뿐이었다.

1956년 포트오브스페인의 우드퍼드 광장에서 사람들의 감정에 호소하는 집회가 연이어 열릴 때 레브런은 이따금 상황과 일치하지 않는 연설을 했다. 그는 그 집회를 교육을 위한 것이라고 홍보하듯 말했고, 우드퍼드 광장을 대학으로 묘사했다. 하지만 사람들은 무언가를 배우러 간 것이 아니라 일종의 인종 문제 해결을 위한 서약식에 참가하기 위해 간 것이었다. 그 위대한 행사를 위해 사람들이 세기를 넘어 오랜 세월 참고 기다려 왔고, 그런 만큼 그 순간이 오리라는 걸 결코 의심하지 않았다는 레브런의 말은 설득력이 있었다. 그런 말을 할 때 레브런 또한 서약식에 적극적인 것처럼 보였다. 하지만 레브런은 곧 자기가 가야 할 길에서 벗어났다. 그는 설탕의 역사와 생산에 대한 이야기를 늘어놓았다.

레브런은 풍차와 높이 솟은 공장 굴뚝이 섬의 특징적인 풍경이라고 말했다. 그런 것들은 지난 이 세기 동안 섬을 지켜왔다. 설탕을 대규모로 생산하기 위해서는 반드시 산업적인 공정을 거쳐야 한다. 사탕수수는 비교적 썩기 쉬운 작물이라 적당한 시기에 줄기를 잘라 일정한 시간 안에 처리하지 않으면 안 된다. 설탕을 만드는 과정은 꽤 어렵다. 까딱하면 잘못 되는 경우가 많다. 섬의 흑인 노동자들은 복잡한 제조 공정에 대한 훈련을 받았다. 그리고 그런 만큼 능률적으로 일했는데, 그런 의미에서 그들은 세계 최초의 산업 노동자들이라고 할 수 있었다. 흑인 노동자들은 표준적인 인종 분류에서 벗어나 있었다. 그들은 아프리카나 아시아 또는 유럽 곳곳에 있는 소작농과도 달랐다. 이를테면 흑인 노동자들은 아주 오래된 산업 프롤레타리아 계급이었다. 노예 제도의 역사에 비추어 보더라도 그들은 혁명적인 민중이었고, 이제는 새로운 세계에서 일어나는 혁명의 최전선에 서게 될 터였다.

광장에 모인 사람들은 레브런의 말을 잘 이해하지 못했다. 하지만 열정적으로 유창하게 말하는 태도를 보며 그를 광장에서 일어나는 파급력이 큰 운동의 주요 인물로 받아들였다. 군중은 그에게 환호와 함께 박수갈채를 보냈다.(광장에 있는 빅토리아 양식의 야외 음악당에서 나무 그늘에 모인 군중을 향해 연설하는 사진이 체코나 동베를린에서 출판된 레브런의 연설집 표지에 실렸다.)

1956년 우드퍼드 광장에서 레브런의 연설을 들었을 때(당시는 레브런이 러시아에 대해 호의적이라는 사실을 전혀 알지 못했다. 단지 자신의 지역을 넘어 폭넓게 활동하는 흑인 혁명가라고만 어렴풋이 알고 있었다.) 그가 카리브해 지역에 존재한 노예 제도의 산업적인 속성을 강조하는 모습을 보고 나 또한 적잖이 당황했다. 나는 그것을 대중에게 덜 알려진 사람이 자기주장을 인상적으로 펼치기 위해 '이상주의를 위한 이상주의'를 내세운 것뿐이라고 생각했다.

뉴욕에서 여러 사람을 통해 이야기를 들으며 레브런의 사회적 또는 정치적 관점과 수사학적인 말과 단편적인 생각을 접하면서 나는 이런 것이 마이다 베일에서의 저녁 모임에서 그가 언급한 '정치적 해결점'의 일부분이라고 단정했다. 레브런은 그런 방식의 해결점을 찾으려 했기 때문에 어머니의 삼촌인 늙은 마부의 말(노예 제도가 폐지되고 얼마 안 된 당시는 백인과 흑인이 모두 하나인 좋은 시절이었다.)을 듣고 오랫동안 부담으로 느낀 수치심에서 벗어날 수 있었던 것이다.

레브런의 그 같은 고백은 매우 인상적이었다. 그는 모든 흑인 남성에게는 그런 고통스러운 비밀이 있다고 했다. 하지만 '정치적 해결점'이라는 말속에는 무언가 감추어진 것이 있는 듯했다. 나중에야 알게 된 사실(레브런에게서 나와 동일한 감정적 요소들, 이를테면 부끄러움, 슬픔, 측은지심, 기쁨 등이 있다는 것도 알았다.)은 구십 년 전의 교육받지 못한 늙은 마부나 1950년에 리젠트 거리의 버스 정류장에서 내게 자기 집과 영국인 아내 사진을 보여 준 줄무늬 정장에 중절모를 눌러쓴 중년의 흑인처럼 레브런도 늘 과거를 대하는 어떤 방법을 발견할 필요가 있었다는 것이다. 불굴의 정신력과 지식에 대한 욕망이 있었기 때문에 그런 필요성에 대한 욕구는 더 강했을지도 모른다.

레브런은 그 나름의 이상주의를 발견하고 어느 정도 이를 실천함으로써 보통 사람보다 훨씬 많은 일을 수행했다. 하지만 레브런의 혁명적인 글이나 현실 체제에 저항하는 글을 보면 그는 이미 굳을 대로 굳어 버린 사회 구조에 대항하기보다 싸울 대상이 분명하게 드러난 노예 제도 시대로 돌아가 투쟁하는 것이 오히려 효과적이라고 생각하는 것 같았다. 그런 종류의 글에서는 노예 제도 시대를 게릴라 전투가 끊임없이 일어난 시기로 파악하고 있었다.

그런데 그 같은 글에는 어느 정도 극적인 요소는 있을지언정 노예 제도가 폐지된 뒤의 사회적 방향성도 뚜렷하지 않은 데다 도덕적인 목표 의식도 희미한 단조로운 시대를 어떻게 대처할 것인가에 대한 방안은 제시되지 않았다. 결국 레브런의 정치적 해결점이란 그런 이론과는 사뭇 다른 것이었다. 레브런은 노예 제도 시대를 자기 방식대로 받아들였다. 그는 노예 제도의 보편성을 제시하면서 심지어 그것이 선행되어야 할 제도라고까지 말했다.

"그 사람은 당신을 지배하려고 할 거요."

작은 섬의 수상은 식민지 시절의 총독 관저에서 얼룩진 식탁보 너머로 이렇게 말했다. 나는 뉴욕에서 레브런이 나를 지배하려 한다는 것을 느꼈다. 그리고 레브런이 나를 소개했기 때문에 뉴욕에서 만난 사람들이 나 또한 혁명가인 줄 알 거라고 예상했다. 그런데 알고 보니 나는 독립적인 혁명가가 아니라 레브런의 혁명에서 한 부분을 차지하는 존재로 여겨지고 있을 뿐이었다. 그들은 러시아 잡지에 실린 레브런의 글에 대해 잘 알았다. 어찌 된 일인지 그 사람들에게 내 작품은 내 것이 아니었다. 지역에 대한 레브런의 시선이 담긴 것으로 보았다. 나는 내 작품에서 부차적인 존재로 여겨지고 있다는 것을 느낄 수 있었다. 그러니까 나는 단지 레브런의 생각을 대변하는 존재일 뿐이었다. 당연히 나를 그렇게 보는 그들의 시선이 달갑지 않았다. 하지만 아니라고 부인할 방법이 떠오르지 않았다. 나는 그들이 나를 어떻게 보든 내버려 두기로 했다. 너무 멀리 빗나갔지만, 나로서는 물끄러미 지켜볼 수밖에 없었던 것이다.

그들은 레브런을 위해 자리를 만들어 준 것처럼 내게도 그들 틈에 끼어들 공간을 마련해 주었다. 직접 말로 표현하지 않았지만, 인종적 부담이나 문화적 부담을 떨쳐 버리고 자기들과 형제애를 나누라는 식의 태도도 보여 주었다. 아주 매력적이고 세련된 사람들이었다. 내가 초대를 받아 들른 집도 아주 편안했다. 나는 호텔 방에 처박힌 채 끙끙거리며 매달린 유쾌하지 않은 영화 작업에 대해 생각할 수밖에 없었지만, 그런 것을 모두 잊고 그들의 동료인 듯 행동했다면 더 바랄 것 없이 편안했으리라. 그 사람들과 같이 있다 보니 지금보다 훨씬 힘든 시기였던 수년 전 레브런은 기존의 살갗을 벗겨 내고 다른 살갗으로 다시 태어난 자신을 느꼈을지도 모른다는 생각이 들었다.

스스로 불완전하다고 느끼지 않는 사람은 거의 없을 것이다. 하지만 내가 불완전하다고 느끼는 것과 레브런이 그렇게 느끼는 것은 서로 달랐다. 내게 불완전한 부분을 레브런은 넘칠 정도로 가지고 있었다. 그는 육체적인 매력과 사랑스러움과 성적인 성취감 등 많은 것을 소유하고 있었다. 또한 살갗을 벗겨 내도 달랠 수 없는 욕망도 가지고 있었다. 물론 내게도 욕망 비슷한 것이 있었다. 이를테면 안정감을 유지하는 가운데 글 쓰는 재능이 오랫동안 지속되고 더욱 성장하기를 바라는 마음과 함께 아직 세상에 나오지 않은 작품을 쓰고 싶은 꿈이 있었다. 나 또한 풍부한 결실을 맺어 성취감을 맛보고 싶었다.

어느 집단 사람들도 그처럼 마음을 활짝 열고 열정적으로 나를 초청한 적은 없었다. 하지만 그 초청에 응한다는 것은 나 자신을 알지 못하는 세계에 맡긴다는 의미였다. 나는 섬의 수상을 만났을 때처럼 적잖이 놀랐다.

우리는 저녁 식사를 하기 위해 식당으로 쓰는 자그마한 방으로 들어갔다. 빛바랜 장미색 벽지가 맨 먼저 눈에 들어왔다. 벽지는 언뜻 먼지가 긴 듯 보였지만 아름다웠다. 나를 초대한 부인이 오후부터 말한 게필테 피시가 마침내 내 앞에 놓였다. 그런데 생선 모양이 별로 마음에 들지 않았다. 이제는 무슨 생선이었는지 기억이 가물가물하다. 양념하거나 기름을 넣어 손으로 반죽한 것 같았는데, 요리를 본 순간 손에 바르는 로션이나 화장품이 연상되었다. 게필테 피시의 냄새도 역겨웠다. 나는 도저히 먹을 수 없었다. 마이다 베일에서의 쿠쿠인지 후후인지의 요리는 스푼으로 살짝 가릴 수 있었는데, 이번에는 그렇게 할 수도 없었다. 먹는 시늉이라도 해야 했다. 그 자리에 모인 사람들은 게필테 피시가 레브런의 친구를 위해 특별히 준비된 요리라는 사실을 잘 알았기 때문이었다.

나를 대하는 그들의 태도는 여전히 정중했다. 대화가 다시 시작되었다. 하지만 식당에서 시작된 당혹감은 맨해튼에 있는 호텔로 돌아올 때까지 줄곧 내 기분을 지배했다.

못사람들이 부러운 시선으로 바라보는 몇몇 유명한 미술품 수집가들은 그야말로 성공한 인생을 사는 것 같다. 예를 들어 100여 년 전에 헐값으로 반 고흐나 세잔의 초기 작품을 구입한 사람들 말이다. 잘 알려지지 않은 사람들도 그 비슷한 시기에 똑같은 열정을 가지고 동시대의 예술가들 작품을 사 모았을 것이다. 하지만 그 예술가들의 경우 작품도 이름도 역사 속으로 사라져 버리기 쉽다. 그런 수집가들은 예술에 대한 안목의 부재로 작품을 고르는 데 실패할 수밖에 없기 때문이다.

나는 그런 수집가들은 도대체 어떤 생각으로 미술품을 구입하는지 궁금했다. 그래서 어느 날 런던에 있는 미술품 중개인에게 그 같은 수집가들에 대해 물어보았다.

"그런 사람들은 자기가 잘못했다는 사실을 언제쯤 깨닫게 됩니까?"

그 중개인은 뜻밖에도 격렬한 어조로 대답했다.

"어리석은 수집가들은 자기들이 값을 지불하고 구입한 조잡한 미술품보다 스스로의 눈을 더 믿습니다."

뉴욕에 있는 레브런의 후원자들도 어리석은 수집가 같은 속성을 지녔는지 어떤지는 잘 모르겠다. 여러 경로를 통해 레브런이 그들에게 알려 준 소식들이 모두 틀렸고, 그가 섬에서 약속한 혁명이 결코 일어나지 않을 거라는 사실도 그들이 알게 될지 나로서는 잘 모르겠다.

도피

섬의 정치 형태는 끝내 바뀌지 않았다. 식민지 시대 말기에 세력을 얻은 지도자들은(레브런에게 자신의 작은 섬에서 떠나라고 명령한 수상도) 여전히 권력을 쥐고 있었다. 그들 대부분은 의지도 없고 일도 잘하지 않지만 그런 것은 문제 되지 않았다. 그들은 저마다의 방식으로 인종적 지도자, 성공한 지도자가 되었다. 그들 모두는 각각 지역적인 특색을 지니고 자기 영역 내의 흑인들을 구원한다는 생각을 구체적으로 실현하고 있다는 자부심이 가득했다. 그런 지도자들과 추종자의 비밀스러운 관계에 레브런이 끼어들 여지는 어디에도 없었다.

레브런은 이제 늙었으며 경제적으로 어려운 삶을 살고 있었다. 그는 혁명을 하지 않은 혁명가라고 할 수 있었다. (그의 정적들의 말에 의하면) 레브런은 오래전부터 그를 추앙하며 따른 여성 후원자들의 돈으로 넉넉하게 살기도 했지만, 그렇지 않을 때는 가난한 방랑자 생활을 하며 카리브해 연안의 섬과 중앙아메리카와 영국을 비롯한 유럽 등지에서 지인들의 집이나 허름한 아파트를 전전했다. 언제부터인가 레브런은 많은 것을 포기했고, 말은 하지 않았지만 자기 삶의 명분에 대한 믿음을 잃었다. 내가 느끼기에 그는 간신히 버틸 수 있을 정도의 수입에 기댄 채 소수만 보는 좌익 잡지에 공산주의 경향이 짙은 기사를 쓰는 것 같았다.

마이다 베일에서 저녁 식사를 한 이후 나는 레브런을 다시 만난 적이 없다. 텔레비전에서 몇 번 그를 보기는 했다. 그런데 너무 늙어 보였다. 그는 볼 때마다 육체적으로 점점 노쇠해져 가고 있었다. 뉴욕에서 당혹스러운 경험을 한 이후에도 나는 그를 예의 바르게 대했다. 그도 마찬가지였다. 우리는 편지를 주고받았다. 그는 이따금 내 작품에 대한 기사가 실린 잡지를 보내 주곤 했다. 하지만 내 작품에 대한 직접적인 언급은 점점 줄더니 나중에는 일절 하지 않았다.

레브런은 1973년에 그의 마지막 책인 『두 번째 투쟁: 1962~1972년의 연설과 작문』을 보내 주었다. 그 책은 동독에서 출판되었는데 표지에는 레브런이 1956년 포트오브스페인의 우드퍼드 광장에 있는 야외 음악당의 군중 앞에서 마이크를 잡고 서 있는 사진이 실려 있었다. 레브런은 내게 보낸 책에 "나의 동지 휴머니스트에게"라고 썼다. 그리고 이런 말을 덧붙였다.

"어찌 되었든 이해한다는 것은 시작하는 것이다."

그것은 까맣게 잊었던 그의 매력을 다시금 느끼게 하는 말이었다. 그렇다고 그 속에 무언가 깊은 뜻이 담겨 있는 것 같지는 않았다. 그런데 그의 불안정한 글씨를 보자 왠지 모르게 가슴이 뭉클했다.

하지만 책의 내용은 아주 형편없었다. 러시아 잡지에 실은 글처럼 반짝반짝 빛나는 재능도 엿볼 수 없었고, 상징적인 표현 같은 것도 찾아볼 수 없었다. 그야말로 무미건조했다. 표지에 실린 사진에도 불구하고 정말로 그가 연설한 내용을 실은 것인지 의심스러울 지경이었다. 좌절과 밑도 끝도 없는 증오심만이 담겨 있었다. 현실을 바라보는 예리한 시선도 나타나지 않았고 장난스러운 익살도 찾아볼 수 없었다. 그는 공산주의자들이 자주 쓰는 기회주의자, 소시민 국수주의자, 개혁주의자, 개량주의자 같은 용어를 사용하면서 한때 정적이던 성공한 정치가들이자 카리브해 지역의 정부 관저에 있는 사람들을 별다른 근거도 없이 비난했다.

그가 책으로 내기 위해 신경 써서 선택한 문장이나 여기저기서 인용한 글 속에서 나는 점점 쇠퇴하는 그의 모습(부분적으로는 나이 탓도 있을 것이다.)을 발견할 수 있었다. 단편적으로 이어진 글에는 비유럽 공산주의 국가들과 제국주의에 예속된 나라들을 비교하는 내용이 담겨 있었다. 이를테면 카자흐스탄을 필리핀이나 파키스탄과 비교한다든지 쿠바를 브라질이나 베네수엘라와 비교하는 식이었다. 그는 공산주의 국가들에 대한 공공연한 사실이나 특성을 단순히 산업 생산량의 증가와 중등학교 및 대학의 숫자가 늘어난 데서 찾고 있었다. 게다가 필리핀이나 이란, 브라질의 퇴보에 대해서는 지극히 단순한 설명만(마치 백과사전에서 인용한 듯한) 하고는 각 나라의 인구 밀도를 제곱킬로미터 단위로 제시하는 한편, 봉건 영주들이 국토의 대부분을 차지하며 학교에 가 본 적 없는 사람들이 대다수라고 기술했다. 레브런의 글에는 학문적으로 보이도록 목록이 만들어져 있었고, 그다지 알려지지 않은 교수나 박사들의 글이 곳곳에 인용되어 있었다. 그런데 그가 진정으로 그 사람들의 글을 신뢰하고 인용했는지 어떤지는 알 수 없었다. 대부분 잡지나 학술지의 여백을 채우기 위해 쓴 듯한 글이었기 때문이다.

나는 인종적인 문제에 대한 그의 대의명분과 주장을 돌아보며 그의 쇠퇴에 대해 생각하고 있다. 그는 경제적으로 어려위 다른 사람들에게 의존하며 생계를 유지하는 신세였다. 맨 처음 쓴 책(포트오브스페인 퀸스 로열 칼리지의 6학년생들이 이용하는 도서관 책장 맨 아래쪽 선반에 꽂혀 있던)에서 그가 묘사한 사람들과 그의 처지가 비슷하다고 생각하니 기분이 묘했다.

레브런은 그 책에서 스페인계 미국인이나 볼리바르 이전에 활동한 베네수엘라 혁명가들을 언급하며 그들과 트리니다드를 연결 지으려고 했다. 몇 년 뒤 트리니다드는 베네수엘라와 함께 스페인 제국의 영토에서 분리되어 영국령이 되었다. 하지만 여전히 파리아만 주변에서 일어나는 혁명 기지로 쓰였다.

한 스페인 장교는 베네수엘라에서 노예 폭동을 일으킬 음모를 추진했다. 하지만 그것은 애초에 가망 없는 계획이었다. 그는 트리니다드로 피신했다. 당시 트리니다드는 베네수엘라에서 건너온 사람들로 가득 차 있었고, 그 가운데에는 스페인 요원이 많았다. 결국 그 음모는 카리브 지역에서의 노예 폭동에서 흔히 볼 수 있듯 한 노예의 배신으로 고위직 사람들에게 알려져 물거품이 되고 말았다. 반역자들은 사지가 찢기는 죽음을 당하거나 교수형에 처해졌다. 그리고 그 시체는 베네수엘라 해안에 있는 라과이라와 카라카스를 잇는 고속 도로에 전시되었다. 혁명의 불꽃은 그처럼 쉽게 사그라들었는데, 모든 것이 그렇게 빨리 일어났다가 금세 사라져 버렸다.

당시 프란시스코 데 미란다는 꽤 유명한 사람이었다. 그는 일찍이 베네수엘라를 떠나 유럽과 미국 등지를 여행했다. 그리고 스스로 백작 작위를 부여하고 중요 인물들을 적극적으로 사귀었다. 미란다는 혁명이 일어난 프랑스에서 장군으로 활약하기도 했다. 그는 망명 생활을 하는 중에도 스스로 떠나온 베네수엘라의 발전을 위해 노력했다. 당시 베네수엘라 농장에서 일하는 흑인과 물라토의 숫자는 점차 줄고 있었다. 베네수엘라 사람들은 잉카 제국의 후예들이라고 할 수 있었다. 그들은 그 땅의 진정한 주인이자 통치자들이었으며, 18세기 철학자들이 동경할 만한 품격 있는 신사들이었다. 미란다는 바로 그런 사람들을 대표하는 인물이었다. 당시 베네수엘라 사람들에게 필요한 것은 오로지 자유였다. 미란다는 중년에 이르자 혁명을 준비하기 위해 파리아만을 건너 트리니다드에 들어왔다. 그는 돈과 배와 무기 등 필요한 것을 갖추고 있었다. 그의 머릿속에는 여러 해 동안 그를 후원한 런던 사업가들의 사업 계획도 들어 있었다. 그는 그들에게 베네수엘라를 해방시킨 뒤 사업할 수 있는 환경을 마련하겠다고 약속했다. 하지만 베네수엘라를 해방시키지는 못했다. 그는 무정부 상태의 혼란만 야기한 채 이십여 년 전에 도망쳐 나온 식민지 국가의 옹졸한 태도에 의해 파멸되고 말았다. 파멸의 씨앗은 그 땅속에 묻힌 채 그를 기다리고 있었던 것이다.

레브런은 이런 내용이 담긴 책을 쓰기 위해 베네수엘라 기록 보관소를 들락거렸다. 1930년에 그가 책을 쓴 목적은 트리니다드의 혁명적 특성에 대한 자신의 오래된 관점을 입증하기 위해서였다. 그는 자기 자신과 자기의 사상을 프랑스 혁명의 영향으로 1930년에 일어난 혁명 운동과 연결하려고 애썼다. 그리고 노예 제도가 폐지된 뒤 제국주의 말기적 현상에 의해 정체되어 있던 트리니다드에 베네수엘라에서 일어난 일련의 역사적 사건과 연결함으로써 활기를 불어넣으려고 했다. 그로서는 그 혁명 운동이 단순히 일어난 사건이 아니라고 믿고 싶었다. 그가 생각하기에 혁명은 준비가 잘되어 있어야 하고, 사람들은 그에 대한 교육을 받아야 하며, 반드시 혁명적인 정당이 있어야만 했다.

하지만 그의 그런 모든 노력에도 불구하고 트리니다드나 베네수엘라에 사는 사람들 가운데 과연 몇 명이나 그의 책을 읽었는지 모르겠다. 전부 합해서 열 명도 되지 않을 것 같았다. 학교에서도 그 책을 읽은 사람은 없었다. 나도 그 책을 읽지 않았다. 그저 하나의 경이로운 대상으로 보았을 뿐이다.

나는 레브런의 『두 번째 투쟁: 1962~1972년의 연설과 작문』을 대충 보고 나서 얼마 뒤 런던에 있는 도서관에서 읽었다. 그 도서관 서가에 십여 년 동안 꽂혀 있었을 그 책을 처음 꺼낸 사람은 나였을 것이다. 책에는 그의 정신이 그대로 간직되어 있었다. 책이 역사적 사실을 알려 주기 위해 도서관에서 오랫동안 나를 기다리고 있었지 않았나 하는 생각이 들었다. 1948년 트리니다드에서 그 책을 읽었다면 얼마나 이해할 수 있었을까? 내용을 대부분 이해하지 못했을 터였다. 그 무렵 나는 레브런이 말한 제국주의 말기적 현상이랄 수 있는 편협한 사고에 젖어 있었다. 그 책을 대한 순간 저자가 혁명가였으며 미국 어딘가에서 도피 중이라는 말을 들었을 때처럼 당황했다. 레브런의 글을 이해하기까지는 많은 시간과 거리와 경험이 필요했다.

내가 런던의 도서관에서 그 책을 읽고 깨달은 한 가지 중요한 사실은 세상이 너무 많이 변했다는 것이다. 런던의 모습도 그 책이 세상에 나온 당시에 비해 크게 바뀌었다. 그 책은 출판업자가 런던의 도서관에 기증한 것이었다. 학창 시절 그 책을 본 이후 생각이 바뀐 것은 비단 나만이 아닐 터였다. 아무튼 세상이 변했다. 런던의 한 도서관에 내가 앉아 있었던 것 자체도 세상이 변했기 때문에 가능한 일일 터였다.

아이러니컬하게도 레브런 자신이 그가 처음 쓴 책 속의 사람들처럼 되고 말았다는 생각을 하자 인간의 삶에 깃든 일종의 순환성에 대한 미신 같은 것이 꿈틀거렸다. 나 또한 그렇게 될지도 모른다는 생각이 들었다. 그러자 내가 쓴 글에서 나 자신이 결국 돌아가는 정신의 본거지는 어디인지 궁금해졌다. 레브런은 정치적인 신념의 보편성으로 자신이 지닌 인종적 편견을 감추려고 애썼다. 하지만 그런 노력의 결과는 어디로 사라졌는지 보이지 않았고, 노년에 이르러서는 오직 하늘만이 아는 그의 정치적인 역량마저 세월 속에 그대로 묻혀 버렸다.

나로서는 말을 잘하는 그의 능력을 인정하지 않을 수 없다. 바로 그런 재능이 그의 생애 동안 그 앞에 놓인 문을 활짝 열어 주었다. 물론 그가 가는 길이 순탄하지는 않았고, 그때마다 그는 일종의 히스테리에 시달렸다. 그에게서 트리니다드에 대한 히스테리는 풍자, 농담, 환상, 종교적 광신, 갑작스러운 잔인한 충동 등으로 나타났다. 나는 트리니다드에서 파업이 일어났을 때 찰리 킹을 화형한 사건이며 그 후 찰리 킹을 비롯한 희생자들에 대해 거의 종교적인 존경심을 보인 일을 떠올려

보았다. 또 등유 램프에 의해 그림자가 드리워진 오래된 오두막에서 레브런이 포스터 모리스를 성적으로 조롱한 일도 상상해 보았다. 나는 런던 리젠트 거리의 버스 정류장에서 내게 다가와 자기 집과 영국인 아내 사진을 보여 준 중절모를 눌러 쓴 흑인도 떠올려 보았다. 당시 그 흑인의 감정이 어땠는지는 알 수 없다. 지난 세기만큼이나 오랜 세월 뒤의 그 사람 내면을 어떻게 들여다볼 수 있겠는가?

확실히 세상은 변했다. 하지만 레브런은 시작한 곳으로 돌아가지 않았다. 카리브해 연안의 나라는 모두 독립했다. 아프리카도 독립을 맞이했다. 하지만 레브런은 오랫동안 떠돌아다니고만 있었다. 말년에 이르자 그에 대한 평판도 점차 변하기 시작했다. 한때 그는 원리주의자이자 진정한 의미에서 혁명적인 인물이었다. 그의 입장에서 보면 카리브해 지역의 정치인들은 배신자들이었다. 그를 수식하는 말은 '참된 아프리카인' 또는 '흑인의 구원자'였다. 거짓 흑인 지도자들과 달리 그는 온갖 종류의 유혹에 맞서 싸웠다.

하지만 레브런은 이제 혁명적 대의를 꿈꾸는 사람, 인종적 구원자, 원칙에 충실한 사람 등의 이미지에서 벗어났다. 그는 자신이 살아온 혁명적 삶에 역행하는, 그리고 그가 수년 전에 도달한 '정치적 해결점'과 상반되는 새로운 이미지를 구축했다. 그는 뉴욕에 있는 후원자들의 성원에도 역행하고 심지어 내게 보내 준 책 『두 번째 투쟁: 1962~1972년의 연설과 작문』에 "나의 동지 휴머니스트에게"라고 적은 글에도 역행하는 삶을 살고 있었다.

아프리카나 카리브해 지역에 관한 책에는 이제 그의 이름이 나오지 않는다. 작가들이든 출판업자들이든 새롭게 권력을 장악한 통치자들의 기분을 건드리고 싶지 않았던 것이다. 하지만 그런 사실로 인해 레브런의 위신이 서는 측면도 있었다. 그는 은둔한 흑인 지도자로 라디오나 텔레비전 프로그램 출연해 이런저런 문제에 자신의 의견을 밝히기도 했다. 하지만 레브런은 이미 늙을 대로 늙은 데다 성자처럼 가진 것이 아무것도 없는 사람이었다.

그는 흑인 정권에 대항하는 말을 결코 한 적이 없었다. 이디 아민이 권력을 쥔 우간다와 줄리어스 니에레레가 통치하는 탄자니아에서 레브런은 계층 갈등의 측면에서 아시아인들을 몰아내야 한다고 주장했다. 남아메리카 가이아나에서는 특이한 방법으로 흑인 정부를 옹호했다. 그는 한 라디오 프로그램에서 카리브해 지역은 노예 제도가 시행된 시절부터 흑인들의 영역으로 보아야 한다고 주장했다. 그리고 한 텔레비전 프로그램에 출연해서는 다음과 같이 말했다.

"최초의 아프리카 노예들이 상륙한 날부터 이 지역은 흑인들의 영역이었습니다. 만약 그들이 앞으로 일어날 일을 알았다면 그들은 혁명을 위한 조직을 구성했을지도 모릅니다."

레브런은 말년에 이르러서야 맨 처음 추구한 자신의 역할이 무엇이었는지 깨달은 듯 보였다. 그는 흑인 대변인으로서 섬의 정치가들처럼 초월적이고 신비한 구원을 말하는 것이 아니라 좀 더 고상하고 일반적인 논리로 역사적인 불가피성을 주장했다. 이는 그가 1960년 러시아 잡지에 실은 내 책에 대한 글을 통해 내비친 견해와도 비슷했다. 그는 새로운 역할을 맡으면서 아프리카로 순례 여행을 떠났다. 1920년대와 1930년대에는 레브런 세대의 수많은 지식인이 아프리카로 돌아가자는 '백투아프리카 운동'에 참여했다. 하지만 레브런은 혁명가로서 이 운동을 못마땅하게 여겼다. 지나치게 감상적이면서 현실 도피적인 행동이라고 생각했다. 레브런은 취지는 이해하지만 그러기에는 세상이 변했다고 했다.

그는 흑인 유명 인사로 아프리카를 방문했다. 아프리카의 지도자들은 너도나도 그를 환영했다. 그들도 레브런의 명성을 익히 알고 있었다. 그들은 레브런에게 정책적인 충고를 해 달라고 부탁하기도 했다. 레브런은 독재 국가들도 방문했다. 피로 붉게 물든 살육의 현장과 혼란에 빠진 채 경제적으로 파탄에 이른 곳도 마다하지 않았다. 그런데 아프리카에서 돌아온 레브런은 마치 이상향에 대한 환상이라도 본 것처럼 텔레비전과 라디오에서 말했다. 그는 부차적인 문제는 모두 제거하고 아프리카의 이상적인 비전만을 제시했다. 이는 뉴욕에 있는 그의 지지자들이 몇 년 전 서인도 제도의 섬들에 순수한 혁명을 기대한 것과 흡사했다.

레브런은 방문한 나라에서 오래 머무르려 하지 않았다. 걸 핏하면 그의 본거지랄 수 있는 영국을 비롯한 유럽과 캐나다로 돌아오려고 했다. 그는 1950년대와 1960년대에 서인도 제도에서 한 가지 교훈을 얻었다. 정치적 위협을 받는 행동을 하지 않기로 한 것이다. 그것은 그에게 있어 일종의 성취였다. 그리고 그런다고 그를 시기하거나 원망할 사람도 없었다. 하지만 내가 생각하기에 아프리카에 대한 그의 비전은 순진한 환상에 불과했다. 그즈음 나는 프랑스령 아프리카에서 작가로 활동하는 친구 폴한테 편지 한 통을 받았다.

폴은 이렇게 썼다.

"생각할수록 재미있는 일이야. 얼마 전 한 미국인이 이곳을 다녀갔다네. 멋진 흑인 노인이었지. 미국 문화원 측에서 내게 그 모임의 사회를 맡아 달라고 했네. 노인들이 술주정하는 꼴은 보고 싶지 않았지만 어쩔 수 없이 나갔지. 그 흑인 노인이 바로 자네 친구 레브런이었네. 그는 혼자 왔더군. 그런데 태도가 아주 당당했어. 게다가 현명해 보였지. 영국인들이 그를 우리에게 소개했는데, 그는 아프리카 나라들이 정치적으로 마르크스를 거부한 것에 대해 강의했어. 나는 그의 말을 듣고 무척 놀랐다네. 그가 공산주의자라고 생각했거든. 강의 중에 소란도 벌어졌네. 그는 젊은 프랑스인들로 구성된 평화 봉사단이 아프리카에서 날뛰는 모습을 참을 수 없다고 말했어. 더욱이 아프리카 여대생들이 백인 남자와 다니는 게 꼴불견이라고 했지. 그는 은근히 사람들을 협박하기까지 했다네. 말투도 무척 거칠었지. 나중엔 흥분을 가라앉히고 타이르듯 조용히 말했지만 말이야."

레브런은 뉴욕에 친구들이 있고 뉴욕의 매너를 알며 어렵게 정치적 해결점에 도달했다. 그런 노인이 자유로운 아프리카에서 오래전 입은 상처를 드러내며 거칠게 행동했다는 것이다.

II

나는 레브런에 대해 어떤 생각이 있어서가 아니라 단지 오래전부터 가 보고 싶었기 때문에 프랑스어를 사용하는 서아프리카를 방문했다. 물론 그곳을 방문한 건 처음이었다. 그런데 서아프리카에서 프랑스어를 접하자 이런저런 일이 생각났다.

프랑스어에 얽힌 첫 기억은 포트오브스페인에서 어린 시절에 들은, 프랑스령 가이아나에서 조금 떨어진 곳에 있는 악마의 섬에 관한 것이었다. 악마의 섬에는 식민지 감옥에서 탈출해 배를 타고 온 죄수들이 있었다. 그런데 어느 날 악마의 섬으로 가는 죄수들이 탄 배가 표류하다 트리니다드 해안에 닿았다. 그들은 트리니다드 정부로부터 사흘 동안 머물러도 좋다는 허락을 받았다.《트리니다드 가디언》과《이브닝 뉴스》에는 그들의 사진과 함께 인터뷰 내용이 실렸다. 해안 지역 주민들은 그들에게 음식과 요긴하게 쓸 물건도 내주었다. 그들은 얼마 동안 머물다 그곳을 떠났다.

그와 비슷한 시기에 나는 퀸스 로열 칼리지에서 프랑스어를 공부했다. 퀸스 로열 칼리지는 트리니다드에서 손꼽히는 명문 학교였다. 중등학교에서 그 학교로 진학하려면 성적도 상위권에 들어야 하고 다른 면에서도 우수해야 했다. 퀸스 로열 칼리지에서 프랑스어를 공부한다는 것은 신나면서도 자랑스러운 일이었다.

프랑스어에 대한 나의 지식이나 느낌은 담당 선생님을 통해 얻은 것이었다. 선생님은 젊었지만 나이 든 사람의 안정감과 격식을 갖추고 있었다. 그는 교실에 들어와 교사용 책상에 앉기 전 학생들에게 늘 이렇게 인사했다.

"좋은 아침이야, 얘들아."

선생님은 무더운 날에는 손수건을 꺼내 이마와 입가와 목 부분을 가볍게 두드리고는 반듯하게 접어 책상 위에 놓았다. 그는 유명한 흑인 가문 출신이었다. 그의 집안사람들은 모두 교양 있는 전문직 종사자들이었다. 트리니다드 같은 식민지 환경에서 그런 위치에 오르려면 굉장한 노력을 해야 했다. 당연히 그런 가문은 흔하지 않았다.

선생님은 프랑스어뿐 아니라 프랑스와 관련된 것이면 대부분 좋아했다. 그와 가족은 트리니다드 북쪽에 있는 프랑스령의 섬 마르티니크에 가서 지내곤 했다.(이는 전쟁 전에나 가능한 일로, 전쟁 기간에 프랑스령 섬들은 출입 금지 구역이었다.) 그런데 그 이유는 프랑스어와 이국적인 풍경과 현대적인 유행 감각을 접할 수 있는 데다 웨이터에게 펜과 종이를 부탁해 편지를 쓸 수 있는 카페 분위기 때문이라고 했다. 트리니다드에서는(이곳에 있는 큰 식당은 대부분 중국 식당인데 테이블마다 칸막이가 설치되어 있었으며 무엇보다 손님을 대하는 태도가 거칠어 평판이 좋지 않았다.) 마르티니크 같은 도시적 감성을 느낄 수 없었다. 선생님과 가족은 인종적인 자유를 누리려고 그 섬에서 지낸다고도 했다. 당시 나는 여러 사람에게서 마르티니크와 과들루프에서는 교양 있는 흑인의 경우 백인과 동등한 대우를 받는다고 들었다.

그런 식으로 모든 것은 프랑스어와 관련되어 있었다. 당시

학교에서 사용한 시프먼의 프랑스어 읽기 교과서에도 한쪽에는 프랑스어 문장이 있고, 다른 한쪽에는 영국 삽화가 헨리 매튜 브록이 펜으로 그린 프랑스 거리와 정원과 들판 등 아름다운 그림이 실려 있었다. 퀸스 로열 칼리지를 졸업하고 이십 년쯤 뒤 나는 마르티니크를 방문했는데, 그때 머릿속에 프랑스어 교과서의 그림이 떠올랐다. 마르티니크를 방문한 것은 여행 관련 책을 쓰기 위해서였다. 그런데 그곳에 머문 지 일주일도 지나지 않아서부터 프랑스어와 관련된 환상이 깨지기 시작했다. 당시 트리니다드의 북쪽 구릉 지대에는 원시림과 늪이 넓게 펼쳐져 있었는데, 그 작은 섬에서는 그런 것을 볼 수 없었다. 나무는 물론이고 풀까지 깨끗이 깎인 곳마다 각종 농작물이 자라고 있었다. 좁고 구불구불한 길이 시야에 자주 들어왔지만, 그다지 아름다운 풍경이 아니었다. 섬에는 그때쯤이면 없었어야 할 농노들이 존재했다. 그런 만큼 사회적으로나 인종적으로나 경직될 대로 경직되어 있었다. 거리를 거닐다 보면 모든 것을 통제하는 가운데 억누르는 분위기를 느낄 수 있었고, 사람들 말투에는 거친 정도를 넘어 비정함이 담겨 있었다. 이를테면 그 섬은 하루라도 빨리 벗어나고 싶은 곳이었다. 프랑스어 선생님과 가족이 전쟁 전에 마르티니크에서 휴일을 보낸 것은 섬이 지닌 매력에 이끌려서가 아니라 흑인들에 대한 탄압을 잠시라도 피하고 싶어서였을 것 같았다. 당시는 서인도 제도에서 흑인 탄압이 극성을 부린 때였다.

서아프리카를 방문하기 전 나는 이곳 출신자들을 몇 명 알고 있었다. 그들은 프랑스 식민지 시절에 국외로 추방된 사람들이었다. 이들에 비하면 내가 서아프리카에서 본 사람들은 저마다 자기만의 생활 방식을 고수하며 별 탈 없이 사는 것 같았다. 도시는 비교적 풍요로워 보였고, 광고판마다 프랑스어가 쓰여 있었다. 광고판이나 고속 도로의 표시판만 보면 프랑스에 와 있는 듯한 느낌이 들었다. 하지만 아프리카 사람들은 언어를 비롯해 부족의 전통과 관습, 종교와 토템 등 그들만의 고유한 것을 간직하고 있었다. 아프리카 사람들과는 경제 상황과 누가 대통령이 될 것인가에 대한 이야기 정도는 얼마든지 나눌 수 있었다. 하지만 그들은 곧 내가 도저히 따라갈 수 없는 영적인 영역으로 물러나 버렸다. 그들의 생활은 내가 생각한 것과 크게 달랐다. 내가 사는 곳과 판이하게 다른 생활 방식이 오랫동안 이어져 내려왔다는 것이 신기하면서도 흥미로웠다.

아프리카인 중에서 나와 친구 관계를 맺고 함께 저녁 식사를 하거나 일요일에 해변으로 드라이브를 할 만한 사람은 국외 거주자들뿐이었다. 그들은 주로 프랑스나 미국 국적을 가지고 있었다. 내가 아는 프랑스령 서인도 제도 여자들도 그런 사람들이었다. 삼십 대나 사십 대인 그 여자들은 마르티니크나 과들루프 출신이었다. 이들은 일찍이 섬을 떠나 파리로 갔다가 그곳에서 아프리카인들의 연합체를 결성했다. 그 때문에 이곳 서아프리카로 들어오게 되었는데, 여러 가지 이유로 서로 만나지 않고 있었다.

나는 프랑스령 서인도 제도 출신 여자들을 특별한 집단에 속한 사람들로 보지 않았다. 그런데 그들은 보통의 흑인들이나 내가 아는 황갈색의 서인도 제도 여자들과도 달랐다. 그들의 세계관도 흑인이나 서인도 제도의 평범한 여자들과 달랐다. 이는 언어 때문이었다. 말하자면 1930년대와 1940년대 프랑스어 선생님이 마르티니크를 비롯한 프랑스령 섬들에 매력을 느끼도록 한 프랑스어가 그들을 달리 보이도록 작용한 것이다. 당시 선생님은 단순히 영어권에서 벗어나려고 한 것이 아니었다. 그보다는 극심한 인종적 결속에서 벗어나고 싶어 했는데, 그는 마르티니크에서 프랑스어를 통해 자신의 새로운 면을 발견했다.

그런데 이제 프랑스어는 프랑스령 서인도 제도 출신 여자들에게 다른 방법으로 작용하고 있었다. 프랑스어로 인해 마르티니크와 과들루프는 프랑스어만을 사용하는 특별한 세계로 제한되어 버렸다. 카리브해 지역의 여러 섬은 물론이고 남아메리카 대륙의 나라들과도 단절되어 고립되고 만 것이다. 서인도 제도 출신 여자들의 생각은 대부분 파리에 한정되어 있었다. 그들은 법적으로 프랑스 시민이었다. 하지만 그들이 머문 파리는 그들에게 낭만적이고 화려한 꿈의 도시가 아니었다. 그들의 눈에 비친 파리는 흑인 이민자들의 세계였으며, 활동이 제한된 고향이나 다름없는 답답한 곳이었다. 그 가운데 몇몇은 파리에 있는 아프리카 사회에서 이룬 인맥을 통해 원래의 고향인 아프리카로 돌아갔다. 그것은 150여 년 전 그들의 조상인 노예들이 떠나온 길을 거슬러 올라가는 길고도 고독한 여행이었다. 물론 단순히 고향을 향해 떠나는 여행일 수는 없었다. 그들은 멀리 떨어진 낯선 신세계로 아무런 준비도 없이 그야말로 무방비 상태로 떠난 것이다.

나는 서아프리카에서 필리스라는 여자를 알게 되었다. 그녀는 갈색 피부에 삼십 대, 아니면 사십 대 초반으로 과들루프 출신이었는데 프랑스어를 유창하게 구사했다. 필리스는 파리에서 아프리카인과 결혼했다. 그런데 아프리카 사람과 결혼한 많은 앙틸레즈[9]처럼 남편을 따라 아프리카로 건너와서 얼마 뒤 이혼하고 말았다. 그녀가 처음 정착한 곳은 프랑스에서 가까웠는데 결혼 생활이 실패로 끝나자 내가 머문 나라로 왔다. 프랑스어를 구사하는 능력과 프랑스어를 쓰는 아프리카의 사회 구조가 그녀에게 이곳에서 적응할 여지를 마련해 준 셈이었다. 필리스는 프랑스 대사관에서 비서 겸 도서관 사서의 일자리까지 얻어 비교적 여유 있는 생활을 했다.

그녀는 내가 참여한 국외 거주자들 그룹의 멤버였다. 나는 그녀를 언제 어디서든 만날 수 있었다. 그녀는 일요일마다 해변에서 열리는 디너 파티나(그녀는 걸핏하면 긴 머리카락을 늘어뜨린 채 햇볕에 적당히 탄 피부의 물기를 말리곤 했다.) 외국 대사관에서 개최하는 문화 행사에 모습을 드러냈다. 원래는 현지 아프리카인을 위한 행사였지만 실제로는 국외 거주자들이 참여하는 행사였다. 필리스는 여러 사람과 알고 지냈는데, 사교적인 데다 우아했으며 성품까지 침착하고 관대해 보였다. 하지만 특별한 상대나 친구는 없는 것 같았다. 아무튼 늘 밖으

---

9) 서인도 제도 또는 그곳 사람들을 일컫는 프랑스어.

로 돌아다니며 즐기는 모습을 보면 에너지 넘치는 여자였다.

그런 그녀를 보면서 이따금 불안하기도 했다. 그녀는 집으로 돌아가는 것을 별로 좋아하지 않는 듯 행동했다. 나는 그런 그녀의 모습을 보며 그녀가 아프리카에 남아 있고 싶어 하지 않는 모양이라고 생각했다. 혹시 그녀가 과들루프로 돌아갈 생각이 있는지 궁금했다. 그래서 어느 날 그녀에게 넌지시 물어보았다. 그녀는 그 섬이 싫다고 잘라 말했다. 그곳 사람들은 생각이 좁은 데다 지극히 사소한 것에 만족할 뿐 앞으로 나아갈 줄을 모른다고 했다. 결국 그녀가 유일하게 염두에 둔 곳은 파리였다. 그곳에서 살았기 때문에 당연할 터였다. 그런데 그녀는 파리로 돌아가고 싶지 않아 이곳에 머물며 이리저리 돌아다니는 것이라고 말했다.

나는 그녀의 성격에서 일종의 유동적 특성을 발견할 수 있었다. 그녀는 다른 사람에게 맞추어 행동하는 것이 별로 어렵지 않다고 말했다. 실제로 사람들이 아프리카인들의 행동(공식적인 디너 파티 초대에 응해 놓고는 나타나지 않는다든지 대사관에서 여는 문화 행사에 참석하지 않는 등의 행동)에 대해 불평하자 그녀는 망설이지 않고 동조했다.

하지만 나하고만 있는 자리에서는 나를 바라보며 이렇게 말할 수도 있을 거라는 생각이 들었다.

'왜 아프리카 사람들이 자기 집에서 가족과 함께 있지 않고 외국인들이 들끓는 방에서 잘 알지도 못하는 바이올린 연주를 들어야 하는지 모르겠어요. 그 사람들이 왜 그러는지에 대해 깊이 생각한다면 그들에게 무언가를 요구하는 것이 얼마나 잘못된 일인지 알게 될 거예요. 아프리카인들 스스로 살아 가는 모습을 보면 정말 아름다워요. 우리 같은 외국 사람들은 그런 걸 발견하려고 노력해야 한다고 생각해요. 그런데 다들 그렇게 하고 싶어 하지 않는 것 같더군요.'

어느 날 필리스는 레브런이 프랑스령 서아프리카를 방문한 날에 대해 말했다. 레브런은 우리가 공통으로 아는 인물이었 다. 그녀는 레브런을 앙틸레즈 출신의 동료로 생각했다. 하지 만 레브런에 대해 비판적이었다. 나를 대하는 태도로 보아 그 녀는 자신이 나를 잘 안다고 스스로 판단하기 전까지는 자기 의견을 분명하게 밝힐 것 같지 않았다. 나는 레브런의 행동에 대해 다양한 사람으로부터 여러 이야기를 들었지만 정확한 것 은 별로 없었다. 언젠가는 레브런이 크게 분노했다는 이야기 도 들었는데, 필리스는 그 사건에 대해 이렇게 말했다.

"그가 이곳 서아프리카에 왔을 때 수도에서 그를 봤어요. 별로 유쾌해 보이지 않더군요. 뭔가 좋지 않은 일이 생긴 것 같았어요. 그는 딸과 함께 왔답니다. 그의 딸은 거의 백인처럼 보였어요. 백인이라고 해도 이상할 게 없었죠. 당신도 그 사실 을 아는지 모르겠네요. 알고 있나요? 아무튼 그의 딸은 외모 로 봐서는 그를 닮지 않았어요. 몸집도 굉장히 컸죠. 그런 데 다 태도가 아주 딱딱했어요. 뭔가 불행한 일이 있는 것 같았 죠. 그녀는 자기 어머니와 함께 산댔어요. 레브런과 함께 온 이번 여행은 딸을 위한 것 같았어요. 그러니까 딸과 함께 휴 가를 온 것이죠."

"그 딸이라는 여자 몇 살로 보였나요?"

"스물네댓 살 정도일 거예요."

그렇다면 그녀의 어머니는 체코 아니면 폴란드계로 그 조용하면서도 매력적인 여인일 터였다. 나는 마이다 베일의 레바논 부부 집에서 레브런과 함께 앉아 있는 그 여인을 보았다. 뉴욕에 있는 자기 친구들을 내게 보낸 사람도 그 여인이었다. 나는 필리스를 바라보며 이렇게 말했다.

"나도 그 여자 어머니를 만난 것 같아요. 그런데 어머니라는 여자는 레브런을 떠났어요. 그 사연은 아마도 이럴 겁니다. 그녀는 레브런의 공산주의에 싫증을 느낀 거예요. 그녀에게는 웬만큼 돈이 있었어요. 그래서 레브런이 펼치는 운동에 참여한 사람들이 그녀에게 운동의 활성화를 위해 레브런에게 돌아가라고 부탁을 하기도 했죠."

"그 여자에게 또 다른 누군가가 있지 않았나요?"

"있었어요. 아직 젊은 여자니까요. 레브런은 그 사실을 알고 거의 미칠 지경이 되었죠."

"흑인이었나요, 백인이었나요?"

"레브런은 오랫동안 그 사실을 알지 못했답니다."

"그는 어느 쪽에 더 신경이 쓰였을까요?"

"나도 그게 궁금해요. 그런데 내 생각에 레브런은 자신을 더 아프게 한 것이 무엇인지 몰랐던 것 같아요. 여기에 왔을 때 그는 인종적인 성향을 강하게 드러냈어요. 아무 이유도 없이 백인들을 모욕했죠. 그가 좋아하지 않는 뭔가가 이곳에 있었나 봐요. 그게 무엇이었을까요? 그는 그게 뭔지 절대로 말하지 않았어요. 이곳은 부유한 도시예요. 사람들이 흔히 생각하는 아프리카 도시가 아닙니다. 부유할 뿐만 아니라 품위 있는 도시죠. 하지만 레브런이 이런 점을 좋아했다고는 생각하지 않아요. 오히려 자동차, 상점, 프랑스식 고속 도로 등을 보고는 자신이 초라하다고 느꼈을 거예요. 그는 그 자신이 반대하는 것을 정치적 쟁점으로 만들려 했어요. 흑인들이 물건처럼 외국으로 팔려 나가는 문제를 비롯해 자본주의와 제국주의에 대해 질타했죠. 하지만 내가 그 말을 들으면서 무슨 생각을 했는지 알아요? 그는 사람들이 자기에게 하듯이 피부가 하얀 딸에게도 관심을 보이기를 바랐어요. 나는 그가 그런 사람이란 느낌을 강하게 받았죠. 그는 아프리카 사람을 잘 몰랐어요. 그들은 강인하지만 잔인한 면도 있는 사람들이에요. 레브런은 흑인 여자들이 프랑스 남자 같은 백인들을 사귀는 걸 꼴불견이라고 했어요. 언젠가 대학 신문에 그의 그런 말을 풍자하는 만화가 실렸지요. 백인 딸이 나이 많은 흑인 아버지에게 영어로 이렇게 말하는 만화였어요. '아빠, 우리 이 흑인들을 떠나 고향으로 돌아가는 게 어때요?'"

그것은 매우 잔인하면서도 공정하지 못한 풍자였다. 이곳의 대학생들은(새로 생긴 대학마다 말끔히 조경 공사를 한 정원과 포장도로, 그리고 붉은색 벽돌로 지은 기숙사가 있었다. 학생들 대부분은 가족 가운데 가장 먼저 대학에 다니는 데다 모두 정부의 장학금을 받았다.) 레브런이 겪은 좌절감이 어떤 것인지 상상조차할 수 없었으리라.

그런데 필리스가 아프리카인과 결혼 후 불행하게 이혼한 데다 국외 거주자들과의 교제로 소일하는 아프리카에서의 공허한 생활을 하면서도, 아프리카 사람들 편에서 레브런을 판단하는 것이 이상했다. 하지만 그것이 누군가를 이해하는 그녀만의 방식일 터였다. 그녀는 방문객들이 아프리카나 아프리카 사람들에 대해 거만하게 행동하는 것을 싫어했다. 특히 방문객이 미국이나 서인도 제도에서 온 흑인일 경우 더 그랬다. 그리고 그녀는 스스로의 결정으로 아프리카에 왔다는 것을 기정사실로 만들고 싶어 했다. 적어도 내 눈에는 그렇게 보였다.

어느 날 나는 그녀에게 결혼 생활에 대해 조심스레 물었다. 그녀는 담담한 어조로 이렇게 말했다.

"파리에 있을 때 사교 클럽에 자주 갔어요. 그곳은 흑인들을 위한 클럽이었죠. 지하실에 있었고요. 어느 날 그곳에서 못생긴 아프리카 친구를 만났어요. 체구가 작고 피부가 새카맸는데, 첫인상은 부드러웠죠. 몸을 온통 금으로 치장했더군요. 금시계에 금반지 그리고 금으로 된 펜까지 가지고 있었죠. 금빛이 피부에 반사되어 번쩍거릴 정도였어요. 그가 먼저 내게 다가와서 말을 걸었어요. 일종의 구애를 한 셈이에요. 그는 필리스라는 내 이름이 마음에 쏙 든댔어요. 내 목소리도 아주 아름답다고 했죠. 언제부터인가 그는 내게 결혼하자고 요구하기 시작했어요. 아주 열성이었죠. 그는 자기 가족이 매우 부유하다고 했어요. 족장 가족이라서 아주 많은 땅과 하인들과 노예들까지 거느리고 있다고 했죠."

"그 사람이 정말로 노예들을 거느렸다고 했나요?"

나는 갑자기 궁금해서 물었다.

"나는 그가 거짓말한다고 생각했어요. 하지만 그런 건 아무래도 상관없었죠. 사실 나는 그의 열정에 반했어요. 나를 감동시키려고 애쓰는 모습이라든가 내 마음을 열려고 노력하는게 좋았죠. 더구나 그는 그런 노력을 꾸준히 했어요. 나는 얼마 뒤 그의 청혼을 받아들였죠. 그런데 청혼을 받아들인 진짜 이유가 있어요. 그게 뭔지 알고 싶나요? 그러기 전에 내 말을 무조건 믿을 수 있나요? 우스운 말 같지만 나는 그를 좋아하지 않았고, 그래서 청혼을 받아들인 거예요. 그가 혐오스러웠기 때문에 청혼을 받아들였다니까요. 내 말 믿을 수 있겠어요? 그 못생긴 얼굴하며 볼품없는 신체 조건이며 금빛에 번쩍거리는 피부 등 모든 것이 싫었어요. 그런데 왜 결혼했냐고요? 나는 도저히 사랑할 수 없는 사람과 결혼하는 것이 내게는 유리하다고 생각했어요. 뭐랄까, 사랑과 쾌락을 포기하면서 신과 거래를 했다고나 할까요? 내가 잘못될 리는 없다고 생각했어요. 나는 방에 혼자 있을 때 나 자신한테 이렇게 말하곤 했죠. '필리스, 너는 사랑과 아름다움 따위는 포기해야 해. 예전 사고방식은 버려. 그 누구도 너를 어딘가로 데려가 주지 않아. 파리에 있는 이 방에 너를 데려다 놓은 건 바로 너야. 이제부터 너는 자신의 삶과 미래를 생각해야만 해. 그래야 참된 행복을 찾을 수 있어.' 결국 나는 작은 족장을 찾아가서 결혼하겠다고 말하고는 그의 행복에서 내 것을 찾으려고 노력했어요. 그 뒤 파리에서 보낸 나날은 내 인생에서 최고로 멋졌어요. 나는 신과의 거래에서 내가 이기는 쪽을 택했다고 확신했죠. 그는 전보다 더 열정적으로 나를 대했어요. 몇 달 뒤 그 작은 족장의 학업이 끝나자 우리는 함께 아프리카로 건너갔어요.

하지만 거기에서 모든 것이 산산조각 나고 말았죠. 그는 가족에게 결혼에 대해 아무런 말도 하지 않았더군요. 그 사람들은 나를 철저히 외면했어요. 내게 말 한마디 걸지 않았죠. 완전히 무시한 거예요. 그들은 심지어 내 앞에서 그에게 다른 여자와 결혼해야 할 이유를 설명하기까지 했어요."

"저, 그런데 말이에요."

나는 필리스의 말을 끊고 물었다.

"당신은 어떻게 그 나라로 들어갈 수 있었어요? 당신도 그 나라는 독재 정권이 지배하고 있다는 사실을 알았잖아요. 안 그래요?"

"나는 믿지 않았어요. 신문에서 읽은 걸 믿지 않은 거예요. 전부 누군가 꾸민 거짓이라고 생각했죠. 진실은 따로 있을 거라고 믿었어요. 당신도 스스로를 묶는 방법을 알잖아요. 나는 오로지 나 자신의 모험에만 관심을 기울였어요. 그러다 보니 신경과민 상태에 이르렀죠. 나는 어느 유럽 출신 여자보다 더 아프리카에 놀랐어요. 아프리카인과 결혼한 유럽 여자들을 몇 명 알거든요. 물론 결혼한 이유는 저마다 다르겠죠. 그리고 아프리카인과의 결혼에는 즐거운 면도 있고 흥분할 만한 일도 있을 거예요. 하지만 단순히 허영적인 요소도 있어요. 안 되는 건 아무리 해도 안 되는 것 같아요. 내 경우는 그 사람들과 달랐어요. 나는 나 자신에게 너무 많은 걸 기대했죠. 나 자신에게 말을 너무 많이 한 거예요."

"그 작은 족장이 당신을 보호해 주던가요?"

"처음에는 그랬죠. 그는 어디를 가든 나를 데리고 갔어요.

그의 말이 과장은 아니더군요. 그의 가족은 엄청난 토지를 갖고 있었어요. 하인들과 노예들도 있었고요. 노예는 산 게 아니라 조금 떨어진 마을에 사는 가족 단위의 사람들이었어요. 그 사람들을 노예처럼 부리고 있었죠. 작은 족장 가족이 그들을 보살피고 주위의 모든 사람이 그들에 대해 잘 알았기 때문에 그들이 도망칠 염려는 전혀 없는 것 같았어요.

그건 그렇고 작은 족장과 내가 이 땅에 도착하고 나서 얼마 지나지 않아 특이한 일이 벌어졌어요. 그러니까 작은 족장의 마을에 처음 간 날이었죠. 환영식 같은 게 열렸는데, 마무리 단계에서 작은 족장의 발을 피로 씻어 주는 의식이 있었어요. 그때 내 기분이 어땠을 것 같아요? 정말 신나고 즐거웠어요. 그런 의식을 직접 보니 흥분되고 좋았죠. 아무래도 그건 아주 오래된 관습 같았어요. 어쩌면 원시 시대부터 이어져 왔겠죠. 그 의식을 지켜보고는 아프리카에 대한 생각이 바뀌었어요. 그러니까 과들루프에 있었을 때 아프리카에 대해 품은 생각과 크게 달랐던 거예요. 그 의식을 지켜보며 나는 이 세상에서 내가 있어야 할 곳을 찾은 듯한 느낌을 받았어요.

그런데 나중에 그 환영식이 열리기 며칠 전 노예 마을의 어린아이 하나가 납치되었다는 이야기를 들었어요. 나는 이것저것 종합해서 추론해 봤죠. 일반적으로 발 씻는 의식에는 동물 피를 사용하지만, 훌륭한 일을 한 사람에게는 보다 높은 존경심을 나타내기 위해 사람 피를 쓴다는 말을 들은 적이 있거든요. 당신도 한번 생각해 보세요. 내가 얼마나 빨리, 그리고 얼마나 멀리까지 추론했을지 말이에요. 짚이는 게 있자 나는 거의 정신을 잃을 지경이었어요. 그래도 그 의식에 대한 아름다운 느낌은 좀처럼 사라지지 않더군요. 작은 족장은 돈으로 내 관심을 다른 데로 돌리려 애썼죠. 하지만 내게 점점 더 중요하게 다가오는 것은 그곳 생활에서의 그 같은 의식이었어요.

그런 의식은 작은 족장에게도 중요한 것이었죠. 그는 예전처럼 전통에 따른 삶의 방식을 고수했어요. 그러면서 내 이름 필리스나 내가 쓰는 과들루프의 프랑스어 억양을 달갑지 않게 여겼죠. 전에는 듣기에 아름답다고 했으면서 말이에요. 마침내 그가 나를 떨쳐 버리려는 순간이 다가왔어요. 자기 가족이 원하는 대로 부족의 여자와 결혼하기로 마음먹은 거예요. 그때부터 작은 족장은 폭력적으로 나왔어요. 금으로 치장했을 뿐 나약해 빠진 자그마한 그가 사내랍시고 나를 때리기까지 하더군요. 나는 붉은 피로 발을 씻는 의식을 떠올렸어요. 거기는 법 같은 것이 적용되지 않는 곳이에요. 그러니 뭘 어쩌겠어요. 하루라도 더 있다간 미쳐 버릴 것 같았죠. 그런데 누군가 내게 마술이라도 건 것처럼 기회가 찾아왔어요. 결국 재빨리 공항으로 빠져나가서 이곳으로 오는 비행기를 탔죠. 본능을 거역하면서까지 그와 결혼하려고 마음먹은 걸 생각하자나 자신이 신과 거래한 일이 자꾸만 떠오르더군요.

하지만 그는 지금도 여전히 내 마음의 꽤 많은 부분을 차지하고 있어요. 당신이 이곳에 오기 한 달 전쯤에 이런 일이 있었죠. 어느 날인가 이른 아침에 전화기가 울렸어요. 그래서 잠에서 깼는데, 그때 나는 한밤중인 줄 알았죠. 전화를 받자 프랑스인 남자 목소리가 들렸어요. 처음엔 잘 들리지 않았어요. 그래서 잘못 걸려온 전화인 줄 알았어요. 이곳에서는 전화 상태가 좋지 않아 그런 일이 흔히 있어요. 그런 전화를 받을 때마다 대부분 프랑스어가 들렸어요. 그래서 수화기를 내려놓고 나면 고향에서 멀리 떠나 혼자 있는 느낌이 들곤 했죠.

아무튼 그날도 수화기를 내려놓으려다 그냥 들고 있었어요. 그건 산투스두몽에 있는 경찰서에서 걸려온 전화였는데, 남자는 그곳 경찰관이었죠. 산투스두몽은 1900년대 초에 활동한 비행사인데, 프랑스 정부가 북쪽에다 세운 국경 초소에 그 이름을 붙인 거예요. 이곳 경찰서에는 여러 명의 프랑스인 경찰관들이 있어요. 도시 외곽에서 프랑스 군대 막사를 본 적이 있을 거예요. 거기에도 프랑스인들이 더러 있죠.

그 경찰관은 내가 현지에서 고용된 프랑스인 비서나 대사관 직원인 것처럼 말했어요. 아니라고 할 수도 없었죠. 경찰관이 아주 정중하게 말하기에 내버려 둔 거예요. 그는 국경을 넘어온 사람을 경찰서에서 데리고 있다고 했어요. 그러면서 작은 족장의 이름을 대더군요. 전화기를 건네받은 목소리를 들어 보니 역시 작은 족장이었어요. 그의 목소리는 공포에 질려 있었죠. 흐느끼는 목소리였어요. 그는 국경 너머의 상황이 아주 나쁘다고 했어요. 그곳 대통령이 자기를 비롯해 모든 셰프리[10]에게서 갑자기 등을 돌렸다더군요. 전날 누군가가 그에게

---

10) 아프리카의 족장 또는 그 관할 구역을 일컫는 프랑스어.

아침이 되면 체포될 거라고 일러 주었답니다. 그래서 멀리 도망치기로 결심하고는 전날 오후부터 계속 자동차를 몰아 국경을 넘었다더군요.

그는 '메르세데스 벤츠 덕분에 살았어.'라고 말했어요. 마치 우리가 여전히 함께 살고 있으며 내가 이따금 그 메르세데스를 몰고 다니기라도 하는 듯한 말투였죠. 여기저기 움푹움푹 파인 자갈투성이 길을 여러 시간 달려왔는데도 차가 전혀 망가지지 않았다고 자랑하더군요. 아주 곤란한 처지에 놓여 있으면서 차를 자랑하는 꼴이 우스웠어요. 그는 위험을 벗어난 것도 아니었어요. 다시 본국으로 송환될 가능성이 있었죠. 당신도 알겠지만 국경 너머에 있는 사람들은 대부분 마오쩌둥주의자들이에요. 프랑스 적대 세력이기도 한 그들은 이곳 정부에 대항해 정치적 선전을 할 기회를 호시탐탐 노리고 있죠. 아무튼 나는 우리 쪽 대사에게 부탁했고, 그는 거기에다 전화를 몇 통 걸었어요. 그 대사는 내 사정을 잘 알고 있었죠. 결국 대사관 측에서 작은 족장을 잠시 보호해 줬댔어요. 그날 오후 나는 대사관에서 나온 사람과 함께 자동차를 타고 작은 족장을 만나러 산투스두몽으로 갔어요.

그는 경찰서 건물 내 냉방 장치가 되어 있는 밀폐된 방에 있었어요. 방이 무척 춥더군요. 그는 더러운 농부 차림의 옷을 입고 있었죠. 금은 전혀 눈에 띄지 않았어요. 피부에도 번쩍거리는 것 하나 붙어 있지 않았죠. 다른 사람처럼 보이려고 그랬나 봐요. 그의 눈엔 공포가 서려 있었어요.

작은 족장은 나를 보더니 '나야 나, 셰프리 사람이야.' 하고 거듭 말했어요. 자기를 알아보지 못할까 봐 걱정하는 표정이었죠. 그는 또 그 사람들이 자기를 '디엣 누아르'에 집어넣으려고 했대요. 지금은 워낙 유명한 말이니까 당신도 알겠지만 '디엣 누아르'는 '블랙 다이어트'를 말하는 거예요. 사람을 감옥에 가두고 음식도 물도 주지 않아 새카맣게 말라서 죽게 하는 거죠. 그것은 그 나라의 대통령이 자기 정적들에게 가한 형벌 중 하나랍니다. 그곳에 있을 때 들었어요. 하지만 그것 또한 듣긴 했지만 내가 믿지 않은 것 중 하나예요. 당시 나는 작은 족장이 이미 그 형벌에 대해 잘 안다는 걸 눈치챘어요. 물론 나는 그 형벌이 어떤 것인지 알고 충격을 받았죠.

나는 밀폐된 방의 창문을 통해 뜨거운 열기로 가득 찬 시골 풍경을 바라봤어요. 묘하게도 아주 낯설게 보이더군요. 아주 멀리 떨어져 있는 나무들이 한군데 모여 있는 게 아니라 깃대처럼 하나씩 따로 떨어진 채 서 있었어요. 먼지가 안개처럼 일고 있었고요. 그런 풍경은 외국 기자들이 와서 기사로 소개한 그 유명한 사막화 현상이에요. 그가 그런 곳으로 자동차를 몰고 밤새 달려온 거죠. 메르세데스 벤츠는 멀쩡했고요.

그는 내 처지에 대해서는 한마디도 물어보지 않더군요. 내가 어떻게 이 낯선 시골에 혼자 와서 직업을 구하고 지내는지 전혀 궁금하지 않았던 거죠. 내가 자기 전화를 받은 것이나 도피처를 마련해 준 것이나 자동차로 자기를 만나러 온 것에 대해서도 고마워하지 않았어요. 그는 단지 내가 자기를 잘 대해 주기만을 기대했죠. 족장이라서 그랬나 봐요. 그는 자기가 겪은 고통과 배신감 그리고 밤새 차로 달려온 자신의 용감한 행동에만 몰두해 있었어요. 수도로 올라오는 동안에도 어린 애처럼 계속 불평을 늘어놓았죠. 그리고 계속 자기 얘기만 했어요. 그의 가족은 그 대통령을 늘 지지했다더군요. 대통령도 그가 학교에 갈 수 있도록 도와주는 등 그와 가족을 보살펴 주었대요. 그래서 대통령이 프랑스 사람들을 내쫓는 바람에 이런저런 문제가 생겼을 때도 여전히 그의 편에 섰답니다. 그런데 대통령이 생각이 바뀌어 셰프리에 반대하기 시작했대요. 모든 사람이 누가 대통령을 그렇게 만들었는지 알았다는군요. 그게 누구겠어요? 그래요, 앙틸레즈인 레브런이었답니다. 레브런이 대통령의 정신을 혼미하게 만든 거죠. 그가 온갖 아첨을 떨어 대통령의 생각을 돌려놓았대요. 작은 족장은 이렇게 말했어요. 레브런이 자기를 고통 속에 빠뜨린 장본인이라고요."

나는 레브런이 프랑스령 서아프리카를 여행한 사실을 여러 번 들었다. 하지만 그가 특정 지역에 정치적인 영향력을 끼쳤다는 말은 들은 적이 없었다.

필리스의 말은 계속 이어졌다.

"사람들이 말하길 레브런은 이곳을 떠날 때 매우 화가 나 있었다더군요. 하지만 화가 나 있었든 어쨌든 국경을 넘어 작은 족장의 나라로 들어갔을 때 그쪽 사람들은 두 팔 벌려 그를 환영했을 거예요. 레브런도 그 사람들처럼 프랑스에 반대하는 입장이었으니까요."

"그런데요."

나는 필리스에게 물었다.

"아까 당신은 작은 족장이 여전히 당신 마음 안에 있다고 하지 않았나요?"

"내 마음의 많은 부분을 차지한다고 했죠. 어쨌거나 대사관의 도움을 받아 우리는 그의 돈을 그 나라에서 빼내 올 수 있었어요. 우리가 그의 서류를 준비하는 동안 그는 잔뜩 들떠 있었죠. 그 순간에는 자기가 겪은 공포를 잊은 것 같았어요. 그는 파리에 가겠다고 했어요. 이미 파리에 많은 돈을 가져다 놓았대요. 나는 요 며칠 동안 이런 생각을 하고 있답니다. '그래, 그는 지금 파리에 가 있을 거야. 이제 곧 여자들에게 다가가서 현란한 말솜씨로 그들을 현혹시켜 모든 것을 다시 시작하겠지.' 그는 그러고도 남을 사람이에요."

나도 그만 움직여야 할 시간이 되었다. 다음 여행지는 독재자가 정권을 쥔 곳으로 바로 옆이었다. 그러니까 필리스가 전에 머물다 온 나라였다. 그 나라 사람들은 자신들을 원조한 프랑스인들을 모두 내쫓아서 몇몇 사람들의 말대로 사고방식이든 생활이든 원래의 상태로 돌아가 있었다.

나는 레브런의 발자국을 따라가고 있었다. 그렇다고 미리 계획하거나 의도한 것이 아니었다. 필리스는 내게 자기가 아는 그 나라 사람들의 이름을 알려 주었다. 그 가운데에는 내가 꼭 만나야 한다는 사람도 있었다. 그녀는 그 사람이 신문에서 다루지 않은 진짜 아프리카를 내게 보여 줄 거라고 했다.

떠나기 전날 밤 필리스가 작별 인사를 하러 호텔로 나를 찾아왔다. 우리는 테라스의 의자에 나란히 앉았다. 바다와 분리되어 생긴 석호가 보였다. 관광객을 유치하기 위해 개발된 곳이었다. 개발되기 전에는 물도 지저분하고 모기가 많기로 유명했으리라.

필리스는 아프리카의 다른 나라와 서인도 제도와 미국에서 건너온 흑인들의 잘못된 생각에 대해 말했다. 그런 말은 전에도 몇 번 들은 적이 있었다. 나는 그녀가 단순히 무료한 시간을 달래기 위해 나를 찾아온 줄 알았다. 그런데 떠나기 직전 그녀는 나한테 온 목적이 그것인 듯 핸드백을 열더니 지폐가 든 봉투를 내밀었다.

"내가 만나라고 한 사람에게 전해 주세요. 그곳 사람들은 정말 어렵게 살고 있어요."

그곳까지는 멀리 돌아서 가야만 하는 여행이었다. 두 나라는 서로 붙어 있는데도 정치적 긴장으로 직접 오가는 것이 불가능했다. 비행기는 경유지인 중립국을 향해 날아갔다. 그런데 비행기 고장으로 그곳 비행장의 격납고에서 밤새 기다릴 수밖에 없었다. 그곳 경찰관들이 승객들과 함께 내 주위에서 계속 어슬렁거렸다. 더러운 옷을 입은 상인들이 짐 꾸러미 위에 걸터앉아 있었다. 보이는 것은 옷가지와 고무신 등 대부분 싸구려 물건뿐이었다. 비행기는 다시 독재 정권의 나라를 향해 날기 시작했다.

공항은 복잡하지 않은데도 경찰관이 꽤 많았다. 소형 비행기가 공항에 착륙한 것은 그날 아침의 큰 사건인 모양이었다. 갑자기 경찰관들이 바쁘게 움직였고, 게으른 관리들의 눈동자가 반짝거렸다. 그들 모두는 입국하는 얼마 안 되는 사람들에게서 돈을 뜯어낼 생각으로 상기된 표정을 짓고 있었다. 공항

내 로비에는 오래된 사진이 벽마다 잔뜩 붙어 있었다. 나라 곳 곳의 풍경을 담은 사진들은 관광을 장려한 시절의 유물인 셈 이었다. 나는 필리스가 그녀의 친구에게 전해 주라고 맡긴 돈 을 가지고 있기 때문에 불안했다. 아무래도 곤란한 일을 당할 것 같았다. 비행기에서 내린 승객은 누구든 소지한 것을 세관 에 전부 신고해야만 했다.

세관원들이 몇몇 사람을 세우고 수색을 했다. 그런데 그들 이 내 앞에 선 사람을 한참 동안 수색하더니 주위에 있는 칸 막이 방으로 데리고 들어갔다. 그 사람을 조사하느라 시간이 너무 오래 걸리자 오전 업무를 빨리 끝내고 싶은지 나이 지긋 한 세관원은 나를 아래위로 훑어만 보고 그냥 가라고 했다. 결국 나는 무사히 통과했다.

그 나라의 기후는 내가 방금 떠나온 곳과 비슷했다. 하지만 다른 곳에서는 태양의 열기와 그 빛이 생활의 일부인 듯 활기 가 넘쳤는데, 그 나라에서는 이상하게도 열대 지방이나 아프 리카 특유의 무기력한 기운만 느껴졌다. 공항 고속 도로는 보 수가 되지 않아 군데군데 갈라져 있었고 그나마도 금세 붉은 흙길로 이어졌다. 한참을 갔는데도 마을은 한 곳도 보이지 않 았다. 이따금 보이는 것은 대통령의 말을 적은 커다란 광고판 뿐이었다. 도로를 향해 서 있는 대형 광고판에는 방문객을 의 식한 듯 "생산량 증가"라는 글이 적혀 있었다.

레브런이 딸을 데리고 이런 곳에 왔다고 생각하니 기분이 이상했다. 그는 노년에 이르러 그 자신의 오래된 관념을 철회 함으로써 비로소 사람들에게 존경을 받고 혁명이라도 성취한 듯 여겨지기까지 했는데, 이 또한 나로서는 쉽게 이해되지 않는 이상한 일이었다. "생산량 증가"라는 글을 대하자 레브런이 공산주의 잡지에 실은 기사가 생각났다. 여기저기에서 인용한 자료와 도표가 실린 그 기사에는 생산량 증가 정책이 그 어떤 복지 정책보다 훨씬 낫다는 식으로 쓰여 있었다.

전 세계에 퍼져 있는 체인 호텔이지만 투숙객은 그리 많지 않은 듯했다. 냉방은 아주 잘됐지만 방은 축축하고 퀴퀴한 냄새까지 났다. 방수가 되지 않는 듯 철제 기물마다 녹이 슬어 있었다. 한동안 아무도 사용하지 않은 방 같았다.

이곳의 물건은 죄다 비쌌다. 환율은 화가 날 정도로 엉터리였다. 술집이든 휴게실이든 공공장소든 검은 안경을 쓴 평상복 차림의 경찰관들이 있었다. 아무것도 없는 황량한 이곳에서 방문객을 감시하는 일이 그들의 주 업무인 모양이었다.

필리스의 친구와 가까스로 통화할 수 있었다. 내가 필리스의 이름을 대자 남자는 반가운 듯 환호성을 질렀다. 하지만 그의 목소리에는 곧 긴장감이 더해졌다. 내가 어디에 머무는지 말하자 더 불안해하며 자기가 전화할 테니 이만 끊자고 말했다.

호텔은 무척 조용했다. 아무도 목소리를 높이지 않았다. 며칠 후 대사관의 점심 초대에 갔을 때 나는 묘한 고요 속에 무언가 깃들어 있는 듯한 느낌을 받았다. 대사관은 식민지 시절 관공서로 사용된 건물이었다. 내가 참석한 점심 식사는 일종의 외부인 초청 행사였다. 식민지 시절 기독교 선교 단체의 수장들은 해마다 수도를 공식적으로 방문했고, 그때마다 총독의 영접을 받았다. 이를테면 그 점심 식사는 식민지 시절의 그런 행사를 흉내 낸 것이었다. 이번에는 당연히 총독 대신 대사가 손님을 맞았는데, 그에게는 식민지 시절의 총독 못지않은 권력이 있었다. 예전의 총독 관저는 이제 대사의 거처가 되었다. 선교 센터는 세기가 바뀌면서 생겨난 말인데, 그 건물은 식민지 시절 이후 메디컬 센터, 병원, 훈련소였다가 지금은 기술 학교로 쓰이고 있었다. 선교 연합회도 있어서 전에는 초교파적인 활동을 펼쳤다. 하지만 지금은 규모도 축소되고 활동도 전만 못했다. 연합회 대표는 공식적으로 기술 학교의 교장직을 맡았다. 이번 해에는 처음으로 흑인이 교장이 되었다. 사람들은 그가 침례교인이라고 했다.

나는 예정보다 일찍 대사관에 도착했다. 아래층에 있는 방으로 내려가자 사람들이 분꽃과인 부겐빌레아에 둘러싸인 채 앉아 있었다. 아침에 깨끗하게 청소했겠지만 부겐빌레아를 비롯해 모든 것이 먼지를 뒤집어쓰고 있었다. 사막화의 영향으로 먼지가 날아든 모양이었다. 공기에 먼지만 아니라 모래도 섞여 있는 것 같았다. 신발에 모래가 밟히는 것을 느낄 수 있었다.

사람들은 기술 학교 교장이 나오기를 기다리고 있었다. 교장은 건물 안에 있었다. 그는 사람들 앞에 나설 준비를 하고 있었는데, 예정보다 한 시간쯤 늦게 도착했다. 아침 일찍 나섰지만 줄을 잡아당겨 강을 건너는 배가 고장 난 모양이었다.

교장은 삼십 분쯤 더 지나서야 나타났다. 사람들은 교장을 수석 선교사라고도 불렀다. 그에게서는 탤컴파우더[11] 냄새가

---

11) 주로 땀띠약으로 몸에 바르는 분.

풍겼다. 교장은 키가 컸고 피부는 갈색이었다. 광대뼈가 두드
러지게 튀어나와 있었다. 그리고 얼굴은 강인해 보였으며, 발
이 큰 만큼 커다란 신발을 신고 있었다. 양복은 낡은 데다 천
이 얇아 보였다. 전체적으로는 검은색이지만 햇빛과 드라이클
리닝 용액에 색이 바래서 군데군데 적갈색을 띠었다. 면도한
얼굴에는 희끗희끗한 가루가 묻어 있었는데, 마치 드넓은 모
래밭에 부겐빌레아 꽃잎이 떨어져 있는 것 같았다.

교장은 자기가 탄 배와 도로에 관해 이야기하며 늦은 이유
를 설명했다. 그의 말을 듣고 있자니 머릿속에 하나의 그림이
떠올랐다. 그림에는 낡은 푸조 자동차가 있고 평평한 바지선
이 있으며 늪에서 흘러나오는 얕은 강물이 있었다. 또 아침에
피어오르는 안개, 강 위에 걸쳐져 있는 느슨한 밧줄을 끌어당
기는 뱃사공, 우뚝 서 있는 교장도 있었다. 그 바지선이 좌초
된 것 같았다.

교장이 주위를 둘러보며 말했다.

"배가 말도 못 하게 말썽이었는데 도로 사정까지 그렇게 나
쁠 수가 없었어요. 아, 정말 너무 원시적…… 하지만 이는 우리
가 다음 세대를 위해 치러야 하는 희생이겠죠."

교장의 말에 손님 중 하나가 이곳 아프리카에 대해 나쁘게
생각하지 않는다면서 이렇게 말했다.

"국경 너머에는 아주 잘 닦인 현대식 도로가 있지 않은가요?"

그것은 무례한 말이었다. 교장은 모욕을 당한 듯한 표정이었
다. 나는 교장의 목소리와 태도 그리고 억양에서 이곳 사람들
과 다른 점을 느꼈다. 확인하고 싶었다. 그래서 이렇게 물었다.

"교장 선생님, 혹시 서인도 제도 억양을 쓴다는 말을 들은 적 있나요?"

그는 특이한 몸짓을 하며 대꾸했다.

"있어요. 나는 서인도 제도 사람입니다."

사실 나는 그런 몸짓에 익숙했다. 그것은 어린 시절 내가 알던 사람들의 몸짓이었다. 교장의 아버지는 1920년대에 런던에서 공부했다. 그는 자메이카의 흑인 운동가 마커스 가비를 비롯해 몇몇 사람들이 내세운 '백투아프리카 운동'의 필요성에 이끌렸다. 그래서 그 운동에 참여해 실행에 옮기기까지 했지만, 크게 만족한 삶을 누리지는 못했다. 아무튼 그는 서아프리카로 건너왔고, 죽을 때까지 보통의 아프리카 사람처럼 살았다.

한 여자가 교장에게 질문을 던졌다.

"기독교와 관련된 일을 하는 걸 소명으로 여긴다고 말씀하신 적이 있죠?"

"글쎄요. 내가 그랬나요?" 교장이 말했다. "우리 가족은 모두 침례교인이었는데, 내가 교회에 나가기를 바란 이유는 그것만이 유일하게 보람 있는 일이라고 생각했기 때문입니다. 나는 내게 영향을 준 사람들처럼 되고 싶었습니다. 내가 잘 아는 가톨릭 수도사도 나와 경우가 비슷합니다. 나와 배경이 같죠. 그는 서인도 제도 출신으로 로마 가톨릭 수도사가 되었습니다. 그에게 당신이 방금 나한테 한 것과 비슷한 질문을 한 적이 있습니다. 바로 몇 달 전의 일이죠. 그는 이렇게 말하더군요. '내게 다른 무엇이 있겠나? 수도원이야말로 내가 아는 가장 안전한 곳이라네. 그리고 아주 멋진 곳이지. 나는 일찌감치 아일랜드로 보내질 거라고 생각했다네.' 그 사람이 소명으로 수도사가 되었다면 나 역시 그렇습니다. 물론 가톨릭 수도사 정도는 아니겠지만요. 어쨌든 나는 침례교인입니다. 그런데 식민지 사람이 아니었다면 다른 길을 갔을 겁니다. 다른 종교를 믿었을지도 모르고요. 굳이 말하자면 그렇습니다."

그런데 그 자리에 앉아 있는 사람들 가운데 하나가 퉁명스레 말했다.

"말하는 게 마치 이 나라의 대통령 같군요."

교장은 커다란 어깨를 뒤로 젖히고는 양쪽 손바닥을 보였다. 마치 정부를 대변할 준비와 식탁에 앉은 모든 사람의 비판을 수용할 태세가 되어 있다는 듯이. 하지만 그것은 사람들이 기대한 자세가 아니었다. 사람들은 좀 더 조용하면서도 정중한 분위기를 바랐다. 그렇다고 호텔이나 거리에서 느낄 수 있는 강요된 침묵을 바라는 것은 아니었다. 누군가가 교장에게 질문했다.

"사람들은 아직도 당신이 있는 곳의 족장들에 관해 이야기하나요?"

교장은 이렇게 대답했다.

"그런 이야기는 들어 본 적 없습니다. 레브런의 말이 옳았어요. 대통령은 셰프리들의 세계에서 죄수 같은 존재였습니다. 셰프리들은 대통령의 개혁을 방해했죠. 당연히 대통령은 그들과 대결하려 했는데, 그럴 경우 어떤 일이 일어날지 잘 몰랐어요. 레브런은 그런 대통령한테 아주 간명하게 충고했습니다.

도끼로 나무뿌리까지 잘라 버리라고 말입니다. 대통령이 그렇게 하자 그들은 모두 멀리 달아나 버렸죠. 이제는 노예 제도를 비롯해 의식을 치르기 위해 살인을 한다거나 대족장이 죽으면 아내들과 하인들까지 죽이는 그런 악습은 사라졌습니다. 봉건적인 미신도 없어져 버렸어요. 그런 것들 때문에 아프리카가 그동안 미개한 곳으로 인식돼 왔죠. 도끼로 나무뿌리까지 잘라 버리라는 말과 함께 대족장이 죽기 전 그의 아내들과 하인들이 멀리 도망친 일을 나는 생생하게 기억해요. 나뿐 아니라 모든 사람이 그 사실을 기억하고 있어요. 단지 말하지 않을 뿐이죠. 아무튼 대통령이 인민 재판에 회부했을 때 족장들은 모두 줄행랑을 쳤습니다."

그는 족장들이 도망친 것을 강조하기 위해 양쪽 손바닥을 탁 소리 나게 부딪혔다. 그것 또한 서인도 제도 사람들 특유의 몸짓이었다.

"당신들은 내게 국경 너머에 있는 잘 닦인 도로와 라코스테 셔츠를 파는 상점과 아름다운 집과 카바레가 있는 대형 식당과 바나나 플랑베 디저트[12] 등이 어쩌니저쩌니 하는 이야기를 하는군요. 하지만 그런 곳은 아직도 족장이 다스리고 있습니다. 프랑스 사람들이 현지인들에게 일자리를 주었지만, 그러면 뭐 합니까? 그래 봐야 족장들 배만 채워 줄 뿐이죠. 더욱이 뭔 일이 일어나서 프랑스 사람들이 죄다 본국으로 돌아가면 봉건적인 생활 방식은 그대로 이어지고 사람들은 공포에

---

12) 바나나에 버터와 설탕을 넣어 볶은 요리.

사로잡힐 겁니다. 하지만 이곳은 그럴 일이 없어요. 시설이 좋지 않은 여객선은 있지만, 족장은 없습니다. 이곳에 있던 족장들은 민중을 위해 노력한다고 말했어요. 말은 늘 그럴듯했죠. 결국 대통령이 민중을 위해 그들을 인민 재판장으로 끌어내려고 한 겁니다."

나는 인민 재판에 대해 좀 더 듣고 싶었다. 교장은 계속 말했다.

"인민 재판은 민주주의의 정점이라고 할 수 있어요."

교장은 말하면서 서인도 제도 사람들의 몸짓을 흉내 냈다. 자기 말이 중요하다는 것을 강조하려고 그러는 모양이었다. 그는 식탁 가장자리에 손을 활짝 펴서 손바닥을 보인 채 어깨를 뒤로 젖히기도 하고 경찰이 갑작스레 나타나 자기를 체포하기라도 하듯 뒷걸음질을 치기도 했다. 또 음악에 맞추어 춤을 추는 듯한 동작을 취하기도 했는데 아주 우아해 보였다.

그렇게 교장은 제법 세련된 말솜씨와 그에 어울리는 몸짓으로 점심 식탁의 분위기를 장악해 나갔다. 교장의 그런 모습을 보자 마이다 베일의 비좁은 방에서 레브런이 말한 장면이 머릿속에 떠올랐다. 몇 달 전 레브런이 이곳을 방문했기 때문에 교장의 말이나 몸짓에 레브런의 영향을 받은 흔적이라도 있지 않을까 싶었다. 하지만 그런 것은 보이지 않았다. 교장의 말솜씨와 몸짓에 영향을 준 사람은 과거로 한참 거슬러 올라가야 찾을 수 있을 것 같았다.

나는 포트오브스페인에 있는 레드하우스의 일반 등기 사무실에서 커다란 책을 뒤적거린 변호사 서기들을 떠올려 보았다. 그들은 이탈리아 건축 양식으로 지은 건물의 블라인드가 쳐진 방 한가운데 놓인 마호가니 책상에 앉아 은밀하게 비밀을 나누거나 음모를 꾸미는 듯 소곤거리며 교장과 같은 몸짓을 했다. 레드하우스 건너편 빅토리아 양식의 광장도 떠올랐다. 처음에는 그저 흉내를 내는 것이었으나 몇 년 뒤 그 광장에서는 연이어 집회가 열렸다. 그리고 그곳에서 인종 문제를 해결하기 위한 서약식이 있었다. 그 서약식에 대한 사람들의 열정은 쉽게 수그러들지 않았다. 수그러들기는커녕 한동안 당국의 통제를 벗어났다.

서아프리카 프랑스 식민지 시대의 건물에서 여러 사람과 함께 교장의 말을 듣자니 대서양 건너편의 등기소 사무실에서 변호사 서기들과 한담을 나누는 듯한 착각이 들었다. 아케이드식으로 한쪽 면이 탁 트인 방의 유리잔이 놓인 기다란 식탁과 식탁보는 물론이고 타일이 깔린 마룻바닥에도 먼지와 모래가 뿌옇게 쌓여 있기는 하지만, 이곳 또한 이탈리아 양식의 건물과 두꺼운 벽에 블라인드가 있는 창문이 있었다. 두 건물모두 제국주의의 전성기에 세워진 것도 같았다.

교장은 대서양 건너편에서 불어온 '백투아프리카 운동'의 열기에 휩싸인 아프리카에서 아버지의 영향을 받으며 자랐다. 서인도 제도에서 그의 리듬감 있는 말과 몸짓을 대하면 그를 아프리카 사람이라고 여길 것이다. 하지만 이곳에서는 그런 것 때문에 그를 다른 데서 온 사람으로 생각할 터였다.

교장은 식탁 주위에 앉은 사람들의 주의를 끌고 동시에 침묵을 강요하면서 이야기를 이어 나갔다. 큰 키에 빛바랜 검은 양복 차림의 그는 볼과 턱에 하얗게 면도 자국이 있었고 옷 깃에는 탤컴파우더를 묻힌 채 상체를 흔들며 이따금 손을 쫙 펴곤 했는데, 그 모습이 연극배우 같기도 하고 무용수 같기도 했다.

"국경 너머에서는 정치 선전자들이 이러쿵저러쿵 말이 많았지만 대통령은 아무에게도 직접 손을 대지 않았어요. 모두 인민 재판을 두고 한마디씩 했지요. 하지만 인민 재판은 파수꾼 같은 역할을 합니다. 거리마다 도시마다 마을마다 고유의 인민 재판장이 있어요. 족장들은 그곳에서 재판을 받기로 되어 있었지요. 동족에 의해서, 자기들이 사랑한다는 사람들에 의해서 말입니다. 아무튼 인민 재판보다 높은 민주주의 형태는 없다고 생각합니다."

교장은 그렇게 말하고 동작을 멈춘 채 탁자를 내려다보았다. 침묵 속에서 그의 얼굴이 점점 변하기 시작했다. 공연이 끝났을 때 배우가 맡은 역할의 표정을 한동안 유지한 뒤 평소의 자기 얼굴로 돌아가듯 교장도 그런 변화를 보였다. 그는 대사관 점심 식사 모임의 성격을 그제야 이해한 것 같았다. 연합회 대표이자 교장으로서의 권위가 무엇인지도 깨달은 듯했다. 그때까지의 생존을 위한 몸부림이 얼마나 자신을 그런 신분이 주는 고귀함에서 멀어지게 했는지도 이해한 것 같았다. 교장은 주위에 아무도 없는 듯 묵묵히 식탁보만 내려다보았다. 연극배우나 무용수 같은 몸짓이나 동작도 하지 않았다.

교장은 전임자들이 그런 것처럼 대사관에서 며칠 머물기로 되어 있었다. 하지만 더는 머물지 않고 그날 점심 식사를 한 뒤 푸조 자동차를 타고 떠났다. 그러고는 대사관으로 돌아오지 않았다. 결국 전통적으로 내려온 그 식민지적인 작은 행사도 최초의 흑인 교장과 더불어 막을 내리게 되었다.

나는 도시의 메인 광장에 있는 카페에서 필리스의 친구를 만났다. 그를 만나는 것은 결코 쉬운 일이 아니었다. 그는 호텔로 오는 것을 꺼린 나머지 두 번씩이나 이상한 핑계를 대며 거절했다.

"호텔 사람들은 나를 별로 좋아하지 않아요."

어쩔 수 없이 프랑스 식민지 시대에 만든 광장에서 만나기로 했다. 광장이라고는 하지만 폐허나 다름없었다. 군데군데 허물어져서 유령이 튀어나올 것 같았다. 광장 건물도 지을 때의 목적대로 사용되지 않고 있었다. 카페에는 붉은 철제 탁자와 의자가 놓여 있었다. 카페 양쪽에는 베트남에서 수입한 과일 통조림과 이런저런 공산주의 나라에서 들여온 상품을 진열해 놓은 지저분한 가게가 있었다.

광장 한구석에 경찰차가 세워져 있었다. 하지만 그곳은 난폭한 거지들과 어려서 불구가 된 젊은이들이 진을 치고 있어 아주 위험했다. 그곳에 처음 갔을 때 나는 공산주의 국가에서 발행한 신문을 파는 가판대 근처에서 소매치기를 당했다. 아침에 커피를 마시고 있을 때 벌어진 일이었다. 프랑스 식민지 양식의 광장은 그런 일이 일어나기에 딱 알맞은 곳이었다. 분위기도 음산했다. 지나다니는 자동차도 없고 거리를 걷는 행인도 보기 어려웠다. 소매치기 패거리는 젊은 거지와 어린아이로 이루어졌다. 커피를 마시는데 갑자기 어린아이들이 나타나더니 나를 에워쌌다. 녀석들은 내 발밑에 엎드려서 기근 영화의 한 장면처럼 굶주림을 호소하는 아프리카인의 얼굴로 나를 올려다보았다. 그런가 하면 내 신발 끈과 바짓단을 잡아당기며 배고파서 그것이라도 먹고 싶다는 표정을 지어 보였다. 아이들은 동작도 재빠르고 표정도 무척 자연스러웠다. 거지두목한테 그렇게 하도록 훈련을 받은 모양이었다. 아이들은 기술 좋은 소매치기가 그 틈을 노려 소매치기하도록 그런 식으로 외국인을 혼란에 빠뜨리고 주의를 흩뜨렸다.

그런데 광장에서 벌어지는 그 같은 범죄 행위는 식민 통치가 끝난 뒤에도 계속되었다. 이번에는 아이들뿐 아니라 식민지에서 벗어나 자유를 찾은 듯 행동하는 주민들이 소매치기에 나섰다. 그들은 떼로 몰려다니며 재빠르게 움직였다. 절름발이들은 스케이트보드처럼 생긴 바퀴 달린 널빤지나 집에서 나무로 만든 장난감처럼 보이는 엉성한 수레를 타고 다녔다. 그들은 큰 소리로 마구 떠들었다. 자기들은 다른 사람들처럼 조용해야 할 필요가 전혀 없는 듯 행동했다. 그중에는 다리가 절단된 사람들이 꽤 있었다.

두목으로 보이는 젊은이도 허벅지 중간 부분에서 양쪽 다리가 절단되어 있었다. 절단된 부위에는 충격을 완화하도록 둥근 모양의 고무나 가죽을 부착한, 두께가 5~6센티미터쯤 되는 나무 받침대가 단단히 감겨 있었다. 그것이 의족 역할을 했는데 보폭은 걸음마를 시작한 어린아이처럼 좁았고, 받침대가 바쁘게 움직여도 그 위의 몸통은 느릿느릿 나아갔다. 몸이 절반이나 망가진 젊은이의 얼굴에는 세상에 대한 경멸과 적의가 불안정하게 드러났다. 나는 그 젊은이를 바라보며 광장에서의 그런 범죄 행위를 방치하는 데에는 기형적인 권력을 쥔 독재자의 숨은 의도가 있는 것은 아닌지 궁금했다.

필리스의 친구는 약속대로 붉은 칠을 한 철제 탁자와 의자가 놓인 카페에서 나를 기다리고 있었다. 그는 구석의 탁자에 앉아 신문을 읽고 있었는데 아주 잘생기고 건장한 사십 대로, 얼굴과 골격과 피부색으로 보아 아프리카인이라기보다는 서인도 제도 사람 같았다.

나는 남자와 대화하다 작은 족장과의 결혼 생활에 대한 필리스의 이야기 속에 그녀가 숨긴 것이 있다는 사실을 알아챘다. 그녀는 그 남자를 무척 좋아했고, 그런 만큼 내게 자랑하고 싶어 했다. 나도 대충 그럴 줄 짐작은 하고 있었다. 나는 그가 허영심 많은 남자라는 사실을 단박에 눈치챘다.

필리스가 건네주라며 내게 돈을 맡겼다고 하자 그는 웃음을 참느라 얼굴을 찡그렸다. 그러고는 내 말을 못 들은 척 이상한 소리를 냈다. 그는 전에도 여자들한테 이런 식으로 돈을 받은 것 같았다. 멋있는 척해도 내 눈에는 여자들에게 의지해 사는 남자로 보였다.

"필리스는 당신이 신문에서 다루지 않은 진짜 아프리카에 대해 들려줄 거라고 하더군요."

내가 그렇게 말하자 그는 웃음기를 거두고 믿을 수 없다는 표정을 지었다. 그러다 시골에 은둔해 사는 현자들을 몇 명 안다면서 자기가 부탁하면 그들이 내게 마술을 보여 줄 거라고 말했다. 그러니까 내 눈앞에서 금세 사라져 버릴 수 있고, 단단한 벽을 통과할 수도 있다는 것이었다. 또 날카로운 칼로 손을 그어 붉은 피가 뚝뚝 떨어지게 하다가도 눈 깜짝할 사이에 아무런 흔적도 없이 말끔히 낫게 할 수도 있고, 텔레파시를 통해 여러 대륙에 있는 집이나 사람들 마음속을 들락거릴 수도 있다고 했다.

그것은 내가 기대한 말이 아니었다. 필리스는 세상을 움켜쥘 듯 강해 보이는 앙틸레즈답게 부족이 치른 의식을 보면서 아프리카에 대한 생각이 바뀌었다고 했는데, 결과적으로 나는 그녀의 말을 듣고 터무니없는 기대를 한 것 같았다. 남자는 아프리카 호텔 라운지에서 관광객들에게 히피풍의 마술을 선보이고 돈을 뜯는 사기꾼처럼 보이기도 했다. 아마 필리스는 이 남자에게 빠졌을 때 아프리카에 대해 잘 몰랐을 것이다. 알았어도 잊어버렸을지 모른다. 그리고 남자가 위로자, 연인, 점성가, 마술사로 자기를 대한 바람에 그가 어떤 사람인지 판단하지 못했을 것이다.

나는 그와 헤어지고 싶었다. 그런데 마술 이야기가 끝난 뒤 그는 내게 더 달라붙어 있으려고 했다. 호텔로 돌아가기 위해 광장을 벗어나는 내 옆에 바짝 붙어 서더니 힘차고 품위 있게 걷기 시작했다. 거지들이 우리를 발견하고는 시끄럽게 떠들었다. 두어 명의 거지가 바퀴 달린 널빤지를 타고 맹렬한 기세로 뒤따라왔다. 그러자 절단된 허벅지에 받침대를 댄 남자가 소리를 질러 그들을 쫓았다.

필리스의 친구는 신문에서 다루지 않은 진짜 아프리카에

대해 들려줄 거라는 그녀의 말을 실천하기라도 하듯 천천히 걸으며 말했다.

"유럽 신문들에는 아프리카에 대한 나쁜 소식만 실려 있습니다. 전쟁이나 기아에 대한 기사뿐이죠. 당신이니까 사실대로 말할게요. 아프리카에는 일곱 군데 신성한 장소가 있어요. 이 대륙의 모든 힘이 그 일곱 곳에 집중되어 있다고 할 수 있어요. 각각의 장소에는 성자가 있습니다. 이들은 매달 만나서 아프리카의 운명을 정하지요."

이것은 또 무슨 말인가? 혹시 그와 내가 있는 곳이 일곱 군데 중 하나고, 그는 성자들 가운데 한 명일까?

"그 일곱 명의 성자들은 서로 어떻게 만납니까?"

나는 그의 얼굴을 똑바로 바라보며 물었다. 그는 검지로 머리 위에 동그라미를 그리며 대답했다.

"텔레파시로 만나죠."

그는 마술하는 아프리카 사람인가? 아니면 아프리카에 대한 환상을 품고 바다를 건너온 외국인가? 이곳에는 오래된 문화가 지닌 힘에 대한 히피풍 환상을 품은 사람들이 꽤 많이 들어와 있었다. 그들은 이런저런 마술을 보고 싶어 하는 관광객이나 이방인이나 외로운 사람들에게 흥밋거리를 제공했다.

호텔 근처에 왔을 때 남자는 서아프리카의 어느 곳에 정착한 외계인 이야기를 늘어놓았다. 그러다 호텔 입구에서 서성이는 경찰관들을 보고 깜짝 놀라 멈추어 섰다. 그는 나를 따라 호텔에 들어서지 않았다.

우리는 세계라는 구조물 안에서 살아간다. 고대인들은 그들만의 것을 소유했다. 우리의 가까운 조상들도 그들만의 것을 소유했고, 그래서 우리는 그들의 구조물 안으로 들어갈 수 없다. 모든 문화는 저마다 고유한 것을 지니고 있고, 인간은 한없이 순응적인 존재다. 어쩌면 필리스는 아프리카 생활을 통해 터득한 융통성을 발휘해 수많은 사람(아프리카인이든 유럽인이든 서인도 제도 사람이든 미국 흑인이든 다른 집단에 속한 사람이든 상관없이)에게 비판적이든 뭐든 그녀 나름의 태도를 취함으로써 프랑스어가 통하는 과들루프와 파리와 서아프리카에 그녀만의 구조물을 세웠을지도 모른다. 그녀는 그런 융통성과 어디에서든 쉽게 적응하는 능력으로 마침내 자유를 찾았다. 아마도 세월이 흐를수록 필리스는 자신의 배경을 이루는 요소들로부터 점점 멀어질 것이다. 어쩌면 그녀의 삶을 지탱한 논리적 기반도 무너질지 모른다. 교장의 아버지가 '백투 아프리카 운동'에 참여하면서 교장의 운명이 정해진 것처럼 필리스의 세계나 구조물도 작은 족장과 결혼한 일과 그 전에 프랑스령 서인도 제도의 섬(이 섬은 내게 처음으로 프랑스어를 가르쳐 준 흑인 선생님에게 자유를 안겨 준 곳이다.)을 떠나온 사건에 의해 만들어졌다. 그녀는 이제 자기가 떠나온 곳으로 돌아갈 수 없을 것이다. 그녀 자신이 행한 일이나 걸어온 길도 원래 상태로 되돌릴 수 없으리라. 그녀가 지닌 것은 여성적인 본성의 일부일 뿐이었다.

레브런의 경우는 달랐다. 그는 늘 도피 중이었으며, 아무런 기반도 없는 혁명가였다. 레브런은 늘 실패했지만 이따금 행운의 여신이 손을 내밀었기 때문에 행동한 결과에 따라 살지 않아도 되었다. 그는 언제든 자유롭게 나아갈 수 있었다. 아마 그는 프랑스령 서아프리카의 독재자에게 자신이 한 말이 어떤 결과를 가져왔는지 예측하지 못했으리라. 당시 레브런은 난생처음으로 자기의 제자가 될 준비가 되어 있는 한 나라의 통치자를 발견했다. 하지만 통치자가 그에게 호의적이었던 것은 그의 충고가 통치자의 상황과 맞아떨어졌기 때문이다. 독재 정권이 무너지고 나라 전체가 황폐한 모습을 드러냈을 때 아무도 그에게 충고해 달라고 요구하지 않았다. 레브런은 그 나라의 황폐함과 아무런 관련이 없었다. 그는 오히려 혁명과 아프리카인의 구원이라는 두 가지 이념을 고수한 사람이었다. 그렇다고 그런 수고에 대한 보상도 받지 못했다. 아프리카나 카리브해 제도의 혼란 속에서 그는 이상할 정도로 순수하게 행동했다.

레브런은 이제 늙을 대로 늙었다. 그는 식민지 시대와 식민지 이후의 역사에 관심 있는 사람들 사이에서나 유명할 뿐이었다. 하지만 그에 대한 평을 하는 사람들 가운데에는 그를 제대로 이해하지 못하는 이가 더러 있었다. 그들은 레브런과 다른 세계에서 자랐기 때문에 그보다 더 단순했다. 전기 작가들이나 텔레비전 인터뷰 진행자들은 레브런의 자의식에 대한 미덕을 강조하면서 그가 오래전에 내세운 혁명의 명분만 다루었다. 그들은 레브런과 달리 위험한 일을 겪은 적이 없는 사람들이었다. 모두 금세기 초에 태어났기 때문에 힘든 세상을 살아온 사람들을 이해하거나 평가할 능력이 없었다. 그들은 레브런의 지적인 성장 과정에는 단계마다 채 여물지 않은 감수성이 장애물처럼 놓여 있었고, 그의 정치적 해결점은 미쳐 버리지 않기를 바라는 마음과 그의 존재 깊숙한 곳에서 일어나는 영적인 투쟁의 본질이었다는 사실을 이해하지 못했다.

그들은 면담 서류를 들고 찾아와서는 이전에 했던 질문을 쏟아 냈다. 특히 레브런 어머니의 삼촌에 대해 집중적으로 물었다. 그는 영국인 가정에서 마부로 일하다 주인 가족을 따라 바베이도스에서 런던으로 건너갔고, 티크본 가문의 저택에서 자기에게 차와 케이크를 대접한 하인들과 친하게 지냈다. 레브런은 어머니의 삼촌에 얽힌 이야기를 반복해서 들려주었다. 그런데 나이 탓인지 그는 이따금 이야기의 초점을 잊어버리곤 했다. 레브런은 늙은 마부가 자기에게 과거에는 흑인과 백인이 하나였다는 말을 했다고 텔레비전 프로그램 담당자를 비롯한 면담자들한테 강조해서 말했다. 레브런은 이야기하는 중에 다음에는 무슨 말을 해야 할지 몰라 망설였다. 하지만 그들에게는 그 이야기면 충분했다.

면담자들은 레브런의 번민이 바로 거기, 그러니까 늙은 마부가 노예 시대로 거슬러 올라가서 그때가 좋았다고 말한 데서 싹텄다는 사실을 이해하지 못했다. 하지만 그러거나 말거나 늙을 대로 늙은 레브런은 어린 시절로 돌아가서 평화만을 찾는 듯한 표정을 짓고 있었다.

6

서류 뭉치, 담배 마는 종이, 거북이:
기록되지 않은 이야기

연극이든 영화든 또는 두 가지가 혼합된 형태든 오래전부터 실현 불가능한 장면들이 충동적으로 떠오를 때가 있다. 첫 장면은 잉글랜드 왕 제임스 1세 시대의 '운명호'라는 배의 갑판에서 벌어진 광경이다. 시대 배경은 1618년이고, 무대는 남아메리카 대륙을 흐르는 강이다. 이 강은 잔잔할 때는 회색을 띠지만 조금이라도 물결이 일렁이면 흙탕물이 된다. 때는 새벽 무렵으로 하늘은 은빛이고, 이 단으로 이루어진 무대는 약간 어두운 편이지만 열대의 태양이 빠른 속도로 솟아오른다. 둔탁한 물소리가 동트기 전의 고요를 깨뜨린다. 누군가 물속으로 뛰어든다. 잠시 후 배 갑판에서 요란한 발소리와 함께 사람들이 외치는 소리가 들린다.

그와 동시에 조명이 선실에서 제임스 1세 시대의 옷을 벗는 노인을 비춘다. 노인은 영국 군인이자 탐험가인 월터 롤리 경이다. 나이 예순네 살인 그는 여러 달 동안 병을 앓고 있으며, 앞으로 여덟 달 정도밖에 살지 못한다.

월터 롤리 경이 자유의 몸으로 지낸 것은 딱 이 년 동안이다. 그 전의 십삼 년 동안은 왕과의 불화로 런던탑에 감금되었다. 그러다 감옥에서 풀려나와 남아메리카 가이아나에 있는 엘도라도 금광을 찾아 나섰다. 월터 롤리 경은 오리노코강 주변 어딘가에 금광이 있으며 자기가 그 위치를 정확히 안다고 말하곤 했다. 정확히 이십이 년 전, 그는 오리노코강과 엘도라도 지역을 지키는 스페인 출신의 정복자 안토니오 데 베리오를 포로로 잡았다. 베리오는 당시 스페인령 트리니다드를 습격하고 엘도라도를 통치한 인물로 알려져 있었는데, 월터 롤리 경은 베리오가 소유한 금광에 대한 정보를 모두 입수했다고 주장했다. 그리고 엘도라도의 원주민을 자기 편으로 끌어들였다고도 했다. 석방된 월터 롤리 경은 이제 자기가 말한 것을 증명해야 했다. 그는 일종의 내기를 했다. 만약 금광을 찾으면 그는 과거의 모든 죄를 용서받는다. 하지만 금을 찾지 못하거나 스페인 사람들을 화나게 하면 죽을 것이다. 당시 가이아나는 스페인령이었다.

가이아나는 월터 롤리 경이 황금 제국의 통치자가 되고자 하는 곳이었다. 그는 가이아나를 자신의 아르카디아, 즉 이상향으로 만들려고 그 지역에 대해 자세히 기록해 두었다. 그런데 지금은 진퇴양난에 빠져 있었다. 원주민들은 그를 피했다. 그는 자신이 기록한 피치 호수의 담수에서 싱싱한 물고기를 잡을 수 없었다. 트리니다드에는 스페인 사람들이 소수였지만, 그들은 유리한 입장에서 월터 롤리 경을 감시했다. 그들 손에는 머스킷이라는 기다란 화승총이 들려 있었다. 스페인 사람들은 무모하게 총을 쏘는 법이 없었다. 그들은 적이 40보쯤 가까이 다가오면 그제야 조심스럽게 적을 향해 총구를 겨누었다. 월터 롤리 경 일행은 배 밑바닥의 작은 틈을 메우는 데 필요한 역청을 구하거나 굴을 따고 식량과 물을 얻기 위해 해안으로 나가야 했다. 그런데 두 사람이 해안으로 갔다가 돌아오지 않았다.

날이 갈수록 식량이 점점 줄어들었다. 월터 롤리 경은 금광 탐험을 위해 절반 이상의 대원들을 남쪽의 오리노코강 상류로 보냈다. 하지만 몇 주일이 지났는데도 아무런 소식이 없었다. 그는 좌절했다. 포로로 잡은 원주민을 안내자로 태우고 무슨 일이 있는지 알아보라고 오리노코강 상류 근처의 마을로 보낸 배도 돌아오지 않았다. 월터 롤리 경은 강 상류에서 무슨 일이 일어났다면 원주민 마을에 알려졌을 거라고 확신했다. 원주민들은 모두 스페인어를 쓰고 있었다. 그들 입장에서는 월터 롤리 경 때문에 스페인 사람들을 무시할 이유가 없었다. 그는 오리노코강 상류의 상황이 너무나 궁금해서 포로로 잡은 원주민들(이들은 스페인어 통역가로 트리니다드와 스페인에 있는 스페인 사람들과 밀접하게 연결되어 있었다.) 세 명 가운데 두 번째 포로를 해안으로 보내고, 세 번째 포로는 인질로 남겨 놓기로 했다. 월터 롤리 경은 기대에 차 있었다. 해안 마을로 떠난 두 번째 포로는 많은 식량과 라브레아의 피치 호수에서 낚은 물고기와 시골 들판이나 숲에서 잡은 살이 통통하게 오른 꿩, 그리고 운이 좋으면 강 상류의 소식도 가지고 돌아올 터였다.

대원 한 명이 월터 롤리 경의 선실 문을 두드리고 들어왔다. 그러고는 세 번째 포로 마틴이 도망쳤다고 보고했다.

"뭐? 대체 누가 보초를 섰나?"

월터 롤리 경이 벌컥 화를 내며 물었다.

"피곳입니다."

"피곳, 그놈을 혼자 보트에 태워 오리노코강 상류로 보내야겠군."

"지금 바로 론치[13]를 내려서 쫓아가면 그자를 붙잡을 수 있습니다."

"가능한가?"

"쉽지는 않겠지만, 일단 시도하는 게 좋을 듯합니다."

"당연히 쉽지 않겠지. 론치를 내리고 전투복으로 갈아입을 때쯤이면 그 포로는 숲으로 숨어들 거야. 원주민이 숲에 들어가면 포기해야 돼. 배 위에서도 지키지 못했는데, 숲에서 놈을 무슨 수로 잡겠나?"

"강 상류 쪽 마을로 간 원주민이 돌아오지 않았기 때문에 오늘 세 번째 포로를 교수형에 처하려고 했습니다. 하지만 대원들은 그 포로를 교수형에 처하는 걸 꺼렸습니다. 모두 자기가 한 행동이 나중에 자기에게 돌아올 거라고 믿고 있습니다.

---

13) 함선에 싣는 대형 보트.

우리는 그동안 너무 많은 불운을 겪었습니다."

"그렇게 말하니까 생각나는군. 가서 군의관을 데려오게. 약을 먹어야겠어. 그런데 자네는 왜 가슴 보호복을 착용하지 않았나? 내가 분명히 지시했을 텐데? 우리는 늘 준비가 돼 있어야만 하네. 총알도 치명적이지만 독 묻은 화살은 더 치명적이야."

"그 원주민 포로가 배에서 뛰어내릴 때 저는 보호복을 입고 있었습니다."

"쓰레기 같은 놈들……."

"군의관을 데려오겠습니다."

"형편없는 놈들이 탐험대원이라니……. 그 바보 같은 놈들의 친구나 가족은 아마 놈들이 바다에 빠져 죽거나 영원히 사라지기를 바라고 바다로 보냈을 거야. 이따금 나는 내게 보내진 인간들이 음식만 축내기 위해 태어났다고 생각한다네. 놈들은 마지막 남은 사과마저 훔쳐 먹었어. 사과 몇 개를 모래 상자 속에 묻어 두었는데 말이야. 어떻게 알았는지 귀신같이 훔쳐 먹었다니까. 천하의 못된 놈들 같으니라고, 영국을 떠나기 전 겨우 구해서 숨겨 두었는데 그걸 훔쳐 먹다니!"

하늘이 환하게 밝아 오고 있었다. 이른 아침인데도 무더웠다. 군의관이 선실로 들어와서 노인에게 약을 건넸다. 두 사람은 달아난 원주민 마틴에 대해 이야기를 나누었다. 그들은 원주민을 교수형에 처하지 않기를 잘했다는 데 동의했다. 사실 교수형에 처하겠다고 말한 것은 협박일 뿐이었다. 영국산 물품을 팔아서 식량을 구하고 소식을 알아 오도록 강 상류 쪽 마을로 보낸 원주민을 돌아오게 하기 위한 계략이었다. 하지만 그 원주민은 배에 남겨진 친구나 동료 부족이 희생되든 말든 신경 쓰지 않는 게 분명했다.

"이 물약도 한 모금 마시세요."

군의관이 노인에게 말했다.

"뭍으로 나가면 숲에 들어가서 값비싼 향료를 만드는 데 쓰는 발삼을 구할 수 있네. 나는 1595년에 트리니다드의 와나와 나르 원주민들한테 꽤 많이 얻었지. 지난번 상륙했을 때는 아주 조금밖에 구할 수 없었어. 이번엔 넉넉히 구할 생각이네. 아마 발삼은 군의관 자네가 지금껏 맡아 본 냄새 중에서 가장 향기로울 걸세. 안젤리카와 아주 비슷하지. 지난 이십여 년 동안 그 향기는 한시도 내 곁을 떠나지 않았네. 예전엔 원주민들이 우리에게 마음을 터놓았지."

"이제 예전 일은 잊으셔야 합니다. 우리는 상륙이 허락되지 않을 겁니다."

군의관은 걱정스러운 시선으로 월터 롤리 경을 바라보았다.

"그리고 굴도 있었네. 물에서 자라는 맹그로브 뿌리에 작은 굴이 다닥다닥 붙어 있었지. 맹그로브 뿌리 하나를 잘라 내면 열두 개쯤 생굴을 얻을 수 있다네. 입에서 살살 녹는 굴 맛이란……. 자네도 한번 먹으면 이제껏 맛본 그 어떤 굴보다 맛이 기막히다고 할 거야. 피치 호수는 타르가 많기로 유명하잖나. 얕은 웅덩이에 고인 빗물도 단맛이 나는데, 타르 때문이라네."

"죄송한 말씀이지만 대장님은 그런 이야기로 대장님 자신은 물론이고 다른 사람들을 괴롭히고 있습니다. 그동안 우리 대원들에게 얼마나 자주 달콤한 약속을 하셨습니까? 카사바 술에 대해서도 맛이 어떻다느니 여러 번 말씀하셨어요."

"1595년에 그걸 처음 본 이래 지금까지 똑똑하게 기억하네. 바로 이곳 가이아나 해안에서 있었던 일이야. 원주민 여자들이 카사바를 씹어서 그릇에다 뱉더군. 영국에서도 여자들이 술을 빚는데 여기서도 술을 빚는 건 여자들 몫이었나 봐. 지금은 어떤지 알 수 없지만 말이야. 근래에는 가 본 적이 없으니까. 언젠가 들은 기억이 있는데 여자들이 카사바 뿌리를 씹는 이유는 여자들 침이 카사바를 빨리 발효시킨다는 사실을 일찍이 발견했기 때문이라더군. 아무튼 여자들 한 무리가 땅바닥에 주저앉아 카사바를 씹어 우묵하게 파인 나무 그릇에 뱉곤 했다네. 나는 그 모습을 보기 위해 가까이 다가갔지. 그 여자들이 자네를 보고 키득거리는 모습을 한번 상상해 보게. 모리키토 부족 여자들이 카사바 술을 빚는 광경을 처음 봤기 때문에 호기심이 일어 참을 수 없었네. 그래서 뭘 만드느냐고 물어봤지. 그러자 일제히 큰 소리로 웃더군. 나는 나를 놀리려고 웃는 줄 알았네. 그런데 모든 작업이 끝나자 놀랍게도 내 앞에 술이 놓여 있었지. 그때까지 한 번도 맛본 적 없는 깨끗하면서도 감미로운 술이 말이야. 어떤 견과류보다 고소하고 어떤 맥주보다 시원하고 깔끔했네. 술을 마신 뒤 족장들은 나무 그늘에 걸어 둔 그물 침대에 누워서 한가롭게 이리저리 몸을 흔들며 시간을 보내더군. 그곳 숲은 정말 시원했네. 이 배처럼 덥지도 않고 땀나지도 않았어. 여자들은 작은 국자로 술을 떠서 족장들에게 대접했지. 그렇게 시중드는 여자들은 대부분 몸이 통통했는데, 교육을 받아 예절 바른 영국 여자들만큼이나 우아하더군. 의외로 흰 피부에 균형 잡힌 몸매였네. 머리카락은 검었고 말이야."

"그건 우리 대원들이 카나리아 제도를 벗어날 때부터 대장님이 하신 말씀이에요. 우리가 그곳에서 스페인 사람들 때문에 온갖 고초를 겪고, 당시 그 선장이 배를 떠난 뒤 우리가 불평 없이 항해를 계속하도록 격려하기 위해 하신 말씀이라고요."

"그 쓰레기 같은 놈! 우리는 영국을 떠나기 전부터 싸웠네. 여하튼 쓰레기 같은 놈이야, 그놈은! 사실대로 말하자면 그놈이 떠났을 때 나도 반쯤은 떠나고 싶었네. 하지만 갈 곳이 있어야지. 탐험대와 함께 있을 수밖에 없었네. 나는 오래전부터 탐험을 떠나고 싶어 몸이 근질근질했지. 그래서 탐험을 떠나게 해 달라고 오랫동안 간청했는데, 막상 떠날 날이 다가오자 마치 탐험이 생명력을 가진 것처럼 여겨지더군. 나를 돌아올 수 없는 미지의 세계에 떼어 놓으려는 생명체 같았네. 그래서 좀 불안하던 차에 그 질병이 덮친 거야. 새로 건조한 배인데 많은 대원이 병에 걸려 죽었지. 나는 그 대원들을 위해 마음껏 슬퍼할 수도 없었네. 지금도 슬픔과 함께 홀로 남겨지는 것이 두려워. 뭐랄까, 슬픔이 나를 가득 채워 더는 슬퍼할 수 없었다고 할까. 아무튼 충실한 요리사인 프랜시스도 죽고 말았네. 런던에서 금 정제 기술이 가장 뛰어난 파울러도 죽었고. 정말 많은 사람이 죽었네. 우리 배는 움직일 수도 없는 병자들과 매장해야 할 시체들에서 풍기는 악취로 가득 찼고……."

"그런 와중에도 대장님은 대서양 어딘가에 있는 이상향에 대해 말씀하셨어요. 대원들의 사기를 북돋우려고 나름대로 애쓴 겁니다. 황금뿐 아니라 시원한 음료와 맛있는 음식, 그리고 대장님이 자기들의 왕이 되기를 기다리는 친절하고 아름다운 사람들에 대해서도 말씀하셨고요."

"자네도 알다시피 나 또한 병에 걸렸네. 무서운 열병이었지. 낮에도 세 벌의 셔츠가 필요했고, 밤에도 셔츠를 세 번이나 갈아입어야 했지. 옷이란 옷은 땀으로 흠뻑 젖었네. 우리는 바다가 잔잔할 때 외에는 30킬로미터 이상 나아가지 못했지. 한낮에는 머리 위에서 태양이 이글거렸고, 수면이 반짝거려 앞을 볼 수 없을 정도였다네. 아무튼 나는 몸 상태가 좋지 않았어. 아까 말했듯 탐험은 생명체 같은 거야. 나는 그것에 굴복했네. 그것이 나를 매일 질질 끌고 다녔던 거지. 나는 아무런 의지가 없었네. 대장 노릇을 할 상황이 아니었어."

"그랬죠. 열 척의 배에는 병자와 시체가 가득했습니다. 우리가 이곳에 도착했을 때 네덜란드 선박 한 척이 여유 있게 무역을 하고 있었어요. 네덜란드 사람들은 담배와 소금과 가죽을 사고 손도끼와 칼 같은 금속 제품을 팔고 있었죠. 우리 배에는 황금을 찾겠다고 나섰다가 병들거나 죽은 사람들만 가득한데 말입니다. 몸을 움직일 수 있는 대원들이 폭동을 일으키기는커녕 대장님이 자기들을 어디로 이끌고 가는지조차 묻지 않는 게 놀랍지 않은가요? 대장님은 처음부터 대원들을 영국도 스페인도 인도도 아닌, 아무도 알지 못하는 신비스러운 곳으로 이끌 작정이었는데 말이에요. 이곳에 도착하자 얀손스 선장은 무역을 하고 있었는데, 대장님은 셔츠 바람으로 상륙해서 신선한 공기를 마시며 원기를 회복한 뒤 시체들을 매장했습니다. 그러는 동안 원주민들이 탄 카누가 그 네덜란드 선장에게 갔고요. 대장님의 부하가 되겠다고 나선 원주민들이었죠. 그들은 스페인어와 네덜란드어를 할 수 있지만 영어는 한마디도 할 줄 몰랐어요. 그 원주민들은 대장님에게 돌아오지 않을 겁니다. 다른 원주민들도 다가오지 않을 거고요.

대장님은 왜 수많은 사람에게 원주민의 왕이 될 수 있다고 공언하셨나요? 대원들은 대장님의 그 말 때문에 터무니없이 많은 걸 기대했습니다. 항해하면서 극심한 고통을 겪은 만큼 기대도 컸죠. 정말 우리 대원들은 말도 못하게 고생했습니다. 저는 이곳에 도착하면 족장들이 대장님을 대대적으로 환영하고 경의를 표할 줄 알았습니다. 시원한 물과 달콤한 술과 아름다운 여자들과 사슴 고기와 생선과 생굴 같은 먹음직스러운 음식 등도 잔뜩 있을 줄 알았죠. 하지만 아무것도 없었습니다. 대원들은 가지고 온 식량으로 겨우 견디고 있어요. 키미스 부대장은 원주민 말을 할 줄 아는 대원을 가까운 마을로 보내 원주민 두 명을 찾아서 데려오라고 했죠. 족장이 아니라 대장님의 하인이던 원주민들을 말입니다. 대장님은 1595년에 그 원주민들을 영국에 데려왔습니다. 영국을 구경시켜 준다면서요."

"그들에게 원주민 말을 배웠지."

"우리는 두 주일 동안 기다렸습니다. 대장님이 레오나드라고 부른 사람은 결국 나타나지 않았죠."

"그도 건강이 좋지 않았기 때문에 틀림없이 죽었을 거야. 내가 그를 이쪽으로 돌려보낸 게 십 년인가 십이 년 전인가 그랬으니까. 그는 고향에서 평온하게 죽기를 바랐어."

"두 주일이 지난 뒤 카누 한 척이 다가왔는데, 거기에는 낡고 허름한 영국 옷을 입은 병든 원주민 노인 한 명이 타고 있었습니다. 맨발에 누더기 같은 옷을 걸치고 있는 게 영락없는 허수아비 같았죠. 이가 거의 빠져 몇 개 남지 않았는데 담배를 피워서인지 새카맣더군요. 카누 밑바닥에는 카사바 빵 조각이 흩어져 있었고, 담배 마는 검은 종이와 음식이 나뭇잎으로 꽁꽁 싸여 있었습니다. 우리는 처음엔 울긋불긋한 옷에 멋진 깃털을 장식한 족장이 대장님을 만나러 온 줄 알았어요. 두 사람이 만나기는 했죠. 그런데 대장님은 해리라는 그 노인과 이야기를 나눌 수 없었어요. 그가 영어를 완전히 잊어버렸기 때문이죠."

"나도 그 사실을 알고 놀랐네. 그는 십사 년이나 나와 함께 지냈어. 나는 그가 영국에서 결혼해 살기를 바랐지. 그런데 그는 향수병에 걸렸다네. 그에겐 파란색과 하얀색으로 된 원주민 머리띠가 있었는데 걸핏하면 그걸 머리에 묶고 벽을 향해 앉아 있곤 했어. 런던탑에 갇혔을 때도 종종 그랬지. 하루 종일 한마디도 하지 않고 움직이거나 눈을 감지도 않은 채 앉아 있는 그를 보면 섬뜩하기까지 했네. 결국 영국인 윌리엄 하코트와 함께 이곳으로 돌려보냈지. 그게 벌써 구 년 전이군. 그는 영국 옷을 여러 벌 가지고 싶어 했네. 옷을 무척 좋아했지."

"그런데 해리라는 노인이 온 날 대원들은 그야말로 폭발 직전이었습니다. 대장님은 그때 얼마나 긴장된 상황이었는지 모르셨을 겁니다. 그날인지 아니면 그 이튿날인지 대장님은 이 선실에 앉아 부인에게 편지를 썼죠. 원주민들이 여전히 대장님 이름을 기억하고 있고, 대장님은 곧 그들의 왕이 될 거라는 내용이었어요. 그게 영국으로 가는 배편에 부친 편지들 가운데 하나였습니다."

"놈들이 내 편지를 죄다 읽을 거라고는 상상도 못 했네."

"편지를 읽지 않았다면 그건 직무 태만이겠죠. 탐험에 나섰다가 수많은 죽음을 목격했고 자기들도 언제 죽을지 모르는 상황인데 무슨 일을 못 하겠어요. 우리가 진심으로 원하는 건 안전과 평화였습니다. 하지만 늘 일촉즉발의 위기 상황이었어요. 그래서 우리는 대장님이 뭘 생각하는지, 무슨 꿍꿍이가 있는 건 아닌지 의심할 수밖에 없었죠. 아시겠지만 대장님이 쓴 편지는 전부 필사돼 영국에서 대장님을 지지하는 사람들에게 전달됐습니다."

"나를 감시하는 녀석이 있는 줄 짐작은 했지만 그게 누군지는 몰랐어. 병에 걸리기 전 몇 주일 동안 나는 누군지 알아내려고 무진 애를 썼지. 일찌감치 자네는 첩자일 리 없다고 생각했네. 런던탑에서부터 친구로 지낸 존 탤벗이 첩자일 거라고 생각했지. 그러다 존이 병들어 죽자 첩자는 이제 없을 거라고 판단했고. 존도 이곳에다 묻어야 했는데 말이야. 나는 존을 늘 좋은 사람이라 여겼네. 그는 훌륭한 학자이기도 했지. 존은 런던탑에서 나와 함께 십일 년이라는 세월을 보냈네. 그는 거기서 나가기를 학수고대했지. 그 때문에도 나는 그를 원망할 수 없다네. 그가 첩자 짓을 했어도 신경 쓰지 않았을 거야."

"돌이켜 보면 그는 우리에게 도움을 많이 준 사람이었습니다."

"내가 어떻게 했으면 좋겠나?"

"때가 됐습니다. 우리는 이곳에서 두 달이나 머물고 있어요. 그동안 정말 많은 사람을 잃었습니다. 탐험을 떠날 때마다 사람을 잃지만, 이번엔 너무 많은 사람을 잃었어요. 식량도 거의 바닥났고요. 대장님은 다섯 척의 배에 400명이나 되는 대원을 태워 오리노코강 상류로 보냈지만, 그곳에서 어떤 일이 벌어지는지는 전혀 알지 못합니다. 대장님이 포로로 잡았다 보트에 태워 마을로 보낸 원주민도 돌아오지 않았고요. 아마 영영 돌아오지 않을 것 같습니다. 원주민들은 모두 우리를 피하고 있어요. 파리아만 트리니다드 쪽에는 스페인 사람들이 머스킷 총으로 무장한 채 우리가 상륙하는 걸 막고 있고요. 우리는 반대편 강 위쪽에 있는 산토메 정착촌에서 어떤 일이 벌어지는지도 전혀 알지 못하죠. 우리가 아는 건 스페인의 트리니다드 총독이 그쪽으로 갔다는 것뿐입니다. 틀림없이 그곳을 요새화하기 위해 갔을 겁니다. 그 총독은 부임한 지 얼마 안 됩니다. 스페인 정부에서 그를 콕 집어 총독으로 보냈다고 하더군요. 그는 식민지 시대의 구태의연한 정치가가 아닙니다. 귀족 출신으로 런던 주재 스페인 대사의 친척이라고 들었어요. 우리는 지금 상황에서 키미스 부대장이나 대장님 아들에게 무슨 일이 일어났는지 알 수 없습니다. 대장님이 보낸 다섯 척의 배와 400명의 대원들이 어떤 상황에 있는지도 모르고요. 무슨 일이 일어난 것만은 분명합니다. 대장님도 그렇게 느끼시겠죠. 분위기가 이상하니까요. 무슨 일이 일어나더라도 알아낼 방법이 있는지 모르지만, 조금이라도 있다면 대장님이나 저나 이렇게 앉아 이야기만 나눌 수는 없겠죠."

"자네, 종이나 펜 있나? 뭔가 기록할 만한 것 없어?"

"지금은 없습니다. 하지만 저는 그때그때 기록할 만한 걸 갖고 다니며 일하기를 좋아합니다. 기록해 두지 않으면 많은 것을 잊어버리니까요. 사람들이 흔히 말하기를, 어떤 글은 반복해서 읽어야만 진정한 의미를 알게 된다고 합니다. 그런 뜻에서 글은 언제든 볼 수 있게 눈앞에 있어야 하죠. 글 속에 담긴 내용을 제대로 이해하려면 반복해서 읽는 수밖에 없습니다. 가령 무슨 말인지 도무지 알 수 없거나 문장과 문장이 어떻게 연결되어 있는지 모를 때는 그래야만 합니다. 대장님 같은 분은 언어에 재능이 있으니까 그러지 않아도 되겠지만요. 말이 나와서 하는 말인데 대장님과 로렌스 키미스 부대장은 수년 전에 아주 상세한 기록을 했어요. 두 분은 가이아나와 엘도라도와 그동안 발견한 것들에 대해 글을 썼죠. 저술가인 리처드 해클루트가 두 분 글을 편집해서 각각 책으로 펴냈고요. 대장님의 런던탑 동기인 존 탤벗이 우리에게 읽으라고 권한 책들이 그겁니다. 그때 존 탤벗은 이렇게 말했습니다. '여기에 모든 것이 들어 있네. 이 책들을 통해 이십이 년 전에 무슨 일이 있었는지 연구하고 분석해 보게.'

저는 탐험에 나서기 전 영국에서 그 책 한 권을 끝까지 읽으려고 했지만 너무 어려웠어요. 낯선 원주민들이며 스페인식 이름도 그렇고, 전혀 모르는 사람과 장소와 부족에 대한 이야기가 계속 이어져 책장을 넘길 수 없었죠. 특히 이름이 너무 많이 나오니까 질려서 못 읽겠더군요. 솔직히 사실을 기록한 것인지 아닌지 의심도 들었습니다. 항해하다 보면, 더구나 병까지 얻으면 무료해서라도 책을 읽게 되죠. 저는 그 책을 찔끔찔끔 읽다 배가 파리아만에 도착하고 키미스 부대장과 대장님 아들이 엘도라도의 금광을 찾아 떠난 뒤부터 본격적으로 읽기 시작했습니다. 두 사람이 떠나자 시간이 많아졌죠. 특별히 할 일도 없으니까 모두 빈둥거리며 시간을 보냈습니다. 아침 6시부터 저녁 6시까지 햇빛이 있어 집중적으로 책을 읽을 수 있었어요. 그런데 읽고 또 읽어도 무슨 내용인지 모르겠더군요. 정말 어려운 책이었습니다. 글쓴이도 갈팡질팡하며 엉뚱하게 헤맸어요. 몇 장 정도는 아주 훌륭하면서도 쉽고 명료하면서도 재치가 번뜩이는 글이 이어졌어요. 하지만 갑자기 집중이 안 되곤 했습니다. 무언가 빼먹고 읽었나 싶어 돌아가서 읽기도 했지만 빼먹은 건 없었어요. 애초에 제대로 쓴 글이 아니었던 겁니다. 그런 데가 한두 곳이 아니었어요. 아무리 집중해서 읽는 사람이라 하더라도 그런 글을 읽다 보면 집중력이 흐트러져 무엇을 읽는지도 모를 겁니다. 무엇보다 난감한 건 문장이 갑자기 바뀌었는데, 그 부분이 정확히 어디인지 알 수 없는 경우였어요. 그런 건 글쓴이가 알려 주지 않는 한 독자로서는 알 도리가 없습니다. 글쓴이가 일부러 그랬다면 더 알 수 없고요.

그 책에서 특이한 것 중 하나가 '알림'이라는 일종의 공지였어요. 그것은 헌사나 서문 형식을 띠었는데, 독자가 주의 깊게 보지 않으면 그만이지만 그런 중요한 글을 실은 게 놀라웠어요. 제가 보기에는 아주 대담한 만큼 효과가 클 것 같았죠. 대장님은 '알림'을 왜 썼는지 설명했어요. 영국으로 돌아갔을 때 대장님이 엘도라도에 대해 거짓말한다고 비난하는 사람들에게 답변하기 위해서라고 했죠. 사람들은 대장님이 가져온 금광석이 모래에 지나지 않는다며 비난했어요. 대장님이 보여 준 가이아나산 금 조각도 북아프리카에서 미리 사 둔 거라며 비아냥거렸지요. 그 '알림'의 문체는 남자답고 솔직담백했어요. 대장님을 비난하고 비아냥거린 사람들을 향해 분명하고 정직하게 썼죠. 대장님은 가이아나에 도착해 금광석을 찾으러 대원 마흔 명을 보냈더니 모래를 가지고 돌아왔다고 썼습니다. 하지만 모두 같은 모래가 아니었어요. 다양한 색깔의 모래였죠. 그래도 대장님은 모래에 지나지 않는다고 말했지만, 대원들은 여러 이유를 대며 그것을 가지고 영국으로 돌아가겠다고 고집을 부렸어요. 그래서 대장님은 그렇게 하라며 허락한 것뿐이라고 실토했죠.

그런데 모래 수집에 관한 일화는 전혀 언급하지 않았습니다. 책 속에도 그런 내용은 없었죠. 언제 대원들에게 금광석을 수집해 오라고 명령했는지도 밝히지 않았습니다. 그래서 대장님을 적대시하거나 비난하는 사람들이 대장님을 거짓말쟁이라고 하지 않았거나 가이아나에서 모래를 가져왔다고 말하지 않았다면 우리는 대장님을 따라간 그 마흔 명의 대원들에 대해 전혀 몰랐을 거예요.

결국 런던에서 사람들이 대장님을 조롱하고 의심할 때 대장님은 북아프리카에서 가져온 금 조각을 꺼내 놓고 가이아나에서 가져왔다고 둘러댔던 겁니다. 급류가 흐르는 강 근처의 금과 다이아몬드가 매장된 산에서 캐낸 거라면서요. 대장님은 바보 취급당하기 싫었던 거예요. 어쩌면 반역자나 해적이나 스페인 국왕과 내통한 사람으로 밝혀지는 편이 바보나 광대라는 소리를 들으며 웃음거리가 되는 것보다 훨씬 낫다고 생각했을지도 모르죠. 드레이크 제독이나 호킨스 제독 이후 바보나 광대라는 소리를 듣는 탐험가가 되는 건 죽기보다 싫었을 테니까요.

사람들은 이런저런 이유로 일합니다. 이유 없이 일하는 사람은 없죠. 그런데 그 이유 중에는 지극히 사소한 것도 있어요. 이번 탐험에는 그런 사소한 이유가 작용한 겁니다. 그렇게 많은 생명을 희생하면서까지 우리를 이곳으로 데려온 이유는 무엇일까요? 실패를 무릅쓰고 세상 끝까지 가려는 한 노인의 기사도적이고 영웅적인 고귀한 정신 때문일까요? 아니에요. 그 근본적인 이유는 모래를 금으로 착각해 고국으로 가져온 게 아니라는, 그러니까 자신이 바보가 아니라는 걸 증명하고 싶은 대장님의 오랜 열망이 작용했기 때문입니다.

대장님이 북아프리카산 금 조각을 보여 주었을 때 사람들은 그 전설적인 엘도라도에서 왜 더 많은 금을 가져오지 않았느냐고 물었어요. 물론 대장님은 더 많은 금을 살 돈이 없어서 두어 개의 금 조각밖에 보여 줄 수 없었죠. 그런데 그 '알림'에서 대장님은 그 누구도 금에 대해 자기에게 물어볼 권리가 없다며 다소 신경질적으로 썼어요. 그러면서 엘도라도의 강에 이르렀을 때 시간도 연장도 사람도 없었다고 둘러댔죠. 금은 아주 험준한 바위산에서 캐내야 했다면서요. 하지만 몇 년 동안 충실하게 탐험 준비를 했기 때문에 대장님에겐 대원도 배도 충분히 많았다는 걸 사람들이 차츰 알게 되었어요. 대장님은 엘도라도 탐험에 참가한 스페인 출신의 트리니다드 정복자를 포로로 잡아 그에게서 충분한 정보를 얻은 뒤 금광을 찾아 나섰어요. 이런 사실을 아는 사람에게 대장님에겐 연장도 시간도 없었다고 하면 어처구니없다며 웃을 테죠. 대장님은 물살이 너무 세서 강에 오래 머무를 수도 없었고, 대장님 배에서 너무 멀리 떨어져 있어 대원들이 탄 배들을 보호하지 못했다는 말씀도 하셨어요.

아무튼 대장님이 영국으로 가져온 건 모두 모래였습니다. 정확히 말하자면 모래처럼 생긴 백철석이었어요. 그런 식으로 백철석 사업자들을 모독한 또 다른 사람을 소개할까요? 언젠가 프랑스 사람 몇 명이 대장님과 똑같은 행동을 해서 웃음거리가 된 일이 있어요. 또 대장님보다 몇 주일 전 한 영국 귀족 청년이 그와 같은 일을 벌였죠. 청년은 레스터 백작의 아들 로버트 더들리 경입니다. 이 사람도 이곳 트리니다드에 왔어요. 더들리 경은 도착하자마자 파리아만 연안에 있는 원주민들에게 금광에 대해 물어봤죠. 원주민의 언어나 다른 어떤 것은 전혀 알지도 못한 채 말이에요. 아예 관심도 없었죠. 원주민들이 뭐라고 하면서 손짓하자 더들리 경은 '저기 해안가에서 조금 떨어진 곳에 금광이 있어요.'라는 말로 알아들었어요. 그는 대원들과 무장하고 원주민들이 가리킨 방향으로 달려갔죠. 그러고는 모래사장에서 반짝거리는 백철석을 발견했습니다. 더들리 경의 대원들은 사흘 동안 백철석이 섞인 모래를 배에 가득 실었어요. 스페인 사람들은 방해하지 않고 그 광경을 물끄러미 바라봤죠. 더들리 경 일행은 대장님이 그곳에 도착하자 서둘러 떠났습니다. 그는 거기가 엘도라도인 줄 알고 대장님이 알까 봐 조마조마하던 차였거든요.

그런 일은 대장님이 파리아만에 도착해서 스페인 사람들을 죽이기 몇 주 전에 일어났어요. 대장님이 가이아나강 하구를 탐색하는 동안 더들리 경은 모래 섞인 백철석을 싣고 영국으로 돌아갔죠. 와이어트 선장은 그 모든 일을 대단히 낭만적인 언어로 묘사했어요. 그가 쓴 글은 필사본을 통해 널리 퍼졌죠. 리처드 해클리트는 그 글을 책으로 펴내고 싶어 하지 않았어요. 더들리 경도 금이 아닌 모래를 가지고 왔다는 소리를 들었습니다. 그때 그는 자기가 무엇을 가져왔는지 알았지만, 일부러 모래를 가져왔다고 했어요.

대장님이 트리니다드의 모래를 가지고 돌아왔을 때도 같은 말씀을 하셨어요. 하지만 젊은 더들리 경을 따라 한 건 아닌 듯합니다. 대장님은 더들리 경의 탐험에 대해서는 아무것도 몰랐을 테니까요. 어쨌든 대장님은 찾은 게 없었어요. 대장님의 책에도 대장님이 뭔가를 발견했다는 언급은 전혀 없었죠. 한두 명의 족장과 대화를 나누었다는 것 정도만 기술되어 있을 뿐, 대장님이 뭔가 발견했다는 내용은 한 줄도 없었습니다. 책 제목이 『풍요롭고 아름다우며 광대한 가이아나 제국의 발견』인데, 대장님은 아무것도 발견하지 못한 거예요. 더구나 그 책은 아주 난해해서 읽기도 쉽지 않았습니다.

제가 보기엔 일부러 난해하게 쓴 것 같았어요. 나는 이곳에 와서야 왜 그토록 난해하게 읽히는지 이유를 알게 되었어요. 책의 내용은 한물간 판타지에 실제로 일어난 일을 의도적으로 혼합한 형태였어요. 파리아만의 동쪽, 그러니까 트리니다드에 해당하는 것은 대부분 정확하고 분명하게 기술했더군요. 원주민 마을, 부족, 심지어 작은 항구까지 사실대로 썼어요. 착실하게 조사하고 연구해서 쓴 것 같았죠. 하지만 강에 대한 묘사는 사실과 딴판이었습니다. 대장님은 오리노코강을 따라 내려오며 다이아몬드 광산과 초원, 그리고 각종 새와 사슴이 무리를 지어 사는 낯선 지역에 대해 기술했어요. 그것은 아름다웠지만 희미한 그림을 보는 느낌이었죠. 책을 읽으면서 두 사람이 쓴 듯한 느낌도 받았어요.

대장님은 가이아나에서 강 상류를 따라 올라가며 스페인 출신의 늙은 정복자가 무능하다고 생각했을 거예요. 끔찍할 정도로 가난한 원주민들을 봤으니까요. 한편으로는 엘도라도는 존재하지 않는다고 판단했겠죠. 그래서 강을 따라 여행하는 게 싫어졌을 거고요. 대장님의 책을 보면 그 여행이 얼마나 지루하고 어려웠는지 알 것 같더군요. 뜨거운 태양과 희박한 공기, 걸핏하면 암초에 걸리는 배, 배설물과 섞어서 요리한 것 같은 더러운 음식, 늘 물에 젖은 옷, 좁고 눅눅한 공간에서 땀에 젖은 사내들의 냄새로 가득한 여행은 정말 고역이었을 겁니다.

서류 뭉치, 담배 마는 종이, 거북이: 기록되지 않은 이야기대장님은 식사도 혼자 했다고 썼더군요. 대장님이 아무리 드레이크 제독이나 호킨스 제독처럼 되려고 애써도 그들이 행한 걸 그대로 따라 할 수는 없었을 거예요. 대장님은 한시도 배나 선실에서 멀리 떨어져 있으려 하지 않았어요. 하지만 대장님은 너무도 많은 사람을 죽였습니다. 그러면서도 엘도라도에 대해 구구절절 너무나 장황하게 말했죠. 영국으로 돌아왔을 때 대장님은 배에 가득 싣고 온 모래 때문에 바보 취급당할까 봐 그것만 신경 썼어요. 그래서 집요할 정도로 엘도라도에 대한 이야기를 계속 늘어놓은 겁니다.

우리가 강 상류에 있을 때 대장님이 엘도라도를 포기하지 않았다면 대장님의 행동은 앞뒤가 맞지 않았을 거예요. 대장님은 황금의 나라 엘도라도로 가기 위해 원주민 부족에게 단 한 사람만 남겼죠. 부족의 족장은 스페인 사람들로부터 자신들을 보호하도록 쉰 명을 남겨 달라고 부탁했는데, 대장님은 그 숲에 달랑 한 사람만 남겨 놓은 겁니다. 그때까지 함께 준비하고 힘들게 왔는데 탐험한 뒤에도 남겨진 사람은 기포드 선장의 부하인 프랜시스 스패로였어요. 프랜시스 스패로는 대장님이 걸핏하면 비난하던 비열한 부류 가운데 한 명이었죠. 하지만 그는 대장님을 위해 엘도라도를 발견하려고 무던히 애쓴 사람들 중 한 명이기도 했습니다.

대장님은 자기가 엘도라도에 갔다 왔다는 걸 증명하기 위해 족장 토피아와리의 아들을 영국으로 데려왔어요. 그리고 그 아들을 데려오는 대신 열여섯 살 먹은 휴 굿윈이라는 소년을 족장에게 맡겼죠. 어떻게 그런 일을 할 수 있는지 저는 이해할 수 없더군요. 책을 읽은 사람들은 대장님의 그런 행동을 비난할 게 틀림없습니다. 키미스 부대장은 이듬해 그 불쌍한 소년에게 무슨 일이 일어났는지 알았죠. 부대장이 그 일을 기록했는데, 그건 스페인 사람들의 보고서에서도 언급되었어요. 그 소년은 대장님이 파리아만으로 돌아가기도 전에 죽었습니다. 원주민들이 스페인 사람들한테 이렇게 말했답니다. 소년이 영국 옷을 입고 숲속을 걸어가는데 호랑이가 그 옷을 보고 으르렁거리며 달려들어 소년을 죽였다고요. 언뜻 그럴듯한 이야기 같지만 원주민들이 스페인 사람들을 조롱하려고 지어낸 것 같기도 했어요. 그런데 생각할수록 말이 안 되는 것 같았습니다. 호랑이가 영국 옷을 보고 달려들었을까요? 스페인 사람들이 그 소년을 죽였거나 원주민들이 죽였을 수도 있어요. 아무튼 배에서 내릴 때 가지고 나온 옷 중에서 가장 좋은 옷을 입고 숲속을 걸었을 소년을 생각하면 지금도 눈물이 납니다. 배들이 하류를 향해 하루에 수백 킬로미터씩 빠른 속도로 내려갈 때 소년은 혼자 외롭게 강 쪽을 바라봤을 거예요.

그런데 프랜시스 스패로는 소년보다 더 비참했어요. 그는 황금이 가득하다는 엘도라도든 마노아라는 도시든 찾으러 가지도 못했어요. 대장님이 그를 그곳에다 두고 떠난 며칠 뒤 스페인 사람들이 그를 잡아갔습니다. 원주민들이 스페인 사람들에게 그에 대한 정보를 알려 준 게 틀림없어요. 스페인 정부 문서에는 프랜시스가 스페인 감옥에서 칠 년을 보냈다고 기록되어 있습니다. 대장님은 스페인 감옥에서 개신교도들에게 얼마나 끔찍한 일을 저질렀는지 알 겁니다. 이곳 섬들에도 종교 재판이 열렸다는 사실도 알 거고요.

대장님은 오래전 엘도라도에 대한 꿈을 접었지만, 그 꿈 때문에 얼마나 많은 사상자가 생겼습니까? 저는 강 상류에서 640킬로미터 떨어진 숲속에 남겨진 두 소년 역시 대장님의 희생 제물이 됐다고 생각해요. 우리가 두 소년에 대해 아는 건 이름뿐입니다. 대장님은 배에서 허드렛일을 하든 노를 젓든 그런 사람들을 아주 하찮게 여겼어요. 아예 관심도 없었죠.

그래서 어떻게 됐습니까? 뻘밭만 보이는 이 파리아만에서 대장님 아들과 키미스 부대장의 소식을 기다리는 우리를 한번 둘러보세요. 대장님이 우리를 어디로 데려왔는지 보시라고요. 낮에는 트리니다드에 있는 스페인 사람들이 이따금 총을 쏴서 자기들이 우리를 감시하고 있다는 것을 알리고 있어요. 해가 저물기 직전엔 원주민들이 해안가에 불을 피우고 그때부터 우리를 지켜보고 있고요. 그들은 카누를 저어 조용히 지나갈 뿐 우리에게 가까이 오지 않죠. 그런데도 대장님은 이곳에 도착하고 이튿날인가 부인에게 대장님이 원주민들의 왕이 될 거라는 내용의 편지를 썼어요. 편지에 대해서는 나중에 이야기하기로 하죠. 날씨가 좀 시원해지면 다시 와서 두 번째 물약을 드릴게요. 대장님의 글을 믿을 수 없지만 그래도 책을 좀 더 읽으며 생각을 정리해 봐야겠어요. 여기 초록색 비단 커튼 사이로 비치는 햇빛을 보세요. 벌써 해가 저물기 시작하네요."

해가 저물고 어둑해졌지만 파리아만 남쪽에 있는 강어귀의

물은 시원하지 않았다. 노인이 군의관을 향해 입을 열었다.

"자네는 왜 내가 아내한테 그런 내용의 편지를 써 보냈는지 물었네만, 어쨌든 몇 달이 지나면 아내가 편지를 받아 보겠지. 아내가 편지를 읽을 때쯤이면 이 모든 일이 다 끝날지도 몰라. 결국 내가 아내에게 뭐라고 썼는지는 중요하지 않아. 그리고 한때 나는 원주민들의 왕이 될 뻔했네. 왕이 되는 건 기정사실이었지. 안 그런가?"

"하지만 그건 아주 오래전 일이에요. 1595년에 일어난 일이지요. 지금부터 이십삼 년 전의 일입니다."

"그때 나는 스페인 사람들한테서 트리니다드 원주민의 왕과 족장들을 구했네. 말하자면 나는 못된 짓을 일삼은 스페인 사람들을 처음으로 응징한 사람인 거야. 포트오브스페인에서 권력을 휘두른 스페인 사람들을 죽이고 도시 안의 감옥을 부수어 감금된 왕과 족장들도 자유롭게 풀어 주었네. 당시 원주민들은 스페인 사람들 거주지에 불을 질렀지. 그런데 책에 쓴 원주민 왕이나 족장들 이름을 내가 전부 지어낸 거라고 주장하는 영국 사람들이 있었네. 와나와나르, 캐로아리, 마쿠아리마, 타루파나마, 아테리마 등이 왕이나 족장들 이름이었지. 나는 아직도 그 이름들을 똑똑히 기억하고 있네. 언젠가 스페인으로 돌아가는 배 한 척을 나포한 적이 있었지. 마침 그 배에 스페인 정부에 제출할 보고서 사본이 있었는데, 거기에 원주민 왕과 족장들 이름이 적혀 있었네. 스페인 사람들은 와나와나르 원주민 땅에 포트오브스페인이란 도시를 세운 걸세.

스페인으로 가는 보고서 사본에는 와나와나르 왕이 영토

와 백성을 스페인 측에 양도하는 것에 동의했다고 기록되어 있었지. 하지만 내가 만난 그 왕은 비좁은 감옥에서 벌거벗겨진 채 고문을 심하게 당해 사경을 헤매고 있었네. 다섯 명의 왕이 비쩍 마른 얼굴로 쇠사슬에 줄줄이 묶여 있었지. 몸 여기저기에는 펄펄 끓는 베이컨 기름에 덴 상처가 흉하게 나 있었어. 우리가 풀어 주지 않았다면 그 원주민 왕들은 모두 감옥에서 죽었을 거야. 트리니다드에서 스페인으로 가는 배가 우리에게 나포되지 않았다면 영토와 백성을 스페인 사람들에게 고스란히 넘기겠다고 어쩔 수 없이 서약한 다섯 왕의 이름이 적힌 보고서 사본도 발견되지 않았을 테고 말이야. 그렇게 되면 그 왕들이 존재한 사실도 그들이 비좁은 감옥에서 고초를 겪은 일도 아무도 믿지 않았을 거야."

군의관이 월터 롤리 경을 똑바로 바라보며 말했다.

"스페인 사람들은 그런 식으로 일합니다. 그들은 모든 것을 기록한 다음, 공증인의 공증을 거쳐 두세 부씩 필사한 사본을 스페인으로 가는 각기 다른 배편으로 보내죠. 그러면 문서를 몽땅 잃어버리는 일은 없죠. 하지만 그렇게 한 것이 우리에게는 큰 도움이 되었어요. 이야기에도 양면성이 있어요. 한쪽만을 보고 판단할 수 없습니다."

월터 롤리 경이 말했다.

"사람들이 그 일을 전혀 알지 못했거나 그 왕들에 대해 쓴 내 글을 믿지 않았을지도 모른다고 생각하면 끔찍하다네."

"파리아만 연안의 트리니다드에 관해 대장님이 쓴 것은 모두 사실이었어요. 깜짝 놀랄 정도였습니다. 부족, 마을, 강 등은 대장님이 말한 그대로였어요. 대장님이 와나와나르와 다른 왕들을 구한 것도 전부 사실이었지요. 하지만 대장님이 떠나자 스페인 사람들이 다시 돌아왔어요. 그들은 몇 달 뒤 파리아만으로 대규모 탐험대를 보냈습니다. 대장님이 떠난 뒤 와나와나르 왕과 그 부족민들과 그 밖의 사람들에게 어떤 끔찍한 일이 닥쳤는지 그건 아무도 모르죠. 스페인 당국은 자국민을 데려와서 정착시켰어요. 그 바람에 대장님이 도와준 원주민들은 터전을 잃거나 더 나은 삶을 살 기회를 빼앗긴 꼴이되었죠. 대장님이 강 상류 쪽 숲속에 방치한 두 소년 또한 생존할 방법이 없었을 거예요. 이듬해 대장님이 키미스 부대장을 보내 그쪽을 정찰하도록 했지만, 마음대로 움직일 수도 없었을 겁니다. 부대장은 아예 트리니다드에 상륙조차 하지 못했어요. 나중에 들어 알았는데, 그 무렵 스페인 사람들이 원주민들을 파리아만 양쪽 연안에 다시 정착시킨다는 소문이돌았죠. 그것이 무엇을 의미하는지는 대장님도 잘 아실 거예요. 키미스 부대장은 와나와나르에 대한 이야기는 한마디도하지 않았어요. 왜 그랬겠어요?

1595년 몇 주 동안 대장님에게 많은 대원과 배가 있었을 때는 대장님이 원주민들의 왕이 되는 게 그리 어렵지 않았을 겁니다. 충분히 가능했을 거예요. 하지만 대장님은 원주민들을 우롱했습니다. 키미스 부대장이 갔을 때 한 원주민 족장이 단단히 무장한 열두 척인가 스무 척의 카누 부대를 이끌고 강어귀로 그를 마중 나왔어요. 그때 족장은 부대장에게 다른 배들은 어디에 있느냐고 물었죠. 이에 키미스 부대장은 미리 준비한 말을 꺼냈어요. 자기는 스페인 사람들과 싸우려고 온 게 아니라고 했죠. 대장님은 이렇게 생각했을 거예요. 바로 전해에 대장님이 스페인 사람들을 몽땅 죽였기 때문에 대원들을 많이 보내면 원주민들은 자기들 영토를 침략하러 온 줄 알 거라고요. 키미스 부대장이 두 번이나 그렇게 말하자 부족들 사이에 그 말이 퍼져서 모두 부대장을 외면했어요. 강 상류에 사는 원주민들이 바라는 것은 한 가지였어요. 스페인 사람들을 피해 자기들끼리 평화롭게 지내는 것이었죠.

대장님은 여기 파리아만 연안에 사는 사람들의 마음을 뒤집어 놓고는 어디론가 사라져 버린 거예요. 그러고는 이십삽 년 동안 돌아오지 않았죠. 대장님이 저지른 일의 결과를 수많은 사람이 감당하도록 한 채 말입니다. 스페인 당국은 많은 스페인 사람을 정착시켰어요. 대장님은 그걸 비난할 수도, 트집 잡을 수도 없습니다. 대장님이 포트오브스페인에서 무자비하게 죽인 스페인 사람들은 평범했어요. 대부분 여러 해 동안 섬에 갇혀 산 가난한 사람들이었죠. 어떤 사람들은 대장님이 불명예스러운 행동을 했다고 말하더군요. 하지만 불명예스러운 정도가 아니었죠. 그 가난한 스페인 사람들이 대장님 배에 오른 건 대원들에게 리넨 옷감을 사기 위해서였어요. 대장님은 그들을 격려하고 버지니아에 대한 이야기도 들려줬죠. 그곳으로 가는 길이라고 하면서요. 또 그 사람들이 수년 동안 마신 적 없는 술까지 대접하며 여러 날 동안 그들이 배에서 즐기도록 배려했어요. 그런 다음 대장님의 나머지 배들이 파리아만에 도착하자마자 힘을 과시하듯 스페인 사람들을 모조리 죽였습니다."

월터 롤리 경은 가만히 듣다가 불쾌한 표정으로 말했다.

"그건 내가 그 전에 보낸 탐험대원들에게 그들이 저지른 짓의 대가였네. 그 스페인 사람들은 배에서 나와 숲에서 사냥하자며 당시의 대원들을 유혹했지. 스페인 사람들에게는 원주민들과 사나운 개까지 있었어. 우리 대원들이 배에서 내려 해안가에 다가가자 놈들은 총을 쏴서 대원들을 몰살했네."

"그래요, 대장님은 복수한 겁니다. 그리고 원주민들은 모두 떠나 버렸죠. 그래서 다시 스페인 사람들이 정착할 수 있게 됐습니다. 그런데 원주민들은 결코 잊지 않았어요. 스페인 사람들도 마찬가지였고요. 그 십사 년 뒤 대장님의 친구들 가운데 한 사람인 런던 상인 홀이 무역을 하려고 두 척의 배를 파리아만으로 보냈습니다. 무역이라곤 하지만 주로 담배를 영국으로 가져가는 것이었어요. 당시 스페인 식민지 내에서 외국인이 무역하는 건 불법이었어요. 하지만 스페인의 트리니다드 총독은 법을 어기든 말든 그런 건 별로 상관하지 않았습니다. 그는 런던에서 건너온 사람들과 거리낌 없이 이야기를 나누었어요. 그러다 배의 소유주인 홀이 대장님의 친구라는 사실을 알게 되었죠. 어느 날 배에 타고 있던 서른여섯 명의 승조원들이 포트오브스페인 해변으로 끌려 내려왔어요. 그들은 밧줄에 묶인 채 서로 등을 맞댄 상태에서 모두 목이 잘렸습니다. 서른여섯 명의 영국인들은 영문도 모른 채 이곳 포트오브스페인 해변의 검은 모래 위에서 시체가 된 겁니다. 그런 짓을 한 사람은 1595년경 대장님이 포로로 잡아서 질질 끌고 다닌 스페인 출신의 늙은 정복자 아들이었습니다. 당시 처형된 서른여섯 명은 억울하게 죽은 거예요. 하지만 늙은 정복자의 아들은 그런 끔찍한 일로 대장님에게 빚을 지게 됐죠.

물론 그 또한 대장님이 벌여 놓은 일의 결과 중 하나입니다. 파리아만 연안은 늘 피를 부르는 복수의 현장이자 원주민들을 몰아냈다가 다시 정착하게 하는 곳이었어요. 스페인 사람들이 다스리기 전에도 그랬습니다. 과거에는 식인종인 카리브족이 그곳으로 이동하면서 끔찍한 전쟁이 일어났어요. 결국 대장님은 그 끔찍한 비극에 비극을 하나 더 보탠 것이죠. 그런데 대장님은 그렇게 하고도 강 상류에 있는 아무도 손대지 않은 낙원에 관해 썼습니다. 대장님 혼자서 접근한 곳에 관한 글이었어요. 원주민들은 아름다운 초원에서 주위에 금이나 다이아몬드가 있는데도 그 가치를 모른 채 산다고 썼습니다. 그것들이 얼마나 값비싼 보물인지는 대장님 혼자만 아는 것이죠.

저는 이런저런 모험 이야기를 다룬 그 책을 보며 대장님이 어떻게 그곳에 도착했는지 궁금했습니다. 대장님도 다른 문명 세계 사람들처럼 엘도라도에 대해 들었을 겁니다. 물론 트리니다드와 가이아나 엘도라도 지역을 다스리는 늙은 정복자에 대해서는 일찍부터 알았고요. 그는 황금의 도시를 찾는답시고 재산을 탕진했어요. 대장님은 대원들을 무장시켜 그 늙은 정복자를 포로로 잡았죠. 그리고 마흔 명이나 되는 대원들에게 모래를 배에 싣도록 했습니다. 그런 다음 늙은 정복자를 데리고 탐험을 떠났어요. 대장님은 그를 바보라고 욕했을 거예요. 황금이 있을 줄 알고 갔는데 아무것도 발견하지 못했으니까요. 대장님은 엘도라도에 대한 믿음을 대부분 잃어버렸어요. 그래서 하인 한 명만 그곳에 남겨 놓았어요. 혹시 금을 찾을까 싶어서 말이에요.

대장님은 트리니다드 총독이기도 한 그 늙은 정복자의 몸값이라도 받아 내려고 마음먹었습니다. 대장님 책에는 없지만, 스페인 보고서 사본에는 그런 사실이 기록되어 있어요. 그런데 스페인 관리들 가운데 그 누구도 총독의 몸값을 지불하려고 하지 않았습니다. 그들은 그 노인이 죽기를 바랐던 겁니다. 그래야 총독 관할 지역의 권리를 자기들이 차지하고 금이든 뭐든 갖게 될 테니까요. 결국 그렇게 된 겁니다. 고생은 고생대로 하고 수많은 사람까지 죽였는데 대장님이 얻은 건 모래뿐이었어요. 이쯤에서 비밀스러운 흑인이 등장합니다."

"흑인이라니?"

월터 롤리 경이 반박하듯 말했다.

"1595년 당시 나한테는 흑인이 단 한 사람도 없었어."

"맞습니다. 흑인을 데리고 있지는 않았지요. 대장님은 무장한 대원들을 이끌고 영국에서 곧장 이곳으로 왔어요. 그런데 책을 보면 대장님이 가이아나 강변에서 초원과 들판 그리고 폭포 근처에 피어 있는 꽃을 감상하는 대목에 느닷없이 흑인이 등장합니다. 저는 그게 누굴까 곰곰이 생각해 봤어요. 책에는 그 강에 수천 마리의 악어가 우글거렸다고 쓰여 있었습니다. 그리고 그 때문에 흑인이 수영하려고 배에서 뛰어내리면 산 채로 잡아먹힌다고 했죠. 그것이 전부였어요. 책에는 악어나 흑인에 대해 언급한 게 더는 없었죠. 저는 대장님 책에서 난데없이 흑인이 등장했다가 금세 사라져 버린 데 대해 여러 방면으로 생각해 봤어요. 그 결과 존 호킨스 제독이 1564년에 서아프리카 기니를 거쳐 서인도 제도를 항해할 당시를 묘사한 것을 대장님이 인용했다고 확신했습니다. 그때 호킨스 제독은 기니에서 흑인 한 사람이 강가에서 물을 긷다가 악어에게 물린 채 끌려가는 장면을 목격했죠.

그런 거예요. 대장님은 실제로 가이아나에 갔다는 걸 증명해 보이고 싶어서 토피아와리의 아들을 영국으로 데려갔듯 다른 유명한 탐험가들이 본 걸 대장님도 봤다고 사람들이 믿어 주기를 바란 겁니다. 그래서 책에 이국적인 모험에 관한 이야기를 쓴 거라고요. 흑인과 관련된 게 조금 더 있어요. 호킨스 제독은 노예 상인이자 해적이면서 스페인 도시들의 약탈자였습니다. 탐험하는 동안 겪은 고통스러운 경험을 보여 줄 모래만 가지고 파리아만을 떠났을 때 아마도 대장님 생각은 도시를 약탈하는 쪽으로 조금씩 기울어진 것 같아요. 대장님 머릿속에는 호킨스 제독이 있었으니까요. 당연히 제독이 행한 걸 대장님도 해 보고 싶었겠죠.

대장님도 아시겠지만 파리아만을 벗어나 서쪽으로 죽 가다 보면 아라야반도가 나옵니다. 그 반도의 염전 바로 아래에는 쿠마나라는 도시가 있죠. 쿠마나는 세계에서 가장 오래된 스페인 타운입니다. 대장님은 포트오브스페인처럼 쿠마나도 쉽게 점령될 줄 알았겠죠. 하지만 그곳을 지배하는 스페인 통치자는 대장님이 쳐들어올 거란 소식을 듣고 머스킷 총으로 무장한 병사와 독화살을 지닌 원주민 궁수들을 바다에서 도시 쪽으로 경사진 곳에 배치했어요. 광활한 모래땅인 그곳에는 가시투성이 선인장이 많았죠. 그런 지역이다 보니 쳐들어가기 쉽지 않았어요. 쳐들어가기는커녕 대원들은 보트에서 내리자마자 몰살당하고 말았죠. 대장님 책에는 없지만, 스페인 보고서 사본에는 대장님 부하 마흔 명이 그곳에서 죽었다는 기록이 있어요. 그들은 정말 아까운 인물들이었습니다. 스페인 보고서에는 그 사람들 이름까지 기록되어 있어요. 스페인 사람들이 이름을 낱낱이 지어낼 리는 없을 테죠. 쿠마나 해안가에서 머스킷 총이나 사브르 칼에 죽은 사람들은 그나마 운이 좋았다고 할 수 있어요.

원주민들의 독화살을 맞은 사람들은 정말 끔찍했습니다. 차라리 즉사해야 하는데 그렇지 않고 지독한 갈증에 시달리거나 내장이 터져 몸이 새까맣게 변해서 죽어 갔어요. 보트마다 썩는 냄새가 진동했죠. 대장님이 질질 끌고 다닌 늙은 정복자에게 해독제에 대해 물어봤지만 그도 모른다고 했어요. 결과적으로 그 노인도 대장님에게 복수한 셈이에요. 무지한 데다 융통성 없이 앞뒤 꽉 막힌 노인이라고 욕하면 뭐 합니까? 모른다고 잡아떼는 데는 별수 없죠.

물론 대장님은 책에 쿠마나를 공격한 일에 관해서는 일절 언급하지 않았어요. 하지만 독화살의 효과에 관해서는 아주 구체적이고 열정적으로 기술했습니다. 가이아나 편에 마치 여담인 것처럼 슬쩍 끼워 넣었지요. 대장님은 가이아나 사람에게서 전해 들었다는 해독제에 관해서도 언급했어요. 그런데 다른 장에서는 그 사람을 배반자 또는 변절자라고 묘사했죠. 스페인 사람과 다름없다면서요. 책을 보면 그 사람은 쿠마나에서 좀 더 아래쪽 해안에 살았는데 외국인들과 무역할 준비를 한 것으로 기술되어 있었어요. 어쨌든 그 사람은 대장님에게 몇몇 스페인 사람들은 마늘즙으로 치료한다고 귀띔했습니다. 그러면서 상처가 아물기 전에 술을 마시면 안 된다고 했죠. 그 사람 말이 옳든 그르든 독화살을 맞은 스물일곱 명의 대원들은 배 안에서 모두 죽었습니다. 그 숫자는 늙은 정복자가 스페인 조사관에게 전해서 알려진 겁니다. 당시 늙은 정복자는 배에서 내렸는데, 아마도 두 명의 영국인 포로와 교환하는 조건으로 풀려났겠죠. 스물일곱 명의 대원들이 죽자 대장님은 시체 썩는 냄새에서 벗어나려고 무진 애를 썼다더군요. 그 무렵 아라야반도에서 조금 떨어진 곳에 두 척의 네덜란드 배가 정박하고 있었어요. 네덜란드 사람들은 불법으로 구입한 소금을 배에 잔뜩 싣고 있었죠. 그들은 대장님에게 해독제에 관해 말해 준 그 사람의 묵인 또는 주선으로 그런 일을 한 겁니다. 대장님은 시체 썩는 냄새가 가장 심하게 나는 낮 동안에는 네덜란드 사람들과 어울렸어요. 그러다 밤이 되면 선실로 돌아와 초록색 커튼을 쳤죠. 바로 앞에 있는 저 커튼과 같은 것을요. 대장님은 나중에 파리아만에 도착하자 대원들 시체를 매장했어요. 이번처럼요.

1595년의 탐험은 살인으로 시작되었어요. 그리고 대원들의 죽음과 배에 가득한 시체 썩는 냄새로 막을 내렸죠. 그 탐험의 결과로 대장님이 보여 준 건 모래가 전부였어요. 그 수많은 사람의 죽음 하나하나에 대해서는 설명이나 변명할 필요가 없었죠. 원래 탐험을 나가면 사람들이 죽곤 하니까요. 그 모래를 가져오지 않아서 대장님이 조롱을 받지 않았다면 아마 대장님은 아무것도 쓰지 않았을지 몰라요. 하지만 대장님은 바보가 아니라는 사실을 입증해야 했어요. 금이나 전리품보다 더 중요한 무언가를 발견했다는 걸 입증해야만 했죠. 결국 대장님은 영국을 위한 새로운 제국, 영국에 기꺼이 충성하려는 원주민들이 사는 제국을 떠올리고 탐험을 통한 경험에다 환상과 실제적 역사를 마구 뒤섞어 아주 난해한 책을 쓴 거예요. 파리아만에 대한 기술은 모두 사실이지만, 다른 내용은 전부 환상입니다. 그런 식으로 쓰면 글이 술술 풀리기는 하겠죠. 하지만 실제와 환상이 얽히고설켜 막상 책을 읽는 사람이 별로 없을 겁니다. 책 제목부터 대부분 사람이 접근하기 어려운 것이었어요. 『풍요롭고 아름다우며 광대한 가이아나 제국의 발견과 마노아라는 위대한 황금의 도시(스페인어로는 엘도라도)와 오리노코강 주변 나라들의 관계. 1595년 월터 롤리 경이 탐험하고 기록하다』라는 제목은 결코 평범하지 않아요.

책을 읽는 사람들에게는 이런 식의 제목도 대장님의 말을 입증하는 하나의 자료가 될 수 있겠죠. 하지만 보다 중요한 건 대장님의 업적입니다. 대장님은 엘도라도가 존재한다고 주장하면서 원주민 하인까지 데리고 왔으니까요. 대장님은 이듬해 키미스 부대장을 가이아나로 보냈어요. 말하자면 지속적인 관계를 유지하기 위해 사람들을 그곳에 보낸 거예요. 하지만 대장님 자신은 그곳에 다시 가고 싶어 하지 않았어요. 대신에 키미스 부대장을 보내고 그 뒤로도 사람들을 보냈죠. 말년에 이르러 이번에 오기는 했지만 강 상류로는 올라가지 않으려고 합니다. 대장님은 이십삼 년 전 이곳을 떠났을 때와 마찬가지로 이번에도 배 안에 죽음의 악취를 풍기도록 방치한 채 이곳에 왔어요. 또 한 차례 죽은 대원들을 대장님 손으로 매장하기도 했고요. 그럼에도 여전히 이곳 파리아만에 머물려고 하죠. 대장님은 엘도라도든 뭐든 이제 더는 알고 싶어 하지 않아요. 행운을 바랄 뿐이죠. 아무것도 바라지 않을 수도 있고요. 가이아나에는 엘도라도도 황금도 존재하지 않으니까요. 스페인 사람들은 엘도라도를 찾는 일을 몇 년 전에 포기했어요. 프랑스 사람들도 일찌감치 포기했고요. 네덜란드 사람들은 찾으려는 시도조차 하지 않았어요. 그들은 언제나 무역하러 와서 담배와 소금을 가지고 돌아가죠. 대장님과 키미스 부대장은 강 상류에서 아무것도 보지 못했습니다. 두 분은 수많은 사람이 엘도라도를 찾아 헤매는데 그곳은 과연 어디에 있을까 하고 생각에 잠겨만 있었어요. 키미스 부대장은 그의 책에 엘도라도는 오직 하느님의 섭리를 보여 주려 할 때만 존재한다고 썼어요. 그럴 때에야 비로소 스페인처럼 영국도 이곳에서 하나의 제국을 얻을 수 있을 거라고 했죠. 어쨌든 지금 대장님과 저는 꼼짝 못 한 채 키미스 부대장과 대장님의 아들과 몇몇 사람들 소식을 기다리고만 있군요."

파리아만을 따라 흐르는 기다란 강줄기를 타고 내려가던 배와 카누들이 강의 한 지류로 들어섰다. 강에서 파리아만으로 진입한 배들은 동쪽으로 난 다른 지류를 이용했다. 그곳은 물살이 그다지 세지 않았다. 오십 년 전만 해도 그런 강을 능숙하게 지나다닐 수 있는 건 원주민들뿐이었다. 지금은 큰 강의 어귀를 통과하는 기술이 많은 사람에게 알려져 있다. 원주민 카누들은 보초를 서는 배들을 무시하며 지나다녔다.

태양이 떠오르는 무렵의 파리아만을 떠올려 보자. 평평하게 펼쳐진 여러 개의 지류로 연결된 강어귀는 서쪽과 남쪽으로 이어져 있다. 트리니다드 남서쪽에 있는 모래투성이 반도에는 기다란 장벽이 동쪽으로 이어져 있다. 아침이 되어 해가 떠오르면 강물은 따뜻한 햇볕을 받으며 잔잔하게 흐른다. 대륙에서 흘러나온 강물이 대서양 바닷물과 뒤섞이면서 거품과 함께 진흙 빛, 올리브색, 회색 등 여러 색깔을 띤 물결이 일렁인다. 강어귀와 반도의 중간 지점에 스페인어로 '군인'이라는 뜻의 바위섬 솔다도가 있다. 갈라진 바위투성이인 그곳에는 이제 펠리컨과 군함새 같은 새들만 산다. 수십 세기 동안 바위섬에서 서식해 온 새들은 둥지를 짓고 알을 낳아 새끼를 키우고는 죽을 때가 되면 둥지에서 조금 떨어진 곳에 다리를 접고 앉는다. 회색빛 바위의 갈라진 틈에는 새들이 배설한 분뇨와 죽은 새의 뼈들이 가득 들어 있다. 그것들이 바위 위에 방석처럼 쌓여 있어서 이런저런 식물이 자란다.

밤이 되면 강물은 일출 때보다 더 거칠게 흐른다. 심하게 일렁이는 물결 위로 파리아만에 정박한 운명호에서 새어 나오는 희미한 불빛과 솔다도 남쪽에 멈춰 서 있는 보초선의 불빛이 보인다. 한낮이 되면 하늘은 파랗고, 새들은 원을 그리며 바위섬 위를 날아다닌다. 햇빛을 받아 반짝이는 물결 탓에 멀리 떨어진 사물들은 흐릿하게 보인다.

어느 날 오후 동쪽 강어귀에 작은 배 한 척이 나타난다. 카누인지 론치인지 분명하지 않다. 그 배는 아래위로 흔들거리며 반짝이는 물결 속으로 들어갔다 나왔다를 반복한다. 원주민이 탄 카누라면 운명호가 있는 곳으로 가까이 다가오지 않을 테지만, 그 배는 계속 다가온다. 보초선이 배를 향해 신호를 보낸다. 그 배는 탐험대가 쓰는 론치 같다. 운명호 선장은 망원경으로 다가오는 배를 주시한다. 배의 윤곽이 하얗게 반짝거리는 물결 때문에 흐려졌다가 이내 분명해진다. 선장 곁에서 보초를 서는 군인들의 얇은 가죽 신발 밑의 갑판은 몹시 뜨겁고, 그들이 입은 가슴 보호복 아래로는 땀이 줄줄 흘러내린다.

마침내 선장의 망원경 안으로 배의 모습이 분명하게 들어온다. 그것은 영국 론치다. 돛이 보이고, 선원들은 노를 젓다가 잠시 쉬고 있다. 몇 명의 무장한 군인들도 보인다. 옷을 멋지게 차려입은 신사가 의자에 앉아 있다. 영국 옷이 아니라 스페인 옷이다. 신사는 스페인 총독일 수 있다. 스페인 총독이 포로로 잡힌 것일까? 그렇다면 전쟁이 일어났다는 말인가? 아니면 신사가 귀족 대 귀족으로 무언가 협상을 하기 위해 찾아오는 것일까?

오후가 되면서 선실 내부는 후끈거리는 열기로 무덥다. 바다와 강어귀에서 풍기는 냄새가 배 안을 떠도는 썩은 내와 뒤섞인다. 빛이 바랜 초록색 비단 커튼이 햇빛을 받아 반짝거린다.

노인은 선실에서 총독을 맞이하기 위해 옷을 갈아입는다. 군의관이 그를 도와준다. 탐험대 대장이 입을 셔츠는 깨끗하게 세탁되어 있다. 하지만 염분이 섞인 강물 냄새가 배어 있다. 강물에 빨았기 때문이다. 노인은 옷을 다 입은 뒤 군의관과 함께 햇볕이 내리쬐는 갑판으로 나간다.

론치는 육안으로도 보일 만큼 가까이 다가와 있다.

"저자가 팔로메케인가?"

노인이 론치에 있는 사람을 가리키며 묻는다.

"아닙니다. 원주민이에요. 스페인 옷을 입혔나 봅니다. 총독의 옷이나 귀족의 옷을 입힌 것 같습니다. 그런데 저 사람한테는 옷이 너무 크군요."

군의관의 말에 노인은 잠시 침묵에 잠긴다. 론치는 돛을 느슨하게 해서 속도를 늦추고 운명호에 접근한다. 스페인 옷을 입은 원주민이 고개를 든다. 군인 한 명이 론치에서 내려 배의 사다리를 반쯤 타고 올라온다. 다른 군인이 그 군인에게 물건을 건넨다.

사다리에 오른 군인이 말한다.

"장군님께 전해 드리라고 키미스 사령관님이 준 겁니다. 바구니엔 오렌지와 레몬이 담겨 있습니다."

바구니 안의 과일은 시들어 있다.

"여기 담배 마는 종이와 서류 뭉치도 있습니다."

군인의 말에 군의관이 서류 뭉치를 힐끗 보고는 나지막이 중얼거린다.

"스페인 문서군."

"거북이 한 마리도 있습니다."

사다리에 있는 군인이 꿈틀거리는 것을 갑판 위에 올려놓는다. 햇볕을 받아 거북이 등껍질은 따뜻하지만, 고인 물속에 있어서인지 배 부분은 차갑다.

"그리고 이 사람은 돈 호세입니다."

돈 호세는 원주민이다. 원주민이 사다리를 타고 올라온다. 그가 입은 옷은 머리 하나쯤 더 큰 사람이 입어야 할 것처럼 크고 헐렁하다. 가까이에서 보니 그렇게 좋은 옷은 아니다. 옷에는 진흙이 묻고 피와 강물로 군데군데 얼룩져 있다. 푸른 실크 소매가 땀에 젖어 자줏빛으로 보인다. 돈 호세가 어떤 부족인지 알아볼 수 없다. 그는 겁먹은 눈으로 줄곧 하얀 수염을 기른 노인을 바라본다.

우리는 그 원주민의 눈동자를 바라본다. 얼마 뒤 그 눈동자는 차분해지는가 싶더니 어느 순간 냉정해 보인다. 우리는 몇 걸음 뒤로 물러선다. 우리는 원주민이 제임스 1세 시대에 유행한 옷을 입고 있다는 사실을 알아챘다. 그는 천장이 높고 가구가 하나도 없는 방에서 진한 색깔의 무거워 보이는 탁자에 앉아 있다. 밖에는 여전히 태양이 빛나지만 실내는 시원하다. 단단한 벽에는 회반죽이 울퉁불퉁하게 발라져 있고 돌출된 부분에는 먼지가 잔뜩 앉아 있다.

해가 바뀌었다. 돈 호세는 영국 옷을 입고 있지만 우리는 영국이 아니라 신세계, 그것도 멀리 떨어진 남아메리카의 뉴그라나다(현재의 콜롬비아)에 와 있다. 지금 돈 호세는 스페인이 지배하는 신세계의 역사를 기록하는 프라이 시몬이라는 수도사이자 역사학자에게 역사적 증언을 하고 있다.

프라이 시몬이 노트에 적힌 글을 다시 읽는다.

"증인은 말했다. '이런 선물이 다 전해지자 군의관은 다른 사람들의 소식을 물어보았다. 그리고 한 통의 편지가 장군에게 전달되었다. 그 편지를 절반 정도 읽은 장군(당시 돈 호세는 월터 롤리 경을 장군이라 칭하고 이름을 밀로르 과테랄로 알고 있었다.)은 갑판을 내려다보다 바다와 하늘을 바라보았다. 그런 다음 하늘을 나는 새들을 잠시 쳐다보고 다시 갑판을 내려다보았다. 그리고 잠시 후 바위섬 솔다도 위에서 원을 그리며 나는 새들을 쳐다보더니 다시금 갑판을 내려다보고는 여러 사람 앞에서 아들의 죽음을 슬퍼하며 소리 없이 울기 시작했다.' 그리고 어떻게 되었나?"

프라이 시몬이 묻는다. 돈 호세가 차분한 목소리로 대답한다.

"군의관이 앞으로 나와 노인을 부축했어요. 노인은 그에게 몸을 맡기더군요."

이제 우리는 물살이 센 지류를 타고 파리아만에서 오리노코강 쪽으로 내려갈 것이다. 우리 눈에는 물과 강둑만 보인다. 우리는 배가 나아가는 속도로 여행하며 원시림 사이를 흐르는 강물을 바라본다. 일 년 전 키미스 부대장은 네 척의 배에 중무장한 400여 명의 대원들을 태우고 그 강을 지나갔다. 거기에는 노인의 아들이 지휘하는 부대도 있다. 그 대원들은 창으로 무장하고 있다. 숲에는 커다란 새들이 이리저리 날아다닌다. 하얀 하늘이 노랗게 변하더니 어느새 붉게 물들었다. 흙탕물뿐인 강물이 희미한 햇빛을 받아 보라색으로 보인다. 강물과 둑에 어둠이 내려앉고 자그마한 관목이 우거진 숲이 노래하기 시작한다. 우리는 천천히 하류로 내려간다. 우리의 탐험대는 스페인 정착촌 근처로 다가가고 있다.

여기서부터는 돈 호세의 말을 들으면서 머릿속에 그림을 그려 보자. 당연히 내레이터는 돈 호세다.

내가 프라이 시몬에게 말했다.

"산토메에 사는 사람들은 영국 군인들이 쳐들어온다는 소식을 듣고 대부분 겁에 질렸어요. 그들은 영국 배가 강어귀에 정박했다는 말을 듣자마자 모든 살림살이를 란체리아스에서 강 한가운데에 있는 섬으로 부랴부랴 옮겼지요."

"란체리아스라니? 판잣집이나 오두막을 뜻하는 스페인 말 아닌가? 그렇다면 그 사람들이 집 같지도 않은 그런 허름한 곳에서 살았다는 얘기인가?"

프라이 시몬이 물었다.

"네, 그 지역을 지배하는 총독만이 집 같은 집에서 살았어요. 총독 집에는 없는 게 없었고요. 심지어 감옥도 있었고 보물 창고도 있었어요. 보물 창고엔 주민들 물건이 가득했죠. 총독 돈 팔미타는 아주 지독한 사람이었어요."

"돈 팔로메케일세. 팔-로-메-케."

"총독은 주민들이 법을 어기면 재산을 몰수했습니다. 주민들은 벌금을 낼 돈이 없었거든요. 돈 팔미타, 아니 팔로메케는 주민들이 외국인과 거래하는 걸 좋아하지 않았어요."

"정확하게는 돈 디에고 팔로메케일세."

"돈 디에고는 외국인과 거래하는 행위는 스페인 국왕의 법률을 어기는 거라고 했어요. 그는 그런 행위를 자신이 단호하게 근절하겠다고 선언했습니다. 그러고는 그때부터 주민들의 재산을 몰수한 거예요. 돈 디에고는 주민들의 존경을 받지 못했어요. 산토메에 있는 그 집 보물 창고에는 이전 총독의 부인이 갖고 있던 은 접시가 잔뜩 쌓여 있었습니다. 내가 그런 사실을 훤히 아는 건 한때 그 집에서 일한 적이 있었기 때문이에요. 사실대로 말하자면 전에 있던 총독이 우리 아버지예요. 돈 페르난도 베리오가 아버지입니다. 내 얼굴을 보면 스페인 사람이라는 걸 금방 알 수 있겠죠."

나는 그렇게 말하고 내 얼굴을 가리켰다.

"특별히 그런 것 같지는 않은데."

프라이 시몬이 말했다.

"나는 사람들이 말한 걸 그대로 전하는 것뿐이에요. 사람들이 그렇게 말했다고요. 물론 우리 어머니는 원주민 여자예요. 주민들은 새로 총독으로 부임한 돈 디에고를 좋아하지 않았어요. 만일 그에게 푸에르토리코에서 데려온 군인들이 없었다면 주민들은 그를 트리니다드나 산토메에서 살해했을 거예요. 그는 두 곳을 오갔거든요. 설령 군인들이 붙어 있다고 해도 죽이려면 얼마든지 죽일 수 있었어요. 죽일 곳은 많으니까요. 특히 강에는 으슥한 곳이 많아요. 아무튼 나는 영국인들이 쳐들어온다는 소식을 듣고 주민 일부가 기뻐하는 모습을 봤어요. 하지만 누구한테든 그 얘기를 하지 않았지요. 그런데 한 원주민이 돈 디에고가 듣는 곳에서 그 얘기를 지껄였어요. 총독은 그 바보 같은 사람을 즉시 잡아들였죠. 그리고는 우리가 광장이라고 부르는 드넓은 마당에서 사정없이 채찍질한 뒤 총독 집에 있는 감옥에 쇠사슬로 묶어 가두었어요. 영국인들이 쳐들어오기 사흘 전에 일어난 일이었습니다.

다음 날 날이 밝자 영국 군대의 규모에 대한 소문이 퍼졌어요. 주민들은 400명이나 500명 또는 700명쯤 되는 군인들이 쳐들어온다고 말했습니다. 밤이 되자 마을 주민들은 저마다 식량을 모두 모아서 오두막을 떠나 강에 있는 섬으로 피했어요. 우리 마을 사람들도 그렇게 했죠. 사람들은 나를 마을에 남겨 놓았는데, 영국인들이 들어와도 총독 집에서 은 접시 같은 걸 쉽게 가져올 수 있는 사람은 나뿐이었기 때문이에요. 다음 날 저녁인지 그다음 날 저녁인지 잘 모르겠지만 푸에르토리코에서 온 군인들이 도망가 버렸어요. 대충 쉰 명쯤 됐던 것 같아요. 산토메의 주민들을 겁주기에는 충분했지만 영국 군대에 맞서기에는 턱없이 적은 수였죠. 푸에르토리코 군인들도 마을 사람들이 피신한 섬으로 갔어요.

다음 날 아침 마을에는 주민 열두 명만 남아 있었어요. 내가 직접 세어 봤습니다. 총독 집 감옥에는 쇠사슬에 묶인 원주민이 그대로 있었어요. 그리고 나와 세 명의 원주민 여자들이 있었죠. 혼자 힘으로 알아서 살아가라며 주인한테 버려진 흑인 두 명도 총독 집에 들어와 있었어요. 절룩거리는 신부와 포르투갈 소년도 있었고요. 총독도 남아 있었어요. 또 두 명의 장교인 몽헤와 에레네타 대위도 남아 있었고요."

"에레네타가 아니라 아리아스 니에토일세. 공식 문서에는 그렇게 되어 있네."

프라이 시몬이 말했다.

"총독 돈 디에고는 사나이답게 행동했습니다. 나는 이 점을 꼭 밝히고 싶어요. 총독을 포함해 영국군과 싸울 사람은 딱 세 명뿐이었는데, 그들은 마치 300명이나 되는 듯 행동했죠. 총독은 몸집이 크고 건장했어요. 그때까지 본 스페인 사람들 가운데 가장 체구가 컸지요. 나는 그때까지 총독이 손으로 일하는 모습을 한 번도 본 적이 없었어요. 그런데 그날은 팔소매를 걷어붙이고 일을 얼마나 열심히 하던지 깜짝 놀랄 정도였습니다. 총독과 두 명의 장교는 푸에르토리코 군인들이 광장 바로 옆 바위 주변에 대충 만들어 놓은 요새를 보강하느라 새벽부터 일했어요. 그들은 직접 땅을 파기도 했죠. 흑인 둘과 나한테도 땅을 파라고 했는데, 여섯 명이 하루 동안 엄청난 양의 흙을 파냈습니다. 총독 집에는 머스킷 총이 열두 자루쯤 있었지요. 우리는 그 총을 세 줄로 배치해 방어선을 쳤어요. 그러고는 나뭇가지로 각각의 총 주위에 방책을 둘렀죠. 맨 앞 줄에는 35미터쯤 간격을 두고 총을 배치했어요. 그리고 두 번째 줄에는 그보다 더 가깝게 간격을 두었고, 마지막 줄은 광장 바로 안쪽으로 뺐죠. 총은 받침대로 받쳐 놓았는데, 성능이 아주 뛰어난 총도 몇 자루 있었습니다. 뭐, 그래 봐야 승산 없는 싸움일 게 뻔했어요. 그래도 다들 최선을 다해 싸워 보자는 분위기였죠.

그런 의지로 일하는 사이 오후가 되었습니다. 날씨는 엄청 더웠고, 주위는 쥐 죽은 듯 조용했죠. 나는 그들이 모두 죽은 목숨이라고 생각했어요. 오늘이 마지막 날이 될 거라고 생각했죠. 그러자 그들이 존경스러웠어요. 나도 그들처럼 죽을 각오로 싸울 준비를 했어요. 원주민 여자들이 우리에게 음식과 물을 가져다주었어요. 총독은 다리를 저는 신부를 챙겼습니다. 우리는 하루 종일 준비했어요. 주민들이 모두 떠나 조용한 광장에서 부지런히 움직였죠. 포르투갈 소년은 정찰병 역할을 맡아 강을 경계하고 있었어요.

해가 저물기까지 두 시간쯤 남았을 때 총독이 이 정도면 할 만큼 했다고 말했습니다. 하지만 그는 두 장교와 함께 총과 총 사이를 뛰어다니며 한 줄에서 다른 줄로 전진했다가 후퇴하는 연습을 했죠. 그런 다음 원주민 여자들이 가져온 음식을 먹고는 피워 놓은 모닥불을 껐습니다. 해가 저물자 잠에서 깨어난 듯 숲이 술렁이기 시작했어요. 우리는 숨을 죽인 채 영국군을 기다렸습니다. 시간이 얼마나 흘렀는지 가늠조차 할 수 없었어요. 숲에서 나는 소란스러운 소리 때문에 포르투갈 소년의 휘파람 신호를 듣지 못하는 게 아닌가 하고 생각할 때였어요. 얼마 떨어지지 않은 곳에서 네 발의 총성이 들려왔어요. 정확히 네 발뿐이었는데, 연달아 소리가 울렸어요. 그러고는 아무 소리도 나지 않았어요. 단지 숲이 술렁이는 소리만 들렸죠. 이튿날 아침 주위는 조용했는데, 영국 군인들이 광장에 있었어요. 그들은 하나같이 기다란 창을 들고 있었죠.

나는 전 총독이자 아버지인 베리오의 사택에 있었어요. 영국 군인들은 나를 쉽게 찾아냈죠. 그들은 원주민 오두막에 숨은 원주민 여자 세 명도 찾아냈어요. 포르투갈 소년과 두 명의 흑인도 찾아냈고요. 영국 군인들은 우리를 총독 집으로 거칠게 끌고 가면서 영어 같기도 하고 스페인어 같기도 한 이상한 말로 소리쳤어요. '카스텔라노?'라고요. 나는 이전 총독이 아버지라고 말하고 싶었지만, 어떻게 표현해야 할지 몰랐어요. 그저 맞다는 신호로 고개를 끄덕였죠. 그러자 그들이 마구 화를 냈어요. 군인 하나가 허리띠에 감은 밧줄을 풀더군요. 만약 흑인들이 '카스텔라노가 아니에요! 카스텔라노가 아니에요! 인디오예요, 인디오! 원주민이에요, 원주민!' 하고 다급하게 소리치지 않았으면 나는 그 자리에서 교수형을 당했을 겁니다.

총독 집에는 꽤 많은 영국 군인들이 있었습니다. 사무실처럼 생긴 방에서 나는 피 묻은 찢어진 옷에 몸 곳곳을 붕대로 감은 사람을 봤어요. 머스킷 총에 맞은 것 같았죠. 다른 방에서는 가슴에 왕립 문장이 있는 사람과 두 구의 시체를 봤어요. 우리는 침실로 끌려갔습니다. 그리고 그곳에서 영국군 사령관을 봤죠. 스페인 총독만큼 키가 컸지만 비적 마른 노인이었어요. 눈도 나쁜 것 같았죠. 그는 1미터쯤 되는 반짝이는 막대기를 들고 있었어요. 사령관이니까 지휘봉이겠죠. 그는 통역관을 통해 원주민 여자들에게 말했어요. '스페인 사람 몇 명이 간밤에 죽었다. 그들이 누구인지 말해 주었으면 한다.' 이윽고 군인들은 우리를 요새로 데리고 갔어요. 전날 우리가 많은 양의 흙을 파낸 곳이었죠. 영국 군인들의 발에 밟혔지만, 우리가 나무를 잘라서 땅 위로 질질 끌고 간 자국은 여전히 남아 있었어요. 돈 팔미타 총독과 에레네타와 몽혜 대위는 머스킷총을 배치한 맨 앞줄에서 죽어 있었습니다. 우리는 하루 종일 준비했지만, 싸움은 단 몇 분만에 끝나 버렸죠. 우리 쪽은 네 발의 머스킷 총을 쏜 것이 전부였어요. 한 사람만 총을 두 번 쏘았죠. 그 네 발에 영국 군인 두 명이 죽었고 한 명이 부상당했어요. 한 발은 빗나갔고요. 총을 쏜 세 사람 모두 전사했어요. 영국 군인들이 쓰는 기다란 창이 나뭇가지에 걸려 있더군요. 우리 쪽 사람들은 영국 군인들이 그런 창을 들고 강 상류까지 올라올 줄은 예상하지 못한 것 같아요. 에레네타와 몽혜 대위는 옷을 입은 채 죽었고, 돈 팔미타의 옷은 벗겨져 있었어요. 몸이 무척 더러웠죠. 흘러나온 피가 검게 변해 있었어요. 그리고 정수리에서부터 입까지 깊은 상처가 나 있었죠.

나는 영국군 사령관에게 죽은 사람들이 누구인지 말했습니다. 옷이 벗겨진 사람이 총독이라고 말하자 사령관의 얼굴색이 바뀌더군요. 여자들은 전사자들을 바라보며 울었어요. 영국군 사령관은 여자들에게 전사자를 묻으라고 했습니다. 그러자 여자들은 어떻게 묻어야 하는지 모른다고 대답했어요. 사령관이 왜 여자들에게 전사자들을 묻으라고 했는지 모르겠더군요. 나와 흑인들에게는 묻으라고 하지 않았거든요. 여자들이 어떻게 묻어야 하는지 모른다고 하자 사령관은 약간 당황한 눈치였어요. 그는 잠시 망설이다가 통역관을 통해 이렇게 말했어요. '알았다. 우리를 위해 음식을 만들어라. 우리에게 음식을 만들어 주면 너희한테는 아무 일도 없을 거다. 그런데 어떤 음식을 우리에게 만들어 줄 수 있나?' 여자들은 주민들이 옥수수를 가지고 섬으로 피신해서 조금밖에 남지 않았다고 말했어요.

원주민 여자들이 남은 옥수수를 약초와 삶아서 내오자 사령관은 쇠사슬에 묶인 채 갇힌 원주민과 내게 함께 식사하자고 했습니다. 사령관 일행은 우리를 정중하게 대해 줬어요. 대접받는 기분이었는데, 예상 밖이었지요. 그들은 쇠사슬에 묶인 원주민을 '세뇨르 돈 페트로'라고 불렀어요. 하지만 그건 그의 진짜 이름이 아니었습니다. 놀리려고 그렇게 부르지 않았나 싶어요.

보물 창고에도 시체 두 구가 있었습니다. 그중 하나는 영국 장군의 아들이었어요. 창고 밖에도 시체가 세 구 있었죠. 사람이 죽으면 땅에 묻는 게 좋은 것 같아요. 땅 위에 있는 시체를 보니 영혼이 하늘로 올라가지 못하는 듯 느껴지더군요. 영국 군인들은 피곤했는지 그날 늦게서야 움직였어요. 그들은 세 구의 시체를 한꺼번에 묶은 뒤 전날 우리가 파 놓은 구덩이 하나에 묻었죠. 그걸 보니까 기분이 가벼워지더군요. 다리를 저는 신부는 밖에 나가지 않고 집에서 죽은 사람들을 위해 기도했어요.

다음 날에는 총독의 보물 창고에 있는 시체 두 구를 묻었어요. 군인들은 배에서 수의를 가져와 시체들을 감쌌죠. 그리고는 널빤지 위에 올리고 초가지붕과 흙벽돌로 된 교회 앞 광장으로 가져갔어요. 이윽고 사령관이 혼자서 널빤지 뒤로 다가

갔죠. 내 눈엔 좀 이상하게 보였는데 무언가 규칙에 따라 장례를 치르는 것 같았습니다. 군인 몇 명이 깃발을 아래로 늘어뜨린 채 광장을 돌기 시작했어요. 그들 뒤에는 오른손에 커다란 창을 든 군인들이 따라갔는데 창끝은 비스듬히 위로 향해 있고 나무로 된 자루는 땅에 질질 끌렸죠. 군인들은 광장을 두 바퀴 돌고 나서 우리가 전날에 판 또 다른 구덩이에 시체를 묻었어요. 그곳은 먼저 시체를 묻은 구덩이에서 가까웠죠.

장례를 치른 뒤 사령관은 금을 찾아 나섰어요. 그는 원주민 오두막이 늘어선 정착촌 땅을 여기저기 파헤쳤죠. 언젠가는 포르투갈 소년을 오전 내내 끌고 다녔어요. 소년이 금이 있는 곳을 안다고 생각했나 봐요. 소년의 독특한 억양 때문에 그렇게 생각했을지도 몰라요. 사령관은 금을 찾지 못하자 그 가엾은 소년을 내팽개치듯 하고 군인들을 시켜 날마다 땅을 팠어요. 그러던 어느 날 밤 사령관 일행이 정착촌 밖으로 나가더니 이튿날 아침 모래를 가지고 나타났습니다. 사령관이 내게 모래를 보이며 묻더군요. '이게 금 맞는가, 돈 호세?' 물론 나는 고개를 저었지요. 사령관은 조금씩 정신 착란 증세를 보이기 시작했어요. 눈도 점점 나빠지는지 자꾸만 깜박거렸지요. 사령관은 매일 강을 위아래로 오르내렸습니다. 언젠가는 섬에 가까이 다가갔다가 푸에르토리코 군인들과 전투가 벌어졌어요. 그 바람에 사령관의 부하 여섯 명이 죽었죠.

사령관은 그런 식으로 쓸데없이 일을 만들어 부하를 잃었어요. 우리는 거의 매일 장례를 치렀는데, 규칙이나 절차를 따르지 않고 대충 묻었어요. 사령관은 여러 날 동안 론치를 타고 강 위로 올라가기도 했죠. 나도 갔는데 320킬로미터쯤 올라갔을 거예요. 출발하기 전 사령관은 강에 대해 잘 안다고 큰소리쳤어요. 하지만 그는 강에 대해 아는 게 없었습니다. 사령관은 강둑 주위에 사는 원주민들이 독화살을 쏠까 봐 두려워했어요. 그리고 낯선 색깔을 띤 바위나 흙이나 모래를 볼 때마다 금이 들어 있느냐고 물었지요. 하지만 독화살이 무서워 그런 것들을 오랫동안 살피고 다닐 수도 없었어요. 그런데 사령관 일행이 정착촌으로 돌아왔을 때 배 하나가 없어진 걸 알았어요.

사람 마음이 이상한 것 같아요. 나는 돈 디에고 총독을 몹시 미워했어요. 하지만 막상 그가 죽자 무척 슬펐습니다. 그런데 이제는 돈 디에고를 죽인 사람이 왠지 모르게 불쌍하게 여겨졌어요. 사령관은 늘 겁에 질려 있었죠. 정말 불행해 보였어요. 잘 닦아서 광택이 나는 지휘봉을 쥐고 있었지만, 무엇을 어떻게 해야 할지 모르는 표정이었습니다. 부하들은 병이 들어 하나둘씩 죽어 갔어요. 식량도 거의 바닥났고요. 부하들은 그를 존경하지 않았어요. 그는 부하들이 배를 타고 달아날까 봐 전전긍긍했죠. 그러던 어느 날 그는 강 하구에서 정박 중인 장군에게 나를 보내기로 했어요.

사령관은 총독 집에 있는 침실에서 장군에게 보낼 편지를 썼어요. 그는 내게 명령하기를 장군한테 아들의 죽음에 대해 말하지 말라고 했어요. 장군이 먼저 편지를 읽도록 하라고 했습니다. 사령관은 장군에게 보낼 물건들을 론치에 실었어요. 거기에는 장군의 아들 시체가 이틀 동안 방치된 보물 창고에서 꺼낸 서류도 있었고, 오렌지와 레몬도 있었어요. 또 산토메에서 하나만 남은 금붙이도 있었고 담배도 있었죠. 정착촌에는 경작지가 몇 군데 있었는데, 모두 담배 농장이었어요. 주민들은 외국 배가 들어올 때마다 팔려고 너도나도 담배를 재배했죠. 만약 담배가 먹을 수 있는 거라면 아무도 굶주리지 않았을 거예요. 사령관은 트리니다드에 서식하는 장수거북도 론치에 실으라고 했어요. 그는 1595년에 이곳 강에서 자기와 장군이 군인 몇몇과 아르마딜로로 잔치를 벌였다며 그 동물도 장군에게 보내고 싶다고 말했습니다. 그러고는 거북이는 먹을 수 없지만, 장군이 보면 흥미 있어 할 거라고 했지요. 나는 그 거북이를 차가운 물에 담갔습니다.

사령관은 내가 떠나기 직전에 죽은 총독에게서 벗긴 옷을 내게 입혔어요. 꽤 멋진 옷이었는데 나한테는 너무 컸어요. 사령관은 그 옷을 입은 나를 보고 너털웃음을 터뜨렸어요. 나는 속으로 지금이 웃을 때는 아니라고 생각했죠. 하지만 그는 어떤 상황에서든 나름대로 규칙이나 원칙에 따라 행동하는 것 같았어요. 전에 사령관이 부하들과 총독 집의 감옥에 갇힌 원주민을 풀어 주고 '세뇨르 돈 페트로'라고 부르며 삶은 옥수수를 나와 함께 먹게 했는데, 당시와 비슷한 느낌이 들었습니다. 그때도 밖에는 세 구의 시체가 매장되지 않은 채 그대로 있었고, 다른 방에도 두 구의 시체가 방치된 상황이었죠."

여기서 잠시 강줄기를 따라 눈을 움직여 보자. 방금 떠나온 곳으로 고개를 돌리면 론치는 북쪽에 있는 강둑에서 그리 멀리 와 있지 않다. 하지만 한 시간에 7~8킬로미터 속도로 빠르게 움직인다. 론치는 얼마쯤 가다 지류를 벗어나 북쪽으로 이어진 수로로 진입한다. 그리고 거기서부터는 속도를 줄인다. 론치는 바람에 의지하여 떠내려가고 강둑은 보이다 안 보이다를 반복하다가 더는 보이지 않는다. 우리 눈앞에 파리아만이 펼쳐지는가 싶더니 곧바로 무겁게 생긴 갈색 펠리컨과 날씬한 군함새들이 솔다도 위를 나는 광경이 보인다.

초록색과 갈색과 노란색이 어우러진 평평한 땅과 강물을 바라보는 우리의 귀에 수도사이자 역사학자인 프라이 시몬의 목소리가 들린다.

"자네는 여행 경험이 아주 많구먼. 자네는 이 세상 그 누구보다 멋진 여행을 한 거야. 영국에도 갔으니 그곳의 훌륭한 도시들과 으리으리한 건물들도 봤겠군. 내가 보지 못한 것들도 봤을 거야. 솔즈베리 대성당을 비롯해 윈체스터와 사우스워크 대성당, 그리고 줄리어스 시저가 세웠다는 런던탑도 봤겠지. 중요한 인물들도 만났겠군. 스페인에도 갔다니 톨레도와 살라망카도 방문했겠지. 세비야에도 갔을 테고. 세비야의 강에서는 아메리카 대륙에서 돌아온 갤리언도 봤겠구먼. 정말 대단하네, 돈 호세. 멋진 곳을 두루 다니고 지금은 여기 자네가 태어난 뉴그라나다로 돌아와 있잖은가."

"모든 건 영국 장군인 밀로르 과테랄 경 덕분입니다. 그분은 말 한마디로 내게 유죄를 선고할 수 있었어요."

"그 사람이 자네를 좋아하게 된 이유가 뭐라고 생각하나?"

"딱히 말씀하시진 않았어요."

"혹시 그 사람이 자네에게서 잃은 아들과 닮은 점을 발견한 건 아닐까? 자네가 아들을 마지막으로 본 사람들 가운데 하나라서인가?"

"아들을 봤다는 말은 아무도 하지 않았습니다. 그분은 내게 아들에 대해 묻지도 않으셨고요."

"자네는 그 사람이 몇 달밖에 살지 못한다는 걸 알았나?"

"아뇨, 전혀 몰랐어요. 그래서 다행이 아니었나 싶어요. 당시 그 사실을 알았다면 도저히 견디지 못했을 겁니다. 그렇지 않아도 슬픔에 젖어서 지내던 때였어요."

"죽은 사람들 때문에 슬펐단 얘기인가? 아니면 사령관 일행과 함께 지내다 론치에 보내져서 슬펐나?"

"지난 몇 주일 동안 슬픔에 젖어 있었어요. 나는 론치에 타고 나서야 사령관 일행과 있으면서 막연하게 느꼈던 게 무엇인지 알았습니다. 나는 가이아나 사람이 아니라 뉴그라나다 출신이에요. 그런데 베리오 가문 사람들과 강을 따라 오랫동안 기나긴 여행을 했어요. 나는 늘 가이아나를 떠나 고향으로 돌아가기를 바랐죠. 그러다 주민들이 정착촌을 버리고 강 한가운데 있는 섬으로 달아나는 모습을 보고 세상이 바뀌었다는 걸 깨달았습니다. 뭐랄까, 익숙한 것들과 인연이 끊긴 듯한 느낌이었죠. 론치를 타고 가면서 그런 생각을 하자 걷잡을 수 없이 슬퍼지더군요. 비가 내린 뒤 웅덩이에서 장난치며 놀던 아이가 웅덩이에 비친 파란 하늘을 보고 놀라듯 나 또한 그랬어요. 그런 하늘에서 바닷속으로 떨어지는 것 같은 기분이 들었죠. 나는 이를 악물고 스스로 강해져야 한다고 생각했어요.

그런 생각을 계속하자 용기가 생겼죠. 어디로 떨어지든 겁먹지 말고 무엇이든 붙잡아야겠다는 생각도 했어요. 그런 생각이 큰 위안이 되었죠. 마치 내 운명이 사람들 틈에서 나를 위로 끌어올리는 것 같았어요. 나는 사람들이 뭐라고 하든 상관하지 않기로 마음먹었어요. 사람들이 내가 입은 옷을 보고 비웃든 말든 아무런 반응을 하지 않기로 했습니다."

"장군의 배에 탔을 때도 그 얼굴이었나? 장군에게 그 얼굴을 보여 줬느냐, 이 말이네."

프라이 시몬이 궁금한 표정으로 물었다.

"네."

"자네는 정말 행운아군. 그는 이미 오래전에 원주민들에 대한 애정을 거둬들였네. 원주민들이 자기를 좌절시킬 거라고 생각했지."

"조금 전에 말한 대로 그분은 한마디 말로 내게 유죄 판결을 내릴 수도 있었습니다."

"어쩌면 자네의 태도에 감동했는지도 모르지. 자네를 보면서 자신의 운명을 깨달았을 수도 있고."

"그분은 처음엔 나를 거들떠보지도 않았어요. 나도 그분을 감히 바라보지 못했지요. 그저 솔다도라는 바위섬 위를 나는 새들만 바라봤어요. 그런데 내가 가져간 편지를 읽고 난 뒤 아들 이름을 부르며 흐느꼈죠. 군의관이 다가와서 부축했는데, 얼마쯤 지나자 그분이 나를 바라보는 것 같았어요."

"그 사람이 가이아나에서 영국으로 돌아갈 땐 빈손이었네. 유일하게 자네뿐이었지."

서류 뭉치, 담배 마는 종이, 거북이: 기록되지 않은 이야기

"그 사실은 나중에 들어서 알았어요. 어쨌든 그때 그분의 시선이 내 얼굴에 닿는 걸 느끼면서 나는 그분에게 편안한 감정을 품었습니다."

"나는 자네에게서 또 다른 걸 얻었으면 하네. 솔직히 말하지. 나는 무언가 새로운 걸 듣는 순간에도 역사학자로서의 직감으로 되도록 간단명료하게 정리해야 하네. 그래야 사실을 기록할 수 있지."

여기서 잠시 솔다도 위를 높이 날아다니는 군함새들을 떠올려 보자. 그리고 허공에 뜬 작은 돛단배 같은 펠리컨들도 떠올리자. 펠리컨들은 햇빛에 반짝이는 바다 위에서 일정한 간격을 두고 낮게 날고 있는데, 몸통과 부리가 무거운 데다 꼬리가 균형을 이루지 못해 조금은 우스꽝스러워 보인다.

갑자기 프라이 시몬의 목소리가 들린다. 그 자신이 기록한 역사 관련 글을 읽는 것 같다.

"용감한 돈 디에고 팔로메케 데 아쿠냐가 전사했다는 기쁜 소식이 배에 전해졌다. 하지만 기쁨도 잠시, 장군의 아들도 전사했다는 소식이 전해지자 배는 눈물에 젖기 시작했다."

다시금 돈 호세에게 이야기의 초점을 맞추자. 제임스 1세 시대의 옷을 멋지게 차려입은 돈 호세는 자신감에 찬 목소리로 이렇게 말한다.

"장군은 기운이 좀 나는지 나를 자기 선실로 데리고 갔어요. 그러고는 나한테 자기 옷을 입히라고 보좌관에게 명령했죠. 그 옷을 입자 배에서의 내 위치가 바뀌었어요. 나를 조롱하던 사람들이 내 앞에서 함부로 행동하지 못한 것이죠. 심지어 내 이름도 또박또박 불렀어요.

장군의 선실은 좁았지만, 시설이며 장식품은 그때까지 내가 본 어떤 것보다 고급스러웠어요. 나를 선실로 데려간 보좌관은 바닥에 놓인 상자를 열고 옷을 꺼내더니 마음에 드는 걸 고르라고 했어요. 장군은 나와 체격이 비슷했죠. 스페인 총독의 옷을 벗자 기분이 홀가분했어요. 총독이 전투할 때 입은 옷이라 여기저기 피가 묻어 있었거든요. 피는 검게 말라붙어 있었고 전투한 날 밤에 묻은 산토메의 붉은 진흙도 말라서 가루가 떨어졌어요. 그 옷에서는 죽음과 숲과 강물과 젖은 잎사귀 냄새가 풍겼죠. 총독이 벌레를 쫓기 위해 옷상자에 넣어둔 향기로운 풀뿌리 냄새도 희미하게 풍겼습니다. 나는 그 옷을 단정하게 접어 상자 뚜껑 위에 올려놓았어요.

보좌관의 도움을 받아 새 옷으로 갈아입었을 때 장군과 군의관이 선실로 들어왔어요. 그때 나는 밖으로 나가야 할지 어떨지 몰라 망설이고 있었죠. 그런데 내게 장군 선실에서 자도 된다고 하더군요. 선실에는 이미 내가 쓸 그물 침대가 설치되어 있었어요. 그러니까 나는 장군의 하인이 되는 셈이었죠. 장군은 내게 시중드는 법을 배운 적이 있냐고 물었습니다. 나는 전에 트리니다드와 가이아나의 총독 집에 있었다고 했어요. 총독이 아버지라는 말은 하지 않고요.

내가 처음으로 맡은 임무는 저녁 식사를 준비하는 거였어요. 개인 요리사가 항해 중에 죽었기 때문에 장군은 선내 조리실에서 만든 음식을 먹고 있었죠. 그날 메뉴는 옥수수 죽이었어요. 하지만 장군은 음식에 거의 손을 대지 않은 채 군의 관과 이야기를 나누기도 하고 거북이를 가지고 장난을 치기도 했습니다. 저녁에 장군과 나는 선실에 함께 있었지만 이야기는 나누지 않았어요. 장군은 혼자 있고 싶어 하지 않았죠. 나와 함께 있고 싶어 했어요. 그렇다고 나와 친해지기를 바란 건 아니었습니다. 어느 날 밤 장군은 면으로 짠 그물 침대에서 나오더니 무언가 좀 먹어야겠다고 했어요. 그러고는 영국에서 가져온 조그만 통에서 삶은 자두를 꺼내 먹었죠. 뚜껑을 열었는데 자두나 통의 상태가 좋아 보이지 않았어요. 냄새도 역겨웠어요. 장군은 항해 중 병이 난 다음에는 삶은 자두가 그나마 먹을 만한데, 이제는 얼마 남지 않았다고 했습니다. 영국에서 사과도 가져왔지만 몇 개 남은 걸 대원들이 훔쳐 먹었다고 투덜댔죠. 셔츠를 입은 장군의 몸은 몹시 야위어 보였어요. 그 모습을 보자 가엾다는 생각이 들었어요.

장군은 나이도 많고 병에 걸린 데다 허약할 대로 허약해져 있었습니다. 그런데 그는 사람들, 특히 시중드는 사람들을 몹시 거칠게 대했어요. 게다가 자기가 그들을 대수롭지 않게 생각한다는 걸 상대가 알기를 바랐죠. 그는 대원들 앞에서 크게 소리를 지르기도 했어요. 그런데 무슨 이유에서인지 나한테는 함부로 하지 않았어요. 내 앞에서는 큰소리를 치지도 않았죠. 그러다 보니 배에 있는 영국 사람들이 나를 막 대하지 않았던 겁니다. 그러기는커녕 친절하게 대해 줬어요. 난생처음 대접받는 기분을 느꼈죠. 뉴그라나다나 산토메에서 베리오 가문 사람들과 함께 있을 때도 그런 기분을 느낀 적은 없었어요. 그런데 나는 그런 행운이 오랫동안 지속되지는 않을 거라고 생각했습니다. 이곳 파리아만에 있는 장군의 지위가 강 상류에 있는 사령관의 지위와 거의 같아졌기 때문이죠.

그러니까 장군은 이제 운이 다한 사람이었어요. 모두 그 사실을 알았어요. 군의관도 대원들도 군인들도 심지어 배에서 조리를 담당하는 사람들까지 말입니다. 장군은 이미 많은 대원과 친구, 그리고 그를 지지하는 귀족을 잃었어요. 아들도 잃었고요. 그런 데다 손에 스페인 사람들의 피를 묻혔어요. 싸움을 피했어야 하는데 말입니다. 장군은 영국 왕에게 스페인 사람들과 싸울 일은 없을 거라고 말했어요. 그런데 그렇지 않았지요. 산토메에서의 전투는 피했어야 했습니다. 나는 나중에야 그의 운명이 어떻게 될지 짐작했어요. 금을 발견하지 못했기 때문에 영국에 돌아가면 곧 왕의 명령으로 처형될 게 틀림없다고 생각했죠.

내가 볼 때 장군의 미래는 암담했습니다. 하지만 그 미래가 코앞에 다가오기 전까지는 여전히 장군이었어요. 그에게는 마음대로 부릴 수 있는 대원들과 배가 있었죠. 그는 대원들에게 무엇이든 마음 내키는 대로 명령할 수 있었어요. 그가 큰소리를 쳐도 아무도 맞설 수 없었습니다. 물론 장군이 금을 발견하면 얼마든지 그의 운명이 바뀔 수 있겠죠. 명대로 살 수 있을 뿐 아니라 죽어도 명예롭게 죽을 겁니다. 자신만이 찾을 수 있다고 호언장담한 대로 금을 발견한다면 말입니다. 하지만 금은 존재하지 않았어요. 산토메 주민들은 영국인들이 금광을 차지하러 온다는 소식을 들었을 때 다들 우스갯소리로 받아들였습니다.

운명호뿐 아니라 다른 배에 탄 대원들도 금광이 있다는 믿음을 버렸어요. 그래도 그들은 죽음을 눈앞에 둔 장군의 지휘 아래 파리아만에 그대로 머물러 있었죠. 다들 하는 일 없이 마냥 기다리고만 있었어요. 장군처럼 말이에요. 그들 가운데 몇 명은 고통스러운 나머지 도망을 쳤어요. 내가 배에 오르고 며칠이 지나서 장군이 거느린 배들 가운데 두 척이 파리아만의 북쪽으로 뱃머리를 돌리고 드래곤 마우스와 카리브해로 빠져나갔습니다. 그런데 장군은 그 사실을 알아차리지 못한 것 같았어요.

군의관은 하루에 서너 차례 선실에 들렀습니다. 그러고는 장군과 한참 동안 이야기를 나누었죠. 사실 장군과 이야기를 나누는 사람은 군의관뿐이었어요. 장군은 트리니다드를 공격해 포트오브스페인을 점령하고 배상금을 받아 내자고 했어요. 이십삼 년 전 그렇게 한 적이 있다면서요. 장군은 이번에는 스페인 사람들에게 2만 파운드를 요구하자고 했죠. 그러면서 스페인 사람들이 배상금을 내놓을 때까지 도시든 거리든 하루에 하나씩 불태우자고 했어요. 장군은 쿠마나와 푸에르토카베요를 공격하고 플로리다에 기지를 세우는 것에 대해서도 말했습니다.

처음엔 장군의 그 말을 아주 심각하게 받아들였어요. 하지만 곧 가망이 없는 말이라는 걸 알았죠. 당시 장군은 이 세상 어디에도 숨을 곳이 없는 처지였어요. 장군이 구상한 계획을 실행에 옮겼다면 영국에서 보낸 배들이 계속 그를 추적했을 거예요. 스페인 배들이 세계에 퍼져 있는 우리 지역들로 계속해서 들어오는 것처럼요. 나는 장군이 군의관에게 자신이 강하다는 걸 보여 주기 위해 그런 이야기를 했다고 생각했어요. 내게도 강한 인상을 주려고 그랬겠죠. 장군은 군의관에게 한 말을 내게 스페인어로 했어요. 그러고는 농담처럼 이렇게 물었죠. '돈 호세, 자네는 어떻게 생각하나?'

군의관이 나가고 장군과 나만 선실에 남으면 침묵이 흘렀어요. 장군은 밤낮으로 죽은 아들 때문에 슬퍼하고 점점 다가오는 죽음에 대해 생각했죠. 굳이 말하지 않아도 알 수 있었어요. 장군은 이따금 두꺼운 책을 꺼내 놓고 무언가를 쓸 듯하다가 책장을 덮었어요. 나는 그것이 책이 아니라 여러 척의 배와 수백 명의 대원을 이끌고 영국을 떠나온 이후 줄곧 간직한 장군의 일지라는 사실을 나중에 사람들에게 들었어요. 장군은 병이 심해졌을 때도 일지를 썼어요. 하지만 산토메에서 론치가 도착해 그곳 소식을 전한 후로는 아무것도 쓰지 않았습니다.

장군은 산토메에서 사령관이 돌아오기를 기다렸어요. 시력이 형편없는 패배한 지휘관을 기다리는 게 우리가 파리아만 연안에서 하는 일의 전부였죠. 장군은 사령관이 반드시 돌아올 거라고 말했어요. 마치 세상에서 오직 그것만 확신하는 듯 보였어요.

내가 그곳에 머문 지 보름쯤 되었을 때 사령관의 배가 남쪽에 나타났습니다. 그 배는 왼쪽에 있는 수로를 따라 올라왔죠. 보초선이 신호를 보내자 군인들과 선원들이 소리를 질렀어요. 그 소리를 듣고 배 안에 있던 사람들이 사령관 일행을 맞이하기 위해 갑판으로 뛰쳐나갔습니다. 그런데 장군은 그러지 못했어요. 나는 장군이 갑판으로 나갈 수 있도록 옆에서 부축했죠. 장군은 사령관의 배가 도착했다는 소식을 들었을 때 나한테 몸 상태가 좋지 않다고 말했어요. 그러고 보니 얼굴색이 평소와 달랐습니다. 더 늙어 보이는 얼굴은 온통 주름투성이더군요. 장군은 몇 걸음 걷지 못하고 자기는 선실에 있을 테니 나한테 밖에 나가 보라고 일렀어요.

선실을 나와 갑판에 나서자 발바닥이 뜨거웠습니다. 하얀 구름이 하늘을 덮고 있었지만 정오 무렵이라 햇볕이 따가웠어요. 파도가 일렁이는 바다는 눈부시게 반짝거렸고요. 사령관의 배는 느릿느릿 다가왔어요. 하늘에서 쏟아져 내리는 햇빛과 바다에서 반사된 빛이 배 주위에서 춤을 추었어요. 바람에 돛이 여러 가지 모양과 색을 띠고 나부꼈고요. 솔다도섬 위로는 새들이 높이 날았어요. 배가 가까이 다가오자 두 개의 하얀 깃발이 펄럭이는 것이 보였죠. 나는 그것이 무엇을 의미하는지 몰랐어요.

사령관 배는 우리 배에서 조금 떨어진 곳에 닻을 내렸어요. 작은 보트가 내려오더니 몇 사람이 줄사다리로 내려가서 보트의 노를 잡더군요. 조금 있자 사령관이 그쪽 배에 나타났어요. 마지막으로 보았을 때와 똑같은 옷차림이었어요. 키가 큰 사령관은 광택이 나는 지휘봉을 든 채 줄사다리를 타고 보트로 내려왔어요. 그러고는 우리 배 쪽으로 다가왔죠. 그는 여전히 강에서 군인들을 지휘하던 당당한 모습 같았어요. 하지만 배의 줄사다리를 잡고 우리 쪽 갑판으로 올라오는 모습에서는 그런 권위를 찾아볼 수 없었어요. 몇 주일 전 산토메에서 창으로 무장한 영국 병사들이 나를 교수형에 처하려 하던 때가 떠올랐어요. 당시 흑인들이 나를 구했고, 그 뒤 몇 주일 동안 내 생명은 사령관 손에 달려 있었죠. 이런 생각을 하며 막대기에 불과한 지휘봉을 들고 줄사다리를 올라오는 사령관을 내려다보자 기분이 묘했습니다.

사령관은 몰라보게 야위어 있었어요. 며칠 굶은 듯 보였지만 배에도 먹을 것이 거의 없었죠. 옷은 무척 더러웠고 손도 때가 덕지덕지 앉은 데다 상처투성이였지요. 전투를 한 군인 손이니까 지저분하고 거친 건 당연할 텐데 그때는 그렇게 생각하지 못했어요. 사령관의 한쪽 눈은 기능을 상실한 듯 조금도 움직이지 않았고, 시력이 약한 다른 쪽 눈은 제어가 안 되는지 멋대로 움직였어요. 사령관은 나를 보지 않았어요. 스페인 총독의 옷을 입혀서 장군에게 보낸 사람이 나인 줄 모르는 것 같았지요. 그의 얼굴에는 아무런 표정도 없었어요.

사령관은 장군의 선실로 갔어요. 장군의 선실로 가는 길을 잘 알더군요. 사람들이 모두 그를 바라보았어요. 군의관이 그의 뒤를 따라갔고, 나는 군의관을 따라갔어요. 장군의 선실은 열려 있었어요. 사령관이 문을 두드렸지만 아무런 반응이 없었어요. 사령관은 지휘봉을 든 채 머리가 부딪치지 않도록 출입구에서 상체를 구부리고 안으로 들어갔어요. 장군은 그물 침대에 누워 있었어요. 내가 선실을 나간 뒤에 몸이 더 아팠나 봐요. 장군의 셔츠는 땀에 젖었고 눈은 움푹 꺼졌으며 얼굴은 창백했어요. 장군은 아무 말도 하지 않았어요. 장군과 사령관이 아주 오랜 친구 사이라고 들었기 때문에 서로 반가워할 줄 알았는데 그렇지 않았죠.

사령관이 뭐라고 말했지만 장군은 대꾸하지 않았어요. 그래도 사령관은 계속 말했죠. 그런데 듣다 보니 그의 말이 중요하지 않게 느껴졌어요. 시간이 좀 지나자 심지어 사령관도 자기 말에 주의를 기울이지 않는 것 같았죠. 더욱이 선실 안에 있는 사람들 모두 그물 침대에 누운 노인의 분노가 언제 폭발할지 기다리는 듯싶었어요. 얼마쯤 있자 실제로 노인의 분노가 폭발했습니다. 그것도 한참 동안 폭발했죠. 몇 주일에 걸친, 아니, 몇 해에 걸친 기다림과 실망 그리고 슬픔이 폭발하기 위해 한 군데에 모여든 것 같았어요. 장군이 자신의 운명을 예감하고 무언가 해야 한다고 생각하며 기다린 때가 바로 그 순간인 듯했습니다.

낮은 천장 탓에 몸을 구부린 사령관은 장군이 말하는 동안 몸을 더 낮게 구부렸어요. 장군은 사령관이 모든 일을 망쳤다고 했습니다. 몇 해 전 사령관이 자신의 경비로 금광을 찾아 나선 만큼 반드시 금광을 찾았어야 했다고 말했어요. 장군은 산토메에서 금광을 운영하는 사람이 셋 있고 그들 이름까지 안다고 했죠. 프란시스코 파샤르도, 에르마노 프룬티노, 페드로 로드리고 파라냐가 그들이라며 이 세 사람 이름은 돈 호세도 안다고 했습니다.

장군 입에서 내 이름이 나오자 나는 고개를 들었어요. 그러고는 군의관과 눈이 마주쳤죠. 군의관은 장군 말을 스페인어로 내게 통역해 주었어요. 나는 사실이 아니라며 부인하고 싶었습니다. 산토메에는 금광이 없고 장군이 말한 이름들은 진짜가 아니며 파라냐는 사람이 아닌 강 이름이고 에르마노는 형이나 오빠나 남동생을 뜻하는 말이라면서요. 그런데 군의관이 나를 뚫어지게 바라보며 머리를 살짝 흔들었어요. 나는 아무 말도 하지 말아야 한다는 걸 알았죠. 거기에 있는 사람들은 장군의 광기를 가만히 참아 내야 했어요. 그건 그의 목숨이 얼마 안 남았다는 의미였으니까요. 어쩌면 아들을 잃은 병든 장군은 분노하기 위해 끊어질 듯 가느다란 명줄을 악착같이 붙잡고 있었는지도 몰라요.

노인은 그날 오후 내내 사령관에게 화를 냈어요. 햇빛이 초록색 커튼 사이로 비쳐들어 선실 안은 무척 더웠어요. 더위도 힘들었지만 노인의 분노와, 시력이 몹시 약한 데다 옷이며 손이 더럽고 굶주림으로 반쯤 죽어 가는 키 큰 사령관의 슬픔도 견디기 어려웠습니다. 사람들 모두 숨죽인 채 조용히 있었고, 나는 견디다 못해 선실 밖으로 나왔어요. 운명호는 물론이고 다른 배에 있는 사람들도 침울할 것 같았습니다. 그들 또한 상황이 어떻게 돌아가는지 알 테니까요.

이윽고 사령관이 지휘봉을 놔두고 자기 선실로 올라갔어요. 그의 선실은 장군 선실 바로 위에 있었죠. 얼마 뒤 장군이 나를 불렀어요. 장군은 그물 침대에서 몸을 떨었습니다. 얼굴은 하얗게 질리고 셔츠는 땀범벅이 되어 있었지요. 장군은 왜 이렇게 춥냐고 투덜대더니 '돈 호세, 너무 아프구나.'라고 말했어요.

사령관의 광택이 나는 지휘봉은 장군의 옷상자 뚜껑 위에 놓여 있었어요. 장군의 선실 위에 있는 선실에서 사령관이 움직이는 소리가 들렸습니다. 장군은 사령관의 지휘봉과 사령관이 선실에서 내는 소리를 일종의 모욕으로 받아들인 듯했어요. 해가 지기 직전 그는 사령관을 불러들이더니 다시금 화를 내기 시작했습니다.

사령관은 옷을 벗다 말고 달려온 모양이었어요. 셔츠는 벗은 상태였지요. 사령관은 이번에는 장군 말을 잘 들으려 하지 않았어요. 그는 내가 알아듣지 못하는 말을 몇 마디 내뱉고 더는 아무 말도 하지 않았습니다. 기분이 상한 것 같았죠. 사령관은 얼마쯤 더 머물다 그만 물러나겠다는 말도 없이 자기 선실로 올라갔어요.

장군은 마치 귀신에 홀린 사람 같았어요. 그는 그물 침대에서 내려와 일지를 꺼내더니 종이 몇 장을 펼치고 촛불 아래에서 글을 쓰기 시작했습니다. 장군이 촛불을 이용하여 글을 쓰는 모습은 그 배에 탄 후 처음 봤어요. 그런데 그때 위에서 총소리가 났습니다. 장군은 얼굴을 찌푸렸어요. 촛불이 켜져 있었지만 방은 어두웠죠. 만약 어둡지 않았다면 장군이 그 소리를 듣고 미소 짓는 걸 보지 않았을까 싶습니다. 장군과 함께 지낸 이후로 나는 그가 일지 쓰는 모습을 단 한 번도 보지 못했는데 그는 총소리가 난 뒤에도 계속 글을 썼어요.

군의관이 달려 들어와서 장군과 이야기를 나눴습니다. 그러고 나서 우리 셋은 바로 위에 있는 사령관 선실로 올라갔죠. 사령관은 도착할 때 입었던 옷을 다시 입은 채 바닥에 쓰러져 있었어요. 산토메에서 나를 론치에 태우고 장군에게 거북이와 서류와 담배 등을 전해 주라고 했을 때 입었던 바로 그 옷이었습니다. 바닥에 엎드려 있어 사령관 얼굴은 보이지 않았어요. 장군은 다른 사람들은 보고 싶어 하지 않겠지만 자기는 꼭 봐야 한다는 듯 사령관의 몸을 돌려놓았지요. 총알이 셔츠를 찢고 바싹 마른 가슴을 뚫고 지나간 것을 한눈에 알아볼 수 있었어요. 갈비뼈 사이에 꽂힌 길고 가느다란 칼도 보였습니다. 어떤 것이 먼저였을까요? 칼이었을까요? 총이었을까요? 내 생각에는 총이 먼저인 것 같았습니다.

선실은 곧 사람들로 가득 찼어요. 장군은 사령관의 시체를 모든 사람이 보기를 바랐습니다. 하지만 아무도 보려고 하지 않았죠. 나중에 들었는데, 그 사람들은 자살을 좋게 받아들이지 않는다더군요. 자살은 자신에게 내리는 심판 같은 것이니까요. 이곳 원주민이나 부분적으로 원주민이랄 수 있는 나 같은 사람들은 불명예스럽게 사느니 스스로 목숨을 끊는 게 낫다고 생각합니다. 다 그런 건 아니지만요.

그날 밤 장군은 신들린 사람처럼, 누군가의 영혼에서 에너지를 끌어낸 사람처럼 몇 시간이나 글을 썼습니다. 다음 날 사령관의 장례식이 치러졌어요. 하지만 아무런 예식이나 절차도 없이, 종교적이라기보다 단지 최소한의 품위는 지켜 줘야 했기 때문에 수의를 입혀서 파리아만에 던졌습니다. 산토메에서 장례를 치를 때 사령관은 그런대로 규칙에 따랐어요. 그곳에서 전사한 장군의 아들과 군인들을 매장할 때 수의를 입히고 무덤까지 따라갔죠. 하지만 사령관의 장례식은 시체를 바다에 던지는 것으로 끝났어요.

　이제 파리아만에 남아 있는 사람들은 할 일이 없었습니다. 다른 배의 선장들이 장군을 찾아와 무엇을 어떻게 해야 할지 물었어요. 장군은 자신이 운이 없는 사람이며 늙고 몸까지 아픈 터에 아들마저 잃고 친구에게 배신당했다고 한탄했습니다. 그러고는 자기를 따르던 사람들이 모두 불행해진 만큼 누구든 자기를 떠나야 한다고 말했죠. 선장들은 장군의 말에 따라 저마다 배를 몰고 떠났어요. 장군은 파리아만이 텅 비자 그제야 배은망덕한 놈들이라며 떠난 사람들을 욕했죠. 그는 나와 군의관 앞에서도 그 사람들을 비난했어요. 하지만 열정적으로 비난하지는 않았어요. 그는 자기가 무슨 말을 했는지도 잘 몰랐어요. 너무 쇠약해서 뇌 기능도 떨어진 것 같았습니다.

　결국 장군은 막다른 곳에 이르렀어요. 장군은 자신의 계획을 실행에 옮길 수 있다고 여전히 큰소리쳤지만, 고향으로 방향을 돌리고 국왕의 손에 자신의 운명을 맡기는 수밖에 방법이 없었죠.

　돌이켜 보니 그 가엾은 사령관은 겁이 많은 사람이라는 생각이 드는데, 아무튼 그가 산토메에서 장난스레 돈 팔미타의 커다란 옷을 입히고 나를 론치에 태워 강 하류로 보냈을 때 나는 머릿속으로 내 운명에 대한 그림을 그렸어요. 당시는 하늘에서 바다로 떨어지는 듯한 기분이 들었죠. 나는 내 운명의 그림에 초점을 맞추고 거기에서 위안을 찾으려 했습니다.

　배가 그때까지 머문 파리아만을 떠나고 며칠이 지났을 때 나는 머릿속에 그렸던 그림 속으로 내가 점점 더 들어가고 있다는 걸 깨달았어요. 파리아만을 떠난 지 얼마 되지 않았지만 모든 풍경이 익숙했습니다. 이는 베리오 가문 사람들과 여행한 경험 때문이기도 했고, 여러 사람에게서 이야기를 들었기 때문이기도 했죠. 유난히 날개가 튼튼한 펠리컨들이 죽을 시기가 되었을 때 정착하는 솔다도, 스페인 사람들이 트리니다드라고 부르는 섬에 있는 피치 호수, 높아서 더 쓸쓸해 보이지만 파리아만을 여행하는 사람들에게는 이정표 역할을 하는 아나파리마 언덕, 할아버지가 스페인 사람들을 위해 도시를 세운 과나가나레의 콩케라보 또는 쿠무쿠라포, 방금 바다에서 솟아오른 듯한 차카차카레섬, 드래곤 마우스에 있는 크고 작은 섬 등이 친숙하게 다가왔습니다. 어디에 가든 구름과 하늘과 바람과 바다가 내 곁에 있었어요. 하지만 이제 세상은 변했습니다. 나뿐 아니라 모든 사람에게 말입니다.

파리아만을 떠나고 며칠 동안 나는 오래전부터 꾸었던 꿈의 세계 속에 들어와 있었어요. 거기에는 무한히 넓은 바다와 하늘이 펼쳐져 있었죠. 나는 조금도 두렵지 않았어요. 배는 내게 하나의 작은 세계였습니다. 늘 똑같이 반복되는 일상이지만 그렇게 지루하지 않았죠. 노인은 자기 선실에서 조용히 지냈어요. 글을 쓰거나 군의관과 이야기를 나누기도 했죠. 그리고 많은 시간을 들여 내게 영어를 가르치기도 했습니다. 장군은 거북이가 죽자 무척 슬퍼했어요. 배는 더운 데다 먹이도 없어 거북이가 살 곳이 못 됐죠. 내게 영어를 가르치고 거북이 때문에 슬퍼하는 등의 감정적 동요를 통해 노인은 어느 정도 자신을 신뢰하게 되었어요. 하지만 그는 우리와 떨어져 지내는 시간이 많았고, 무언가를 느끼는 기능을 상실한 듯 보였습니다. 게다가 늘 자신의 운명에 대한 생각에 잠겨 있는 것 같았죠. 그래도 나에 대한 관심은 결코 식지 않은 듯했습니다.

군의관은 사람들이 나에 관해 한 말을 전해 주곤 했어요. 사람들 사이에서 나는 가이아나 출신의 원주민이자 장군의 하인이었죠. 하지만 누구도 나를 함부로 대하지 않았습니다. 오히려 갈수록 소중하게 대했죠. 영국에 도착하면 사람들은 나를 보고 노인을 좋게 평가할 거라는 생각이 들었어요. 나는 그의 머릿속에 여전히 남아 있는 황금 왕국의 실재를 증명할 존재일 테니까요. 어쩌면 나는 그에게 남은 허영심의 일부이자 공허한 바다 너머에 있는 세상에 대한 욕망의 일부였을 겁니다.

기나긴 항해 끝에 마침내 바다를 뒤로하고 육지에 오르는 날이 밝았습니다. 배에서 해방된 사람들은 딱딱한 땅을 걸으며 깨끗한 물과 신선한 음식을 마음껏 먹을 수 있다는 생각에 모두들 기쁜 표정을 지었죠. 하지만 장군의 권위는 상륙하자마자 땅에 떨어졌어요. 그는 국왕의 죄수가 되었죠. 하지만 쇠사슬에 묶이지는 않았어요. 그를 데려가기 위해 항구에서 기다리는 사람들도 없었죠. 우리는 슬픔에 잠긴 채 장군 집에 머물렀어요. 장군은 우리 앞에서 주인답게 행동했죠. 하지만 사람들은 장군이 곧 생명을 잃을 거란 사실을 알았습니다. 모두 국왕의 명령만을 기다렸어요. 하지만 국왕은 서두르지 않았죠.

육지에 도착한 뒤로도 며칠 동안은 여전히 배에 타고 있는 듯 발밑의 땅이 흔들리는 것 같았어요. 다시 육지에 있고 오랫동안 갈망한 안전한 생활을 하고 있으며 사람들이 오가는 거리도 보였지만 산토메에서 운명호를 향해 강을 따라 내려가며 느꼈던 분위기가 나를 감싸는 듯한 착각이 들었습니다. 이런 착각은 육지에 도착하기 며칠 전부터 들기 시작했어요. 사람들이 육지에 대해 말했을 때부터 약간의 거부감이 들기도 했죠. 그래서 내심 불안했습니다.

육지에 도착해서 장군 집으로 갈 때 나는 슬픔에 잠겨 있었어요. 슬픔에 짓눌려 있다는 표현이 더 적당하겠네요. 슬픔이 차가운 액체처럼 전신을 타고 흘러내렸어요. 그리고 잠 속으로 들어와 나를 깨웠죠. 내가 한 모든 일의 뒤에 슬픔이 있었어요. 슬픔은 내 어깨에 걸터앉은 영혼 같기도 했습니다. 론치를 타고 강을 따라 내려올 때 하늘에서 바다로 떨어지는 꿈이 나를 사람들 틈에서 위로 끌어올렸지만 슬픔은 모든 것과 모든 사람에게서 나를 떼어 놓았어요. 나는 당장이라도 죽고 싶었습니다. 장군 집에서 마련해 준 방에서 나는 어린아이처럼 눈이 어떻게 긴장하는지 느껴 보기라도 하듯 천을 이마에 단단히 묶고 얼굴을 벽 쪽으로 돌렸어요. 그렇게 나를 둘러싼 모든 것을 외면하고 싶었죠. 나는 벽 쪽을 향한 채 눈을 똑바로 떴어요. 어린 시절에 본 하늘을 보는 것 같았습니다. 나는 벽을 뚫어져라 바라보며 느끼고 생각하는 모든 감각이 마비되기를 바랐죠. 그때 멀리서 장군과 군의관이 '돈 호세! 돈 호세!' 하고 나를 부르는 소리가 들리는 것 같았어요.

그 소리를 분명하게 들으면 장군의 비극적 운명에 대해 생각하게 되고, 그때마다 혓바늘이 돋고 숨이 가빠졌어요. 그런데다 머릿속과 심장과 위장에 불행이 있어서 그 냄새가 온몸으로 퍼지는 것 같았지요.

마침내 국왕의 전령이 왔습니다. 우리는 장군 집에서 나와 무거워 보이는 커다란 마차에 올라탔어요. 장군 옆에는 군의관과 내가 앉았죠. 다른 마차 한 대가 앞에서 달려갔고, 뒤에는 말을 탄 군인들이 따라왔어요. 날씨는 따뜻했죠. 이곳은 해가 일찍 뜨고 늦게 지는 것 같았어요. 마차가 지나가는 마을마다 장군을 보기 위해 사람들이 기다리고 있었어요. 그중에는 나를 보려는 사람들도 있었죠. 말을 탄 군인들은 사람들이 너무 가까이 다가오지 못하도록 막았어요. 장군과 군의관이 이따금 이야기를 나누었습니다.

마차는 그 나라의 수도를 향해, 그리고 장군을 기다리는 운명을 향해 계속 달렸어요. 어느 날 오후 우리가 탄 마차는 커다란 광장에 도착했죠. 광장 주위에는 집들이 질서 있게 늘어서 있었어요. 한쪽에는 높은 탑을 지붕에 얹은 대형 교회가 버티고 서 있었죠. 장군은 의외로 기분 좋아 보였어요. 그가 창밖의 교회를 가리키며 이렇게 말했어요. '저것 좀 봐, 돈 호세. 저렇게 높은 건물은 두 번 다시 볼 수 없을 거야. 저곳에 올라가고 싶지 않나?' 장군이 농담하는 줄 알았어요. 그런데 그는 아주 진지하게 탑 안에 꼭대기까지 올라가는 계단이 있다는 설명까지 했습니다. 나는 다시 탑을 바라보며 저렇게 높이 올라가면 현기증이 날 거라고 생각했어요. 밖을 내다보자니 그때까지 나를 우울한 상태에 빠뜨린 슬픔에서 조금씩 벗어나는 기분이었죠. 장군도 밝아진 내 표정을 보고 기쁜 듯 보였어요.

우리는 저녁을 먹기 위해 한 건물 앞에서 멈췄어요. 그런데 마차에서 내리자 장군은 머리가 아프다며 투덜거렸죠. 군인들이 장군을 건물 안으로 데려가서 식당 같은 방으로 안내했어요. 장군이 고통스럽게 신음했기 때문에 군인들이 그를 바닥에 눕혔습니다. 장군은 음식도 먹지 않고 돌려보냈어요. 그는 머리가 너무 아파 앞이 보이지 않을 정도라고 했죠. 군의관과 나는 물론이고 군인들까지 걱정스러운 표정을 지었어요. 이윽고 군의관이 물약과 함께 상처에 바를 연고를 준비했죠. 장군은 계속 신음하며 괴로워했어요. 그러다 잠을 자고 싶다고 했어요. 군인들은 그를 다른 방으로 옮기고 문 앞에 군인 한 명을 세워 뒀어요.

장군이 갑자기 토하기 시작해서 나는 재빨리 달려들어 그를 도와 옷을 벗겼습니다. 그러고는 그릇을 가지러 밖으로 나왔죠. 잠시 뒤 돌아와 보니 장군이 거의 발가벗은 채 바닥을 기며 마룻바닥에 흩어진 마른 갈대를 씹고 있었어요. 군의관이 연고를 바른 부위는 종기처럼 도드라져 있었는데 나는 독화살을 맞아서 그런 거라고 생각했어요. 내가 문 앞에서 선 군인을 부르자 그는 재빨리 장군의 상태를 확인하고 다급하게 동료들을 향해 소리쳤어요.

군의관의 표정은 아주 심각해 보였습니다. 그는 장군이 쉬지 않으면 위험하다고 말했죠. 결국 군인을 통솔하던 장교가 장군이 머무는 곳에서 밤을 함께 보내기로 했어요. 군인들이 노인의 옷 상자를 방에 옮겨 놓고 나가자 나는 상자를 뒤적거렸지요. 잠자리에 필요한 것이 있나 싶어서였어요. 그때 노인이 말했어요. '돈 호세, 종이를 갖다주게. 종이를……' 고개를 돌리자 셔츠 차림의 장군이 나를 보고 미소 짓고 있더군요.

종이를 가져다주자 노인은 탁자 앞에 앉아 글을 쓰기 시작했어요. 손놀림이 놀랄 정도로 빨랐어요. 노인은 사령관이 죽은 날 운명호 선실에서처럼 빠른 속도로 글을 썼습니다. 그러면서 이따금 나를 바라보며 미소를 지었죠. 나는 궁금함을 이기지 못하고 무슨 글을 쓰는지 물어보았어요. 그러자 이렇게 대답하더군요. '산토메에 있는 금광에 대해 쓰고 있네. 그것 말고 쓸 게 뭐 있겠나?' 노인은 주위가 어두워질 때까지 쉬지 않고 썼어요. 그 옆에는 여러 장의 원고가 놓여 있었어요. 이윽고 노인이 말했어요. '돈 호세, 손목이 아파 이만 써야겠네.'라고요.

밤이 되자 군의관이 찾아왔어요. 그는 여행용 망토를 입고 있었어요. 둘은 잠시 마주 보고 웃었죠. 잠시 후 군의관이 망토 아래에서 천으로 싼 무언가를 꺼냈어요. 그것은 노인이 먹지 않겠다고 거절한 저녁 식사였죠. 노인은 군의관에게 자신이 쓴 편지와 문서를 건넸어요. 군의관은 그것들을 접어 주머니에 넣었죠.

노인이 나를 바라보며 말했어요. '돈 호세, 자네도 이리 와서 우리와 함께 식사하지.' 그러고는 등불을 켰어요. 불빛이 희미했죠. 우리는 나무 접시에 담긴 음식을 모두 먹어 치웠어요. 노인은 기분이 무척 좋아 보였어요. 노인이 그처럼 기분 좋은 표정을 짓는 건 그때 처음 보았죠. 문득 산토메에서 죽은 총독 집에 감금된 원주민과 내게 함께 삶은 옥수수를 먹자고 말하던 사령관이 떠올랐어요. 당시 옆방에는 두 구의 시체가 있었고, 밖에는 세 구의 시체가 전날 파 놓은 구덩이에서 햇빛을 받으며 누워 있었죠.

노인의 기분이 좋으니 나도 덩달아 기분이 좋더군요. 그러나 한편으로는 죽음이 우리 모두에게 가까이 다가왔다는 걸 느꼈죠.

목적지인 수도에 도착했을 때 노인의 죽음이 가까이 다가와 있는 것 같았습니다. 감옥은 강가에 있었어요. 노인은 내가 좋은 옷을 차려입고 사람들이 자기에게 무슨 짓을 하는지 봤으면 좋겠다고 했습니다. 나는 그렇게 하겠다고 대답했죠. 하지만 혼자서 방으로 돌아가자니 몹시 괴로웠어요. 나는 얼굴을 벽으로 돌린 채 어렸을 때 본 하늘을 떠올렸습니다.

한 영국인 귀족이 나를 자기 집에 두고 싶어 했어요. 노인은 그 사실을 알고 무척 기뻐했죠. 하지만 나는 말할 수 없이 슬펐습니다. 베리오 가문 사람들에게서 비롯된 슬픔에다 돈 팔미타 총독과 영국인 사령관을 잃은 슬픔, 그리고 죽음의 사슬에 묶인 채 감옥으로 이송되는 노인으로 인한 슬픔이 겹쳐서 도저히 감당하기 어려웠어요. 대서양을 건넌 이번 여행이 끝난 뒤 내가 처음 만난 세계로 돌아가지 못하면 나 또한 죽을 것 같았습니다.

영국 사람들은 친절했어요. 그들은 나를 집 안에 가두고 일을 시킬 수도 있었어요. 하지만 그러지 않고 스페인 대사에게 연락했죠. 스페인 대사는 돈 팔미타 총독의 친척이었어요. 그는 나를 스페인으로 보내 주겠다고 했죠. 내가 떠나기 전 사람들은 내가 입던 노인의 옷가지를 포함해 몇 벌의 영국 옷을 주었어요. 나는 스페인의 세비야라는 큰 도시에 갔습니다. 그곳 강에는 갤리언이라는 커다란 배들이 가득했어요. 바로 그곳에서 나는 갤리언을 타고 카리브해 연안의 카르타헤나로 건너왔어요. 그리고 지금 이곳에 있는 겁니다."

프라이 시몬이 말했다.

"자네는 벌써 대서양을 두 번이나 횡단했군. 그리고 지금은 고향인 뉴그라나다로 돌아와 있고 말이야. 자네는 길을 잃은 게 아니네. 배들은 늘 자기들이 어디로 가는지를 알지. 자네는 바다에 대한 두려움이 컸다고 했는데, 지금은 어떤가?"

"나도 그 점에 대해 깊이 생각해 봤어요. 그리고 사람들의 차이점에 대해서도 생각해 봤어요. 원주민과 혼혈인과 영국인과 네덜란드 사람과 프랑스인은 저마다 다릅니다. 하지만 가는 데가 어디인지, 어떻게 가는지 안다면 모든 사람에게 이 세상은 그래도 안전한 곳일 거라고 생각합니다."

7
새로운 인물

나는 트리니다드에 대한 글을 쓰기 시작했다. 트리니다드의 풍경은 어린 시절부터 익숙했다. 특히 포트오브스페인의 서부 지역은 더없이 친숙했다. 그 지역의 북서쪽으로는 숲이 우거진 언덕이 늘어서 있고, 남쪽에는 사탕수수가 자라는 평야가 있었다. 잘 정돈된 들판 옆으로는 까만 아스팔트 도로가 나 있었다. 그 좁은 도로를 따라 오두막과 집들이 광장까지 이어졌다. 어디를 둘러보아도 갯벌뿐인 대서양 연안에는 코코넛 농장이 길게 늘어서 있었다. 자동차를 몰고 지나가면 키 큰 회색 코코넛 나무가 연이어 눈에 들어왔다. 포트오브스페인은 작고 단순한 섬에 어울리는 지형적 특색을 지닌 곳이었다.

나중에 런던에서 역사 관련 책을 쓰면서 나는 여러 달 동안 트리니다드에 대한 문서들을 살펴보았다. 그 문서들은 세비야에 보관된 스페인어 원본의 초기 필사본들이었는데 그것들을 보자 맨 처음 트리니다드를 발견한 당시의 모습이 막연하게나마 머릿속에 그려졌다. 나는 그 문서들 덕분에 여러 가지 사건으로 복잡하게 뒤얽힌 원주민 섬에 대한 지식도 새로 얻었다. 내가 지금까지 알던 것과는 사뭇 다른 정보였다. 초기 문서에는 설득력 있게 묘사된 것이 거의 없었다. 구체적인 세부 내용도 제시되어 있지 않았다. 나는 마음의 눈을 뜨고 토착민들이 생활하던 당시의 풍경을 머릿속에 그려 보았다. 내가 경험할 수 없는 시간, 거리, 과거사, 자연 세계, 사람들 등에 대해 생각했다. 이미 오래전에 사라진 풍경은 박물관 진열대 안의 그림에 조명이 비쳐서 드러나는 부자연스러운 날씨와는 어울릴지언정 지금의 하늘과 날씨와는 어울리지 않을 것이다.

성장하면서 나 자신의 일부라고 느낀 풍경들은 그것들이 지닌 과거의 모습 때문에 기억에서 지워져 버렸다. 예전에는 늘 인식하고 있었지만, 실제로는 존재한다고 생각되지 않았다. 포트오브스페인에서 초등학교에 다니던 시절 우리는 트리니다드 교육부에서 출판한 다니엘 선장의 『넬슨의 서인도 제도 역사』라는 책을 교과서로 사용했다. 그 책 앞부분에는 카리브족과 아라와크족이 짧게 언급되어 있었다. 어쩌면 다니엘 선장은 이 두 부족에 대해 알려진 것이 거의 없었기 때문에 길게 다루지 못했을지도 모른다. 나는 그 책으로 공부하기는 했지만 카리브족은 몹시 사납고 아라와크족은 유순하다는 것 외에 아무것도 기억하지 못한다. 그 책에 나온 그림도 전혀 생각나지 않는다. 두 부족은 더는 세상에 존재하지 않기 때문에 당시 지리 시간에 『머나먼 세계』 지리책에 소개된 부족보다 트리니다드의 토착민일 가능성이 희박할 수도 있지 않을까 싶다. 지리책에 나온 부족은 끝없이 펼쳐진 초원에서 그늘진 검은 천막을 치고 사는 키르기스인과 이글루라는 얼음집 안에서 사는 에스키모인과 밤에 사냥감을 찾아 돌아다니는 사자 같은 야생 동물의 공격을 막기 위해 울타리를 치고 사는 아프리카인 등이었다.

당시 초등학교에 다니는 어린아이가 역사를 이해한다는 것은 지극히 어려운 일이었다. 초등학교 이후에도 어렵기는 마찬가지였다. 역사를 공부하려 해도 쓸데없이 세분화되어 있어 복잡하기만 했다. 역사를 더 깊이 공부하면 할수록 더욱더 세분화되었다. 과거의 트리니다드 사람들에겐 현재의 트리니다드인들을 압도할 만한 관심거리가 있었다. 왜냐하면 그들은 트리니다드에서 수 세기 동안 살았기 때문이다. 그들은 현재의 트리니다드인들과 전혀 다른 사람들이었다. 현재의 트리니다드 사람들과 다르게 그들만의 고유한 달력을 사용하고 독특한 숭배 사상과 인간관을 지니고 있었다. 그들은 모든 면에서 현재의 트리니다드 사람들과 달랐다. 집, 오두막, 오솔길, 도로, 곡식, 식물, 계절에 대한 개념도 달랐고 관점, 속도감, 여행하는 이유와 나이에 대한 생각도 달랐으며 적과 동지, 신성한 것과 속된 것을 구분하는 기준도 달랐다.

잔혹성을 한쪽으로 떼어 놓고 생각한다고 해도 트리니다드 사람들의 발에 짓밟힌 과거의 역사에 대한 개념은 곧바로 형이상학적인 것으로 바뀌어 버렸다. 이곳에서 세상은 그 실체의 일부를 잃은 것처럼 보였다. 그리고 현실은 유동적이었다. 그 때문에 모든 것이 그대로 흘러가거나 일상 속에서 튀어 오르도록 내버려 두고 지상의 관점에서 보이는 것만 받아들이는 편이 훨씬 자연스러웠다.

그 같은 지상의 관점에서 수 세기 동안이나 수천 킬로미터 떨어진 런던의 대영 박물관과 공공 기록 사무실에서 여러 자료를 읽으며 그곳과는 전혀 다른 원주민 섬의 진실을 아는 것은 쉬운 일이었다. 오히려 멀리 떨어진 곳에서 바라보는 원주민 섬의 풍경은 더 아름다웠다. 그리고 실제로 보지 않은 상태에서 묘사한 풍경은 내가 트리니다드로 돌아가서 볼 때마다 어느 정도 일치했다.

나는 주로 해안에서 그런 풍경을 발견했다. 이따금 포트오브스페인의 언덕에서 파리아만과 북쪽 연안을 한눈에 내려다보곤 했는데 그럴 때도 그런 풍경을 만났다. 언젠가는 내륙에서도 그 같은 풍경을 발견했다. 이는 센트럴 레인지의 낮은 언덕을 지나는 고속 도로가 생긴 뒤의 일이었다. 그곳의 땅은 숲이 우거져 있었으나 도로와 농장이 들어서는 바람에 여기저기 파괴되었다. 나무란 나무는 전부 베어져서 풀만 무성하게 자랐고 능선은 흉하게 뭉개졌으며 평지는 움푹움푹 파였다. 그야말로 쓸모없는 땅처럼 보였다. 그것은 내 눈에 익숙하지 않은 생경한 풍경이었다.

아마 그곳이었을 것이다. 엘리자베스 시대의 귀족 한 사람이 서른 명쯤 되는 군인들과 무장한 뒤 배에서 내렸다. 그러고는 금광을 찾아 하룻밤 동안 행군했다. 언덕과 협곡과 열대

식물이 자라는 숲(지금은 다 베어져서 풀만 무성하다.) 때문에 행군하기 쉽지 않았으리라. 어쨌든 침입자인 그들은 나팔을 불거나 머스킷 총을 쏘며 원주민들을 위협했다. 깜짝 놀란 원주민들은 집에서 뛰쳐나왔다. 어떤 마을에서는 원주민들이 불로 음식을 조리하다 허겁지겁 달아났다. 배고픈 군인들이 그음식을 먹어 치웠다. 그들은 금을 발견하지 못했다. 하지만 귀족은 원주민이 쓰던 냄비의 밑바닥에서 금 찌꺼기를 보았다고 생각했다. 몇몇 군인은 신세계를 탐험하는 낭만을 극적으로 포장하기 위해 숲속에서 자기들을 향해 선전 포고하는 나팔 소리를 들었다고 여겼다. 하지만 그들에게는 어떤 재난도 닥치지 않았다. 아침이 되자 그들은 해안에 정박한 배로 돌아갔다.

그때까지만 해도 원주민의 음식이 옥수수인지 카사바인지 감자인지 아니면 육류나 생선인지는 외부에 알려지지 않았다. 원주민은 양념을 어떻게 하는지 음식을 만들 때 쓰는 그릇과 화덕은 어떻게 생겼는지 그들이 사는 집은 또 어떤 형태인지에 대해서도 알려진 것이 없었다. 탐험과 관련된 글을 썼던 와이엇 선장도 그런 상세한 부분까지 살펴볼 눈이 없었다. 게다가 그는 문학적 취향이 강했고 객관적 사실보다는 자기 생각만 글에 담으려고 했다. 와이엇은 런던에서 발표된 영국 극작가 토머스 키드가 쓴 희곡 『스페인의 비극』 일부를 외우고 있었다. 그리고 신세계에 있는 트리니다드 쪽의 파리아만 연안이나 숲에서 활동한 자신을 비롯해 장군이나 군인, 심지어 스페인 사람이나 숲에 사는 원주민까지 기사도 소설에나 등장할 법한 인물로 보았다.

새로운 인물

탐험한 결과 백철석을 '금광석'인 줄 알고 영국으로 가져온 것은 그야말로 어처구니없는 일이었다. 그렇더라도 와이엇의 이야기는 지나치게 과장되었다. 그 원고는 책으로 출판되지 않은 채 사람들의 기억 속에서 점점 잊혀 갔다. 그나마 와이엇의 야간 행군에 얽힌 이야기는 트리니다드에서 자치적으로 생활하는 원주민들의 삶을 그대로 보여 주는 것이었다. 거기에는 원주민들이 어떤 집에서 살고 어떻게 불을 피우고 요리할 때 쓰는 그릇은 무엇이고 전쟁을 알릴 때는 어째서 밤에 나팔을 부는지 등의 정보가 담겨 있었다. 와이엇의 이야기가 런던에서 학술 시리즈로 출판된 것은 1899년이었다. 그러니까 탐험대가 백철석을 배에 가득 싣고 영국으로 돌아오고 나서 304년이 지난 뒤의 일이었다. 그 때문에 토착 원주민들은 거의 한 세기 동안 지구상에 존재하지 않았고, 그들의 땅은 엉뚱한 사람들의 고향이 되어 버렸다. 그리고 와이엇이 목격한 것은 삼 세기가 지난 다음에야 알려졌고, 그 뒤 칠십 년쯤 지나 덤불숲에 숨겨진 원주민 땅이 드러나게 되었다.

일단 세상에 알려지자 그 땅은 빠른 속도로 변하기 시작했다. 곳곳에서 사람들이 몰려와 농사를 짓겠다며 터를 잡았다. 그들 대다수의 무단 거주자들은 힌두교인과 무슬림, 19세기에 인도에서 건너온 이주민의 후손들이었다. 그들은 나지막한 오두막이나 판잣집을 지었다. 경사진 지붕은 대부분 구불구불한 양철로 되어 있었다. 벽은 속이 빈 진흙 벽돌을 쌓거나 널빤지를 붙인 것이었다. 널빤지는 갓 자른 나무를 켜서 만든 것도 있었고, 오래되어 군데군데 페인트칠된 것도 있었다. 오두막이나 판잣집 주위에서는 바나나 나무가 자랐고 힌두교인 집 밖에는 갖가지 색깔의 깃발이 기다란 대나무에 매달려 있었다. 그 깃발은 일종의 종교 의식을 치르기 위한 것이었다. 그것은 경건함의 상징이거나 복을 비는 기도 표시인 동시에 다른 오두막이나 판잣집과의 경계를 나타내기도 했다.

해안에서 멀리 떨어진 그런 곳에서 우화나 전설 같은 원주민적인 사고를 고수하며 사는 것은 힘든 일이었다. 자그마한 섬의 식민지적인 지형은 그곳에서 사는 것이 익숙해지기까지 거주민들에게 강력한 영향을 끼쳤다.

내가 파리아만을 건너 베네수엘라에 갔을 때 그곳 상황은 딴판이었다. 지리적으로 트리니다드와 베네수엘라는 무척 가까웠다. 트리니다드와 베네수엘라는 지난 300년 동안 스페인 제국의 지배 아래 하나로 묶여 있었다. 내가 트리니다드에 대해 쓴 역사 관련 책에는 일부분이지만 베네수엘라도 언급되었다. 하지만 그것은 베네수엘라에 가 본 경험도 없이 쓴 책이었다. 책이 출판되고 나서야 방문할 기회가 생겼는데, 당시 내가 본 베네수엘라는 머릿속에 개인적인 기억이나 연관성 없이 우화로만 남았다.

내 책에 등장하는 오리노코강도 그냥 강일 뿐이었다. 카리브해 연안의 아라야반도 역시 마찬가지였다. 그 주위는 침식된 붉은 대지와 무성한 관목으로 황폐했다. 현대식 도로가 있었지만 어느 지점에선가 무너져 더는 없었다. 그런 사정에 대해 미리 말해 준 사람이 아무도 없어 베네수엘라 운전사조차

도로가 이어지지 않자 당황했다. 나는 거기에서 트리니다드와는 완전히 다른 분위기를 느꼈다.

16세기 말 아라야 염전은 매우 유명했다. 염전에서 가까운 해안에는 네덜란드와 프랑스와 영국 배들이 스페인 지방 관리의 묵인 아래 정박해 있었다. 스페인 정부에서는 아라야 염전에서의 불법적인 소금 거래를 금지하기 위해 이런저런 수단을 강구했다. 아라야 지역을 관할하는 총독은 염전을 아예 오염시키려고 스페인 국왕에게 독약을 요청하는 편지를 보내기도 했다. 1604년에는 유명한 스페인 귀족이 이 해역을 조사해 어떻게 처리하는 것이 좋은지 알아보려고 군인들을 이끌고 나타났다. 그 귀족은 메디나 시도니아 공작으로 스페인 무적함대가 영국 해군에 패한 지 십육 년이 지난 뒤 그런 사소한 임무를 띠고 온 것이다. 공작은 무적함대를 지휘한 사령관이기도 했다.

그 황량한 곳에서 유일하게 강한 생명력으로 공동체 생활을 하는 것은 펠리컨이었다. 이 새들은 바다 위를 낮게 날며 물고기를 잡았다. 펠리컨은 400년 전, 아니 1000년 전에도 그렇게 무리를 지어 바다 위를 날아다녔을 것이다. 선사 시대에나 있을 법한 어색한 생김새와 바다 빛을 닮은 회갈색의 펠리컨, 강렬한 햇빛, 한낮의 바다와 하늘, 황폐한 대지의 불안정한 색, 이런 모든 것이 나를 태초의 시간대로 이끄는 듯했다.

베네수엘라의 다른 지역에서는 어린 시절에 보고 특이하다고 여긴 열대 우림을 발견했다. 여덟 살 무렵, 당시는 전쟁 중이었는데 우리 가족은 포트오브스페인의 북서쪽 숲이 우거진 언덕으로 이사해 그곳에서 이 년쯤 살았다. 그 지역은 오래전부터 카카오와 감귤류 재배지였으나 여러 병충해와 오랜 불황으로 반쯤 폐허가 되었다. 당시 나는 스스로 도시 소년이라고 생각했다. 그래서인지 시골을 별로 좋아하지 않았다. 하지만 그곳은 내가 아는 시골과 달라서 호감이 갔다. 시원한 초록빛 언덕, 좁다란 계곡, 허허벌판, 관목 숲 등이 풍기는 분위기가 좋았다.

관목 숲에는 카카오와 감귤류 재배지의 잔해와 버려진 물건들로 가득했다. 하지만 한쪽에는 아보카도와 오렌지와 레몬 나무, 커피와 통카콩 나무(당시에는 카카오 향을 내기 위해 통카콩을 썼다.), 카카오나무가 병충해를 이겨 내고 열매를 맺은 채 빽빽하게 들어서 있었다. 나는 카카오나무가 숲을 이룬 곳에서 오래된 콘크리트 수조를 발견했다. 커다란 수조에는 진흙과 모래와 낙엽이 쌓여 있었다. 그래서 쓸모가 없지만 수조와 연결된 샘에서는 여전히 깨끗한 물이 솟아 나와 갈색의 모래와 낙엽 사이로 흘렀다. 카카오나무에 그늘을 만들어 주기 위해 수년 전에 심었을 사만 나무는 가지가 무성한 데다 군데군데 이끼가 끼어 있었다. 아무렇게나 자란 소나무에 각종 양치식물과 칡 같은 덩굴식물이 얽히고설켜 있었다. 나무 아래를 걷자 마른 이끼와 죽은 식물에서 나온 것 같은 먼지 냄새가 코를 자극했다.

우리 가족은 가난한 가운데 불안정한 생활을 이어 갔다. 마치 버려진 땅에서 야영하는 사람들 같았다. 기회를 엿보다 마침내 도시로 돌아가게 되었을 때 우리는 무척 기뻤다. 하지만 카카오나무가 우거진 곳에서 보낸 몇 개월이 나를 쉽게 놓아 주지 않았다. 그곳은 내게 자연의 아름다움을 경험하도록 해 주었고, 내 뇌리에 열대 풍경에 대한 이미지를 확실하게 심어 주었다.

그러나 그곳도 금세 바뀌어 버렸다. 우리 가족도 변화의 순간에 거기에 머물며 어느 정도 변했다. 그런데 우리가 떠난 뒤 변화의 속도는 더 빨라졌다. 파놀이라고 알려진 지역은 사투리를 쓰는 스페인계 물라토들이 사는 곳이었는데 가난한 흑인들이 몰려와 정착하기 시작했다. 그들 대부분은 트리니다드 주변의 자그마한 섬에서 건너온 불법 이주민들이었다. 어쨌든 파놀 지역은 금세 인구가 많아져 온종일 시끄럽고 혼란스러워서 포트오브스페인 동쪽에 있는 언덕 주변의 빈민가처럼 되었다.

그것이 육 년 동안 외국에 나가 있다가 돌아온 내 눈앞에 펼쳐진 광경이었다. 너무 가팔라서 오르내리다 부상을 입기 쉬운 언덕은 기억 속의 모습 그대로였다. 도로 한쪽에 있는 조그만 관목 숲도 그대로 남아 있었다. 하지만 다른 쪽은 관목 숲도 풀숲도 사라진 채 정착촌이 들어서 있었다. 더는 그 땅의 윤곽을 알아볼 수 없었다. 어느 부근에 오래된 건물이 있었고 낡은 농가나 정원이 있었는지도 가물가물했고, 숲의 어디에 수조가 있었는지도 감을 잡을 수 없었다. 그나마 소중한 추억으로 간직한 도로 가장자리의 풍경만 기적처럼 절반 정도 그대로 남아 있었다. 하지만 그것은 사라진 것들에 대한 안타까운 마음만 자극할 뿐이었다. 그 이후로 나는 그곳을 멀리

하려고 애썼다. 예전에 자주 걷던 계곡으로 이어진 길(이 길도 몰라보게 변해 있었다.)에도 가까이 다가가고 싶지 않았다.

그런데 나는 베네수엘라의 여러 곳에서 트리니다드 계곡에서 본 식물과 땅 색깔을 마주하곤 했다. 하지만 베네수엘라는 트리니다드와 사정이 달랐다. 석유와 부동산 호황으로 작은 규모의 농장이든 플랜테이션이든 아무렇게나 방치되어 있었다. 나는 내게 익숙한, 카카오나무가 빽빽이 들어선 곳을 찾아나섰다. 자동차로 수십 킬로미터를 달리자 커다란 카카오 농장이 나타났다. 트리니다드에는 그렇게 큰 카카오 농장이 없었다. 카카오뿐 아니라 바닐라도 없었다. 카카오 농장 옆을 지나면 눅눅한 카카오나무 냄새에 흙과 나뭇잎과 곰팡이가 섞인 냄새가 풍겼다.

트리니다드는 남아메리카 대륙의 노두[14]에 해당한다. 베네수엘라는 남아메리카 대륙의 일부이고, 모든 것이 대륙적인 규모다. 한때 트리니다드의 지형은 합리적이고 완벽해 보였다. 하지만 인구 증가로 죄어드는 느낌이 들기 시작했는데, 반대로 이곳 베네수엘라는 끝없이 팽창하는 것 같았다. 전에 나는 수 킬로미터에 걸쳐 나지막이 펼쳐진 경사면에 들어선 포트오브스페인 근처 이주민들이 사는 오두막을 방문한 적이 있는데, 그곳에서는 거대한 안데스산맥이 보였다. 안데스산맥 동쪽에 있는 베네수엘라의 평원 야노스[15]는 높은 곳에서 내

_____

14) 광맥, 지층, 석탄층 일부가 땅 위로 드러난 부분. 광석을 찾는 중요한 실마리가 된다.
15) 오리노코강 유역에 펼쳐져 있는 초원 지대.

려다보면 한눈에 들어오지만 그 자체가 하나의 나라라고 할 만큼 광대하다. 야노스의 오리노코강은 베네수엘라에 여러 개의 지류를 거느리고 있지만 트리니다드에는 좁은 카로니강 하나뿐이다.

나는 베네수엘라 관련 글을 썼지만 그 나라에 대해서는 런던에서 책을 통해 아는 정도에 불과했다. 이를테면 베네수엘라는 내게 한동안 상상 속의 나라였다. 그 때문에 더 알고 싶었는데, 여러 차례 여행하자 베네수엘라가 자주 찾아오게 되는 고향으로 여겨졌다.

베네수엘라를 처음 여행할 때는 자동차를 타고 일주일 동안 해안을 달리기도 하고 야노스를 횡단하기도 했다. 그리고 두 번째인가 세 번째 여행할 때는 오리노코강 어귀에서 보트를 타고 강을 따라 위로 올라갔다. 강 주변 풍경은 오랫동안 상상해서인지 친숙한 느낌이 들었다. 강폭은 넓었고 강물은 조용히 흘렀다. 강둑은 침식으로 군데군데 허물어진 데다 헐벗어 있었다. 숲은커녕 제대로 자란 나무 한 그루 보이지 않았다. 이미 우기가 시작되어 회색빛 하늘에는 구름이 낮게 드리워져 있었다. 하지만 강물은 눈이 부실 정도로 반짝거렸다. 강 가장자리에는 기름이 섞인 진흙이 길게 뻗어 있었는데 하늘처럼 회색빛을 띠었다.

많은 비가 쏟아지려는지 공기가 무거웠다. 비는 생각보다 빨리 쏟아지기 시작했다. 강물이 요란한 소리를 내면서 점점 불어났다. 강물에 떨어지는 빗방울 소리가 마치 콘크리트 바닥에 떨어지는 소리 같았다. 뱃사공이 서둘러 뱃머리를 강둑으로 돌렸다.

1595년에 월터 롤리 경이 이 강을 탐사할 때도 지금처럼 축축한 열기를 담은 비가 사나운 기세로 쏟아졌을 것이다. 이 지역에 대한 문서에는 월터 롤리 경이 탐사를 하며 겪은 갖가지 사소한 신체적 불편함을 처음으로 현대인에게 친숙한 방법으로 묘사한 사람이라고 기록되어 있었다. 월터 롤리 경 이전에도 스페인 사람들이 이 강을 스무 번이나 힘들게 탐사했다. 그런데 그들의 탐사 기록에는 추상적인 묘사만 있을 뿐, 신체적 불편함에 관한 언급은 없었다. 풍경에 대한 묘사도 지극히 간단했다. 초기의 탐험가들은 힘든 만큼 시야도 감성의 폭도 좁을 수밖에 없었을 것이다.

강을 따라 조금 더 올라가자 버려진 유전 마을이 보였다. 마치 유령 마을 같았다. 몇 년 전에는 관목이 모두 베어져 정돈되어 있었을 법한 자리에 풀과 나무가 자라고 있었다. 특히 꽃이 피는 관목들은 반쯤 부서진 채유탑이며 원유 파이프며 지붕 없는 막사며 콘크리트 기둥이며 방갈로 등을 뒤덮고 있었다. 콘크리트와 금속 조각이 널브러진 가운데 오래된 원유가 스며 적갈색을 띤 채 진창을 이룬 곳은 원유 펌프가 설치된 자리였을 것이다. 땅속에 원유가 풍부한 몇 년 동안 금속으로 된 커다란 펌프는 요란한 소리를 내며 밤낮을 가리지 않고 활기차게 움직였으리라. 그리고 마지막에는 삐걱거리는 소리를 내며 겨우 버티다가 길게 한숨을 쉬고 멈추었을 것이다.

베네수엘라에서 석유는 그야말로 황금이었다. 1920년대와 1930년대에 수많은 트리니다드 사람들이 베네수엘라 유전에서 노동자나 기술자 또는 서기로 일했다. 베네수엘라 사람들은 별로 없었다. 나는 그 이유가 베네수엘라 사람들이 관목이 우거진 야영지에서 일하는 것을 좋아하지 않아서인지, 한 세기 동안 일어난 파괴적인 내전에 시달린 탓에 기술이 없어서인지, 트리니다드 유전에서처럼 또는 파나마 운하 건설 당시 회사들이 더 쉽게 통제할 수 있는 이민자 인력을 상대하는 것을 선호해서인지 알 수 없었다. 아무튼 셀 수 없이 많은 트리니다드 사람들이 베네수엘라 유전에서 노동자로 일했다. 식민지적인 분위기에도 불구하고 유전에서 일한 그들은 자유와 돈맛을 알고 그 두 가지가 지닌 가능성을 처음 깨달은 사람들이었다.

그 전까지만 해도 베네수엘라는 트리니다드 사람들 사이에서 평판이 나빴다. 베네수엘라 하면 전쟁과 가난, 무법과 불확실성, 혁명과 반란, 독재와 폭력이 난무하는 남아메리카 국가 정도로 생각했다. 베네수엘라 난민들이 트리니다드로 끊임없이 밀려오기도 했다. 영국 식민지 법에 의해 피난민들에게 정치적인 망명이 허용되었기 때문이다. 그런데 어느새 베네수엘라는 기회의 나라가 되어 있었다. 물론 석유 덕이었는데, 그런 변화는 내가 한창 자라던 1940년대에 일어났다. 하지만 그 무렵 베네수엘라에서는 트리니다드 사람들을 노동자로 고용하지 않았다. 트리니다드 사람들을 들어오지 못하게 막는 이민법까지 시행되었다. 베네수엘라에서는 유럽 사람들이 이민 오기를 바랐다.

베네수엘라 당국이 어떻게 하든 트리니다드 사람들은 그곳으로 건너갔다. 말하자면 불법 이주였다. 소년 시절 나는 그런 식으로 베네수엘라로 이주하는 사람들에 대한 이야기를 자주 들었다. 그때는 파리아만이 내가 사는 포트오브스페인에서 바라보는 것보다 조금 더 멀리 떨어진 줄 알았다. 그리고 사람들이 불법적으로 베네수엘라로 건너간다는 말을 들었을 때는 그저 포트오브스페인의 서쪽으로 가는 정도로만 생각했다. 나는 그 사람들이 어스름한 저녁이나 캄캄한 밤에 급류를 타고 노를 저어 베네수엘라 해안에 도착할 거라고 추측했다.

하지만 추측만 할 뿐 사람들이 베네수엘라로 어떻게 건너갔는지 물어본 적은 없었다. 책을 쓰고 한참 지나 베네수엘라를 여행하고 나서야 불법 이주하는 방법이 옛날 원주민이 한 것과 똑같다는 사실을 알았다. 그런데 그 방법은 16세기 후반 탐험가들과 무역업자들이 썼던 것이기도 했다. 이를테면 그것은 파리아만 남쪽으로 한참 내려간 뒤 오리노코강 어귀에 있는 복잡한 지류를 이용하여 베네수엘라 쪽으로 올라가는 방법이었다. 그렇게 들어오는 사람들을 단속하기는 쉬운 일이 아니었을 것이다.

어느 날 오후 나는 보트를 타고 오리노코강을 따라 올라갔다. 얼마쯤 가자 지류의 어귀에 도시가 있었다. 나는 보트에서 내려 도시로 들어갔다. 비가 내려서 곳곳에 웅덩이가 생겼다. 마치 강물이 땅을 뚫고 솟아오른 것 같았다. 오래된 문서에서 본 '오리노코강에 잠긴 땅'이라는 말이 생각났다. 공기도 축축하게 젖어 있었다. 젖은 콘크리트 울타리 너머로 꽃을 피우는 관목과 이런저런 나무가 우거져 작은 정글을 이루고 있었다.

꽃과 나무는 트리니다드에서도 흔히 보는 것들이었다.

길을 따라 걷고 있는데 카레 냄새가 여기저기에서 습기에 섞여 풍겼다. 그곳에는 트리니다드에서 건너온 인도인들이 살고 있었다. 그들은 지역 인구의 상당 부분을 차지했다.

한때 토착 원주민들에게 오리노코강은 삶의 무대였다. 그들은 강을 능수능란하게 이용했다. 하지만 이제 그들은 찾아볼 수 없었다. 다행히 강의 흐름과 조수에 대한 그들의 지식은 후계자들이 이어받았다.

강어귀와 거의 맞닿은 기다란 트리니다드 반도의 남서쪽 끝단에는 큐리아판이라 불리는 닻 내리는 곳이 있었다. 큐리아판은 초기 스페인 사람들에게 알려졌고, 나중에는 월터 롤리 경과 다른 탐험가들도 이용했다. 그곳에는 여전히 어촌이 있었지만 큐리아판은 더는 이름으로 존재하지 않았다. 그 어촌은 스페인식 이름인 세드로스 또는 세다르스라 불렸다. 그리고 그곳 어부들은 인도인들로 갠지스강의 평원에서 농사를 짓던 사람들의 후손이었다. 세드로스는 100년도 안 되어 인도인들의 새로운 고향이 되었고 그들은 그곳 지형에 맞게 삶의 기술도 바뀌었다. 말하자면 내륙에서만 살던 그들의 조상은 결코 써 본 적 없는 바다에서의 생존 기술을 터득한 것이다. 물론 그 기술은 오래전 그곳에서 생활한 원주민들에게서 전수된 것이었다.

나는 비행기에서 거대한 강 주변의 '오리노코강에 잠긴 땅'을 내려다본 적이 있다. 엄청난 양의 강물이 어지럽게 소용돌이치며 흐르고 있었다. 그때 나는 그 옛날 지도도 없이 강을 탐사한 사람들이 위대하다고 생각했다. 그때까지만 해도 나는 주로 육로를 이용했다. 오리노코강은 파리아만 반대편에서 어귀에 간 것이 전부였다. 그 주변은 내가 자란 섬보다 규모는 작지만 전설적인 과거를 품은 곳으로 상상하던 장소였다.

나는 트리니다드의 지리를 머릿속에 그리며 자랐다. 어린 시절에 본 파리아만은 트리니다드보다 훨씬 컸다. 트리니다드와 베네수엘라에 속한 오리노코강 어귀 사이에 있는 파리아만은 콜럼버스에 의해 신세계의 일부가 되었다. 콜럼버스는 소금물과 민물이 섞인 곳을 발견했다. 하지만 그는 자신이 두 섬 사이에 있다고 생각했고 그 이유는 알지 못했다. 예전에 그곳은 다른 이름으로 불렸다. 처음에는 '슬픈 만'이라는 뜻의 '골포 트리스테'였다. 그러다 '고래들의 만'이라는 뜻의 '골포 데 라스 바예나스'로 바뀌었다.

월터 롤리 경이 1595년에 만든 파리아만 주변의 지도와 내가 바라본 지형을 비교해 본 적이 있었다. 월터 롤리 경의 지도에는 방향이 엉뚱하게 표시되어 있었다. 그 지도의 맨 위는 만의 북쪽이 아니라 남쪽이었다. 오리노코강으로 내려가는 길을 찾는다면 오히려 그 지도가 도움이 될 것이다. 하지만 그 지도를 보면 어떤 것이 사실이고 어떤 것이 그가 꾸며낸 거짓인지 웬만한 사람은 알 수 있을 터였다. 지도는 지형을 그리는 것인 만큼 거짓으로 꾸미는 게 어렵다.

대개 베네수엘라를 여행하는 사람들은 트리니다드를 먼저 방문한다. 트리니다드에서 며칠 묵은 뒤, 비행기로 현지 분위기가 나는 파리아만을 건너 베네수엘라 쪽 카리브해 연안을 지나서 카라카스 외곽에 있는 마이케티아 공항까지 한 시간 동안 비행한다.

내가 마누엘 소르사노를 만난 것은 베네수엘라행 비행기를 타고 그런 경로로 비행할 때였다. 벌써 십오 년 전 일이다.

소르사노는 창문 쪽 좌석에 앉았고, 나는 그의 옆자리인 통로 쪽 좌석에 앉아 있었다. 그는 나보다 몇 분 먼저 탑승했지만, 그를 보았을 때 꽤 안정된 표정을 짓고 있었다. 기내 규정에 어긋날 텐데도 소르사노의 발 주변에는 여러 개의 짐 꾸러미가 놓여 있었다. 또 다른 짐 몇 개는 위의 선반에 올려져 있었다. 짐 꾸러미를 많이 가지고 비행기에 탄 모습이 무척 특이하게 보였다. 무슨 짐이었는지는 모르겠지만 트리니다드에서 구입한 것은 분명했다. 당시는 석유 붐이 일던 때라 파리아만을 사이에 둔 두 나라는 경제적으로 여유가 있었다. 하지만 물건을 사는 사람들은 고층 건물과 간판이 반짝거리는 상업 도시 카라카스에 몰려 있었다.

오십 대 후반으로 보이는 소르사노는 작은 키에 피부는 갈색이었다. 깔끔하게 면도했지만 넓적한 얼굴은 주름이 지고 어딘지 폐쇄적으로 보였다. 성격이 다소 공격적일 것 같았다. 가방을 선반에 올리면서 잠깐 살펴보고 나는 그가 베네수엘라 사람이라고 결론지었다. 베네수엘라에서 흔히 만날 수 있는 해안가의 메스티소[16]로 스페인계 정착민을 비롯해 여러 인

---

16) 중남미 원주민과 스페인계나 포르투갈계 백인의 혼혈 인종.

종의 피가 섞인 사람이었다. 그리고 고집이 세 보이는 얼굴로 판단하건대 시야가 좁고 한정된 언어로 자기만의 삶의 방식을 고수하며 독단적으로 사는 사람 같았다.

그런데 얼마 지나지 않아 나는 그에게서 뜻밖의 모습을 발견했다. 무엇보다 헤어스타일이 독특했다. 곱슬머리를 땋아 뒤쪽으로 3센티미터쯤 묶은 피그테일 스타일이었다. 그런 머리 모양 탓에 18세기에 활동한 해적처럼 보였다. 미처 알아차리지 못했지만 피그테일 스타일 때문에 맨 처음 그를 본 순간 성격이 다소 공격적일 거라고 생각했는지도 모른다. 전혀 그런 성격이 아닌데도 말이다. 아무튼 피그테일 스타일이 그의 인상을 단호하게 보이도록 작용한 것만은 분명했다. 소르사노는 셔츠 차림이었는데, 단추를 끼운 소매 아랫부분에 커다란 동전을 단 무거운 팔찌가 보였다. 금으로 만들었거나 금을 입힌 팔찌였다. 문득 이 사람이 무엇을 가지고 베네수엘라로 돌아가는지 궁금했다. 그의 발 주변에 놓인 짐 꾸러미에서 비어져 나온 레코드판 몇 장이 눈에 띄었다. 라피아야자 나뭇가지를 엮어 만든 바구니에는 상표가 붙어 있지 않은 병과 피클 병이 들어 있었다. 한눈에 보아도 피클은 트리니다드 원주민들이 집에서 만든 것이었다. 혹시 내가 이 사람을 잘못 본 것은 아닐까 하는 생각이 들었다. 어쩌면 그는 트리니다드에서 흔히 보는 인도인일지도 모른다. 나는 그의 얼굴을 다시금 살펴보았다. 특이한 얼굴이었다. 인도인 같기도 하고 베네수엘라 사람 같기도 했다. 어떻게 생각하고 보느냐에 따라 달랐다. 나는 그에게 직접 물어보기로 했다.

새로운 인물

"혹시 트리니다드 사람인가요?"

"아니요. 베네수엘라 사람입니다."

아주 단호한 말투였다. 그런데 말투에 트리니다드의 억양이 섞여 있었다. 비행기는 파리아만 위를 낮게 날고 있었다. 삼십 년 전 혹은 사십 년 전에 나는 파리아만을 자그마한 바다라고 생각했다. 그런데 의외로 넓었다. 몇 분이나 비행했는데도 어느 쪽으로든 육지가 보이지 않았다. 바닷물은 올리브색이었고, 파도가 불규칙하게 띠를 이루며 달리다 가장자리에 이르러 희거나 노란 거품을 일으키곤 했다. 그렇게 대서양과 오리노코강은 갈등 관계를 유지하며 서로를 향해 엄청난 양의 물을 밀고 당겼다.

"베네수엘라 어디에서 사시나요?"

"이곳저곳에서 살고 있습니다. 직업상 베네수엘라의 여러 곳을 돌아다니며 살지요. 현재는 시우다드 과야나에 있어요. 나는 베네수엘라의 거의 모든 곳을 꿰뚫고 있지요. 바르키시메토, 투쿠피타, 마라카이보, 시우다드 볼리바르, 심지어 마르가리타에서도 잠시 살았습니다."

그는 여러 지명을 말하는 것이 즐거운 모양이었다. 마치 지명을 말하면 그 장소에 대한 권리를 갖게 된다고 생각하는 사람 같았다.

"시우다드 볼리바르는 한때 앙고스투라로 불린 적이 있어요. 최초로 비터 맥주를 만든 곳이죠."

나는 그의 흥미를 끌고 싶은 낭만적인 생각으로 그렇게 말했다. 하지만 그는 흥미를 보이지 않았다. 나는 새로운 화젯거리를 생각하다 그만두었다. 그가 무슨 말을 하든 신경 쓰지 않기로 한 것이다.

이윽고 입국 신고서를 작성할 때 그가 말했다.

"저 좀 도와주시겠습니까? 안경이 없어서요."

소르사노가 여권을 꺼냈다. 붉은빛이 감도는 갈색의 베네수엘라 여권이었는데, 그는 그것을 아주 조심스럽게 다루었다. 나도 여행할 때마다 내 영국 여권을 잃어버리지나 않을까 늘 신경 썼다. 여권을 분실할 경우 나에 대해 어떻게 설명해야 할지 생각만 해도 끔찍했다.

그가 여권을 내밀었다. 그래서 그의 사진과 마누엘 소르사노라는 이름을 볼 수 있었다. 마누엘 소르사노는 18세기 말 베네수엘라 기록에 자주 등장하는 이름이었다. 지금도 마찬가지다. 마누엘 소르사노는 베네수엘라에서 흔한 이름이다. 내옆에 앉은 소르사노의 직업은 목수였다.

그는 여권을 다시 집어넣었다. 그러면서 자기는 해마다 여권을 갱신해야 한다고 말했다. 자주 여행하기 때문에 그렇다고 했다. 작년에는 여권 발급에 35볼리바르가 들었는데 올해는 75볼리바르가 들 것이라며 1달러는 2볼리바르에 해당한다고 설명하기도 했다. 하지만 그의 설명은 맞지 않았다. 달러의 가치는 그가 말한 금액의 절반도 되지 않았다. 뻔질나게 여행을 다니고 팔에는 묵직한 금팔찌까지 찬 사람이 베네수엘라 통화에 대한 기본적인 사실도 모른다는 점이 아무래도 이상했다.

그는 이것저것 성가시게 캐묻지 않고 입국 신고서를 작성해 준 내게 보답이라도 하듯 비닐에 싸인 최신 레코드판을 보여 주었다. 모두 힌두교의 종교 음악이었다. 그중에는 트리니다드 그룹이 부른 노래도 있었고, 네덜란드령 가이아나로 불린 수리남의 여자 가수 드로파티가 부른 노래도 있었다.

나는 레코드판을 통해 소르사노가 트리니다드 출신의 인도인이라는 사실을 알 수 있었다. 이제는 그에게 더 물을 것이 없었다. 그가 트리니다드 사람이라고 생각하자 그의 얼굴이 조금 달라 보였다. 내가 생각한 것처럼 이방인은 아니었지만, 어떤 면에서는 여전히 낯설고 나와 동떨어진 사람으로 보였다. 아마 나와 다르게 종교가 있는 사람이라 그랬을 것이다. 그는 내가 상상하기도 쉽지 않은 인도의 오래된 신들에 대한 복잡한 신념과 신들에 대한 숭배 의식을 품고 있을 터였다.

스튜어디스가 간식을 쟁반에 담아 내밀자 마누엘 소르사노는 거절했다. 그는 내게 고기와 술을 먹지 않는다고 말했다. 나는 깜짝 놀랐다. 그가 술과 고기를 먹지 않는 힌두교도라고는 손톱만큼도 생각하지 않았기 때문이다. 그의 말이 믿기지 않았다. 아무리 보아도 그는 술을 잘 마시는 트리니다드의 인도 사람 같았다. 아래로 약간 벌어진 부드러운 입술, 살짝 처진 볼, 도발적이면서도 물기 어린 눈동자 등을 보면 그런 느낌이 들었다. 나는 소르사노가 고행을 하고 있을지도 모른다고 생각했다. 어쩌면 금식을 하기로 종교적인 서약을 했는지도 모른다. 그렇지 않다면 고기와 술을 먹지 않는 이유가 가족 가운데 누군가 죽었기 때문일지도 몰랐다. 장례식에 참석하기 위해 트리니다드를 방문했을 거라는 생각도 들었다.

소르사노는 트리니다드 럼주를 잘 알았다. 그는 화이트 럼주를 베네수엘라로 몇 병 가져가려 했는데, 며칠 동안 마음이 조급했기 때문에 그만 잊어버렸다고 했다. 트리니다드산 화이트 럼주는 감기 치료에 효과가 좋다고 알려져 있었다.

"머리에 럼주를 조금 바르고 이마를 살짝 두드리고 한숨 푹 자고 나면 감기가 싹 낫습니다."

소르사노가 손가락으로 이마를 톡톡 두드리며 말했다. 나는 다시금 그의 금화 팔찌를 훔쳐보았다.

비행기는 파리아만을 지나 베네수엘라 쪽 카리브해 해안을 날고 있었다. 넓게 펼쳐진 흐릿한 녹색의 땅과 군데군데 희고 붉은 갈색의 해변과 검은 바다, 그리고 오리노코강 지류의 어귀마다 낮게 드러난 갯벌이 보였다. 인공위성에서는 거대한 도시도 작은 얼룩처럼 보이고 전인미답의 땅 같겠지만 비행기에서 내려다본 카리브해 해안의 오리노코강 하구는 새로 생겨난 지역 같았다. 그만큼 생소해 보였다.

트리니다드에서 살 때 소르사노에게는 자식이 네 명 있었다. 자식들 이름은 말하지 않았지만 아시아계 이름일 터였다. 그는 베네수엘라에서는 마누엘 소르사노라는 이름으로 아홉 명의 자식을 두었는데, 모두 베네수엘라식 이름을 지었다고 말했다.

"모자 속에 여러 개의 이름을 넣어 놓고 제비뽑기식으로 지었습니다. 첫째 아들은 안토니오, 둘째 아들은 페드로, 첫째 딸은 돌로레스라고요. 아이들 엄마는 그런 이름을 무척 좋아한답니다."

새로운 인물

아홉 명의 아이들 엄마는 과연 누구일까? 그는 아이들 엄마가 인도인이라고 했다.

"아내는 인도어로만 말해요."

힌디어는 트리니다드나 가이아나에서 더는 일상어로 통용되지 않았다. 그렇다면 마누엘 소르사노의 아내이자 베네수엘라식 이름을 가진 아이들의 엄마는 힌두계 가수 드로파티의 고향인 수리남 출신일 터였다.

마누엘 소르사노가 말했다.

"나는 집에서는 스페인어만 씁니다. 아이들도 스페인어로만 대화하죠."

새로운 땅, 새로운 이름, 새로운 신분, 새로운 가족 형태, 새로운 언어(수리남 힌디어는 그가 트리니다드에서 들은 힌디어와는 달랐을 것이다.)의 환경에서 살다 보면 그의 삶은 스트레스로 가득 차 있어야 할 것이다. 하지만 그는 상실감이나 공허감 같은 것을 느끼지 않고 직관적으로 삶을 개척하며 살아온 듯한 인상을 풍겼다.

그런데 소르사노가 여행을 자주 한다면서 베네수엘라 화폐의 달러 가치를 모르는 것이 아무래도 이상했다. 또 인도의 종교와 신, 음악과 음식, 심지어 숭배라는 어려운 개념을 이해하고 있음에도 인도인들 대부분이 아는 사실을 모르는 것도 이상했다. 그뿐 아니라 아홉 명이나 되는 아이들 엄마가 쓰는 언어를 힌디어가 아니라 인도어라고 말하는 것도 이상했다. 인도 사람들이 쓰는 말은 보통 힌디어라고 하지 인도어라고 하지 않기 때문이다. 하지만 전혀 이상하지 않을 수도 있었다.

소르사노는 직관에 의해 사는 사람인 만큼 조상이 남긴 문화의 잔유물만 겨우 습득했을 것이다. 그로서는 한 걸음 뒤로 물러서서 조상의 문화를 객관적으로 평가할 수 없었다. 조상의 문화에 대한 포괄적 지식을 습득할 수도 없었다. 그래서 더 깊이 알지도 못하는 데다 그것마저 점점 잊게 될 터였다. 인도의 전통이든 뭐든 그에게는 자식들에게 전수할 방법도 없을 것이다. 그의 자식들은 이름이 전부 스페인식이고, 스페인어로만 대화한다고 했다. 소르사노의 자식들은 그와 다를 것이다. 그들은 애매한 존재로 살지 않을 것이다. 맨 처음 소르사노를 보고 내가 생각한 대로 베네수엘라 사람으로 살아가게 될 것이다.

나는 소르사노가 찬 금화 팔찌를 더 보고 싶었다. 소르사노는 흔쾌히 팔찌를 풀어 보였다. 그것은 빅토리아 시대 금화였다. 소르사노는 무언가를 더 보여 줄 듯 셔츠 깃을 젖혔다. 커다란 금화가 매달린 묵직한 금 목걸이가 보였다.

그는 베네수엘라에서 금을 발견했다고 말했다. 정확히 말하면 그가 발견한 것은 금이 든 금고였다. 트리니다드를 떠나 베네수엘라에 온 그는 목수와 노동자로 일했다. 어느 날 그는 스물다섯 명의 노동자들과 함께 카라카스 중심부에 있는 오래된 건물을 해체하는 작업을 했다. 이는 석유 호황기 이후 낡은 건물을 부수고 자동차 도로를 내는 것을 포함하는 카라카스 재건 사업의 일부였다. 소르사노는 어느 방에서 두 명의 노동자와 일하다 흙벽돌로 된 벽의 움푹 파인 곳에서 금이 잔뜩 든 금고를 발견했다. 금고 안에는 그가 팔찌로 찬 1파운드짜리 금화와 목에 건 커다란 금화가 셀 수 없을 정도로 가득 들어 있었다. 금화는 대부분 1824년에 주조된 것이었다. 거기에는 1818년 시몬 볼리바르가 세우려고 한 남아메리카 최초의 의회를 기념하는, 역사적 의미를 띤 금화도 있었다. 소르사노는 이렇게 설명했지만 이는 내 기억과 달랐다. 어쨌든 그 금화는 웅대한 야망을 상징하는 물건이었다.

영국에서 주조된 해로 따져 보면 금화는 1860년대쯤 누군가 금고에 넣어 숨겼을 것이다. 그것은 주조된 지 삼십 년쯤 지난 뒤 구제국과 구질서가 무너진 표시로, 그리고 새롭게 등장한 제국을 축복하는 의미를 띠는 물건이라고 할 수 있었다. 베네수엘라를 비롯해 남아메리카 곳곳에서는 스페인 제국의 멸망 뒤 한 세기 동안 무질서가 이어졌다. 1869년 영국의 작가이자 동식물 연구가인 찰스 킹즐리는 겨울 동안 트리니다드에 머물렀는데, 당시에는 오리노코강으로 올라가는 배가 한 척도 없었다고 보고했다. 단 한 척의 지저분한 배만 포트오브스페인에서 카라카스의 라과이라 항구로 향했다고 전했다. 당시 카라카스는 오랜 전쟁으로 몸살을 앓은 직후라서 불안정한 상황이었다. 자칫하면 목숨도 재산도 잃을 수 있었다.

로마 제국이 붕괴한 시기 보물을 땅에 파묻은 사람들은 역사의 대전환이 일어나 수많은 사람이 로마로 이주할 거라는 생각을 전혀 하지 않았으리라. 장래를 위해 자기들이 숨겨 놓은 보물을 일면식도 없는 사람들이 찾아서 차지하리라고는 상상도 하지 못했을 것이다. 이와 마찬가지로 카라카스에서 암울한 시기를 겪은 사람들도 대부분 약탈품이었을 영국 파운드 동전이나 금화를 비밀 금고에 차곡차곡 넣어 숨겨 놓았지만, 마누엘 소르사노라는 미지의 사내가 자기들의 보물을 차지하게 될 줄은 꿈에도 생각하지 못했으리라. 1860년대는 마누엘 소르사노의 조상들이 인도를 떠나지도 않았을 뿐 아니라 베네수엘라가 어디에 붙어 있는지도 몰랐을 것이다.

"그 금화로 집다운 집을 장만할 수 있었죠. 나는 그때부터 누가 나를 쥐고 흔드는 걸 참을 필요가 없게 되었습니다."

소르사노가 여유 있게 웃으며 말했다.

나는 그가 그 행운을 소중히 간직하거나 더 알차게 가꾸거나 적어도 잃지 않으려는 소망 때문에 트리니다드나 베네수엘라에서 마당에 기도 깃발을 내거는 것처럼 그런 종교 의식이나 서약에 의해 음식을 절제하는 것은 아닌지 궁금했다. 하지만 그런지 어떤지 물어보지는 않았다.

나는 앙고스투라 의회를 기념하기 위한 금화를 엄지손가락으로 만져 보았다. 여전히 새것인 데다 강한 자부심을 드러내듯 새긴 글자가 도드라졌다.

우연의 일치치고는 참 묘했다. 금화가 주조된 1824년은 오리노코강을 낀 도시 앙고스투라에서 시에헤르트 박사가 최초로 향기로운 비터 맥주를 세상에 내놓은 해였다. 그 몇 년 뒤 베네수엘라가 큰 혼란에 빠져 의회가 약속한 것을 모두 취소해 버리자 시에헤르트 박사는 비밀스러운 비터 맥주 제조법을 머릿속에 간직하고 파리아만을 거쳐 트리니다드로 건너갔다. 당시 트리니다드는 영국 식민지로 평화와 함께 상업적인 기회를 제공했다. 게다가 트리니다드는 지형적으로 베네수엘라의 관문에 해당하기 때문에 시에헤르트 박사의 비터 맥주 제조에 사용되는 열대성 약초나 과일도 쉽게 구할 수 있었다. 앙고스투라는 이름이 시우다드 볼리바르로 바뀌었다. 이제 앙고스투라라는 도시 이름은 그 금화가 기념하는 의회 때문이 아니라 다른 곳에서 만든 비터 맥주 덕에 유명해졌다.

나는 목걸이를 쥐고 금 무게를 가늠해 보았다. 그러고는 소르사노에게 돌려주며 이렇게 말했다.

"이런 목걸이를 걸고 다니려면 걱정되겠네요."

소르사노는 고개를 살짝 숙이고 사제가 제의를 입듯 빠르고 능숙한 동작으로 목걸이를 목에 걸었다. 그는 피부가 늘어진 가슴 위로 회색빛이 도는 곱슬곱슬한 검은 가슴 털을 두어 번 가볍게 두드려 목걸이를 똑바로 하고는 셔츠의 단추를 잠갔다.

"이 목걸이는 내게 기념품 같은 것이에요. 은행보다는 이게 훨씬 안전하답니다. 은행에 가져가면 직원들은 나를 바로 경찰에 신고해 감옥에 보낼 거예요. 나와 함께 그 방에 있던 두 명의 친구가 그렇게 됐습니다. 둘은 트리니다드 출신이 아니라 바를로벤토라는 곳에서 온 흑인이었어요. 그곳에는 옛날에 만든 플랜테이션 농장이 널려 있어서 흑인이 아주 많아요."

바를로벤토는 카카오나무가 우거진 계곡이 있는 베네수엘라의 자그마한 도시였다. 나는 어렸을 때 그곳에 갔다가 오래된 플랜테이션 농장과 막사로 이루어진 흑인 공동체 마을을 보고 놀랐다. 그런데 그곳에 살던 흑인들 다수는 이제 일거리를 찾아 대도시로 나와 있었다. 아무튼 '바람이 불어오는 쪽'이라는 뜻의 바를로벤토는 내가 바닐라 향기를 맡으며 커다란 나무 그늘과 정돈되지 않은 카카오 농장 옆을 자동차로 달린 곳이었다.

마누엘 소르사노가 말했다.

"그 흑인들은 금화를 보자마자 주머니에 쑤셔 넣고 재빨리 달아나려 했어요. 나는 그들한테 그렇게 도망쳐 봐야 곧 붙잡힐 거라고 말했죠. 그들은 처음엔 내 말을 들었어요. 하지만 금세 태도를 바꿨죠. 내가 금을 자기들한테 나누어 주지 않고 나 혼자 가지려 한다고 생각했나 봐요. 결국 그들은 주머니에 금화를 잔뜩 쑤셔 넣고 멀리 달아났어요. 나는 혼자 남아 여유 있게 움직였어요. 몇 개의 벽돌을 더 뽑아내고 안을 살피자 금화가 더 있었습니다. 조금 전에 빼낸 것보다 더 많았죠. 나는 침착하게 그것을 도시락 통에 채워 넣었어요. 둥근 에나멜 그릇 세 개를 포갠 것으로 금속 테가 둘러지고 꼭대기에 손잡이가 있는 통이었죠. 나는 금화가 부딪쳐 소리 나지 않도록 사이사이에 밥과 빵 같은 음식을 채워 넣었습니다. 그러고는 다른 방으로 가서 도시락 통을 구석에 놓고 주의 깊게 지켜보며 노동자들과 함께 끝나는 시간까지 일했어요. 도시락 통을 들고 그 방을 떠날 때는 얇은 유리 위를 걷는 기분이었습니다. 넘어질까 봐 두렵기도 했고요. 나는 날이 어두워지기를 기다렸다가 금화들을 다른 곳에 숨겼습니다. 그리고 이튿날 아침 조용히 일터로 나가 일하다 금화를 발견한 방을 무너뜨렸죠. 그러고 나서도 묵묵히 일했습니다. 그런데 오후에 대여섯 명의 경비대원들이 들이닥쳤어요. 그들은 미친 개미처럼 여기저기 샅샅이 뒤졌지요. 왜 왔는지 말하지 않았지만, 나는 그들이 금화가 나온 방을 찾고 있다는 사실을 알아챘습니다. 하지만 방은 이미 무너진 뒤였죠. 경비대가 들이닥친 건 그 흑인들 때문이었어요. 그들이 어떤 행동을 했는지 알면 한숨이 나올 겁니다. 금화가 자기들 인생을 확 바꿀 거라고 생각한 그들은 그것을 가지고 카라카스에서 가장 큰 은행에 갔죠. 은행에서 근무하는 사람은 다 정장 차림이잖아요. 한번 상상해 보세요. 바를로벤토에서 온 흑인들이 그들이 흔히 입는 옷차림에 콧소리 섞인 억양으로 이야기하며 냉방이 잘된 크고 조용한 은행에 들어가는 모습을 말입니다. 그런데 가관인 건 은행원에게 자기들한테 금화가 있다고 말했다는 겁니다. 당연히 그 은행원은 경비대를 불렀고, 그 친구들은 붙잡혀서 흠씬 두들겨 맞고 금화까지 다 잃고 말았죠."

"경비대가 아주 거칠다고 들었어요."

내가 말했다.

"그렇습니다."

마누엘 소르사노는 그렇게 대꾸하고 다소 불안한 목소리로 이어서 말했다.

"경비대가 상대하는 사람들도 대부분 거칠게 행동하니까 그럴 수밖에 없는 측면도 있죠. 경비대에 대해 알고 싶다면 이 자리에서 말해 줄 수 있습니다."

소르사노는 그렇게 말하고 잠시 뜸을 들였다가 이렇게 덧붙였다.

"사실은 첫째 아들 안토니오가 경비대에서 근무하고 있습니다. 안토니오는 어렸을 때부터 경비대에 들어가고 싶어 했죠."

"유니폼과 총과 지프차에 마음이 끌렸겠군요."

내가 말했다.

"숙박 시설도 있죠. 숙박 시설을 빼놓을 수는 없어요. 경비대 숙소는 그야말로 끝내주거든요. 안토니오는 일찍부터 경비대원이 되고 싶어 했어요. 몇 년 전 푸에르토라크루스에서 살 때였습니다. 당시 나는 그곳에 있는 호텔에서 일했어요. 어느 토요일 오후 아이들과 아내를 자동차에 태우고 외출했습니다. 바다로 이어진 길에서 무슨 박람회가 열리고 있었어요. 그쪽으로 가려는데 갑자기 사이렌 소리가 들리더니 경비대원들이 탄 지프차가 막아서더군요. 내가 자동차를 멈추자 경비대원 하나가 권총을 들고 내 차에 올라탔습니다. 그러고는 총으로 나를 치려고 하다 아이들과 아내를 보더니 혼란스러운 표정을 짓더군요. 그러면서 수줍은 듯 이렇게 말했죠. '디스쿨페, 디스쿨페, 세뇨라.(죄송합니다, 죄송합니다, 부인.)'라고요. 그러고는 차에서 내렸습니다. 안토니오는 그 뒤 몇 주일 동안 경비대원 흉내를 냈어요. 장난감 총을 들고 마당과 집 주위를 뛰어다니며 '디스쿨페, 디스쿨페, 세뇨라.'라고 소리쳤죠."

비행기는 해안 위를 더 낮게 날고 있었다. 마누엘 소르사노는 창밖을 내다보느라 땋은 곱슬머리를 내 쪽으로 돌린 채 한참 동안 입을 다물었다가 이렇게 말했다.

"지난 며칠 동안 내 머릿속은 온통 아이 생각으로 가득했답니다. 아이에게 문제가 생겼거든요."

"경비대에 있다는 아들 말인가요?"

"네, 안토니오요. 안토니오가 문제를 일으켰다는 말은 아닙니다. 문제가 생긴 건데 꽤 심각하긴 하죠. 하지만 내가 나서서 도울 수 있는 문제가 아니에요. 이 년 전쯤 그 아이는 한 소녀와 동거했어요. 내가 알기로는 아들이 처음으로 사귄 여자였던 것 같아요. 안토니오는 동거하는 사실을 부끄럽게 여겼어요. 그러다 웬만큼 시간이 지나자 내가 알았으면 하는 눈치를 보였죠. 어느 날 그 애들이 보고 싶어 찾아갔습니다. 오리노코강 주변 마을이었어요. 소녀는 나이가 어려 보였어요. 열다섯 살이나 열여섯 살쯤이었을 거예요. 키도 작은 편인데 피부가 하얗더군요. 말하자면 전형적인 베네수엘라 소녀였죠. 그곳에 있는 동안 소녀는 진심으로 나를 존경했어요. 나는 소녀에게 말을 별로 하지 않았어요. 사실대로 말하자면 나는 수줍어서 소녀를 쳐다볼 수 없었습니다. 이윽고 내가 떠날 시간이 되자 소녀가 내게 다가오더니 볼에 키스했어요. 그때 나는 소녀의 어깨에 손을 얹었죠. 아니, 어깨가 아니라 소녀의 팔 윗부분을 잡았습니다. 그러고는 깜짝 놀랐어요. 소녀의 팔은 부드럽지 않았지요. 부드럽기는커녕 남자 팔처럼 단단했습니다. 그리고 아주 얇았어요. 어떤 것보다 그 점이 마음에 걸려 돌아오는 내내 생각했습니다. '얼마나 고생스럽게 살아왔기에 그럴까? 얼마나 힘든 노동을 했으면 팔이 그렇게 됐을까?' 하고 생각했죠. 집에 도착하자 아이들 엄마가 이렇게 묻더군요. '여자애 어떻던가요? 괜찮아 보였나요?' 나는 좋아 보였다고 말했어요. 그리고 '어떻게 생겼나요?'라고 물었을 때는 아주 귀엽게 생겼다고 대답했습니다.

나는 소녀에 대해 더 말하고 싶지 않았어요. 그런데 그 뒤그 일이 일어났습니다. 뭐, 흔히 있는 일일 수도 있어요. 하지만 당사자에게는 결코 평범한 일은 아니었죠. 어느 날 안토니오는 살인 사건 신고를 받고 마을에서 멀리 떨어진 목장에 갔습니다. 소를 키우는 목장이었죠. 그곳엔 외국인이 많았어요. 안토니오는 그곳을 몹시 싫어했습니다. 외국인들은 무더운 날씨에도 커다란 콘크리트 헛간에 소들을 빽빽하게 가두고는 닭 분뇨와 당밀을 섞여 먹였어요. 그러니까 도축용 소를 키우는 것이었죠. 안토니오는 하루 종일 그곳에 있어야 했지만 갑자기 일이 생겨 오후에 집으로 돌아와야 했어요.

본격적인 이야기를 하기 전에 아들이 사는 마을에 시리아 사람이 운영하는 상점이 있다는 걸 밝혀야겠군요. 그 시리아 사람은 상점 위층에서 살았는데, 그는 마을에서 조금 떨어진 곳에 집을 한 채 갖고 있었어요. 마을로 돌아오는 길에 안토니오는 자기와 동거하는 소녀가 시리아 사람과 함께 별장 같은 그 집을 나서는 장면을 목격하게 되었습니다. 당연히 큰 충격을 받았죠. 돌멩이로 뒤통수를 얻어맞은 것 같았답니다.

아들은 집으로 돌아갈 수 없었어요. 초소에 가서 두어 시간을 보냈습니다. 그러고 나서 집으로 갔죠. 소녀는 집에 와 있었어요. 바닥이 콘크리트로 된 자그마한 헛간에 있었죠. 헛간 천장에는 양치식물이 담긴 바구니가 매달려 있었고, 꽃이 핀 화분도 군데군데 놓여 있었습니다. 그곳은 분위기도 있고 시원하기도 해서 소녀가 빨래하거나 두 사람이 함께 머물곤 했죠. 소녀는 식물을 돌보고 있었어요. 안토니오는 아무 말도 하지 않은 채 햇빛이 비치는 마당에 서서 소녀를 가만히 바라보았습니다. 소녀가 하는 일이 아니라 그저 소녀 얼굴만 바라본 거예요. 소녀는 그런 안토니오를 보고는 자신이 곤경에 빠졌다는 걸 알았겠죠.

소녀는 화분을 제자리에 두고 집 안의 부엌으로 들어갔습니다. 안토니오도 따라 들어가서 식탁에 앉았죠. 그러고는 식탁만 내려다보았습니다. 소녀는 잠시 머뭇거리다 부엌에서 나갔어요. 안토니오는 조용히 일어나 권총을 빼 들고 소녀를 따라갔습니다. 그러고는 방, 부엌, 거실, 침실, 복도 등 소녀 뒤를 따라가며 방아쇠를 당길 순간을 노렸지요. 소녀는 집 밖으로 나가려고 하지 않았어요. 지금 생각하면 얼마나 다행스러운 일이었는지 모르겠습니다. 소녀가 집 밖으로 나가려 했다면 아들은 권총의 방아쇠를 당겼을 겁니다. 소녀는 계속 집 안을 맴돌다 걸음을 멈추었어요. 그리고 안토니오가 가까이 다가오자 큰 소리로 이렇게 말했지요. '당신은 시리아 남자들이 어린 소녀들을 어떻게 이용하는지 모르나요? 분하면 당장 달려가서 그를 죽이지 그래요?'

그 말은 비수처럼 안토니오의 가슴을 찔렀습니다. 안토니오는 특히 '이용한다', '어린 소녀들'이라는 말에 마음이 아팠죠. 아들은 너무 슬퍼서 아무 말도 할 수 없었죠. 그는 자신이 소녀를 죽일 수 없다는 걸 알았어요. 안토니오는 침실로 들어가서 유니폼을 입고 침대에 누웠습니다. 창문이 열려 있었지만, 반쯤 친 커튼이 움직이지 않을 정도로 바람 한 점 불지 않는 더운 날이었죠. 안토니오는 마음을 차분히 가라앉히고 잠들었습니다.

주위가 어둑했을 때 잠에서 깬 안토니오는 자신이 고향에서 아주 멀리 떨어져 있다고 느꼈죠. 옆집에서 생선 굽는 냄새가 풍겼습니다. 안토니오는 누운 채 그 냄새를 맡고 이웃에서 들려오는 이런저런 소음을 들으며 평화를 느꼈죠. 아들은 자질구레한 소음이 아득히 먼 곳에서 들리는 듯하고 평화롭게 느껴지는 이유가 뭔지 곰곰이 따져 보았습니다. 그리고 그 이유는 본인이 자신의 인생이든 다른 누구의 인생이든 망쳐서는 안 된다고 생각하기 때문이라고 보았죠. 결국 아들은 아무것도 할 필요가 없었습니다.

안토니오가 일어났을 때 밖은 캄캄했어요. 집 안도 무척 어두웠고요. 이웃집의 작은 불빛만 희미하게 보였죠. 마당도, 헛간도, 헛간 천장에 매달린 바구니 속 양치식물도, 꽃이 핀 화분도, 콘크리트 바닥에 놓인 의자도 어둡게만 보였습니다. 부엌에는 요리한 흔적이 없었고, 정원에서도 인기척이 없었어요. 집에는 안토니오 혼자만 있었습니다. 소녀는 또 밖에 나갔던 겁니다. 안토니오는 집 주위를 걷기 시작했죠. 불도 켜지 않은 채 어둠 속을 마냥 걸었습니다.

안토니오는 화장실에 들어갔다가 어두운 마당으로 나왔어요. 그러고는 좀 더 걸었지요. 그러다 멈추어 서서 몸을 꼿꼿이 펴고 유니폼의 주름을 편 뒤 권총집에 든 권총을 가볍게 쓰다듬었습니다. 안토니오는 몇 분 동안 그렇게 서 있다가 자동차를 몰고 시내 중심가를 지나 강변에 있는 커다란 공원으로 향했어요.

새로운 인물

공원 옆으로는 강물이 흐르고, 시리아 남자의 상점은 맞은편 도로에 있었습니다. 그 도로 한쪽에는 콘크리트 기둥이 서있었고, 그 뒤로는 포장된 인도가 죽 이어져 있었죠. 기둥에는 광고물이 다닥다닥 붙어 있었습니다. 상점에는 넓은 문이 두개 있었는데, 그날 저녁에는 문 하나가 닫혀 있었어요. 안토니오는 열린 문을 통해 안을 들여다보았습니다. 시리아 남자가 희미한 전등 아래 싸구려 옷감을 묶어 놓은 선반 앞에서 경찰처럼 선 채 손님들과 잡담하며 웃고 있었죠.

안토니오는 희희낙락 웃는 남자를 바라보며 혼잣말했습니다. '그래, 실컷 웃어라. 조금 있으면 웃음을 멈추게 될 테니까.' 안토니오는 허리에 찬 권총을 다시금 확인했어요. 이번에는 망설이지 않고 바로 방아쇠를 당길 작정이었죠. 하지만 권총을 꺼내지는 않았어요. 안토니오는 열린 문 안으로 들어갔습니다. 시리아 남자는 인기척에 재빨리 몸을 돌렸죠. 그는 경비대 유니폼을 보고 어색하게 공손한 태도를 취했어요. 안토니오는 속으로 시리아인을 향해 이렇게 말했어요. '흠, 내게 존경심을 보이는군. 하지만 존경심을 보이는 것만으로 충분치 않아. 기절초풍한 네놈 모습을 보고 싶어. 내게 싹싹 비는 네놈의 눈을 보고 싶다고. 그렇게 하면 집으로 고이 보내 주지.'

잠시 후 시리아 남자는 안토니오를 알아보았어요. 하지만 충격을 받거나 깜짝 놀란 눈빛은 아니었죠. 오히려 짜증과 증오가 가득 담긴 눈빛이었습니다. 시리아 남자는 그런 눈빛으로 안토니오를 쏘아보았어요. 그 순간이 얼마나 심각하고 위험한지 모르는 것 같았지요. 하지만 상점에 있는 다른 사람들은 무슨 일이 일어날지 아는 듯했습니다. 그들은 대화를 멈추고 안토니오가 지나가도록 한쪽으로 비켜섰어요. 안토니오는 계산대로 걸어갔고, 시리아 남자는 그 자리에 우뚝 서서 경멸의 눈초리로 그를 지켜보았죠.

그런데 좀 우스운 일이 일어났어요. 안토니오는 속으로 이렇게 생각했지요. '어째서 이 사람은 나를 경멸하는 걸까? 누군가 나에 대해 이 사람에게 말했을 거야. 그가 나를 경멸하는 한 순순히 집으로 돌려보내지 않겠어. 그녀가 이 사람에게 무슨 말을 했을 거야. 틀림없어. 그래서 이렇게 위압적인 눈빛으로 나를 바라보는 거라고. 그녀가 뭐라고 말했을까?'

이런저런 사소한 일이 안토니오의 머릿속을 스쳐 지나갔습니다. 순간 몸에서 힘이 쏙 빠져나가는 것 같았어요. 안토니오는 그만 울고 싶어졌죠. 시리아 남자는 그런 안토니오를 쏘아보며 이렇게 말했습니다. '어이, 젊은 친구. 무슨 일이지?' 시리아 남자는 안토니오가 경비대 유니폼을 입고 있는데도 사람들 앞에서 모욕을 주려고 일부러 그렇게 말한 겁니다. 결국 안토니오는 돌아서서 그곳을 떠날 수밖에 없었어요.

그 일이 있고 나서 며칠 뒤 안토니오는 내게 와 달라는 편지를 보냈습니다. 나는 침울해 있는 아들과 그 집을 또 보게 되었어요. 그 집을 방문한 건 두 번째였어요. 처음에 갔을 때는 집이 멋지게 꾸며져 있었죠. 두 아이가 나를 위해 단장한 겁니다. 소녀도 옷을 곱게 차려입고 공손한 태도로 나를 대했죠. 두 번째 갔을 때는 소녀가 보이지 않았어요. 집 안에 있는 물건을 볼 때마다 소녀가 생각나더군요. 흔해 빠진 화초와 양치식물이 있는 헛간에 들어가자 소녀가 그립기까지 했습니다. 우리는 거기에서 함께 차를 마시기도 했거든요.

안토니오는 처음부터 끝까지 낱낱이 이야기했어요. 아들의 이야기를 듣자 그 기분을 충분히 알겠더군요. 안토니오는 경비대를 떠날 생각이라고 말했어요. 경비대 일을 하는 게 정신적으로 너무 힘겹다더면서 구슬피 울기까지 했습니다. 그런 아들에게 뭐라고 말해야 할지 난감했어요. 소녀가 그립고 아들의 기분을 거의 똑같이 느낄 정도로 충분히 이해하지만 그런 경험을 한 적이 없었기 때문에 무슨 말을 어떻게 해야 하는지 몰랐습니다. 사람들이 안토니오를 좋아하게 하거나 그의 곁에 머무르게 하려면 어떻게 처신해야 하는지 알려 줄 수 없는 것이 안타깝기만 했죠.

나는 그 아이들과 다르게 자란 구세대 사람입니다. 나와 같은 세대 사람들은 요즘과 다른 방식으로 자랐어요. 자식을 대하는 부모의 태도도 요즘과 달랐죠. 내가 스물두 살 때였어요. 당시는 전쟁 중이었고, 나는 트리니다드의 쿠무토에 있는 미군 기지에서 일했죠. 어느 금요일 오후였습니다. 주말을 보내려고 집에 갔더니 아버지가 이렇게 말하더군요. '너도 이제 클 만큼 컸다. 결혼할 때가 되었단 말이다. 너를 위해 여자애 두엇을 봐 두었다. 내가 여자애들 집에 가서 결혼 얘기를 하마.' 이것이 전부였습니다. 나는 미국인들과 함께 일하는 기지에서도 덩치가 제법 큰 편이었지만, 감히 아버지에게 아직 결혼 생각이 없다고는 말하지 못했어요. 나 스스로 인생의 방향을 바꿀 기회가 없었던 거죠. 아무튼 그렇게 해서 내게는 아내가 생겼고, 하나둘씩 자식도 생기기 시작했습니다. 마치 누군가 억지로 시켜서 한 일 같았죠. 내가 적극적으로 원하지도 않았는데 생긴 일이었습니다.

당신은 아버지 말을 과감히 뿌리치고 뛰쳐나오면 되지 않았느냐고 하겠지만, 그래 봐야 같은 일이 벌어질게 뻔했어요. 베네수엘라 마투린에서 도망자 같은 생활을 하면서도 나는 인도인 가족과 식사를 해야만 했어요. 그 인도인 가장의 딸을 자주 보면서도 멋진 말을 한 적이 한 번도 없었죠. 아예 말을 붙이지도 않았어요. 어쨌든 나는 인도인 가족과 함께 이사 다녔고, 나중에는 그 집 딸과 이사 다녔습니다. 양쪽 가족이 동의하면 아무도 더는 뭐라고 말할 수 없었죠. 우리가 함께 살기 전까지 나는 그 집 딸에게 손가락 하나 대지 않았습니다.

그런데 한 가지 재미있는 것은 아이가 자람에 따라 남자애와 여자애에 대한 부모의 태도가 달라진다는 사실입니다. 남자애는 걱정해도 여자애는 그다지 걱정하지 않지요. 우리는 그걸 어떻게 할 수가 없어요. 하지만 요즘 아이들은 그 같은 옛날 방식을 원하지 않죠. 그들은 자신이 알아서 선택하려고 해요. 현대적인 방식을 원하죠. 그런데 당신도 알겠지만 여자애들이 좀 어리석은 것 같아요. 여자애들은 남자애의 달콤한 말 한마디에 쉽게 넘어갑니다. 그리고 일단 아이를 갖게 되면 어쩔 수 없죠. 좋든 싫든 인생의 방향이 정해지고 마는 것이죠. 다행히 우리 첫째 딸 돌로레스와 다른 딸들의 경우는 달랐어요. 그 애들은 잘생긴 덕에 여기저기서 청혼이 많이 들어왔죠. 그래서 각자 스스로 선택해 결혼할 수 있었어요. 아직 결혼하지 않은 딸들도 언니들을 본보기 삼아 잘할 거라고 생각합니다.

문제는 아들입니다. 딸은 가만히 앉아서 기다리면 되죠. 하지만 아들은 밖으로 나가 결혼할 여자를 구해야 합니다. 내 아들들도 그렇게 현대적인 방식으로 여자를 구하려고 했죠. 그런데 어떻게 구해야 하는지 구체적인 방법을 몰랐던 겁니다. 그 애들은 나한테서 본보기 삼을 만한 걸 찾으려 하지도 않았어요. 나를 이해하려고도 하지 않은 채 무조건 다른 사람들을 모방하려 했죠. 하지만 공교롭게도 수줍은 내 성격을 물려받았습니다. 그러니까 현대적 방식이 아니라 구식으로 여자를 구해야 했던 것이죠.

안토니오에게는 그 소녀와 사귀는 것보다 경비대에 들어가는 게 훨씬 쉬운 일이었어요. 아들은 수줍음을 너무 많이 타는 성격이라서 한동안 소녀에 대해 나한테 말하지 않았습니다. 교활해서 그런 게 아니었어요. 소녀의 입장을 생각해서도 아니었고요. 그저 수줍어서 그랬던 것뿐입니다. 안토니오는 나를 생각해서 소녀에 대해 말하지 않은 게 아니었어요. 나만큼이나 수줍음을 타기 때문에 말하지 않았던 겁니다.

그러다 마침내 안토니오가 말을 꺼냈고, 그래서 내가 둘을 만나러 갔던 것이죠. 하지만 나 역시 너무 수줍어서 그 소녀의 얼굴을 똑바로 바라보지 못했습니다. 안토니오도 수줍은 탓에 소녀에 대해 아무것도 모르는 듯한 표정만 짓고 있었죠. 수줍어하지 않는 사람은 소녀뿐이었어요. 나중에 생각해 보니 나는 소녀에 대해 아는 게 없었습니다. 소녀를 만난 게 전부였죠. 사실 소녀는 안토니오에게도 낯선 사람이었어요. 안토니오도 소녀에 대해 아는 게 없었어요. 내가 그 집에서 안토니오와 이야기를 나누며 깨달은 것은 바로 그렇기 때문에 그 애가 혼란스러워한다는 점이었습니다.

우리는 한낮에 시작해 밤늦게까지 이야기했습니다. 정말 길게, 그리고 쉼 없이 이야기를 했죠. 같은 이야기를 열 번 넘게 반복하기도 했습니다. 그 정도로 아들은 혼란스러운 상태였어요.

나는 안토니오에게 신에 대해 말했어요. 신이 그날 안토니오와 함께 계셨기 때문에 방아쇠를 당기지 않고 시리아 남자의 상점에서 나올 수 있었던 거라고. 안토니오는 소녀를 잘 알지 못하니 수치스럽다거나 불명예스럽다고 할 수 없다는 말도 했죠. 단지 실수를 했을 뿐이라고 생각하라며 타일렀습니다. 다음부터 그런 실수를 또 하지 않는 게 중요하다고도 말했죠. 어쩌면 소녀도 단순히 실수를 한 것뿐이고 시리아 남자도 마찬가지일 겁니다. 이방인들과 섞여 살면서 애인이나 결혼 상대자를 찾으려다 보면 누구나 실수하게 마련이겠죠. 그러다 결국에는 자기에게 맞는 사람을 만나게 될 것이고요.

안토니오한테 이렇게 말했습니다. '나는 여태껏 너와 네 세대 사람들처럼 자기만의 것을 찾아가면서 느끼는 흥분 같은 걸 경험한 적이 없어. 네 세대의 생활 방식은 현대적인 만큼 자유로운데, 나는 그 점이 부러워. 하지만 네가 그런 흥분을 느끼고 자유를 누리려면 그에 대한 대가를 치러야 해. 다른 사람들도 그 같은 흥분을 느끼고 자유를 누려야 하니 말이야.

새로운 인물

남들을 꼼짝 못하게 묶어 놓을 수는 없어. 이건 단순히 옳고 그름의 문제가 아니야. 네가 진정으로 흥분되고 자유로운 삶을 살려면 그런 좁은 문제에서 벗어나야 해.'

이렇게 우리는 양치식물 바구니와 꽃이 핀 화분이 놓인 어두운 헛간에서 이야기를 나누었습니다. 오랫동안 이야기하면서 나는 아들에게 어떤 것은 사실이고 또 어떤 것은 절반만 사실인지 알려 주려고 생각을 정리하곤 했죠. 우리가 이야기를 나누는 중에도 사람들이 분주하게 거리를 지나다녔어요. 그런데 내 눈에는 그 사람들이 다른 집에서 흘러나오는 불빛에 비친 그림자처럼 보였죠. 나는 그들 가운데 몇 명은 경비대인 아들과 그의 아버지가 앉아 작은 소녀와 시리아 남자에 대해 늘어놓은 드라마 같은 이야기를 들었을 거라고 생각했어요. 사람들이 알면 나도 그들에게 말할 수 있을 것 같았지요. 하지만 사람들은 아들 일에 관심이 없는 듯, 관심이 있어도 아무런 말을 하고 싶지 않은 듯 조용히 걷기만 했습니다. 마치 중병을 앓는 환자가 누운 집을 지나가는 사람들 같았죠. 그들은 조롱도 하지 않았어요. 그들은 내가 전혀 알지도 못할 뿐 아니라 굳이 알 이유도 없는 사람들이었어요. 하지만 그렇기 때문에 그들이 조용히 행동한 것이 더 고맙게 여겨지고 존경심마저 들었던 모양입니다.

이야기하는 동안 안토니오는 피곤한지 점점 말이 없어졌습니다. 이따금 침묵을 깨고 경비대를 그만두어야겠다는 말만 했죠. 안토니오가 정말로 그만둘 거라고 믿지 않았지만, 한편으로는 그만둘 수도 있겠다는 생각도 들었어요. 안토니오가 더 말이 없었기 때문에 나는 그 애의 슬픔을 아주 진지하게 받아들일 수밖에 없었습니다. 이웃 사람들의 동정심을 기대하고 무언가 극적인 일을 벌일 수도 있겠다 싶었죠. 문득 지금이 가장 위험한 때라는 생각이 들었습니다. 그래서 이렇게 말했어요. '언제나 너를 위해 기도하마.' 그저 머릿속에 떠오른 말을 입 밖에 낸 것인데, 막상 뱉어 놓고 나자 말하기를 잘했다는 생각이 들었습니다. 안토니오는 당시 내가 외우고 있는 특별한 기도문을 알고 있었어요. 그 애는 기도에 대해 아는 게 별로 없었지만, 내가 외우는 기도문이 자기 어머니에게 아주 중요하고 나 또한 진지하게 여긴다는 사실 정도는 알았지요. 나는 안토니오에게 이렇게도 말했어요. '내가 너를 위해 이번 기도를 끝마칠 때까지 아무것도 하지 않겠다고 약속해 주기 바란다.' 안토니오는 아무 말도 하지 않았어요. 하지만 나는 그 애가 내 말에 동의한다는 걸 느낄 수 있었고, 그제야 마음을 무겁게 짓누르는 짐을 내려놓은 것 같았습니다."

마누엘 소르사노가 말한 특별한 기도문이란 힌두교 경전을 의미했다. 힌두교에서는 성직자가 어린 바나나 나무가 꽂힌 나지막한 흙 제단 앞에 앉아 향기 나는 리기다소나무와 함께 설탕과 버터를 불에 태우며 산스크리트어로 된 경전을 암송했다. 그것은 풍요와 희생을 상징하는 오래된 기도 의식이었다. 그런데 이런 의식은 베네수엘라에서는 행해지지 않았다. 마누엘 소르사노는 현재와 다른 이름을 쓰던 젊은 시절의 트리니다드로 돌아가야만 했다. 그는 그 의식에 참여하여 기도한 결과 정신이 맑아지고 깨끗하게 정돈되었다. 이제 마누엘 소르사노는 고기나 술을 먹지 않은 채 기념품으로 라피아야자 가지를 엮어 만든 바구니에 라임 피클과 망고 피클이 든 항아리와 후추를 넣고 경건한 힌두어 노래가 담긴 레코드판을 가지고 집에 돌아가는 중이었다.

"나는 돌아가서 비극적인 소식을 접하지 않기를 바라고 있습니다."

소르사노는 그렇게 말하면서 팔찌를 낀 오른손으로 가슴을 두어 번 세게 두드렸다.

"내가 얻은 행운 때문에 얼마나 많은 대가를 더 치러야 하는지 모르겠습니다."

비행기 아래로 바람이 세차게 부는 회색과 흰색의 바다가 점점 가깝게 보였다. 얼마 후 평지에 있는 건물과 바다와 산 사이의 평평한 땅에 좁은 띠처럼 기다랗게 뻗은 활주로가 시야에 들어왔다. 바닥이 움푹 파인 붉은 대지도 보였다. 기다란 터미널 건물 주위에는 활주로의 누런 흙을 쓸어 내는 기계를 비롯해 작고 하얀 베네수엘라 국내선 비행기와 여섯 대 정도의 커다란 국제선 비행기가 세워져 있었다. 석유 호황으로 베네수엘라의 카라카스에는 호화로운 상업지역이 들어서 있었는데, 그곳에서는 셔츠 한 장이 100달러나 되었다. 당시는 뉴욕에서 50달러짜리 셔츠가 고급품으로 여겨지던 시절이었다.

마누엘 소르사노와 나는 각자 입국 수속을 기다리는 줄에 섰다. 그는 베네수엘라 사람이어서 쉽게 통과했다. 소르사노는 밖에서 나를 기다렸는데, 사람들이 그의 길게 땋은 머리와 기념품으로 들고 온 라피아야자 바구니를 힐끔힐끔 바라보았다. 내 차례가 되어 출입국 관리 직원에게 다가가서 입국 허가서를 내밀었다. 그러자 직원이 입국 허가서를 힐끗 보더니 그것을 흔들며 무슨 말인가 하려고 했다. 그때 동료 한 명이 그를 불렀다. 그는 동료를 향해 뭐라고 대답한 뒤 내 입국 허가서에 몇 글자 끄적이고는 도장을 찍었다. 그러고 나서 내 여권에도 도장을 찍은 다음 내게 손을 흔들고 책상에서 떠났다. 마누엘 소르사노가 턱을 치켜들고 물었다.

"직원이 당신 서류에 뭐라고 썼나요?"

나는 손에 든 입국 허가서를 들여다보고서야 직업란에 아무런 기록도 하지 않은 걸 알았다. 미처 보지 못해서 생긴 실수였다. 당시는 작가란 직업이 의심받던 시절이었다. 몇몇 게릴라들이 작가라는 직업을 오용한 탓이었다. 출입국 관리 직원은 내가 제출한 입국 허가서의 직업란에 '경영자'라고 썼다.

마누엘 소르사노가 내 입국 허가서를 보고 말했다.

"이 나라가 왜 좋은지 알겠어요? 이 나라 공무원들은 당신이 보여 주는 대로 당신을 대합니다. 그들은 당신이 스스로를 존중하는 만큼 당신을 존중하죠. 다른 어느 나라에서도 이렇게 하지는 않습니다."

경비대원 하나가 우리를 바라보았다. 마누엘 소르사노는 자기를 바라보는 경비대원을 알아차리고 짐짓 권위 있는 자세를 취했다. 그러고는 그 유니폼에 대한 우호적인 감정과 존중을 표하려는 듯 어깨를 살짝 구부렸다.

세관에서 소르사노는 이렇게 말했다.

"하지만 조심해야 합니다. 여기에서는 여전히 소수의 게릴라가 활동하고 있어요. 안토니오는 두세 번 게릴라들과 총격전을 벌였습니다. 언젠가 안토니오의 동료 중 한 사람이 신상 기록 카드에 '최고 경영자'라고 썼어요. 멋있어 보일 겸 장난삼아 그랬겠죠. 그런데 그 소문이 퍼지자 어느 화창한 날 아침 게릴라들이 자동차를 몰고 나타나서 버스를 타고 출근하려는 그를 납치했습니다. 그 버스는 허리를 반쯤 숙이고 타야 하는 소형이었지요. 모두 급하게 움직여야 하는 출근 시간대였고, 저마다 자기 일에만 몰두하다 보니 누구도 그가 납치되는 걸 알아차리지 못했습니다. 게릴라들은 납치해 온 사람의 배후에 거액의 몸값을 지불할 큰 회사가 있는 줄로 믿었다가 그렇지 않은 걸 알자 그를 사살했지요. 이 나라에서는 각자 자신을 돌볼 줄 알아야 합니다."

8
적막한 파리아만에서: 기록되지 않은 이야기

한때 나는 파리아만을 배경으로 연극이나 영화 대본을 써 볼까 생각했다. 아마도 연극보다는 영화 쪽이 더 나았으리라. 내가 구상한 작품은 총 삼부작이다. 주인공은 1498년의 콜럼 버스와 1618년의 월터 롤리 경, 1806년의 베네수엘라 출신 혁명가 프란시스코 데 미란다이다. 이들 세 사람은 각자 꿈꾸던 신세계를 향해 앞만 보고 달려왔고, 이제는 전성기를 한참 지 나 현재의 삶에 끝내 만족하지 못한 채 적막한 파리아만에서 모든 것의 종말을 앞두고 있다는 공통점이 있다. 물론 이야기 는 저마다 다르고, 등장인물과 그들이 입고 나오는 옷 스타일 도 모두 다르다. 하지만 연작인 만큼 그 속에 나오는 일화들은 서로 연관을 맺으며 전개된다.

1618년 늙고 병든 롤리 경은 적막한 파리아만에 머물며 한 번도 가 본 적 없고 더는 그 존재를 믿지도 않는 금광에 관한 소식이 전해지기만을 기다렸다. 이런 그의 처지는 1498년의 콜럼버스와 비슷했다. 그 시절 콜럼버스의 일기장에는 나날이 나빠지는 시력과 건강, 계속되는 불운에 대한 한탄이 적혀 있었다. 자신을 후원해 준 군주들에게 동정을 구하는 내용도 있었다. 콜럼버스는 민물과 바닷물이 공존하는 신기한 파리아만의 해안선을 따라 항해하면서 양쪽으로 보이는 섬에 각각 '삼위일체'와 '은혜의 땅'(사실 이 섬은 남아메리카 대륙의 일부였다.)이라는 이름을 붙여 주었다. 그는 눈앞에 보이는 장소마다 기도하듯 이름을 붙였고, 무언가를 볼 때마다 호들갑스럽게 놀라며 과장했다. 하지만 신세계에 대한 꿈은 이미 거의 포기한 상태였다. 콜럼버스는 자신이 떠나온 아이티섬의 작은 스페인 식민지 상황이 매우 심상치 않다는 것을 알고 있었다. 그에게 세 번째 대항해의 마지막은 쇠사슬에 묶인 채 스페인으로 돌아가는 것이었다. 1618년의 롤리 경도 이와 똑같은 상황이었다. 더는 기대할 것이 없어진 롤리 경은 결국 런던탑으로 끌려가 처형되었다.

이런 식의 광기와 (결국 굴복으로 끝나는) 자기기만은 시몬 볼리바르 이전에 베네수엘라의 혁명을 이끌던 프란시스코 데 미란다의 말년에서도 목격된다. 미란다는 콜럼버스나 롤리 경처럼 널리 알려진 사람은 아니다. 그의 이력은 대단히 특별했으나 (나중에 다루게 될 어떤 이유로) 역사적 신화를 남기지는 못했다. 하지만 이 대목에서 그에 대한 이야기를 정리할 필요는 있다.

1806년에 미란다는 쉰여섯 살이었다. 그는 지난 삼십오 년 동안 고국 베네수엘라를 떠나 이리저리 떠도는 신세였다. 이십 년 넘게 미국과 영국, 프랑스 등지를 돌아다니며 아메리카에 있는 스페인 식민지의 독립을 부르짖었다. 엄밀한 의미에서 미란다는 스페인 군대에서 도망친 탈영병이었다. 이는 그가 베네수엘라에 있는 부유한 가족과 연을 끊고 오로지 자기 힘으로 살아왔다는 의미였다. 남아메리카의 혁명과 그 혁명에서 주도적인 역할을 하게 될 자기 자신이 그가 가진 유일한 자산이었다. 그러다가 1805년에 미란다는 공황 상태에 빠졌다. 나폴레옹이 이끄는 프랑스군이 남아메리카를 침략해서 그가 주도할 혁명의 의미가 없어질 것 같은 예감이 들었기 때문이다. 다급해진 미란다는 영국을 떠나 미국으로 건너갔다. 그곳에서 혁명에 기꺼이 투자하려는 한 상인에게 받은 돈으로 작은 배 한 척을 산 다음 용병 200명을 모아서 남아메리카로 쳐들어가기로 했다.

남쪽으로 가는 여정은 무척 길고 더뎠다. 미란다는 선장과 말다툼을 벌였고, 용병들과도 불화를 일으켰다. 그의 침공 시도는 재앙 그 자체였다. 스페인 배 한 척이 단 사십 분 만에 침입자 쉰여덟 명을 육지에 상륙시킬 예정이던 두 척의 비무장 범선을 가로막고 꼼짝 못하게 만든 것이다. 미란다가 마지막으로 실제 전투를 경험한 것은 이십오 년 전의 일이었다. 결국 그는 급히 자신의 배를 돌려서 도망쳤다.

이후 미란다는 바베이도스와 트리니다드에 있던 영국 관계 당국의 도움을 받았다. 덕분에 보수를 받지 못해 사나워진 그의 용병들을 겨우 달랠 수 있었다. 미란다는 트리니다드에 있는 프랑스인들 가운데서 용병을 더 모아서 새로운 침공 작전을 준비했다. 콜럼버스나 롤리 경처럼 역사를 의식하는 사람인 그는 다음과 같이 선언했다.

"콜럼버스가 발견하고 그로 인해 유명해진 이 파리아만은 이제 우리의 용맹한 노력이 만들어 낸 빛나는 전투를 목도할 것이다."

미란다가 영국 해군의 은밀한 도움으로 별 탈 없이 베네수엘라에 상륙했을 때는 또 다른 차원의 선언이 이어졌다. 그는 지방 관리들에게 스페인 당국과의 동맹을 포기하지 않으면 적으로 간주하겠다고 경고했다. 미란다가 생각하는 혁명은 그처럼 단순한 것이었다. 결국 혁명의 지지 세력이 생기기는커녕 그의 곁을 떠나는 사람들만 늘어났다.

미란다는 앞서 적에게 붙잡힌 용병 쉰여덟 명을 위해 몸값을 지불하거나 구출하거나 협상해 볼 시도조차 하지 않았다. 그 가운데 열 명은 교수형을 당한 뒤 사지가 찢기고 머리에 못이 박힌 채 공개적으로 불태워졌다. 나머지 사람들은 모두 끔찍한 감옥에 갇혔다. 미란다는 그들에 대해 언급하지도 비통함을 드러내지도 않았다. 그들은 그저 돈 주고 사온 용병이자 도박꾼일 뿐이었다. 앞선 침공 시도가 성공했다면 그들도 많은 전리품을 얻었을 터였다. 하지만 결과적으로 실패했기에 아무것도 얻지 못했다.

미란다는 내륙으로 계속 진격할 만큼 강인하지 않았다. 그만큼 노련하거나 소신이 있지도 않았다. 열흘 뒤 그는 다시 배에 올랐고, 베네수엘라 해안을 벗어나지 못한 채 몇 주 동안 막연한 기다림의 시간을 보냈다. 앞서 당국의 정식 허가 없이 비밀리에 지원해 준 영국 해군이 마침내 더는 도울 수 없음을 알려 왔다. 미란다에게는 트리니다드로 돌아가는 것 외에 다른 선택의 여지가 없었다.

이후 꼬박 일 년 동안 미란다는 트리니다드에 머물며 유배된 사람처럼 지냈다.

구 년 전까지만 해도 트리니다드는 베네수엘라와 스페인 제국에 속했지만 지금은 영국의 영토였다. 섬 대부분은 숲이었는데 사람이 살지 않는 숲이었다. 섬에 거주하는 토착민 인구도 더는 존재하지 않았다. 이십 년 전, 스페인 사람들은 옛 원주민 촌락이 있던 쿠무쿠라포라는 해안가 지역에 곧게 뻗은 도로가 바둑판처럼 교차하는 스페인풍의 작은 도시를 세웠다. 광장에서 멀리 떨어진 곳에 있는 주택 부지는 거의 비어 있는 상태로 지나치게 넓기만 했다. 미완성 도시의 끝자락, 동산으로 이어지는 삼면이 숲으로 된 구역에는 플랜테이션 농장들이 도시보다 늦게 새롭게 들어섰다. 그곳은 토착민들이 사라진 뒤 지난 200년 동안 온통 덤불로 뒤덮인 땅이었다.

농장주들은 남쪽의 아이티섬을 비롯해 프랑스어를 쓰는 몇몇 섬에서 망명해 온 사람들이었다. 그렇다고 모두 백인은 아니고, 백인과 흑인의 혼혈인 물라토와 흑인도 많았다. 이들은 계층을 나타내는 당시 용어로 '유색 자유민'이었으며 '니그로'라고 불리지 않았다. 트리니다드의 노예 가운데는 아프리카에서 갓 유입된 '뉴 니그로'가 특별히 상당한 비중을 차지했다.

이제 트리니다드는 플랜테이션 농장을 중심으로 돌아갔다. 농장에서 멀어지면 사람을 거의 찾아보기 힘들었다. 섬 안에서의 이동이 철저히 통제되었기 때문에 이리저리 돌아다니거나 일정한 거주지 없이 자유롭게 사는 이는 없었다. 이 섬에서 미란다처럼 대도시에 살던 사람이 머물 만한 곳은 어디에도 없었다. 영국 정부의 결정에 따라 섬이 발전되기만을 기다린 그 일 년 동안 미란다는 때때로 감옥에 갇힌 죄수의 심정으로 한때는 자신의 조국 땅이었던 그곳을 떠나 자기 집과 가족이 있는 런던으로 돌아갈 수 있을지 의문을 품었다.

길고 지루한 일 년이 지난 뒤 마침내 미란다는 영국으로 돌아갔다. 그렇게 그의 이야기는 한때 자신의 조국 땅이었던 곳을 탈출하는 것으로 끝났어야 했다. 그것만으로도 한 편의 풍자극이 되기에 충분했다. 그러나 미란다는 그렇게 조용히 사라질 인물이 아니었다. 그러기에는 너무 유명하고 너무 오랫동안 적극적으로 활동했으며 너무 많은 말을 했다. 미란다에게는 또 다른 운명이 기다리고 있었다.

미란다가 영국으로 돌아가고 삼 년이 지났을 때 베네수엘라에서는 볼리바르를 비롯한 몇몇 혁명가들이 주도하는 진짜 혁명이 시작되었다. 그들은 런던에 있는 미란다를 불러냈다. 그가 혁명에 필요하다고 생각한 것이다. 실제로 미란다는 그 시대에 가장 유명한 남아메리카인 혹은 스페인계 아메리카인으로서 미국과 영국의 중요 인사들과 친분이 있었다. 혁명가들은 미란다가 보유한 군사 기술도 유용할 거라고 믿었다. 남아메리카 사람들 사이에서는 군사 문제에 있어서만큼은 미란다가 나폴레옹의 뒤를 이을 이인자라는 말이 나돌 정도였다. (그도 그럴 것이 미란다는 십일 년 동안 스페인군 지휘관으로서 스페인과 북아프리카, 서인도 제도에서 활약했다. 덧없지만 부대에서 탈영해 미국으로 가기 전 그의 계급은 대령이었다. 그런데 프랑스에 가서는 자신이 미국 독립 전쟁에서 활약한 장군이라고 허풍을 떨었다. 덕분에 프랑스 혁명 초기에 혁명군 지휘관으로 일했지만 칠 개월 만에 무능함이 드러나 체포되고 말았다.)

삼 년 전 패배와 불명예와 무료함을 맛본 미란다에게 마침내 전혀 예상치 못한 완전한 승리의 순간이 찾아왔다. 그는 (자신이 지난 이십 년 동안 예견한 대로) 혁명이 진행 중인 베네수엘라에 상륙했고, 혁명 지도자이자 영웅으로서 대대적인 환영을 받았다. 한동안은 모든 상황이 순조롭게 흘러갔다. 베네수엘라 혁명은 대성공이었고, 미란다는 승리를 보장하는 지휘관이었다. 그러나 그가 관여하는 전투는 유난히 출혈이 커서 시민의 자유를 부르짖는 혁명가들에게 실은 야만적이고 지나치게 적극적인 측면이 있음을 드러내고 말았다. 이러한 야만성은 사람들이 혁명에 대해 의문을 품게 만드는 여러 요소 중 하나였다.

미란다는 스물한 살 때 베네수엘라를 떠났다. 1810년에서 1811년쯤에는 타국에서 지낸 지도 거의 사십 년에 가까웠다. 이 기간에 그는 여러 차례 변신을 시도했다. 아메리카인들 사이에서는 자유를 사랑하는 사람이었고, 프랑스 사람들 앞에서는 혁명가였으며, 예카테리나 2세 치하의 러시아 고위층에게는 멕시코 귀족 출신의 백작으로 알려졌다. 영국인들은 그를 추방당한 남아메리카의 통치권자로서 영국의 기업인들을 위해 대륙 전체를 개방할 수 있는 능력자로 믿었다. 미란다의 이 같은 면모 덕분에 18세기 말 유럽 사상가들은 베네수엘라와 남아메리카에 대한 환상을 조금씩 키워 나갔다. 그들은 유럽인들은 최고의 것을 누릴 자격이 있으며, 백인과 아메리카 원주민 모두 플라톤이 말하는 국가에서 살 가치가 있다고 믿었다. 이런 환상은 점점 더 발전되어 백인과 원주민 모두가 철학자들이 순수하고 고귀한 민족이라고 판단한 잉카인처럼 될 수 있다고 믿기에 이르렀다.

그러나 미란다가 다시 찾은 베네수엘라는 전혀 그런 곳이 아니었다. 오히려 그가 삼 년 전 운 좋게 탈출한 트리니다드와 비슷한 곳이었다. 베네수엘라는 대규모 노예 농장들이 넘쳐나는 신세계의 한 식민지에 지나지 않았고, 이런 지역 특유의 계층 구조를 띠고 있었다. 전 국민은 본국에서 고위 관리로 파견된 스페인 사람, 귀족층 크레올, 귀족이 아닌 크레올, 물라토, 농장에서 일하는 니그로, 토착 원주민으로 나누어졌다. 이 같은 계층 사회를 통합할 수 있는 것은 오직 겉으로 드러나는 강력한 권위뿐이었다. 이런 외부적 권위가 사라지면 사람들은 스스로 몰락하고 있다고 느끼기 시작했다. 이곳에서 한 집단의 자유란 또 다른 집단에 대한 압제 또는 노예화를 뜻했다.

베네수엘라에서는 혁명이 진행될수록 인종과 계층 간의 갈등이 점점 심해졌고, 두려움과 시기심이 갖가지 형태로 드러났다. 급기야 혁명이 실패의 조짐을 보이기 시작했다. 평범한 일반 국민이 다시 반대편으로 고개를 돌려 권위적인 구체제,

자신들이 아는 법과 종교와 공경의 대상을 찾았다.

미란다는 노예들에게 자신의 편이 되어 달라고 호소했지만 소용없었다. 사실 혁명군이 통제하는 권역이 점점 줄어들면서 바를로벤토 지역의 노예들이 반란을 일으켜 수도 카라카스를 함락시키기 직전이었다. 결국 런던에 있던 미란다에게 자신들의 혁명 지도자가 되어 줄 것을 요청한 바로 그들 중 몇 명이 이번에는 평화를 거래하거나 최소한 시간이라도 벌 목적으로 미란다를 스페인 쪽에 넘겨주기로 했다. 어느 날 밤, 그들은 잠든 미란다를 깨워서 한 해안가 요새의 지하 감옥으로 데려갔다.

바로 그곳이 미란다가 최후를 맞을 곳이었다. 이 같은 운명은 군에서 탈영한 거의 삼십 년 전부터 그가 내내 두려워한 것이었다. 두려움은 혁명가로서 사는 동안 계속 조금씩 커졌다. 스페인 감옥에 대한 그의 두려움은 오직 전직 스페인군 장교만이 알 수 있는 것이었다. 미란다가 스페인식 형벌의 합법적, 종교적 잔혹성과 보복성을 그토록 두려워한 건 자신이 직접 실행해 봤기 때문이었다. 베네수엘라에서 벌어진 최근 전투에서도 그는 사람들을 교수형에 처하고 머리에 못을 박았다.

이때 그의 나이는 예순둘이었다. 앞으로도 살날은 사 년이나 더 남아 있었다. 미란다는 이 기간을 내내 감옥에서 보냈고, 때로는 쇠사슬에 묶여 있기도 했다. 런던에 있는 가족은 두 번 다시 볼 수 없었다. 그는 베네수엘라 감옥에서 푸에르토리코 감옥으로, 다시 카디스 지하 감옥으로 옮겨졌다. 스페인에 있는 카디스 감옥은 특히 악명이 자자했다. 그러나 자신을 줄곧 정중하게 대해 준 푸에르토리코 감옥 소장에게 카디스로 이감될 거라는 소식을 전해 들은 미란다는 그를 와락 끌어안으며 고맙다고 말했다. 그것은 마치 지난 삼십 년 동안 자신을 허우적거리게 한 환상에서 마침내 빠져나오게 된 것을 기뻐하는 듯한 반응이었다. 그 환상이란 미시시피강의 발원지부터 아마존 서쪽 일대를 거쳐 대륙의 남쪽 끝 혼곶까지 이어지는 거대한 스페인-아메리카 공화국, '콜롬비아'를 건설하는 것이었다. 미란다는 잉카인이야말로 플라톤이 말하는 이상적 국가에 살 만한 자격이 있다고 믿었다. 이러한 환상에는 (콜럼버스와 롤리 경이 신세계와 관련해 꿈꾼 것과 다르지 않은) 눈부신 권위를 향한 미란다 개인의 욕망이 투영되어 있었다.

미란다는 성인이 된 이후 죽을 때까지 개인적인 문서에 유난히 집착했다. 자신이 중요하다고 생각하는 것은 모두 모아 두는 습관이 있어서 한낱 초대장 쪼가리 같은 것도 버리지 않았다. 이런 습관은 그가 남아메리카 사람으로는 거의 최초로 더 넓은 세상을 여행할 때 처음 생겼다. 나중에는 역사와 개인적 운명을 의식해서 습관을 이어 갔다. 그의 이름이 널리 알려지지 않은 이유는 그가 이룬 것이 거의 없어서가 아니었다. 남아메리카 혁명은 앞서 일어난 3대 혁명(미국 혁명, 프랑스 혁명, 아이티 혁명)만큼 전 세계의 관심을 끌지 못했다. 또 미란다가 혁명군에게 배신당한 바로 그날, 그가 자신의 문서집(이 년 전 그가 영국에서 가져온 예순세 권 분량의 가죽 표지 책)을 미처 챙

기지 못한 탓도 있다. 이 문서집은 100년이 훨씬 지나서야 뒤늦게 발견되었는데, 그때는 남아메리카에 일던 혁명의 물결이 모두 가라앉고 이미 굳어진 지난 역사가 된 뒤였다. 그 결과 폼페이의 시신들처럼 미란다가 마땅히 있어야 할 자리는 빈 공간으로 남았다.

베네수엘라 사람들에게 미란다는 볼리바르보다 앞서 혁명을 꿈꾼 선도자였다. 내가 처음 미란다에 대한 책을 읽고 그가 남긴 문서들을 살펴보기 시작했을 때는 나 역시 그를 어떤 의미에서는 선도자라고 생각했다. 내가 보는 미란다는 초기 식민지 주민으로서 자신의 조국이 더는 기댈 것 없는 불완전한 곳이라고 느껴서 일찍이 더 넓은 바깥세상으로 나갔고, 새로운 세계에서 스스로 변신해야 했던 인물이다. 그의 삶에서 나는 내가 젊은 시절에 받은(또 내가 아는 다른 사람들이 경험한) 갖가지 자극들을 떠올렸다.

하지만 지금 생각하면 나는 한 구시대 인물의 개인적인 생각에 휩쓸린 나머지 명백한 사실들을 지나치게 간과한 것 같다. 식민지의 불완전성에 대한 그의 생각에는 어느 정도 타당성이 있고, 그의 정치적 대의명분 또한 반박할 수 없는 것이었다. 그러나 미란다는 고국을 떠난 뒤로 줄곧 협잡꾼의 면모를 보였다. 사실 그에게 이것은 식은 죽 먹기나 다름없었다. 미란다는 바깥세상 사람들이 만난 최초의 남아메리카 출신 지식인이었다.(어쩌면 남아메리카인 자체를 처음 보았을 수도 있다.) 그러니 자신의 신분과 출신지에 대해 얼마든지 마음대로 꾸며댈 수 있었다. 이를테면 그는 멕시코 문학을 논하는 자리에서 예일대 총장에게 자신을 멕시코국립자치대학교에서 법률을 공부한 사람으로 소개했다.

이 사람이 바로 우리가 1806년 파리아만의 해안에서 만나게 될 사내이다. 그는 남아메리카를 떠나고 어느새 삼십오 년을 보낸 중장년의 나이다. 그에 앞서 협잡꾼 프란시스코 데 미란다의 과거 행적을 조금 더 살펴보자.

미란다는 1750년 베네수엘라 카라카스에서 태어났다. 아버지는 카나리아 제도 출신의 포목상이었다. 이는 스페인 본토에서 건너온 사람도, 귀족층 크레올도 아니라는 뜻이다. 하지만 그의 아버지는 아들을 스페인군 장교로 만들기 위해 당시로서는 큰돈인 8000페소를 어렵지 않게 지불할 만큼 상당한 재력가였다. 심지어 미란다 가문이 칠 대째 이어 내려온 카스티야 혈통의 순수함과 고귀함을 간직하고 있음을 증명하는 가계도를 마련하기 위해 스페인에서 공증까지 받아 올 정도였다.

청년 미란다는 군 장교직을 위해 1771년에 스페인으로 떠났다. 그는 낯선 세계의 아름다운 풍광과 와인, 매춘부들에 빠져들었고, 이를 모두 기록으로 남겼다. 필요한 지출의 일부는 고국에서 가져온 카카오 씨앗 450파운드로 충당했다.(아마도 이것은 장사꾼 아버지의 제안이었을 것이다.) 카라카스 북부 계곡에 있는 플랜테이션 농장에서 노예들이 재배한 그 카카오 씨앗은 115페소에 팔렸다. 미란다는 그 돈으로 실크로 된 손수건 한 장과 우산 한 개를 샀다.(이는 그가 그토록 꿈꾸던 사치스러운 대도시의 삶을 보여 주는 한 가지 사례다.) 이 두 가지는 그가 스페인에 도착하자마자 줄줄이 사들인 값비싼 의류의 일부일 뿐이다.

일 년 뒤 미란다는 마침내 군 장교가 되었다. 부대에서 그는 걸핏하면 주변 사람들과 말다툼을 벌였다. 이것은 그의 성격 탓이었다. 지나치게 적극적이면서(이는 틀림없이 베네수엘라에서 태어났지만 카나리아 제도 출신 아버지의 피를 물려받았기 때문이리라.) 또 쉽게 괄시를 당했다.

어쨌든 세월은 흘러갔다. 미란다는 북아프리카에서 근무하며 (명령 불복종으로 적어도 두 번은 영창에 갇혔지만) 조금씩 부대 생활에 적응해 나갔고, 적극적인 성격이 이전과는 다른 모습으로 드러나기 시작했다. 어느 날 그는 연병장에서 한 병사의 머리 주변을 단검으로 때려서 청력에 손상을 입혔다. 그것도 모자라 그 병사를 지하 감옥으로 끌고 내려가 옷을 강제로 벗기고 두들겨 팼다. 미란다는 부대의 공금에도 손을 대기 시작했다. 사실 장교 직위를 돈으로 산 사람들 사이에서 이런 일은 비일비재했다. 그들은 군에 지불한 돈을 되찾기 위해 갖은 수를 다 썼다. 미란다의 나머지 군 생활은 불평불만을 늘어놓았다가 뒤늦게 당국의 조사를 받고 내키는 대로 시말서를 쓰는 일련의 과정이 대부분을 차지했다.

그러던 차에 미국 독립 전쟁이 일어났다. 미란다는 미국에 무척 가고 싶어 했고 실제로 소원을 이루었다. 그는 펜서콜라[17]를 점령한 스페인군의 일원이었다. 수적으로 우세한 영국군을

---

17) 미국 콜로라도에 있는 도시.

굴복시킨 뒤, 미란다는 쇼핑을 했는데 흑인 노예 세 명과 비싼 책 여러 권을 한꺼번에 사들였다. 지난 두 주 동안은 노예를 한 번에 한 명씩 샀지만 이번에는 기분이 좋아서 좀 더 욕심을 낸 것이었다. 미란다는 노예를 사고 받은 영수증 세 장을 문서철에 끼워 넣었다. 그 영수증은 자신의 지위를 나타내는 일종의 증거였다. 실제로 그는 한 영국군 포로에게 브라운이라는 남자 니그로를 선물로 받았다. 이들 네 명의 노예는 밀수품으로서 (스페인군용 수송선에 실려) 쿠바 또는 다른 스페인 영토로 옮겨진 뒤 웃돈을 붙여 판매될 예정이었다. 미국 독립 전쟁에서 스페인군 장교들은 이런 식으로 많은 수입을 올렸다.

더 심한 이야기는 지금부터다. 계략을 꾸민 사람은 쿠바의 식민지 총독이었다. 그는 미란다가 대령의 자격으로 영국군과 스페인군의 포로 교환을 위해 영국령 자메이카로 파견될 거라고 발표했다. 이 임무 자체는 진짜였다. 하지만 미란다는 이 임무 외에도 자메이카에서 (영국 당국자들을 매수한 뒤) 배 두 척을 사서 흑인 노예들과 영국산 도자기와 아마포를 잔뜩 싣고 쿠바로 돌아와 '모두' 팔아넘길 예정이었다.('모두'에 배까지 포함된다는 것이 신의 한 수였다.) 미란다는 (자메이카에서 구입한 귀한 책 여러 권을 비롯해) 의심을 사지 않을 만한 개인 소지품만을 들고 쿠바 바타나보항(港)에 내리고, 수송선과 나머지 화물은 먼 길로 빙 돌아서 아바나까지 가기로 되어 있었다. 이번 계획은 미란다에게 위험천만한 모험이었고, 정작 계획을 짠 쿠바 총독은 손에 피를 묻힐 일이 없었다.

하지만 이처럼 엄청난 음모를 끝까지 비밀에 부치기는 힘들었다. 몇몇 스페인 관리들이 사실을 알고 크게 분노했다. 자신의 여행 가방 여섯 개를 수레 세 대에 나눠 싣고 바타나보항을 떠난 미란다는 곧바로 체포되어 물품 세무관들에게 흠씬 두들겨 맞았다. 다분히 고의성이 느껴질 정도였다. 이 과정에서 그가 입은 제복이나 관용 여권은 아무 소용이 없었다. 미란다는 늘 하던 대로 그럴듯한 변명을 늘어놓았지만 이번에는 통하지 않았다. 당국의 태도가 워낙 완고해서 총독조차 손을 쓸 수 없었다. 일 년이 넘게 이어진 미란다의 밀수 사건은 결국 스페인 국왕의 귀에까지 흘러 들어갔다. 이후 쿠바로 전해진 본국의 분위기가 심상치 않자 미란다는 도주를 결심하고 총독의 도움으로 한 미국인의 범선을 얻어 타고 미국으로 향했다. 이것은 꽤 잘한 결정이었다. 미란다가 도망치고 육 개월 뒤 스페인 국왕이 미란다의 장교직을 박탈하고 북아프리카 오랑에서 십 년 동안 수비대 근무를 하게 하라는 명령을 내렸기 때문이다.

하지만 그즈음 미란다는 미국에서 최고위층 사람들과 어울렸다. 쿠바 총독이 뒤에서 계속 지원해 준 덕분이었다. 그는 주미 스페인 공사에게 편지를 보내 미란다를 부탁했고, 공사는 곧 미란다를 미국의 유력 인사들에게 소개했다. 덕분에 미란다는 태어나서 처음으로 남아메리카인이자 지식인, 스스로 능력을 갖춘 당당한 인간으로서 사람들의 주목을 받았다. 1783년 당시 미국인들은 카나리아 제도 사람들이나 베네수엘라 크레올에 대해 알기는커녕 알고 싶어 하지도 않았다. 미란다는 사교 활동에 기막힌 재능이 있어서 마치 이 순간을 위해 계속 공부해 온 사람처럼 행동했다. 한 모임에서 그는 자신이 평생 본보기로 삼은 군인이 제임스 울프 장군이라고 말했다. 그런데 그 말을 들은 상대가 우연히도(이 우연에 미란다보다 더 놀란 사람은 없었다.) 울프 장군의 고위층 친구들을 알고 있었다. 덕분에 미란다는 그 친구들을 소개받았고, 그 친구들이 그를 또 다른 인사들과 연결시켜 주었다. 이런 식으로 미란다는 일 년 반 동안 인맥을 넓혀 갔다.

어느 날부터 스페인 식민지인 남아메리카에 미국식 자유를 전파하는 것이 미란다의 주요 관심사 내지 장기적 목표라는 이야기가 돌기 시작했다. 이는 미란다의 품격을 한층 높여 주었다. 그래서 그가 스페인군에서 탈영한 군인 신분이라는 소문이 났을 때도 특별한 피해는 없었다. 미란다가 미국을 떠나 영국으로 갈 때 그의 손에는 영국 재무 장관에게 보내는 소개장이 들려 있었다. 그의 삶은 매우 빠르게 변했다. 불과 일 년 반 전까지만 해도 그는 쿠바 아바나의 밀수업자이자 탈영한 군인이었다. 그런데 이제는 런던에서 남아메리카의 자유를 위해 애쓰는 교섭자가 되어 있었다. 이십여 년 뒤에는 그의 미국 시절이 식민지 주민 특유의 자부심과 허풍이 심한 베네수엘라 사람들에 의해 윤색되었다. 그들에 따르면 미란다는 미국 독립 전쟁에서 용감하게 싸운, 라파예트나 워싱턴과 어깨를 나란히 할 만한 위대한 장군이었다.

미란다는 몇 년에 걸쳐 쉬지 않고 세계 곳곳을 돌아다녔다. 방랑이 거의 그의 직업이 되었을 정도였다. 그가 어디를 가든 장래의 해방자를 위해 금전적 지원을 해 주려는 사람들은 많았다. 열정에 관해 말하자면 그는 가정부, 하녀, 매춘부와 끊임없이 짐승 같은 관계를 맺었다. 하인들과는 끊임없이 불화를 일으켰다. 하인들이 그의 사기성과 반대 기질을 종종 눈치채는 것 같았기 때문이다. 식민지 주민 특유의 권위 의식이 있는 미란다는 그들을 학대할 때도 많았다. 고위층 사람들과의 관계에 있어서는 꼬리에 꼬리를 무는 소개를 통해 계속 인맥을 넓혀 나갔다. 고국에서 멀리 떨어진 곳일수록 인맥을 넓히기는 더 쉬웠다.

러시아에서 미란다는 다시 대령이자 멕시코 귀족 가문의 백작이 되었다. 예카테리나 2세는 그가 스페인 사람들의 손에 넘어가면 가혹한 심문을 받지 않을까 걱정할 정도였다. 미란다가 대령이라는 자신의 칭호를 러시아의 스페인 대사가 못마땅해한다고 고하자, 그녀는 곧장 그를 러시아군 대령으로 임명했다. 더불어 두둑한 하사금을 내리며 유럽 전역에 있는 모든 러시아 대사관이 그를 환영할 거라고 말했다.

이제 미란다의 명성은 저절로 커 나갔다. 지난 과오들은 이제 그의 발목을 잡지 못했다. 다시 영국으로 돌아간 미란다는 곧 영국 정부와 진지한 협상에 들어갔다. 협상은 몇 년 동안 이어졌지만 이렇다 할 결실은 없었다. 뒤이어 프랑스에 간 미란다는 혁명군을 이끄는 장군으로 임명되었다. 그러나 마스트리흐트 포위전에서 혁명군이 참패하면서 감옥에 갇혀 재판을 받았다. 하지만 이런 경력은 영국에서의 그의 명성에 해가 되지 않았다. 미란다는 장군의 자격을 유지한 채 상당히 합법적으로 영국에 돌아갔다. 그때부터 쉰다섯 살이 될 때까지 수년 동안 영국 정부는 미란다 장군을 중심으로 남아메리카 침공 또는 해방 계획을 적극적으로 추진하다가 접기를 거듭했다. 한번은 인도 병사 1만 명을 동원한 남아메리카 대륙 정복 계획을 세운 적도 있었다.

이렇게 오랜 세월 동안 기다림과 실망을 반복하면서도 미란다는 위축되지 않았다. 오히려 점점 많은 것을 배우면서 더욱 성장했다. 다양한 경험과 세상에 대한 지식, 유력 인사들과의 교류 등은 그를 이십 년 전 밀수를 하던 장교의 모습에서 완전히 멀어지게 했다. 미란다는 자신이 한 정부의 차기 수장인 양 행동했다. 초반에는 줄곧 그의 애를 태운 장관들이 약속을 어길 때마다 도덕적으로 한마디 했을지도 모르지만, 이제 미란다는 사람들이 이해관계로 엮여 있으며 자신이 그들에게 무엇을 제공해야 하는지 알았다. 영국군이 미란다를 배제하고 단독으로 남아메리카를 침공하면 스페인 식민지 주민들의 강한 저항을 받을 게 분명했다. 따라서 영국군에게는 미란다 같은 사람이 반드시 필요했다. 미란다가 자기 역할을 잃는 것은 스스로 두려워할 때뿐이리라. 그가 배 한 척으로 이상한 침공에 나선 것도 스스로 나이가 많아서 이제는 영국에 도움이 되지 않는다고 생각했을 때였다.

미란다는 첫 번째 침공 시도에 실패한 뒤 1806년에 다시 파리아만에 나타난다. 그의 지난날을 생각하면 우스꽝스러워 보여야 마땅했지만, 실제로는 그렇지 않았다. 곧 시작될 새로운 침공 계획은 카리브해에 있는 영국 함대의 지원이 있을 예정이었다. 영국 육해군의 장군들은 모두 미란다의 편이었다. 미란다가 승리할 경우 남아메리카에 플랜테이션 농장을 세울 수 있다는 사욕 때문이었다.

미란다는 바베이도스에서 포트오브스페인까지 영국 군함을 타고 갔다. 거친 미국 용병들과 함께 자신의 배인 '레안데르호'를 타고 가기에는 위험 부담이 컸기 때문이다. 꼬박 일 년 동안 급료를 한 푼도 받지 못한 용병들은 더는 미란다의 리더십을 신뢰하지 않았다.

부두에서 미란다를 맞아 준 사람은 트리니다드의 식민지 총독인 히슬롭 장군이었다. 그는 마흔 살이라는 나이에 비해 기력이 없고 신경이 몹시 날카로웠다. 군인으로서 참전한 것은 이십 년 전의 지브롤터 분쟁 때가 마지막이었다. 십 년째 서인도제도에서 준행정직을 맡은 그는 술을 지나치게 많이 마시는 것이 흠이었다. 트리니다드 총독이 된 지는 삼 년째로 관할 지역과 주민들에 대해 애정이 있기는커녕 넌더리를 냈다.

얼마 전까지 히슬롭 총독은 스스로 노예 반란이라고 판단한 문제를 처리해야 했다. 반란이라면 더럭 겁부터 났던 그는 이제 그때 내린 교수형이나 수족 절단 같은 형벌과 총독에 부임한 뒤 자신의 이름으로 시행한 모든 행위가 과연 합법적인 것이었는지 불안해하고 있었다. 자신이 직접 실행하거나 주관한 모든 일이 시빗거리가 될 것만 같았다. 영국이 점령한 이래 트리니다드에는 아직까지 공인된 법률이 없었기 때문이다. 당연히 법체계에 대해 조언을 해 줄 제대로 된 변호사도 없었다.

사실 미란다는 가진 능력이 없었다. 그는 런던에 이어 뉴욕에서도 부유한 상인들이 주는 후원금으로 생활했다. 불안정하게나마 영국 정부의 보조금도 받았다. 이번 남아메리카 침공 시도 또한 영국군에 전적으로 의존하는 상황이었다. 히슬롭 장군은 영국 정부를 대표하는 인물이었다. 그러나 첫 만남에서 그는 미란다에게 무언가를 간청해야 했고, 미란다는 그 청을 들어줄 수 있는 입장이었다. 이런 분위기를 귀신같이 눈치챈 미란다는 상대의 요청 사항이 무엇인지 알 것 같았다. "미란다 장군, 언젠가 남아메리카에 군인 출신에게 적합한 자리가 생기면 부디 나를 불러 주시오."

두 사람은 마차를 타고 작고 초라한 도시 안으로 들어섰다. 중앙 광장에서 멀리 떨어진 부두 근처의 주택 부지는 거의 비어 있는 상태로 지나치게 넓기만 했다. 바둑판처럼 설계된 스페인풍 도시 특유의 도로에는 이제 영국식으로 '퀸', '킹', '프린스', '듀크', '조지', '샬럿', '프레더릭', '세인트빈센트', '애버크롬비' 같은 군인과 왕족의 명칭이며 이름이 붙어 있었다. 비가 많이 내리는 우기라서 흙길은 질척거렸고, 공기는 따뜻하고 습했다.

미란다가 손님 자격으로 묵게 될 총독 관저는 도시의 북쪽 끝 동산 아래에 자리했다.

두 남자는 이번 침공 작전에 투입될 병력에 대한 이야기를 나누었다.

"당연히 장군께 우리 자체 병력을 제공할 순 없습니다."

히슬롭 총독이 말했다.

"그런데 장군의 배를 타고 온 미국 용병들은 반드시 장군과 함께 움직여야 합니다. 그들 중 일부는 여기 남을 생각을 하고 있더군요. 하지만 이 섬에 머물 수 있는 건 어디까지나 장군의 부대원에 한해서라는 걸 제가 분명히 알려 줄 겁니다. 그 미국 놈들 가운데 우두머리가 누군지 이미 다 파악해 두었으니까요."

"빅스 말입니까?"

미란다가 물었다.

"맞습니다. 사실 빅스를 처리하는 건 어렵지 않습니다. 진짜 문제는 바로 스페인 당국이에요. 그쪽에서 얼마 전부터 전쟁이 끝나면 트리니다드는 다시 스페인령이 될 거라는 이야기를 퍼뜨리고 있다더군요. 그러니 이곳에 사는 스페인 사람들 가운데 자진해서 당신 편이 되어 줄 사람은 한 명도 없을 겁니다. 그쪽에서는 당신이 노예를 모두 해방시킬 거라는 소문도 퍼뜨렸어요. 이 소문은 당신을 도우려던 프랑스인들의 의지를 꺾어 놓을 거예요. 루브레는 이미 프랑스 출신 의용군 190명 정도를 확보했다더군요. 그들은 당신의 입을 통해 노예 소유권을 보장하겠다는 말을 듣고 싶어 할 겁니다. 아시다시피 이 지역에서 토지와 노예는 늘 대대로 물려줄 수 있는 개인 재산이었어요. 이곳 총독인 저도 플랜테이션 농장주들의 노예를 지키는 교도소장에 지나지 않는다는 생각이 들 때가 있으니 말입니다."

"제가 이곳으로 보내 달라고 부탁한 편지들은 받으셨는지……."

"꽤 많이 받았습니다. 토르톨라 섬에서 온 것도 있고, 리워드 제도의 주둔지에서 온 것도 있더군요. 턴불 씨도 당신에게 전할 소책자며 견본을 몇 상자나 보냈어요. 베네수엘라에 상륙하면 사람들에게 나눠 주세요. 물론 당신의 추천서도 함께요. 어떤 사람들은 군 작전을 매우 단순하게 생각하더군요."

총독 관저는 당장 수리가 필요해 보였다. 히슬롭 총독은 이에 대해 사과하며 섬의 재정이 바닥난 상태라고 하소연했다. 이전 총독이 자신과 가족, 수행원들이 무척 호화롭게 살기를 고집해서 재임 기간이 고작 육 개월이었는데도 재정에 커다란 구멍을 남겼다는 것이었다. 이후 방어 시설 정비에 지출이 필요했지만 여의치 않아서 지금은 일부가 아예 못 쓰게 되었다고 했다. 공공사업에 고용된 몇 안 되는 니그로들이 관저 경내에서 일하고 있었다. 모두 아마포로 지은 진흙투성이의 해진 갈색 옷을 입고 있었는데, 이것은 노예들의 전형적인 옷차림으로 미란다가 시내를 지나올 때 본 니그로들도 똑같은 차림새였다. 히슬롭 총독은 그들을 노예상에게 외상으로 사 왔다고 설명했다.

"저들은 전문 목수나 장인이 아니에요. 제대로 된 목수를 구하려면 인당 100파운드는 줘야 하는데, 저들은 60파운드면 되죠. 문제는 아프리카에서 온 지 얼마 안 되는 '뉴 니그로'라서 밭일밖에 써먹을 데가 없는 데다 영어도 프랑스어도 못 한다는 겁니다. 내년부터는 노예 매매가 불가능해질 거라는데, 그래서 요즘 노예상들이 니그로를 하나라도 더 들여오려고 아주 난리입니다. 바로 여기서 갖가지 문제가 야기되고요. 장군도 이곳에 계시다 보면 아마 생각이 많아지실 겁니다. 니그로와 토지 문제에 대해서요.

미란다 장군, 아실지 모르겠지만 이곳에서는 장군의 인기가 무척 높습니다. 본국에서 온 상류층 여성인 맥루리 양도 장군을 만나고 싶어 하더군요. 그녀는 1802년에 이곳으로 이주한 뒤 그동안 사교 활동 기회가 없어서 몹시 힘들어했죠. 특이한 점은 속이 훤히 비치는 옷을 입고 다닌다는 겁니다. 본인 말로는 투명 옷이라고 하는데, 가슴이 다 보일 정도예요. 아마 그게 최신 유행인가 봅니다. 맥루리 양은 장군의 입을 통해 레이디 헤스터 스탠호프나 예카테리나 2세에 대한 이야기를 듣고 싶어 해요. 이들 이야기는 이미 알려질 대로 알려져 있지만요. 유명세란 그런 건가 봅니다. 장군은 지금까지 이곳에 온 가장 유명한 인물이에요. 그 전까지는 아마 새뮤얼 후드 준장이 가장 유명했을 거예요. 나일강 전투에서 넬슨 제독의 부사령관이었던 분 말입니다."

"후드 준장이 여기 오기 전에 나도 만나 본 적이 있습니다."

미란다가 말했다.

"버나드도 장군을 만나고 싶어 안달이 났죠. 지난주부터 저를 얼마나 쪼아 대던지."

히슬롭은 '베르나르'라는 프랑스식 이름을 영어식으로 발음했다.

"버나드는 드그루빌가의 플랜테이션 농장주예요. 드그루빌 가문의 딸과 결혼해서 몽탈랑베르 남작과 인척 관계가 된 사람이죠. 버나드는 당신에게 이 사실을 강조할 겁니다. 그는 이곳의 농장주 가운데서도 상당히 힘 있는 사람이에요. 장군 편에서 큰 역할을 할 겁니다. 산토도밍고에서 이곳으로 온 지는 오륙 년쯤 되었을 겁니다. 여기서 모퉁이를 돌면 바로 그의 농장이 있지요. 버나드가 이곳에 온 뒤 니그로 120명이 독살된 건 아주 유명한 이야기입니다. 아마 버나드가 직접 장군에게 또 한 번 말할 걸요? 곧 그에게서 연락이 올 겁니다."

"베르나르라……. 저도 파리에서 베르나르라는 친구를 알고 지냈죠. 나중에는 런던으로 왔습니다. 칠 년 전에 제가 런던을 떠나 이곳으로 가는 그를 배웅했어요. 저를 위해 이곳 사정을 살피러 가는 참이었죠. 그런데 그 후로는 소식을 전혀 듣지 못했습니다. 죽었는지 살았는지도 몰라요. 총독께서 말씀하신 베르나르가 그 친구와 같은 사람일까요? 그렇다면 제가 나타날까 봐 걱정했을까요? 아니면 제가 그 친구를 위해 할 수 있는 일이 있다고 생각했을까요? 총독께선 어떻게 생각하십니까?"

"미란다 장군, 아까 장군께 온 편지에 대해 물으셨죠? 장군의 집무실에 모두 갖다 났습니다. 그런데 어제 아침 누군가 초소에 던져 놓고 간 편지가 한 통 더 있어요. 익명이더군요. 아마도 저를 욕하는 편지일 겁니다. 여기서 지내려면 감내해야 하는 일이죠. 이곳에서 명예가 무슨 의미가 있을까 싶긴 하지만, 제 명예를 걸고 그 편지를 장군께 전해 드리겠습니다. 그러니 그저 똑같이 처리해 주세요. 장군께서도 중상모략과 핍박의 대상이 되어 본 경험이 있으실 겁니다. 특히 이런 곳에서는 비방을 당하기가 아주 쉽죠."

마침내 두 남자는 인사를 나누고 헤어졌다. 식사는 3시로 예정되어 있었다. 미란다는 자신의 작전 본부로 쓰일 방으로 향했다. 토르톨라섬과 리워드 제도에서 온 우편물이 작은 가방 안에 들어 있었다. 히슬롭 총독이 말한 익명의 편지도 접힌 채 놓여 있었는데 만지기가 꺼려질 만큼 지저분했다.

미란다의 방은 관저 뒤쪽에 자리했다. 창밖으로 보이는 풀과 나무들이 얼마 전 내린 비로 촉촉했다. 관저에 가까이에는 동산 하나가 보였다. 축축한 공기와 비와 흙과 낙엽 냄새에서 미란다는 고향 카라카스 북부의 카카오 계곡을 떠올렸다. 1771년에 아버지가 프린스 프레더릭호에 실어 보낸 카카오빈 냄새가 코끝에 맴도는 것 같았다. 미란다는 카디스에서 그 카카오빈을 팔아서 필요한 돈을 충당했다.

방 안은 작고 누르스름한 도마뱀 천지였다. 녀석들이 싼 똥이 사방에 널려 있었다. 침대 위쪽에 쳐진 무명 캐노피는 흰개미가 갉아먹어서 생긴 나무 가루며 먼지, 도마뱀 똥 같은 것이 떨어지는 걸 막기 위한 장치였다. 주름지거나 접힌 틈새에 케케묵은 먼지가 끼어 있는 빛바랜 캐노피는 습한 공기 때문에 힘없이 축 늘어져 있었다.

집 밖에서는 사람들이 이리저리 움직이며 떠드는 소리가 들려왔다. 노예들이 쓰는 말은 스페인어나 프랑스어, 영어가 아니라 아프리카 언어였다.

미란다는 머릿속으로 대강 편지를 써 보았다.

"샐리에게, 지금 나는 삼십오 년 만에 고국으로 돌아온 기분이오. 놀랍게도 이 우기 특유의 냄새가 익숙하군. 이제 곧

비와 바람에 실려 바닐라 덩굴의 향이 코끝에 전해지겠지. 나는 이곳을 원래 잘 알았던 것 같아. 내가 태어나 자랐고, 그래서 마음속에 늘 자리한 고향 같다고나 할까? 하지만 사실 지금 이곳은 이방인들 천지라오. 이런 낯선 느낌은 질색인데. 내가 생각한 것과 현실 사이에 엄청난 괴리감이 느껴지는군. 당신 생각마저 할 수 없었다면 나는 몹시 힘들었을 거요."

미란다는 토르톨라섬에서 온 우편물 가방을 열었다. 오래지 않아 비서들이 쓴 공식 서한들 사이에서 자신이 찾던 굵고 비뚤배뚤하고 어색한 필체를 발견했다.

"런던 피츠로이 스퀘어 그래프톤로 27. 4월 15일. 존경하는 나의 장군님께. 기픈 밤 두 아가가 잠든 틈을 타서 장군님께 편지를 쓰고 잇자니 마치 친한 친구와 마주 안자 이야기를 나누는 기분이어요. 레안데르는 로드에서 열린 축제 때 북과 검과 총을 샀어요. 요즘 녀석은 틈만 나면 이렇게 큰 소리로 외친답니다. '엄마, 저는 전쟁터에 나가 장군님을 위해 싸우겠어요!'라고요."[18]

미란다는 답장을 어떻게 쓸지 생각해 보았다.

"케리다,[19] 그리운 샐리에게. 당신이 쓴 편지에서 눈에 띄는 철자법이나 문법 실수 하나하나가 모두 귀엽기만 하군. 당신

---

18) 미란다의 두 아들을 낳은 친모 샐리는 원래 미란다의 집에서 일하는 가정부였는데 아이를 낳은 뒤 미란다와 정식으로 결혼했다. 작가는 이 사실을 근거로 그녀의 교육 수준이 그리 높지 않았을 거라고 짐작해 편지에 문법적 오류를 간간히 끼워넣었고, 이를 반영해 그대로 표기했다.

19) 스페인어로 '귀염둥이' 또는 '애인'이라는 뜻.

이 몇 달 전에 쓴 이 편지를 나는 이제야 받았다오. 당신의 목소리가 들리는 것만 같소. 내 집과 서재와 책들이 눈앞에 그려지는군. 사랑하는 샐리, 당신이 없었다면 나는 이제는 낯설게만 느껴지는 이곳에서 정신을 차리기 힘들었을 거요. 익숙한 카카오 냄새가 여전히 진동하는 이곳에서 니그로들이 주고받는 너무나 생소한 아프리카 말을 듣고 있다 보면 무언가를 자세히 보고 싶은 마음도, 알고 싶은 마음도 사라져……."

"잠자는 레안데르의 얼굴은 꼭 당신 모습을 보는 것 같아요. 요크셔에 사는 삼촌이 런던에서 초상화 그리는 일을 하기 위해 우리와 함께 지내고 있어요. 삼촌은 레안데르를 당신의 서재에 붙잡아 놓고 녀석의 초상화를 그려요. 참, 저는 겨울이든 여름이든 매주 하루씩은 당신의 서재에 불을 피웁니다. 그림을 그리는 동안 레안데르는 잠시도 가만히 앉아 있지 않아요. 그래도 보는 사람마다 우리 레안데르가 제 또래에 비해 훨씬 똑똑하다고 칭찬해서 얼마나 기쁜지 몰라요. 사랑하는 여보, 저는 지금까지 당신이 주신 지시 사항들을 모두 잘 따르고 있습니다. 앞으로 당신께 정기적으로 이곳 소식을 전해 드리려고 해요. 러더퍼드 씨가 말하기를 여러모로 힘든 상황에 있는 당신의 사기를 북돋워 주는 것이 제가 할 일이라더군요. 그래서 저는 매일 밤 편지로 당신에게 이야기할 거예요. 하지만 매일 새로운 소식이 있지는 않네요.

사랑하는 여보, 당신과 저의 둘째 아들인 프란시스코가 2월 27일에 태어났어요. 그날 하루 종일 제 머릿속엔 온통 당신 생각뿐이었습니다. 항해 중인 당신이 위험하진 않을까 너무 걱정스러웠어요. 당신이 둘째 이름은 당신과 똑같이 짓고 싶어 하셨기에 그렇게 했어요. 프란시스코와 레안데르 모두 당신과 합의한 대로 3월 23일에 유아 세례를 받았답니다. 러더퍼드 씨가 롱샹 씨와 함께 승합 마차를 타고 집까지 와서 우리를 데리고 세인트패트릭 성당으로 갔어요. 롱샹 씨가 두 아이의 대부가 되어 주었지요. 가피 신부님은 명부에 롱샹 씨의 이름을 잘못 적어서 두 번이나 긁어내야 했어요. 신부님이 당신을 위해 써 주신 라틴어로 된 프란시스코의 세례 증명서의 내용을 그대로 적어 볼게요. 잘못된 부분이 있어도 부디 용서하세요.

Die 23a Martii 1806 baptisatus fuit Franciscus filius Francisci Miranda et Sarae Andrews. Natus die 27a Februarii praecedentis. Patrinis fuit Joannes Michael Jean du Longchamp. Per Daniel Gaffey.

(1806년 3월 23일 프란시스 미란다와 샐리 앤드루스의 아들 프란시스코가 세례를 받다. 프란시스코는 전년 2월 27일에 태어났다. 대부 장 미셸 장 뒤 롱샹. 대니얼 가피 씀.)

집으로 돌아오는 길에 러더퍼드 씨가 말하기를 우리가 가톨릭식 세례를 받았다는 사실에 눈살을 찌푸릴 사람들도 꽤 많을 거랍니다. 어떤 사람들은 당신이 입으로 하는 말과 진짜 마음속 생각은 다르다고 할 거래요. 그렇지만 저는 여전히 당신이 뜻하는 모든 것을 굳게 믿어요. 그날 저는 당신과 당신이 처한 위험에 대해 곰곰 생각했어요. 저는 알아요. 우리가 약속한 대로 우리 두 아들의 세례식이 끝난 뒤, 당신은 부하들에게 남아메리카 국민과 새로운 국기를 위해 충성을 맹세하게 했겠지요. 국기에 대해서라면 저도 할 말이 있어요. 가끔 저도 그래프턴로의 우리 집, 당신의 서재 바닥에 몇 시간씩 국기를 펼쳐 놓는답니다. 그럴 때는 레안데르를 탁자 다리에 꽁꽁 묶어서 가까이 오지 못하게……."

"샐리, 그동안 도저히 당신에게 말할 용기가 나지 않아서 못했소. 당신의 마음이 담긴 그 국기를 사실 오 주 동안 잃어버렸었다오. 육상 침투 조를 실은 비호와 바쿠스호가 실종된 날이었지. 3월 12일에야 나는 짐 가방에서 국기를 꺼내 레안데르호의 부하들에게 보여 줄 수 있었소. 나는 프란시스코가 그즈음 태어났을 거라고 생각했는데, 이제 보니 그때 녀석은 이미 생후 이 주 차였겠군. 비호와 바쿠스호는 둘 다 소형 비무장 범선이오. 우리가 내내 기대한 다른 배들은 결국 오지 않았지. 통제 불능에 무식하고 걸핏하면 자기들끼리 낄낄대기나 하는 미국 용병들과 기나긴 바다 여행을 함께한 끝에 나는 어쩔 수 없이 단독으로 상륙을 시도했다오. 아무것도 하지 않고 그냥 돌아설 수는 없었으니까. 스페인 녀석들은 국기를 모욕하고 무언가 특별한 방법을 찾으려……."

"1806년 5월 1일. 당신에게 소식이 오기만을 기다립니다. 저만 모르는 당신의 안부가 궁금해요. 판화 판매상인 홀랜드 씨가 삼촌에게 당신의 그림 하나를 보내 주엇어요. 삼촌은 오전 내내 서재에 있는 작은 탁자 앞에 앉아서 장군님의 옆모습을 그렸죠. 등 뒤로 늘어뜨린 길고 하얀 꼬리의 끝에 작은 리번을 묶고, 턱 아래로 실크 스카프를 단정하게 두른 모습의 당신은 무척 진지하고 근엄해 보였어요. 삼촌 말씀으로는 판화가가 당신의 머리에 왕관을 씌우고 그 위로 구름이 떠 있게 할 거래요. 저는 이게 좋은 징조라고 생각했어요. 삼촌 말씀으로는 홀랜드 씨가 이렇게 당신의 판화를 제작해서 팔고 싶어 한다는데, 그건 곧 좋은 소식이 전해질 거라는 걸 알기 때문이 아니겠어요? 그런데 턴불 씨가 갑자기 나타나서 우리 집 안을 마구 휘젓고 돌아다녔어요. 아마 당신이 계셨다면 절대 그렇게는 못 했을 거예요. 턴불 씨는 서재 안을 둘러보며 책값을 언제 지불할 거냐면서 책값이 수천 파운드는 될 거라고 소리쳤어요. 서적 판매상과 제본 업자들이 턴불앤드포브스 회사로 청구서를 보내올 거래요. 제가 결코 허락하지도 않았는데 턴불 씨는 마치 저는 없는 사람인 양 제멋대로 집 안 곳곳을 기웃거렸어요. 저한테 고개 숙여 인사하거나 예의를 차리지도 않았죠. 당신이 여기 없으니까 레안데르와 프란시스코와 두 아이의 엄마인 저는 눈에 보이지도 않나 봐요. 그리운 당신, 그들은 모두 믿을 수 없는 배신자예요. 제가 살아 있는 한 레안데르와 프란시스코를 잘 키워서 그들의 소김수를 반드시 다 찾아내게 할 거예요. 그가 떠난 뒤 저는 엄청 아팠습니다. 심장이 거의 터질 것처럼 두근거렸지요. 사랑하는 장군님, 당신이 그들의 힘에 굴복하지 않게 해 달라고 저는 밤마다 고요 속에서 기도해요. 하루빨리 당신이 자기 목소리를 낼 수 있기를, 그 왕관이 당신의 머리에 씌워지기를."

별안간 창밖에서 훼방꾼들이 몰려들었다. 여러 사람이 동시에 떠드는 소리, 불규칙한 발소리, 말에 마구를 씌우는 소리, 말소리, 고함치는 소리 등이 연이어 들리더니 무언가가 느리지만 무겁게 충돌하는 소리가 났다.

편지를 통해 전해지는 샐리의 사랑스러운 음성과 마음속으로 써 내려가는 답장, 이런저런 상념, 익숙한 서재의 모습, 잠든 두 아들의 얼굴, 런던의 밤, 고요 속에 잠긴 그리운 집 안 풍경 등에 취해 있던 미란다는 느닷없는 방해 세력의 출몰에 정신이 번쩍 들었다.

방 안은 미란다가 생각한 것보다 훨씬 더 어두웠다. 마치 시간이 상념과 함께 휘리릭 지나가고 거의 캄캄한 밤이 찾아온 것 같았다. 파리아만 어귀에는 전형적인 우기의 날씨가 이어지고 있었다. 얼마 전 강한 비가 짧게 퍼부었다가 그친 뒤로 약한 비가 조금씩 내리는 가운데 곧 또 한 차례 폭우가 쏟아질 예정이었다.

미란다는 창가로 다가갔다. 창문은 그 지역에서 흔히 볼 수 있는 형태였다. (비가 들이치는 것을 막기 위해) 경첩이 위쪽에 달린 데다 블라인드처럼 칸칸이 틈이 나 있는 덧문은 닫히지 않도록 막대기로 받쳐 둔 상태였다. 칠은 이미 오래전에 벗겨졌고, 목재는 낡아서 잿빛을 띠었으며 창틀은 썩어 들어가는 게 보였다.

관저 뒤쪽은 마치 숲속의 빈터처럼 진흙이며 잡석, 관목 따위로 뒤덮여 있었다. 한쪽에는 오랫동안 쌓여 단단하게 굳은 잿더미들이 보였고, 바로 옆에는 집 밖에 따로 마련된 작은 보조 주방이 있었다. 하얀 칠이 벗겨져 잿빛을 띠는 판자는 축축이 젖어 있었고, 시커먼 그을음이 낀 창문 밖으로 연기가 풀풀 새어 나왔다. 총독과 손님을 위한 식사를 준비 중인 듯했다.

창문에서 정면으로 보이는 진흙밭에는 노새 한 마리가 마구를 벗은 채 수레 옆에 서 있었다. 짐칸에 마구잡이로 실은 잡석들 때문에 수레가 앞으로 기울어져서 덮개는 부서지고 손잡이는 진흙 속에 처박힌 상태였다.

진흙투성이 흑인 서너 명이 노새와 수레 주변에 둘러서서 미란다가 생전 처음 듣는 언어로 이야기를 나누었다. 아마도 아프리카에서 쓰는 말일 터였다.

그 흑인들이 영어나 프랑스어, 스페인어로 말했다면 미란다는 지금처럼 그들을 주목하지 않았을 것이다. 그저 여느 니그로일 뿐이라고 생각해서 나중에도 그들을 알아보지 못했을 것이다. 하지만 그들만의 낯선 언어는 곧 그들이 사는 비밀스럽고 알 수 없는 세계를 뜻했기 때문에 미란다는 그들의 얼굴을 눈여겨볼 수밖에 없었다.

그들 역시 거의 동시에 미란다를 주목했다. 어두컴컴한 창가의 기울어진 덧문 아래로 기다란 백발을 하나로 땋아서 늘어뜨린 늙은 사내가 보였던 것이다. 처음 한동안 그들은 미란다를 보고도 멍하니 서 있기만 했다. 자신들이 뭘 하는지, 왜 하는지, 심지어 지금 있는 곳이 어디인지조차 모르는 것처럼 넋이 나가 있었다. 미란다는 런던의 집과 샐리와 그녀의 두려움에 대한 상념에서 깨어나 방해물처럼 느낀 창밖의 관목과 흑인 남자들에게 바짝 주의를 기울였다.

미란다가 주목한 것은 그들의 허약함이었다. 육체노동을 하는 사람들에게 허약함이 느껴진다는 건 이상한 일이었다. 원래 플랜테이션 농장에서 일하는 노예들의 강인한 체력은 시간이 갈수록 점점 쌓여서 다음 세대로 접목되었다.(이는 베네수엘라에도 알려진 구전 설화 같은 것이었다.) 아프리카 사람들이 처음 이곳에 왔을 때는 이들처럼 허약한 경우가 많았다. 익숙지 않은 물과 음식, 처음 보는 벌레들 때문에 도착한 첫해에 목숨을 잃는 사람들도 상당했다. 보통 어느 정도 자리 잡힌 농장에서는 새로 온 일꾼들을 '요리하는' 방법을 훤히 알아서 그들이 위험한 첫해를 무사히 지나도록 도와주었다. 그런데 총독 관저에서 일하는 이 아프리카 흑인들은 그런 관리를 제대로 받지 못한 듯했다. 한 사내는 핏발 서린 퀭한 눈이 아무래도 말라리아에 걸린 것 같았다. 이는 곧 죽음의 그림자가 드리워졌다는 뜻이었다. 그 그림자는 사내와 함께 있는 다른 동료에게도 보였다.

아프리카 노예의 눈을 보고 또 다른 종류의 삶인 죽음을 떠올린 미란다는 자신과 그 사내들의 거리를 다시 느꼈다. 그리고 자신과 현재 자신이 처한 환경을 둘러보았다. 금방이라도 폭우가 쏟아질 것 같은 하늘, 물에 젖어 썩어 들어가는 창틀, 목재에서 도마뱀이 갉아먹은 부분마다 보이는 결코 달갑지 않은 희끄무레한 배설물들. 이제는 주변 곳곳에서 도마뱀들이 활발하게 움직이는 모습이 눈에 들어왔다. 거의 투명에 가까운 연한 노란색을 띠는 녀석들은 눈꺼풀이 없는 커다란 눈만 빼면 마치 작은 악어처럼 보였다.

미란다는 방 한구석에 놓여 있는 새 나무 궤짝 세 개를 보았다. 해적의 보물 상자처럼 생긴 그것은 앞서 히슬롭 총독이 말한 턴불앤드포브스 회사에서 보내온 견본이 틀림없었다. 궤짝에는 런던의 간판과 도로 표지판에서 보았던, 가로선은 얇고 세로선은 아주 두꺼운 글씨체로 "트리니다드 본부, 여단장 토머스 히슬롭 귀하. 미란다 장군께 전달 요망. 발송인: 런던 턴불앤드포브스 사."라고 적혀 있었다.

미란다는 읽다 만 샐리의 편지를 그대로 접어 넣었다. 식사 시간까지는 한 시간쯤 남아 있었고, 그 정도면 다른 서신들을 충분히 살펴볼 수 있을 듯했다. 곧 요란한 폭우가 땅과 나무와 지붕 위로 쏟아지기 시작하면서 집중력을 높여 주었다.

얼마 지나지 않아 비는 그쳤고, 하인이 들어와 미란다에게 손님이 왔다고 전했다.

미란다는 베란다로 나갔다. 손님은 칠 년 전 런던에서 마지막으로 만난 베르나르였다. 진흙이 튀어 엉망이 된 이륜 포장마차 한 대와 비에 흠뻑 젖은 흑인 마부가 진입로에 서 있었다. 비는 그쳤지만, 주변의 언덕에서 나온 누런 흙탕물이 진입로를 타고 흘러내려 사방에서 콸콸 물소리가 울려 퍼졌다.

이륜 포장마차는 언뜻 무척 화려해 보였다. 그러나 자세히 보니 지붕에 금이 가고, 접힌 부분은 너덜너덜했으며, 몸체에는 여기저기 움푹 패고 긁힌 자국이 많았다. 문짝을 장식하는 문장은 대충 칠한 게 한눈에 보일 정도였다. 비에 흠뻑 젖은 마부는 농장 일꾼들이 흔히 신는 에스파드리유를 신고 있었다. 이것은 아주 얇은 가죽 밑창에다 발가락과 발뒤꿈치를 감싸는 면사로 엮은 끈이 달린 싸구려 신발이었다. 마부의 에스파드리유는 뒤쪽 끈이 오랫동안 발뒤꿈치에 눌려서 아주 납작해진 상태였다.

축축하게 젖은 베란다는 숨을 들이쉴 때마다 으슬으슬 한기가 느껴질 만큼 서늘했다. 빗물이 베란다의 좌우 측면과 정면으로 들이친 탓이었다.

미란다는 베르나르에게 안으로 들어오라고 권하지 않고 계속 베란다에 서 있었다.

베르나르가 먼저 입을 열었다.

"장군님."

미란다는 답하지 않았다.

"그동안 제가 소식을 전하지 않았지요. 네, 그랬습니다."

"여기저기서 편지가 많이 와 있던데 자네는 하나도 쓰지 않았다고? 확실한가?"

"계속 편지 쓰는 걸 미뤘습니다. 그러다 보니 몇 년이 훌쩍 지났고, 그때는 너무 늦었다 싶었습니다. 히슬롭 총독께서 제가 결혼한 사실을 말씀하셨을 테지요. 제 아내는 작위를 소유한 드 그루빌 가문의 딸입니다. 장인어른이신 뒤퐁 뒤비비에르 드 그루빌이 몽탈랑베르 남작과 친척 관계시죠. 이 분야에서 이보다 좋은 인맥은 없을 겁니다. 저도 제가 이런 위치까지 오르리라고는 상상도 못 했으니까요. 그래서 혁명에 대한 생각은 접어 둘 수밖에 없었습니다. 장군님은 세상 물정을 잘 아시니까 이렇게 제 입장을 설명 드리면 이해해 주실 거라고 생각했습니다. 이걸 변명이라고 부르고 싶진 않네요."

미란다가 말했다.

"남작 이야기는 들었네. 1801년에 니그로 150명을 데리고 이곳에 왔는데 그중 100명이 한꺼번에 죽었다더군."

"정확히 120명이었습니다. 여기 도착한 첫 달에 그랬죠. 산토도밍고와 마르티니크에서 모든 걸 잃은 뒤라 남작에게는 비통해할 감정조차 남아 있지 않았답니다. 그저 다시 시작했을 뿐이죠. 장군님, 저는 장군님의 시간을 더 빼앗고 싶지 않습니다. 한시라도 빨리 직접 찾아뵙고 솔직히 고백하는 게 제 의무라고 생각했어요. 장군님, 세상은 변합니다. 비록 한때는 혁명에 대한 생각을 접어 두었어도, 저는 지난 몇 달 동안 장군께서 모르는 방식으로 장군을 도왔습니다. 장군님도 이 사실을 아셔야만 해요. 이곳에 있는 프랑스인들은 당연히 예전 우리 관계를 알고 있어요. 그동안 저는 장군님과 저 사이에 어떠한 정치적 갈등도 없었다는 걸 그들에게 인지시키려 노력했습니다. 특히 장군님의 새 원정 계획을 자진해서 도운 사람들에게요. 장군님, 이곳에는 장군님에 대한 온갖 소문이 퍼져 있습니다. 장군님의 적과 동지 모두의 입에서 흘러나온 이야기죠. 예카테리나 2세의 왕실 문제와 관련해서는 전부 알려지진 않았어요. 프랑스 혁명에 얽힌 이야기도 조금은 알려졌고요. 장군님이 혁명군을 이끄는 지도자셨다는 거요. 하지만 저는 사람들을 만날 때마다 장군님이 토지와 니그로의 정당한 소유권을 인정할 것이니 전혀 걱정할 게 없다고 늘 강조해 왔습니다. 이곳 사람들은 그 문제에 대한 걱정이 크거든요. 근래의 역사를 생각해 보면 이게 꼭 비난할 문제는 아닙니다. 아무튼 장군께서 이런 제 노력을 인정해 주시면 좋겠습니다."

"그래, 인정하네. 고생했어."

"그럼 전 이만 가 보겠습니다."

"저 마차는 자네 소유인가?"

"제 아내 겁니다. 문짝에 구르빌 가문의 문장이 있잖아요. 좀 허접하게 제작되긴 했죠. 믿기 힘들겠지만 문장을 그린 사람은 원래 제과사 훈련을 받은 마르티니크 출신의 니그로예요."

"제과사? 요즘은 사람들에게 별걸 다 시키는군!"

마침내 베르나르가 돌아서서 계단을 내려가기 시작했다. 미란다는 삼십오 년 전 카디스에서 고작 실크로 된 손수건 한 장과 우산 한 개를 사기 위해 베네수엘라에서 가져온 카카오 빈 8파네가(450파운드)를 팔아넘긴 부끄러운 자신의 과거를 기억하고 있었다. 그래서인지 비가 퍼붓는 와중에도 겉치레에 한껏 신경 쓴 하급 귀족 집안 사위의 옷차림에 눈길이 머물렀다. 베르나르는 연노란색 바지에 주름 장식이 달린 흰색 셔츠와 파란색 실크 재킷을 빼입고 있었다. 반쯤 썩은 넓은 나무 계단을 다 내려간 그가 고개를 돌려 미란다를 올려다보았다.(이때 마부는 고삐를 흔들어 빗물을 털어 내며 출발 준비가 되었음을 알렸다.) 다음 순간, (베르나르가 찾아온 목적에 대해 생각한) 미란다에게 전혀 생각지도 못한 일이 닥쳤다.

베르나르가 말했다.

"장군님, 지난주에 이곳 평의회 총무가 세상을 떴어요. 히슬롭 총독께서 말씀하시던가요? 그러니까 평의회에 공석이 생겼다는 겁니다. 보수는 적어요. 한 달 넘게 일해도 장군님께 런던에서 저녁 한 끼 대접하기도 힘든 금액이죠. 하지만 지역에서는 제법 위엄 있는 자리예요. 저한테는 제 힘으로 얻을 수 있는 중요한 자리란 말입니다. 장군님이라면 무슨 뜻인지 이해하시겠죠. 저를 그 자리에 추천해 주실 수 있을 거라 믿습니다."

히슬롭 총독이 식사 자리에서 말했다.

"그가 원하는 게 뭔지 잘 압니다. 그러니 저한테 굳이 말씀하실 필요 없어요. 지금까지 저는 이런저런 전언이 와도 못 들은 척했습니다. 이번에도 그냥 그렇게 하시죠. 자, 이제 귀향을 축하하며 와인이나 드시죠. 삼십오 년 만에 고향에 돌아오신 게 맞지 않습니까? 부디 이번 방문을 기점으로 계속 고향에 머무시기를 바랍니다."

미란다가 말했다.

"와인은 사양하겠습니다. 저는 설탕물이면 충분해요. 지난 수년 동안 제가 즐긴 건 그 정도가 다였으니까요. 어린 시절 카라카스에서도 설탕물을 많이 마셨습니다."

"이곳에 넘쳐 나는 거의 유일한 물품이 바로 설탕과 물이죠. 하지만 설탕물이라니 저희가 장군에 대해 들은 이야기와는 많이 다르군요."

"아, 그 이상한 이야기들 말씀이시군요? 그중 일부는 제가 처음 만들어 낸 겁니다. 아니, 적어도 그런 이야기가 돌도록 부추긴 면이 있죠. 그런데 요즘 보면 완전히 다른 사람 이야기 같아요. 와인은 제가 1771년 스페인에 갔을 때 여행 중 처음 알게 된 것들 중 하나였습니다. 시인들의 글에서나 본 것이었죠. 카라카스의 교회에서 맛본 찝찔한 술과는 전혀 다른 유럽 와인 말입니다. 저는 스페인으로 향하는 프린스 프레더릭호에서 와인에 대해 깊이 생각해 보게 됐어요. 처음엔 진한 과즙 맛일 거라고 예상했죠. 카디스에 도착하자마자 와인을 두루 맛보기 시작했고, 그 맛을 일일이 기록했어요. 여자와 교회와 그림에 대한 감상을 적듯이 말이죠. 지금은 그 시절 제가 일기를 쓰기 위해 얼마나 열성이었는지 기억도 잘 안 납니다. 그때는 그야말로 교양인 행세를 했죠. 고작 스물한 살이었는데.”

“하급 귀족의 사위가 이륜 포장마차를 타고 찾아온 것도 바로 그래서겠죠. 이곳에서 그 마차는 꽤 유명합니다. 가게 간판 같은 문장이 아주 볼만하니까요. 그 친구가 장군께 무례하게 굴지는 않았겠죠?”

“글쎄요. 저를 협박하더군요. 프랑스 혁명에 얽힌 과거 운운하면서요. 이곳 사람들 가운데 자신이 그 과거를 가장 많이 알고 있고, 몇몇 사람은 제가 노예와 토지 소유권을 인정하지 않을까 봐 걱정하는 것 같다고 하더라고요.”

히슬롭 총독이 진지하게 고개를 끄덕였다.

“안타깝게도 그 말은 사실입니다. 그래서 장군께 큰 타격이 될 가능성이 있어요. 그동안 스페인 사람들도 장군에 대한 소문을 꾸준히 퍼뜨려 왔습니다. 본토에서 이곳으로 이주한 사람들은 벌써 부정적인 생각을 갖고 있죠. 이런 소문의 진위가 확인되지 않으면 장군을 지지하는 프랑스 사람들까지 이번

일에서 손을 뗄 겁니다. 프랑스령 섬에서 망명한 가난한 귀족들이 이번 일에 뛰어드는 목적은 단 하나, 소유권을 얻기 위해서예요. 토지와 노예 말입니다. 다시 재산을 형성하겠다는 거죠. 이건 우리 모두가 아는 사실이에요. 무언가 다른 목적이라면 좋았겠지만, 앞서도 말씀드렸다시피 이곳에서는 언제나 토지와 노예가 가장 중요한 가치예요. 그러니 버나드의 협박 아닌 협박을 진지하게 받아들이셔야 합니다. 일단 장군께서 제게 그 친구를 추천했고, 그래서 그를 평의회의 공석에 앉히기로 했다는 사실을 어떻게든 그의 귀에 흘러들어가게 해야겠어요. 하지만 앞으로 한 달 동안은 임명을 보류하고 지켜볼 겁니다. 그래야 그 친구가 섣불리 못된 짓을 하지 못하고 장군께서 시간을 버실 테니까요. 허허, 생각할수록 버나드 그 친구도참 대단하네요. 어떻게 그 마차를 타고 나타날 생각을 했는지. 제 딴에는 그런 얕은 수가 이번에도 통했다고 생각할 테죠!"

"내가 여기로 그 친구를 보낸 1799년 당시엔 저도 형편이 썩 좋지 않았습니다. 그래서 활동비를 충분히 주지 못했죠. 오늘 오전에 만났을 때도 그를 짐짓 경직된 태도로 대할 수밖에 없었어요. 그런데 참 이상하죠. 그 친구에 대한 반감이나 적대감이 전혀 느껴지지 않더군요. 더욱이 베르나르가 계단 밑에서 나를 돌아보았을 때 한껏 신경 쓴 그의 차림새에 눈길이 갔는데 갑자기 그 친구가 애처롭게 느껴졌습니다. 한없이 약하고 상처받기 쉬운 인간으로 보였지요. 그 우스꽝스러운 마차와 변변한 신발조차 없는 흑인 마부를 비웃으며 베르나르의 허세 가득한 행동을 깔아뭉개는 건 너무나 쉬운 일일 겁니다.

너무 쉬운 일이기 때문에 그렇게 하고 싶지 않아요. 베르나르 같은 부류의 인간에게는 항상 연민을 느끼게 하는 무언가가 있지요. 자신의 속을 고스란히 드러내 보이니까요. 나는 그에게서 젊은 시절의 나 자신을 보는 것 같았습니다."

미란다는 계속해서 말을 이었다.

"나도 한때 문장(紋章)이 있었습니다. 스페인군 연대 소속 장교가 되려면 문장이 필요하거든요. 스페인에는 이런 일을 전문으로 하는 사람들이 있어요. 내 부친이 의뢰한 사람은 자조 이 오르테가라는 사내였죠. 자조는 일을 아주 간단하게 처리했어요. 카라카스와 카나리아 제도에 뿌리를 둔 미란다 가문을 12세기 카스티야 왕국의 미란다 가문과 연계시켰죠. 나는 내가 어떤 사람인지 정확히 알았고, 내 부친을 자랑스러워했고, 우리 집안의 재력에 큰 자부심을 가졌습니다. 라과이라 항에서 프린스 프레더릭호에 올랐을 때는 스스로가 또 다른 차원의 인간이 된 듯한 기분에 취해 있었죠. 그렇게 스페인으로 향하는 배 안에서 나는 내가 갖게 된 정당한 유산을 요청했고, 그중 하나가 바로 문장이었습니다. 프린스 프레더릭호는 스웨덴의 소형 구축함이었어요. 그러니 분위기는 굉장히 이국적이었죠. 덕분에 나는 다른 인간으로 변모한 기분을 한층 더 느낄 수 있었습니다. 이후 수년 동안 나는 자신이 누구인지 정확히 알면서도 스스로 자신이 아닌 다른 누군가라고 믿으며 살았습니다. 머릿속에 서로 다른 두 가지 생각을 동시에 간직한 채 일부러 값비싼 책을 사서 문장을 그려 넣었죠.

더 어처구니없는 이야기를 해 드릴까요? 내가 스물다섯 살

때, 정확히는 스물다섯 번째 생일에서 이 주가 지난 날 나는 스페인 국왕에게 편지를 써서 산티아고 기사단의 붉은 십자 휘장을 받게 해 줄 것을 아주 위풍당당하게 요구했습니다. 그러자 국왕은 위원회를 소집해 우리 가문의 귀족 혈통을 조사하게 했죠. 스페인 화가 벨라스케스는 한창 명성을 날린 예순 살에 산티아고 기사단에 가입했습니다. 물론 나는 우리 가문이 카라카스와 카나리아 제도에 뿌리를 둔 별 볼 일 없는 집안이라는 걸 알았어요. 돈을 주고 고용한 자조라는 사내가 나를 위해 어떻게 새로운 족보를 만들었는지도 정확히 알았죠. 하지만 내 머릿속의 또 다른 부분에서는 자조가 나도 몰랐던 우리 집안의 숨은 진실을 찾아냈고, 그래서 왕실의 조사를 받을 자격이 충분히 있다고 제법 진지하게 믿었어요. 내 안에 잠재된 대단한 무언가가 있다고 생각했고, 국왕이 그걸 발견해줄 것 같았습니다. 그때 나는 아프리카의 프린세스 연대에 소속된 스물다섯 살 지휘관이었죠.

이후 나는 내가 저지른 이 모든 행동이 부끄러워졌습니다. 그나마 당시 국왕에게 아무런 답변을 받지 못한 게 다행이다 싶었지요. 사실 며칠 전까지만 해도 이때 일을 까맣게 잊고 지냈습니다. 하지만 이제는 그 모든 일을 차분하게 돌아볼 수 있어요. 한 젊은이가 그런 짓을 할 수 있었던 그 나름의 논리를 이해할 수 있단 말입니다. 계단을 내려가는 베르나르의 뒷모습을 봤을 때도 바로 그런 기억이 되살아났습니다. 고운 신발에 흙탕물이 튈까 봐 전전긍긍하고 값비싼 실크 재킷에 낡아빠진 마차 지붕에서 떨어진 빗방울이 묻을세라 안절부절못하는 모습을 지켜보면서요."

히슬롭이 말했다.

"과거를 돌아보는 건 쉽죠. 하지만 현재를 또렷한 시각으로 바라보는 건 쉬운 일이 아니에요. 우리도 항상 우리가 뭘 하는 건지 알지는 못해요. 그저 어쩌다 보니 끌려가듯 할 때도 있지요."

"장군의 그 말씀은 저를 겁주려는 건가요? 물론 토지와 흑인 노예를 소유하고 싶어 하는 프랑스 귀족 출신 모험가들과 함께 해방 운동을 한다는 게 좀 이상하긴 합니다. 하지만 그건 외부에서 본 시각입니다. 나는 내가 하는 일이 어떤 점에서 타당한지, 내가 여기까지 어떻게 왔는지 명확하게 알고 있어요. 그건 총독께서도 아실 텐데요. 내가 어떤 우여곡절 끝에 여기까지 왔는지."

"아, 나는 나 자신의 문제에 대해 생각한 겁니다. 장군을 비난할 생각은 추호도 없었단 말입니다. 나는 군인입니다. 어릴 때부터 군인이 꿈이었죠. 군인으로서 마지막으로 활동한 건 이십 년 전 지브롤터 분쟁 때였어요. 이후로는 십 년이 넘게 지금처럼 이런 일을 하며 조용히 지내고 있죠. 그러나 저는 여전히 스스로를 군인으로 생각하고, 군인으로서의 미래를 꿈꿉니다. 하지만 솔직히 내가 지금 무엇을 하는 건지 잘 모르겠어요. 식민지 총독 관저라는 곳에 배치되어 총독이라는 직함으로 불리고는 있지만, 나 스스로는 그저 플랜테이션 농장들을 지키는 교도관일 뿐이라는 생각이 든단 말입니다. 그래서 차라리 장군의 편에서 함께 싸우기로 결심한 것이고요.

음…… 어쩌다 보니 최근 몇 달 사이에 내가 고민한 문제를 시원하게 다 털어놓았군요. 이런 만남을 얼마나 고대했는지. 사실 나는 사 개월 전부터 스페인어를 매일 한 시간씩 배우고 있습니다. 작년인가 재작년부터 우아한 상류 사회를 꿈꾸기 시작했거든요. 대리석 바닥이 빛나는 으리으리한 저택에서 아름다운 스페인 여인들에 둘러싸여 유창한 스페인어로 말할 날이 언젠가는 오겠죠. 내가 비록 최근에는 실전 경험이 없지만, 어떻게든 장군에게 보탬이 될 수 있을 겁니다. 장군이 처한 문제를 해결하기 위해 이곳 군 장성들을 동원할 수도 있어요. 대부분 나와 친분이 있는 사람들이라 특성을 잘 알죠. 그들을 어떤 말로 구워삶아야 하는지 안다는 겁니다. 군인들에게는 정확한 말을 쓰는 게 중요하죠. 아무튼 그들의 힘이 장군께는 꽤 유용할 겁니다."

날은 점점 어두워졌고, 굵은 빗줄기가 다시 마당과 지붕을 세차게 때렸다. 처음 비가 쏟아지기 시작했을 때는 시끄러워서 대화를 나누기 힘들 정도였다.

히슬롭이 말했다.

"이런 게 바로 사람 잡는 날씨라는 겁니다. 이곳 사람들 표현으로는 '꽃게로 잔치 열기'라고 하는데, 이러지도 저러지도 못하는 상황을 빗댄 말입니다. 겉옷을 입자니 땀이 줄줄 날 게 뻔한데 안 입으면 추워서 오들오들 떨리거든요. 이 지역에서 십 년쯤 살고 나니 건강이 완전히 망가지더군요. 영국의 6월 날씨가 얼마나 그리운지 몰라요. 하지만 6월에 영국으로 가려면 엄청 복잡하고 세세한 계획을 짜야 합니다. 일단 3월까지 버진아일랜드의 토르톨라로 가서 호송대를 기다려야 하죠. 11월에 영국 땅에 발을 들이는 일이 없기만을 바랍니다."

"날씨 때문이라면 카라카스가 훨씬 나을 텐데요. 일 년 내내 날씨가 문제 될 일이 전혀 없는 곳이니까요."

"미란다 장군."

"카라카스 계곡은 영원한 봄의 땅으로 알려져 있어요. 꽃들은 다른 어느 지역에서보다 진한 향을 내뿜고, 과일 역시 크고 달콤합니다."

미란다는 누군가 초소에 던져 놓고 갔다는 익명의 편지를 히슬롭에게 보여 주었다. 여전히 겉봉이 봉인된 상태였다. 미란다는 편지를 한쪽에 밀어 놓고 말했다.

"총독이 계신 자리에서 함께 읽어 보는 게 좋을 것 같더군요. 하지만 당장은 말고 조금 이따가 확인하기로 하죠."

히슬롭은 그 말에 사뭇 감동한 눈치였다.

"아니, 장군……!"

이때 하인들이 식사를 내오기 시작했다. 매끈한 마룻바닥 위를 맨발로 다니는 그들에게서 비와 부엽토 냄새가 났다. 미란다가 앞서 보았던 작은 야외 부엌에서 묻혀 온 듯 장작과 숯 연기도 어렴풋이 느껴졌다.

히슬롭이 말했다.

"근사한 식사가 아니어서 죄송합니다, 장군. 이곳의 삶은 선상 생활과 비슷해요. 이곳에서는 플랜테이션 농장에 소속된 흑인 노예 2만 명이 새벽 5시부터 저녁 6시까지 일주일에 엿새씩 일하고 있어요. 그런데도 이곳에서 가장 부족한 게 바로 식량입니다. 플랜테이션 농장에서 재배하는 작물은 카카오와 면화, 사탕수수, 커피뿐이에요. 물론 노예들이 자유 시간에 짬을 내서 카사바나 얌, 고구마 같은 구황 작물을 키우기는 합니다. 하지만 그것을 판매하는 건 금지되어 있습니다. 농장 일꾼들이(이곳에서는 '파뇰'이라고 부르지요.) 이따금 숲에서 작은 짐승을 잡아 올 때도 있고, 일부 유색 자유민들은 가금류를 내다팔기도 해요. 하지만 우리는 거의 늘 굶주린 상태라고 볼 수 있습니다. 이곳에서 먹을 수 있는 건 대개 훈제되거나 염장된 소고기, 고등어, 연어, 대구, 청어 따위예요. 그것도 캐나다나 미국에서 상자째 들여오는 것들이죠. 심지어 담배도 상자에 담겨 들여옵니다. 버터는 주홍빛 가염 제품뿐인데 이마저 파운드당 6실링이나 되죠. 그런데도 여기서 버터를 직접 만들 생각은 아무도 안 합니다."

"총독님, 식사에 대해 미안해하지 않으셔도 됩니다. 나는 이런 음식에 익숙해서 고향 생각도 나고 좋기만 한걸요. 그런데 관저 마당에서는 무슨 일을 하는 건가요? 저 사람들은 지금 자기가 뭘 하는지 아는 겁니까?"

"글쎄요, 아마 모를 겁니다. 군인의 눈에 여러 사람이 하는 일이 무엇인지 가늠할 수 없다면 그건 그들 스스로도 자신들이 하는 일이 무엇인지 모르기 때문입니다. 저 사람들은 그저 시키는 대로 할 뿐이에요. 우리는 홍수로 불어난 물을 빼기 위해 언덕에서 이어지는 경사지를 만들려고 합니다. 또 바닥에 잡석이 깔린 배수로도 같이 팔 계획이고요. 이런 건 몇 년 전 처음 총독 관저를 지을 때 함께 했어야 할 일인데 말이죠.

도랑을 파서 잡석을 깔고 그 위를 흙으로 덮으면 물이 고이는 걸 막을 수 있습니다. 이 지역에서는 물이 고인 곳엔 어김없이 모기가 들끓거든요. 모기가 있는 곳에서는 절대 살 수 없어요. 내가 일꾼들의 대표격인 십장에게 해야 할 일을 말해 주면 다 알아듣는 척합니다. 하지만 실제로는 내가 왜 돌을 파묻으라고 하는지 이유도 몰라요. 플랜테이션 농장에 소속된 일꾼들은 어느 정도 생각이란 게 있지만, 아프리카에서 온 지 얼마 안 되는 '뉴 니그로'는 그야말로 아는 게 하나도 없는 놈들입니다. 아마 자기들이 일을 하고 있다는 것도, 아니 '일'이라는 걸 하고 있다는 사실조차 모를걸요. 그들은 그저 자기들이 벌을 받고 있다고 생각할 겁니다. 매일 낮 동안은 말 그대로 지옥에 있는 거라고 믿겠죠. 혹시 장군도 이런 상황을 아셨습니까? 자기들이 무엇을 하든, 그들에게 무슨 일이 일어나든 상관없는 지옥이라니 좀 이상하죠. 그러다가 해가 지면 그들에게 현실 세계가 열리기 시작합니다. 그때는 모든 게 변해요. 아시다시피 이 지역에서는 어둠이 드리워진다 싶으면 단 오 분 안에 사방이 칠흑같이 캄캄해지죠. 그들의 입장에서는 그때부터 균형 잡힌 세계가 펼쳐집니다. 우리는 유령이 되고, 그들은 왕과 왕비, 판사, 황태자, 대법관이 되어 머리에 왕관을 쓰고 채찍을 휘두르는 거예요. 그것이 주술사가 들려준 설명이고, 그들은 그 말을 그대로 믿어요. 그러니 우리가 자기들에게 무엇을 하든, 자기들의 정신을 망가뜨리려고 애를 쓰든 말든 그들에게는 아무 상관이 없죠. 그들은 밤에는 자신들이 권력을 갖고 있다고 믿어요. 실제로 올해 실시한 조사에서 그런 결과가 나왔습니다. 나도 한 곳에서 십 년쯤 살면서 스스로 이 지역을 잘 안다고 생각했지만, 내가 그동안 줄곧 위태로운 모래 위에 서 있었다는 걸 이제야 깨달았어요."

"베네수엘라 사람들은 니그로들이 차려입기를 좋아하고 게임을 즐긴다는 사실을 일찍이 알고 있었습니다. 그들은 특히 흉내를 잘 내죠. 베네수엘라에서는 이런 문제를 조사할 생각조차 하지 않았던 것 같은데요."

"이곳에서는 할 수밖에 없었습니다. 바베이도스에 계실 때 들으셨는지는 모르겠지만, 지난 12월에 이곳에서 끔찍한 일이 일어났거든요. 대규모 항쟁으로 번지기 직전까지 갔는데, 여기 있는 니그로들도 전부 연루되어 있었습니다."

총독은 턱 끝으로 하인들 쪽을 가리켰다.

"주인이 백인이든 다른 유색인이든 상관없이, 니그로 노예들 모두가 관련된 일이었어요. 몇 년에 걸쳐 준비한 모양인데 우리는 까맣게 몰랐습니다. 어느 날 백인을 모조리 죽이려고 작당했다는 걸요. 그렇게 해서 이곳에 '한 가지 피부색만 남게 되면'(그들이 조사 받을 때 실제로 사용한 표현입니다.) 다 같이 교회 성찬식에 참여하고, 돼지고기를 먹으며 춤을 추기로 했다는 겁니다. 자그마치 삼 년 전부터 생각한 거라더군요. 돼지고기를 먹고 춤을 추며 영원히 행복하게 살겠다고요. 이런 걸 게임으로 생각할 수도 있겠죠. 하지만 그들은 사람을 죽이고 집과 농장에 불을 지를 계획이었습니다. 이전까지 나는 니그로를 제대로 쳐다보지도 않았어요. 이게 무슨 뜻인지는 장군도 아실 겁니다. 지금도 보고 싶지는 않지만 늘 볼 수밖에 없죠.

솔직히 말하면 내가 무엇을 보는 건지 잘 모르겠습니다. 어쨌든 한두 달 뒤에는 모든 상황이 변할 겁니다. 마당에서 일하는 저 사람들은 선박의 조리실이나 적당한 공공사업장에 투입되겠죠. 이곳에는 다른 사람들이 와서 일할 테고요. 물론 저 사람들은 이런 상황을 아직 모릅니다. 이런 일은 끝까지 비밀리에 진행해야 하거든요. 우리는 중국인들을 데려올 예정이에요."

"중국에서 말입니까?"

"엄밀히 말하면 중국은 아니고 인도 캘커타에서 데려올 겁니다. 하지만 이 지역에 온 최초의 중국인이 되겠지요. 삼 년 전 내가 처음 여기 왔을 때 총독 관저 주변은 무척 황량했습니다. 그래서 식물원 같은 걸 만들면 좋겠다고 생각했어요. 다른 섬들에는 대부분 식물원이 있거든요. 하지만 니그로들은 식물원이 무엇인지도 모르고, 농장주들도 그런 걸 좋아하지 않을 겁니다. 그들은 노예들이 자기네 농장과 상관없는 농사일을 하는 걸 원치 않거든요. 그래서 나는 런던에 편지를 써서 중국인들을 알아봐 달라고 했고, 그렇게 서서히 일이 진행되기 시작했습니다. 거의 이 년이나 걸려 마침내 동인도 회사에서 캘커타에 있는 중국인들을 모집했다더군요. 그들이 도착할 때쯤이면 장군은 여기 계시지 않겠죠. 솔직히 말하면 나도 이제 그 일에 흥미를 잃었어요. 미 카마 아키(Mi cama aquí)……."

"오, 이런!"

"네. 스페인어 연습 좀 해 보겠습니다. 미 카마 아키……."

"이곳에서 내 침대는……. 발음이 아주 훌륭하십니다."

" …… 노 아 시도(no ha sido)……"

"…… 아니었다……"

"…… 우나 데 로사스(una de rosas)."

"…… 장미 화단. 이곳에서 내 침대는 장미 화단이 아니었다……. 그러니까 이곳에서 내 삶은 편안하지 않았다는 말씀이시군요."

"네! 바로 그겁니다. 제 생각 같아서는 중국인들이 여기 와서 채소도 길러 주면 좋을 텐데요. 니그로들은 채소에 대해 잘 모르고, 그들이 채소를 기른다 해도 농장주들이 판매하지 못하게 할 겁니다. 아이티 사태 이후 농장주들은 노예들이 무언가를 생각하는 것 자체를 원치 않아요. 그들이 원하는 건 그저 끝없이 노예들을 계속 괴롭히고 학대하는 게 아닌가 싶습니다. 내가 이곳에서 보낸 지난 삼 년 동안 목도한 인간의 비열함이 나머지 인생을 통틀어 본 것보다 훨씬 더 많을 정도니까요."

총독의 말에 미란다가 혼잣말처럼 중얼거렸다.

"비열함이라……. 그런 표현을 알긴 하지만 대화에서 들어 본 건 처음이군요."

"아마 제가 그 말을 삼 년 동안 계속 속으로 되뇌었기 때문일 겁니다. 그러면 마음이 좀 편안해졌거든요. 우리가 이곳에 모아 놓은 프랑스 귀족들이 모두를 오염시키고 있어요. 장군께서는 프랑스에 가 보셨고, 직접 혁명군을 이끈 경험도 있으니 잘 아실 겁니다. 장군이 전혀 모르는 이야기를 하는 게 아니란 말입니다. 프랑스 귀족 사회는 결코 훌륭하다고 할 수 없어요. 나는 그들을 이해하기 힘듭니다. 그들은 주변의 다른 사람들이 모두 헐벗었을 때만 스스로가 부자라고 느끼더군요. 남들이 불행해져야 자신이 안정되고 행복하다고 생각해요. 이제 나는 왜 프랑스 혁명이 일어날 수밖에 없었는지 알 것 같습니다. 아이티에서 똑같은 혁명이 재현되었던 이유도요. 물론 후자가 더 폭력적이었지만요. 최근에는 이곳에서도 혁명이 일어날 뻔했습니다. 나도 거기 연루되었죠."

히슬롭은 갑자기 자신의 가슴을 툭 쳤다. 그러더니 연이어 규칙적으로 가슴을 때리며 말을 이었다.

"나는 한밤중에 군대를 소집해서 주동자들을 찾으러 다녀야 했습니다. 수사를 하게 되면 내가 모든 책임을 져야 하니까요. 오롯이 다 내 몫이었습니다. 그게 그루빌과 몽탈랑베르, 루제트, 그 밖에 다른 귀족 모두의 생각이에요. 이곳의 전 총독인 토머스 픽턴 경 사태 때 그랬던 것처럼 자기들은 그저 옆으로 비켜서 있겠다는 거지요. 그렇지만 나는 그런 일이 다시 일어나도록 내버려 두지 않을 겁니다. 군인으로서 나는 이 지역을 수호하고 공공질서를 유지시킬 책임이 있어요. 니그로를 운영 관리하는 일에 대해선 아는 바도 없거니와 내게 굳이 알아야 한다고 말하는 사람도 없어요. 픽턴 경의 재판이 열렸을 때 개로라는 런던의 법률가도 이 점을 분명히 짚고 넘어갔죠. 나는 당시 재판 기록을 모두 확보해서 꼼꼼히 읽어 봤습니다. 개로가 말하기를, 정부 관리가 법을 넘어설 경우에는 자신의 행동에 책임을 져야 한답니다. 그러니까 평의회의 플랜테이션

농장주들과 총독, 그 밖에 모두가 각자 책임을 분담해야 한다
는 거죠. 그들은 내 주장을 못마땅해하지만, 어쨌든 나는 내
입장을 분명히 했습니다. 아마 장군께서도 여기 오래 계시다
보면 이 섬에서 내 인기가 그리 높지 않다는 걸 아실 겁니다."

"앞으로 또 수사할 상황이 생길까요?"

미란다가 물었다.

"그야 모르죠. 하지만 아마 그럴 겁니다. 런던에서 온 소식
이 심상치 않더라고요."

"수사 대상이 많은가요? 아주 심각했습니까?"

"세 명이 교수형을 당했답니다. 머리에 못이 박히고, 몸통은
사슬에 묶여 광장에 내걸렸다더군요."

"해적들은 템스강 양쪽 기슭에 세워진 교수대에서 처형하
죠. 해안에서 런던으로 이어지는 중간 지점쯤에 있습니다."

"신체 일부가 잘려서 불구가 된 사람도 많습니다. 그게 섬에
서의 처형 방식이지요."

"어디를 어떻게 자른다는 겁니까?"

"양쪽 귀를 잘라요. 다른 곳에서도 많이 봤습니다. 아주 작
은 몇몇 섬에서는 코를 베어 내지만, 이곳에서는 그냥 귀를 자
릅니다."

"베네수엘라에서는 한 번도 본 적 없는 처형 방식이군요.
물론 이제는 내 기억도 믿기 어렵지만요. 그렇지만 형벌은 늘
관습적으로 이루어지죠. 아무튼 총독께선 지나치게 불안해하
시는 것 같습니다. 반란은 반란일 뿐이에요."

"나도 한창때는 스스로에게 그렇게 말했죠. 식민 장관인 캐

슬레이 경에게 이미 승인서도 받았습니다. 공동체 내에서 그 계급은 늘 경계해야 한다는 걸 캐슬레이 경 자신도 알고 있다고 하더군요. 하지만 막상 수사에 들어가면 그런 승인이 무슨 소용이 있겠습니까? 그들에게 채찍질 100번을 하고 그들의 귀를 잘랐을 때 누군가 내게 그것이 어떤 법에 따른 형벌이냐고 묻는다면 솔직히 할 말이 없습니다. 내가 할 수 있는 대답은 그저 평의회와 농장주들의 뜻에 따라 교도관들이 어떻게 해야 할지 판단한 것 같다는 말 정도죠. 나는 법전을 찾아본 적이 없어요. 여기서 우리가 집행하는 법이 어떤 것인지도 모릅니다. 이곳은 구 년 전만 해도 스페인의 영역이었어요. 전쟁이 끝날 즈음에는 다시 스페인 땅이 될지도 모릅니다. 어쩌면 다른 어딘가에 있는 무언가를 얻는 대신 이곳을 프랑스에 넘겨줄 수도 있고요. 어떻게 될지는 아무도 모릅니다. 우리가 따르는 법이 스페인 것이라면 이곳에는 그 내용을 내게 말해 줄 사람이 아무도 없습니다. 법전도 법률가도 모두 파리아만 건너에 있으니까요. 군인 출신 총독은 책임 있는 시민들의 조언을 따를 뿐이에요. 토머스 픽턴이 바로 그런 경우였고, 그의 후임인 나 또한 마찬가지죠. 픽턴에 대한 기소장을 보면 재판을 거치지 않은 형 집행, 불법 구금, 고문, 화형 등 자그마치 서른일곱 가지 혐의가 있습니다. 다행히 4만 파운드의 보석금을 내고 풀려났지만, 이미 폐인이 된 픽턴은 최근 삼 년 동안 암흑 속에서 살았다더군요."

"아무래도 총독께선 이곳에 너무 오래 계셨나 봅니다. 이렇게 안절부절못하시는 걸 보면요. 어떻게 자신을 악명 높은 픽턴과 비교하십니까? 그가 받은 혐의들은 대부분 연대와 관련된 것이고, 나머지는 인정되지 않았어요. 사소한 절도 사건에서 어린 물라토 소녀를 고문했다는 혐의도 있었지만, 그 또한 인정되지 않을 거라던데요."

"미란다 장군, 바베이도스에서 미처 소식을 듣지 못하셨나 보군요. 픽턴의 재판은 2월 말에 엘렌보로 경이 보는 앞에서 열렸어요. 결과는 유죄였고요."

"예전 같으면 저도 그 결과에 기뻐했을 겁니다. 픽턴이 내게 큰 해를 끼쳤고, 그래서 원한을 갚아야 한다고 생각했으니까요. 하지만 지금은 그렇게 생각하지 않습니다. 사람은 보복을 위해 시간을 허비하느라 정작 꼭 해야 할 일을 잊기 쉽죠. 픽턴은 당연히 항소할 겁니다."

"아마 그렇겠죠. 하지만 이미 그는 망가졌어요. 플랜테이션 농장주들은 교도소에 편히 앉아서 노예들을 괴롭히고 자유민들을 산 채로 불태울 방법을 궁리했죠. 그 교도소를 지은 건 픽턴이 아니었습니다. 그가 여기 처음 왔을 때부터 있었죠. 교도소장과 고문실, 독방 등이 있는 교도소는 농장주들이 지은 것이었어요. 그들은 교도소장에게 수고비를 주고 니그로를 고문하거나 매질하게 했습니다. 당시 최고 행정관이던 한 농장주는 물라토 소녀를 고문하는 대가로 미국 돈으로 6달러 60센트쯤 되는 60레알을 교도소장에게 지불했어요. 그런데도 농장주들에 대한 수사는 한 번도 이루어지지 않았죠. 4만 파운드의 보석금을 낸 적도 없었어요. 자기 자신 외에는 누구에게도 충성하지 않은 그들은 바로 프랑스 출신 귀족이었습니다.

장군도 이곳에 오래 계시다 보면 마음이 흔들리실 거예요. 신념을 잃고 갈피를 못 잡게 될 거란 뜻입니다.

다 말씀드리죠. 우리는 작년에 침략의 공포를 겪었습니다. 처음에는 프랑스군이었고, 다음은 스페인군이었어요. 스페인의 페데리코 그라비나 장군이 완전 무장한 채 바다로 침입해 들어왔죠. 우리 군사 조직이 얼마나 형편없는지는 말씀드리지 않아도 아실 겁니다. 적의 일관된 공격에 버텨 낼 재간이 없어요. 해안선 길이가 400~500킬로미터에 이르는 이 섬 전체를 수호하기에는 역부족입니다. 몇몇 곳은 특히 방어가 힘들죠. 이 섬에서 사람이 사는 곳이 극히 일부 지역에 국한된 것도 바로 그런 이유예요. 그래서 나는 평의회에서 우리가 수호해야 할 곳을 정해야 한다고 생각했습니다. 전략적으로는 샤과라마스 군항을 사수해야 한다는 게 제 판단이었지요. 그 지역은 비교적 좁아서 충분히 방어가 가능한 데다 군함들만 살릴 수 있다면 훗날 다시 또 싸울 수 있으니까요. 그러나 농장주들은 제 의견에 반대했습니다. 우리 군 조직의 의무는 섬 안의 재산을 보호하는 것이라면서요.

미란다 장군, 최근 영국에서 노예제와 노예 무역에 관한 논쟁이 벌어지고 있다는 걸 장군도 잘 아실 겁니다. 이곳의 플랜테이션 농장주들이 '재산'이니 '재산의 자유로운 양도'니 '자유로운 공급'이라는 표현을 쓰는 건 그저 '니그로'나 '노예' 같은 단어를 쓰지 않기 위한 꼼수라는 것도 아시겠지요. 심지어 그들은 토지에 대한 언급도 피합니다. 그들은 대부분 여기 왔을 때 공짜로 토지를 얻은 사람들이에요. 스페인 정부에서 섬을 개발한다는 명목으로 정착민에게 그가 데려온 니그로의 인원수에 따라 두당 약 6만 5000제곱미터의 땅을 공짜로 나누어 주었거든요. 또 니그로를 데려오지 않아도 정착민 자신이 백인이기만 하면 일인당 13만 제곱미터, 유색 자유민은 6만 5000제곱미터의 땅을 지급받았습니다. 섬으로 이주해 스페인 법의 적용을 받게 된 사람들 가운데 다수는 다른 나라에서 빚을 지고 도망쳐 온 자들이었어요. 그러니 그들이 데려온 니그로는 대부분 저당 잡힌 상태였지요.

그러니까 이 도망 온 귀족들이 진짜 하려는 말은 큰 전쟁이 일어났을 때 자신들의 재산인 니그로를 잃지 않게 지켜 주는 게 총독인 나의 의무라는 겁니다. 그들은 런던에 힘 있는 친구들이 많아요. 결국 나는 샤과라마스항을 요새화하는 데 7만 5000파운드를 쓰고 나서 도시와 그 일대의 플랜테이션 농장들을 방어하는 일에 관심을 돌릴 수밖에 없었습니다. 재정이 바닥나서 내 하인들과 병사들이 누더기를 걸치게 된 건 바로 이런 사정 때문이에요. 충직하고 착한 니그로들을 선발해 기습 공격대를 꾸려 볼 생각도 했지만 역시 불가능했습니다. 농장주들이 자기 니그로를 잃기 싫다며 단칼에 거절했거든요. 대가를 제대로 지불하겠다, 그들이 죽거나 다치면 보상도 해 주겠다고 했지만 소용없었습니다. 농장주들은 아이티 혁명 이후 니그로들이 손에 총을 쥐는 꼴은 절대 못 보겠다고 하더군요. 나는 그럼 당시 도시 서쪽 언덕에 짓고 있던 요새에서 일할 니그로들이라도 대여해 달라고 요청했지만 그마저 외면당했습니다. 이런 상황에서 우리가 어떡해야 했을까요? 무엇을 한들 무슨 소용이란 말입니까?"

"하지만 결국 요새를 짓지 않았습니까?"

"네. 그럴 수밖에 없었습니다. 총독으로서 내 의무였으니까요. 결국에는 유색 자유민들이 소유한 니그로를 동원했어요. 유색인들도 썩 내켜 하진 않았고, 백인들은 그들을 비웃었죠. 최근에는 픽턴이 유죄 판결을 받았다는 소식이 전해지면서 몇몇 유색인이 나를 노리고 있습니다. 한 사내는 이미 자신을 불법 체포한 픽턴을 상대로 4만 파운드의 손해 배상을 청구했죠. 아마 나한테도 곧 그런 일이 닥칠 겁니다. 그래서인지 밤낮으로 내가 한창때 한 일들을 돌아보게 되더군요. 내가 왜 그랬는지 자책했다가, 왜 그럴 수밖에 없었는지 옹호하기도 하죠. 꼭 무슨 병에 걸린 것 같아요. 지난 12월과 1월에 귀를 잘린 니그로들은 채찍질도 100번이나 당했습니다. 스페인 치하에서는 채찍질 회수가 최대 스물다섯 번으로 제한됐어요. 픽턴은 서른다섯 번까지 늘렸는데, 이건 아마 프랑스 사람들의 영향일 겁니다. 그런데 나는 왜 그자들은 100번을 맞아야 한다고 부추기던 농장주들의 의견을 무시하지 못했을까요? 사람이 채찍질 쉰 번을 당하면 이미 초주검이 되는데 말입니다."

"총독님, 진정하시죠. 영내에서 일으킨 가벼운 비행과 국가에 대한 반역은 차원이 다른 문제예요. 총독께선 쓸데없이 자신을 괴롭히고 계신 겁니다."

"그런가요? 귀를 잘린 사내는 유색인이었습니다. 농장주들은 그에 대해 엄청난 적의를 품고 있었어요. 니그로와 가깝게 지내는 유색 자유민은 가장 위험한 부류의 인간이라면서 그 사내의 신분을 다시 노예로 바꾸어야 한다고 했죠. 그들은 끝내 사내의 귀를 자르고 섬 밖으로 팔아 버렸습니다. 섬에서 이런 일은 흔하다더군요. 물론 형벌의 등급으로 치면 교수형보다 한 단계 아래죠. 하지만 형벌을 받은 뒤 그 사내의 삶은 가치가 없어집니다. 자유민에게 어떻게 그런 짓을 할 수 있었을까요? 대체 무슨 법에 근거한 거냐고 그때 따져 묻지 못한 게 천추의 한입니다. 이제 수사관이 내게 그 질문을 던지겠죠. 영국 법은 자유민을 노예로 만들고 귀를 자르고 외부의 누군가에게 싼값에 팔아넘기는 걸 좋아하지 않을 겁니다. 그렇게 팔려 간 자유민은 죽어라 일만 하다가 비참하게 삶을 마감하겠죠. 이런 짓은 귀가 잘린 니그로에게만 할 수 있는 겁니다. 자유민은 팔 수 없어요.

사실 픽턴의 재판 결과를 듣기 전까지는 나도 이 일을 까맣게 잊고 있었습니다. 그런데 이제는 하루에 다섯 번, 여섯 번, 아니 열 번, 열두 번씩 생각해요. 마침내 때가 되어 그 사내에 대한 질문을 받으면 나는 그저 지난 12월 조사 때 농장주들이 엄청 겁을 주면서 그것이 내가 반드시 해야 할 일이라고 했다고밖에 달리 답할 말이 없습니다. 물론 이제는 그 가엾은 사내가 런던의 변호사들에게 연락할 처지가 아니라고, 그러니 안심해도 된다고 나 자신에게 말하기도 하죠. 그 사내는 그리 오래 살지 못할 거라고요. 하지만 장군도 아실 겁니다. 그 사내에게 부당한 행위를 가한 사람으로서, 또 그가 불법적인 처우를 당하는 걸 묵인한 사람으로서 나는 이제 그가 빨리 죽기를 바라고 있어요. 미란다 장군, 나는 진심으로 이곳을 벗어나고 싶습니다. 이곳에선 내가 점점 땅속으로 가라앉는 것 같아요. 앞이 보이지 않는다고요. 앞서 말씀드렸다시피 과거를 보기는 쉬워요. 십여 년 전에 내 미래는 화창한 봄날처럼 밝았어요. 하지만 지금은 한 치 앞을 내다볼 수 없이 흐릿할 뿐입니다. 내가 왜 무얼 해야 하는지도 모르겠어요. 법률적 상급자들에게 무조건 복종하는 것은 이제 해답이 될 수 없습니다. 조건 없는 복종이 내가 배워 온 군인 정신이긴 하지만요."

"내가 보기엔 총독이 그토록 불안해하시는 건 픽턴의 재판 결과 때문이 아니라 날씨 탓인 것 같습니다. 무기력증 같은 거죠. 총독께서 말씀하신 대로 교도소장 일을 너무 오래 하다 보니 실체 없는 유령과 싸우게 된 겁니다."

"장군, 아직 말씀드리지 않은 게 있습니다. 픽턴의 고문 사건에 버금가는 사건이 있어요. 삼 년 반 전 내가 이 섬에 도착한 그 주에 일어난 사건이죠. 플랜테이션 농장주이기도 한 최고 행정관이 그날 오후 늦게 이곳으로 찾아왔습니다. 수레에서 내 짐을 다 내려놓기도 전이었어. 그는 다소 흥분한 목소리로 한 자유민 물라토가 니그로 주술사와 거래를 하다가 발각되었다고 하더군요. 그 물라토는 오래전부터 다른 집 하녀인 한 니그로 여성에게 같이 자자고 계속 추근거렸지만 번번이 거절당했답니다. 그러자 남자는 그저 가벼운 우정의 뜻으로 악수를 청했고, 여자는 그 손을 잡았어요. 그때 남자가 손가락으로 여자의 손바닥을 살살 긁었는데, 순간 여자가 갑자기 경련을 일으켰어요. 그러면서 손과 팔이 무섭게 부어오르기 시작했고, 여자는 고래고래 비명을 내질렀습니다. 이 소리를 들은 거리의 다른 니그로들도 겁에 질려 크게 동요했어요. 원래 이곳의 니그로들은 독극물에 대한 공포증이 있거든요. 사람들이 곧장 경찰관을 불러 왔고, 경찰관은 그 물라토 남자를 붙잡아 교도소에 넣었습니다. 픽턴이 총독으로 재임할 때 있던 옛 교도소 말입니다. 고문실과 비좁은 독방이 있는……. 그 교도소는 이 년 전에 허물어 버렸습니다.

최고 행정관은 그 소식을 듣자마자 교도소로 달려온 참이었습니다. 조사가 시작되자 물라토는 자기는 여자에게 독을 쓰지 않았다고 주장했어요. 플랜테이션 농장에서 일하는 늙은 니그로에게 구한 사랑의 미약을 여자의 손바닥에 살짝 발랐을 뿐이라고요. 그 미약이란 동물성 기름과 수은과 자른 손톱을 섞어 만든 것으로, 이미 두 여성을 상대로 시험한 결과 자신을 미친 듯이 사랑하게 되었다고 했습니다. 그러면서 물라토는 이번 약이 너무 독하게 제조된 것 같으며, 약을 만든 장본인인 니그로가 그런 위험성을 미리 알려 주었다고 털어 놓았어요. 최고 행정관은 이 이야기를 재미있다고 생각하지 않았습니다. 그는 교도관에게 물라토를 다락방으로 데려가라고 명령했어요. 고문을 하라는 뜻이었죠. 이상하게도 다락방은 백인들을 가두는 곳이었는데, 당시에는 이탈리아인 선원 한 명이 있었어요. 그가 모든 상황을 다 지켜본 목격자였죠. 그곳에서 물라토는 옛날 기병대에서 쓰던 고문 방식인 피켓을 당했습니다. 사람의 오른쪽 다리를 뒤로 꺾어 왼팔과 묶으면 똑바로 섰을 때 몸무게가 한쪽 다리에 쏠리겠지요. 이 상태에서 그 사람의 왼쪽 발끝이 뾰족한 말뚝 위에 닿도록 오른

쪽 손목을 끈으로 묶어 매다는 것이 바로 피켓이라는 고문입니다.

고문을 견디다 못한 물라토는 마침내 미약의 해독제가 무엇인지 털어놓았습니다. 아마 아위[20]와 럼주였을 겁니다. 물론 효과는 없었어요. 최고 행정관이라는 사람이 해독제라는 게 진짜 있을 거라고 생각했다는 사실이 놀랍죠. 니그로 여자는 여전히 손과 발이 퉁퉁 부은 채 끝없이 비명을 질러 대서 모두를 공포에 몰아넣었습니다. 프랑스인 교도관인 발로트 영감은 물라토를 다시 매달았고, 그가 기절하자 한동안 차가운 물에 처박았죠. 이윽고 다시 깨어난 물라토는 플랜테이션 농장의 늙은 니그로에 대한 이야기를 번복했어요. 자신에게 미약을 준 사람은 어느 니그로 주술사로 이미 섬에서 추방되었다고요. 오늘에야 비로소 안 사실인데 최고 행정관은 주술이라는 말을 듣자마자 극심한 공포에 사로잡혔던 겁니다. 당시에는 내가 여기 온 첫 주라 눈치채지 못한 것 같아요. 아무튼 농장주이기도 한 판사는 물라토를 곧장 섬에서 추방해야 한다고 주장했습니다. 그것도 그 자리에서 당장 쫓아내고 싶어했죠.

그래서 바로 이곳에서 그런 일이 벌어졌던 겁니다. 서류 절차 같은 건 아예 없었죠. 사실 이 사건을 내가 완전히 잊고 있었던 건 아닙니다. 다만 주술사보다는 애정을 샘솟게 하는 미약이니 럼주와 아위니 하는 것들이 더 기억에 남았던 거죠.

---

20) 미나리과 식물인 아위의 뿌리 줄기에서 채취한 향신료.

그러다 최근 주술사에 대한 이야기를 기억 속에서 더 찾아냈습니다. 그날 최고 행정관과 나눈 세부적인 대화 내용까지도요. 픽턴이 유죄 판결을 받은 뒤부터 그 모든 게 다시 떠올랐어요. 그 물라토와 이탈리아 선원까지도요. 어찌 된 일인지 그들은 모두 런던으로 갔고, 자신들에게 숙식을 제공하고 필요한 비용을 대 줄 사람들을 찾았더군요. 물론 변호사도 만났답니다. 픽턴의 기소를 지지한 사람들이 이제는 그들을 돕고 있어요.

유색 자유민들은 이 사건에 엄청난 관심을 갖고 있습니다. 이곳에 사는 유색 자유민 수가 6000명이나 되니 자금을 모으는 건 일도 아니죠. 안타까운 점은 전임인 픽턴처럼 나도 그들을 늘 우호적으로 대했다는 겁니다. 장군이 알고 계신 것과 달리 총독 시절 픽턴은 유색인들에 대한 굴욕적 법률에 반대하는 입장이었어요. 이 문제에 대해 런던에 여러 차례 편지를 써 보내기도 했죠. 장군도 곧 듣게 되실 테지만 사람들은 이곳에 영국 법과 영국 헌법과 대표 정부가 필요하다고 주장하고 있어요. 그들이 실제로 원하는 건 바로 굴욕적인 법률입니다. 이곳에서는 단어를 다소 특이하게 사용하거든요. 이곳 사람들의 진짜 의도는 자기들만의 입법 평의회와 행정 평의회를 결성해서 스스로 법률을 만들고 싶다는 겁니다.

백인 플랜테이션 농장주들이 만들고 싶어 하는 굴욕적인 법률이 어떤 건지 말씀드릴까요? 그들은 유색인들의 니그로 소유를 막고 싶어 합니다. 이유는 정말 악랄해요. 유색인들의 니그로 소유를 불법으로 규정하면 그들을 단박에 가난의 구

렁텅이로 밀어 넣을 수 있거든요. 니그로가 없이는 플랜테이션 농장을 운영할 수 없고, 이런 곳에서는 다른 먹고살 수단을 찾기도 힘듭니다. 니그로를 소유한 사람들만 자신이 하고 싶은 것들을 다 할 수 있죠. 이곳에서는 자유롭게 돌아다니는 것도 불가능합니다. 유색 자유민에게 허용된 유일한 특혜는 니그로를 소유하지만 않는다면 일종의 경비원 같은 평의회 소속 청원 경찰이 될 수 있다는 것뿐이에요. 스페인 치하 때와 똑같지요. 청원 경찰은 시내에 있는 니그로 전용 운동장과 선창 일대의 경비를 서고, 통행금지 시간을 어기는 니그로들을 잡아내는 일을 합니다. 가끔은 교도소 업무를 지원하기도 하고요. 청원 경찰은 니그로를 소유할 수 없는데 여기엔 그럴 만한 이유가 있어요. 니그로는 납치, 실종 등 온갖 학대 행위의 대상이니까요. 이곳에도 진짜 경찰관이 있긴 하지만 다 합쳐서 여섯 명밖에 안 됩니다. 재정상 확충은 힘들어요. 유색 자유민 인구는 6000명이나 되는데, 이들의 니그로 소유를 불법화하면 기존의 노예들을 싼값에라도 팔아야 해요. 그러지 않으면 몰수당할 테니까요. 어느 쪽이든 이런 상황을 이용해 몇몇 사람들은 엄청난 이득을 볼 수 있겠죠. 이 섬에 있는 전체 니그로들 가운데 적어도 절반은 주인이 유색인입니다. 그러니까 지금 돈에 대한 이야기가 나오는 것이고요. 거의 확정된 사실이지만 만일 내년에 아프리카 노예 무역이 중단되면 우리 친구들이 말하는 이른바 '공급'은 오로지 이 지역 내에서만 이루어질 겁니다. 그럼 이와 관련된 돈의 액수가 훨씬 더 커지겠죠.

뒤 카스텔레, 몽티냑, 몽탈랑베르 같은 귀족 가문의 계획은 한 가지 더 있습니다. 그들은 유색인이 집을 구입하지 못하도록 막고 싶어 해요. 오래전 이 일대 섬에서 통용된 프랑스 법률에는 그런 조항이 있었다더군요. 그럼 유색인은 어디서 살라는 걸까요? 그들이 말하는 '집'의 정의는 뭘까요? 농장에 딸린 저택? 아니면 시내에 있는 일반 집? 이건 확실히 말씀드릴 수 있습니다. 그들이 말하는 집의 의미는 그들이 원하는 바에 따라 달라질 겁니다. 단순히 유색인들을 박해하기 위한 방법에 지나지 않으니까요. 생계 수단을 빼앗고 얼마 되지 않는 자산마저 약탈해서 그들의 지위를 낮추려는 겁니다.

문제는 여기서 그치지 않습니다. 안타깝지만 장군께서 여기 계시는 동안에는 이런 이야기를 듣지 못하실 겁니다. 프랑스 사람들은 당연히 장군께 말하지 않을 테고, 유색인들은 너무 무섭고 수치스러워서 차마 입에 올리지 않겠죠. 백인 농장주들은 유색인들에게 아주 넌지시 알렸습니다. 영국 법이 도입되면 너희도 비행을 저질렀을 때 채찍질을 당할 수 있다고 말입니다. 현재는 니그로에게만 그런 형벌이 적용되거든요. 다시 말해, 토지와 노예를 소유한 자유민 신분인 유색인들이 앞으로는 니그로와 차별화되지 않을 거란 뜻이죠. 돈과 자산을 모두 잃고 다시 노예로 돌아가는 이들도 많이 생길 거라고요. 게다가 이 모든 과정이 법률과 인권, 영국 헌법의 관용 정신에 입각해 이루어진다는 거예요.

그들은 내가 이런 법에 반대한다는 걸 압니다. 그래서 그동안 의도적으로 런던에서 내 명성에 먹칠을 해 왔어요. 이 일대 섬들에도 내 소문을 이상하게 냈죠. 나는 주정을 일삼는 술고래에다 총독 관저에서 맛있는 음식에 탐닉하느라 식사만 끝나면 세상모르고 곯아떨어지는 사람으로 알려져 있습니다. 총독으로서 품위는 전혀 없다고요. 나 참, 선상 식사처럼 신선한 채소는 구경도 못 하고 날마다 짜고 불그레한 버터와 절인 고기만 먹는데 그걸 탐닉한다는 게 말이 됩니까?

이제 장군도 이해하실 겁니다. 이런 상황에서 내가 가장 잘못한 일은 그 사내의 귀를 자르라고 허락한 것이었다는 걸요. 자유민이 다시 노예가 되고 가장 몹쓸 니그로처럼 대접받는 것, 그게 바로 프랑스인들이 원하는 유색인들의 모습입니다. 지난 12월 조사 때 그들은 내게도 이런 의도를 주입시키기 위해 아이티와 마르티니크에서 일어난 혁명 이야기를 계속 했어요. 그러면서 니그로들이 주술과 마법에 지나치게 빠지면 화형에 처하는 수밖에 없다고 했죠. 누군가는 마르티니크에 있는 자기 친구가 니그로 노예 네 명을 불태웠다고 자랑하듯 말하더군요. 그들은 니그로와 일상적으로 어울리는 유색 자유민은 대단히 위험하다고 했습니다. 그러니까 내가 그 사내를 아주 혹독하게 벌주어야 한다고 강조했죠. 조사를 통해 모든 증거를 확보하고, 겉보기엔 평범한 사람들이 지극히 차분한 목소리로 살인을 마치 밤에 하는 왕과 왕비 놀이의 연장인 양 이야기하는 걸 듣고 난 뒤, 나는 이 섬과 도시가 무너지는 것을 보았습니다. 솔직히 나는 그 근거가 되는 법률을 확인하지 않았어요. 그 사내가 어떻게 생겼는지, 감옥에서 어떤 일을 당했는지, 그가 어떻게 섬 밖으로 팔려 나갔는지도 모릅니다. 픽턴이 유죄 판결을 받지 않았다면 내가 과연 그 일에 대해 더 깊이 생각했을까요? 잘 모르겠습니다. 장군, 비열하다는 말을 안다고 하셨죠? 지난 삼 년 동안 저는 비열하게 살았습니다."

미란다가 말했다.

"어쨌거나 그들은 나를 후원할 사람들입니다. 지금으로서는 다른 대책이 없어요."

"네, 장군을 후원할 사람들은 맞습니다. 하지만 장군이 섬겨야 할 사람들은 아니에요. 나는 군인으로서 상관에게 무조건 복종하는 것을 미덕으로 여겨 왔습니다. 군인으로서 고의로 불법적이거나 옳지 않거나 반항적인 행동을 한 적은 단 한 번도 없지요. 군인이라면 대부분 나와 똑같이 말할 겁니다. 지금 내가 화나는 건 언제든 압제자로서 주민들 앞에 끌려나올 것 같은 불안감을 안고 살아야 한다는 거예요. 특히 압제의 대상이 내가 의무적으로 보호해야 한다고 생각한 사람들이라는 게 너무 가슴 아픕니다. 만일 어떤 조사나 수사 또는 재판을 받게 되면 어떻게 나 자신을 방어해야 할지 모르겠어요. 나를 방어하려면 내가 나쁘다고 생각하는 사람들 편에 서야겠죠. 픽턴이 유죄 판결을 받은 이후 유색인들은 나를 본보기로 삼을 작정이라고 공공연히 말해 왔습니다. 썩 듣기 좋은 말은 아니죠. 그러다 보니 그들이 프랑스인들의 부추김을 받아서 나를 압박하는 게 아닌가 하는 생각마저 들더군요. 장군, 지금 저는 모든 게 혼란스럽기만 합니다. 판단력이 완전히 흐려졌어요."

"클라로 케 수 카마 노 아 시도 우나 데 로사스, 코모 아 디초.(Claro que su cama no ha sido una de rosas, como ha dicho.) 당신의 침대는 확실히 장미 화단이 아니었군요."

"아무래도 새 출발을 해야겠죠."

"카라카스에서라면 분명히 그럴 수 있습니다."

"정말 그럴까요?"

"다만 프랑스인 후원자들과 같은 편에 서게 될 겁니다."

"그야 어쩔 수 없죠. 대신 장군의 목표와 비전을 명확히 알게 될 겁니다."

미란다가 말했다.

"이제 총독께서 초소에서 발견했다는 편지를 읽어 보십시다. 혹시 편지를 쓴 사람이 총독의 친구들인 물라토 중 한 명이 아닐까요? 아, 농담입니다! 심각하게 받아들이지 마십시오. 음, 프랑스어가 아니라 스페인어로 쓴 편지군요. 대서인의 손을 빌려 쓴 것 같습니다. 그렇다면 적어도 예의를 갖췄다는 말인데…… 일단 제가 쭉 훑어보죠. 별것 아닐 거예요. 그저 평범한 비난 편지일지도. 시작은 무척 정중하네요. 너무 정중해서 오히려 불길합니다. 음, 역시 점점 열띤 어조로 바뀌는군요. 스페인 정부의 공식 선언문에서 많이 보던 스타일입니다. 스페인 당국에서 보낸 서한이에요. 음, 무척 심각하군요. 투팍 아마루의 운명을 되새기라고 내게 경고하는 것 같네요. 투팍 아마루는 1780년 페루에서 일어난 어마어마한 규모의 원주민 반란을 이끈 지도자입니다. 결국 스페인군에게 붙잡혀서 아주 끔찍한 고문을 당했지요. 일단 산 채로 혀가 잘렸어요. 이후 여전히 목숨이 붙어 있는 상태에서 네 마리 말이 그의 팔과 다리를 각각 다른 방향으로 끌어당겨 몸통에서 뜯어냈어요. 그렇게 처참하게 훼손된 몸통과 팔다리는 특별히 제작한 가죽 케이스 네 개에 담겨 각각 페루의 여러 지역으로 보내졌죠. 스페인군 장교들 가운데 이런 투팍 아마루의 비극적 운명을 모르는 사람은 아무도 없습니다. 당시 나는 막 대령으로 명예 진급해 자메이카에서 영국군과 포로 교환 문제를 협상하는 중이었어요. 아직 살아 있는 인간의 신체 일부를 담을 가죽 케이스를 만든다니, 나는 그런 생각을 한 사람들에게 특히 화가 났습니다. 그로부터 이 년 뒤 내가 군을 떠나기로 결심한 데는 아마 그때의 감정도 영향을 끼친 것 같아요. 내가 미국에 체류 중이던 시절 반란이 또 일어났고, 투팍 아마루라는 이름을 가진 또 다른 사내가 앞서와 똑같이 끔찍한 방식으로 죽음을 맞았죠. 아무튼 지금부터는 편지를 좀 더 주의 깊게 읽어 보겠습니다.

존경하는 장군께.
자유는 전 세계에서 외치는 우리 시대의 표어입니다. 태곳적부터 우리 선조들의 땅이었던 이곳에 새로 터전을 잡은 우리 스페인 출신 정착민들은 장군과 똑같은 열망을 품고 있습니다. 우리가 늘 존경해 마지않는 훌륭한 동포이신 미란다 장군께 이 글을 올리게 된 목적을 말씀드리겠습니다. 우리 섬이 영국군에 점령당하고, 장군의 영국인 후원자들이 통치권을 잡으면서 우리 삶은 더욱 피폐해졌습니다. 현재 런던에서 자신의 첫

값을 치르는 초대 영국 군정 장관 픽턴은 그저 스페인 사람의 목을 쳐내려고만 했습니다. 스페인식 문화와 가정 교육과 전문적 성과물은 거의 모두 배격당했습니다. 장군께서 머물고 계신 관저의 흥 많은 주인인 히슬롭은 절대 이야기하지 않을 것입니다. 장군님의 동포인 농장 일꾼들, 선술집 주인, 뱃사공, 사냥꾼, 숯꾼, 동물 기름과 말린 말고기 따위를 파는 행상인, 장군님의 유년기 시절을 떠올리게 할 순박한 사람들, 아첨할 줄 모르고 굴욕적인 현실에서 오직 자기 신념과 자부심으로 버티는 사람들을 총독이라는 자가 어떻게 대했는지 말입니다. 히슬롭은 비겁하게도 프랑스 사람들은 감히 털끝 하나 건드리지 못한 채 그들의 노예를 보호해 주고 심지어 근로 봉사도 면제해 주었습니다. 반면 우리 스페인 사람들은 모두 민병대로 강제 복무하게 했지요. 복무하려면 군복을 비롯한 각종 장비 구입을 위해 100달러를 내야 합니다. 이 금액은 히슬롭이 직접 책정한 것입니다. 우리 일꾼들 가운데 이 금액을 지불할 여력이 있는 사람은 거의 없습니다. 그래서 대부분은 섬을 떠나거나 깊은 숲속으로 숨어들어야 하는데, 어떤 경우든 그 사람의 남은 재산은 히슬롭의 공식 금고로 들어갑니다. 그렇다 보니 영국이 통치한 지 채 십 년도 되지 않은 현재 우리 스페인 사람들은 우리 땅에서 도망치거나 법의 보호를 받지 못하는 신세가 되었고, 우리 언어는 하인들이 쓰는 말로 전락했습니다.

이런 상황에서 장군이 우리에게 오신 겁니다. 파리아만 양안에서 우리는 장군님의 후원자인 턴불과 포브스의 사업 설명을 들어야 합니다. 그들이 훌륭한 최신 상품들을 좋은 가격에 많이 소개한다는 것은 인정합니다. 그러나 우리 중 몇몇 사람들은 장군을 해방 운동가나 자유를 사랑하는 사람이 아니라 자신의 혈통에 연연하는 카라카스 사람, 아시아의 여러 지역에서 그랬던 것처럼 남아메리카 사람들을 막노동자로 전락시키고 싶어 하는 영국 사기업의 일원 정도로 평가하고 있습니다. 이는 장군께서도 짐작하실 겁니다.

영국군이 이 섬을 점령한 이후, 장군과 픽턴은 자유와 혁명이라는 말을 이용해 선량한 사람들이 하느님에 대한 경외심, 인도주의적 정서, 무엇보다 신성한 종교적, 사회적 의무 등을 외면하게 했습니다. 장군은 체제 전복을 위한 기반인 그 사람들을 이 섬으로 끌어들여 우리 안의 야생 동물처럼 가둬 두다가 기분이 내킬 때마다 순수한 대중들 앞에 풀어놓았습니다. 장군에게 호도된 그 사람들은 장군과 장군의 대의명분을 위해 모든 것을 내놓을 준비가 되어 있었죠. 반면 장군이 그들에게 준 것은 아무것도 없습니다. 장군이 말씀하시는 혁명은 선량한 사람들의 영혼에 아무런 울림도 주지 못하는 근본 없는 것으로써 품위라고는 찾아볼 수 없는 일개 개인적 사업으로 타락했습니다. 그래서 지금까지 결코 실현될 수 없었던 것이죠. 이에 자부심 강한 스페인 사람들은 자신들의 과오를 깨닫고 장군과 픽턴이 저지른 배신행위에 맞서 그것을 무산시킬 여러 방법을 찾아내는 반란을 일으켰습니다. 후안 만사나레스라는 자를 아실 겁니다. 한때 이 도시의 선술집들을 돌아다니며 고성방가와 허풍을 일삼고 돈을 펑펑 쓰던 그는 서른여섯의 나이에 원인 불명의 죽음을 맞았습니다. 마누엘 구알 옹은 픽턴에 의해 감금되었다가 유리 가루와 아편을 섞어 만든 알약으로 잔인하게 독살되었지요. 그의 친구인 호세 에스파냐는 절망에 빠져 파리아만을 건넜다가 가족에게 배신당한 뒤 목이 베이고 사지가 잘렸습니다. 잘린 머리는 강철로 된 새장 안에 담겨 카라카스의 관문인 라과이라항에 전시되었습니다. 안드레스 데 에스파냐는 이곳의 악명 높은 교도소에서 수년째 썩고 있고, 후안 카로와 안토니오 발레시야는 둘 다 죽었지만 어디에 묻혔는지도 모릅니다. 장군과 픽턴 때문에 몇 개월, 몇 년에 걸쳐 자신의 삶과 열정을 망친 사람들은 이들 말고도 수없이 많습니다. 그 모두를 생각하면 어떻게 장군이 피로 얼룩진 이 땅에 두려움 없이 발을 들일 수 있단 말입니까? 장군 자신도 그들과 비슷한 운명을 맞을 거라는 생각이 안 드십니까? 약탈당한 이 섬이 장군 자신의 감옥이자 무덤이 될 수도 있다는 걸 정말 모르십니까?

히슬롭이 어떻게 부추겼든 그의 말은 모두 헛소리입니다. 그는 무조건적 복종을 영광으로 생각하는 군인입니다. 손님 접대에 능하기로 유명한 사람이니 오늘 하루는 장군을 극진하게 모시겠지요. 하지만 자신에게 필요하다면 내일 당장 장군에게 등을 돌릴 겁니다. 우리가 그랬듯 장군도 히슬롭이 감춰 둔 발톱을 발견하실 겁니다. 장군이 해안에 버린 쉰여덟 명의 병사에게 곧 정의의 심판이 내려질 겁니다. 장군 당신에 대해서도요. 이제 장군은 자신의 고향 땅이었던 이곳에서 타지인 런던에 있을 때보다 훨씬 더 외롭고 불안해질 것입니다. 우리는 이 편지와 똑같은 사본 여섯 통을 준비했습니다. 그 가운데 적어도 한 통이 장군에게 갈 테고, 편지를 읽고 나면 투팍 아마루가 절로 생각날 것입니다."

히슬롭이 말했다.

"이런! 내가 왜 장군이 도착하신 첫날 이 편지를 보여 드렸을까요. 심란하게 해 드려 죄송합니다."

"네, 솔직히 마음이 편하진 않군요. 스페인 사람들의 증오에 대해서는 익히 아는 바지만, 이렇게 다시 접할 때마다 흠칫 놀라게 됩니다. 이건 그야말로 증오의 편지군요. 앞서 제게 말씀하셨던 이야기도 그렇고요. 이곳 사람들이 한 유색인 사내를 향한 증오로 총독께 사내의 귀를 자르라고 종용했다는 이야기 말입니다. 그들은 의도적으로 총독에게 그 사내의 얼굴을 보게 한 겁니다. 사내가 스스로의 특별한 힘을 믿고 있다면서 그의 소름 끼치는 눈빛을 총독에게 보여 주었죠. 총독께서 유색인 사내를 처벌하는 데 그치지 않고 그의 내면까지 파괴해야겠다는 생각이 들게끔 일부러 유도한 겁니다. 스페인 사람들의 증오도 이와 비슷해요. 그들에게 증오는 따로 동떨어진 감정이 아니라 신념, 진실, 응징 같은 생각과 뒤얽힌 감정입니다. 그들이 보기에 총독께서는 인간에게 벌을 내릴 수 있는 위치, 즉 하느님과 같은 위치에 있는 사람이고요.

내가 증오라는 감정을 이렇게 잘 이해하는 건 오랜 세월 동안 내 안에도 증오가 자리 잡았기 때문입니다. 다행히 나는 그 감정을 잘 처리해 왔어요. 그래서 이 편지에 대한 책임이 어느 정도는 내가 한 행동에 있다는 걸 압니다. 증오가 증오를 낳은 셈이지요. 그동안 나는 스페인과 스페인 사람들에 대해 해서는 안 될 말들을 했습니다. 어리석고 남에게 상처를 주는 말들이었어요. 나는 그들에게 어떻게 상처를 줄 수 있는지 압니다. 내가 카라카스를 떠난 1771년 당시, 내게 스페인은 전 세계의 중심이었습니다. 역사, 문화, 품위 등 모든 면에서 최고라고 생각했죠. 미국은 존재하지도 않았습니다. 그 시절 아메리카 식민지는 우리보다 더 가난했고, 프랑스 혁명은 이십 년 뒤의 일이었어요. 카디스에 도착한 첫 달에 내가 옷을 사느라 써 댄 엄청난 돈을 생각하면 지금도 부끄럽습니다. 스페인이라는 나라와 세계에서 그 나라가 차지하는 위치에 대해 내가 크게 착각했다는 사실을 깨달은 건 그로부터 몇 년이 지나서였습니다. 스페인군을 떠나 미국으로 간 건 전쟁이 끝난 1783년이었어요. 그곳에서 처음으로 그동안 내가 느꼈던 스페인의 본모습을 말할 수 있었습니다. 그래도 나한테는 아무 피해가 없었죠. 이건 직접 확인한 겁니다. 그때 제2의 투팍 아마루 처형 사건이 일어났고, 나는 내 주변의 미국인들보다 훨씬 더 큰 충격을 받았습니다. 그래서 해서는 안 될 말들을 하기 시작한 겁니다. 어느 날 저녁 예일대 총장이 나를 힐난한 게 도화선이 되었어요. 그는 스페인 사람들의 법 정신이 내가 생각하는 것보다 훨씬 더 투철하다고 하더군요. 그래서 나는 스페인식 법치주의는 내가 더 잘 안다고 받아쳤습니다. 멕시코 대학교 법대를 졸업했다고 했죠. 순간적으로 튀어나온 거짓말이었지만, 너무나 쉽게 나온 그 한마디에 상대는 아무 말도 못하더군요.

러시아에 갔을 때는 이보다 훨씬 어처구니없는 일을 벌였습니다. 스페인이나 내 고향에서 아주 멀리 동떨어진 곳이니까 내가 어떤 말을 해도 상관없다고 생각했죠. 솔직히 나는 자유를 철저히 이용한 겁니다. 여제와 귀족들이 내게 보여 준 엄청난 관심과 보호는 황홀할 지경이었어요. 그것이 내 천부적 권리인 것처럼 느껴졌습니다. 태어나서 처음 느끼는 안정감이었죠. 나는 그들의 즐거움을 위해 스페인에 대한 이런저런 이야기를 늘어놓았습니다. 종교 재판, 미신, 스페인 사람들의 무식함과 도덕적 타락에 대한 끔찍한 이야기, 스페인 국왕과 왕위 계승자인 아스투리아스공에 얽힌 지독한 소문 같은 것들 말입니다.

나는 그들에게 필요한 사람이었습니다. 어느 날 밤 상트페테르부르크의 한 모임에서 어느 멋진 신사가 멀리서 나를 보자마자 다가오더군요. 그날 처음 본 사람이었어요. 나는 러시아식 프랑스어에 대비하며 미소 띤 얼굴로 가볍게 목례를 했습니다. 서로 언어가 달라서 불편하긴 하겠지만 내게 친근하게 관심을 보이는 것으로 보아 내가 지금껏 만났던 다른 러시아 귀족들처럼 자신의 집으로 나를 초대하고 싶어 할 거라고 생각했죠. 그런데 이 멋진 신사의 입에서 나온 말은 프랑스어가 아닌 스페인어였습니다. 그것도 주인이 하인을 대할 때나 쓰는 점잖고 위엄 있는 투의 정통 스페인어였어요. 그 신사는 다름 아닌 스페인에서 온 주러시아 임시 대리 대사 마카나스였습니다. 그는 대뜸 내가 스페인의 대령이자 백작임을 증명하는 국왕의 임명장을 보여 달라고 요구했어요. 그 자리에서 당장 제시하지 않으면 가만있지 않겠다는 듯 위압적인 분위기였죠. 러시아에서 나는 스페인 국왕이 인증한 대령 겸 백작으로 알려져 있었습니다. 그 거짓말이 누구에게 해를 끼치는 것도 아니고, 러시아 사람들에게 즐거움을 주기 때문에 상관없다고 생각했죠. 그런데 그날 나를 바라보는 마카나스의 경멸에 찬 눈빛에 나는 큰 충격을 받았습니다. 스페인 본토의 명문가 출신 사내가 남아메리카의 별 볼 일 없는 집안에서 태어나 자란 인간에게 보내는 멸시의 눈빛에 나는 몹시 곤란하고 초라해지는 기분이었습니다. 마치 누군가에게 떠밀리듯 이십 년 전 카라카스로 되돌아간 느낌이었지요. 나는 그래도 내가 한때 스페인 프린세스 연대에 근무했고 이후 대령으로 퇴역한 사람이라고 말하려 했습니다. 그러나 마지막 순간에 마음이 바뀌었는지 카라카스의 뒷골목에서 쓰는 가장 거칠고 천박한 말이 입에서 튀어나왔습니다. 때와 장소가 달랐다면 마카나스가 당장 검을 뽑아 들었을 만한 심한 말이었지요. 하지만 그 자리에서 대리 대사는 모욕을 꾹 참았습니다. 물론 잊어버린 건 아니었어요. 그는 대사에게 편지를 썼고, 대사는 나와 관련된 여러 다른 사람들에게 일제히 서한을 보냈습니다. 최근 비호, 바쿠스호와 연락이 끊겼을 때 나는 이 사건이 다시 떠올랐습니다. 정말 이상한 일이었죠. 지난 십여 년 동안 계획한 침공 작전을 이끄는 지휘관인데, 느닷없이 오래전 저 멀리 상트페테르부르크의 어느 연회장에서 있었던 기억이 떠오르면서 '아, 이제 내가 그들의 손바닥 안에 들어왔구나!' 하는 생각이 들었으니 말입니다."

히슬롭이 말했다.

"그 사람들은 어떻게 될까요?"

"당연히 스페인군은 이번 사안을 매우 심각하게 다룰 겁니다. 도너휴, 파월 같은 장교들은 처형되겠죠. 병사들은 모두 감옥에 갇힐 테고요. 내가 늘 경고했던 바입니다. 그런데 총독께 편지 내용에 관해 물어볼 게 있습니다. 내가 이곳으로 보낸 요원들이 모두 나를 실망시키고 비행을 저지른 이유가 뭐라고 생각하십니까? 잘 아시는 베르나르도 그렇고, 나머지 요원들도 마찬가지고요."

"기다리는 데 지쳐서 그런 게 아닐까요? 신념을 잃은 거죠. 픽턴처럼 말입니다. 이곳 사람들 사이에서 이러쿵저러쿵 말이 많지만, 적어도 픽턴은 토지를 사들일 목적으로 여기 오지 않았습니다. 플랜테이션 농장주가 되려는 마음이 추호도 없었단 말입니다. 그는 군인으로서 전투에 임하고 싶어서 여기 온 겁니다. 남아메리카에 큰 전투가 벌어질 거라고들 예견했으니까요. 하지만 유럽 국가들 사이의 동맹 관계가 계속 변하고 런던 정세도 변화를 거듭하면서 침공 계획이 몇 번이나 연기되었죠. 누군가에게 기약 없이 무조건 기다려 달라고 부탁하는 건 불가능합니다. 모든 사람이 장군처럼 확고부동할 수는 없으니까요."

"확고부동이라……. 글쎄요. 아마 대안이 없어서였겠죠. 차선책 같은 건 없었습니다. 아무도 내게 또 다른 생각을 말해 주지 않았어요."

"그런 일을 하겠다는 생각은 아무도 하지 못할 겁니다."

"총독님, 나도 한때 런던에서 픽턴을 비판하는 입장이었습니다. 그가 내 요원들을 망쳐 놓았고, 파리아만 일대에서 계획 중인 혁명들을 무산시키고 있다고 생각했거든요. 하지만 그건 잘못된 생각이었습니다. 마누엘 구알 옹을 비롯해 이 섬에서 비참한 최후를 맞은 사람들은 모두 내가 아는 한 베네수엘라 사람이 죽인 겁니다. 카라카스에서 그를 고용해 그 유명한 유리 가루 알약을 주었다더군요. 픽턴이 축출해 유럽으로 돌려보낸 내 요원 한 명은 알고 보니 사기꾼이었습니다. 내 판단이 또 틀렸던 거죠. 그자는 내게 신뢰하기 힘든 프랑스 혁명가들에 대한 재치 넘치는 편지를 쓴 뒤 바로 같은 날 스페인 국왕에게 눈물로 용서를 구하는 편지를 보낸 인간이었습니다. 픽턴은 거의 그를 보자마자 섬 밖으로 쫓아냈죠. 그 소식을 듣고 나는 몹시 분개했지만, 실은 그때 픽턴이 나를 도와준 셈이었어요.

사실 내가 픽턴을 비판한 데는 또 다른 이유가 있습니다. 하지만 누구에게도 인정할 수가 없었죠. 1798년에 픽턴은 나라는 인간과 내 과거, 혹은 내가 혁명을 위해서 한 일들에 대해 아는 바가 전혀 없으면서도 런던에 나와 관련한 편지를 보냈습니다. 영국 정부가 나를 유용한 사람으로 생각할 수도 있지만 내게 너무 많은 것을 알게 해서는 안 된다는 게 편지의 요점이었어요. 실제 표현은 내 기억 속에서 지워지지 않을 만큼 훨씬 더 모욕적이었습니다. 러더퍼드라는 친구가 내게 편지 내용을 모두 전해 줘서 알게 된 사실이죠. 아무튼 픽턴의 주장이 각 부처 장관들에게 전달되면서 나는 큰 피해를 입었습니다. 아직도 픽턴이 썼던 말을 그대로 기억해요. '이번 사안에 유용할지도 모를 카라카스 출신 사람이 현재 런던에 있습니다. 현지 사정을 굉장히 잘 알지도 인맥이 훌륭하지도 않은 카라카스의 일개 장사꾼 아들로서……' 픽턴이 이런 편지를 쓴 건 내가 고향을 떠난 지 거의 삼십 년이 되었을 때입니다. 그사이 내가 한 일은 전혀 고려하지 않은 거죠. 수많은 위험을 감수하면서 혁명을 위해 조직을 만들고 인격을 갈고닦은 것에 대해서는 모조리 무시해 버린 겁니다. 픽턴 자신은 아무것도 한 게 없으면서요."

히슬롭이 말했다.

"픽턴은 그저 카라카스 사람들이 당신을 해칠 목적으로 한 말을 그대로 옮긴 거네요."

"맞습니다. 그때도 그렇다는 걸 알기는 했어요. 지금은 이런 이야기쯤은 아무렇지 않게 웃어넘길 수 있지만, 그때는 픽턴을 도저히 용서할 수 없었습니다. 그래서 틈만 나면 그를 비판하는 말을 쏟아 냈던 겁니다. 그 정도가 심해지자 런던의 각료들은 픽턴을 대신할 위원들을 임명하고 그를 수사하기로 결정했어요. 내게는 기쁜 소식이었죠. 그들은 섬으로 보낼 새 위원진에 내 측근 한 명을 넣겠다고 했습니다. 무너진 내 신용을 회복하려면 내가 아는 한 가장 믿을 만한 사람을 보내야 했어요. 그래서 고민 끝에 결정한 사람이 그야말로 최악의 선택이었죠. 총독께서 아시는 베르나르는 이곳으로 떠난 뒤 내게 소식 한 번 전하지 않았습니다. 하지만 페드로 바르가스라는 사내는 내게 끊임없이 편지를 보내왔어요. 이삼 주에 한 번 바베이도스나 리워드 제도 기지에서 우편선이 도착할 때마다 영국 정부는 내게 수석 위원의 집무실이나 내 측근인 페드로 바르가스가 쓴 편지를 몇 꾸러미씩 보내 주었어요. 하지만 그 편지에 담긴 내용은 모두 거짓이었습니다. 그걸 진즉 알아챘어야 했는데. 바르가스는 스페인 정부의 성명서처럼 글을 쓸 때 온갖 화려한 수식어를 덧붙였습니다. 정말이지 그 방면으로는 재능이 탁월했어요. 그의 편지 속에서 나는 구세주이자 구원자였습니다. 베네수엘라와 뉴그라나다의 모든 주민이 혁명을 위해 목숨과 전 재산을 바칠 각오로 내가 오기만을 기다린다고 적혀 있었단 말입니다.

그중 한 통의 편지에 나는 완전히 분별력을 잃었습니다. 바르가스의 말로는 자신이 굉장히 흥분한 상태라며 이런저런 이유로 전투 개시 시점이 드디어 닥쳤다고 하더군요. 더는 기다려서는 안 되니 필요하다면 우리 둘이서라도 혁명을 시작해야 한다는 겁니다. 해안의 어느 지점이든 우리가 상륙하기만 하면 사람들이 모여들 거라고요. 나는 그 편지를 장관들에게 전달했습니다. 바르가스 위원이 이런 편지를 보내왔다고 그들에게 보여 주었단 말입니다. 위원이라는 직함은 물론 거짓이었고, 그렇게 직위를 부풀린 죄로 나는 하마터면 곤경에 빠질 뻔했죠. 아무튼 나는 장관들에게 내게 배 한 척과 무기를 제공해 주고 트리니다드로 가서 그곳 흑인들 가운데 병력을 차출할 수 있게 허락해 주면 영국 정부가 내게 약속한 비용을 받지 않고 당장 출발할 의향이 있다고 말했습니다. 다행히 그들은 내 제안을 거절하더군요. 그들이 바르가스라는 자에 대해 나보다 더 잘 알아서 그랬을까요? 잘 모르겠습니다. 아무튼 내가 어느 날 갑자기 이곳에 나타나서 대륙을 침공할 계획이니 흑인 병력을 내달라고 요구했다면 어떻게 됐을까요? 총독의 입장에서는 이 작은 도시를 방어할 병력조차 부족한 상황이신데 말입니다. 플랜테이션 농장주들 또한 내게 자신의 니그로를 내주지 않을 겁니다. 결국 나는 런던으로 돌아가 다시 정부에 내가 받기로 한 비용을 요청하겠죠.

나중에 알게 됐지만, 바르가스는 아무리 사소한 내용이라도 현지의 사건이나 소문을 각색해서 내게 전하지는 않았습니다. 그저 보고서를 조금 다채롭게 작성하려다 보니 그런 말을 썼던 겁니다. 그는 수석 위원의 공관에서 비서관이자 스페인 법에서 말하는 보좌진으로 일했어요. 관저에도 드나들었겠죠. 바로 이곳 말입니다. 그런 와중에 며칠에 한 번씩 내게 동화 같은 이야기를 써 보낸 겁니다. 그 대가로 나한테 매일 10실링의 보수를 받았고요. 물론 수석 위원에게는 훨씬 많은 보수를 받았겠죠. 바르가스는 한때 혁명가였습니다. 뉴그라나다에서 비밀 조직의 일원으로 활동하다가 위험에 노출되어 크게 다친 적도 있다더군요. 하지만 이제 그에게 중요한 건 영국 정부에서 파견된 수석 위원에게 받는 정기적인 보수였습니다."

히슬롭이 말했다.

"지난 2월 재판에서 픽턴이 유죄 판결을 받은 데 결정적 역할을 한 것은 바르가스의 증언이었어요. 재판 기록을 모두 읽어 봐서 잘 압니다. 바르가스는 스페인 출신 법률 전문가로 불리던데요. 믿으실지 모르겠지만, 영국에서 이 사건과 관련된 스페인 법전을 보유한 사람은 바르가스가 유일했답니다. 그는 아주 오래전 스페인 법률에서는 고문을 허가했지만 근대에는 그런 법이 절대 없다고 증언했습니다. 재판은 그의 이 말 한마디로 끝났어요. 교수형이나 화형 같은 더 중대한 사안들은 모두 제쳐 놓고, 이 사소한 절도 건으로 픽턴을 무너뜨렸어야 했다는 게 이상하죠. 픽턴은 존경받는 최고 행정관이 어린 물라토 소녀를 고문하기 위해 가져다준 명령서에 서명했고, 그래서 재판에 넘겨졌습니다. 정작 최고 행정관은 어떤 질책도 받지 않았어요. 장군께서 이곳으로 보냈지만 실망만 시킨 그 사내에 의해 픽턴이 망가진 건 더 이상합니다. 픽턴을 기소한 그 모든 죄목을 이제는 내게 적용하겠죠. 내가 이곳에 도착한 첫 주에 있었던 물라토 사내와 사랑의 미약 사건 말입니다. 매일 밤 나는 고등 법원에서 어떻게 변론을 펼칠지 생각합니다. 목격자로 누구를 부를지, 그 스페인 사람들이 고문을 했다는 걸 어떻게 증명할지 궁리하는 거죠. 그러다 보면 갑자기 이 모든 게 인생의 낭비라는 생각이 들어요. 내가 할 수 있는 일이 거의 없는 문제를 두고 이렇게 걱정한다는 게 말입니다."

미란다가 말했다.

"픽턴 때문에 극도로 분노했을 때도 나는 그가 이런 식으로 무너지기를 원하지는 않았습니다. 그는 거짓말을 경멸하는 사람이라 거짓말을 하는 우리에 대해 경멸을 표시했을 뿐입니다. 페드로 바르가스 같은 인간 때문에 불과 몇 년 만에 그의 삶이 이렇게 무너져 내린 것은 정말이지 제가 바라던 게 아니었습니다."

"사랑하는 샐리. 이곳 일은 다 잘되고 있소. 알겠지만 당신은 너무 걱정이 많은 사람이야. 히슬롭 총독의 도움으로 우리는 레안데르호의 미국 용병들을 달랠 수 있었소. 여전히 술에 취해 소동을 부리는 날들이 있지만, 차츰 기강이 잡혀 가고 있다오. 처음에는 매일 이곳 병영에서 미국 용병들과 프랑스인들이 합동 훈련을 받았는데, 로피노 데 라프레실리에르 백작이 자기는 절대 미국인의 지휘를 받을 수 없다고 고집을 부리는 바람에 결국 두 집단을 따로 떼어 훈련하기로 했다오. 이번에는 열 척의 배로 소함대를 구성할 거요. 영국군이 비공식적으로 배를 지원하고, 코크런 제독과 메이틀랜드 장군, 여기 있는 히슬롭 총독 같은 사람들이 나를 대하는 태도를 보면 내가 런던에서 얼마나 큰 지지를 받는지 짐작할 수 있지. 이들은 내 환심을 사려 애쓰고 있소. 표정에서 나에 대한 존경심이 느껴질 정도지. 이들은 여전히 내가 자신들을 위해 많은 것을 해 줄 수 있는 사람이라고 생각하는 것 같아. 하늘에 감사할 일이지. 히슬롭은 내가 자신에게 좋은 일자리를 줄 거라고 믿고, 메이틀랜드와 코크런은 내가 적절한 시점에 이 대륙의 넓은 땅을 뚝 떼어 줄 거라고 기대하고 있소.(특히 코크런은 욕심이 많아서 더 다루기가 쉬운 사람이야.)

케리다, 이들이 언제든 나를 배신할 수 있다고 생각한다면 그건 당신 착각이오. 젊을 때는 나도 그런 식으로 생각했는데 그건 내 착각이었소. 우리 아들 레안데르와 프란시스코가 남에게 너무 많은 것을 기대하도록 키워서는 안 되오. 아이들에게 배신자에 대한 이야기는 절대 하지 마시오. 코크런, 메이틀랜드, 히슬롭 같은 사람들은 내게 반드시 충성해야 할 이들이 아니오. 그저 서로 이해관계가 있기 때문에 하나로 뭉치는 거지. 상대에게 얻을 이득이 없다면 우리는 곧 서로에게서 멀어질 거요. 그렇게 멀어진다고 해서 비도덕적이라거나 의리가 없다고 욕할 수는 없어. 당신이 지금부터라도 이런 식으로 생각하지 않으면 스스로를 망가뜨리게 될 거요. 걸핏하면 도덕적으로 광분해 당신 자신을 제외한 모두를 비난할 테고, 그러면 사람들은 당신에게서 마음에 들지 않는 점을 찾기 시작할 거요. 이건 그동안 내가 당신에게 줄곧 말해왔던 중요한 문제야. 당신이 가족 중 몇 사람을 대하는 태도에서 가장 눈에 띄는 부분이었지.

턴불에 대해 이야기하자면 그는 나의 가장 오래된 친구요. 우리는 삼십 년도 훨씬 전에 지브롤터에서 각각 동인도 회사의 젊은 거래인과 군 지휘관으로 처음 만났지. 그날 이후 우리는 줄곧 좋은 친구였소. 지금 그의 태도가 어떠하든 턴불은 결국 내 안위를 걱정할 거요. 나 역시 마찬가지고. 턴불이나 러더퍼드 같은 사람은 앞으로 다시는 만나기 힘들 거요. 당신이 생각하는 그런 우정이 통하는 시대는 이미 지나갔소. 턴불이 내게 짜증을 낸다면 나 역시 나 자신에게 짜증이 날 거요. 나는 친구 사이에 늘 말조심을 할 필요는 없다고 생각해. 그러니 그 친구를 의심하지도, 그 친구 때문에 힘들어하지도 마시오. 당신도 알겠지만 내가 이런 글을 쓰는 이유는 오로지 지나치게 불안해하는 당신을 걱정해서요.

내 편지 또는 일기 형식의 편지는 계속 이어질 거요. 나는 마음속으로 늘 당신에게 이야기하고 있소. 아주 사소한 일이라도 당신에게 빠짐없이 모두 전하는 건 당신의 사랑에 대한 내 보답의 표현이오. 당신은 거의 나의 깨어 있는 정신이 되었소. 하지만 당신에게 마음속으로 말하는 것들을 편지에 다 적을 수는 없다오.

이제 우리는 출발할 때가 다 되었소. 배들도 준비를 마친 상태요. 나는 레안데르호가 아닌 영국 군함 릴리호에 승선하기로 했소. 코크런이 예상하기를 전투가 벌어지면 스페인군은 레안데르호를 공격할 거요. 레안데르호는 미국 국기를 달고 있는 데다 내 소유의 배로 알려져 있으니 말이오. 전사들의 준비 상태는 그 어느 때보다 훌륭하다오. 그렇지만…… 이건 누구에게도 알리고 싶지 않은 일이라 당신에게도 말하지 않으려 했는데…… 솔직히 지금 나는 사기가 많이 떨어진 상태요.

스페인 당국이 보내온 두 번째 편지가 어제 이곳 초소에서 발견되었소.(이후 베르나르가 평의회 회의실에 있던 똑같은 편지 사본을 내게 보내왔더군.) 이번 편지는 비호와 바쿠스호의 성공적인 나포를 축하하기 위해 카라카스의 메트로폴리탄 성당에서 거행된 감사 대미사에 관한 내용이었소. 또 푸에르토카베요 법원에서 열린 쉰여덟 명의 포로들에 대한 선고 내용에 대해서도 적혀 있더군. 십육 일 전 그들은 족쇄를 찬 채 교도소 마당으로 끌려나와 무릎을 꿇은 상태에서 자신들에게 내려진 선고를 들었다오. 장교 열 명은 교수형, 나머지 모두는 징역 팔 년에서 십 년 형을 받았지. 이제 그들은 온종일 중노동을 한 뒤 딱딱한 돌 침대에서 벽돌을 베고 자게 될 거요. 10킬로그램이 훨씬 넘는 쇠사슬을 몸에 두르고 말이오. 장교들의 교수형은 열흘 전에 집행되었다더군. 스페인 당국은 일부러 모든 법적 절차를 서둘러 진행했을 거요. 그래야 내가 두 번째 침공 작전을 실행하기 전에 이 소식을 들을 테니까.

그들이 내게 전한 세세한 이야기들이 모두 과장된 거라면 얼마나 좋을까. 하지만 그렇지 않다는 걸 나는 알고 있소. 교도소 정문 밖에 교수대가 세워지자 흰 모자와 흰 가운을 입고 족쇄를 찬 장교 열 명이 그 앞으로 끌려 나왔다오. 교수가 모두 끝난 뒤 형 집행자인 니그로는 죽은 사람의 목에 감긴 로프를 벗기고 어깨 위에 올라앉았지. 그러고는 시신의 목을 베어 내고, 몸통을 네 토막으로 잘랐어. 토막 낸 시신은 죽은 이들이 입던 군복과 무기와 함께 한 곳에 수북이 쌓았고 그 위에 너덜너덜하게 찢어진 내 콜롬비아 국기를 덮은 다음 불을 붙였다오. 샐리, 당신이 런던의 우리 집에서 만들어 준 그 국기에 그들이 특별히 치욕스러운 짓을 할 거라는 예상은 일찍이 했던 바요. 하지만 당신에게는 말하고 싶지 않았지.

그날의 분위기를 상상하면 나는 생각했던 것보다 더 무력해지는 기분이오. 마치 내가 계획한 혁명을 이단으로 몰아붙이는 종교 재판정에 세워진 느낌이라고 할까. 내가 한때 그들에게 어떻게 해를 끼칠지 알았다면 그들은 지금도 여전히 나를 괴롭힐 방법을 잘 아는 것 같소. 그 편지를 읽었을 때 처음 든 생각은 우리 아이들이 이미 세례를 받아서 다행이라는 거였소. 고향을 떠나 산 지 십오 년째였던 서른다섯 살 무렵, 미국에 이어 러시아에 머물던 나는 베네수엘라에서 보낸 어린 시절의 세계가 굉장히 아득하게 느껴졌어. 마치 또 다른 삶의 일부라서 많은 것이 기억 속에서 지워진 듯했지. 그런데 지금은 1771년이 바로 지난해였던 것처럼 그 세계에서 조금도 벗어나지 못한 기분이 드는군."

　"사랑하는 장군님. 우리는 지금도 여전히 불안한 나날을 보내고 있어요. 얼마 전 삼촌께서 판화 판매상인 홀랜드 씨에게 받은 당신의 판화 사본 여섯 점을 가져다주었어요. 삼촌 말씀으로는 판화가의 실력이 형편없다고 하더군요. 이 사람들은 할 일이 너무 많아서 자신이 작업 중인 작품을 이해하려는 시도조차 하지 않고 대충 끝내 버리는 것 같아요. 그러고는 곧바로 다음 일거리를 찾지요. 작품 속에서 왕관은 당신 머리 위에 떠 있고 그 주위에 구름이 걸려 있어요. 삼촌 말씀으로는 왕관이 엉망으로 그려져 있지만 작업한 사람들은 전혀 신경 쓰지 않더래요. 그림 원본은 홀랜드 씨의 가게 진열창에 걸려 있는데, 길 가던 행인들이 멈춰 서서 왕관을 자세히 들여다보며 관심을 보인대요. 그런 점에서 홀랜드 씨가 사업 수완이 있다고 하더라고요. 하지만 여보, 이 사기꾼 가튼 런던의 중개상들은 삼촌이 당신 서재에서 작은 탁자를 놓고 그린 그림에 대한 대가는 한 푼도 주지 않았어요. 판화 작업은 바베이도스에서 근무하는 해군 화가의 그림으로 한 거라면서요. 그게 그들이 늘 내놓는 구실이라고 삼촌이 말씀하셨어요. 판화 아래쪽에는 당신의 소함대를 이루는 배들의 이름이 새겨져 있어요. 여보, 소함대라니 나는 정말 꿈에도 생각지 못했어요. 우리는 날마다 당신에게 좋은 소식이 들려오기만을 기다려요. 배들의 이름도 하나같이 너무 예쁘네요. 릴리, 어텐티브, 불독, 트리머, 마스티프…… 여보, 우리 레안데르가 자기 이름과 똑같은 배가 있다는 사실을 알고 얼마나 신나 했는지 몰라요. 나무토막 위에 얹은 장난감 배를 끌고 온 집 안을 돌아다니며 '엄마, 난 이 배를 타고 아버지에게 갈래요!' 하고 외친답니다. 바다는 어마어마하게 넓기 때문에 그런 작은 배로는 바다를 건널 수 없다고 설명해 주었더니 그럼 더 큰 배를 사서 아버지를 위해 싸울 거래요. 레안데르는 이제 책도 곧잘 읽고, 어린 동생을 괴롭히지 않겠다고 저와 약속도 했어요. 지금 제 옆에서 잠자는 둘째의 모습은 판화 속의 당신만큼이나 아름다워요. 여보, 우리 아이들은 요즘 인생에서 가장 행복한 나날을 보내고 있답니다."

"그리운 샐리. 우리를 갈라놓은 것은 비단 드넓은 바다만이 아니오. 삼사 개월이라는 시간이 우리를 서로에게서 떨어뜨려 놓았지. 당신이 지금이라고 한 것은 이미 넉 달 전 이야기이고, 내가 지금 쓰는 이야기는 두 달 뒤에나 당신이 읽게 될 거요. 그때 상황이 어떨지는 현재로서 당연히 알 수 없지. 샐리, 작전은 실패했소. 모든 게 다 실패야. 샐리 당신 예감이 옳았소. 런던의 관계자들이 막판에 나를 배신하고 모든 지원을 철회해 버린 거요. 지금 나는 트리니다드에 있소.

내가 머문 곳은 총독 관저도 아니고, 공식적으로 이곳에서 나는 아무 직책도 없는 상태요. 당연히 지휘 본부도 없지. 현재 나는 민간인 신분으로, 여기 있는 동안 남아메리카에서 혁명 시도는 꿈도 못 꿀 처지라오. 다시 트리니다드로 돌아온 날 아침, 나는 히슬롭을 찾아갔소. 그는 나를 결코 모른 척할 수 없는 사람인데, 마치 내가 그동안 무슨 일을 했는지 금시초문인 것처럼 행동하더군. 관저에 머물게 해 달라는 내 요청에는 딱 잘라서 자기 소관이 아니라고 했어. 히슬롭의 말에 따르면 상인들이 내가 이곳에 오는 걸 원치 않는다며 자신에게 청원까지 냈다는 거야. 나 때문에 지난 육 개월 동안 본토와 무역이 중단되면서 자기들은 아무 죄도 없이 엄청난 피해를 입었다는 게 그들의 주장이라더군. 상인들이 낸 청원은 내가 찾아간 바로 그날 아침 평의회에서 논의될 예정이었소. 히슬롭은 내가 그 회의에 참석하는 게 좋겠다고 했어. 이제 와서 생각해 보니 그건 정말 감사해야 할 조언이었어. 내가 그 자리에 참석하지 않았다면 베르나르가 그렇게까지 목소리를 높여 나를 옹호하지 않았을 테니 말이오. 그리고 베르나르가 그렇게 목소리를 높이지 않았다면 투표 결과는 내게 불리하게 나왔을 거요. 물론 히슬롭은 크게 후회했을 테고, 나는 이곳을 떠나야 했겠지. 그랬으면 지금 나는 어디에 있었을까. 그건 하늘만 알 거요.

처음에는 모든 일이 순조롭게 진행되는 것 같았소. 역시 시작이 너무 좋으면 탈이 난다는 게 사실일까? 그동안 시작이 좋았던 적은 수없이 많았지. 그때마다 사기가 오르는 동시에 한편으로는 불안하기도 했어. 아무튼 우리는 베네수엘라 북서부의 코로까지 아무 문제 없이 항해할 수 있었소. 요새에 도착한 우리는 먼저 포격을 퍼부었지. 스페인군은 이에 몇 차례 발포하며 대응하더니 곧 철수하더군. 우리는 그렇게 무사히 베네수엘라에 상륙해서 도시까지 진입했소. 우리 측 부상자는 단 세 명이었지. 그런데 알고 보니 전혀 축하할 일이 아니었어. 우리가 점령한 도시는 애초에 텅 비어 있었거든. 사람이 한 명도 없었단 말이오. 트리니다드에 파견되어 있던 베네수엘라 첩자들이 자기 임무를 훌륭히 수행했던 거지. 그들은 우리의 전투력과 상륙 예정 지점을 정확히 파악했고, 영국군이 해상에서만 우리를 지원할 계획이라는 것도 알고 있었소.

지난 수년 동안 나는 함대를 이끌고 남아메리카에 상륙하기만 하면 사람들이 내가 올린 깃발 아래 모일 거라고 믿어 왔소. 구알, 카로, 바르가스 같은 사람들이 그런 내 믿음을 계속 부추겼지. 하지만 현재 내 주위에는 아무도 없소. 나는 그들이 당국의 줄기찬 협박 때문에 모이지 못했다고 생각했고, 이런 상황에는 스페인식이나 베네수엘라식으로 대처해야 한다고 판단했어. 이런 내 성격이 결국 문제를 일으킨 셈이야. 나는 막강한 해군 병력을 거느리고 나타난 만큼 목소리를 더욱 높여야 할 것 같았어. 그래서 이런 선언문을 발표했지. 이제 스페인이 통치하는 시대는 끝났으니 모든 관리는 내 앞으로 나와 충성을 맹세하든 비극적 최후를 맞이하든 선택하고, 신체 건강한 남자들은 모두 내가 이끄는 군대에 입대해야 한다. 이건 잘못된 행동이었소. 충성 맹세를 위해 내 앞으로 나온 사람은 한 명도 없었고, 나와 내 부하들의 권위는 더욱 약해졌지. 나는 인근의 여러 마을에 병사들을 몇 명씩 보내서 사람이 있는지 확인하게 했소. 그런 다음에야 비로소 스페인군이 내 계획을 모두 파악하고 미리 손을 썼다는 사실을 깨달았어. 그들은 이 전쟁에서 어떻게 싸워야 하는지 잘 알았던 거요. 몇 주 동안 사제들은 나를 비판하는 설교를 했고, 한때 나를 도왔던 사람들은 모두 나와 연락을 끊어 버렸어. 메리다 주교는 나를 이단이라고 선언했지.

이어지는 열흘 동안 코로에서 철수한 스페인군이 우리를 완전히 덮쳤어. 상대편은 1만 5000명, 우리는 고작 400명이었으니 교전을 시작할 수도, 언덕을 넘어 카라카스로 진격할 수도 없었지. 급기야 우리 쪽 의용군들이 부담을 느끼기 시작하면서 규율이 점점 무너졌소. 어느 날 프랑스인과 미국 용병들 사이에 작은 사건이 벌어져 세 명이 다치고 취사병이 목숨을 잃었소. 나는 몹시 불안해져서 당장 병사들을 이끌고 해안으로 돌아가야 한다고 생각했어. 물론 우리에게는 부상자와 환자를 태울 수레도, 말이나 노새도 없었소. 결국에는 들것을 이용할 수밖에 없었지. 들것병은 삼십 분에 한 번꼴로 교체해야 했고, 그러다 보니 이동 속도가 무척 느렸어. 나는 어쩐지 스페인 당국이 파 놓은 함정 안으로 스스로 걸어 들어가는 듯한 기분이 들었소. 언제든 스페인군이 우리를 습격할 것만 같았어. 그럴수록 나는 들것병들을 매섭게 다그쳤지. 몇몇 병사에게는 내 손으로 당장 쏴 죽이겠다고 협박까지 했소. 그들은 지금까지도 나를 용서하지 않았어. 현재 내가 머무는 곳이 총독 관저가 아니라서 그런지 거리에서 마주칠 때마다 내게 무섭게 욕설을 퍼붓더군.

어느 늦은 밤에 우리는 다시 배에 올랐소. 나는 무엇을 해야 할지 모른 채 그저 멍한 상태였지. 그토록 오래 기다려 온 순간이었는데. 나는 자메이카에 있는 영국 정부에 도와달라는 편지를 보냈는데, 이 또한 어리석은 행동이었소. 당연히 그쪽에서는 내게 군대를 보내 줄 입장이 아니라는 답변을 전해 왔지. 이 답을 듣는 데만 육 주가 걸렸어. 그동안 우리 물자는 점점 바닥났고 먹을 게 부족해서 병사들은 시름시름 앓거나 반항하기 시작했어. 그러던 어느 날 코크런 제독에게서 더는 나를 도울 수 없다는 전갈이 온 거야. 런던에서 지원을 중단하라는 명령이 내려졌다더군. 원래도 코크런이 내게 베풀 수 있는 도움의 범위는 적의 해군 병력으로부터 나를 보호하고, 적의 지원군이 상륙하는 것을 막고, 내가 안전하게 재승선할 수 있게 하는 것에 국한돼 있었어. 요컨대 이제 그의 지원은 끝났다는 거지. 코크런은 편지를 쓸 때 마치 전쟁터에서 명령을 내리듯 요점만 간단하고 정확하게 적는 특징이 있어. 코크런의 글을 읽다 보면 해군 제독이라는 위치까지 오를 수 있었던 그의 역량과 내가 결코 가져 본 적 없는 권위가 생생히 느껴지지.

장장 오 주 동안 내 운명처럼 거칠고 혹독한 바닷바람과 맞서 싸우며 동쪽으로 항해한 끝에 마침내 나는 너덜너덜 엉망이 된 병사들을 이끌고 트리니다드로 돌아왔소. 나는 너무 지친 상태였지만, 도착한 바로 그날 히슬롭에게 좋은 얼굴을 보여 주어야만 했소. 그리고 나를 반대하는 상인들이 평의회에서 내 미래를 논하는 동안 나는 여전히 권력을 목전에 둔 사람인 양 여유로운 표정으로 그 자리에 함께 앉아 있어야 했소.

코크런이 여전히 나를 정중하게 대우한 부분도 있긴 했지. 나를 브라이얼리라는 한 해군 중위의 집에 머물 수 있게 주선해 주었거든. 브라이얼리는 지금까지는 흠잡을 데 없는 사람으로 총독인 히슬롭보다 더 멋진 집에서 살고 있소. 이곳에서 독자적으로 유사 정부 같은 것을 이끌어 나가는 유력한 해군 지휘관이지. 항해 조례의 집행관이기도 해. 브라이얼리가 책임지는 군함은 돛이 부러진 채 항구에 박혀 있는 커다란 배한 척뿐이지만 일단 그 배에 오르면 히슬롭의 관할권에서 벗어나게 되지. 그게 바로 이곳 해군이 가진 권력이야. 항해 조례는 무역과 밀접한 관련이 있소. 이 말은 브라이얼리를 세관의 고위 관리로 볼 수도 있다는 거지. 그는 밀수업자나 선장과 결별하고 다른 사람들을 보호하면서 그 대가로 상당한 부를 쌓고 있어. 내게도 일찌감치 그런 이야기를 해 주더군. 내가 묵고 있는 포트오브스페인의 이 집 가격만 해도 1만 달러나 된다오.(주인이 계속 강조하는 점은 언제든 원할 때 팔 수 있다는 거요.) 브라이얼리의 재산은 이게 다가 아니야. 시골에 15만 파운드 상당의 토지와 노새 열한 마리, 니그로 노예 서른세 명도 있어. 그는 틈만 나면 작은 쪽지에 니그로들의 이름을 적고그 옆에 일련번호를 써넣는다더군. 전체 인원수를 파악하고 가치가 얼마나 되는지 계산해 보는 즐거움을 누리고 싶은 거지.

이곳에 있는 스페인 사람들과 베네수엘라 사람들은 대개 무역상과 막노동자로 거리에서 나를 보면 여전히 야유를 퍼붓는다오. 내가 도착한 날 아침부터 그랬지. 지금쯤이면 이런 상황이 끝날 줄 알았는데 그건 내 착각이었소. 특히 요즘은 번 번이 나를 깜짝 놀라게 하는 식이야. 내가 보는 데서 하는 게 아니라서 신랄한 야유 소리가 들려와도 도대체 누가 그런 건 지 알 수도 없지. 그건 정말이지 군악대의 연주를 뚫고도 귀 에 꽂힐 만큼 끔찍하고 무시무시한 소리라오.

무릇 패배자는 비판을 감내할 수밖에 없지. 그래서 처음에 는 내가 실패한 사람이기 때문에 이곳에서 조롱을 받는 거라 고 생각했소. 하지만 나중에는 레안데르호에서 내린 미국인 불평분자들 때문일 수도 있다는 생각이 들더군. 걸핏하면 거 리에서 난동을 부리고 무일푼인 내게 줄기차게 돈을 요구하 는 그들이라면 충분히 그럴 수 있다고 생각해. 해안으로 후퇴 하는 과정에서 내가 들것병들을 위협한 이야기도 어처구니없 게 부풀려져서 이 일대에 쫙 퍼졌으니까. 그런데 시간이 지날 수록 이곳 사람들이 야유를 쏟아 내는 이유에 대한 생각이 달라졌소. 나를 따르던 여러 군인이 목숨을 잃었는데 나는 멀 쩡하게 살아 돌아온 게 사람들은 싫었던 거요. 우리가 코로를 향해 떠나자마자 이곳에 있던 베네수엘라 첩자들이 푸에르 토카베요에서 집행된 처형 소식을 퍼뜨리기 시작했다더군. 흰 모자와 흰 가운을 걸친 장교들은 교수형을 당한 뒤 불태워졌 고 그나마 목숨을 건진 나머지 병사들은 지금도 10킬로그램 이 넘는 무거운 쇠사슬에 묶인 채 딱딱한 돌침대에서 벽돌을 베고 잔다는 사실을 이곳 사람들이 알게 됐지. 나는 내가 조 롱받는 이유는 아주 단순하다고 생각했어. 사람들은 내가 실 패했다는 사실에 실망했고, 내 실패로 인해 같은 남아메리카인인 자신들까지 우스갯거리가 됐다는 데 화가 난 거라고 믿었지.

그러나 이건 잘못된 생각이었소. 이런 생각은 내 자만심에서 비롯된 거지. 나는 이 사람들이 나를 자신들을 해방시켜 잃었던 품위를 되찾게 해 줄 구원자로 여긴다고 믿었어. 이 사람들도 내가 지난 이십여 년 동안 나 자신을 바라보던 시각으로 나를 바라보고 있다고 제멋대로 느꼈던 거요. 하지만 사실은 그 반대라오. 이곳의 막노동자들은 나를 이단자, 반역자로 여기고 있소. 내가 패배자가 되고 미국 용병들이 거지꼴로 레안데르호에서 내린 걸 기뻐하지. 메리다 주교가 나를 이단자로 선언했다는 소식을 베네수엘라 첩자들이 아주 효과적으로 퍼뜨린 결과요. 이곳 사람들에게 나는 무신론자, 괴물, 신앙의 적, 내 나라에 맞서는 여러 섬과 미국에서 온 악당 무리의 두목일 뿐이지.

지난 이십여 년 동안 미국, 영국, 유럽을 떠돌며 살았지만 그 어디서도 이런 혐의에 대해 스스로를 변호한 적은 없었소. 지나온 내 삶이 어떻게 이토록 뒤틀려서 철저히 왜곡된 인격의 모습으로 내게 버려질 수 있는지 정말 모르겠소. 너무나 괴로운 상황이야. 이런 고통에 더해 이곳에서 나는 전쟁에서 맛본 패배와 굴욕, 온종일 하는 일 없이 지내는 무위도식 상태를 견뎌야 하오. 얼마 전부터는 현실 세계가 아득히 멀게 느껴지면서 세상과 연결된 끈을 조금씩 손에서 놓는 듯한 기분이 드는군.

세상이 다 아는 것처럼 내가 스페인 군대에서 나온 뒤부

터 일정한 직업 없이 남아메리카의 독립만을 꿈꾸며 살아왔
소. 그 사실을 이곳 막노동자들에게 어떻게 납득시켜야 하는
지 모르겠소. 내가 런던을 떠나기 직전에 작성한 유언장에서
도 나 자신을 이렇게 정의했지. 유언장에서 나는 지금껏 이 세
상에서 남아메리카 사람들만큼 지혜롭고 정당한 자유를 누릴
자격이 있는 이들을 본 적이 없다고 적었지. 아마 샐리 당신도
기억할 거요. 이런 내 진심을 이곳 사람들에게 어떻게 해야 전
할 수 있을까? 유언장에는 내 조국이 자유를 되찾으면 런던
의 우리 집 서재에 있는 6000여 권의 책을 카르카스 대학교
에 기증하겠다는 말도 적혀 있지. 그건 내가 그 대학에서 배
운 문학적, 기독교적 가치들을 기리고 싶기 때문이오. 나의 두
아들은 내가 고향 땅에 발을 들여놓기 전에 모두 세례를 받았
지. 레안데르호를 타고 남쪽으로 향하는 동안 주일마다 루이
스 선장이 기도문을 읽을 때 나는 한 번도 갑판에 머문 적이
없소. 스페인 사람들은 내 인생에서 우발적으로 일어난 일들
을 하나하나 전부 모아 두었던 것 같아. 미국과 러시아에서 난
생처음으로 자유를 느껴서 나도 모르게 쏟아 냈던 온갖 거친
말들, 나를 도울 의용군이 절실하게 필요한 지금의 현실 등 내
의지와 상관없이 생긴 일들을 모아서 나도 모르는 내 모습을
창조해 냈지. 나는 나 자신이 그동안 내내 곧은길을 걸어왔다
는 걸 알고 있소. 그리고 내가 원하는 바가 마음속에 또렷한
형상으로 잡혀 있지. 하지만 나를 비난하는 사람들에게 이런
내 생각을 분명히 이해시킬 방법이 없소. 설상가상으로 지금
내가 하는 일은 모두 그들이 생각하는 내 모습을 재확인시킬

뿐이지. 나는 그동안 런던에 병사 4000명을 지원해 달라고 요청하는 편지를 써 보냈고, 루브레가 이 요청을 받아들였지. 이 또한 반역자이자 무신론자라는 내 이미지를 굳히는 데 일조할 거요.

자신이 소유한 니그로의 인원수를 세어서 총재산이 얼마인지 계산해 보는 걸 즐기는 브라이얼리 중위도 이곳에서 내가 느끼는 쓸쓸함과 외로움, 길을 잃은 듯한 막막함, 어디에도 정착하지 못한 채 떠다니는 불안함을 알아차리기 시작한 것 같소. 이전까지는 나를 자신의 상관인 제독의 친구이자 동료로서 깍듯하고 정중하게 대했는데 요즘은 태도가 조금 달라진 듯한 느낌이 들어. 이는 곧 런던의 각료들이 코크런에게 더 급박한 관심이 필요한 임무를 부여했다는 뜻이지. 브라이얼리의 부하인 예비 장교들은 본데없는 깡패처럼 굴어서 나를 불안하게 한다오. 젊은 장교라는 특권이 오히려 그들을 부패하게 만드는 것 같아. 그들은 일반 수병들을 괴롭히고, 항해 조례를 강요하고, 그저 재미로 아무 죄 없는 사람들을 쫓아가서 두들겨 패기도 하지. 그래도 니그로를 건드리지는 않는데, 그건 니그로 뒤에 그들을 보호하는 주인이 버티고 있기 때문이오. 반면에 가난한 백인이나 유색 자유민은 마음 놓고 괴롭히지. 며칠 전 대낮에 예비 장교들이 시내에서 한 영국 남자를 한참 동안 뒤쫓은 일이 있었소. 그들은 남자가 비밀 정보원이라고 주장하더군. 영국 남자가 남의 집 마당 안으로 뛰어들자 예비 장교들도 뒤따라 들어갔지. 잠시 후 그들은 마당 뒤쪽의 니그로 숙소 안에 있는 침대 밑에서 가엾은 남자를 끌어냈어.(영국인이 니그로의 초라한 침대 밑에 숨어 있었다는 사실은 예비 장교들 사이에서 엄청난 농담거리가 되었지.) 그들은 남자의 온몸에 시커먼 타르와 깃털을 입혀서 재미를 극대화했소. 그러나 히슬롭 총독 산하의 경찰관들은 이런 소동을 그저 손놓고 지켜볼 수밖에 없었다오.

그동안 나는 브라이얼리에 관한 이런저런 의심들을 히슬롭에게 보고했소. 나를 대하는 브라이얼리의 태도가 변한 이유를 이제는 분명히 알지.

어제 저녁 식사 때 그가 이렇게 말하더군.

'레안데르호에서 내린 빅스라는 미국인이 현재 우리에게 체포된 상태입니다. 조사해 보니 장군께도 그다지 호의적이진 않더군요. 지난 육 개월 동안 그는 물론 다른 용병들에게도 보수를 전혀 지급하지 않으셨다면서요. 그 친구가 제게 이런저런 다른 이야기도 많이 해 주었습니다. 장군님이 벌이신 모든 일에 대해 앞으로 책을 쓸 거라던데요.'

'압니다. 앞으로 어떤 일이 닥치든 감수해야겠죠.'

'단도직입적으로 묻겠습니다. 장군께서는 군인으로서 시험대에 오를 때마다 왜 사람들을 실망시켰을까요?'

'북아프리카에서는 성공적으로 임무를 수행해 냈습니다. 모로코 멜리야에서였지요. 벌써 삼십 년 전 이야기지만……'

'알기는 아시는군요. 장군께서 프랑스군을 지휘하기 위해 허세를 부렸을 때 저는 마스트리흐트 포위전이 생각났습니다.'

'파리에서 열린 재판에서 나는 그와 관련된 모든 혐의를 벗었습니다. 빅스가 그 이야기는 하지 않았나 보군요.'

'지난 4월 푸에르토카베요 처형 건도 있고, 지금 상황도 썩⋯⋯.'

'그저 내가 운이 나쁜 사람이었던 거죠.'

'저는 운이 좋은 사람입니다.'

여보, 살다 보면 내가 존경하지도 않는 사람이 높은 권위를 가져서 나와 동등하지 않은 관계가 될 때가 있다오. 그럴 때 나는 내 성격 가운데 그 사람과 상반되는 면을 일부러 과장하기 시작했소. 이것을 모순이라고 보는 사람들도 있겠지만, 실은 불행의 한 형태라고 할 수 있소. 나는 유순하고 지나치게 교양 넘치는 사람이 되었지. 나는 브라이얼리에게 이렇게 말했소.

'키케로는 '행운이야말로 성공한 군인의 네 가지 특징 중 하나'라고 했습니다.'

'나머지 세 가지는 뭔가요?'

'재능, 군사 지식, 명망이죠. 모두 매우 광범위한 뜻을 가진 단어들입니다.'

'운 좋은 사람이 장군의 편에 있었다면 코로에서 상황이 달라졌을 거라는 생각은 안 드십니까? 자신의 운을 믿는 사람은 그토록 방어적인 태도를 취하지 않거든요. 아군을 점점 옥죄어 오는 스페인군을 물리칠 방법을 장군께 알려 드려서 역공을 펼친 다음 카라카스로 계속 진격했을 수도 있죠.'

'당시에는 부하들을 신뢰할 수가 없었습니다. 이미 자기들끼리 싸우기 시작한 상태였으니까요.'

'용병들의 보수는 어떻게 지급하실 겁니까? 이른바 '잔디

깎기 달인'의 마음을 어떻게 달래실 건가요? 그 친구 말로는 장군을 고소할 거라던데요. 장군께서 바베이도스에서 그의 배를 빌려 가셨다고요. 레안데르호를 팔 생각은 없으십니까? 꽤 좋은 값을 받을 수 있을 텐데요. 잘하면 밀린 보수를 모두 지급하실 수 있을 겁니다.'

'누가 그 배를 산단 말입니까?'

'제가 사죠. 결코 개인적인 선행은 아닙니다. 철저한 사업상 거래죠. 배를 사면 안티구아나 바베이도스로 보내 수리를 한 다음 해군에 되팔 겁니다. 해군에게는 늘 배가 필요하니까요. 저는 그들에게 무엇이 필요한지 정확히 압니다.'

브라이얼리는 더 말하지 않았소. 지금 나는 어느 정도까지는 그의 뜻을 따를 생각이오. 그도 이런 내 생각을 알지만 지난 며칠 동안 레안데르호에 대해서는 한마디도 꺼내지 않더군. 솔직히 나는 마음이 편하지 않소. 일이 너무 쉽게 풀리는 것 같으면서도 브라이얼리 중위의 입에서 어떤 이야기가 나올지 잘 모르겠거든.

오늘에야 나는 중위의 생각을 알게 되었소. 저녁 식사 때 그가 불쑥 이렇게 말했지.

'레안데르호를 팔기 전에 미국 국기를 달고 마지막 항해를 하셔야 할 것 같습니다. 강을 따라 앙고스투라까지 가십시오. 장군은 처음부터 그곳을 공략하셨어야 해요. 강폭이 좁고 도시는 경비가 허술하니까요. 모범적인 해군인 저는 강이나 바다에서 어떤 도시를 바라볼 때마다 맨 먼저 저곳을 공격하려면 어떻게 하는 게 최선일까 생각합니다. 제 나름의 정신 훈련

이지요. 또 베네수엘라에 사는 선장들에게 계속 이런저런 정
보를 전해 받기도 합니다. 그래서 앙고스투라에 도착한 뒤에
는 어떻게 해야 할지 제가 정확히 알아 두었습니다. 솜씨 좋은
해군 포병들에게 한 시간쯤 열심히 작업을 시키면 병영과 요
새를 구축할 수 있을 겁니다. 그러고 나면 저희가 상황에 따라
움직이면서 뒷받침할 테고, 그럼 도시를 꽤 오랫동안 장악할
수 있어요. 장군이 내 공화국이라고 선언할 수도 있겠죠. 이
방법이 통하면 그곳에 계속 머무는 것이고, 그렇지 않으면 닷
새 뒤에 여기로 돌아오시면 됩니다.'

브라이얼리가 제안한 것이 해적 행위라는 건 나도 알고 있
소. 나와 내 목표에 대해 그가 가진 생각이 딱 그 정도라는 거
지. 그게 베네수엘라 첩자들이 퍼뜨린 생각이기도 하오. 레안
데르호에 탔던 일부 용병들이 처음에 한 이야기도 바로 그런
것이었소. 물론 나는 브라이얼리가 가진 권력에 휘둘릴 수밖
에 없는 입장이오. 그는 언제든 병력 지원을 철회할 수도, 나
를 스페인 사람들에게 넘겨줄 수도 있는 능력자지. 하지만 내
게 이런 모욕을 주다니! 정말 치욕스러워 죽고 싶은 심정이오.

이틀 뒤, 그동안 잠자코 있던 브라이얼리가 다시 내게 물었소.

'생각 좀 해 보셨습니까?'

'앙고스투라는 중위가 생각하는 것보다 훨씬 요새화된 도
시예요. 강에서 공격을 감행하는 건 매우 위험합니다.'

'그래서 가지 않으시겠다는 겁니까?'

'그렇습니다.'

내 대답에 브라이얼리는 화가 난 듯 표정이 차갑게 변했소.

'제 재산 관리를 맡은 친구가 얼마 전부터 계속 하소연하더군요. 장군께서 내 노새와 니그로를 너무 제멋대로 부리셔서 임무를 제대로 수행하기 힘들다고요.'

나는 이렇게 반박했지.

'저한테 시설을 내준 건 중위 아닙니까? 그래서 그동안 레안데르호에 있던 물자를 창고로 옮기는 작업을 계속해 온 겁니다.'

'제가 허락한 건 딱 하루였습니다. 일주일씩이나 멋대로 쓰라고 내준 게 아니에요. 이제 그만 여기서 떠나 주십시오. 사실 코크런 제독께 이미 편지도 보냈습니다. 장군께서 이곳에 계속 머무는 문제를 두고 스페인 당국을 비롯한 여러 사람과 계속 협상하는 것도 지친다고요. 그리고 이런저런 상황을 고려해 볼 때 장군께서 제안하신 레안데르호 판매 건도 저는 거절할 수밖에 없습니다. 그러니 최대한 빠른 시일 안에 이곳을 떠나 주십시오.'

나는 다음 날 아침 바로 그곳을 나왔소. 그 집에서 멀어지니 차라리 마음이 편하더군. 하지만 레안데르호 건은 못내 아쉬웠소. 거래가 거의 성사되었다고 믿게끔 부추긴 건 브라이얼리였는데 말이야.

나는 매케이 호텔로 갔소. 병영 바로 옆에 있는 호텔이라 그곳에 머물며 사 주 가까이 내 병사들을 훈련시킬 수 있었지. 호텔 1층에는 무역 회사 직원들이 술 마시며 당구를 치기 위해 자주 찾는 선술집이 있어. 2층에는 연병장이 한눈에 내려다보이는 객실 네다섯 개가 있지.

호텔 사장 매케이는 영국군이 섬을 점령한 직후 이곳으로 이주한 사람이오. 섬에 주민이 없어서 땅을 그냥 나누어 준다는 이야기를 듣고 왔다더군. 그런데 와서 보니 실제로 땅을 나누어 주더라는 거야. 단, 니그로를 여럿 데려올 수 있는 사람만 넓은 땅을 받을 수 있었지. 어느 날 매케이는 최고 행정관에게 농담조로 물었다더군. '제가 제 힘으로 약 2만 제곱미터 넓이의 삼림을 개간하면 어떻게 하시겠습니까?' 그러자 행정관도 농담처럼 대답했지. '발로트가 담당하는 감옥에 넣어 니그로처럼 서른아홉 번의 채찍질을 당하게 하겠소.' 발로트는 마르티니크섬에서 온 프랑스인 교도관으로 니그로들에게는 무시무시한 공포의 대상이었다더군. 이건 선술집 주인인 매케이의 입을 통해 들은 말을 그대로 옮긴 거요. 물론 매케이는 당구대와 2층의 그저 그런 객실들 덕분에 지금까지 잘 살아왔고, 니그로도 몇 명 소유하게 되었어. 당구 이야기가 나와서 말이지만, 매케이 말로는 당구대를 설치하려면 개당 세금을 납부해야 하고, 그 돈은 총독이 받는 보수의 일부로써 히슬롭의 호주머니로 들어간다더군.

　　샐리, 내가 매케이와 관련된 이야기를 길게 적은 데는 이유가 있소. 지금의 내 기분에 대해 쓰고 싶지 않기 때문이오. 사실 지금 나는 무엇을 어떻게 해야 할지 모르겠소. 레안데르호의 병사들 문제조차도……. 과연 내가 할 수 있는 일이 있기는 할까? 지금으로서는 그저 런던의 루브레에게 소식이 올 때까지 기다리는 수밖에 없을 것 같아. 적어도 석 달은 걸리겠지. 기다리는 건 어려운 일이 아니오. 지난 이십여 년 동안 내가 유일하게 배운 게 바로 기다리는 법이니까. 하지만 그때까지 여기서 어떻게 적응하고 살아갈지 여전히 모르겠군. 내 주위에는 내 진짜 모습을 알지 못하는 사람들만 있소. 그들은 고정 관념을 가진 사람들이라 히슬롭이나 코크런 같은 이들의 평가를 기꺼이 그대로 따르려고 하지. 히슬롭이나 코크런이 나에 대한 평가를 멈추면 그들은 나를 어떻게 생각해야 할지도 모를 거요. 나는 그들이 아는 누구와도 비슷하지 않으니까.

이상하게 들리겠지만, 지금까지 살면서 이런 난감한 상황에 처한 건 처음이오. 카르카스에서는 눈에 띄게 부유한 집안의 자제였소. 어릴 때부터 나를 모르는 사람이 없을 정도였지. 그렇게 유명세를 느끼며 유년기를 보냈고, 스페인에 갔을 때는 식민지에서 온 사치스러운 청년이었소. 이후에는 프린세스 연대의 지휘관이었고, 스페인 군대에서 나온 뒤 한동안 조금 갈팡질팡하며 살다가 미국으로 갔지. 그곳에서 나는 조심스럽게 살 수밖에 없는 처지였고, 무엇이든 즉흥적으로 만들어 내야 했지. 하지만 미국 생활 말년에는 지체 높은 사람들이 알아볼 정도로 나라는 인간의 캐릭터가 잡혀 있었소. 영국, 프랑스, 러시아에서는 매우 특별한 정치적 목표로 내 이름을 알렸지. 이렇듯 나는 지금까지 늘 중요한 인물로 살아왔소. 하지만 지금 내가 있는 이곳에서는 나를 알아보는 사람이 아무도 없소. 내가 태어나 자란 고향이 바로 코앞인데 말이오. 그래서인지 이곳에서는 나 자신이 조금씩 사라져 가는 느낌이오.

샐리, 몹시 걱정했겠지만 나는 이제 호텔에서 지낼 필요가 없어졌소. 드디어 나를 구해 줄 사람이 나타났거든. 매케이의 직원들이 내 짐들을 2층으로 옮기고 있을 때 투박한 나무 계단을 뛰어 올라오는 묵직한 발소리가 들려왔소. 베르나르였지. 농장주들이 입는 작업복 차림의 베르나르는 지난번 총독 관저 베란다에서 봤을 때와는 크게 달라 보였소. 그때는 런던 신사처럼 화려한 차림이었는데 말이오.

베르나르는 브라이얼리가 내게 어떻게 했는지 이제 막 알게 되었다면서 당장 자신의 농장 저택으로 가자고 하더군. 그의 명령에 따라 내 짐들은 다시 1층으로 옮겨졌소. 베르나르의 말투에서는 제법 위엄이 느껴졌지. 우리는 곧바로 호텔을 떠날 예정이오. 이제부터는 베르나르의 농장 저택에서 편안히 지내며 세심한 보살핌을 받겠지. 브라이얼리 문제는 걱정하지 않아도 될 것 같소. 그와의 논쟁에서 내가 잃은 건 아무것도 없어. 브라이얼리와 그를 따르는 깡패 같은 예비 장교들에 대해서는 크게 신경 쓰는 사람도 없다오. 내가 브라이얼리의 집에서 그렇게 오래 묵었다는 것을 놀라워할 뿐이지.

베르나르는 지난번처럼 구르빌 가문의 문장이 그려진 마차를 타고 왔더군. 하지만 이제는 마차의 상태를 살피거나 마부의 발에 꿰어진 알파르가타에 눈길을 주고 싶지 않았소. 그저 그런 마차로 나를 데리러 온 것 자체가 고마웠지. 이제야 깨달은 사실인데 브라이얼리의 집에서 지내는 동안 나는 몹시 의기소침해졌던 것 같아. 그래서인지 매케이와 1층 선술집에서 당구를 치는 젊은이들조차 나를 걱정하는 눈빛으로 바라볼 때 큰 위안을 느꼈지.

베르나르의 농장 저택은 북쪽 계곡에 있었소. 우리를 실은 마차는 도시를 가로질러 북쪽을 향해 달렸어. 거리에서는 레안데르호의 미국 용병들이 여전히 크고 작은 난동을 피웠고, 스페인과 베네수엘라 사람들은 아직도 잊지 않고 야유를 쏟아 내더군. 그런 거리 풍경은 마치 나라는 인간의 가치를 노골적으로 드러내는 것 같았소. 그제야 나는 깨달았지. (베르나르의 변호와 상관없이) 이 도시의 나머지 사람들도 나에 대해 의문을 품기 시작했다는 걸 말이오.

베르나르가 나를 감싼 것은 순수한 우정에서 우러나온 행위일 거요. 지금 나는 그를 위해 해 줄 수 있는 일이 아무것도 없소. 베르나르가 내게 이런 우정을 나누어 줄 거라고는 전혀 기대하지 못했는데…… 지난번 그가 총독 관저로 찾아왔을 때 함부로 대하지 않은 게 무척 잘한 일이라는 생각이 드는군. 그날 나는 한껏 신경 쓴 그 친구의 차림새를 보며 연민 같은 감정을 느꼈지. 왠지 그에게 마음이 몹시 쓰였어. 그런 감정은 상호적일 경우가 많지. 함께 마차를 타고 가는 동안 나는 문득 이런 생각이 들었소. 이곳에서 내 위치가 확실했을 때(지금도 여기서 멀지 않은) 총독 관저에 지휘 본부가 따로 있을 만큼 히슬롭보다 월등한 권위를 자랑하던 육 개월 전 그때 베르나르도 내게 연민을 느꼈을지 모른다…….

이윽고 마차는 도시를 벗어나 좁고 구불구불한 계곡 길로 들어섰지. 2킬로미터쯤 더 가자 새로 지은 농장 저택이 눈앞에 나타났소. 그게 바로 베르나르, 아니 구르빌 가문의 저택이었지. 카카오와 커피를 함께 재배하는 농장에는 십오 년생쯤 되는 어린 자귀나무와 닭벼슬나무 들이 무성하게 자라고 있었어. 둘 다 꽃이 피어 있었지. 키 작은 카카오나무 위로 분홍빛 자귀나무꽃이 보였소. 땅바닥에 떨어진 주황색 닭벼슬나무꽃들은 마치 선명한 물감을 뿌려 놓은 것 같았고, 시커먼 카카오나무의 줄기와 가지에서 직접 자라는 짧고 굵은 꼭지 끝에는 묵직한 열매가 매달려 있었소. 카카오 열매는 녹색에서 노란색, 빨간색, 자주색으로 빛깔이 변해 가는 중이었지.

그곳에서 나는 카르카스 북부의 카카오 계곡에서 맡던 축축한 흙과 낙엽 냄새를 느낄 수 있었소. 하지만 바닐라 향은 느껴지지 않더군. 대신 과일이 발효할 때 풍기는 시큼한 냄새가 났는데, 집에 가까이 다가갈수록 더 진하게 느껴졌어. 마치 오크 통 안에서 익어 가는 포도주 냄새 같았지.

베르나르는 자신은 이미 그런 냄새에 익숙해서 거의 느끼지 못한다고 하더군. 그러면서 내가 느끼는 냄새는 아마 코코아의 독특한 풍미와 향을 내는 데 쓰이는 통카빈이라는 시큼한 열매에서 나는 냄새일 거라고 했어. 잠시 후, 베르나르는 냄새의 진짜 정체를 알아냈지. 그것은 카카오 가공장에서 카카오빈의 '땀을 빼는' 냄새였어. 베르나르는 나를 카카오 가공장으로 데려가 직접 확인시켜 주더군. 카카오빈은 카카오 열매 안에 든 종자요. 두꺼운 껍데기를 쪼개서 열면 과육으로 뒤덮인 종자가 나오지. 여기서 종자를 추출하려면 '땀을 빼야' 하는데, 과육이 썩어 액체화될 때까지 일주일쯤 발효시키는 걸 뜻해. 발효 과정에서 카카오빈 특유의 향이 살아난다더군. 초콜릿에 약간의 마취 효과가 있다는 일부의 주장은 바로 여기서 근거한 거라오. 내가 어릴 때는 덤불 속에 숨어서 차갑고 쓸쓸한 코코아를 마시는 사람들이 있다는 소문을 심심찮게 들었지.

나는 베르나르에게 말했어.

'난 내가 카카오빈에 대해 꽤 많이 안다고 생각했는데 그것도 다 옛날 일인 것 같군. 고대부터 전해져 내려오는 식품들이 대부분 그렇듯 카카오빈도 가공 과정이 꽤 복잡하다는 건 알아. 하지만 '땀을 뺀다'는 건 완전히 잊고 있었네. 1771년 라과이라항을 떠날 때 아버지는 내게 카카오빈 8파네가를 챙겨 주셨지.'

'그 정도면 엄청난 양인데요! 코코아 열매는 대부분 과육으로 이루어져 있거든요.'

'카카오빈은 가진 게 아무것도 없을 때 화폐의 역할을 했어. 나는 신경 쓸 일이 전혀 없었지. 아버지의 농장 창고에 있던 카카오빈을 수레에 실어 라과이라항까지 가져가면 프린스 프레더릭호 선원들이 화물칸에 옮겨 실었고, 우리 농장 전담 중개상인 아니노가 책임지고 카카오빈을 팔아서 나중에 내게 현금으로 보내 주었으니까. 그때 그 카카오빈은 실제로 보기는커녕 냄새도 맡아 보지 못한 것 같아.'

나는 발효 작업장에서 조금 떨어진 곳에서 이상한 광경을 보았소. 열두 명 남짓의 젊은 여자 또는 소녀들이 땅바닥에서 약간 올라오게 만든 네 개의 단 위에서 입을 꾹 다문 채 아주 천천히 왔다 갔다 하고 있었지. 각 단에 세 명씩 올라가 있었는데 신기하게도 움직이는 동안 무릎을 거의 구부리지 않더군. 단 옆에는 널빤지로 된 비스듬한 지붕 모양의 덮개 같은 게 놓여 있었어. 원래 단 위에 덮어 놓았던 것을 작업하느라 벗겨 놓은 듯했어. 그 단은 발효가 끝난 카카오빈을 건조시키기 위한 공간이었어. 카카오빈은 며칠에 걸쳐 말리는데, 조금이라도 비가 올 것 같으면 곧장 단 위에 덮개를 씌워야 해. 비를 맞으면 카카오빈이 썩거든. 또 건조 과정에서 때때로 카카오빈을 뒤집어 줘야 하는데, 소녀들이 바로 그 작업을 하는 중이었어. 천천히 발가락으로 카카오빈을 일일이 눌러서 뒤집지. 베르나르의 설명에 따르면 이런 과정을 이곳 사람들은 카카오빈을 '춤추게 한다'라고 표현한다더군. 며칠 뒤 건조가 끝난 카카오빈에서는 반짝반짝 흐르는 윤기를 볼 수 있지. 소녀들이 모두 같은 방향으로 움직인 건 아니오. 다들 속도나 자세가 달랐지. 오로지 자신에게만 집중한 듯한 소녀들의 춤은 조금 이상하고 우울한 느낌을 주었어.

그런데 소녀들 가운데 다리를 절뚝이는 사람이 한 명 있었어. 나는 베르나르에게 그녀에 대해 물었지.

'마리 보나비타 말씀이시군요. 지난해 있었던 니그로들의 반란을 모의하던 '여왕' 가운데 한 명입니다. 낮에는 여기서 일하고, 밤에는 여왕으로 살았더군요. 회의 장소까지는 농장의 노새를 훔쳐 타고 갔답니다. 목적지에 도착해서는 걸을 일이 전혀 없었고요. 어디를 가든 신하들이 모셨으니까요. 신하들은 파란색과 노란색 물감을 칠한 목검을 차고 다녔어요. 왕은 루제트 농장의 마차꾼인 샘슨이라는 자였습니다. 샘슨은 파란색 가두리 장식을 덧댄 자신만의 제복을 입고 다녔어요. 마리는 우리 농장에서 구운 큼지막한 빵이 생길 때마다 자신을 따르는 추종자들에게 한 조각씩 나누어 주었어요. 대신 추종자들은 빵 한 조각에 25센트를 그녀에게 냈죠. 이 어처구니없는 성찬식 이야기를 들은 사람들은 크게 화를 냈습니다.'

'마리 보나비타. 지복의 마리아, 순수한 마리아.'

'제 아내가 지어 준 이름이죠. 아내는 늘 마리를 따뜻하게 대해 주었습니다. 니그로들이 모두를 죽이고 나면 마리가 진짜 여왕의 자리에 오를 예정이었다더군요. 평의회 조사 때 밝혀진 사실이지요. 여기 있는 이 소녀들 중 꽤 여럿이 반란 모의에 연루되었는데, 대부분은 형벌을 면했어요. 채찍질 스물다섯 번 말입니다. 마리 보나비타는 채찍질을 완전히 면할 수는 없었고, 거기다 오른쪽 발목에 대장장이가 특별 제작한 5킬로그램짜리 족쇄까지 차야 했어요. 지금은 별 문제 없이 잘 지냅니다. 위험하지도 않고, 흥분도 많이 가라앉은 상태예요. 제 아내의 안부도 자주 묻고요.'

'그 족쇄는 언제까지 차야 하나?'

'죽을 때까지요.'"

"영원한 내 사랑 장군님, 당신의 나무람은 감사히 받아들였어요. 당신이 우정에 관해 한 좋은 말들은 가슴에 콕 박히는 것 같았답니다. 역시 턴불 씨는 당신 소식을 듣고 몹시 마음 아파하더라고요. 당신의 작은 서재에 앉아 멀리 떠난 옛 친구를 생각하며 저와 삼십 분쯤 이야기를 나누었어요. 턴불 씨는 지난번 자신이 제 앞에서 거친 말들을 쏟아 냈던 것에 대해 후회와 비통함을 표시했어요. 그러면서 그동안 그 문제를 자세히 알아봤는데 책값을 받지 못한 서적상은 둘로, 화이트, 에반스 이렇게 셋뿐이라고 하더라고요. 턴불 씨는 그들에게 이 문제로 미란다 장군을 지나치게 몰아세우면 고마운 마음이고 뭐고 책을 그냥 다 반품해 버리겠다고 했대요. 턴불 씨는 아직 희망이 남아 있다고 말했어요. 영국의 모든 공장 지대에서 당신의 새로운 작전 시도를 위해 물자를 보내 줄 용의가 있대요. 하지만 이번만큼은 믿을 만한 병사들로 이루어진 제대로 된 병력이 필요하겠지요. 그러니 당신도 인내심을 갖고 기다려야 해요.

턴불 씨와 러더퍼드 대령은 새로운 각료들이 꾸려 가는 이곳의 정치 상황을 계속 주의 깊게 살피고 있습니다. 당신도 정치 상황이 얼마나 자주 바뀌는지 아실 거예요. 러더퍼드 씨는 당신처럼 현장에 나가 싸울 준비를 하는 것이 전쟁의 반 이상이라고 말하더군요. 턴불 씨는 제가 굳이 말하지 않아도 매달 1일에 사람을 시켜서 집으로 50파운드를 보내 줍니다. 당신이 턴불 씨께 맡기고 간 돈이죠. 여보, 당신이 승승장구할 때는 화를 냈다가 이제 당신이 불행해지자 몹시 애통해하는 머리칼이 허연 그 노신사를 보고 있으면 어쩐지 우울해집니다. 러더퍼드 대령이 윌리엄슨 대령과 함께 멋진 사륜마차를 타고 찾아온 날, 우리 집에서는 작은 소동이 벌어졌어요. 레안데르는 자기가 계속 아버지 꿈을 꾸면 아버지가 집으로 돌아오실 거라고 생각했대요. 그래서 낯선 윌리엄슨 대령을 보고는 기뻐서 어쩔 줄 몰랐어요. 레안데르는 한동안 윌리엄슨 대령에게서 눈을 못 떼고 계속 빤히 쳐다봤어요. 대령은 우리 아이

476

들이 움직이는 모습에서 당신의 얼굴과 행동이 떠올라 무척 놀랐다더군요. 당신이 없는 집에서 두 아이가 제게 얼마나 큰 위안이 되는지 모릅니다. 부디 우리가 그런 것처럼 당신도 인내심을 갖고 끝까지 버텨 주세요."

"이곳에 온 지도 벌써 몇 주가 지났군. 베르나르는 여전히 내게 친절하고 믿음직한 태도를 보여 주고 있소. 베르나르의 농장 저택 일대는 사유지이기 때문에 레안데르호 용병들을 비롯한 다른 사람들이 마음대로 접근할 수 없지. 이곳에서는 아무도 내게 야유를 보내지 않아. 런던에 간 루브레에게선 아직 소식이 오지 않았소. 그래서 지금 그곳의 정치 상황이 어떤지는 전혀 모른다오. 나는 얼마든지 기다릴 준비가 되어 있소. 지금껏 배운 것이 바로 기다림이니까. 태어나서 지금처럼 한가하게 지내본 적은 없는 것 같아. 나는 온종일 바쁘게 일하는 농장 사람들 사이에서 혼자 빈둥거리는 것도 꽤 힘들다는 걸 깨달았소. 베르나르 역시 잠시도 엉덩이 붙일 새 없이 아침부터 밤까지 뛰어다닌다오.

이따금 우리의 저녁 식사 자리에 함께하는 베르나르의 아내는 뼈에 어떤 문제가 있는 것 같아. 무슨 병인지는 베르나르도 말해 주지 않았는데, 어쩌면 아무도 모르기 때문일 수도 있다는 생각이 드는군. 아무튼 그녀는 움직임이 자유롭지 않아. 그래서인지 낯선 이와 마주 앉아 대화를 나누는 동안 계속 긴장하는 게 보였소. 얼굴은 젊고 예쁘장한데 몸은 늙고 무거운 것 같아. 베르나르는 그녀에게 무척 헌신적이오. 둘 사이에 자녀는 없어. 베르나르는 아내의 시중을 들고 보살피는 걸 진심으로 좋아해. 아내의 이름, 아내 소유의 플랜테이션 농장, 아내의 연약한 몸 상태, 아내가 쓰는 구식 프랑스어 등 아내와 관계된 모든 걸 다 사랑하는 것 같아. 나와 파리에서 처음 만났을 때 베르나르는 선동가 같은 면모를 보였지. 그를 내 목표에 적합한 사람이라고 생각한 것도 그래서였소. 이렇게 다정다감한 사람일 거라고는 상상도 못 했지. 이곳에서 내가 직접 확인한 그의 다정다감한 품성은 아마도 그의 부인이 끌어낸 것일 거요.

아직까지 이 집에서 부인의 집안사람을 만난 적은 한 번도 없소. 물론 몽탈랑베르 남작 같은 사람도 못 봤지. 떠도는 이야기로는 베르나르가 이들이 가진 작위에 혹한 나머지 결혼 당시 자신이 얻을 수도 있었던 것들을 전혀 요구하지 않았다더군. 그래서 현재 구르빌가에서 그의 위치는 아내의 농장을 관리하는 일종의 집사에 지나지 않는다고 하오. 물론 실제로는 그 정도가 아니겠지만, 떠도는 이야기가 아예 터무니없는 건 아닐 듯싶소.

이런 이야기를 내게 들려준 이들은 베르나르가 소개해 준 사람들이었소. 겨우 이런 인간들을 친구라고 생각할 베르나르가 안쓰럽군. 그들은 이런 이야기를 들려주면 내가 어떤 영향을 받을 거라고 기대했겠지만 천만의 말씀이오. 하지만 (이런 생각조차 들지 않았다면 좋았겠지만) 나도 솔직히 인정할 수밖에 없는 사실이 하나 있소. 베르나르와 가깝게 지내는 동안 내 수준이 이 지역의 2등급 인간들과 비슷하게 내려갔다는 거요.

이건 나 혼자만의 평가가 아니오. 그 사람들도 스스로를 그렇게 평가해서 자기도 모르게 자신을 2등급에 포함시키더군. 그들의 기준에서는 히슬롭, 코크런, 심지어 브라이얼리도 감히 쳐다보지도 못할 높은 등급에 속하는 엄청난 권위를 가진 사람이오. 그들은 브라이얼리와 코크런에 얽힌 소름 끼치는 이야기나 히슬롭의 술고래 성향에 대한 기이한 이야기를 떠들어대면서 스스로를 매우 솔직한 평론가로 생각한다오. 그렇지만 실제로는 그 지체 높은 분들이 가진 권위에 한 번도 의문을 품어 본 적이 없는 사람들이지.

그들의 그런 행동은 자신과 같은 처지의 사람들에게 상처를 주지. 만난 지 얼마 되지도 않은 사람들이 내가 혼자 있게 되자마자 친구에 대한 험담을 늘어놓다니……. 이제 나는 그들이 나를 반기면 오히려 불안해진다오. 처음 만났을 때는 더없이 따뜻한 사람들이라고 생각했는데 금세 또 다른 면을 발견했거든. 그들은 내게 우정을 베풀어서 내 호감을 사기도 했지만 동시에 나를 실망시키기도 했소. 내 불행을 안타까워하는 그들은 얼핏 분수를 잘 아는 선량하고 인품 좋은 사람처럼 보이지.

하지만 그들은 곧 나에 대해서도 이런저런 뒷말을 하기 시작할 거요. 이따금 그들과 함께 있을 때면 내가 처음 이곳에 와서 총독 관저에 머무는 동안 히슬롭을 하급 지방 관리 정도로 깔봤던 일이 잘 기억나지 않는다오.

그동안 시골로 여행을 떠났다가 이제 베르나르의 집으로 돌아왔소. 여전히 런던에서 온 소식은 없군. 이곳에 있는 영국인 소유의 플랜테이션 농장들을 약 한 달에 걸쳐 돌아보았지. 다우니 대령, 맥루리 양, 그 밖에 몇몇 사람들의 집에서 묵었는데 역시 잠시 콧바람을 쐬니 기분이 좋더군. 이번 여행을 처음 제안한 건 다우니 대령이었소. 그는 때가 되면 꼭 내 휘하에서 싸워 보고 싶다는데, 그런 말을 들으면 런던 상황이 이따금 내가 생각하는 것만큼 절망적이지 않을 수도 있다는 생각이 든다오. 영국인들은 이곳으로 이주해 온 지가 얼마 되지 않아서 그들이 세운 몇몇 농장은 다소 황량해 보이기도 했소. 한 농장에서는 일요일 오후에 니그로 노예들이 깨끗한 갈색 리넨 옷을 입고 저택 앞에 모여서 영국 찬송가를 불렀어. 나는 물론 그들에게 관심을 보일 수 없었고, 그런 내 처지를 생각하니 갑자기 심란해졌지.

레안데르호를 타고 미국에서 남쪽으로 내려올 때 나는 규율을 잡기 위해서는 병사들 앞에 너무 자주 모습을 드러내지 말자고 스스로 다짐했소. 이 작은 섬에서 같은 사람들을 볼 때마다 마치 여전히 선상에 있는 듯한 기분이라오. 여행이 중반에 이르렀을 즈음 나는 그동안 내 모습을 지나치게 많이 드러내서 이곳에서 조금씩 유명해지는 게 아닌가 하는 걱정이 들기 시작했소. 내 명성은 점점 퇴색하고, 사람들이 자기 친구들을 비판하듯 벌써 나를 비판하는 게 느껴졌지.

여행의 마지막 날, 나는 맥루리 양의 집에서 저녁 식사를 했소. 그 자리에 함께한 다우니 대령이 내게 자신이 만든 여행 일지를 내밀었소. 여행이 끝나 갈 무렵 나는 기분이 너무 우울해서 답례로 보여 줄 게 없었지. 그런데 엉성하게 제본된 책을 펼치자마자 나는 일지를 쓴 사람이 제대로 된 교육을 받지 못했다는 걸 알 수 있었소. 그동안 나는 다우니 대령의 매너와 억양에 깜박 속아서 그가 이곳의 몇 안 되는 교양 있는 영국인들에게 등을 돌리게 만든 거요.

이윽고 나는 고개를 들었소. 가슴이 훤히 들여다뵈는, 그 이름도 유명한 투명 드레스차림의 맥루리 양이 나를 빤히 바라보더군.

'장군님도 당연히 아시겠지만 다우니 씨는 진짜 대령이 아니랍니다.'

아니, 나는 전혀 알지 못했소. 그동안 내가 그를 좋아했던 건 그가 내게 보여 준 희망의 빛 때문이었소. 나는 줄곧 그와 맥루리 양을 아주 특별한 친구로 생각했는데……. 그 친구는 여전히 나와 동등한 손님으로서 나와 마주 앉아 있었소.

나중에 그에게 어찌 된 일인지 물었더니 맥루리 양의 말이 맞다고 하더군. 그는 대령이 아니었소. 이 섬에 온 뒤부터 스스로를 그렇게 부르기 시작했다더군. 오랫동안 군인이 되고 싶은 꿈이 있었고, 그래서 기회가 오기만을 기다렸다는 게 그의 변명이었소. 나는 그가 나를 속였고 그런 거짓말은 큰 해가 될 수 있다는 걸 분명히 말해 주었소. 레안데르호 사람들이 내게 준 고통스러운 기억은 아직도 큰 상처로 남아 있다오. 그들은 그저 식량 배급과 약탈을 위해 나의 군사 작전에 함께했소. 그러니 내 모험은 절망의 길로 들어설 수밖에 없었지. 최근 연이어 실패를 맛본 나는 군대 경험이 많을 뿐 아니라 운이 좋다는 게 검증된 사람들이 필요하다는 걸 깨달았소.

다우니가 이런 사실을 알았어야 했는데…….

다우니는 고개를 푹 숙이고 내게 미안하다고 말했소. 하지만 자신이 내가 아는 다른 사람들보다 더 나쁜 짓을 했다고는 생각하지 않더군. 사실 그 사람들은 이곳에서 아무런 비판을 받지 않았지. 예를 들어, 이 지역 법무 장관이자 내가 어느 집을 방문하든 항상 만나게 되는 또 다른 인물인 아치볼드 글로스터가 실제 변호사가 아니라는 건 널리 알려진 사실이오. 초대 영국 총독인 픽턴의 재임 시절, 평의회 총무에게 돈을 주고 변호사 자격증을 샀을 뿐이지.

나중에 베르나르를 통해 나는 글로스터에 관한 소문이 사실임을 확인했소. 법무 장관이 실제 변호사가 아니라는 건 이곳에서 공공연한 비밀이라더군. 이 일과 관련해 베르나르에게 들은 잘 알려지지 않은 뒷이야기도 있소. 이건 실행 직전 무산된 노예 반란에 대한 조사 과정에서 밝혀진 사실이라오.

글로스터에게는 자신의 개별 시중을 드는 스키피오라는 노예가 있었소. 이곳 사람들은 자신이 소유한 니그로를 고전에 나오는 유명한 이름으로 부르는 걸 좋아한다더군. 헤라클레스, 헥토르, 큐피드, 시저, 폼페이, 아그리파, 카토, 스키피오 같은 이름으로 말이오. 니그로들이 한창 반란을 준비하던 즈음, 스키피오는 밤이면 시내의 글로스터 저택 뒤쪽에 있는 숙소를 나와 10킬로미터쯤 떨어진 카레나주라는 바닷가 마을로 갔소. 그곳에는 이른바 에드워드 왕으로 알려진 한 니그로의 궁궐이 있었지. 스키피오는 에드워드 왕의 연대 내지 호송대에 충성하기 위해 밤마다 그곳을 찾아간 거였소. 에드워드 왕의 신하에게는 흰색과 녹색으로 칠한 목검이 주어졌다더군.

스키피오가 처음 연대에 들어갔을 때 에드워드 왕은 그에게 목검과 함께 '성 요한 경'이라는 칭호를 내렸소. 그렇게 왕의 연대에 들어간 사람은 누구나 밤에만 쓸 수 있는 칭호를 하사받았지. 그런데 스키피오는 '성 요한 경'으로 불리는 걸 원치 않았소. 그 칭호는 그에게 아무 의미가 없었기 때문이지. 그는 자신의 주인처럼 '군 법무 장관'으로 불리고 싶어 했소. 에드워드는 그것이 연대 내 신하에게 어울리는 호칭이 아니라며 잠시 고민에 빠졌다오. 마침내 그들이 합의한 스키피오의 호칭은 '총무 겸 비서관'이었소. 이것은 베르나르의 실제 직함이기도 하지. 매일 밤 카레나주에서는 에드워드 왕의 왕세자와 왕세자비, 왕자와 공주들이 화이트 럼주를 마시고 노래하고 춤추고 음식(그날 낮 그들 각자가 일하는 농장 저택의 연회를 위해 만든 것이었겠지.)을 먹으며 즐겼소. 그러는 동안 스키피오는 글로스터 서재에서 훔쳐 온 법전을 횃불 아래 펼쳐 놓고 빠른 속도로 책장을 홀홀 넘기다가 짐짓 무언가를 종이에 쓰는 척했소. 그러다가 십 분 내지 십오 분이 지나면 또다시 법전을 넘겨 댔지. 하지만 그는 총무로서 제법 중요한 임무도 수행했다오. 반란의 조직책 일원이었거든. 스키피오는 채찍질 100번에 귀가 잘리는 벌을 받은 니그로 가운데 한 명이었소.

내게 이런 이야기를 들려준 베르나르는 마지막으로 이렇게 말하더군.

'지금도 그곳의 누군가는 저를 주시하고 있습니다. 장군님을 주시하는 사람도 있을 테고요. 그래 봐야 제게 해가 될 일은 없다고 생각한 때도 있습니다. 하지만 반란이 거의 실행 직전까지 진행되었던 걸 생각하면 우리를 흉내 내는 그들이 섬뜩하게 느껴지죠.'

이처럼 이곳에서 이렇게 때를 기다리는 동안 나를 둘러싼 세계는 점점 쪼그라들고 있소. 이제는 밖에 나가고 싶지도 않아. 딱히 나가서 할 일도 없고. 사람들이 나에 대해 늘어놓는 말들은 모두 전해 듣고 있소. 나를 둘러싼 세계가 작아질수록 나 자신도 점점 줄어드는 기분이오. 지금은 그저 앞으로 기다려야 할 시간이 너무 길지 않기를, 지금까지의 기다림이 헛되지 않기를 바랄 뿐이오. 현재 환경에서는 중대한 생각에 집중할 수가 없소. 나의 직관, 나의 열정 또한 머지않아 사라질 것 같아. 지금부터 삼십칠 년 전인 1770년 카라카스에서 그랬던 것처럼 말이오. 어쩌면 인생의 반환점을 돌아 과거의 나로 돌아간 것인지도 모르겠소. 카라카스가 이곳처럼 작았는지 기억도 가물가물하지만 사람들을 비난할 수는 없어. 이곳처럼 작은 도시에서 상인들은 같은 업계 동료들과만 어울리고, 베르나르 같은 사람들은 농장 일에 얽매여 한눈을 팔 새가 없으니까. 그나마 베르나르는 평의회에 참석했다가 돌아올 때마다 나와 자기 아내에게 넓은 세상 소식을 전해 준다오.

내가 머무는 이 저택의 정면 끝 방은 앞으로 돌출된 데다 삼면에 베니션 블라인드[21]가 설치되어 있소. 날씨가 더울 때

---

21) 이탈리아 베네치아에서 처음 개발된 발. 좌우 양쪽에 가로로 줄을 매달아 여닫을 수 있다.

면 안방에 있던 베르나르의 아내가 그 방에 와서 바람을 쐬곤 하지. 그녀 곁에는 하녀 한 명이 함께 하오. 나는 종종 베란다에서 책을 읽거나 편지를 쓰지. 베란다 안쪽 벽에는 단순한 모양의 화사한 꽃과 나풀대는 리본 패턴 장식이 세로로 길게 들어가 있는데, 이건 보나마나 베르나르의 마차에 문장을 그려 넣었다는 제빵사의 작품일 거요. 아무튼 그렇게 내가 베란다에 나가 있을 때 이따금 베르나르의 아내가 하녀에게 전하는 말소리가 들린다오.

아니, 말소리라기보다 어조라고 하는 게 맞겠지. 누워 있는 사람 특유의 어조 말이오. 베르나르의 아내가 비몽사몽 상태에서 뭐라고 중얼거리면 하녀는 간간이 몇 마디씩 반응해 자신이 계속 그 자리에 있다는 걸 알리는 식이지. 앉아 있는 하녀의 말소리는 좀 더 또렷하다오. 두 사람은 놀랄 정도로 화기애애한 분위기야. 서로를 부르는 호칭은 '마담'뿐 아니라 '마드무아젤', '마마(엄마)', '두두(여자 애인)', '모나미(내 여자 친구)', 몬앙팡(내 새끼), '마 프티트(귀염둥이)' 등 다양하더군. 뜨거운 한낮에 발효 중인 카카오빈에서 나는 시큼한 포도주 통 냄새를 맡으며 두 여인의 음악 같은 대화 소리를 듣고, 꼬리가 긴 매달린집새가 자귀나무와 닭벼슬나무 위에 흡사 기다란 양말 같기도 한 자루 모양의 둥지를 짓는 모습을 지켜보다 보면 굉장히 묘하면서도 편안한 느낌이 든다오. 그래서일까, 주인마님보다 하녀가 먼저 잠들 때도 종종 있지.

어느 날 나는 이게 베르나르의 아내가 하는 유일한 사교 활동일지도 모른다는 생각이 들더군.

베르나르는 어둠이 드리워지기 전인 매일 저녁 6시쯤 노새들이 있는 마구간에 가서 문을 잠근다오. 밤에 니그로들이 예전처럼 노새를 타고 마음대로 돌아다니지 못하게 하려는 거요. 베르나르는 이렇게 문을 잠그고 나서도 여전히 불안해할 때가 있소. 그저 기분 문제일 뿐이지만 결국 그는 다시 밖으로 나가 마구간과 니그로 숙소를 둘러보고 들어오지. 베르나르는 요즘 내게 이런 말을 자주 하더군.

'그들의 머릿수는 엄청 많지만 우리는 단둘뿐이잖습니까.'

매일 아침 베르나르는 아주 일찍 일어나서 마당과 저택, 창고, 주방 등을 차례로 둘러보고 마지막으로 마구간의 자물쇠를 풀지. 농장에서는 하루에 세 번 음식을 먹소. 가볍게 차를 마시는 아침 티타임과 오전 식사, 저녁 식사가 그것이오. 베르나르는 아침 티타임을 마치자마자 카카오빈 가공장과 카카오 나무 숲으로 가서 일꾼들에게 그날 할 일을 알려 줘야 하지. 오전 식사 뒤에는 다시 가서 작업의 진행 상태를 확인하는데, 이때 일을 어떻게 해야 하는지 직접 시범을 보이는 경우도 많다더군. 전날 아무런 문제 없이 잘한 일도 바로 다음 날 어떻게 하는지 다 잊어버렸다고 말하는 이들이 있어서라오. 아프리카에서 온 지 얼마 안 되는 이른바 뉴 니그로는 특히 이런 점에서 골칫거리인가 보오. 그들은 자기가 맡은 일을 자꾸 엉망으로 하면 아예 그 일을 하지 않아도 될 것이고, 어쩌면 고향으로 돌아갈 수도 있다고 믿지.

그래서 베르나르는 여느 니그로만큼 농장 일에 매여 산다오. 그나마 평의회 총무직을 맡지 않았다면 아마 이곳에서 꼼짝도 못 했을 거요.

최근 어려움을 겪고 난 베르나르는 그 어떤 것도 당연하게 생각하지 않는 듯하오. 매일 아침 농장을 한 바퀴 둘러볼 때는 부디 간밤에 독살당했거나 자살한 시체를 발견하는 일이 없기를 바란다더군. 내가 여기 있는 동안에도 주변의 여러 농장에서 니그로들이 독살당하거나 스스로 목숨을 끊는 일이 있었다오. 특히 쇼라 후작 부인인 로즈 드 간 드 라샹셀르리라는 여성이 경영하는 라 샹셀르리 농장에서 자살 사건이 많았소. 그들은 수일 동안 오물을 먹는 방식으로 자살을 했다더군. 크레올보다는 뉴 니그로들에게 흔한 이런 식의 자살은 보통 집단으로 이루어지지. 아마 서로에게 용기를 주기 위해서일 거요.

나는 이런 일이 이곳 또는 주변 농장에서 일어났다는 걸 베르나르의 표정을 보고 알아차린다오. 베르나르는 그런 일 자체를 입에 올리고 싶어 하지 않고, 특히 아내가 알지 못하기를 바라는 것 같소. 하지만 삼면에 베니션 블라인드가 설치된 방에 하녀들과 함께 있을 때 얼마든지 소식을 알 수 있다는 것 또한 모르지는 않을 거요. 아마 최근 몇 달 사이에도 그런 일이 일어났던 것 같지만, 베르나르가 내게 직접 말한 적은 없소. 그 방에서 여자들이 이야기를 나누는 동안 내 귀에 들리는 건 '마망'이나 '마담' 같은 호칭과 이 지역 사투리 특유의 리듬뿐이오. 하지만 모르긴 몰라도 그녀들이 니그로가 사는 작은 집에서 일어난 사망 사건에 대해 이야기하고 있다는 걸 짐작할 수 있지.

이런 일이 베네수엘라에서도 있었는지는 모르겠소. 내가 줄곧 도시에서만 살았기 때문일까? 친구들의 플랜테이션 농장이나 저택에 놀러 간 적은 있지만 그때는 그저 평온하고 여유로운 곳으로만 느꼈지. 그들에게 그들만의 규칙이나 관습이 있다는 것도 당연하게 생각했소. 어디를 가든 그곳만의 규칙은 있는 법이니까. 물론 이건 세계 곳곳에서 혁명이 일어나기 전인 아주 옛날 일이오. 지금은 경우에 따라 내 생각도 많이 다를 거요.

이십여 년 전 나는 러시아의 어느 공중목욕탕에서 한 시간쯤 보낸 적이 있소. 정확히는 1787년 초여름 모스크바에서 있었던 일이지. 우연히 알게 된 한 러시아인이 내게 꼭 경험해봐야 할 일이 있다면서 그곳에 나를 데려간 거요. 관광객들에게 좋은 볼거리라고 하더군. 그곳에서 내가 본 것은 남탕에 들어온 여자들이었소. 모두 실오라기 하나 걸치지 않은 상태였는데 곳곳에 찢어진 상처와 채찍질 자국이 있었지. 목욕탕 종업원의 안내에 따라 나는 여자들 사이를 지나갈 수 있었는데, 그녀들은 나를 전혀 의식하지 않더군. 나 역시 성적 자극 같은 건 전혀 느끼지 않았지. 그녀들의 무심한 태도와 온몸에 난 상처를 무시할 수 없었던 거요. 하지만 러시아 친구도 나와 똑같지는 않았겠지. 나는 이런 생각을 마음속에만 담아 두었고, 그날 본 광경은 곧 내 기억 속에서 지워졌소.

베르나르는 눈빛만 보고는 전혀 짐작할 수 없다고 하더군. 누가 오물을 먹기 시작했는지, 누가 독극물을 모아 두는지 알 길이 없다는 거요. 몇 년 전, 도시 서쪽 외곽의 도미니크 더트 농장에서 발생한 독살 사건의 범인은 다름 아닌 니그로를 책임지고 관리하는 감독관이었소. 농장주가 무척 신뢰하는 사람이었다더군. 베르나르는 이렇게 믿는 도끼에 발등을 찍힐 때가 종종 있다고 했소. 범행이 발각되었을 때 그는 여전히 자신이 감독관인 양 니그로들을 집합시켰는데, 소문으로는 그 자리에서 연설까지 했다는 거요. 그 모습이 제법 위풍당당해 보였다더군. 범인은 니그로들에게 이렇게 말했소. '아무도 몰랐겠지만 나는 몇 개월에 걸쳐 너희 모두를 몰살시킬 만큼의 독극물을 확보해 두었다.' 그러고는 자신의 주인인 더트의 면전에 대고 이렇게 덧붙였지. '여기 있는 당신의 노예들 전부를 죽일 수도 있었어. 하룻밤 사이에 내가 당신을 파멸시킬 수도 있었다고!' 그에게는 이 말을 쏟아 낸 순간이 삶의 정점이었을 거요. 마치 지금껏 그 순간만을 위해 살아온 듯한 희열을 느꼈겠지. 그에게는 주인과 니그로 노예들과 플랜테이션 농장이 세상의 전부였소. 그것 외에는 아무것도 없었지. 며칠 뒤, 그는 자신이 모아 둔 독극물로 스스로 목숨을 끊었소.

도시 서쪽 계곡에 있는 여러 농장 가운데 하나인 상틸레르 베고라 농장에서 일어난 독살 사건의 범인은 농장 내 진료소의 간호사였소. 베고라는 마르티니크에서 온 초기 이주민으로, 카카오와 담배 농장을 경영하는 베네수엘라의 늙은 후작들과 비슷한 면이 많은 사람이오. 물론 그들에 비하면 교양이 넘치지만 말이오.

몽탈랑베르 농장에서 니그로 120명이 독살당하는 사건이 일어났을 때 베고라 농장에서도 몇 명이 독극물로 인해 죽었소. 카카오 농장의 늙은 후작은 자신에게 이런 일이 생겼다는 걸 굉장히 불쾌하게 여겼지. 자신이 무시당했다고 생각한 거요. 당시 몽탈랑베르는 플랜테이션 농장을 시작한 지 얼마 안 되는 신참이었소. 반면 베고라는 오래전부터 농장을 경영해 그 일대의 터줏대감으로서 특유의 지역색과 그곳에서만 통용되는 몇 가지 제도를 만든 장본인이었지. 그래서 농장과 관련된 문제라면 모두가 그의 뜻을 따르는 분위기였소.

베고라는 짐짓 굉장히 화난 얼굴로 모든 일꾼을 한자리에 모이게 했소. 그러고는 독살된 시신 한 구를 가져오게 하고, 범인을 기필코 알아낼 거라고 말했지. 농장 진료소에서 일하는 의사가 시신의 배를 갈랐고, 베고라는 의사와 함께 시신을 꼼꼼히 살펴보았소.

진료소의 간호사였던 범인은 이런 상황을 더는 견딜 수 없었다오. 그녀의 이름은 티스베였소. 티스베는 감시를 뚫고 카카오나무 숲을 가로질러 이웃 농장으로 달려갔소. 그리고 그곳 농장주에게 피난처를 요구했지. 베르나르의 설명에 따르면 아프리카 특정 지역에는 한 마을에서 잘못을 저지른 뒤 이웃 마을로 도망쳐서 피난처를 요구하는 관습이 있다더군. 하지만 그곳 농장주는 티스베를 도로 돌려보냈소. 베고라는 그녀의 양쪽 엄지손가락에 노끈을 묶어서 높이 매달았다오. 고문을 견디다 못한 티스베는 결국 그 일대의 여러 농장에서 일하는 독살자와 주술사 약 스무 명의 이름을 줄줄이 털어놓았소.

사람들은 독살을 계획 중인 니그로가 그렇게 많다는 사실에 경악했다오. 티스베가 지목한 니그로 스무 명은 바로 그날 모두 붙잡혀서 도시에 있는 발로트의 교도소로 보내졌소. 그리고 쇠사슬에 묶이거나 족쇄가 채워졌고, 몇몇은 지붕 아래 있는 숨 막히는 독방에 갇혔소. 일단 독방에 들어가면 대부분 얼마 지나지 않아 미치광이가 돼 버린다오. 그들은 단맛이 없는 요리용 바나나와 물만 먹으면서 삼 주가 넘도록 감옥에서 베고라와 농장주들이 만든 '독살 특별 위원회'의 집요한 조사를 받았소. 티스베도 계속 고문을 당했지. 판결은 스페인식으로 내려졌소. 독살자와 주술사 들은 온몸에 무거운 쇠사슬을 감고 무릎을 꿇은 채 판결 내용을 들었다오. 몇 명은 교수형에 이은 능지처참 형을 받았소. 이곳에 온 지 얼마 안 된 뉴 니그로들은 일단 세례를 받게 되었소. 교회에서는 아프리카 사람을 어린아이로 보기 때문에 교리를 배우지 않고도 세례를 받을 수 있었지. 한 사내는 산 채로 화형을 당했고, 티스베는 교수형과 능지처참 형을 받았소. 그녀의 잘린 몸뚱이는 불에 태워졌고, 머리는 장대 끝에 끼워 베로가 농장에 세워졌다오.

베고라는 티스베 이야기를 너무나 익숙한 듯 자연스럽게 한다오. 티스베의 머리가 걸려 있던 장대는 지금도 여전히 니그로 숙소 맞은편에 세워져 있다더군. 그 자리는 앞서 의사가 독살된 시신의 배를 갈랐던 곳이기도 하지.

베고라는 웃으면서 이렇게 말했소.

'지금 장대에는 아무것도 걸려 있지 않습니다. 하지만 장대는 항상 보이니까 아마 그들 눈에는 다른 무언가도 보이겠죠. 주술에는 같은 주술로 대응하는 겁니다. 베르나르에게도 늘 그렇게 충고했어요. 그것 말고 다른 방법은 없다고 말입니다.

이게 바로 그들의 주술에 맞서는 나의 주술이에요.'

베고라는 이런 이야기를 자신이 언덕 위에 만든 작은 인공 동굴 안에서 해 주었소. 요즘 그의 총애를 받는 사람(베르나르에 따르면 지금껏 몇 번이나 바뀌었다고 하오.)은 베고라의 얼굴에 미소가 번질 때마다 데굴데굴 구를 만큼 웃어 대더군. 베고라는 꽤 자주 미소를 지었소. 특히 시신의 배를 가르고 흡사 창자의 모양으로 점을 치는 로마인처럼 짐짓 진지한 태도로 배 속을 들여다보는 척했다고 말할 때, 그리고 그것이 주술에 맞서기 위한 자신만의 주술이라고 말할 때는 입가에 미소가 떠나질 않았지.

그는 입술은 부드럽지만 언변은 정확하고 날카로우며 재기 발랄했소. 늙은 카카오 후작은 이곳에 사는 대부분의 사람들보다 훨씬 교양이 넘친다오. 본인도 그 사실을 알지. 하지만 그를 믿고 따르는 사람들이 전한 뒷말에 따르면 수년 전 마르티니크에서 이곳에 처음 왔을 때 그는 파산한 처지였다더군. 그가 데리고 온 니그로들도 모두 마르티니크에서 담보로 잡힌 상태였소. 그러니까 베고라가 니그로 1인당 6만 5000제곱미터씩 계산해 스페인 행정부에서 공짜로 받은 계곡 일대의 어마어마한 땅(현재 그의 작은 왕국)은 사기를 쳐서 얻어 낸 것이었지. 아마 베고라도 자신과 관련해 이런 뒷말이 돈다는 걸 알 거요. 하지만 조금도 개의치 않는 게 분명해. 눈빛이 다분히 타산적이면서도 즐거워 보이거든. 베고라는 자신이 웃을 여유가 있다는 걸 이미 계산을 통해 아는 사람이오.

베고라의 농장에 여전히 남은 것은 티스베의 머리를 걸었던 장대만이 아니오. 늙은 교도관 발로트도 그곳에 있지. 그는 티스베를 비롯한 수많은 사람을 고문한 장본인이오. 발로트는 미국 루이지애나로 가고 싶어 한다더군. 이곳에는 자유민이 할 만한 일이 하나도 없는데, 루이지애나에는 친척들이 있어서 그나마 일자리를 구할 수 있을 거라는 게 발로트의 생각이오. 하지만 현재 히슬롭은 그에게 여권을 발급해줄 의향이 전혀 없소. 히슬롭이 이곳의 총독으로 부임한 첫 주에 유색 자유민을 고문한 사람이 바로 발로트거든. 이 유색 자유민은 흑인 여성과 잠자리를 하기 위해 사랑의 미약을 써서 사람들에게 독살과 주술에 얽힌 끔찍한 옛 기억을 떠오르게 했다는 죄로 고문을 당했지. 지난해 픽턴의 유죄 판결 이후 히슬롭은 이 사건 때문에 줄곧 안절부절못하며 괴로워하고 있소. 현재 그 사내와 같은 유색 자유민들이 힘을 합쳐 마련한 기금으로 런던의 유능한 변호사를 사서 그 사건을 강력하게 문제삼고 있다오. 히슬롭은 그 사건이 재판에 회부되면 권한을 남용한 발로트가 스스로 책임지게 하기로 결정했지.

발로트는 낯빛이 창백한 늙은 프랑스인이오. 스페인이 이곳을 통치하던 시절, 마르티니크섬에서 건너와 십삼 년 동안 교도관으로 일했지. 지금은 몇 년째 백수로 지내고 있소. 픽턴이 체포됐을 당시, 발로트는 하마터면 이곳 사람들에게 살해될 뻔했다오. 그동안 모아 두었던 돈도 다 써 버린 지금은 베고라가 베푸는 선행에 의지해 살고 있지. 한때 자신이 채찍질하고 사지를 잘랐던 바로 그 니그로들이 사는 숙소에서 노예들과 똑같이 식량을 배급받는다오. 신기한 점은 이런 상황에서도 그는 굴욕감이나 위험을 전혀 느끼지 못한다는 거요. 베르나르의 말에 따르면 베고라의 농장에서는 누구도 발로트를 독살할 수 없다더군. 독극물은 주인에게만 쓸 수 있는 무기라는 거요. 독살될 가능성이 거의 100퍼센트인 발로트는 현재 베고라가 가장 총애하는 사람이고, 이 사실을 모르는 사람은 아무도 없다더군.

발로트는 나에 대해 아는 바가 전혀 없소. 원래 그는 이 섬을 벗어난 바깥세상이 어떻게 돌아가는지 잘 모르는 사람이오. 사람들이 내가 한때 장군이었다고 귀띔하자 그는 꽤 좋은 옷(아마도 오래전 어느 죄수의 전당물로 잡거나 보수를 대신해 받은 것일 거요.)을 차려입고 나를 찾아와 자신의 이야기를 늘어놓고는 내게 동정과 도움을 청하더군. 발로트는 특히 병든 자기 아내 이야기를 많이 했소. 로즈바니에라는 예쁜 이름을 가진 그의 아내는 비용을 지불한 죄수들에 한해 직접 만든 식사를 제공하고 심지어 모닝커피까지 끓여 주었다더군. 이를 위해 온종일 3층까지 계단을 오르내려야 했지. 그 결과 지금은 늙고 병들어서 방 한 칸짜리 집에서 집안일은커녕 자기 몸 하나도 제대로 돌보지 못한다고 하오.

발로트가 자신의 고된 인생 이야기를 늘어놓는 동안, 베고라 영감은 자신의 왕국인 시원한 카카오 계곡에서 몸에 딱 붙는 바지와 버클 달린 신발 차림으로 내내 입가에 잔잔한 미소를 띠고 있었소. 그의 총애를 받는 발로트는 베고라가 옛이야기를 할 때 동굴 바닥을 데굴데굴 구르며 웃어 댔지.

대서양 양쪽에서 얼마 전부터 위대한 혁명이 계속 일어나고 있소. 현재 유럽에서는 장차 세계를 변화시킬 전쟁이 벌어지고 있지. 훌륭한 해군 제독과 육군 장군, 새로운 발명품들은 전쟁의 성격과 규모를 계속해서 달라지게 하는 요인이오. 최근 슈랍넬 중위가 발명한 유산탄도 머지않아 전반적인 변화를 이끄는 주인공의 하나가 될 거요. 그 물건이 도입되면 모든 전장에서 전술을 새로 짜야 할 테지. 그러나 지금 나는 완전히 다른 행성 또는 다른 시대에 사는 듯한 기분이오. 이곳 사람들은 그들만의 영웅과 역사, 신화적 사건과 장소를 갖고 있소. 발로트의 교도소 꼭대기에 있던 무시무시한 독방, 픽턴의 파면, 노예 감독관이 니그로들에게 남긴 마지막 연설, 몽탈랑베르 농장에서 벌어진 대규모 독살 사건, 베로가 농장에서 있었던 시신 해부, 피난처를 찾아 카카오나무 숲을 가로질러 도망친 티스베, 결국 장대 끝에 걸린 그녀의 잘린 머리……. 이곳 사람들은 이런저런 사건들을 겪으면서 세월의 흐름을 느낀다오. 마치 남아메리카의 원주민 부족들처럼 이들에게는 자신들만의 달력이 있는 듯싶소.

샐리, 나는 점점 사그라드는 나 자신을 느끼고 있소. 나는 베르나르의 저택 베란다에 앉아 자귀나무와 닭벼슬나무 가지에 걸린 길쭉한 매달린집새의 둥지를 바라보고, 베니션 블라인드로 둘러싸인 방에서 새어 나오는 여인들의 희미한 말소리를 들으며 언젠가 출간될 남아메리카 해방 관련 논문을 쓰고 당신에게 보내는 이 일기를 정리한다오.

어제 내가 슈랍넬이라는 이름을 잠깐 언급했지. 편지를 쓰다가 갑자기 떠오른 이름이었소. 그는 내 머릿속에 든 100여

명의 런던 지인 가운데 하나라오. 사 년 전쯤 그래프턴의 우리 집으로 편지를 보내와 자신이 발명했다는 물건을 소개했지. 언젠가 전장에서 그 발명품의 시연이 있을 예정이니 꼭 와 달라고 했소. 그래프턴 집의 서재에서 슈랍넬의 편지를 읽고 다른 지인들과 그 시연에 참석할 계획을 짜던 기억이 지금 이곳에서 갑자기 떠오르다니 어쩐지 이상하군. 실제로는 일어나지 않았던 환상이거나 내가 아닌 다른 사람에게 일어났던 일처럼 현실감이 전혀 없소. 발로트와 마찬가지로 나 역시 이곳은 내가 있을 곳이 아니라는 생각이 들어. 이곳에서는 나의 존재 가치가 없소. 내 꿈은 물론이고 나 자신마저 잃어 가는 것 같다오.

내가 발로트를 만난 지도 벌써 일주일이 지났소. 조금 전 평의회 모임에서 돌아온 베르나르가 시내 교도소에 수감 중인 한 스웨덴 선원의 편지를 전해 주더군. 새로 지었다는 교도소 말이오. 이전 교도소는 발로트가 사용하던 고문 설비들을 아무도 보지 못하게 하려고 사 년 전 평의회 결정으로 완전히 허물어 버렸소. 옛 교도소가 있던 자리라도 보려면 평의회에 몇 번씩 요청해야 하지. 내게 편지를 쓴 스웨덴 선원은 풍기 문란, 쉽게 말해 술을 마신 죄로 감옥에 갇혀 있었소. 이곳에서는 술 취한 선원은 현지 규율에 해악이 된다고 생각하지. 경찰은 술 취한 선원을 잡아낼 때마다 적게나마 포상을 받기 때문에 이들을 찾는 데 혈안이 되어 있다오.

그 스웨덴 사람은 감방 사용료를 내지 못해 마른 빵과 물로만 연명하고 있다면서 자유를 사랑하는 동지로서 자신을 구해 달라고 내게 편지를 쓴 거였소. 그를 구해 주는 건 내게 어렵지 않은 일이오. 그가 쓴 편지를 보니 삼십육 년 전 내가 라과이라에서 스웨덴 전함 프린스 프레더릭호를 타고 해외로 나갔던 일이 생각나더군. 당시 나는 생애 처음 나 자신이 진정한 자유민이라고 느꼈었소. 물론 베네수엘라를 떠나기 위해서는 교회를 비롯한 여러 곳에서 이런저런 허가서며 증명서를 받아야 했지. 나는 몇 개월 동안 온갖 자질구레한 걱정과 문제에 시달려야 했는데 거기에는 아버지 일도 한몫했소. 마침내 프린스 프레더릭호에 오르기 전에는 내가 정말 베네수엘라를 떠난다는 게 실감조차 나지 않더군. 지금 이곳에서 보는 언덕들은 베네수엘라의 작은 도시 라과이라의 동산들과 무척 비슷하오. 베르나르의 농장에 밴 이 냄새는 프린스 프레더릭호의 화물칸에 실려 있던 카카오빈에서도 똑같이 풍겼겠지.

여보, 지난 몇 달 동안 당신을 비롯한 많은 사람은 내가 줄곧 뼈에 사무치게 느끼고 있던 사실을 편지를 통해 분명히 일깨워 주었소. 그것은 내가 여기서 그저 시간을 낭비하고 있다는 사실이오. 한때 사람들은 내게 이곳도 전쟁터와 다름없으니 인내심을 가져야 한다고 말했지. 그런데 이제는 당신도, 러더퍼드 대령도, 턴불도, 그리고 다른 몇몇 사람도 내가 최대한 빨리 런던으로 돌아가야 한다고 말하는군. 그동안 여러 상황이 달라지면서 생각까지 성장한 결과일 거요. 뛰어난 사령관을 앞세운 대규모 군사 작전을 계획 중인데, 프랑스가 선수를 치기 전에 먼저 남아메리카를 쟁취하는 게 목표라더군. 이건 내가 지난 몇 년 동안 영국 장관들에게 누누이 강조한 이야기로, 이제야 그것이 구체적 현안으로 떠오르는 거지. 하지만 나는 이렇게 멀리 떨어져 있으니. 사람들이 편지에서 내게 하는 이야기는 모두 똑같소. 이미 이 개월이나 지났지만, 논의가 진행 중인 이 시점에서 내가 런던에 없으면 이미 결정이 끝난 후에는 내가 끼어들 여지가 없을 거라는 거지.

나는 일생을 바쳐 키워 온 열매를 잃게 생긴 거요. 오, 샐리! 이곳에서 나란 존재는 계속 작아지고 있소. 이곳 사람들에게 나를 너무 많이 보여 준 탓이오. 런던에서도 나란 존재와 영향력은 점점 약해져 가고 있겠지. 그곳 사람들에게 나를 전혀 보여 주지 못하고 있으니 말이오. 당신이 생각하는 인간은 내면에 인격과 영혼이 모두 담긴 존재일 거요. 하지만 이곳에서는 (마치 감옥에 갇힌 사람처럼) 세상과 나 자신으로부터 멀어져서 느끼는 감각만 지나치게 발달하는 것 같소. 나는 다시 내가 어떤 사람인지 알아내야 하오. 과거의 나로 돌아가는 데는 많은 시간이 걸릴 테고, 그동안 내가 많이 변했다는 것도 깨닫겠지.

오늘 베르나르가 평의회 총무로서 히슬롭 총독이 '미란다 씨'에게 전하는 소식을 가져왔소. 히슬롭은 미란다 씨에게 여권을 발급하지 않겠다는 내용이었지. 여권을 발급하면 현지 여론의 비판을 받을 수 있는 데다 법적 소송에 휘말릴 수 있다는 게 이유였소. 그러면서 밀린 봉급을 요구하는 레안데르호의 용병들과 내게 선박 임대료를 받지 못한 트리머호의 소유주를 언급하더군. 히슬롭은 외무 장관 카슬레이 경이 내린 지시 내용에 영국 정부가 나를 지원할 거라고 해석할 만한 공식적 근거가 아직은 없다고도 지적했소.

베르나르가 말했소.

'일단 말은 그렇게 할 수밖에 없을 겁니다. 공식 기록에 남으니까요. 하지만 그는 장군님과 개인적으로 대화를 나누고 싶어 해요. 런던에서 무언가를 계획 중이라는데 장군께서 총독 자신을 위해 무엇을 해 줄 수 있는지 궁금하겠죠. 사실 히슬롭은 장군님을 이곳에 억류할 권한이 없습니다. 체류 기간을 몇 개월 더 연장시킬 수는 있죠. 자문을 구하기 위해 런던으로 편지를 보내는 데만 이 개월, 답변이 오기까지 또 이 개월이 걸리니까요. 좀 더 확실한 설명을 듣기 위해서 편지를 보내는 일에 다시 이 개월, 그 밖에 다른 여러 이유를 대면서 더 시간을 끌 수도 있습니다. 지금 장군님께 가장 중요한 건 시간입니다. 히슬롭은 분명 장군님께 도움을 줄 수 있어요. 어쩌면 장군님도 그에게 무언가를 해 줄 수 있을 테고요.'

내가 히슬롭과 담판을 지을 수 있도록 주선해 준 건 나를 위한 베르나르의 마지막 봉사였소. 나는 드디어 이곳을 벗어날 수 있을 거라는 생각에 가슴이 설레기 시작했지. 삼십육 년 전, 복잡한 허가서와 인증서를 모두 받고 마침내 라과이라 항에서 프린스 프레더릭호를 타고 바다로 나갔을 때 느꼈던 바로 그 기분이 되살아났소.

베르나르는 내가 몇 년 전에 이곳으로 파견한 내 요원이었소. 그러니까 당시에는 내가 그의 뒤를 봐주는 후원자였지. 하지만 이제 베르나르는 여기 계속 남아 있을 거요. 결코 이곳을 떠나지 않을 것이고, 떠나려 해도 딱히 갈 곳도 없소. 처음 총독 관저에서 한껏 차려입은 그를 보았을 때 느꼈던 복잡한 감정들은 지금도 간직하고 있다오. 나는 베르나르가 결혼을 통해 스스로 만든 삶의 비애와 근심과 허무를 모두 느낄 수 있소.

저녁 식사 후, 베르나르와 나는 베란다에 나가 맞은편 협곡을 가만히 바라보며 서 있었소. 계곡을 바라보며 나날이 변해 가는 환경을 걱정하는 것은 베르나르의 일상적인 습관이지. 나는 난간을 잡은 베르나르의 손 위에 내 손을 올리며 말했소.

'일 년 전 그날 자네가 총독 관저로 나를 찾아오지 않았다면 지금 내가 어디서 뭘 하고 있을지 모르겠군.'

베르나르는 나를 말없이 바라보기만 하더군. 내 말의 의미를 곱씹었던 것일까, 그의 눈에 곧 눈물이 차올랐소. 이윽고 베르나르가 말하더군.

'장군님, 저는 정말 모든 일이 잘 풀리기를 바랍니다. 틀림없이 그렇게 될 거예요.'

여보, 히슬롭은 내 제안을 거절하지 않을 거요. 그에게 제시할 결정적인 한 방이 있거든. 세상의 길들이 벌써 내게로 돌아오고 있소. 어쩌면 당신이 이 편지를 읽기도 전에 우리 아들 레안데르는 아버지를 만나게 될 거요."

아프리카 사람들이 아프리카 말로 대화를 나누던 총독 관저 마당에서는 이제 중국 사람들이 일하고 있었다. 모두 작은 몸집에 바싹 마른 얼굴이었다. 머리에는 원뿔 모양의 밀짚모자를 쓰고 긴 변발을 등 뒤로 늘어뜨리고 있었다. 크림색 튜닉의 넓고 짧은 소매 아래로 보이는 햇볕에 그을린 팔뚝은 몹시 앙상한 데다 힘줄이 도드라져 보였다. 같은 크림색 옷감으로 만든 헐렁한 통바지는 길이가 무릎 바로 아래에서 끝났다. 노인에 가까운 그들의 젖은 눈빛은 보기가 안쓰러울 정도였다.

하인이 미란다의 이름을 묻고 몇 분 지나지 않아 히슬롭이 베란다로 나왔다. 두 사람은 그렇게 그곳에 선 채로 대화를 나누었다. 지난 일 년여 동안 쏟아진 비와 햇빛으로 소나무 판자가 깔린 베란다 바닥은 더 어둡게 변색된 상태였다. 단단한 마룻바닥의 가장자리에 있는 나무는 서서히 부식되고 있었다.

히슬롭이 말했다.

"미란다 씨, 편지는 잘 받았습니다. 하지만 내 입장도 편하지만은 않다는 걸 아셔야 합니다. 카슬레이 경이 내린 지시 사항에 대해선 베르나르가 전해 드렸겠죠?"

미란다는 히슬롭의 눈을 응시했다.

"장관들의 지시 사항은 계속 바뀌는 법이죠. 그들도 늘 옳은 판단을 하는 건 아니니까요. 카슬레이 경은 총독이 노예들의 반란 획책을 미리 발견해 처리한 것을 두고 공식적으로 치하했죠. 하지만 그것만으로는 유색 자유민들이 귀가 잘린 동료를 들먹이며 작년 내내 선동하는 것을 막을 수 없었습니다. 이 사건은 심각한 사안으로 확대될 가능성이 있고, 그렇게 되면 카슬레이 경도 총독을 외면할 겁니다. 실은 법적인 문제에 관해 총독께 드릴 말씀이 있어요. 아마 총독께서도 흥미를 느낄 겁니다."

"그건 이미 편지에서 말씀하셨습니다."

"나는 픽턴 총독을 비판하는 입장이었기에 그가 파면된 데는 내 책임도 어느 정도 있어요. 이후 나는 페트로 바르가스라는 자를 내 요원으로 이곳에 파견했습니다. 하지만 그자는 임무를 제대로 수행하지 못했죠. 내게 보낸 보고서는 온통 위험한 거짓과 헛소리로 채워져 있었습니다. 그는 픽턴의 통치에 문제가 있는지 조사하는 위원회에 들어갔습니다. 스페인 법에 익숙한 보좌관으로서 픽턴의 고소인단에 합류했죠."

"그래서 어떻게 됐습니까?"

"픽턴이 유죄 판결을 받은 데는 바르가스의 증언이 결정타였습니다. 현행 스페인 법에서는 자유민의 고문을 인정하지 않는다고 증언했거든요. 물론 모두가 짐작하다시피 이건 터무니없는 헛소리입니다. 하지만 런던에서 이 사건과 관련된 스페인 법전을 보유한 사람은 바르가스뿐이었어요. 전쟁 상황에서 스페인 법에 정통한 전문가를 또 구하기는 쉽지 않죠."

히슬롭이 말했다.

"저도 지난 며칠 동안 현재도 스페인 사람들이 고문을 자행한다는 사실을 런던의 법정에서 어떻게 증명할지 궁리하느라 잠을 설쳤습니다."

"한때 바르가스는 아주 용감한 청년이었습니다. 뉴그라나다에서는 위험한 음모에 가담했고, 그 일로 투옥되어 고문까지 당했죠. 이후 바르가스는 영국으로 건너갔습니다. 아마 1799년이었을 겁니다. 그는 영국에 도착하자마자 내게 도움을 청해 왔습니다. 자신이 당한 고문에 대해 상세히 기록한 장문의 편지를 보내왔어요. 이 편지를 법정에서 보여 주면 픽턴의 재판을 결정지었던 바르가스의 증언이 무효가 될 수도 있습니다. 그러면 픽턴을 상대로 한 소송도 물거품이 되겠죠. 사랑의 미약을 사용한 죄로 발로트에게 끔찍한 고문을 당한 유색인 사건을 두고 히슬롭 당신을 고소하려 했던 이들도 계획을 포기할 수밖에 없을 겁니다."

히슬롭은 무척 놀란 듯 두 눈이 휘둥그레졌다.

"그 이야기는 금시초문인데요? 지난해에 바로 이 자리에서 이 문제를 함께 논의하지 않았습니까? 그때는 왜……."

"나도 그동안 까맣게 잊고 있었습니다. 몇 주 전, 이곳 교도소에 수감 중인 한 선원이 내게 편지를 보내왔어요. 그 편지를 읽다 보니 지금까지 내게 도움을 호소한 수많은 사람에게 너무 무심했다는 생각이 들더군요. 편지를 보내온 사람들의 이름도 다 기억하지는 못합니다. 그 스웨덴 선원의 이름도 벌써 잊어버렸으니까요. 바르가스의 편지도 상세한 고문 묘사 부분을 제외하면 크게 도움이 될 것 같진 않습니다. 그가 이곳에서 내게 보내온 엉터리 보고서들처럼 그 편지도 현란한 수사학적 표현들로 가득 차 있으니까요. 지금까지 내가 그 편지를 잊고 있었던 이유는 또 있습니다. 정치적 망명을 선택해 외국 정부와 협상을 벌여야 하는 우리 같은 사람들은 편지를 쓸 때 가명을 사용합니다. 바르가스의 가명은 '오리베'였어요. 내게 편지를 보내올 때도 그 이름을 썼기 때문에 그렇게 기억하고 있었던 겁니다. 내 가명은 아시다시피 조지 마틴이죠."

"그 편지는 지금 어디에 있습니까? 런던 집에 있나요?"

"네. 지난 삼십오 년 동안 모아 둔 문서들 사이에 끼어 있을 겁니다. 골판지 상자 서른 개와 가죽 문서철 두 개 분량이죠. 나야 어디에 있는지 대충 알지만 다른 사람이 찾기는 힘들 겁니다. 픽턴의 항소심이 곧 열릴 텐데……."

"그 전에 거기에 가 계시는 게 좋겠군요."

"현재 런던에서는 중요한 작전을 추진 중입니다. 웰즐리 장군과 대규모 병력이 나설 거예요. 아마 총독께서도 아실 겁니다. 내가 제때 런던에 도착하지 않으면 지금 진행 중인 계획에 함께하지 못할 겁니다. 그럼 굳이 참모를 구할 필요가 없겠죠. 참모를 구해야 하는 상황이 되면 스페인어에 능숙하고 영국의 최고위 장성들을 다룰 줄 아는 사람이 필요할 겁니다. 총독, 나는 아주 잘 알고 있습니다. 이곳에서 히슬롭 당신의 삶이 그리 편안하지만은 않았다는 것을요."

"아, 미란다 장군……!"

"스페인 정부의 관심은 내가 추진하던 계획을 포기하고 배와 물자들을 그대로 남겨 둔 채 런던으로 돌아가는 데 있습니다. 카슬레이 경은 이러든 저러든 크게 개의치 않을 거예요. 총독도 알다시피 성공은 어떤 일들을 그냥 없던 것처럼 깨끗이 지워 버릴 수 있는 힘이 있습니다. 런던으로 돌아가면 당연히 내 배는 필요가 없어지겠죠. 판매하거나 다른 방식으로 처분할 수 있을 겁니다. 그 배의 가치는 확실히 보장할 수 있습니다. 총독께 내 권한을 위임할 테니 알아서 처분해 주십시오. 총독이 브라이얼리, 트리머호의 소유주, 그리고 레안데르호의 불평 많은 미국 용병 사이에서 이 문제를 잘 조정하실 거라고 믿습니다."

"무언가 해 볼 수는 있겠죠. 그런데 브라이얼리 이야기가 나와서 말이지만, 그 친구는 제가 감옥에 보냈습니다."

"뭐라고요? 그게 정말입니까?"

"네. 감옥에서도 악취와 오물에 대해 불평이 많다더군요. 그래서 확실히 대응해 주었습니다. 헌병대 사령관에게 그 문제를 넘겼죠. 교도소 관련 사안은 감방 사용료의 일부를 가져가는 그쪽 책임이니까요. 헌병대 사령관은 현재 감방은 감방답게 깨끗하다고 하더군요. 날마다 싹싹 치우고 있다고요. 나는 사령관의 답변을 그대로 수감 중인 브라이얼리에게 전했습니다. 그런데 사령관의 말이 그 친구에게 큰 타격을 주지는 않았습니다. 이미 이빨 빠진 호랑이가 되어 있었으니까요. 그는 캘커타에서 중국인들을 싣고 오는 배를 나포했습니다. 동인도 회사에 소속된 배였는데, 브라이얼리는 여기에 불법 행위가 있다고 주장했어요. 이 문제는 여전히 논쟁 중입니다. 망가진 배와 중국인에 대한 손해 배상 책임이 어느 쪽에 있는지는 아직 아무도 몰라요. 이곳 재정도 거의 바닥난 상태라 동인도 회사에 돈을 물어줘야 하는 쪽이 우리인지, 런던의 중앙 정부인지 결정되지 않았습니다. 확실한 결과가 나올 때까지는 마땅한 배가 없어서 중국인들을 돌려보내지도 못합니다. 그 사람들, 일도 제대로 못 하더군요. 내 생각에는 이쪽으로 중국인들을 보내라는 정부 지시를 받은 캘커타의 동인도 회사 직원들은 그냥 밖으로 나가서 맨 처음 눈에 띈 아편굴에 있던 중국 사람들을 모두 보내 버린 것 같습니다. 이 사람들은 캘커타에서 나무를 심거나 채소를 길러 본 경험이 전혀 없을 거예요. 잡초 하나 뽑아 본 적 없는 사람들이라고요. 제가 보기엔 틀림없는 도시 사람들입니다. 원래 런던이나 캘커타 남자들은 여자에 별 관심이 없었어요. 그런데 이 중국인들이 여성 니그로를 쳐다보지도 않더란 말이죠. 자유민인 물라토 여자들은 그들에게 전혀 관심을 주지 않고요. 그러다 보니 중국인들은 이곳에 온 지 일 년 만에 완전히 돌아 버렸습니다. 이곳에 머문 지가 장군만큼 오래됐거든요. 그들은 다른 사람들이 자기 얼굴을 쳐다보는 걸 몹시 싫어합니다. 그런데 이곳 사람들 중에는 여전히 그들에게 호기심을 느끼는 이들이 많아요. 반면이 중국인들은 오로지 아편에만 관심이 있습니다. 그래서 죽은 사람도 많고요. 저는 남은 사람들이라도 최대한 빨리 돌려보내고 싶은 마음뿐입니다."

"캘커타까지 가려면 육칠 개월쯤 걸릴 겁니다. 다시 돌아오는 데도 그 정도 시간이 걸리고요. 중국인들이 이곳에서 일 년 넘게 보냈다고 했나요? 살아남은 사람들이 이곳에서 보낸 삶에 대해 어떤 기억을 가지고 캘커타로 돌아갈지 궁금하군요. 자신들이 머물렀던 곳이 어딘지 알기나 할까요? 그들이 나를 바라보는 눈빛이 참 기가 막히더군요!"

"그들은 장군을 구경하려고 모여 있었을 겁니다. 아마 길게 땋아서 늘어뜨린 장군의 머리 모양 때문이겠죠. 장군의 외모는 이곳에서 좀 특이한 편이니까요. 땋은 머리채는 여느 해군보다 길고, 나이도 대부분의 해군보다 훨씬 많지 않습니까? 어쩌면 그들은 장군을 자신들을 고향으로 데려다주려고 온 동포라고 생각할지도 모릅니다."

히슬롭은 계속 말을 이었다.

"장군, 여권을 곧 발급해 드리겠습니다. 10월 셋째 주에 브리티시 퀸호가 토르톨라섬으로 출항할 겁니다. 그때까지는 이곳에서 남은 일을 충분히 처리하실 수 있겠죠. 토르톨라섬에서 영국으로 가는 호위대에 합류하시면 됩니다. 출발은 11월 중으로 예정돼 있습니다. 영국으로 떠나는 기선은 아마 알렉산더호일 텐데, 장군께 선실을 따로 마련해 줄 거예요. 그럼 올해 안에는 런던에 도착하실 겁니다."

중국인들은 두 사람이 이야기하는 동안 아무런 말도 없이 가만히 그들을 바라보기만 했다. 미란다가 계단으로 내려가자, 중국인들은 좀 더 가까이 다가와서 그를 살펴보았다. 미란다가 뒤를 돌아보고 물었다.

"이들이 캘커타로 돌아가서 이곳에서 겪었던 이야기를 하면 누가 믿어 줄까요? 시간이 한참 지나고 나면 그들 스스로도 자신에게 일어났던 일을 믿기 힘들 겁니다."

"장군, 내가 열심히 일할 수 있는 시간도 별로 남아 있지 않습니다. 그래서 내게는 시간이 그 무엇보다도 중요하답니다. 물론 나의 의무는 사적인 이해관계와 편견을 자연스럽게 배제한 상태에서 명예롭게 일을 처리하는 것입니다. 장군, 우리는 서로를 이해해야 한다고 생각합니다. 참모로서 장군과 함께 일하는 건 내게 대단한 특권일 겁니다. 하지만 내가 영국에 있는 다른 장군들보다 낮은 지위에 있게 된다면 견디기 어렵겠죠. 결코 허세 때문은 아니에요. 다른 사람들을 위한 것이죠. 내게는 어떤 의무감이 있습니다. 하지만 그것만이 아닙니다. 수많은 곤경을 겪으며 자포자기한 경험도 있는 나는 인생의 단계에 이르러서 내가 말한 것보다 낮은 직위로는 결코 열성을 다해 일할 수 없을 겁니다."

"그건 나도 압니다. 그러니 굳이 설명하지 않아도 됩니다."

육 년이라는 세월을 뛰어넘어 보자. 베네수엘라는 삼 년 동안 이어진 혁명의 결과 핏빛 복수로 얼룩진 소요의 땅이 돼버렸다. 미란다는 스페인군의 포로가 되어 푸에르토리코의 모로 성에 투옥되었다. 대서양 건너 카디스에 있는 라카라카 지하 감옥으로 이감이 결정된 그는 스페인으로 가는 마지막 여행을 앞두고 있었다. 카디스는 미란다가 1771년에 프린스 프레더릭호에 승선한 바로 그곳이었다. 그에게는 유럽에서 만난 첫 번째 도시로 그곳에서 미란다는 실크 손수건과 실크 우산을 샀다. 그런데 이제는 그곳에서 삶의 마지막 삼 년을 쇠사슬에 묶인 채 보내게 된 것이다.

결국 영국은 스페인이 지배하던 남아메리카를 침공하지 못했다. 미란다가 트리니다드에서 런던으로 돌아갔을 때 정부에서는 대대적인 침공 계획을 진지하게 논의하고 있었다. 웰즐리 장군(이 년 뒤 그는 웰링턴 공작이 되었다.)은 아일랜드에 대규모 병력을 집결시켰다. 미란다는 영국의 침공에 정당성을 부여하는 남아메리카 사람으로서 웰즐리 장군의 부대에서 상당한 요직을 맡았다. 그러나 (미란다에게는 그런 경우가 종종 있었는데) 갑자기 모든 계획이 변경되었다. 거의 최후의 순간에 프랑스가 스페인을 점령하고 말았던 것이다.

스페인은 야심 찬 나폴레옹에 맞서 전쟁을 하기 위해 급작스럽게 영국과 동맹을 맺었다. 따라서 스페인이 지배하던 남아메리카를 점령하기 위해 떠나려던 영국군은 대신 자유를 수호하기 위한 전쟁을 치르러 이베리아반도로 향했다.

미란다는 이미 쉰다섯 살의 나이로 백발이 되어 있었다. 그렇게 오래 기다려 왔던 세월이 지난 뒤 그가 할 일은 이제 아무것도 남아 있지 않은 듯했다. 그러나 이 년 뒤 베네수엘라는 스페인으로부터 독립을 선언했다. 스물일곱 살의 시몬 볼리바르는 런던까지 미란다를 찾아와 조국을 도와달라고 요청했다. 미란다는 즉시 볼리바르와 함께 베네수엘라로 돌아갔다.

미란다는 베네수엘라의 혁명이 거의 완성되었다고 생각했을 것이다. 하지만 미란다가 확인한 베네수엘라는 인종과 계급에 얽힌 집단적 이해관계로 갈라진 나라였다. 내전은 이미 어느 한 사람이 통제할 수 있는 수준이 아니었기에 그가 가진 군사 기술로는 해결할 수 없었다.

이십 개월이 지나자 전쟁의 한 단계가 끝났다. 혁명은 적어도 그 순간에는 실패한 것 같았다. 감옥에서는 공화국 죄수들에 대한 보복이 무차별적으로 이루어졌다. 미란다는 자신을 런던에서 베네수엘라로 끌어들인 바로 그 사람에게 배신을 당했다. 시몬 볼리바르는 미란다를 스페인 사람들의 손에 넘겼고, 미란다는 죄수의 몸이 되고 말았다.

미란다는 1771년 프린스 프레더릭호에 승선할 때 잠시 머물렀던 작은 도시 라과이라의 감옥에서 오 개월을 보냈다. 이후 다시 푸에르토카베요에 있는 산펠리페 요새로 이감되었다. 1806년 바쿠스호와 비호에 탔던 열 명의 부하 장교들이 흰 모자를 쓴 채 교수에 이은 능지처참 형을 받았던 바로 그 장소였다. 그들의 제복과 무기는 미란다의 남아메리카 깃발과 함께 불태워졌다. 다시 오 개월 뒤, 미란다는 푸에르토리코에 있는 모로성으로 옮겨졌다. 바쿠스호와 비호에 탔던 사병 열세 명이 5킬로그램이 넘는 쇠사슬에 묶인 채 돌침대에서 벽돌 베개를 베고 잠들던 바로 그곳이었다.

스페인으로 이송되기를 기다리던 미란다에게 '안드레스 레벨 데 고다'라는 베네수엘라 사람이 찾아왔다. 레벨은 서른여섯 살의 변호사였다. 삼십팔 년 뒤 열정은 대부분 먼지가 되어 사라지고 미란다의 명성이 역사에서 지워졌을 즈음, 레벨은 자신의 회고록에 포로가 된 미란다의 삶에 관한 유일한 증언을 남겼다.(물론 공식적인 교도소 기록에 기재된 내용은 별개로 봐야 할 것이다.)

레벨은 많은 토지를 소유한 크레올 출신이었다. 적어도 혁명이 시작되기 전까지는 파리아만 연안에서 카카오와 사탕수수 농장을 경영했다. 그는 왕당파로 베네수엘라가 스페인과 계속 이어지기를 원했다. 레벨이 생각하는 혁명은 지방 귀족들(레벨은 이들을 이류 시민으로 평가했다.)의 개인적 복수심과 자신들의 지위를 확고히 하려는 욕망에서 시작된 하찮은 것이었다. 그래서 미란다가 볼리바르의 요청으로 가담하게 된 이번 혁명이 결코 대중의 지지를 얻지 못할 거라고 믿었다. 레벨은 스페인에서 독립한 베네수엘라라는 끝없는 내전의 소용돌이 속으로 휘말려 들어갈 거라고 예상했다. 너무 많은 파벌과 계급과 증오 문제가 들끓는 나라에서 그것은 당연한 수순이라는 게 그의 생각이었다.

정치적으로 레벨과 미란다는 서로 상반된 입장이었다. 하지만 푸에르토리코에서 만난 두 사람은 서로를 이해하는 분위기였다. 혁명에 배신당한 미란다는 이제 정치 문제를 초월한 상태였다. 레벨은 베네수엘라와 스페인에서 많은 고초를 겪은 뒤 이제는 돈도 없이 떠돌아다니는 신세였다. 당분간은 베네수엘라로 돌아갈 수도 없었다. 혁명의 불길이 다시 타오르면서 그는 공식적으로 입국이 금지되었다. 현재 레벨은 푸에르토리코에서 친구인 멜렌데스 총사령관의 배려에 전적으로 의지해 지내고 있었다. 그러니까 미란다와 레벨은 정치적으로 입장이 달랐지만, 두 사람 사이에는 궁핍이라는 공통점이 있었다.

레벨은 틈만 나면 오후에 모로성을 찾아와 미란다와 감방에 앉아 차를 마시며 이야기를 나누었다. 미란다를 담당하는 우두머리 교도관은 두 남자가 함께 있는 동안 감방 문을 열어두었다.

레벨은 시간이 갈수록 미란다를 존경하게 되었다. 미란다의 유려한 말솜씨와 권위, 목소리, 나이 든 사내의 외형적인 존재감, 인간과 책과 역사적 사건에 대한 해박한 지식에 감탄을 금치 못했다.

총사령관으로 재직 중이던 멜렌데스는 매일 미란다의 안부를 확인했다. 그는 감옥 밖의 선술집에서 음식을 주문해 미란다에게 전했다. 심지어 미란다가 푸에르토리코에서 배로 몇 시간 거리인 영국령 세인트마틴섬에서 근무하는 한 장교가 주는 돈을 받을 수 있도록 주선하기도 했다.

미란다는 스페인 소식에 관심이 많았다. 멜렌데스는 카디스에서 신문이 오는 즉시 미란다에게 넘겨주었다. 미란다는 특히 스페인에서 벌어진 대프랑스 전쟁에 관한 기사들을 골라 읽었다. 전투 소식과 더불어 웰링턴 공작과 트리니다드의 전 총독인 픽턴 장군의 명성이 점점 높아지고 있다는 소식도 신문을 통해 알았다. 추락한 자신의 신세를 생각할 때면 미란다는 가슴이 찢어지는 것 같았다. 하지만 레벨이나 멜렌데스에게는 전혀 감정을 드러내지 않았다.

미란다는 아주 독특한 방식으로 차를 마셨다. 먼저 레몬즙을 짜서 차에 넣고, 차를 마시는 동안 레몬 껍질을 조금씩 뜯어먹었다. 차와 레몬 껍질을 끝까지 함께 즐길 수 있도록 각별히 신경 써서 먹는 양을 조절했다. 그런 그의 모습은 마치 자신과 경주를 하는 것 같았다.

어느 오후, 미란다가 레벨에게 물었다.

"자네는 왜 그렇게 나를 뚫어지게 바라보나? 자네를 보니 트리니다드에서 만난 중국 사람들이 생각나는군. 그들은 내가 자신들을 고향으로 데려다줄 거라고 생각했지. 히슬롭이 말하지 않던가?"

그것은 레벨도 잘 아는 이야기였다. 레벨은 트리니다드에서 히슬롭 총독을 위해 스페인 법률 자문을 맡은 경험이 있었다.

레벨은 웃으며 대답했다.

"일부러 그런 건 아닙니다. 장군님의 얼굴을 잘 기억하기 위해 자세히 살펴려다 보니 그렇게 된 거죠. 훗날 사람들에게 미란다 장군은 차를 레모네이드로 만들어서 마셨다고 말할 생각입니다."

"카라카스에서 우리 아버지가 더운 날이면 이렇게 차를 드셨다네. 나도 고향으로 돌아간 뒤부터 이렇게 하기 시작했지."

"장군님과 함께 있다 보면 장군님이 가셨던 장소들과 만났던 사람들을 생각하면서 제가 역사 속으로 들어와 있는 느낌이 듭니다. 그 느낌이 너무 소중해서 그냥 붙잡고만 있을 수가 없네요. 장군님, 언젠가 꼭 여쭤보려고 한 것이 있습니다. 이런 질문이 실례인 줄은 알지만, 대답을 듣지 않고 그냥 넘어가면 훗날 저 자신을 용서하지 못할 것 같아서요. 저는 러시아의 예카테리나 여제 이야기가 궁금합니다. 제 질문이 잘못됐다면 용서하십시오. 그냥 무시하셔도 괜찮습니다."

"그 이야기라면 오히려 내가 권장하는 것 중 하나지. 처음에는 내가 일부러 사람들에게 퍼뜨리기도 했다네. 스페인군에서 탈영한 삼십 대 시절 일이야. 그 시절 내가 생각 없이 저질렀던 수많은 과오가 그랬듯이 그 일도 훗날 내게 큰 손해로 돌아왔지. 나는 많은 사람의 질투를 샀어. 자네가 생각하는 질투와는 차원이 달라. 베네수엘라 사람들은 그런 이야기를 무척 좋아하지. 그러면서도 나를 칭송하기는커녕 오히려 그런 이야기를 들은 자신들을 대단하다고 생각했다네. 심지어 어떤 사람들은 내게 무언가를 빼앗긴 것처럼 굴기도 했어. 내가 자신들의 물건을 남용했다고 생각하는 것 같았지. 나는 그들과 여제의 품 사이에 끼인 입장이 돼 버렸어. 이후 그들은 내 모든 경력을 이런 식으로 몰아가더군. 이런 사고방식에 따르면 내가 이 세상에서 뭘 하든, 나는 그저 나를 비판하는 사람들과 똑같기 때문에 그 일을 한 거야. 그들은 내가 자신들과 다를 게 없다고 믿었지. 러시아, 영국, 프랑스, 미국 그 어디에서도 내가 이룬 결과물은 내 개인 능력에서 비롯된 게 아니야. 내가 있던 곳에 자신들이 있었다면 내가 해낸 일을 자기들도 해냈을 거라는 게 그들의 논리지. 그들의 입장에서 나는 나 자신을 건 도박을 한 적도, 위험을 무릅쓴 적도, 개인적 의지를 발휘한 적도 없는 사람이라네. 이런 생각은 계속 이어졌어. 그들은 나를 위해 그렇게 한 것이고, 나는 아무것도 한 게 없어. 나는 아무것도 아니었지.

히슬롭이 자네에게 이런 이야기까지 했는지 모르겠군. 트리니다드에서 나는 히슬롭에게 1798년에 픽턴이 내게 어떻게 상처를 주었는지 말했지. 1798년이면 내가 고향을 떠난 지 거의 삼십 년이 지났을 때야. 픽턴은 런던의 관료들에게 편지를 썼어. 내가 중요한 역할을 할 수 있을 것처럼 보이긴 하지만 사실 나는 아무것도 아니라고, 그저 카라카스의 장사꾼 아들에 불과하다고 적혀 있었지. 물론 픽턴은 그런 이야기를 카라카스에서 들었겠지. 아무리 멀리 떨어져 있어도, 나는 내가 여제의 품을 훼손시키고 자신이 누려야 할 몫을 망쳐 놓았다고 생각한 그 베네수엘라 사람의 목소리를 찾아낼 수 있었지.

내가 베네수엘라에 돌아갔을 때도 비슷한 일이 일어났네. 자네도 알다시피 나를 런던에서 불러들인 건 볼리바르였어. 나는 카라카스에 있는 그의 집에서 묵을 예정이었지. 사십 년 만에 돌아간 고향이니 내 집이 남아 있을 리 없지 않나? 내가 바로 볼리바르의 집으로 간 건 아냐. 혁명 정부에 경의를 표하고, 공식 절차를 밟아서 움직여야 한다고 생각했거든. 라과이라에서 하선한 나는 곧장 혁명 정부의 외무 담당 비서관인 로스시오에게 편지를 썼다네. 카라카스로 가는 허가서를 발급해 달라고 말이야. 하지만 돌아온 답은 매우 모욕적이었지. 그는 내게 베네수엘라에 진 엄청난 빚을 잊지 말라고 하더군. 내가 이례적으로 많은 특권을 누리고 수년 동안 유럽의 궁정에서 지내면서 진 빚이라고 했지. 그의 말에 따르면 내가 해외에서 사십 년을 보내는 동안 실질적으로 조국을 착취하고 국가 유산으로 먹고살았다더군. 그러니까 이제는 빚진 것을 조금이라도 갚아야 한다는 주장이었어. 비록 우리가 혁명을 논하고 있지만, 나와 늙은 여제의 친분에 대한 질투가 로스시오에게 작용했다는 걸 직감할 수 있었네. 나는 큰 상처를 받았지. 나의 결정적인 실수는 로스시오에게 그따위 답장을 받고도 카라카스로 갔다는 거야. 나를 둘러싼 상황이 잘못 돌아가고 있다는 걸 눈치챘어야 했는데. 그대로 라과이라에 머물다가 영국 군함을 타고 곧장 퀴라소섬으로 돌아갔어야 했어. 그러지 못한 게 정말 한스럽군."

"역시 증오가 문제군요. 장군님, 베네수엘라만큼 증오가 들끓는 나라는 어디에도 없을 겁니다."

레벨이 말했다.

"스페인 제국이 우리에게 그런 식으로 상처를 준 거라네. 우리를 뒷걸음질 치게 하고 할 일이 없게 만들었어. 우리가 인간으로서 스스로를 입증할 방법이 없게 한 거야. 우리 스스로가 무언가를 이룰 수 있다는 사실을 믿지 못하게 만들었지. 우리가 믿을 것은 그저 운과 혈통, 남의 도움, 도둑질, 왕이 내려 준 특권뿐이라고 생각하게 만들었어. 그러다 보니 우리는 권위 앞에서 굽신대다가 돌아서서 그 권위를 조롱하게 된 거라네. 가난한 사람들은 모두 쓸모없는 인간이라고 생각하게 됐지. 내가 젊은 시절에 저지른 수많은 바보짓은 바로 여기서 비롯됐다네. 다른 나라 사람들은 그렇지 않다는 걸 알게 되기까지는 자그마치 십 년이 걸렸지."

"한때 저는 장군님이 말씀하신 질투가 특별히 해로울 건 없다고 생각했습니다. 나란히 문을 연 두 가게 주인들이 서로를 질투하는 것처럼 말입니다. 하지만 혁명 이후 이 질투가 증오로 바뀌었죠. 사람들은 적의 뼈가 허옇게 드러나는 것을 보기 전까지 절대로 멈추지 않았어요. 저는 이런 일이 일어나리라고는 생각지도 못했습니다. 저는 사람들이 너무 겁에 질려 있다고 생각했어요. 1790년대 말에 활동한 마누엘 구알, 호세 마리아 에스파냐 같은 초기 혁명가들을 분명하게 기억하는데, 그들은 우리의 관심을 끌기 위해 사람들을 저희 농장을 비롯한 여러 농장으로 보냈어요. 그러고는 이렇게 말했죠. 자신들이 공화국을 세울 예정인데 국기는 서로 다른 인종을 나타내는 네 가지 색으로 만들 거라고요. 백인을 나타내는 흰색, 흑인을 나타내는 청색, 혼혈을 나타내는 노란색, 원주민을 나타내는 붉은색으로요. 네 가지 색은 공화국의 네 가지 목표를 상징한다고도 했어요. 자유, 평등, 안전, 번영이었죠. 번영은 백인에게, 자유는 흑인에게, 평등은 물라토에게 그리고 자유는 모든 사람을 위한 것이라더군요. 그들은 모든 것을 모든 사람에게 골고루 나누어 주려고 했어요. 그런데 그게 어떻게 가능하죠? 이렇게 질문하면 그들은 대답하지 못했어요. 그런 건 생각조차 해 본 적이 없으니까요. 그저 국기와 색깔에 대해서만 생각한 겁니다. 가끔 그들은 화를 내기도 했어요. '당신은 아메리카인이야. 자부심을 가져도 된다고. 그런데 왜 그렇게 비굴하게 말하지? 나라 생각은 안 하나?' 그래서 저는 이렇게 대답했습니다. '그 말은 이치에 맞지 않습니다. 내 나라와 당신네 국기는 비교 대상이 아니니까요. 독립 이야기가 나와서 말인데 한 가지 묻겠습니다. 독립하면 우리를 누가 통치하게 되죠?' 이건 모두가 궁금해할 문제입니다. 바로 거기서 전쟁이 시작될 테고요. 실제로도 전쟁은 그런 식으로 일어났죠. 이제 네 가지 색깔 전쟁이 시작됐는데 어떻게 끝낼 수 있을지는 모르겠군요. 최후의 승리를 원하는 사람은 항상 있을 겁니다. 물론 복수를 꿈꾸는 사람도요."

미란다가 말했다.

"나는 베네수엘라 같은 곳에서는 어느 누구도 헌법을 만들기 어렵다고 생각하네. 그것이 스페인 사람들이 우리에게 남긴 유산이지. 자네가 말한 초기 혁명가들은 너무 많은 고통을 겪어서 이성적인 사고를 하기가 힘들었을 걸세. 지금이니까 말이지만, 내가 베네수엘라를 위해 만든 헌법은 솔직히 터무니없는 것이었네. 하지만 그걸 만드는 데 들인 시간은 엄청났지. 로마법과 영국 법을 대충 절반씩 혼합한 것이었어. 하지만 내헌법에 집정관은 없어. 관료는 '잉카'라고 지칭했지. 짐작하겠지만 일종의 지역색을 가미하고 싶었던 거네. 당시에는 나 자신이 헌법의 가치를 믿기 때문에 그렇게 헌법을 만들기 위해 애쓰는 거라고 생각했지. 그렇지만 실은 해외에 있는 사람들에게 깊은 인상을 주려는 의도가 있었다는 걸 이제는 안다네. 베네수엘라에 맞는 헌법을 만들 수 있는 천재가 어딘가에는 있을지도 모르지. 하지만 분명 베네수엘라 사람은 아닐 거야. 베네수엘라에는 이 모든 상황을 지혜롭게 처리할 만큼 차분하고 냉정한 인물이 없거든. 물론 외국인일 가능성도 희박해. 외국인은 이 나라에 넘쳐 나는 파벌과 열정을 절대 이해하지 못할 테니까."

"지난 수년 동안 베네수엘라와 남아메리카에 관련한 글을 쓰셨지만, 장군님은 이 나라를 상당히 단순화시키셨더군요. 잉카인의 후예와 백인만이 플라톤이 말한 이상적 국가에 살 자격이 있다고 하셨죠. 장군님은 나머지 두 유색인은 늘 배제하셨습니다. 흑인과 물라토요. 그건 장군님이 오랜 세월 동안 고국을 떠나 해외에서 지내셨기 때문인가요?"

"그건 아니야. 그렇게 하는 게 지성적인 면에서 편했기 때문이네. 자유에 관한 내 생각들은 대부분 해외에서 사람들과 나눈 대화와 독서에서 비롯됐지. 그러다 보니 내가 꿈꾸는 이상적인 나라는 책에서 읽은 나라들을 점점 닮아 가더군. 톰 페인이나 루소의 책에는 니그로가 나오지 않았어. 나는 그들처럼 되고 싶었고, 그래서 이상적인 나라는 니그로와 어울리지 않는다고 생각하게 된 거지. 물론 이 나라에 니그로가 엄연히 존재한다는 건 알았지. 하지만 나는 니그로를 내가 도달할 진리에 생긴 돌발적 요소라고 생각했어. 글을 쓸 때는 그들을 배제해야만 할 것 같았지. 자네도 알다시피 나는 오랫동안 남의 나라를 돌아다니며 살았네. 그래서 같은 사안이라도 머릿속에는 늘 두 가지 이상의 서로 다른 생각이 있었지. 내 나라에 대한 생각도 두 가지였고, 나 자신에 대한 생각은 두셋, 아니네 가지로 나뉘었어. 그에 대한 대가는 이미 혹독하게 치렀다고 생각하니까 이제 부디 책망은 멈춰 주게."

미란다는 계속해서 말을 이었다.

"트리니다드에서 영국으로 돌아갔을 때 나는 윌리엄 윌버포스[22]라는 사람을 알게 되었지. 내가 무척 존경한 분이지. 나는 그를 핍박받는 사람들을 보호하는 박애주의자로 생각했어. 윌버포스 씨는 나와 니그로 노예 문제를 논하고 싶어 했어. 처음 켄싱턴에서 저녁을 함께하는 자리에서 우리는 종교 재판 문제를 이야기했고, 이어서 남아메리카 해방에 관해 폭넓게 토론했지. 나는 윌버포스 씨에게 내 아버지가 살면서 감내해야 했던 온갖 굴욕을 꼭 알게 하고 싶었어. 앞서 우리가 말한 마누엘 구알 같은 초기 혁명가가 살았던 비참한 삶도 알

22) William Wilberforce(1759~1833). 영국의 노예제 폐지 운동을 이끈 정치가.

리고 싶었다네. 가엾은 구알은 군 경력이 삼십삼 년에 이르는 데도 기껏 베테랑 대대의 지휘관까지밖에 올라가지 못했지. 더 높은 자리는 모두 본토에서 온 스페인 사람들 차지였으니까. 스페인은 우리에게 모든 것에 대한 굴욕적인 복종을 요구했지. 교회에 대한 복종, 왕과 그의 관료들에 대한 복종 등등. 우리는 끊임없이 굴욕을 느껴야 했어. 나는 설명하기 쉽지 않은 이 모든 것을 윌버포스 씨에게 반드시 이해시켜야만 했네. 그러다 보니 그와 니그로 문제를 이야기하면 그가 자칫 우리 문제에 관해서는 관심을 덜 둘지도 모르겠다는 생각이 들더군. 내가 남아메리카에 대해 진짜 말하고 싶은 것이 뭔지 헷갈릴 것 같았지. 나는 윌버포스 씨에게 니그로 해방 문제가 얼마나 중요한지 알고 있었네. 그래서 그의 견해를 무조건 받아들인다고 분명히 말했지. 그런데도 윌버포스 씨는 계속 다른 지역 이야기만 하는 것 같았어. 나 역시 내 관심이 한 곳에만 있는 게 아닌 것 같다고 느꼈지. 그런 생각을 한 건 나만이 아니었네. 히슬롭이 트리니다드를 떠나 남아메리카 해방을 위해 싸우기를 얼마나 간절히 바랐는지 자네도 알 걸세.

몇 달 뒤 나는 문득 과거의 잘못이 생각났네. 스페인군이 펜서콜라를 점령했을 때 나는 니그로 세 명을 말 그대로 투기 목적으로 사들였어. 몇 년 뒤에는 니그로들을 배 두 척에 태워서 자메이카에서 쿠바로 밀반입하려다가 발각됐고, 결국 그 일로 스페인군에서 탈영했지. 이런 내 과거를 윌버포스 씨처럼 고매한 분이 알게 되면 어떻게 생각할지 갑자기 궁금해지더군."

"그게 정말입니까?"

레벨이 놀랍다는 듯 말했다.

"그렇다네. 하지만 그건 나에 대한 진실의 일부에 지나지 않아. 삼십여 년 전 철없는 시절에 저지른 일이니까. 난 이제 막 세상으로 나온 신출내기였고, 그때는 그런 것들만 눈에 들어왔네. 하지만 그 후 나는 온전한 삶을 살기 시작했네. 그 후의 삶은 책임지는 삶이었으니까. 그래서 내가 윌버포스 씨를 속였다고는 생각지 않았어. 그렇지만 또다시 양심의 가책을 느낄 일이 생겼지. 나는 볼리바르를 비롯한 몇몇 혁명가들을 그분께 소개했다네. 윌버포스 씨는 자신이 때마침 런던에 있어서 다행이라고 품위 있게 말씀하시더군. 그런 훌륭한 분이 내가 스페인 감옥과 종교 재판을 두려워하게 된 게 지난날 밀수 사건 때부터라는 것을 알면…… 당시 스페인군에서 도망치지 않았다면 나는 북아프리카 오랑에서 십 년 동안 수비대 근무를 해야 했을 거야.

탈영 이후 오랜 세월 나는 어디를 가든 그 지역 감옥을 방문했다네. 유럽 여행자들이 으레 하는 일이지만, 스스로를 시험해 보려는 목적도 있었지. 가장 열악한 곳은 코펜하겐의 감옥이었어. 죄수 중 일부는 쇠사슬에 묶여 있었지. 그저 채무를 갚지 못해 감옥에 갇힌 사람들도 많았어. 변소는 몇 달씩 똥을 치우지 않아 냄새가 지독했지. 나는 관계 당국에 항의 편지를 보냈을 정도로 엄청난 충격을 받았다네. 그런데 보다시피 지금 내가 그런 감옥에 갇힌 신세가 됐으니…… 이 정도면 지난 과오에 대한 대가를 치렀다고 생각해."

레벨이 말했다.

"장군님이 트리니다드에 머무시던 시절에 대해서는 히슬롭 총독에게 많이 들었습니다. 저도 그곳에 있을 때 마치 베네수엘라에 있는 것 같은 기분이더군요. 트리니다드에 계실 때 파리아만 건너편 사정이 궁금하지는 않으셨나요?"

"다시 말하지만, 나는 베네수엘라 사정을 알기도 하고 모르기도 했네. 아주 확실하게 실감한 건은 두 번이야. 첫 번째는 푸에르토카베요 상륙 작전 때였네. 바쿠스호와 비호를 잃었던 그때 말일세. 첫 귀향을 앞둔 때이기도 했지. 총독 관저에 도착한 첫날, 바깥에서 몇몇 니그로가 아프리카 말로 대화를 나누는 소리가 들리더군. 나는 창밖을 내다봤어. 순간 그들도 나도 모두 놀랐다네. 너무 놀라 한동안 멍한 상태였지. 대낮이었지만 폭우가 쏟아져서 주위는 어두침침한 편이었어. 니그로들은 유령이라도 본 양 나를 쳐다보더군. 그들의 눈빛을 보니 길게 땋아서 늘어뜨린 내 백발을 보고 놀란 게 틀림없었네. 그때는 정말 현실 세계에서 멀리 동떨어진 듯한 기분이 들었지. 두 번째는 그로부터 이삼 개월 뒤 코로 상륙 작전에 실패하고 트리니다드로 돌아왔을 때였네. 다우니라는 사내와 맥루리 양이라는 여성의 안내로 영국인 몇 명과 함께 섬 이곳저곳을 둘러보던 중 한 원주민 보호 구역을 방문하게 됐지. 트리니다드에는 스페인 사람들이 지정한 소수 원주민들의 거주지가 몇 군데 있다네. 보통 숲속 빈터에 작은 선교회와 원주민들의 야자나무 오두막, 사제가 사는 작은 나무집이 있고, 아도비 점토[23]로 지

---

23) 석회질 또는 미사질로 이루어진 흙. 짚과 섞어 벽돌을 만드는 데 쓰인다.

은 교회가 있는 곳도 있었지. 분위기는 한결같이 조악하고 침울했어. 그러다 보니 원주민들은 대부분 알코올에 중독된 상태였지. 여행에 동참한 맥루리 양과 다우니, 그밖에 다른 영국인들은 나를 봐서 그랬는지 몹시 분개하더군. 그들은 스페인 사제가 원주민의 노동력을 착취하는 악당이라며 비난했지. 원주민에게 쥐꼬리만 한 임금을 주고 고된 삼나무 벌목을 시키는 것도 모자라 그들에게 럼주를 팔아 이득을 챙겼으니까. 그들은 내가 그 자리에서 한바탕 소란을 피우기를 바라더군. 내가 스페인 사제를 욕했으면 하는 눈치였네. 나는 그런 영국인들이 이상하다 싶었지. 그러다가 그들이 원주민과 우리를 같은 부류로 생각한다는 걸 깨달았어. 나는 영국인들과 똑같은 입장에서 원주민의 생활상을 잠깐 들여다본 것뿐인데, 그날 이후 나 역시 원주민과 다를 바 없다는 생각이 들었네. 그곳에 갇혀 영원히 벗어날 수 없을 거란 불안감이 밀려들었어. 다행히 곧 떨쳐 버렸지만."

"트리니다드에서 고생이 많으셨다는 건 저도 압니다. 사람들에게 듣기로는 그대로 삶이 끝날 수도 있으셨다더군요. 그 작은 섬사람들에겐 그들만의 증오가 있어서 장군님을 돌볼 여유가 없었던 것 같아요. 그곳에 일 년쯤 더 계셨으면 그나마 장군님을 보호해 드렸던 사람들도 다 떨어져 나갔을 겁니다. 제가 놀란 건 그렇게 운 좋게 탈출에 성공하셨으면서 얼마 뒤 또다시 이곳으로 돌아올 생각을 하셨다는 거죠. 볼리바르가 베네수엘라의 상황을 어떻게 말씀드렸는지는 몰라도, 왕당파가 동서를 모두 장악했다는 사실은 아마 알려 드리지 않았을 겁니다."

"볼리바르는 나와 비슷한 언변을 구사한 것 같아. 그 친구 말을 들으니 내 예언이 곧 현실화될 것만 같더군. 그러니 베네수엘라로 돌아가겠다고 결심하는 건 전혀 어렵지 않았네. 정작 골치 아팠던 건 영국을 떠나기 위해 허가를 받는 일이었지. 처음 베네수엘라를 떠나올 때만큼이나 까다롭더군. 런던의 장관들이 내키지 않아 했어. 카디스에 있는 스페인 협력자들에게 영국 정부가 뒤에서 스페인 제국의 붕괴를 부추기고 있다는 인상을 주고 싶지 않았던 거지. 결국 우리는 협상을 했네. 나는 군함을 타고 영국을 떠나고, 그들은 그 사실을 미처 몰랐던 것으로 하기로. 하지만 그쪽에서는 외관상 볼리바르와 내가 서로 다른 배를 타야 한다고 주장했어. 그래서 볼리바르가 내 문서를 가지고 먼저 떠났지. 이런 이야기를 하는 건 내가 볼리바르와 그의 가족을 전적으로 믿었다는 걸 알려주기 위해서야. 나는 바로 전해에 그동안 모은 내 문서들을 서적상 둘로에게 부탁해 멋진 책으로 만들어 두었네. 총 예순세 권의 책을 새 케이스 세 개에 나누어 정리했고, 각 케이스에는 내 이름 머리글자를 새긴 황동 장식판을 박았지."

"결국 온 나라가 장군님을 적대시할 거라는 걸 미리 알았다면 일찌감치 떠나셨겠죠?"

"삼십 년 만에 돌아간 고국을 다시 떠나기는 쉽지 않았네. 내 나라의 실체를 끝까지 내 눈으로 확인해야만 했지. 자네가 말한 그 순간까지 말이야. 그때까지 내가 갖고 있던 모든 생각이 뒤집히는 걸 확인해야 했네. 마지막까지 가서야 나는 비로소 그토록 오랫동안 집착한 생각에서 벗어날 수 있었지. 아주 오랫동안 나는, 내가 200명 남짓의 병사들을 이끌고 베네수엘라에 상륙하기만 하면 온 나라 사람들이 내가 쳐든 자유의 깃발 아래 모여들 거라고 장담했다네. 하지만 그런 일은 내가 아닌, 나보다 더 거친 해군 장교에게 일어났어. 왕당파 당국이 내게 맞서기 위해 투입한 장교 말일세. 그는 운이 좋았어. 해군 120명을 이끌고 베네수엘라에 상륙했을 때 모든 사람이 그 주변에 모여들었으니까. 그 후 십이 주가 지났을 때는 이미 우리보다 병력 규모가 더 커졌지. 그런 만큼 실수는 용납할 수 없었어. 원주민들은 그의 주위로 집결했고, 백인과 흑인 혼혈인 물라토, 이른바 파르도도 그 장교의 편이었어. 물라토는 발렌시아에서 악마처럼 싸웠다네. 백인이 항복을 선언한 뒤에도 쉽게 칼날을 거두지 않았지. 내 병력은 5000명에 이르렀는데, 물라토는 고작 500명밖에 안 됐을 때도 싸움을 포기하지 않았지. 그들에게 혁명은 '우리를 누가 지배할 것인가?'의 문제였으니까. 그들은 절대 우리 쪽 사람들의 지배를 받고 싶지 않았던 거야. 나는 발렌시아에서 두 차례 습격을 감행해야 했어. 그 작은 곳에서만 800명이 목숨을 잃었고 1500명이 다쳤지. 나는 뒤늦게 히슬롭이 들려준 파리아만 건너편의 유색 자유민들 이야기가 기억났다네. 그것이 나와 상관이 있을 거라고는 꿈에도 생각지 못했지.

나는 상황이 악화된 뒤에야 니그로들을 병력으로 동원해야겠다고 생각했어. 그들에게 십 년간 군인으로 복무하면 자유의 몸이 되게 해 주겠다고 제안했지. 월버포스 씨가 이 사실을 알았다면 어떻게 생각했을지 모르겠군. 런던에서 그를 만나고 딱 일 년 뒤에 일어난 일이니 말이야. 아무튼 이 단계에서 내가 한 판단은 모두 잘못된 거였어. 니그로는 결과적으로 내게 맞는 병력이 아니었고, 그 일로 다른 모두가 내게 돌아섰지. 쿠리에페[24]에 있는 왕당파들은 나에 대한 원한으로 자신의 플랜테이션 농장에 있는 니그로들을 동원해 내게 맞섰지. 그들은 카라카스까지 몰려와 방화와 약탈을 일삼으며 도시를 쑥대밭으로 만들었어.

마침내 나는 끝을 보고 말았네. 나는 꼼짝달싹 못 하는 신세가 돼 버렸지. 볼리바르가 적에게 푸에르토카베요를 넘겨준 뒤로는 물자도 완전히 바닥난 상태였어. 사람들은 하루가 멀다 하고 우리 곁을 떠났네. 의지할 수 있는 이는 아무도 없었지. 더는 전투를 이어 갈 수 없었어. 처음부터 로스시오 같은 사람들은 내가 혁명에 끼어드는 걸 반대했지. 그런데 이제는 나 혼자 혁명을 이어 가기를 바라더군. 로스시오는 나를 향해 분노, 두려움, 혐오의 감정을 거침없이 드러냈고 파벌이나 인종에 상관없이 모두 그걸 지켜보기만 했어. 그때 나는 이것이 결코 이길 수 없는 싸움이란 걸 깨달았지. 용케 혁명 조직을 재건해서 처음부터 다시 시작한다고 해도, 결국 모든 것이 거의 똑같은 방식으로 다시 흔들릴 거라는 사실을 말이야. 그 마지막 며칠 사이에 나는 깨달았네. 모든 베네수엘라 사람이 나 같은 경우였다면, 나와 비슷한 집안에서 태어나 나와 비슷

---

24) 베네수엘라 미란다주에 있는 도시.

한 경험을 했다면 내가 생각한 혁명이 성공했을지도 모른다는 걸 말이야. 수십 년 동안 해외를 떠돌면서 나는 그저 내 위주로만 생각한 거야. 내가 생각하는 혁명이 일개 개인적 사업에 지나지 않는다는 건 스페인 사람들이 줄곧 내게 한 말이었지.

이 사실을 깨닫고 나니 마음이 좀 홀가분해지더군. 내가 런던에 계속 머물렀거나 전쟁에서 중간에 빠져나왔다면 그 지경까지는 내몰리지 않았겠지. 물론 내가 이룰 수 있는 일이 있을 거라는 생각에 두고두고 아쉬움이 남기는 했을 거야. 베네수엘라를 이루는 네 가지 인종과 카카오와 담배 플랜테이션 농장을 경영하는 후작들, 그 밖에 모든 것을 간과했으면서도, 나는 늘 이 나라를 생각했으니까 언젠가는 그 생각들이 옳았음이 밝혀질 거라고 믿었을 거야. 어쩌면 철학자들의 생각이 옳을지도 모르겠네. 사람들은 출신, 성격, 지리적 역사적 배경이 모두 다르기에 우연적 요소가 너무 많지만, 그렇더라도 그 저변에는 더 진실한 무언가가 존재할 거야. 나 역시 스스로에 대해 늘 그렇게 느꼈으니까. 현명하고 이성적인 자유가 주어지기만 한다면 모든 인간은 플라톤이 말하는 이상적인 국가를 이룰 수 있어.

나는 이제 찜찜하지도 불안하지도 않네. 갈 데까지 다 가서 내 눈으로 직접 확인했으니 말일세. 더는 내 편이 없다는 것을, 가족까지는 아니더라도 내 곁에 아무도 없다는 것을 깨닫는 순간이 내게 오리라고는 상상하지 못했는데 결국 그런 순간이 찾아왔지. 내 머릿속엔 온통 그래프턴 거리에 대한 생각뿐이었지. 내가 통제하는 영역, 내가 안전할 수 있는 영역이 날마다 조금씩 줄어들었어. 곧 그 영역은 카라카스라는 도시부터 해안으로 이어지는 산길, 그 끝에 있는 라과이라항까지로 좁아졌네. 고작 수십 제곱킬로미터 정도로 말이야. 생각해 보게. 스페인군에서 탈영한 뒤 이삼 년 동안 나는 외국 정부를 상대로 남아메리카를 지배할 미래의 통치자인 양 행세했어. 미시시피강의 발원지부터 아마존 서쪽 일대를 거쳐 대륙의 남쪽 끝 혼곶에 이르는 거대한 영역을 통제할 잠재력을 가진 사람이었단 말일세.

라과이라항에는 나를 영국령 퀴라소섬으로 데려갈 영국 군함이 기다리고 있었지. 나는 나를 따르던 충직한 부하에게 예순세 권 분량의 문서를 맡겼네. 내가 챙겼다가는 억류될 가능성도 있으니 내가 갈 곳이 아닌 섬에 있는 어느 영국 회사의 주소를 적어서 그곳으로 가져가게 했지. 카라카스의 정부 금고에서 가져온 은화 2만 2000페소와 황금 34킬로그램도 똑같이 그곳에 옮기게 했어. 막판에 몰렸을 때 나도 모르게 비뚤어진 쾌락 가운데 하나가 바로 그런 약탈의 기쁨이었지. 나는 내가 그 돈을 가질 자격이 있다고 생각했어. 이 나라를 위해 쏟아부은 노고와 지난 사십 년 동안 고향 집에 있는 돈을 한 푼도 쓰지 못한 것을 생각하면 그 정도 보상은 받아야 한다고 믿었지. 하지만 자네도 알다시피 나는 결국 영국 군함 사파이어호에 오르지 못했네. 그 배는 내 물건만을 가지고 바다 건너 퀴라소섬으로 가 버렸어. 알아보니 내 물건을 받은 그 회사에서 돈에 대한 소유권을 주장했다더군. 나를 통해 카라카스의 혁명 정부에 보냈던 돈을 일부라도 회수하게 됐다며 무척 기뻐했다는 거야. 그렇게 그 계좌도 정리가 됐지."

미란다는 감방 밖에 있는 누군가에게 눈짓을 보냈다. 그러자 간수 우두머리인 라라 대위가 다가와 열린 문밖에 섰다. 레벨 데 고다는 이제 돌아갈 시간임을 알아차렸다.

그날 밤, 도시 전체가 잠들었을 때였다. 레벨은 자신이 묵고 있는 집의 주인인 멜렌데스 총사령관이 부르는 소리에 잠에서 깼다. 멜렌데스는 정복을 갖춰 입고 반질반질하게 손질된 사령관 지휘봉까지 들고 있었다.

"날씨가 너무 더워서 잠이 안 오는군. 안드레스, 어서 옷을 입게나. 같이 바닷가 산책이나 나가세."

그들은 방파제를 따라 잠시 걸은 끝에 부두에 다다랐다. 배들의 불빛이 주변 바닷물에 반사되면서 하늘 높이 솟은 시커먼 돛대들을 드러나게 했다. 산들거리는 밤바람이 잔물결을 일으켰다. 한 배는 항해를 위해 돛을 접어 둔 상태였다. 부두 계단 근처에 둥둥 떠 있는 작은 보트 한 척이 보였다. 보트에는 사공과 군인 두 명이 타고 있었다. 갑자기 군인들이 보트에서 내리더니 계단 위에 차렷 자세로 섰다. 라라 대위가 미란다의 팔짱을 끼고 방파제를 따라 걸어오고 있었다. 그들 뒤로 니그로 한 사람이 작은 나무 트렁크를 머리에 이고 따라왔다. 레벨은 그 니그로가 누군지 알아볼 수 있었다. 지난 오 개월 동안 미란다의 식사를 준비한 선술집에서 일하는 사람이었다.

멜렌데스가 말했다.

"장군님, 배는 이미 준비를 마쳤습니다. 이제 작별 인사만

드리면 되겠군요. 카디스까지 가시는 동안 포박은 하지 않기로 이바녜스 중위가 약속했습니다."

"쇠사슬을 풀어 주겠다는 건가?"

미란다가 물었다.

"네. 예우를 갖춰 모실 겁니다."

"드디어 유럽으로 가게 되다니, 하느님 감사합니다! 총사령관, 그동안 내게 베풀어 준 호의는 결코 잊지 않겠네."

미란다는 멜렌데스와 포옹을 나누었다. 뒤이어 군인들의 부축을 받아 배에 오르기 전, 그는 레벨을 꼭 끌어안았다. 레벨은 우정을 담은 그날 밤의 포옹을 오랫동안 기억했다.

레벨은 삼십팔 년 뒤인 1851년, 그의 나이 일흔네 살에 회고록을 썼다. 여기에는 미란다에게 보내는 정식 작별 인사도 함께 실려 있었다. 베네수엘라에서는 혁명 또는 내전이 사십일 년째 여전히 계속되고 있었고, 그 후로도 사십일 년은 족히 이어질 것 같다는 게 레벨의 생각이었다. 그의 회고록 또한 그 전쟁의 희생물이라고 할 수 있었다. 끝까지 완성되지도 못했고, (아마도 레벨의 정치색 때문에) 오랫동안 세상 빛을 보지 못하다가 1933년에야 겨우 베네수엘라의 한 학술지에 실렸다.

레벨은 미란다가 푸에르토리코를 떠난 뒤 약 삼십 개월 동안 카디스의 감옥에서 살다가 세상을 떠났다는 사실을 아마 알았을 것이다. 그러나 미란다가 사 개월 가까이 심한 발작과 장티푸스 등에 연이어 시달렸고, 마지막 순간에는 피까지 토하며 고통 속에 숨을 거두었다는 사실은 알지 못했을 것이다.

미란다는 장례식도 없이 감옥 내 병원에서 곧장 밖으로 옮겨져 매장되었다. 죽을 때 입고 있던 옷과 이불에 싸여 누워 있던 매트리스째 흙 속에 묻혔다. 시신을 옮겼던 사람들은 감옥으로 다시 돌아가서 그의 유류품들을 모두 모아 불태워 버렸다. 시신이 묻힌 장소 또한 곧 사람들의 기억 속에서 지워졌다.

미란다의 둘째 아들인 프란시스코는 아버지가 푸에르토리코 감옥에 있을 때 겨우 일곱 살이었다. 아버지와 이름이 같은 이 아이가 훗날 런던을 떠나 남아메리카 내전에 참전했다는 사실을 레벨은 아마 알지 못했을 것이다. 게다가 볼리바르가 세상을 떠난 이듬해인 1831년 콜롬비아에서 전쟁 중에 스물다섯 살의 나이로 숙청당했다는 사실은 더더욱 몰랐을 것이다.

레벨은 회고록에서 런던에 있는 아내 샐리를 걱정하던 미란다의 심경을 섬세하게 기록했다. 그는 아내에게 돈을 보내 주고 싶은 마음이 간절했지만 여의치 않았고, 겨우 멜렌데스를 통해 집안 문제에 관한 편지만 보낼 수 있었다. 하지만 레벨은 자신이 회고록 집필을 시작하기 사 년 전인 1847년 샐리가 그래프턴 거리의 집에서 숨을 거두었다는 사실은 알지 못했다. 그녀의 나이 일흔세 살 때였는데, 이 가운데 마지막 삼십칠 년은 남편 없이 홀로 지냈다. 1841년 인구 조사 기록에 따르면 그 집에는 하녀 두 명이 있었다. 이를 토대로 짐작건대 미란다가 모아 둔 책들이 샐리에게 상당한 소득이 되었던 것 같다.(미란다의 장서는 1807년을 기준으로 9000파운드의 가치가 있었지만, 서적상들에게 진 빛 5000파운드가 있다는 것을 감안해야 한다.)

샐리에게 미란다는 서서히 사라져 간 존재였을 것이다. 그녀가 세상을 떠날 즈음, 한때 런던에서 가장 바쁘고 중요한 인물 중 한 명으로 손꼽히던 미란다의 이름은 사람들의 기억 속에 거의 남아 있지 않았다. 그가 남긴 예순세 권 분량의 문서는 사라진 것이 분명했다. 폼페이의 시신들처럼 미란다가 역사 속에서 마땅히 차지했어야 할 자리는 빈 공간으로 남았다. 그의 아내 샐리 또한 연기처럼 완전히 사라졌다. 그녀의 정확한 사망일과 그녀가 그래프턴 거리에서 살았다는 사실은 1980년에야 런던 주재 베네수엘라 대사관의 한 연구원에 의해 밝혀졌다.

미란다의 문서들은 그가 죽고 100년이 훨씬 더 지난 뒤 발견되었다. 1910년대 미국 학자 윌리엄 로버트슨은 (돈과 황금은 압수되었지만) 미란다의 문서가 퀴라소섬에서 런던의 어느 괜찮은 관료 앞으로 보내졌고, 이후 그 관료의 소장 기록물 중 일부가 되었을 거라고 추측했다. 그 괜찮은 관료는 1812년 전쟁과 식민지 담당 장관이었던 배서스트 경이었다. 1922년 로버트슨은 영국 글로스터셔주 시런세스터에 있는 배서스트 도서관에서 미란다의 문서 예순세 권을 찾아냈다. 그 문서에는 100여 년 전 베네수엘라의 흙먼지가 아직까지 한두 알쯤 달라붙어 있을지도 모를 일이었다. 카라카스에서 라과이라까지 세 시간 거리를 수레에 실려 두 번이나 오갔으니 가능한 일이었다. 이후 미란다의 문서는 베네수엘라 정부에 귀속되어 카라카스까지 마지막 여행길에 올랐다.

예순세 권 가운데 첫 권은 많은 내용을 삭제하거나 숨기는 등 과도한 편집 과정을 거쳐 1924년 카라카스에서, 마지막 권은 미란다의 탄생 200주년인 1950년에 아바나에서 출간되었다. 아바나에서 나온 책은 보다 공식적인 내용이 담긴 짧고 잡다한 문서들을 묶은 것으로, 미란다가 보전한 것과 똑같은 재질의 종이를 사용하고 편집자 주나 해설을 덧붙이지 않았다. 그래서 미란다의 생명력이 주는 온기가 여전히 남아 있는 듯하다.

9
귀향

　내가 처음으로 가 본 흑인 주도의 아프리카 국가는 동아프리카에 있었다. 당시 삼십 대 초반이었던 나는 그 나라의 지방 대학과 연결되어 그곳을 방문했다. 나는 도시 근교의 정부 청사 구역 안에 있는 작고 낮은 방갈로에 살았다. 주변 경관이 아름다운 그곳에 사는 사람들은 대부분 해외 이주민이었다. 주로 영국인이고 미국인도 더러 있었는데 모두 이런저런 방식으로 정부를 위해 일하게 된 사람들이었다. 정부에서 직접 고용한 이들이 있는가 하면 나처럼 해외 재단이나 구호 단체에서 파견된 경우도 있었다.

　그 나라는 신생 독립국이었기 때문에 나는 혁명의 분위기를 느낄 수 있을 거라고 생각했다. 그러나 내가 사는 단지만큼은 아직까지 식민지 시대의 자취가 남아 있었다. 트리니다드의 유전 지대에 있던 외국인 거주 지역이 생각나는 분위기였다. 두 곳 모두 양차 세계 대전 사이의 엇비슷한 시기에 설계된 것일지도 몰랐다.

도로 양쪽에 들어선 방갈로와 연립 주택은 무척 소박한 편이었다. 하지만 지대가 넓고 주변 경관이 뛰어나서 다른 곳과는 확실히 차별화되는 특혜 구역처럼 보였다. 원래 있던 지저분한 덤불숲을 말끔히 밀어 내고 택지를 조성한 것 같았다. 보기 싫은 울타리나 두엄 더미, 쓰레기, 버려진 땅 같은 것은 전혀 찾아볼 수 없었다. 집들 사이의 넓게 트인 공간에는 파란 잔디밭이 꾸며져 있었다. 너저분한 것을 모두 걷어 낸 이 주택 단지의 둘레에는 야자수며 육계나무, 불꽃나무,[25] 히비스커스 등이 심어져 있었다. 그 나라에서는 흔하지만 아프리카의 정취를 물씬 풍기는 이런 나무와 관목 들은 이국적인 아름다움을 한층 더해 주었다.

사실 특혜 구역(또는 보호 구역) 같다는 생각이 틀린 건 아니었다. 내가 살던 '동아프리카 단지'는 그 나라 안의 복지 국가 같은 곳이었다. 그곳에는 생활에 필요한 모든 것이 갖추어져 있어서 따로 걱정할 일이 없었다. 방갈로와 연립 주택의 관리를 맡은 전담 부서에서는 각종 수리나 교체를 해 주었고, 주민들이 제기한 불만에 답해 주었다. 또 공식적으로 정해진 사항은 아니지만, 그곳에 새로 입주한 사람들은 대부분 단지 사정에 밝은 하인이나 하우스보이를 고용하는 것이 관례였다.

---

25) 플랑부아양 나무. 불꽃처럼 붉은 꽃이 피어 '화염목'이라고도 한다.

처음에 나는 이 하인이라는 사람들을 대하기가 무척 어색하고 쑥스러웠다. 하인을 거느린다는 발상 자체가 당황스러웠던 것이다. (일부는 여전히 야생 동물의 나라이자 해외에서 온 정착민의 나라인) 그곳 동아프리카 지역에서 흑인 하인이라는 개념은 책이나 영화에 나오는 온갖 장면을 떠올리게 했다. 그런데 얼마 지나지 않아 나는 그곳 동아프리카 단지에 사는 사람들의 삶이 몹시 부자연스럽다는 걸 알게 되었다. 그곳에 사는 사람들은 모두, 심지어 하인들까지도 멋지게 차려입고 다녔다. 어떤 면에서는 옥스퍼드 대학교에서나 볼 법한 격식 있는 차림새로, 단지 밖에서는 결코 찾아볼 수 없는 모습이었다. 시간이 지나면서 나는 그곳 사람들이 처음부터, 어쩌면 식민지 시절에도 늘 그런 모습으로 살아왔을 거라고 생각하게 되었다.

도시 외곽에 자리한 동아프리카 단지는 버스나 택시가 다니지 않기 때문에 그곳에 살려면 반드시 자가용이 있어야 했다. 게다가 나는 운전을 못했기 때문에, 아니 운전하는 나 자신을 믿지 못했기 때문에 운전기사도 필요했다. 한 사람에게 운전과 요리, 집안일까지 모두 맡길 수 있다면 더욱 편리했겠지만, 그곳에서는 그런 식으로 일하는 사람은 없었다. 어쩔 수 없이 나는 전문 운전기사를 구해야 했다.

매일 아침 식사를 마칠 즈음이면 어김없이 그 남자가 집으로 찾아왔다. 늘 그렇듯 단정하게 주름 잡힌 바지와 깨끗한 셔츠, 반질반질 빛나는 구두를 신은 깔끔하고 말쑥한 모습의 남자는 내게 그날의 일정을 물었다. 대개의 경우, 나는 특별한 외출 일정이 없었다. 주로 집에서 일했기 때문이다. 그러면 사내는 부엌에 앉아 내가 찾을 때까지 대기했다. 처음에는 내가 열린 문을 지나갈 때마다 깜짝 놀라 고개를 들고 쳐다보았다가 눈치껏 고개를 숙였다. 시간이 지나자 사내는 만화책이나 잡지를 부엌에 가져와서 읽었다. 나중에는 제대로 된 책도 읽고 편지도 썼다. 가끔은 아무 일도 없을 것 같아 오전에 그를 집으로 돌려보냈는데, 몇 시간 뒤에 다시 불러들여야 하는 날도 있었다. 이처럼 동아프리카 단지에서의 삶은 특혜처럼 느껴지는 면이 많았지만 이런저런 문제점도 있었다.

내게 하인과 운전기사를 소개해 준 사람은 모저스 루베로라는 하우스보이였다. 루베로는 내 방갈로에서 몇 집 건너에 있는 젊은 영국인 부부 집에서 일했다. 몸이 무겁고 움직임은 둔하지만 반짝이는 눈으로 항상 주변을 부지런히 살폈다. 이따금 나는 그가 입에 빨래집게를 문 채 아기 옷을 빨랫줄에 너는 모습을 보았다. 아기 옷이라니! 루베로는 그런 자질구레한 일에 어울리는 사람이 아니었다. 소문으로는 단지 내의 모든 하우스보이를 통솔하는 대장이라고 했다. 실제로 루베로는 집 앞에 나왔다가 지나가는 내 차를 보거나 소리를 들으면 아주 천천히 고개를 돌리고 눈동자를 뒤룩뒤룩 굴리면서 자동차와 나와 운전기사를 한참 주시했다. 목이 돌아가는 속도가 느린 건 근육에 어떤 문제가 있어서일 수도 있지만, 자신이 항상 모든 것을 지켜보고 있다는 걸 알리기 위한 그만의 방식일 수도 있었다.

루베로는 하우스보이들의 기본 차림새인 흰색 반소매 셔츠와 반바지를 입고 다녔다. 멀리서 보면 얼핏 뚱뚱한 소년 같지만 가까이 다가가서 보면 소년과는 전혀 거리가 멀었다. 사실 그는 산전수전 다 겪은 중년 사내였다. 광대뼈부터 입가까지는 움푹 패어 있고, 미간에는 늘 찌푸린 사람처럼 굵은 주름이 잡혀 있었다. 반바지의 허리 부분이 접힐 만큼 불룩하게 튀어나온 배는 물렁거리지 않고 단단한 것이 마치 그의 강인함과 권위, 자존감을 암시하는 듯했다. 얼굴도 자세히 살펴보면 친근한 느낌은 아니었다. 대신 어떤 부족의 권위 같은 것이 풍겼다. 루베로라는 성으로 보아 남아메리카 중부 출신이라는 것을 어렵지 않게 짐작할 수 있었다. 어쩌면 그의 할아버지나 증조할아버지가 아랍 또는 인도 무역상을 좇아 해안 지역까지 내려와 자리를 잡았을 수도 있다.

단지 내의 하우스보이들을 통솔하는 대장이 되려면 무엇보다 힘이 있어야 했다. 그곳에서는 도시에서 비슷한 일을 할 때보다 많은 보수를 받을 수 있었다. 모든 방갈로와 연립 주택에는 하우스보이나 하인들을 위한 잘 관리된 숙소도 마련되어 있었다. 아마 그 숙소를 보면 한눈에 반할 도시 사람들도 많을 터였다. 게다가 그곳에는 많은 외국인이 이사를 오고 이사를 가면서 버리고 간 물건들을 거래하는 시스템도 있었다. 단지 내의 하우스보이들은 조금 특별한 방식으로 통제를 받았다. 내 하인이 낡은 고물 자전거를 살 때도 루베로가 모든 것을 앞장서서 주선했다.(자전거 살 돈을 빌려주고, 새로 산 자전거와 어울린다며 잘 맞지도 않는 흰색 플라스틱 선글라스를 구입하게 한 것도 바로 루베로였다.)

그 나라는 독재 국가였다. 그러나 당시 이를 신경 쓰는 사람은 많지 않았다. 아프리카에는 이제 막 신생 독립국들이 생겨나기 시작한 시점이었다. 그래서 그 나라 대통령은 사회주의 체제를 세우는 데만 권력을 사용하는 좋은 사람으로 평가받았다.

해외 이주자들 중에는 바로 이 사회주의 체제 수립이라는 목표를 위해 일한다고 스스로 생각하는 사람들이 있었다. 그것이 그들이 그 나라에 온 이유 중 하나였다. 그들은 권력 가까이 있는 데다 단순하면서도 안전한 생활을 할 수 있는 그곳 정부 청사 단지를 좋아했다. 하지만 반드시 하우스보이를 두어야 한다는 건 그들에게 꽤나 신경 쓰이는 문제였고, 실제로 그렇게 말하기도 했다. 심지어 어떤 사람들은 단지 밖에 사는 주민들의 부족하고 금욕적이며 통제받는 삶을 좋게 생각했다. 그들은 그런 삶이야말로 잘살게 되기 전에 반드시 거쳐야 하는 과정이라고 여겼다. 또 작은 농촌 마을에 사는 사람들을 수도로 오지 못하게 막는 것이 옳다고 생각했다. 그래야 도시가 커지지 않아서 도시 생활의 폐해로부터 사람들을 보호할 수 있고, 농촌 마을을 집단화해서 전통적인 아프리카식 사회주의로 회귀하기 쉽다는 것이었다. 지금 생각해 보면 이들 해외 이주자들은 다른 곳에 사는 사람들이 수행이나 종교적 집단생활을 통해 얻을 만한 것들(해방감, 참신한 엄격성, 새로운 자기 인식, 자기애 등)을 단지 내 생활을 통해 경험한 듯싶다.

모저스 루베로가 하우스보이들을 통제했다면 리처드는 해외 이주자들을 감시했다. 호리호리한 체격의 삼십 대 영국인인 그는 상아로 만든 담배 파이프를 사용했다. 리처드는 어딘지 불안해 보인다고 판단되는 사람들을 자기 아파트로 초대해 저녁을 대접하곤 했다. 정부 기획 부서에서 일했지만, 외국의 신문 잡지에서 그 나라와 대통령에 대해 비판적인 기사를 썼을 때 직접 해당 회사로 항의 편지를 써 보낸 일로 단지 내에 소문이 자자했다. 정부를 대표해서가 아닌 개인 자격으로 쓴 그 편지에서 리처드는 사회주의를 '그 자체가 보상인 꾸밈없는 신념'이라고 표현했다. 아마 이렇게 쓰지 않았을까?

"왜 가난한 아프리카 나라는 그 나라에 맞는 사회주의를 만들어 내면 안 된다는 겁니까?"

대통령에 관해서는 이런 말을 했을지도 모른다.

"현 대통령이 이 나라를 이전보다 더 부유하게 만들지는 못할 수도 있습니다. 하지만 성공의 판단 기준이 한 가지만 있는 건 아니죠. 이 참신한 아프리카 사람은 자신만의 엄격한 원칙에 따라 나라를 통치했다는 사실에 만족할 겁니다."

리처드는 사람들 앞에서 편안하고 겸손하게 행동했다. 그래서 상당히 친해졌다고 생각하고 그에게 그 편지에 관한 농담을 던졌다가는 큰코 다치기 십상이었다. 리처드는 유머도 없고, 자신과 다른 견해를 가진 사람을 절대 받아들이지 못했다.

어느 날 오후였다. 오전에 일찌감치 운전기사를 퇴근시킨 나는 운전 연습을 위해 차를 몰고 밖으로 나갔다. 내가 택한 길은 도시 주변에서 가장 한산한 공항 도로였다. 작은 마을들을 지나지도 않고 공항까지 직선으로 이어진 도로였다. 몇 킬로미터쯤 달렸을 때 검은색 제복을 입은 사내가 오토바이를 타고 나를 향해 달려오는 것을 보았다. 뒤에는 또 다른 오토바이도 있었다. 오토바이를 탄 두 사내는 무언가 몸짓을 보내고 있었다. 오토바이에서 엉덩이를 뗀 채 전속력으로 달려오는 기세가 무서울 정도였다. 마침내 나는 그들이 나를 향해 손짓하고 있다는 사실을 깨달았다. 내게 화가 난 게 분명했다. 내 차를 도로 바깥쪽으로 몰아가려는 의도가 역력했다. 다행히 나는 무사히 자동차를 길가에 세울 수 있었다. 오토바이 뒤로 커다란 검은색 승용차가 따라오는 것이 보였다. 뒷좌석에는 어깨가 드러난 아프리카 전통 의상을 입은 두 사내가 앉아 있었다. 그중 한 명은 바로 그 나라 대통령이었다. 승용차 뒤에는 또 다른 소형차가 있었고, 또 다른 오토바이가 그 뒤를 따라왔다.

며칠 뒤 나는 단지 내에서 평소처럼 잰걸음으로 걸어가는 리처드를 보았다.

나는 짧은 대화 끝에 이렇게 말했다.

"지난번에 대통령을 봤는데 내 차를 길가로 몰아내더라고요."

순간 리처드의 얼굴에서 늘 박제되어 있던 가식적인 미소가 싹 사라졌다. 두 눈은 나를 노려보았다. 그는 버럭 화를 냈다.

"거짓 이야기를 잘도 꾸며 대는군요. 부끄럽지 않습니까? 대통령께서는 절대 그런 짓을 할 분이 아닙니다."

"저도 그렇게 생각했죠. 하지만 그땐 대통령을 도로에서 만나 보지 못했기 때문에 그랬던 겁니다."

"물론 당신은 쓰고 싶은 대로 쓸 수 있습니다. 어떤 글을 쓰든 그건 당신 자유니까요. 이곳에 있는 남아프리카 망명자들이 당신의 풍자를 들으면 퍽이나 고마워하겠군요."

리처드는 비꼬듯이 말했다. 그 나라는 남아프리카에서 온 망명자들을 위한 피난처를 제공했다. 그들 중 다수는 그 단지에 살았다. 그들은 다른 사람들과 뚜렷이 구별되는 우울한 분위기를 풍겼다. 흑인도 몇 명 있었지만 백인이 훨씬 많았다. 백인 망명자들은 불행하고 상처받은 사람들이었다. 정치적 실패로 인한 상처일 수도 있고, 타고난 본성이었지만 정치적 목표 아래 감춰져 있던 우울함과 불완전함이 망명을 계기로 드러난 것일 수도 있었다. 그때까지 나는 실제 혁명가를 만나 본 적이 한 번도 없었다. 그래서 혁명가라는 사람들에겐 다소 극적인 면이 많을 거라고 믿었다. 하지만 그 단지에서 본 전직 혁명가들은 신념이 강하지도, 반항적이거나 사납지도 않았다.(물론 나는 그들을 멀리서 지켜봤을 뿐, 자세히 알 기회는 얻기 힘들었다.) 그들은 그저 운이 나빴거나, 길을 잘못 들었거나, 개인적인 악마와 거래하다가 늘 일이 제대로 풀리지 않는 여느 실패자들과 크게 다르지 않았다.

그 나라를 지배하는 것은 혐오라는 감정이었다. 그 혐오는 동아프리카의 다른 나라들과 마찬가지로, 주로 무역업이나 자영업에 종사하면서 자기들끼리 폐쇄적인 집단을 형성하는 동양인 또는 인도인 공동체를 향했다.

그 나라의 해안 지역은 아주 오래전부터 인도와 인연이 있었다. 바스쿠 다가마에게 인도로 가는 뱃길을 알려 준 사람은 바로 동아프리카 출신 안내인이었다. 빅토리아 시대의 탐험가인 존 해닝 스피크는 그 지역 지도를 제작했는데, 고대 힌두 경전을 근거로 만든 탓에 우간다에 있는 강과 호수, 산에 산스크리트어로 된 명칭을 붙이기도 했다. 해안 지역의 스와힐리 문화에도 인도에서 가져온 요소가 섞여 있을 수 있었다. 그러나 사람들은 이런 역사적 사실을 알지 못했다. 또 다른 혐오 대상인 동양계 공동체는 영국의 식민 정책에 따라 비교적 최근인 오십여 년 전부터 이곳에 와서 정착한 사람들이었다.

사람들의 혐오는 신문, 국회, 구내, 대학교 등 어디서나 드러났다. 그것은 암묵적으로 허가되어 보복할 수 없는, 노골적인 혐오였다. 단지 내의 해외 거주자들은 자신들이 그 나라에 헌신하고 있음을 보여 주기 위해 그런 혐오 표현에 눈을 감았다. 몇몇 정치인들은 혐오를 사회주의 건설 사업의 한 부분으로 보고 정책적 해석을 덧붙이기도 했다.

수도에 있는 동양인 상점들은 수입품과 외환에 대한 단속이 심해서 매장 분위기가 칙칙하고 썰렁했다. 이러한 배경 뒤에 상점 주인들을 끊임없이 갈취하는 정부 관리들과 여당의 주요 인사들과 협박범들이 있다는 사실은 조금만 자세히 들여다보면 알 수 있었다. 나라 밖으로 돈을 빼돌리는 데 익숙한 영국을 비롯한 여러 나라의 할부 금융 회사들도 그들을 괴롭히기는 마찬가지였다. 힌두교나 이슬람교 신자인 가게 주인들은 극기심이 대단했다. 이는 종교가 그들에게 준 선물이었다. 그들은 그 나라 사람들에게 불평하지 않았고, 외부 세계에 하소연할 마음도 없어 보였다. 온 국민의 미움을 사는 그들의 상점과 그곳에 쌓여 있는 어둡고 칙칙한 나무나 콘크리트

상자의 서글픈 모습은 정부 청사 단지의 아름답고 깔끔한 조경과 새로 생긴 대학교의 화려한 캠퍼스 풍경과는 완전히 동떨어진 또 다른 세계 같았다. 해외 원조로 설립한 새 대학교는 대통령의 정책이 외국에서도 인정받았다는 것을 과시하는 듯 보였다.

대통령이 정치 초년병 시절에 동양인 공동체에 속한 몇몇 사람으로부터 금전적 후원을 받았다는 것은 널리 알려진 사실이었다. 대통령 스스로도 동양인들의 기념행사에 참석했을 때 이 사실을 몇 차례 인정했다. 어느 날 나는 그 동양인 후원자 가운데 한 명을 만났다. 덩치가 크고 현재는 낯빛이 좋지 않지만 한때는 활동적으로 살았을 듯싶은 육십 대 사내였다. 그는 20세기로 접어들 무렵 동아프리카로 이주해 온 상인 가문 출신이었다. 하지만 특이하게도 가업을 잇지 않고 변호사가 되었다. 말하자면 그는 집안사람들이 살던 방식과는 동떨어진, 독자적인 삶을 살았던 것이다. 그래서 전쟁 이전 동아프리카에서 자행된 끔찍한 인종 차별을 내가 인도나 동아프리카에서 만나 본 그 어떤 인도인보다 더 심하게 겪었다.(처음 내가 혁명적 단지 풍경과 하우스보이를 쓰는 관례, 그들의 하얀 제복과 번듯한 숙소에 대해 불안함을 느꼈던 것은 바로 그 끔찍한 인종 차별에 대한 왜곡된 반항이었다.) 전쟁 전에는 그 고통이 훨씬 견디기 힘들었다. 당시 동아프리카와 인도는 둘 다 식민지였고, 그 중간에 꼼짝없이 끼인 사내는 식민지 주민이 느끼는 굴욕감을 두 배로 맛봐야 했던 것이다. 인도의 독립 후, 그는 오직 동아프리카 혁명만을 위해 헌신했다. 그가 처음 대통령을 알게 된 건 대통령이 아직 학생일 때였는데, 당시 이미 미래의 지도자 재목으로 불릴 만큼 유명했다. 사내는 처음부터 대통령을 존경했고, 현재까지도 그 마음에는 변함이 없었다.

사내는 대통령의 과도한 통치 방식(작은 농촌 마을들에 적용한 가혹한 정책, 동양인 공동체에 대한 횡포, 출판 검열, 대학생들에 대한 통제 등)에 대해 말하다가도 갑자기 화제를 돌려 자신이 대통령의 어떤 면을 존경했는지 설명했다. 즉, 그는 비판적인 면이 있으면서도 안정과 화해에 대한 주관이 뚜렷하고, 미래에 대한 긍정적인 시각을 가진 사람 같았다. 단지 내의 영국인 중에도 이와 비슷한 사람이 서너 명 있었다. 그들은 변호사만큼 늙지는 않았고, 한두 명은 아프리카인과 혈연관계였다. 그들 모두는 아프리카의 풍광과 사람들, 신비로운 신앙, 야생 동물, 광활함을 무척 사랑해서 다른 곳에서는 도저히 살 수 없다고 생각했다. 그래서 정치 상황과 상관없이 허락되는 한 그곳에 머물 의향이 있었다.

나는 그 인도인 변호사가 이런 식의 안정이라는 관점에서 이야기하고 있다고 생각했다. 그는 대통령이 지나친 통치가 문제인 현재를 뛰어넘어 먼 미래를 그렸다.

나는 변호사에게 물었다.

"그럼 당장 앞으로 몇 년은 어떻게 보내실 생각이신가요?"

그는 신중하게 대답했다.

"이 나라에서 벌 수 있는 돈은 단 한 푼이라도 더 벌어야죠. 그러기 위해 매일 내가 할 수 있는 일을 다 할 겁니다."

그 변호사는 집안이나 신분 계급에 대한 고민 없이 오로지 부를 쌓는 데만 몰두하는 사람은 아니었다. 하지만 같은 계급에 속한 누구보다도 훨씬 부자였다. 그는 (가치와 올바른 삶에 대한 생각과 이어진) 신앙에서 비롯된 자선적 충동을 평생의 정치적 이상으로 전환시켰다. 변호사는 자신이 말한 대로 악착같이 사는 게 얼마 남지 않은 자신의 삶을 낭비하는 길이라는 걸 잘 알았다. 그런데도 그는 매우 진지하게 말했다. 그 나라의 상황은 보이는 것만큼 심각했다. 그는 그런 현실에 대한 절망과 자신이 살아온 삶의 공허함에 대한 깨달음(이는 그 나이에 몹시 견디기 힘든 일이다.)에서 그렇게 말한 것이다.

그 나라의 모든 교육은 무상이었다. 대학생들은 대부분 자기 집안이나 마을에서 처음으로 고등 교육을 받는 주인공이었다. 그들은 고향 마을에서 하던 몇 가지 관습을 대학 캠퍼스까지 그대로 가져왔다. 침울한 얼굴로 사흘 동안 내리 술을 퍼마실 수도 있었다. 정부에서 매달 나오는 장학금을 받는 학생들이 많았기 때문에 가능했다. 또 그들은 어둠 속에서 자는 게 싫어서 불을 환하게 켠 채 잠을 잤다. 밤새 전깃불이 환하게 밝혀진 기숙사를 보면 사정을 모르는 방문객은 새로 생긴 이 아프리카 대학교 학생들이 선진국을 따라잡기 위해 밤낮으로 열심히 공부하고 있다고 생각할지도 몰랐다.

사실 참신하고 예리한 정신 상태로 대학에 오는 학생들도 있기는 했다. 그들이 멍청해지는 건 대학에서 정치적 훈련을 받으면서부터였다. 실제로 그 나라의 대학생들은 대통령의 생각이나 그가 말하는 아프리카식 사회주의 원리를 배웠다. 이는 마치 마을에서 대학교로 끌려가 다시 초기화되고 원시 부족 상태로 복귀해 새로운 금기를 받아들이고 권력에 철저히 복종하도록 만들어지는 것과 같다. 결국 그 나라에서 성공하려면 대통령과 국가를 위해 일할 준비가 되어 있어야 했다. 사실 그렇게 하는 게 현명한 행동이기도 했다. 그 나라에서 그것 말고는 먹고살 방법이 없었기 때문이다.

대학생들은 이러한 미래가 가치 있음을 스스로에게 보여 주어야만 했다. 그들은 초빙 강사가 강의하는 중간에 무리 지어 자리를 박차고 나가는 법을 배웠다. 왜 그런 것을 배워야 하는지 말할 수 있는 학생은 거의 없었다. 그들이 아는 것은 그 무리의 대장이 나가자는 신호를 내렸다는 사실뿐이었다. 외국인 강사의 강의 시간에 이렇게 나가 버리는 것은 단지 내 해외 이주민들이 말한 호전성의 한 형태였다. 이는 그 나라의 독재 정부가 학생들에게 어떤 가치를 장려하는지 보여 주는 증거였다. 그 나라는 대통령 휘하에서는 빠르게 움직였지만, 학생들의 입장에서는 그렇지 않았다. 학생들은 점점 참을성이 없어지고 분노가 끓어 올랐고, 수세에 몰린 대통령은 대학생들이 더 혁명적인 행동을 하도록 부추겼다.

대학생들은 끊임없이 시위를 벌였다. 남아프리카와 로디지아[26]에 대한 항의 시위였다. 현 대통령에게 비판적인 통치자가 있는 아프리카 국가들에 대한 시위도 있었다. 그러다가 시

---

26) 짐바브웨의 전 이름.

위 대상은 국내의 동양인 공동체들에게로 옮겨 갔다. 해외로 돈을 유출해서 자국의 경제를 망가뜨리고 있다는 것이 학생들이 그들에게 씌운 죄목이었다. 정부가 발행하는 신문에서는 이런 시위를 보도하는 동시에 학생들에게 자제를 요청하는 사설을 실었다. 하지만 나는 그 신문이 일어나지도 않은 시위를 보도한다는 느낌이 들 때도 있었다.

이삼 년 전, 그 나라 대통령은 런던에 거주하는 유명한 헝가리 출신 경제학자를 초청한 적이 있었다. 절반은 식민지식이고 절반은 체계 없는 아프리카식인 현 경제 상황의 사회주의적 재건과 통합을 위한 조언을 구하기 위해서였다. 최근에도 자본의 해외 유출을 막을 방안을 찾기 위해 또 다른 해외 자문을 초빙했다는 소문이 있었다. 대통령은 급진적이거나 어려운 일을 처리할 때 또는 권력을 확장시킬 때도 결코 제멋대로 한다는 인상을 주고 싶어 하지 않았다. 자신은 그저 사회주의의 모범적 선례를 따르고, 선진국에서 온 유명 인사들의 조언을 그대로 받아들이고 있음을 부각하고 싶어 했다.

어느 날 리처드가 단지 내에서 길을 가던 나를 불러 세웠다. 그는 특유의 가식적인 미소를 띠며 말했다.

"블레어 씨라고 아시죠? 그분이 곧 우리 모두의 기강을 바로잡아 주기 위해 오신답니다."

나는 리처드의 흥분된 목소리 톤과 반짝이는 눈빛에서 그가 대통령이 새로 초빙한 자문에 대해 말하고 있음을 알아차렸다.

리처드는 빈 담배 파이프를 입에 문 채 잘근잘근 깨물었다.

그 바람에 상아로 된 파이프가 위아래로 까딱거렸다.

"알고 보니 당신과 같은 지역 출신이시더군요. 들리는 얘기로는 학교도 같이 다니셨다고요. 전직 장관 출신에 현재는 순회 대사 비슷한 일을 하십니다. 자세한 건 곧 다 알려지겠지만요."

물론 나는 그 이름을 알았다. 그러나 그 사람과 함께 학교에 다닌 적은 없었다. 그 부분은 와전된 것이었다. 블레어는 내가 갓 성년이 되었을 때 알던 이름이었다. 1949년 트리니다드 포트오브스페인의 레드하우스 내 한 정부 부서에서 몇 달 동안 함께 일했기 때문이다. 당시 나는 공무원이었고, 그는 매우 진지한 사람이었다.

나는 그곳에서 이급 서기 겸 복사 담당으로 일했다. 장학금을 받아 영국 옥스퍼드 대학교로 유학을 떠나기 전 시간도 때우고 약간의 용돈도 벌 생각이었다. 블레어는 그 부서에 새로 부임한 서기관이었다. 키가 크고 진중한 흑인 청년으로 그때까지 줄곧 승진 가도를 달려온 터였다. 그는 이따금 오전이나 오후 업무가 끝날 무렵 내 옆자리에 앉아서 내가 작성한 증명서들을 검토하고 서명했다.

블레어는 나보다 열 살이나 많았다. 트리니다드에서는 나이 차가 대단히 중요했다. 그가 열 살이나 많다는 건 곧 그 지역의 역사상 더 어두웠던 시기에 태어났다는 뜻이기 때문이다. 그는 나처럼 편하게 교육의 혜택을 받을 수 없었다. 게다가 도시에서 아주 멀리 떨어진 가난한 농촌 출신이라 공부를 늦게 시작할 수밖에 없었고, 그런 만큼 교육 체계상 많은 불이익을 받았다. 허름한 초등학교를 시작으로 고등학교는 교육자의 자질이라고는 찾아볼 수 없는 사람들이 운영하는 사립 학교를 나왔다. 더 괜찮은 학교에 다니고 싶었지만 늘 나이가 많은 것이 걸림돌이었다. 그래서 블레어는 일찍이 나처럼 자신의 미래를 뚜렷하게 설계할 수 없었다. 나는 초등학교 졸업 후 어떤 대회에서 받은 장학금으로 중고등학교를 다녔고, 또다시 장학금을 받아 해외에 있는 대학교로 유학을 떠날 예정이었다. 반면 블레어는 항상 스스로 자신의 길을 개척해야 했다. 학업을 마친 뒤 그는 공무원이 되었다. 당시는 전쟁 직전이었고, 그의 앞날은 여전히 밝지 않았다. 공무원 세계에서 높은 자리는 모두 영국인의 몫이었기 때문이다.

그러나 얼마 뒤 세상이 변했다. 블레어는 서른 살도 안 됐을 때 이미 서기관이었다. 이는 그가 처음 공직 사회에 들어설 때 기대한 것보다 훨씬 높은 자리였다. 하지만 블레어는 더 높은 곳을 바라보았던 듯, 런던의 대학에서 원격 학위를 따기 위해 공부 중인 것으로 알려져 있었다. 물론 그와 같은 사무실에서 일하는 나는 실제 미래가 보장된 사람으로 여겨졌다. 옥스퍼드를 졸업하고 더 넓은 세계에서 전문직을 갖고 일할 사람 말이다. 아마 블레어는 자신도 다른 환경에 태어났더라면 나처럼 많은 기회를 얻었을 거라고 생각했을지 모르겠다. 그렇다고 그가 내 앞에서 억울해하거나 배 아파한 적은 없다. 1940년대 트리니다드 사회는 전쟁은 끝났지만 아직까지는 세계로 진출할 수 있는 길이 완전히 열리지 않은 데다 식민지의 잔재도 여전히 많이 남아 있었다. 그런 상황에서 해외 장학금을 받는 이들은 거의 크리켓 선수들 수준으로 찬양받는 존재였다. 블레어 역시 나를 그와 비슷한 시각으로 바라보았다.

이후 시간이 지날수록 세상은 우리 두 사람을 점점 더 공평하게 만들었다. 나는 포트오브스페인의 레드하우스에서 꿈꾸었던 것과는 한참 동떨어진 고되고 별 볼 일 없는 해외 생활을 이어 갔다. 대학 졸업 후에도 내 분야에서 전문적으로 활동하기까지는 수년이 걸렸다. 나는 마치 큰 수술을 받고 난 사람이 다시 걷고 몸을 쓰는 법을 배우듯 처음부터 글쓰기를 다시 공부해야 했다. 그렇게 십여 년을 흘려보내고 난 뒤에도 늘 불안감에 시달리며 한 작품을 끝내면 곧바로 차기작의 소재를 찾기 위해 전전긍긍했다.

반면 블레어의 경우, 처음에는 그에게 유난히 제한적이었던 세상이 곧 극적으로 바뀌었다. 내가 첫 책을 출간하기 전, 트리니다드 정치계에서는 독립을 위한 새로운 자유의 물결이 일었다. 스페인 식민 정부가 처음 만들었고 영국 식민 정부가 새로 단장한 레드하우스 옆 광장에서는 종교 행사처럼 매일 밤 집회가 열렸다. 블레어는 그 물결을 타고 고위직으로 승진했고, 얼마 후 나와 함께 근무한 그 부서에서 나오더니 아예 일반직 공무원에서 정무직 공무원으로 신분이 바뀌었다. 그래서 블레어는 세계 각국을 돌아다니며 대사직을 수행하고, 유엔에도 파견되었으며, 현재는 자금의 해외 유출 문제를 보고하는 동아프리카 대통령 자문으로서 그 나라를 방문한 것이었다.

"이제 곧 다 밝혀지겠군요."

리처드가 말했다. 그 말에 특별한 저의는 없었다. 자신의 말에 마치 다른 의도가 더 있는 것처럼 느껴지도록 표현하는 건 그의 습관일 뿐이었다. 그것은 그의 입가에 박제되어 있는 미소와도 같은 것이었다. 하지만 이번만큼은 그의 말이 약간의 출혈을 일으켰다. 내가 블레어에 대한 소식을 듣고 적잖이 당황한 것을 그도 알아차렸을 것이다.

나는 1950년 이후 블레어를 보지 못했다. 지금도 만나 보고 싶은 마음은 전혀 없었다. 그가 발을 들인 정치라는 세계를 나는 별로 좋아하지 않았다. 거의 종교적 열광에 가까웠던 초기 흑인 운동은 곧 가장 단순한 형태의 인종주의 정치로 변질되고 말았다. 트리니다드에서는 인도에 대한 혐오 정치가 시작되었고, 인도 사람을 박해하는 소동이 끊임없이 일어났다. 이런 흐름은 국민의 다수인 흑인의 지지를 확보하기 위한 것이었다. 나는 이제 트리니다드에서 살지 않지만, 그런 현지 분위기에 전혀 영향을 받지 않는 건 아니었다. 그곳에서 알던 사람들을 만났을 때, 심지어 학교 동창들을 만났을 때도 인종 문제를 완전히 무시할 수는 없었다. 양쪽 모두 새로운 관점에서 상대를 인식하면서 상대를 새롭게 기만했다. 나는 트리니다드를 방문할 때마다 나 자신이 점점 과거로부터 단절돼 간다는 사실을 깨달았다.

그러니까 블레어의 출세에 도움이 되었던 정치는 내게 정치 이상의 의미가 있었다. 나는 블레어가 스스로 혁명 국가라고 생각하는 이 아프리카 나라에 와서 상황을 더 혼란스럽게 만들 거라고 생각하고 싶지는 않았다. 이제 나는 이 정부 청사 단지의 부자연스러움과 식민지적 잔재가 섞인 엄격함에 어느 정도 적응한 상태였다. 이 나라의 동양계 공동체들은 트리니다드에서 알던 공동체보다 파벌과 계급 의식이 더 강했다. 그래서 나를 절대 그들의 일원으로 생각하지 않았다. 나는 독립된 한 개인으로서 이 나라의 저변에 깔린 인종주의에서 초연해지기 위한 방법들을 찾아냈다. 하지만 어쩐지 블레어가 이곳에 오면 그 모든 것이 달라질 것 같은 기분이 들었다.

솔직히 1949년에는 블레어라는 사람을 제대로 잘 알지는 못했다. 당시 나는 겨우 열일곱 살이었다. 더구나 사무실 밖에서는 그를 만난 적이 없었고, 근무 시간에도 그는 자신을 거의 드러내지 않는 사람이었다. 블레어는 덩치가 꽤 컸지만 다른 사람들을 방해할세라 아주 조용히 움직였다. 사람들의 주목을 끌고 싶지 않아서 그런 것 같기도 했다. 블레어의 아주 작고 단정한 필체는 그의 자신감과 질서 정연함 그리고 숨겨진 야심을 말해 주었다. 그는 격식을 차리는 사람이었고 자제력이 강했다. 종종 생각이 완전히 딴 데 가 있는 것처럼 보일 때도 있었는데, 이는 아마 런던에 있는 대학의 원격 학위를 따기 위해 집에서 계속 공부 중이라 그랬을 터였다. 블레어는 심지어 월급날에도 업무를 마치고 다른 사람들과 어울려 술을 마시는 일이 없었다. 퇴근 후 하릴없이 어슬렁거리며 돌아다니지도 않았다. 퇴근 시간이 되면 곧장 레드하우스 층계 밑에 세워 둔 자전거를 타고 어디론가 가 버렸다.

대단히 모범적인 사람으로 여겨졌기 때문에 같은 부서 사람들은 모두 그를 존경했다. 한 치의 오차 없는 정확성은 타고난 성격 같았지만, 알고 보니 성장 환경에서 생겨난 후천적 특성이었다. 블레어는 섬의 북동쪽에 위치한 아프리카계 흑인 마을 공동체 출신이었다. 이 공동체는 여러 세대 동안 고립된 상태였다. 도시에서 워낙 멀리 떨어진 데다 도로 사정도 나쁘고, 수많은 카카오 농장들을 파산으로 이끈 병충해인 이른바 '빗자루병'과 대공황 등이 복합적인 원인이 작용한 탓이었다. 그러다가 결국 오래된 대농장들이 무너지면서 그들은 일종의 한가로운 전원생활을 꾸려 나가게 되었다. 그래서인지 대체로 침착하고 냉정했으며, 다른 지역의 흑인들처럼 거칠고 시끄럽지도 않았다. 모두가 정직했기 때문에 대문을 열어 놓고 살았고 서로 깍듯이 예의를 지켰다. 그들은 낯선 사람에게도 꼬박꼬박 먼저 인사를 건넸고, 상대도 그렇게 해 주기를 기대했다. 또 미래의 어떤 날을 말할 때는 '간절히'라는 말을 꼭 덧붙였다. 이를 테면 "다음 달에 만나길 간절히 원합니다.", "다음 금요일에 만날 수 있기를 간절히 바라오." 같은 식이었다. 말이나 행동이 느린 편이었지만, 그들은 선량한 사람들로 여겨졌고 그래서 호감을 샀다.

블레어는 그 마을 공동체에서 처음으로 고등 교육을 받은 사람일 터였다. 그런데 신기하게도 그는 처음부터 공무원의 자질을 완벽하게 갖춘 사람 같았다. 학교를 갓 졸업한 사회 초년생이었던 나는 블레어가 일터에서 보여 준 정확성에 대해 이따금 생각해 보곤 했다. 느긋하고 목가적인 공동체 마을의 풍습과 태도는 블레어가 하급자이면서도 어쨌든 권위의 편에서 있는 학급 반장 내지 전교 회장처럼 행동하게 만든 요인일 터였다. 블레어는 식민지 시절에 공무원 생활을 시작했다. 그때는 (더 나이 많은 몇몇 서기들처럼) 그 역시 하급자로서 살아갈 준비가 되어 있었을 것이다. 그러니 공직 생활 초기 몇 년 동안은 내가 그를 알게 되었을 때처럼 한 치의 흐트러짐 없이 일했을 것이다. 그러다가 세상이 개방되면서 블레어는 신임 서기관 자리까지 올랐다. 내가 1949년에 알던 남자는 당시에는 땅에 묻히거나 물속에 잠겨 있었다. 이후 내가 모르는 정치인이 된 남자는 이전보다 더 차분해져서 세상과 화해하고 자신이 얻을 수 있는 것에 기꺼이 만족하는 또 다른 시대의 사람이었다.

아마도 블레어는 예전의 모습으로 기억되기를 좋아하지 않을 터였다. 그가 정치계에 발을 들여놓고, 다른 사람들이 추락과 비상을 거듭하는 동안에도 줄곧 권력 가까이에 머물 수 있었던 것은 권위에 대한 본능적인 감지 능력과 유연한 수용력, 권위를 찾아내는 타고난 감각에 그가 자신에게서 발견한 인종적 열정이 합쳐진 결과일 것이다. 정치인이라는 새 직업을 가진 뒤에도 블레어는 여전히 정확한 사람이었고, 그래서 상급자의 신뢰와 다른 사람들의 존경을 한몸에 받았다. (과장된 이야기일 가능성이 크긴 했지만) 블레어가 부패했다는 소문이 있기는 했다. 이 소문은 그의 과거에 관한 것인데, 그는 구설수에 휘말리고 싶어 하지 않는 고위직 인사들을 위해 대신 상황을 정리해 주는 사람이었다.

앞서 리처드는 블레어를 위해 준비하는 만찬에 나를 초대할 것처럼 말했다. 그러나 실제로 초대받지는 못했다. 나는 이 단지 내의 해결사인 모저스 루베로와 내 하인 앤드루를 통해 블레어가 이곳에 도착했다는 사실을 알게 되었다. 루베로가 블레어에게 지정해 준 하우스보이는 앤드루와 같은 부족 출신으로 어쩌면 가까운 친척일 수도 있었다. 그는 단지에서 일한 경험이 없는 신참이었기에 먼저 루베로가 그의 마을로 가서 도시로 일하러 가도 좋다는 허락을 받아와야 했다. 이처럼 이곳에는 각종 규정이 많았는데, 이는 언제든 적은 돈이라도 벌어야 하는 사람들이 있다는 뜻이었다.

신참 하우스보이는 (내 눈에는) 앤드루와 무척 비슷해 보였다. 더 어리고 몸집이 작다는 점이 다를 뿐이었다. 옷은 루베로처럼 전형적인 흰색 하우스보이 차림이 아니라 앤드루와 똑같은 데님 나팔바지를 입고 있었다. 바지는 그의 몸에 비해 조금 커서(아마 앤드루의 것을 빌려 입은 탓일 터였다.) 밑단을 크게 접어 올려야 했다. 그는 일주일쯤 앤드루와 함께 내 방갈로 안의 작은 부엌에서 많은 시간을 보냈다. 그 좁은 부엌에 운전기사까지 함께 있으려면 꽤나 복닥거렸을 것이다. 앤드루가 그에게 요리와 기본적인 집안일을 가르쳐 주는 것 같았다. 어느 날 아침 나는 그 신참 하우스보이가 방갈로 밖에 있는 히비스커스 관목 근처로 다가가는 모습을 보았다. 그는 가느다란 가지 하나를 조심스럽게 잘라서 껍질을 벗겼다. 아마도 그의 사수가 그렇게 하라고 시킨 모양이었다. 앤드루는 어딘가에서 그를 계속 지켜볼 터였다. 점심시간에 본 그들은 나뭇가지의 양쪽 끝을 날카롭게 깎은 다음 삶은 옥수수 토막을 끼우고 있었다. 아마도 조만간 블레어는 재무부 등에서 토론을 마치고 숙소에 돌아와 히비스커스 나뭇가지에 끼운 삶은 옥수수를 점심으로 먹을 터였다.

앤드루가 내 방갈로에서 일을 시작한 지 거의 한 달쯤 됐을 때, 그는 자기가 타던 자전거를 신참 하우스보이에게 팔았다. 그러고는 (당연히 루베로를 통해) 더 좋은 자전거를 새로 샀는데, 이를 위해 루베로에게 돈을 좀 더 빌렸을 것이다. 그래서 이제 신참은 자전거를 타고 내 방갈로로 앤드루를 만나러 오곤 했다. 이따금 오전 10시쯤 올 때도 있었는데, 그럴 때면 앤드루도 자전거를 타고 그를 따라서 급히 어딘가로 갔다. 보나마나 블레어의 숙소 부엌에서 벌어진 문제를 수습하러 갔을 것이다.

하우스보이들은 오후에는 할 일이 없었다. 앤드루와 그의 친척은 이삼 주 동안은 그 시간에 함께 자전거를 타고 단지 내를 돌아다녔다. 그것은 일종의 자축 의식이었다. 멋진 차림으로 새 자전거를 타는 자신들의 행복한 모습을 널리 자랑하고 싶었던 것이다. 신참은 앤드루의 흰색 플라스틱 선글라스를 쓰고 다니기 시작했다. 하지만 그 선글라스는 신참에게도 너무 작아서 다리가 귀 위로 비스듬히 올라가 있었다. 그로부터 이삼 일 뒤에는 앤드루도 새로 산 고글형 선글라스를 쓰기 시작했다. 그러더니 신참보다 한 발 앞서 넥타이를 매고 매일 자전거 산책에 나섰다. 신참은 월급을 받기 전까지는 앤드루의 멋진 스타일을 따라잡을 수 없을 터였다.

그들이 그런 행동을 하는 이유는 사람들의 주목을 받기 위해서였다. 어느 오후, 나는 자전거를 타고 지나가는 그들을 보았다. 앤드루는 나를 향해 입이 찢어지게 웃어 보였다. 그 웃음은 기쁨의 표현인 동시에 앤드루 자신도 자기들의 그 모든 행동이 우습다는 걸 알고 있음을 말하고 있었다. 앤드루는 내게 잠깐 웃음을 보였다가 친척을 위해 곧장 입을 꾹 다물고는 정면을 응시하며 다시 진지한 표정으로 돌아갔다. 서로 빼닮은 두 사람은 흰색으로 칠한 연석과 대비되어 더욱 새카맣게 보이는 아스팔트 도로를 따라 쉬지 않고 달렸다. 흰색 연석 뒤로는 식민지 시절에 심은 튤립나무에서 피어난 선명한 주황색 꽃과 노란색 꽃 들이 보였다. 두 하우스보이는 서로 보조를 맞춰 가며 힘차게 자전거 페달을 밟았다. 신참은 안장의 위치가 다리 길이에 비해 조금 높은 편이었다. 그래서 발이 페달에서 떨어지지 않게 하려고 내내 안간힘을 써야 했다. 블레어와 나의 하우스보이들은 아름다운 경관의 정부 청사 단지에서 누리는 행복과 안도감, 행운을 그렇게 자축했다. 이 단지는 블레어와 내가 1949년에 담장 건너편에서 바라보았던 유전 지대의 외국인 거주 지역의 반향이었다. 당시 우리는 둘 다 미래에 대한 희망에 부풀어 있었고, 세상이 조금씩 변하기 시작했음을 감지했다. 하지만 그 변화가 그때는 이름 정도만 겨우 알던 아프리카의 한 나라에 우리 두 사람을 이렇게 데려다 놓을 거라고는 결코 예상하지 못했다.

마침내 나는 데 그루트의 방갈로에서 블레어를 다시 만났다. 데 그루트는 그 나라 대학에서 아프리카 역사를 가르치는 강사로 나와 연배가 비슷했다. 동아프리카 해안의 스와힐리 문화에 관한 독보적인 연구 논문을 많이 썼지만 대학 내 위상은 초라한 편이었다. 아프리카 출신들에게 밀려 한두 번 승진에서 누락되기도 했다. 하지만 정작 본인은 아프리카 국가에서는 당연한 일이라며 크게 개의치 않았다. 그는 동아프리카에서 태어났고, 다른 곳에서 살려는 생각은 전혀 없었다. 사실 다른 어느 곳으로도 이주하지 않고 영원히 아프리카에 머무는 것이 그의 가장 큰 포부이기도 했다.

데 그루트의 아버지는 1차 세계 대전 발발 전에 동아프리카로 건너온 뉴질랜드 사람이었다. 기술자이자 건축가였던 그는 동아프리카에서 작은 규모의 철도 공사를 맡았다고 한다. 하지만 대공황 때 사업이 망하면서 노년에는 남은 재산마저 모두 잃었다. 그즈음에는 주변의 정착민들과도 사이가 좋지 않아 이웃들을 상대로 소송까지 벌였다. 아들인 데 그루트의 말을 빌리자면 그는 자리를 제대로 잡은 진정한 의미의 '정착민'이 아니었다.

자리를 제대로 잡지 못한 것은 아들 또한 마찬가지였다.(물론 그는 적어도 정착민들의 목소리를 흉내 낼 수는 있었다.) 정착민이 아닌 다른 어떤 존재가 된 것도 아니었다. 하지만 데 그루트는 동아프리카 사람들의 사고방식을 잘 이해하고 있었기에 모든 일에 초연할 수 있었다.

데 그루트는 아프리카를 사랑하는 단지 내 해외 이주민들을 '옥수수 학살자'과 '마토케 취식자'로 나누었다. 전자는 확장된 사파리에서 사냥을 즐기는 사람들을 의미했다. 후자는 동아프리카의 주식용 바나나인 마토케를 먹는 사람들, 즉 한동안 아프리카 사람인 척하고 싶어 하는 이들을 가리켰다. 데 그루트는 자기 자신은 어느 쪽에도 속하지 않는다고 생각했다. 물론 일부 사람들 눈에는 '마토케 취식자'로 비친다는 사실을 그 자신도 알았다. 데 그루트는 결코 자신이 어떤 사람이라고 정의하지 않았다. 하지만 그의 태도를 보면 그는 스스로를 그저 자기만의 배경을 가진 사람, 그 배경 안의 모든 것들에 매혹당한 사람으로 생각하는 것 같았다. 데 그루트는 아프리카에서 어떤 주의나 주장을 표방하지 않았다. 그러므로 특별한 목표를 가진 인물을 찾는 사람들에게 그는 불완전한 인물일 터였다.

데 그루트는 독신이었다. 친구들과 대화와 이야기와 농담을 좋아했다. 데 그루트는 단지 내에 있는 일반 방갈로에 살았다. 크기나 구조, 내부 시설 등 모든 면에서 내가 사는 곳과 똑같은 방갈로였지만 어쩐지 훨씬 멋져 보였다. 데 그루트의 방갈로는 단지 가장자리의 약간 경사진 땅에 자리했다. 그래서 방갈로 뒤쪽에서는 단지 바깥쪽부터 다음 언덕까지 쭉 펼쳐진 자연 상태 그대로의 덤불 숲 풍경이 한눈에 보였다. 동아프리카 단지 주민들은 대부분 북이며 창, 방패, 얼룩말 가죽 방석, 조각상 같은 전형적인 아프리카 장식품으로 집 안을 꾸몄다.(단지 안에는 이런 장식품을 파는 행상인들이 늘 돌아다녔다. 나도 이곳에 처음 왔을 때 허접한 몇 가지 물건을 산 적이 있었다.) 데 그루트의 거실에 장식된 '아프리카의 눈동자'를 비롯한 몇 가지 단순한 공예품은 한결같이 볼 때마다 새롭게 느껴지는 매력이 있었다. 어떤 부족이 만들었다는 나무 빗은 섬세한 문양이 여러 각도에서 빛을 반사하도록 조각되어 있어 나도 목공예를 배워 보고 싶은 충동이 생길 정도였다.

하지만 데 그루트의 방갈로가 그토록 매력적이었던 이유는 데 그루트라는 인간 자체에서 찾을 수 있었다. 그는 지적이고 눈치가 빨랐으며 악의 같은 것은 조금도 없는 사람이었다. 데 그루트는 완전히 열린 사람이었다. 누구와 함께 있든 상대의 성격과 별난 특성, 아니 존재 자체를 기쁨으로 생각했다.

데 그루트는 내가 이 책의 집필을 시작하기에 앞서 꼭 다시 만나 봐야 한다고 생각한 사람들 가운데 하나였다. 하지만 그는 이미 그 대학교를 떠난 지 오래였다. 데 그루트가 직접 밝힌 건 아니지만, 추측건대 그곳 생활이 그에게도 너무 버거웠던 게 아니었을까 싶다. 이후 그는 자신의 연구 분야와 약간 연관 있는 임시직에서 일했다. 나는 그가 보내온 크리스마스 카드의 내용에서 그 일이 어떤 것인지 어렴풋이 짐작할 수 있었다. 데 그루트는 저서를 몇 권 쓰기는 했지만, 그 후로는 학자의 삶에서 완전히 멀어진 듯했다. 나는 그의 근황을 전혀 모르는 상태에서 만나고 싶다는 편지를 보냈다.

데 그루트는 내가 며칠 동안 함께 지내고 싶어 한다고 오해한 듯 자신은 내가 있는 쪽으로 올 수 없다고 말했다. 그는 자신의 운전기사를 보내겠다며 기사의 생김새를 설명했다. 덧붙여 얼그레이 티가 다 떨어졌으니 운전기사에게 조금 사서 보내 줬으면 한다고도 했다. 그는 현재 작은 농장을 갖고 있는데, 아직 전체적으로 어수선하지만 책이 많으니 내가 편안하게 지낼 수 있을 거라고 했다. 나는 데 그루트의 농장이 위치한 지역을 잘 알았다. 잡목들로 뒤덮여서 칙칙하고 그다지 기분 좋은 곳은 아니었다. 모름지기 '농장'이라고 하면 밭과 풍성한 수확물 등이 떠오르는데, 데 그루트가 사는 곳은 그런 말을 붙일 만한 곳이 아니었다. 나는 그가 살던 방갈로보다 약간 더 허름한 집이 거친 야생 관목지에 서 있는 광경을 상상했다.

데 그루트에게 두 번째 편지가 왔다. 편지에서는 글쓴이의 흥분과 기대가 뚜렷하게 느껴졌다. 그는 내가 당장이라도 문을 열고 걸어 들어올 것만 같다고 했다. 그런데 항공 우편으로 보내온 그 편지는 중간부터 필체가 달랐다. 데 그루트의 성격이 고스란히 드러나는 특유의 필체가 아니었다. 그가 편지를 쓰기는 했지만 끝까지 마무리하지는 못했다는 뜻이었다. 편지를 쓰는 도중에 무언가 일이 생겨서 주소까지 쓸 힘이 남아 있지 않았던 것이다.

사실 데 그루트가 내게 편지를 썼던 장소는 두 번 모두 병원이었다. 나는 죽어 가는 그에게 편지를 썼던 것이다. 책을 기획하고 집필하다 보면 그런 우연이 일어나기도 한다.

동아프리카를 떠나온 뒤 여러 해 동안 나는 언젠가 다시 그곳으로 돌아가 자동차를 타고 이곳저곳을 돌아다니고 싶다는 생각을 했다. 그러면 동아프리카의 또 다른 모습을 볼 수 있을 것 같았다. 하지만 이는 데 그루트가 그곳에 있다는 것을 전제로 한 생각이었다. 그가 내 길잡이가 되어 통역도 해 주고 사람들도 소개해 주고, 그 지역과 관계된 이런저런 소식도 알려 주어야 했다. 데 그루트와 함께라면 내가 살아온 지난 과거를 다시 하나하나 풀어낼 수 있을 터였다. 그런 그가 없다면 내가 그곳에 다시 갈 이유가 없었다. 설사 다시 간다고 해도 나는 어떻게 이동해야 하는지도 몰라서 완전히 다른 나라에 가 있을 수도 있었다.

데 그루트의 삶이 점점 위축되어 결국 우스꽝스러운 정착민 패러디로 끝나 버릴 것이라는 예상은 어쩌면 이십오 년 전에도 가능했을 듯싶다. 물론 데 그루트 자신은 그로부터 한참 뒤에야 자신의 미래를 걱정하기 시작했을 것이다. 동아프리카 단지에 살던 시절만 해도 그의 삶은 평온했다.(당시 그는 젊었고 친구들도 있었으며 나와 블레어의 만남을 주선하는 등 선행을 많이 했다.) 하지만 그 나라의 상황은 그때부터 이미 크게 악화되기 시작했다. 데 그루트도 그 사실을 모르지 않았지만, 그러면서도 여전히 아프리카에서의 삶을 오롯이 즐겼다.

블레어와 나 사이에 흐르는 묘한 긴장감을 데 그루트는 자신의 경험을 통해 짐작했을 것이다. 그래서 굳이 말로 설명할 필요도 없었다. 어느 날 그는 내게 자신이 블레어를 만나서 가까워졌으니 나도 한번 만나 보라고 말했다. 나는 데 그루트가 이미 우리를 위해 노력했고, 그렇다면 블레어를 만나도 별문제가 없을 거란 직감이 들었다. 이는 아마 블레어 쪽도 마찬가지였을 것이다. 아무튼 그렇게 블레어와 나 사이에는 만나기 전부터 이미 호의적인 기류가 형성되어 있었다.

우리는 어느 늦은 오후에 데 그루트의 방갈로 뒷베란다에서 만났다. 지면에서 고작 10여 센티미터쯤 떨어져 있는 콘크리트 바닥 베란다는 비록 좁지만 앞이 완전히 트여 있었다. 빛바랜 고리버들 의자와 얇고 둥근 탁자가 놓인 가운데 부엌 벽한구석으로 밀어 둔 쓰레기가 눈에 들어왔다. 약간 경사진 잔디밭 너머는 낭떠러지처럼 땅이 쑥 꺼져 보였는데, 거기서부터가 관목 숲이었다. 그 아래쪽은 단지 밖의 숨겨진 택지로, 그곳에서 아프리카 사람들이 두런두런 떠드는 소리가 났다.

내가 열일곱 살이던 1949년에 생각한 블레어는 젊은 청년이었다. 다시 만난 그는 영락없는 중년 사내로 보였다. 그도 그럴 것이 그때 블레어는 쉰 살에 가까웠고, 나는 아직 서른네살이 채 안 됐다. 예전의 늘씬한 체격에 비해 약간 살이 오른 모습이었고, 그런 만큼 군더더기 없는 날렵함은 찾아볼 수 없었던 대신 존재감이 더 확실했다. 그러나 내가 그의 변화에 대해 더 깊이 생각할 새도 없이 블레어가 먼저 입을 열었다.

"요즘 나는 당신이 처음 글쓰기를 하던 시절을 옆에서 직접 지켜본 장본인이라고 자랑하고 다닙니다."

블레어는 데 그루트를 바라보며 한마디 덧붙였다.

"정부 부서에서 함께 근무하던 시절이었죠. 저 친구가 흑인 미인 대회 관련 기사를 써서 타이피스트에게 보여 주었는데 평가가 좋지 않았어요. 그녀는 저 친구가 기사를 통해 대회를 주관한 흑인을 조롱하고 있다고 생각했죠."

블레어는 껄껄대며 웃었다.

"그런 이야기가 나오자마자 나는 그 흑인이 누군지 알아차렸습니다."

영국에 체류하던 시절(아직 작가로서 이력이 시작됐다고 하기는 힘든 시기였다.), 나는 가끔 서기보로 일하면서 글 쓰는 흉내를 낸 즐거웠던 과거를 떠올리곤 했다. 미인 대회에 관한 나의 글이 어떤 점에서 잘못됐는지 깨닫기까지는 무려 육 년이라는 시간이 걸렸다. 열일곱의 어린 작가는 세상을 너무 잘못 알고 있었다. 세상사에 대한 판단력과 바라보는 관점에도 문제가 있었다. 그 기사에서 내가 쓴 농담은 현실 세계가 아닌 그보다 더 나은 또 다른 세계를 논하고 있었다. 작가가 되고 싶은 어린 시절의 순수한 소망이 만들어 낸 그 환상의 세계를 지워 버리기까지는 꽤 힘이 들었다.

데 그루트의 베란다에서 나는 블레어의 자유로운 몸짓과 내가 기억하는 것보다 더 큰 웃음소리의 의미를 가만히 생각해 보았다. 그러다가 문득 블레어도 자신이 지금까지 세상에 보여 준 모습이 몇 가지 근본적인 면에서 거짓일 수 있다는 사실을 내가 첫 습작에 어떤 문제가 있었는지 깨달았던 것과 비슷한 시기에 알아차렸을지도 모른다는 생각이 들었다. 세상이 아는 블레어는 여전히 정력적이고 정확하며 모두가 존경하는, 자신이 자란 특별한 공동체의 생활 태도가 몸에 밴 자수성가한 인물이었다. 하지만 오래된 농장의 잔해 속에서 블레어를 키워 낸 고립된 공동체 사람들은 그를 다른 모습으로 알고 있을 가능성도 있었다. 그런데 블레어가 그들의 이야기를 수없이 감추고 또 감추었던 것일 수도……. 그러다가 작가로서 내가 그랬던 것처럼, 블레어도 스스로를 리메이크하기로 결심했을지도 몰랐다.

우리가 만난 것은 오후 4시 30분이었다. 블레어는 6시에 자리에서 일어섰다. 어느새 날이 어두워지기 시작한 참이었다. 재잘거리는 소리가 들리던 단지 밖 거주지에서 저녁밥을 준비하는 연기가 덤불숲 위로 피어올랐다. 나와 블레어는 다시 만날 날을 기약했다. 블레어는 자신의 방갈로에서 저녁을 함께하자고 제안했다.(나는 블레어의 하우스보이이자 앤드루의 친척인 신참 소년이 느낄 부담을 생각하지 않을 수 없었다.)

하지만 그날 이후 우리는 두 번 다시 만나지 못했다. 블레어는 이 세상에서 사라져 버렸다. 내게 남은 것은 구십 분 동안 이어진 그날의 짧은 만남에 대한 기억뿐이었다. 결코 예기치 못한 끔찍한 사건 뒤에는 으레 그렇듯, 나는 그날 블레어가 보여 준 모든 몸짓과 말 한마디 한마디에 어떤 의미를 부여하기 시작했다. 그런 사건이 일어나면 그 사람이 자신이 삶을 거의 다 살았고 죽음에 가까워져 가고 있음을 어떻게든 넌지시 암시했다고 믿기가 쉽다. 그리고 이런 생각으로 그 사람의 암호화된 말과 행동을 해독할 수 있다고 쉽게 믿어 버린다.

사실 그 마지막 만남에서 블레어는 자신이 중요하게 생각하는 어떤 것들을 암호화까지는 아니더라도 완곡하게 돌려서 말하기는 했다. 데 그루트가 한참 어떤 이야기를 하고 있을 때 갑자기 블레어가 그의 말을 끊었다. 그러더니 잠시 뜸을 들이고는 무언가를 가리키며 한 단어씩 힘주어 말했다. 그가 무언가를 가리키는 동작은 좁은 정원에서 그의 덩치를 더욱 커 보이게 했다.

"내가 곧 떠날 이 세상은 내가 처음 왔을 때보다는 훨씬 좋아진 것 같습니다."

그 말은 알아듣기 쉬운 단순한 인종적 발언이었다. 블레어의 열정과 정치 철학이 담긴 그 말은 부인할 수 없는 사실이었다. 그가 참여한 혁명이 성공했으니 말이다.

그런데 다음 순간 과장된 몸짓을 동반한 블레어의 다소 공격적인 태도가 갑자기 부드럽게 바뀌었다. 우리는 보험 회사에서 실시하는 건강 검진에 관해 이야기를 나누었다. 블레어는 뉴욕의 한 병원에서 검진을 받았던 일에 대해 들려주었다. 블레어가 신상 정보를 다 적고 나자, 간호사는 가운을 내주며 칸막이 안에서 갈아입으라고 안내했다. 가운의 색깔은 모두 네 가지였고, 색깔별로 어떤 의미가 있는 것은 아니고 그저 무작위로 나누어 주는 것이었다. 하지만 가운을 입은 사람들이 대기실에 모였을 때 자연스럽게 가운 색깔별로 무리가 생겨났다. 블레어는 이 이야기를 진지하게 시작했지만, 나와 데 그루트는 그가 묘사한 기이한 풍경을 상상하고는 웃음을 터뜨렸다. 결국 블레어도 따라 웃었다.

한참 뒤, 데 그루트가 동아프리카 부족들의 정치 이야기를 꺼냈다. 그때 다시 블레어가 불쑥 끼어들었다. 그는 우리 모두가 종족주의자, 인종주의자라고 말했다. 비록 우리는 자신이 그런 사람이 되지 않을 수 있다고 생각하지만, 그런 행동을 저지르기는 너무 쉽다는 것이다. 그러면서 또 다른 일화를 들려주었다. 그가 뉴욕에 있을 때였다.(블레어는 유엔에 파견된 적이 있어서 그의 일화들은 뉴욕이 배경일 때가 많았다.) 어느 날 그는 기차역에서 표를 사기 위해 줄을 서 있었다. 그런데 앞에 서 있던 한 동양인 커플이 시간을 질질 끌었다. 블레어는 그들이 필리핀 사람인지, 아니면 말레이시아나 인도네시아 또는 중국 사람인지는 밝히지 않았다. 다만 그들은 영어를 못 했고, 그래서 매표원이 그들의 목적지를 이해하는 데 시간이 지체되고 있었다. 직원이 겨우 표를 내준 뒤에야 동양인 남자가 주섬주섬 돈을 꺼내기 시작했다. 블레어는 자기도 모르게 중얼거렸다. "저 망할 일본 놈들!" 그때 바로 앞에 있던 백인 남자가 고개를 돌리더니 블레어를 경멸의 눈빛으로 쏘아보았다는 것이 이야기의 끝이었다.

그것은 아주 단순한 이야기였다. 블레어와 나는 더 혹독한 인종 차별을 겪었고, 다양한 종족에 관련된 훨씬 참담한 이야기들을 들으며 자랐다. 그러나 블레어의 이야기 속에는 스스로를 부정적으로 말하는 것 이상의 무언가가 담겨 있었다. 그는 자신이 결국 어떤 지경까지 이르렀는지 우리에게 고백한 것이었다. 이는 어둑어둑해질 무렵 블레어가 우리 두 사람에게 바친 제물이었다. 그날 오후 블레어가 한 이야기를 종합해 보면 정치적 열정이 식은 지금 그는 새로운 관계에 대비해 스스로 또 다른 유형의 인간이 될 수도 있다는 사실을 어떤 변명이나 사과도 없이 덤덤하게 말했던 것이다. 이런 문제에 민감한 데 그루트도 블레어와 둘이 만났을 때 나와 비슷한 인상을 받았을 것이다. 나는 블레어가 그렇게 말하는 것에 마음이 저절로 움직였다. 그는 인종 문제에 관한 자신의 열정을 우리가 충분히 알고 있을 거라고 믿어서인지 굳이 설명하지 않았다. 이런 그의 행동이 너무 인상적이라 나는 그가 성장기를 보냈던, 병든 카카오나무 숲속의 공동체를 다시금 새롭게 생각하지 않을 수 없었다. 블레어가 우리의 눈치를 보지 않고 통크게 들려준 두 번째 일화도 좋았다. 암호처럼 알아들을 수 없게 또는 완곡하게 돌려서 말할 수도 있었지만 그는 그러지 않았다. 그날 우리 세 사람은 쉬운 말이 오히려 어렵다는 것을 새삼 깨달았다.

남은 시간 동안에는 데 그루트가 해안 지역의 스와힐리 문화에 관해 이야기했다. 고대 아프리카와 아프리카 역사 등에 관해 비록 열정적인 데 그루트만큼 완전히 빠져들지는 못했겠지만, 블레어는 기쁜 마음으로 이야기에 귀 기울였을 것이다. 그는 정식으로 고등학교를 졸업했고, 원격 학사 학위도 취득했다. 하지만 책을 많이 읽은 교양인처럼 폭넓은 지식을 갖고 있지는 않았다. 사실 블레어는 데 그루트가 말하는 문화에 대해 아는 바가 전혀 없을뿐더러 시대나 연대에 대해서도 무지했다.

그럼에도 블레어는 새로운 빛 속에 있는 자신의 모습을 보여 주고 싶었던 것이다. 아프리카 역사 이야기에서 어떤 즐거움을 느꼈든 그는 그것에 큰 가치를 부여하지 않았다. 그리고 어느 순간 이렇게 말했다. "이곳 사람들이 황금이나 상아 이야기를 할 때마다 마치 내가 성서 시대에 사는 듯한 착각이 듭니다. 다음에는 공작의 깃털 이야기가 나오지 않을까 싶을 정도라니까요."

이 말은 블레어가 최근 정부를 위해 어떤 일을 하는지를 암시하는 것으로 들렸다. 또 그가 몇몇 정치인과 사이가 좋지 않다는 단지 내의 소문을 확인해 주는 것이기도 했다. 이 나라의 정치인들은 블레어가 오직 동양인 공동체만 쥐어짜 주기를 원했다. 그러나 블레어가 관심을 둔 사안은 더 많았다. 블레어는 상아와 황금의 밀반출 문제를 조사하기 시작했다. 이는 국가 자원을 고갈시키는 행위였으며, 국내 사업가들의 거래 관계도 크게 위협했다. 정당 고위 인사들이 이런 식의 밀반출 행위를 한다는 것은 공공연한 사실이었다. 이들은 (주민들의 이동을 통제하는 각종 규정과 새로 생긴 수많은 법을 근거로) 과거 족장들이 휘둘렀던 것에 못지않은 강력한 권위를 가지고 내륙 지역을 통치했고, 입으로는 사회주의적 사회 재건을 논하면서도 종종 과거의 권력자 집안들과 결탁했다.

블레어가 자리를 떠난 뒤 데 그루트가 말했다.

"블레어 씨는 각별히 몸을 사려야 해요. 그들 모두가 대통령 같지는 않으니까요. 몇몇 사람은 굉장히 난폭해서 아주 노골적으로 나올 수도 있습니다. 이제 막 권력을 잡았으니 여차하면 무슨 짓이든 할 겁니다."

며칠 뒤 나는 리처드에게서도 내용은 다르지만 취지는 같은 이야기를 들었다. 그는 길 가던 나를 불러 세우고 이렇게 말했다.

"지금 내가 당신 친구의 과거 경력을 조사하는 중입니다. 우리가 소문으로 들은 것만큼 진짜 깨끗한 사람은 아니더군요. 당신도 알죠?"

순간 나는 블레어가 이 나라 고위층 인사들의 심기를 건드렸다는 사실을 직감했다. 리처드는 이 정권을 지키기 위한 방법을 궁리하며 블레어를 공개적으로 비난할 수 있는 그럴듯한 구실을 찾고 있었다.

데 그루트가 말한 대로 그 일은 매우 잔인하고 추악하게 이루어졌다. 며칠 동안 블레어의 죽음에 관해서는 어떤 내용도 발표되지 않았다. 리처드조차 그 일을 충격적으로 받아들였다.

그 일을 어떻게 설명할지 아는 사람은 아무도 없었다. 온갖 소문만 무성했는데, 그중에는 블레어가 잘못되기를 바라는 사람들이 지어낸 것도 있었다. 가장 먼저 퍼진 소문은 블레어가 수도 외곽에 있는 사창가에서 살해되었다는 것이다. 또 다른 소문은 동양계 사람들의 음모가 있었다는 것이다. 곧이어 주택 단지에 있는 그의 방갈로에 강도가 들어서 문서나 귀중품을 다 훔쳐 가고 하우스보이도 도망가 버렸다는 소문이 퍼졌다. 그 이야기의 마지막 부분은 사실이었다. 앤드루의 친척이자 블레어의 하우스보이였던 젊은이를 나는 두 번 다시 볼 수 없었다.

며칠 뒤 공식적으로 발표된 내용은 블레어의 시체가 수도에서 10여 킬로미터 떨어진 바나나 플랜테이션 농장에서 발견되었다는 것이었다. 해외에서 자본과 자문을 얻어 미래의 집약식 농장 모델로 삼기 위해 세운 농장이었다. 이 농장의 분위기는 조금 특별했다. 이곳에서는 금세 말라서 못 쓰게 된 오래된 바나나 잎사귀를 겹겹이 쌓아서 뿌리를 덮는 덮개처럼 사용했다. 그 위를 걸으면 마치 두툼하고 부드러운 카펫 위를 밟는 듯한 느낌이 들었다. 발자국도 남지 않았다. 바나나 잎사귀는 소리를 흡수하기 때문에 그 위를 걸을 때 자신의 발소리조차 감지할 수 없었다. 블레어의 시체를 이곳으로 가져온 사람들은 원래 그를 바나나 잎사귀 아래 묻을 생각이었던 것 같다. 그런데 갑자기 어떤 문제가 생겼거나 생각을 바꾸었다. 블레어의 시체는 발견되고 이틀이 지나 수도로 옮겨졌다. 그리고 며칠이 더 지나서야 정부는 공식 사인을 발표했고, 시신을 비행기에 실어 트리니다드의 고향으로 돌려보냈다.

내 상상 속에서 블레어는 그 큰 덩치로 밑창이 반들반들한 커다란 가죽 구두를 신은 채 바나나 농장에서 살아 움직였다. 그러다가 낯선 살인자들에 둘러싸여 부드러운 바나나 잎사귀 덮개 아래서 고요 속에 몸부림치다 죽어 갔다. 그 압도적인 고요의 순간에도 블레어는 자신이 죽어 가고 있음을, 상대에게 극한까지 밀어붙일 의도가 있음을 알았을 것이다. 에드거 앨런 포의 소설에 나오는 것처럼, 죽음의 순간에도 뇌에서 아직 전류가 흐르는 동안에는 이런 질문이 떠오를 수 있을 것 같다.

"이 배신자가 네 삶을 비웃을까?"

죽음 직후 뇌의 대답은 아마 이럴 것이다.

"아니! 아니야! 절대 그렇지 않아!"

앤드루는 사라진 친척을 애달프게 생각하면서도 더는 그에 대해 말하고 싶어 하지 않았다. 앤드루는 주말마다 술을 마셨다. 월요일에는 심한 두통으로 괴로워하면서도 빨개진 눈으로 어김없이 나타났다. 피부도 거칠어졌고 생기도 없어 보였다.

얼굴은 마치 조각품처럼 무표정했다. 그저 아랫입술을 쑥 내민 채 입을 꾹 다물고 있을 뿐이었다. 앤드루가 그렇게 울음을 삼키는 모습을 나는 몇 주 동안 계속 지켜볼 수밖에 없었다.

모저스 루베로는 내가 자동차를 타고 지나갈 때마다 천천히 목과 눈동자를 돌려 끝까지 지켜보는 행동을 더는 하지 않았다. 대신 이제는 뭔가 대단히 바쁜 것처럼 먼 곳으로 시선을 돌렸다. 두 달이 지나자 앤드루의 친척이 타던 자전거(그 전에는 앤드루의 것이었다.)를 또 다른 신참 하우스보이가 타고 단지 안을 돌아다니기 시작했다.

리처드는 어떻게 됐을까? 이 년 전, 새 책의 출간 문제로 프랑스 파리에 머물 때였다. 어느 날 나는 피로에 찌든 한 프랑스 기자와 점심을 같이했다. 그는 인터뷰 내내 허풍을 떨었다. 식사를 거의 마칠 즈음, 누군가가 뒤에서 내 귀에 대고 영어로 이렇게 말했다.

"먼 과거에서 들리는 목소리입니다."

바로 리처드였다. 이번에는 담배도, 상아로 된 담배 파이프도 물고 있지 않았다. 이십오 년이라는 세월은 그의 콧구멍과 귓구멍에 난 털까지 허옇게 만들어 버린 것 같았다. 회색 정장 차림의 그는 동유럽 학생들에게 장학금을 주는 파리의 한 재단에서 일한다고 했다. 아프리카를 떠나 다시 결혼했다고 했다.

"남성 갱년기 같은 거죠."

활기차면서도 짐짓 꾸며진 밝은 목소리는 여전했다.

"아내를 바꾸는 걸 여기서는 그렇게 표현하더군요."

상대를 떠보는 대화법은 과연 리처드다웠다.

내가 말했다.

"아프리카 곳곳에서 벌어지는 사건들을 지켜보며 몹시 힘드셨겠습니다."

"무슨 말씀을 하시는지 모르겠군요. 내가 아프리카를 떠난 건 앞서 말한 이유 때문입니다. 나는 변화를 원했어요. 그리고 지금 내가 하는 일들이 훨씬 가치 있다고 생각했습니다. 현재 동유럽은 아프리카의 그 어느 곳보다도 더 열악한 상황이거든요. 헝가리 같은 나라에는 원래 완벽한 공산주의 정부가 있었는데 그걸 포기하더군요. 지금은 민족 간 분쟁이 일어나기 직전입니다. 그렇다고 그들을 야만스럽다거나 미개하다고 보는 사람은 없죠."

이 또한 리처드다운 말이었다. 리처드는 여전히 자기 원칙이 논리적으로 말이 되는지에만 관심이 있었다.

나는 블레어의 시신이 장엄한 의식 속에서 트리니다드로 멋지게 귀환하는 장면을 머릿속에 그려 보곤 했다. 활주로에 비행기가 도착하면 네 명에서 여섯 명의 사람들이 검은 정장 차림으로 커다란 관을 어깨에 둘러메고 계단을 내려온다. 비록 상상이나마 어느 정도 위엄 있는 모습이 그런 행사에 어울릴 터였다.

나는 다시 스스로에게 질문을 던지기 시작했다. 그 정도 크기의 관을 둘러메고 계단을 내려오는 데 네 명 또는 여섯 명으로 충분할까? 비행기 안에서는 관을 어디에 두었을까? 어떻게든 바닥에 놓고 널빤지로 고정해 두었을지도 모르겠다. 어쩌면 여러 좌석을 치워야 했을 수도 있다. 이는 비행기 한 대를 전세 냈다는 의미인데, 실제로 그런 일은 일어나지 않았다. 결국 관이나 비행기, 검은 정장 차림의 남자들에 대한 상상은 그쯤에서 접을 수밖에 없었다. 실제로는 훨씬 더 간단한 절차였을 것이다. 블레어의 시신은 상자에 담겨 기내 창고의 냉장칸에 실렸다. 시신은 아프리카에서 이미 방부 처리를 마친 상태였다. 이는 블레어의 장기를 모두 제거했다는 뜻이다. 비행기가 트리니다드 공항에 도착해 창고 문이 열리고, 상자는 차례를 기다렸다가 낮은 트레일러에 실렸다. 이때는 시신 상자라는 것을 알 수 없도록 천으로 덮거나 감추었을 것이다. 여기까지가 시신을 운반하는 공식 절차였다. 상자 안에 들어 있는 방부 처리된 시체는 영구차로 옮겨졌을까? 어쩐지 이런 일에는 영구차가 어울리지 않을 것 같았다. 나는 실제로 이 문제를 조사해 보았다. 블레어의 시신이 든 상자는 구급차에 실려서 포트오브스페인으로 운반되었고, 이후 유골은 패리의 시체 안치소에 안치되었다.

1991년 12월에서 1993년 10월까지 씀.

낯선 세계, 낯익은 풍경

비디아다르 수라지프라사드 나이폴(Vidiadhar Surajprasad Naipaul)은 1932년 8월 17일 서인도 제도 남쪽 끝에 있는 섬 트리니다드에서 태어났다. 자그마한 이 섬은 스페인에 이어 오랫동안 영국의 식민 지배를 받다가 인접한 토바고섬과 합쳐져 1962년에 트리니다드 토바고 공화국으로 독립했다. 나이폴의 조부는 브라만 계급 출신으로 사탕수수 농장에서 일하기 위해 당시 영국 식민지이던 인도에서 이 섬으로 건너온 이주민이었고, 아버지 시퍼사드 나이폴(Seepersad Naipaul)은 《트리니다드 가디언》의 지역 특파원이자 소설가였다. 나이폴은 자신에게 작가가 되려는 욕망을 불러일으킨 사람은 바로 아버지라며 이렇게 말한 바 있다.

"내게 가장 큰 영향을 준 글은 단 한 번도 출간된 적이 없는 아버지의 글이다. 아버지의 글은 내게 세상을 보는 법을 가르쳐주었다. 이는 기존의 그 어떤 글도 가르쳐주지 못한 것이었다. 아버지의 글은 지루하고 단조로운 일상사를 글로 옮김으로써 놀라운 이야기로 탈바꿈할 수 있다는 것도 가르쳐주었다. 기존의 작가들은 자신이 뿌리를 내리고 사는 사회를 주로 그렸는데 아버지의 글은 그것과 다른 사회에 대한 이야기도 쓸 수 있다는 걸 내게 일깨워주었다."

1963년 5월 26일, 《선데이 타임즈 매거진》과의 인터뷰 중에서

나이폴은 트리니다드의 정치, 문화의 중심지이자 수도인 포트오브스페인에서 유년 시절을 보내며 이곳에 있는 퀸스 로열 칼리지에서 영국식 교육을 받았다. 그런데 유복자로 태어난 나이폴의 부친은 고집이 무척 센 데다 신경쇠약을 앓았다. 그 때문인지 부부싸움이 잦았고, 이를 지켜본 나이폴은 일찌감치 가족과 떨어져 지내고 싶어 했다. 나이폴은 어느 인터뷰에서 이렇게 고백했다.

"가족의 불화와 싸움은 내게 크나큰 고통이었다. 그 때문에 나는 가족과 멀리 떨어져 나 혼자만의 공간을 갖고 싶었다."

그렇지 않아도 나이폴은 다른 사람과 잘 어울리지 못하는 데다 자존심이 강하고 냉소적인 성격이었다. 그는 특히 식민지 트리니다드에서의 정체된 삶을 몹시 싫어했는데, 그런 터에 열여덟 살이 되던 해인 1950년 옥스퍼드 대학의 장학생으로 선발되어 영국으로 건너가게 되었다. 이는 아버지가 심장 마비

로 사망하기 삼 년 전의 일이었다. 이후 나이폴은 일시적인 방문 외에는 트리니다드에 돌아와 생활하지 않은 것으로 알려져 있지만, 유색인으로서 백인 사회인 영국에 정착해 살아야 했던 개인적인 체험은 그의 작품 곳곳에 방황하는 고독한 이방인으로 투영되어 있다.

나이폴은 옥스퍼드 대학 유니버시티 칼리지에서 찰스 디킨스 같은 위대한 작가가 되고 싶은 열망을 품고 영문학을 공부했다. 하지만 졸업 후 진로를 정하지 못한 채 영국 국영 방송 BBC 라디오 주말 프로그램인 「카리브해의 목소리」의 프리랜서 기자 겸 방송 작가 일을 시작했다. 그리고 1955년 1월, 대학 후배인 패트리시아 앤 홀과 결혼하고 이 년 뒤인 1957년에는 데뷔작이라 할 수 있는 자전적 소설 『신비한 안마사(The Mystic Masseur)』를 발표했다. 나이폴은 이 작품으로 영국 신인 작가상을 수상함과 동시에 《뉴욕타임스》에도 소개되는 영광을 누렸다. 1959년에는 포트오브스페인에서도 하류 계층이 사는 미겔 스트리트 주민들의 생활상을 그린 연작 소설 『미겔 스트리트(Miguel Street)』를 발표했다. 나이폴은 이 작품으로 서머싯 몸 상을 수상하며 작가로서 화려한 명성을 얻었다. 1961년에는 식민지 이주민 2세로 힘든 삶을 살았던 아버지에 대한 오마주 형식의 소설인 『비스와스 씨를 위한 집(A House for Mr. Biswas)』을 발표했다. 자신의 어린 시절에 대한 기록이기도 한 이 작품으로 나이폴은 영국에서의 대중적인 인지도를 확고히 다졌다. 1962년에는 카리브 지역 탐방기인 『대서양 중간 항로(The Middle Passage)』를, 1963년에는 『스톤 씨와 나이츠 컴패니언(Mr. Stone and the Knights Companion)』을 발표해 호손든 상을 수상했다. 그리고 1968년에는 식민지의 피지배자로 지배자의 삶을 흉내 내는 포스트 식민 시대의 지식인을 그린 『흉내(The Mimic Men)』로 W. H. 스미스 문학상을, 1971년에는 『자유 국가에서(In a Free State)』로 영어권 최고의 문학상이라 할 수 있는 맨부커 상을 수상했다. 또 1975년에는 카리브해의 한 섬에서 일어난 봉기를 다룬 『게릴라(Guerillas)』를 발표했고, 1977년에는 논픽션 『인도: 상처 입은 문명(India: A Wounded Civilization)』, 1979년에는 중앙아프리카 신생 독립 국가의 불투명한 장래를 다룬 『거인의 도시(A Bend in the River)』, 1981년에는 『신자들 사이에서: 이슬람 기행(Among the Believers: An Islamic Journey)』, 1987년에는 『도착의 수수께끼(The Enigma of Arrival)』, 1994년에는 『세계 속의 길(A Way in the World)』을 발표했다. 게다가 2001년에는 『인생의 반(Half a Life)』, 2004년에는 게릴라 조직에 참여한 주인공의 갈등과 고민을 그린 『마법 씨앗(Magic Seeds)』, 2010년에는 아프리카를 다시 여행한 뒤 그곳 원주민의 신앙에 대해 쓴 『아프리카의 가면극: 아프리카 신앙에 대한 단상(The Masque of Africa: Glimpses of African Belief)』을 발표했다. 이 밖에도 『엘비라의 참정권(The Suffrage of Elvira)』(1958), 『어둠의 영역(An Area of Darkness)』(1965)을 비롯해 『콘래드의 암흑(Conrad's Darkness)』(1974) 같은 조지프 콘래드 관련 논설문을 집필했다.

나이폴은 이들 작품 외에도 2018년 8월 11일 팔십오 세를 일기로 세상을 떠날 때까지 각종 잡지와 신문에 많은 글을 발표했다. 그는 특히 영어이면서도 영국인은 잘 사용하지 않는 독특한 표현법을 구사해 그만의 지적인 문장 체계를 구축했다. 그 결과, 1990년에는 영어 표현의 가능성을 확대한 공적을 인정받아 영국 왕실로부터 기사 작위를 받았고, 1993년에는 영문학을 통해 영어 표현의 우수성을 드높인 작가에게 주는 제1회 데이비드 코언 문학상을 수상했다. 나이폴은 이 같은 갖가지 상 외에도 예루살렘 상, 잉거솔 상, T. S. 엘리엇 상 등 권위 있는 상을 두루 받았다. 그리고 2001년에는 노벨 문학상까지 수상하는 영예를 안았다.

화려한 수상 경력이 작가의 문학적 역량이나 성과와 무관할 수는 없다. 더욱이 그 상들이 전 세계인들이 인정하는 것이라면 탁월한 작가임이 분명하다. 나이폴은 괄목할 만한 수상 경력에 걸맞게 영국을 넘어 세계 문학사에 큰 획을 그은 작가라는 평을 듣는다. 특히 평론가들은 나이폴을 탈식민주의 문학(Postcolonial Literature)의 대표 주자로 꼽으면서 유럽 제국의 지배와 약탈로 자연과 인간과 사회가 황폐해져 버린 식민지 국가들의 현실을 냉철하면서도 유머러스하게 그린 작가라고 평했다. 아울러 유럽에 정착해 살면서도 제3세계인으로서의 감수성을 잃지 않은 작가라면서 모두가 잊고 있는 '피지배자들의 역사'를 아무나 흉내 낼 수 없는 목소리로 일깨운 당대 최고의 이야기꾼이라고 했다. 그런가 하면 『마지막 카우보이(The Last Cowboy)』의 저자 제인 크레이머(Jane Kramer)는 식민지에 의해 왜곡된 제3세계의 역사를 밀도 있게 다룬 점에서 나이폴을 '제3세계의 솔제니친'이라 부르기도 했다. 나이폴이 노벨 문학상을 받았을 때 한림원 측은 다음과 같은 선정 이유를 밝혔다. "엄정하고 면밀한 시각에 통찰력 있는 내러티브를 결합한 작품을 통해 사람들이 억압된 역사가 현존함을 외면할 수 없도록 한다."

나이폴에게 탈식민주의 문학을 선도한 작가라느니 제3세계 문학의 기수라는 등의 수식어가 붙는 것은 당연한 일이리라. 식민지 출신으로 어린 시절부터 영국식 교육을 받고 영국 문학을 동경해 영국에 건너와 작가로 활동하며 오랫동안 영국에서 살면서도 나이폴의 문학적 소재 혹은 대상은 고향인 트리니다드, 인도, 아프리카 같은 유럽 식민지였던 곳에 국한되어 있는 데다 이 작품을 비롯해 『미겔 스트리트』와 『자유 국가에서』 같은 대부분 작품에서 유럽 열강의 침략과 억압으로 문화와 전통, 삶의 뿌리와 공동체를 상실한 채 방황하는 사람들의 모습을 그리고 있기 때문이다. 그런 점에서 작가로서 나이폴의 위치는 확고하다고 볼 수 있다.

하지만 독특한 성장 배경으로 인해 나이폴은 백인 중심의 서구 문학계에서 제3세계 출신 작가로 분류되어 필요 이상의 정치적인 색채가 씌워진 경우도 있는 듯하다. 그는 제3세계 출신 작가이면서 서양인의 식민주의적 시각으로 제3세계를 바라본다는 비판을 받기도 했다. 그를 비판한 사람들은 기존의 탈식민주의 담론은 지배자와 피지배자의 대립 구도를 통해 피지배자의 문제가 식민 지배에서 비롯되었음을 밝히고 있는데, 나이폴은 식민지 주민들의 내부 갈등에만 초점을 맞추고 근본적인 원인은 외면하고 있다고 본 것이다. 실제로 나이폴은 여러 작품에서 아프리카나 아시아 사람들을 무지하고 비굴한 모습으로 그리는 데 주저하지 않았다. 그의 이런 태도로 몇몇 평론가들은 나이폴을 식민지 교육으로 '영혼이 탈색된 엘리트'라거나 서구의 문화와 전통을 추종하며 서구의 인정을 받으려는 '해바라기성 작가'라고 폄하했다. 나이폴의 고향인 트리니다드에서 가까운 세인트루시아 출신으로 1992년 노벨 문학상 수상자인 데릭 월컷(Derek Walcott)은 나이폴을 두고 '유색인의 수치'라고 조롱하기까지 했다. 또 『오리엔탈리즘(Orientalism)』(1978)의 저자인 문화평론가 에드워드 사이드 (Edward Said)는 제3세계의 문제가 악의적인 제국주의자에 의해 파생된 것이 아니라 바로 그들 자신에 의해 비롯되었다는 나이폴의 시선을 비판했다. 게다가 헨리 키신저(Henry Alfred Kissinger)나 즈비그뉴 브레진스키(Zbigniew Brzezinski)처럼 '경이로운 사회 적응 능력'을 지닌 인물로 평가 절하하면서 제3세계를 절망 일변도의 시각으로 비추어 부정적 이미지를 조장했다며 나이폴을 '정신적 자살을 행하는 지적 파탄자'라고까지 혹평했다. 이에 나이폴은 구원의 방식은 제3세계에는 존재하지 않고 서양의 문명화된 제국에서만 가능하다는 식의 주장을 펼쳤다.

영국령이던 팔레스타인 출신으로 제국주의에 근거한 서양 위주의 사고 방식에 반기를 든 에드워드 사이드의 나이폴에 대한 비판은 확실히 설득력이 있다. 하지만 대부호 집안에서 자란 데다 미국에서 교수부터 시작해 평생 고생다운 고생을 한 적이 없는 그가 조그만 섬나라인 트리니다드의 가난한 신문기자이자 작가의 아들로 태어나 장학금으로 유학길에 올라 아르바이트로 연명한 나이폴의 삶을 단죄할 자격이 있는가 하는 의문이 든다. 물론 나이폴은 트리니다드를 떠나 영국으로 건너온 것을 '암흑 상태로부터의 구원'이라고 표현하기도 했고, 가난한 사람들이 아우성치고 아이들이 울고 있는 포트오브스페인의 혼란과 무질서를 혐오했다. 또 피해자로 고통받는 자신의 동족을 뻔뻔스럽고 성질 급하며 무식한 사람들로 그렸고, 서구 침략자들을 유색인종과 다르지 않은 고통을 받는 듯 묘사해 제국주의의 책임을 무화하려는 인상마저 풍겼다. 그는 영국인들 틈에서 서인도 제도 출신의 유색인으로 규정되는 것을 거부했다. 한번은 출판사에서 나이폴을 '인도 작가'의 목록에 올려놓자 즉시 출판사와의 계약을 파기하기도 했다. 그가 인도인임을 뚜렷하게 나타내는 비디아다르 수라지 프라사드 나이폴이라는 긴 이름을 V. S. 나이폴로 간략화한 것도 바로 앞에서 언급한 '거부'의 맥락에서 읽힐 수 있지 않을까 싶다.

하지만 나이폴은 영국이라는 새로운 사회에 녹아들어 검은 피부의 백인이 되려는 노력은 기울이지 않았다. 그는 요란스럽고 유행에 민감한 런던 문학계와 거리를 둔 채 앤서니 파월(Anthony Powell), 안토니아 프레이저(Antonia Fraser), 폴 서로(Paul Theroux) 같은 비교적 비주류에 속한 작가들과 어울렸다. 그리고 런던에서 한참 떨어진 윌셔에서 살았다. 나이폴의 생활은 글을 쓰고 여행하고 또다시 글을 쓰는 일의 연속이었다. 나이폴은 여행을 통한 영감에 의해 작품을 쓴 몇 안 되는 작가 중 한 사람이었다. 그리고 그는 서인도 제도 출신 인도인으로서의 정체성에 머물지 않고 인종과 국가의 구분을 뛰어넘어 전 세계를 상대로 글을 쓴 작가였다.

나이폴은 작품을 통해 서로 다른 인종과 문화와 정치적인 문제를 자주 다루고 있다. 하지만 그의 관심사는 그 해결책이 아니다. 『미겔 스트리트』와 『자유 국가에서』에서도 그렇지만 『세계 속의 길』에서도 그의 시선이 머무는 곳은 그 같은 문제 투성이 국가나 사회에 정착하지 못한 채 방황하는 사람들이다. 나이폴은 그 어느 편에도 서지 않고 냉정할 정도로 객관적인 태도를 유지한 채 그런 사람들의 행동이나 생각을 담담하게 묘사한다.

『세계 속의 길』은 『미겔 스트리트』의 후속편이라 할 수 있다. 두 작품을 한 권으로 묶어도 전혀 어색하지 않을 정도로 이야기의 서술 방식도 비슷한 데다 작품의 기본 무대도 서인도 제도의 트리니다드섬이다. 다른 점을 든다면 등장인물과 『세계 속의 길』의 무대가 트리니다드에서 가까이는 미국과 베네수엘라, 멀리는 영국과 동아프리카로 확장되어 있다는 것뿐이다. 『미겔 스트리트』는 나이폴이 어린 시절 경험한 미겔 스트리트 주민들에 대한 이야기로 꾸며져 있다. 각 주민의 삶이 열일곱 편의 연작으로 다루어져 있으며, 마지막 편에서는 주인공 관점에서 미겔 스트리트를 떠나게 된 경위를 말하고 있다. 이 작품에 등장하는 사람들은 서인도 제도 트리니다드의 식민지 상황이 빚어낸 희생자들인 만큼 그들의 이야기는 대체로 비극적이다.

작품 해설

서인도 제도 하면 카리브해와 함께 바람에 휘날리는 야자수와 햇빛이 부서지는 아름다운 해변을 떠올릴 것이다. 하지만 역사적으로 볼 때 서인도 제도는 유럽 열강의 식민 지배로 인한 수탈과 착취, 고문과 학살의 현장이다. 서인도 제도라는 이름은 1492년 크리스토퍼 콜럼버스가 중앙아메리카의 산살바도르섬에 상륙했을 때 이곳을 인도로 오인한 데서 비롯되었다. 서인도 제도는 북아메리카의 플로리다반도 남쪽에서 남아메리카 대륙 베네수엘라의 바다까지 약 4000킬로미터에 걸쳐 있는 섬들을 말한다. 이 섬나라들은 영국 지배를 받은 일부 국가를 빼고 대부분 스페인 식민지였기 때문에 지금도 스페인어를 공용어로 쓰고 있는 데다 식민지 시대 흑인 노예들을 들여온 탓에 흑인과 백인의 혼혈인 물라토가 많다. 트리니다드도 예외는 아니다. 카리브해의 다른 섬나라처럼 설탕 생산을 위한 플랜테이션 농장이 들어서고 이를 위한 노동력이 아프리카에서 수입되었다. 그러다 노예 무역이 금지되자 1802년에 트리니다드를 점령한 영국인들은 부족한 일손을 메우기 위해 인도인을 대거 이주시켰다. 그래서 지금도 인도계가 많은데 아프리카계와 물라토가 그 뒤를 잇고, 백인은 1퍼센트 정도에 지나지 않는다. 하지만 사탕수수, 커피, 코코아, 바나나 등을 재배하는 플랜테이션 농장 대부분은 백인이 차지하고 있다.

나이폴은 『미겔 스트리트』나 『세계 속의 길』에서 트리니다드를 사뭇 냉소적으로 묘사하고 있다. 지금도 그렇지만 나이폴이 살던 때의 트리니다드는 문화적인 정체성이나 주민들의 일체감 같은 것은 찾아볼 수 없는 황폐한 곳으로 그려져 있다. 다인종 사회인 데다 서구 열강의 식민 지배로 구조적인 변화를 겪은 탓에 구성원들의 공동체 의식이 싹트기 어려운 환경이었겠지만 나이폴의 말을 빌려 표현하자면 서로 다른 '집단'과 '패거리'만 존재할 뿐 민족주의적 감정이나 전통 같은 것도 찾아볼 수 없다. 나이폴이 그린 트리니다드는 혼란과 무질서 속에서 서로 살겠다고 아우성치는 복마전 같은 곳일 뿐이다. 그런 사회가 작품의 기본 무대인 까닭에 『세계 속의 길』도 혼란스러운 부분이 꽤 많다. 역사적인 사건과 가공의 현실이 한꺼번에 뒤엉키면서 나타나는가 하면, 어떤 것이 사실이고 어떤 것이 허구인지 알 수 없을 정도로 난해하다. 따라서 전통적인 소설 문법에 익숙한 사람들은 읽는 데 불편할 수도 있다. 하지만 밀접하게 연관되어 있는 구성 속에서 역사적인 사건과 인물을 주축으로 이야기가 파노라마처럼 펼쳐져 있기 때문에 다 읽고 나면 무엇을 말하는지 쉽게 이해할 수 있다.

아홉 편의 이야기로 이루어진 『세계 속의 길』에서 화자는 나이폴 자신이기도 하지만 때로는 블레어, 레브런, 월터 롤리 경, 프란시스코 미란다 같은 인물이 되어 역사적 사건이나 진실을 파헤쳐 나간다. 작가 나이폴은 이 작품에서 일종의 강박관념처럼 두 가지 질문을 집요하게 던진다. 하나는 작가가 기본적으로 갖추어야 할 태도는 무엇인가이고, 또 하나는 제국주의 정권이 물러난 탈식민지 사회에서 어떤 일이 일어나는가 하는 질문이다. 그는 훌륭한 작가가 되기 위해서는 쓰고 또 써야 한다는 뻔한 대답 대신 포스터 모리스를 비롯해 여러 작가의 태도와 작품을 깊이 있게 천착해 보인다. 그럼으로써 스스로 작가로서의 자기 성찰과 함께 냉철한 시각에서의 자기 객관화를 꾀하려 한다. 두 번째 질문에 대한 대답은 혼란과 무질서 속에서 움트는 부패와 폭력, 부와 권력을 향한 탐욕의 몸부림과 이전투구 같은 것이다.

『세계 속의 길』은 화자인 '나'가 열여덟 살에 영국에 갔다가 육 년 뒤 증기선을 타고 두 주나 걸려서 돌아온 트리니다드 포트오브스페인 거리의 풍경을 묘사하는 것에서부터 시작된다. 영국으로 떠나기 전 열일곱 살이 된 생일 때부터 일 년 동안 등기사무소의 이급 서기로 근무한 화자의 눈에 비친 고향 풍경은 낯설면서 친숙하고, 친숙하면서 낯설다. 이 같은 모호한 감정 상태에서 화자는 마치 시간 여행자처럼 포트오브스페인의 과거와 현재를 오가며 자신이 직접 만났거나 소문을 토대로 장의사이자 꽃꽂이 강사이자 케이크 장식가인 레오나드 사이드를 비롯해 등기사무소에서 함께 근무한 블레어, 양복점을 해서 돈을 모은 재단사 나자랄리 박시, 성공한 흑인 변호사 에반더의 이야기를 들려준다.

그런데 이야기의 흐름으로 보아 추억 속의 인물들과 그들에 얽힌 에피소드 위주의 잔잔한 작품이라는 생각이 들 즈음 화자는 뜬금없이 블레어가 정치가들이 고용한 청부업자에게 살해되었다고 하더니 포트오브스페인의 무슬림 사원에서 100명쯤 되는 남자들이 총과 폭탄으로 무장한 채 세인트 빈센트 거리의 경찰청을 습격하고 병기고를 폭파해 적지 않은 경찰이 죽고 부상당한 사건이 일어났다고 전한다. 그리고 이어서 남아메리카의 한 지역, 이름도 모르는 고원 지방의 강을 거슬러 올라가는가 싶더니 루카스와 마테오라는 두 소년을 만나 원주민 정착촌으로 들어가서는 그곳의 풍경과 생활상을 소개한다. 그런 다음 트리니다드의 북동쪽에 있는 갈레라포인트를 찾아가서는 콜럼버스를 소환하고 실패한 혁명가 레브런의 이야기를 길게 늘어놓는다.

다음 장에서는 영국의 탐험가 월터 롤리 경에 대한 이야기를 들려준다. 1595년에 금광을 찾아 트리니다드에 들어왔지만 아무런 가치도 없는 백철석이 든 모래만 가득 실어서 엘리자베스 여왕에게 가져간 월터 롤리 경은 1618년에 다시 엘도라도 금광을 찾으러 트리니다드와 베네수엘라 사이에 있는 파리아만에 와 있다. 그리고 금광을 찾아 나선 대원들이 돌아오기만을 기다리지만 들려오는 소식은 아들이 죽었다는 것뿐이다. 이어지는 장에서는 화자가 베네수엘라행 비행기를 탔다가 마누엘 소르사노라는 남자를 만난 이야기가 펼쳐진다. 이 부분은 쉬어가는 페이지처럼 편안히 읽힌다. 하지만 베네수엘라의 혁명가 프란시스코 데 미란다와, 앞에서 나온 블레어의 이야기는 박진감 있게 전개된다.

블레어부터 말하자면 그는 유능한 관료이기는 하나 타고난 능력을 다 발휘하지 못한 채 죽은 비운의 남자다. 블레어는 국제적인 직업인으로 성장해 동아프리카의 신생 독립국을 위해서 몸과 마음을 바쳐 열정적으로 일한다. 그러던 어느 날 그는 상아와 황금의 밀반출 문제를 조사하는데, 이 때문에 몇몇 정치가들이 고용한 청부업자에 의해 살해당한다. 이 작품은 블레어의 시신이 비행기에 실려 트리니다드로 돌아와 시체 안치소에 안장되는 것으로 끝난다.

지금까지 살펴본 것처럼 『세계 속의 길』에 실린 아홉 편의 이야기는 서로 연결되어 있기도 하고 하나의 단편 또는 중편으로 독립되어 있기도 하다. 하지만 전체적으로 보면 대부분 이야기가 트리니다드를 중심으로 펼쳐지면서 알게 모르게 유기적으로 이어져 있다. 특히 각 이야기의 등장인물은 화자인 '나'와 밀접하게 관련된 것으로 그려져 있기 때문에 입체적으로 생생하게 느껴진다.

아홉 편의 이야기 가운데 특히 인상적인 것은 프란시스코 데 미란다가 나오는 이야기가 아닌가 싶다. 미란다의 이야기는 블랙 코미디의 요소까지 담겨 있어 읽는 재미를 더한다. 미란다는 스물한 살에 행운을 찾아 유럽으로 떠난 베네수엘라 사람이다. 그는 세상 어딘가에 자신의 꿈을 펼칠 곳이 있으며, 특히 혁명을 통해 자신은 새롭게 태어날 수 있다고 믿는다. 하지만 그의 꿈과 믿음은 허황된 만큼 이루어지지 않는다. 남아메리카가 아직 알려지지 않은 시대에 남아메리카를 대표하는 인물인 양 허세를 떨지만 그를 따르던 사람들도 등을 돌리고 그토록 바라던 혁명도 실패해 감옥에서 여생을 마감한다.

이 작품에 나오는 트리니다드나 베네수엘라는 우리에게 낯선 세계다. 두 지역은 텔레비전의 흔한 여행 프로그램에도 잘 소개되지 않는다. 하지만 『세계 속의 길』을 읽다 보면 몇몇 장면이 낯익은 풍경으로 다가온다. 특히 작품 안에서 벌어진 몇 가지 일은 우리 국사책에 실린 듯 너무나 낯익다. 작품의 무대를 우리나라로 옮겨도 전혀 이상할 것 같지 않다. 탐욕에 젖어 부와 권력을 향해 질주하는 욕망의 부나비들이 있어서가 아니다. 그런 부류의 인간은 어디든 있기 마련이다. '역사의 데칼코마니'나 '역사의 도플갱어'라는 말이 있는지 모르겠지만 식민지가 끝난 트리니다드는 우리의 과거 모습을 비추는 거울 같다. 이는 우리도 식민지를 겪었기 때문이기도 하고, 우리에게도 미란다 같은 인물이 있었고 지금도 있지 않나 하는 생각이 들기 때문이기도 하다. 혁명을 꿈꾸지만 미란다는 부유한 포목상 아들이라는 사실 외에 무엇 하나 내세울 것 없는 인물이다. 그런 미란다 같은 사람도 어쩌다 혁명에 성공할 수 있을 것이다. 그리하여 한 시대의 영웅처럼 행세하고 모든 사람에게 떠받들어질 수도 있으리라.

2021년 11월
정회성

작가 연보

1932년 8월 17일 카리브해의 영국령 트리니다드섬에서 인도
계 부모 아래 태어났다.

1948년 트리니다드 정청의 해외 유학 장학금을 취득했다.

1950년 영국 옥스퍼드 대학에 입학했다. 유니버시티 칼리지
에서 문학을 전공했다.

1953년 부친 사망. 영문학 학사를 취득했다.

1955년 1월 대학 후배 패트리시아 앤 홀과 결혼. BBC 라디
오 프리랜서 기자 겸 방송 작가로 일했다.

1957년 첫 소설 『신비한 안마사(The Mystic Masseur)』를 출간
했다.

1958년 『엘비라의 참정권(The Suffrage of Elvira)』을 출간했다.

1959년 『미겔 스트리트(Miguel Street)』를 출간했다.

1961년 『미겔 스트리트』로 서머싯 몸 상을 수상했다. 『비스와
스 씨를 위한 집(A House for Mr. Biswas)』을 출간했다.

1962년　카리브 지역 탐방기 『대서양 중간 항로(The Middle
Passage)』를 출간했다.

1963년 『스톤 씨와 나이츠 컴패니언(Mr. Stone and the Knights
Companion)』 출간. 호손든 상을 수상했다.

1965년 『어둠의 영역(An Area of Darkness)』 출간. 12월부터 이
듬해까지 아프리카 동부를 여행했다.

1968년 『흉내(The Mimic Men)』 출간. W. H. 스미스 문학상을
수상했다.

1971년 『자유 국가에서(In a Free State)』 출간. 이 작품으로 맨
부커 상을 수상했다.

1974년 『콘래드의 암흑(Conrad's Darkness)』을 집필했다.

1975년 『게릴라(Guerillas)』 출간. 인도를 여행했다.

1977년　논픽션 『인도: 상처 입은 문명(India: A Wounded
Civilization)』을 출간했다.

1979년 『거인의 도시(A Bend in the River)』를 출간했다.

1981년 『신자들 사이에서: 이슬람 기행(Among the Believers:
An Islamic Journey)』을 출간했다.

1983년　예루살렘 상을 수상했다.

1986년　잉거솔 상을 수상했다.

1987년 『도착의 수수께끼(The Enigma of Arrival)』를 출간했다.

1990년　영어 표현의 가능성을 확대한 공적을 인정받아 영국
왕실로부터 기사 작위를 받았다. 트리니다드 토바고

최고 훈장 '트리니티 크로스'를 받았다.

1993년   제1회 데이비드 코언 문학상을 수상했다.

1994년   『세계 속의 길(A Way in the World)』을 출간했다.

1996년   2월, 부인 패트리시아 앤 홀과 사별했다. 4월, 재혼
했다.

2001년   『인생의 반(Half a Life)』 출간. 노벨 문학상을 수상했다.

2004년   『마법 씨앗(Magic Seeds)』을 출간했다.

2010년   『아프리카의 가면극: 아프리카 신앙에 대한 단상
(The Masque of Africa: Glimpses of African Belief)』을 출
간했다.

2018년   8월 11일, 여든다섯 살을 일기로 세상을 떠났다.

세계 속의 길

1판 1쇄 찍음   2021년 12월 10일
1판 1쇄 펴냄   2021년 12월 17일

지은이   V. S. 나이폴
옮긴이   정회성
발행인   박근섭·박상준
펴낸곳   **(주)민음사**

출판등록   1966. 5. 19. 제16-490호
주소   서울특별시 강남구 도산대로1길 62(신사동)
           강남출판문화센터 5층 (우편번호 06027)
대표전화   02-515-2000 | 팩시밀리 02-515-2007
홈페이지   www.minumsa.com

한국어 판 ⓒ **(주)민음사**, 2021. Printed in Seoul, Korea

ISBN   978-89-374-4242-1 03890